LES MISÉRABLES

Tome II

VICTOR HUGO

Les Misérables

Tome II

VICTOR HUGO
(1802-1885)

Le 26 février 1802, à Besançon, naît Victor Hugo. Son père est devenu général au cours des guerres de la Révolution et de l'Empire. Enfant, il souffre de la mésentente de ses parents. Dès son adolescence, il affirme des ambitions littéraires, et participe à des concours poétiques. Après des études brillantes, il épouse, en 1822, Adèle Foucher, son amie d'enfance, grâce à la pension accordée par le roi à la suite de la parution de son premier recueil poétique — et premier succès public —, *Odes*. La nuit de son mariage, Eugène, son frère qui, lui aussi, aimait Adèle, devient fou.

Naissent Léopoldine (1824), Charles (1826), Francis-Victor (1828). En 1829, avec *les Orientales*, il est déjà reconnu comme le chef de file du mouvement romantique. Les milieux officiels l'estiment. Ce révolutionnaire en littérature, qui a reçu la Légion d'honneur, est conservateur en politique. *Hernani*, en 1830, premier drame romantique joué à la Comédie-Française, *Notre-Dame de Paris*, l'année suivante, confirment sa gloire littéraire.

Sa femme, amoureuse du critique Sainte-Beuve, ami de la famille, se détache de lui, avant de lui revenir. Il a rencontré l'actrice Juliette Drouet. Entre son épouse et l'actrice qui ont fait vœu de se consacrer à leur grand homme, sa vie privée devient digne d'un vaudeville. Il reçoit ses maîtresses dans son bureau relié par une porte secrète à son appartement.

Ruy Blas est créé en 1838. En 1842, le mariage et la

noyade tragique de sa fille Léopoldine sont une première épreuve. Lui qui a composé de si beaux poèmes sur l'enfance inspirés de sa vie familiale verra, dans sa vieillesse, mourir aussi ses deux fils. Quant à sa fille Adèle, elle sera internée en 1872, devenue folle à la suite d'une histoire d'amour, comme son oncle Eugène.

Ce chef de file du romantisme, cet ami d'Alexandre Dumas, de Théophile Gautier, ne se contente pas d'écrire. Il participe activement à la vie politique. En 1845, cet académicien élu à 38 ans, devient pair de France et réclame, lors d'une intervention, le retour en France de la famille Bonaparte. Mais le coup d'État du 2 décembre 1851 le fait entrer dans l'opposition ouverte au régime. Il doit s'enfuir en Belgique. Il y rédige *les Châtiments* (1853) avant de s'installer à Jersey puis à Guernesey, avec sa famille, et Juliette Drouet.

Hugo se passionne alors pour le spiritisme, écrit (*les Contemplations, Chanson des rues et des bois, les Misérables, les Travailleurs de la mer, la Légende des siècles*, que Juliette recopie...) et refuse avec hauteur les amnisties proposées par Napoléon III, qu'il a surnommé, dans ses pamphlets, Napoléon le petit.

Il s'est laissé pousser une barbe blanche de patriarche et s'habille comme un ouvrier. *Les Misérables* font, en 1862, un triomphe à Paris. Après l'effondrement de l'Empire, Hugo revient à Paris, le 5 septembre 1870, et reçoit un accueil triomphal.

Élu au Sénat en 1876, mais ayant renoncé à jouer un rôle politique de premier plan, il cultive l'art d'être grand-père (des deuils successifs l'ont laissé seul avec ses deux petits-enfants), recevant les grands du monde entier qui viennent le visiter. Ses 80 ans sont l'occasion d'une immense manifestation. Des millions d'hommes se reconnaissent dans son œuvre universelle. Premier dramaturge de son siècle, il en est aussi l'un des plus grands romanciers, un poète de génie et un illustrateur de talent. Et bien que couvert de gloire et d'honneurs, il est devenu le protecteur des humbles.

Le 11 mai 1883, Juliette s'éteint (sa femme est morte à Bruxelles en 1868). Il lui survit deux ans. Le 22 mai 1885, une congestion pulmonaire l'emporte. Des obsèques nationales sont décrétées. Le 1er juin, deux millions de personnes suivent le cercueil de ce grand républicain, de l'Arc de triomphe au Panthéon, où ses cendres sont déposées.

Chansons des rues et des bois, recueil de vers publié en 1865, montre un Victor Hugo sensuel et frivole, épicurien. Il y dépeint la nature, sa gaieté, le rire des filles et la fraîcheur des bosquets. Humain, attendri, il l'est aussi dans *l'Art d'être grand-père* (1877) où un octogénaire, en regardant vivre ses petits-enfants, redécouvre la douceur et l'espièglerie de l'enfance, en leur expliquant la nature qui les entoure.

Riches d'un humanisme serein, ces deux recueils, complémentaires, révèlent un Victor Hugo loin de sa statue de chantre de l'histoire et de l'épopée ; mais, même sur des sujets intimistes, Victor Hugo reste un maître dans l'art de versifier, un grand poète qui, entre les rimes, fait jaillir l'émotion.

LIVRE SIXIÈME

LE PETIT-PICPUS

I

PETITE RUE PICPUS, NUMÉRO 62

Rien ne ressemblait plus, il y a un demi-siècle, à la première porte cochère venue que la porte cochère du numéro 62 de la petite rue Picpus. Cette porte, habituellement entr'ouverte de la façon la plus engageante, laissait voir deux choses qui n'ont rien de très funèbre, une cour entourée de murs tapissés de vigne et la face d'un portier qui flâne. Au-dessus du mur du fond on apercevait de grands arbres. Quand un rayon de soleil égayait la cour, quand un verre de vin égayait le portier, il était difficile de passer devant le numéro 62 de la petite rue Picpus sans en emporter une idée riante. C'était pourtant un lieu sombre qu'on avait entrevu.

Le seuil souriait, la maison priait et pleurait.

Si l'on parvenait, ce qui n'était point facile, à franchir le portier, — ce qui même pour presque tous était impossible, car il y avait un *sésame, ouvre-toi!* qu'il fallait savoir; — si, le portier franchi, on entrait à droite dans un petit vestibule où donnait un escalier resserré entre deux murs et si étroit qu'il n'y pouvait passer qu'une personne à la fois, si l'on ne se laissait pas effrayer par le badigeonnage jaune serin avec soubassement chocolat qui enduisait cet escalier, si l'on s'aventurait à monter, on dépassait un premier palier, puis un deuxième, et l'on arrivait au premier étage dans un corridor où la détrempe jaune et la plinthe chocolat vous suivaient avec un acharnement paisible. Escalier et corridor étaient éclairés par deux belles fenêtres. Le corridor faisait un coude et devenait obscur. Si l'on doublait ce cap, on parvenait après quelques pas devant une porte d'autant plus mystérieuse qu'elle n'était pas fermée. On la poussait, et l'on se trouvait dans une petite chambre d'environ six pieds carrés, carrelée, lavée, propre, froide, tendue de papier nankin à fleurettes vertes, à quinze sous le rouleau. Un jour blanc et mat venait d'une grande fenêtre à petits carreaux qui était à gauche et qui tenait toute la largeur de la chambre. On regardait, on ne voyait personne; on écoutait, on n'entendait ni un pas, ni un murmure humain. La muraille était nue; la chambre n'était point meublée; pas une chaise.

On regardait encore, et l'on voyait au mur en face de la porte un trou quadrangulaire d'environ un pied carré, grillé d'une grille en fer à barreaux entre-croisés, noirs, noueux, solides, lesquels formaient des carreaux, j'ai presque dit des mailles, de moins d'un pouce et demi de diagonale. Les petites fleurettes vertes du papier nankin arrivaient avec calme et en ordre jusqu'à ces barreaux de fer, sans que ce contact funèbre les effarouchât et les fît tourbillonner. En supposant qu'un être vivant eût été assez admirablement maigre pour essayer d'entrer ou de sortir par le trou carré, cette grille l'en eût empêché. Elle ne laissait point passer le corps, mais elle laissait passer les yeux, c'est-à-dire l'esprit. Il semblait qu'on eût songé à cela, car on l'avait doublée d'une lame de fer-blanc sertie dans la muraille un peu en arrière et piquée de mille trous plus microscopiques que les trous d'une écumoire. Au bas de cette plaque était percée une ouverture tout à fait pareille à la bouche d'une boîte aux lettres. Un ruban de fil attaché à un mouvement de sonnette pendait à droite du trou grillé.

Si l'on agitait ce ruban, une clochette tintait et l'on entendait une voix, tout près de soi, ce qui faisait tressaillir.

— Qui est là? demandait la voix.

C'était une voix de femme, une voix douce, si douce qu'elle en était lugubre.

Ici encore il y avait un mot magique qu'il fallait savoir. Si on ne le savait pas, la voix se taisait, et le mur redevenait silencieux comme si l'obscurité effarée du sépulcre eût été de l'autre côté.

Si l'on savait le mot, la voix reprenait :

— Entrez à droite.

On remarquait alors à sa droite, en face de la fenêtre, une porte vitrée surmontée d'un châssis vitré et peinte en gris. On soulevait le loquet, on franchissait la porte, et l'on éprouvait absolument la même impression que lorsqu'on entre au spectacle dans une baignoire grillée avant que la grille soit baissée et que le lustre soit allumé. On était en effet dans une espèce de loge de théâtre, à peine éclairée par le jour vague de la porte vitrée, étroite, meublée de deux vieilles chaises et d'un paillasson tout démaillé, véritable loge avec sa devanture à hauteur d'appui qui portait une tablette en bois noir. Cette loge était grillée, seulement ce n'était pas une grille de bois doré comme à l'Opéra, c'était un monstrueux treillis de barres de fer affreusement enchevêtrées et scellées au mur par des scellements énormes qui ressemblaient à des poings fermés.

Les premières minutes passées, quand le regard commençait à se faire à ce demi-jour de cave, il essayait de franchir la grille, mais il n'allait pas plus loin que six pouces au delà. Là il rencontrait une barrière de volets noirs, assurés et fortifiés de traverses de bois peintes en jaune pain d'épice. Ces volets étaient à jointures, divisés en longues lames minces, et masquaient toute la largeur de la grille. Ils étaient toujours clos.

Au bout de quelques instants, on entendait une voix qui vous appelait de derrière ces volets et qui vous disait :

— Je suis là. Que me voulez-vous ?

C'était une voix aimée, quelquefois une voix adorée. On ne voyait personne. On entendait à peine le bruit d'un souffle. Il semblait que ce fût une évocation qui vous parlait à travers la cloison de la tombe.

Si l'on était dans de certaines conditions voulues, bien

rares, l'étroite lame d'un des volets s'ouvrait en face de vous, et l'évocation devenait une apparition. Derrière la grille, derrière le volet, on apercevait, autant que la grille permettait d'apercevoir, une tête dont on ne voyait que la bouche et le menton; le reste était couvert d'un voile noir. On entrevoyait une guimpe noire et une forme à peine distincte couverte d'un suaire noir. Cette tête vous parlait, mais ne vous regardait pas et ne vous souriait jamais.

Le jour qui venait de derrière vous était disposé de telle façon que vous la voyiez blanche et qu'elle vous voyait noir. Ce jour était un symbole.

Cependant les yeux plongeaient avidement, par cette ouverture qui s'était faite, dans ce lieu clos à tous les regards. Un vague profond enveloppait cette forme vêtue de deuil. Les yeux fouillaient ce vague et cherchaient à démêler ce qui était autour de l'apparition. Au bout de très peu de temps on s'apercevait qu'on ne voyait rien. Ce qu'on voyait, c'était la nuit, le vide, les ténèbres, une brume de l'hiver mêlée à une vapeur du tombeau, une sorte de paix effrayante, un silence où l'on ne recueillait rien, pas même des soupirs, une ombre où l'on ne distinguait rien, pas même des fantômes.

Ce qu'on voyait, c'était l'intérieur d'un cloître.

C'était l'intérieur de cette maison morne et sévère qu'on appelait le couvent des bernardines de l'Adoration Perpétuelle. Cette loge où l'on était, c'était le parloir. Cette voix, la première qui vous avait parlé, c'était la voix de la tourière qui était toujours assise, immobile et silencieuse, de l'autre côté du mur, près de l'ouverture carrée, défendue par la grille de fer et par la plaque à mille trous comme par une double visière.

L'obscurité où plongeait la loge grillée venait de ce que le parloir qui avait une fenêtre du côté du monde n'en avait aucune du côté du couvent. Les yeux profanes ne devaient rien voir de ce lieu sacré.

Pourtant il y avait quelque chose au delà de cette ombre, il y avait une lumière; il y avait une vie dans cette mort. Quoique ce couvent fût le plus muré de tous, nous allons essayer d'y pénétrer, et d'y faire pénétrer le lecteur, et de dire, sans oublier la masure, des choses que les raconteurs n'ont jamais vues et par conséquent jamais dites.

II

L'OBÉDIENCE DE MARTIN VERGA

Ce couvent, qui en 1824 existait depuis longues années déjà petite rue Picpus, était une communauté de bernardines de l'obédience de Martin Verga.

Ces bernardines, par conséquent, se rattachaient non à Clairvaux, comme les bernardins, mais à Cîteaux, comme les bénédictins. En d'autres termes, elles étaient sujettes, non de saint-Bernard, mais de saint-Benoît.

Quiconque a un peu remué des in-folio sait que Martin Verga fonda en 1425 une congrégation de bernardines-bénédictines, ayant pour chef d'ordre Salamanque et pour succursale Alcala.

Cette congrégation avait poussé des rameaux dans tous les pays catholiques de l'Europe.

Ces greffes d'un ordre sur l'autre n'ont rien d'inusité dans l'église latine. Pour ne parler que du seul ordre de saint-Benoît dont il est ici question, à cet ordre se rattachent, sans compter l'obédience de Martin Verga, quatre congrégations; deux en Italie, le Mont-Cassin et Sainte-Justine de Padoue, deux en France, Cluny et Saint-Maur; et neuf ordres, Valombrosa, Grammont, les célestins, les camaldules, les chartreux, les humiliés, les olivateurs, et les silvestrins, enfin Cîteaux; car Cîteaux lui-même, tronc pour d'autres ordres, n'est qu'un rejeton pour saint-Benoît. Cîteaux date de saint-Robert, abbé de Molesme dans le diocèse de Langres en 1098. Or c'est en 529 que le diable, retiré au désert de Subiaco (il était vieux. S'était-il fait ermite?), fut chassé de l'ancien temple d'Apollon où il demeurait par saint-Benoît, âgé de dix-sept ans.

Après la règle des carmélites, lesquelles vont pieds nus, portent une pièce d'osier sur la gorge et ne s'asseyent jamais, la règle la plus dure est celle des bernardines-bénédictines de Martin Verga. Elles sont vêtues de noir avec une guimpe qui, selon la prescription expresse de saint-Benoît, monte jusqu'au menton. Une robe de serge à manches larges, un grand voile de laine, la guimpe qui monte jusqu'au menton coupée carrément sur la poitrine, le bandeau qui descend jusqu'aux yeux, voilà leur habit. Tout est noir, excepté le bandeau qui est blanc. Les novices portent le même habit, tout blanc. Les professes ont en outre un rosaire au côté.

Les bernardines-bénédictines de Martin Verga pratiquent l'Adoration Perpétuelle, comme les bénédictines dites dames du Saint-Sacrement, lesquelles, au commencement de ce siècle, avaient à Paris deux maisons, l'une au Temple, l'autre rue Neuve-Sainte-Geneviève. Du reste les bernardines-bénédictines du Petit-Picpus, dont nous parlons, étaient un ordre absolument autre que les dames du Saint-Sacrement cloîtrées rue Neuve-Sainte-Geneviève et au Temple. Il y avait de nombreuses différences dans la règle; il y en avait dans le costume. Les bernardines-bénédictines du Petit-Picpus portaient la guimpe noire, et les bénédictines du Saint-Sacrement et de la rue Neuve-Sainte-Geneviève la portaient blanche, et avaient de plus sur la poitrine un saint-sacrement d'environ trois pouces de haut en vermeil ou en cuivre doré. Les religieuses du Petit-Picpus ne portaient point ce saint-sacrement. L'Adoration Perpétuelle, commune à la maison du Petit-Picpus et à la maison du Temple, laisse les deux ordres parfaitement distincts. Il y a seulement ressemblance pour cette pratique entre les dames du Saint-Sacrement et les bernardines de Martin Verga, de même qu'il y avait similitude, pour l'étude et la glorification de tous les mystères relatifs à l'enfance, à la vie et à la mort de Jésus-Christ, et à la Vierge, entre deux ordres pourtant fort séparés et dans l'occasion ennemis : l'Oratoire d'Italie, établi à Florence par Philippe de Néri, et l'Oratoire de France, établi à Paris par Pierre de Bérulle. L'Oratoire de Paris prétendait le pas, Philippe de Néri n'étant que saint, et Bérulle étant cardinal.

Revenons à la dure règle espagnole de Martin Verga.

Les bernardines-bénédictines de cette obédience font maigre toute l'année, jeûnent le carême et beaucoup d'autres jours qui leur sont spéciaux, se relèvent dans leur premier sommeil depuis une heure du matin jusqu'à trois pour lire le bréviaire et chanter matines, couchent dans des draps de serge en toute saison et sur la paille, n'usent point de bains, n'allument jamais de feu, se donnent la discipline tous les vendredis, observent la règle du silence, ne se parlent qu'aux récréations, lesquelles sont très courtes, et portent des chemises de bure pendant six mois, du 14 septembre, qui est l'exaltation de la sainte-croix, jusqu'à Pâques. Ces six mois sont une modération ; la règle dit toute l'année ; mais cette chemise de bure, insupportable dans les chaleurs de l'été, produisait des fièvres et des spasmes nerveux. Il a fallu en restreindre l'usage. Même avec cet adoucissement, le 14 septembre, quand les religieuses mettent cette chemise, elles ont trois ou quatre jours de fièvre. Obéissance, pauvreté, chasteté, stabilité sous clôture ; voilà leurs vœux, fort aggravés par la règle.

La prieure est élue pour trois ans par les mères qu'on appelle *mères vocales* parce qu'elles ont voix au chapitre. Une prieure ne peut être réélue que deux fois, ce qui fixe à neuf ans le plus long règne d'une prieure.

Elles ne voient jamais le prêtre officiant, qui leur est toujours caché par une serge tendue à sept pieds de haut. Au sermon, quand le prédicateur est dans la chapelle, elles baissent leur voile sur leur visage. Elles doivent toujours parler bas, marcher les yeux à terre et la tête inclinée. Un seul homme peut entrer dans le couvent, l'archevêque diocésain.

Il y en a bien un autre, qui est le jardinier ; mais c'est toujours un vieillard, et afin qu'il soit perpétuellement seul dans le jardin et que les religieuses soient averties de l'éviter, on lui attache une clochette au genou.

Elles sont soumises à la prieure d'une soumission absolue et passive. C'est la sujétion canonique dans toute son abnégation. Comme à la voix du Christ, *ut voci Christi*, au geste, au premier signe, *ad nutum, ad primum signum*, tout de suite, avec bonheur, avec persévérance, avec une certaine obéissance aveugle, *promptè, hilariter,*

perseveranter et cœca quadam obedientia, comme la lime
dans la main de l'ouvrier, *quasi limam in manibus fabri*,
ne pouvant lire ni écrire quoi que ce soit sans permission
expresse, *legere vel scribere non addiscerit sine expressa
superioris licentia*.

À tour de rôle chacune d'elles fait ce qu'elles appellent
la réparation. La réparation, c'est la prière pour tous les
péchés, pour toutes les fautes, pour tous les désordres,
pour toutes les violations, pour toutes les iniquités, pour
tous les crimes qui se commettent sur la terre. Pendant
douze heures consécutives, de quatre heures du soir à
quatre heures du matin, ou de quatre heures du matin à
quatre heures du soir, la sœur qui fait *la réparation* reste
à genoux sur la pierre devant le Saint-Sacrement, les
mains jointes, la corde au cou. Quand la fatigue devient
insupportable, elle se prosterne à plat ventre, la face
contre terre, les bras en croix; c'est là tout son soulagement. Dans cette attitude, elle prie pour tous les coupables de l'univers. Ceci est grand jusqu'au sublime.

Comme cet acte s'accomplit devant un poteau au haut
duquel brûle un cierge, on dit indistinctement *faire la
réparation* ou *être au poteau*. Les religieuses préfèrent
même, par humilité, cette dernière expression qui
contient une idée de supplice et d'abaissement.

Faire la réparation est une fonction où toute l'âme
s'absorbe. La sœur au poteau ne se retournerait pas pour
le tonnerre tombant derrière elle.

En outre, il y a toujours une religieuse à genoux
devant le Saint-Sacrement. Cette station dure une heure.
Elles se relèvent comme des soldats en faction. C'est là
l'Adoration Perpétuelle.

Les prieures et les mères portent presque toujours des
noms empreints d'une gravité particulière, rappelant,
non des saintes et des martyres, mais des moments de la
vie de Jésus-Christ, comme la mère Nativité, la mère
Conception, la mère Présentation, la mère Passion.
Cependant les noms de saintes ne sont pas interdits.

Quand on les voit, on ne voit jamais que leur bouche.
Toutes ont les dents jaunes. Jamais une brosse à dents
n'est entrée dans le couvent. Se brosser les dents, est au
haut d'une échelle au bas de laquelle il y a : perdre son
âme.

Elles ne disent de rien *ma* ni *mon*. Elles n'ont rien à elles et ne doivent tenir à rien. Elles disent de toute chose *notre*; ainsi : notre voile, notre chapelet; si elles parlaient de leur chemise, elles diraient *notre chemise*. Quelquefois elles s'attachent à quelque petit objet, à un livre d'heures, à une relique, à une médaille bénie. Dès qu'elles s'aperçoivent qu'elles commencent à tenir à cet objet, elles doivent le donner. Elles se rappellent le mot de sainte-Thérèse à laquelle une grande dame, au moment d'entrer dans son ordre, disait : Permettez, ma mère, que j'envoie chercher une sainte bible à laquelle je tiens beaucoup. — *Ah! vous tenez à quelque chose! En ce cas, n'entrez pas chez nous.*

Défense à qui que ce soit de s'enfermer, et d'avoir un *chez-soi*, une *chambre*. Elles vivent cellules ouvertes. Quand elles s'abordent, l'une dit : *Loué soit et adoré le Très Saint-Sacrement de l'autel!* L'autre répond : *À jamais*. Même cérémonie quand l'une frappe à la porte de l'autre. À peine la porte a-t-elle été touchée qu'on entend de l'autre côté une voix douce dire précipitamment : À jamais! Comme toutes les pratiques, cela devient machinal par l'habitude; et l'une dit quelquefois *à jamais* avant que l'autre ait eu le temps de dire, ce qui est assez long d'ailleurs : *Loué soit et adoré le Très Saint-Sacrement de l'autel!*

Chez les visitandines, celle qui entre dit : *Ave Maria*, et celle chez laquelle on entre dit : *Gratiâ plena*. C'est leur bonjour, qui est « plein de grâce » en effet.

À chaque heure du jour, trois coups supplémentaires sonnent à la cloche de l'église du couvent. À ce signal, prieure, mères vocales, professes, converses, novices, postulantes, interrompent ce qu'elles disent, ce qu'elles font ou ce qu'elles pensent, et toutes disent à la fois, s'il est cinq heures, par exemple : — *À cinq heures et à toute heure, loué soit et adoré le Très Saint-Sacrement de l'autel!* S'il est huit heures : — *À huit heures et à toute heure*, etc., et ainsi de suite, selon l'heure qu'il est.

Cette coutume, qui a pour but de rompre la pensée et de la ramener toujours à Dieu, existe dans beaucoup de communautés; seulement la formule varie. Ainsi, à l'Enfant-Jésus, on dit : — *À l'heure qu'il est et à toute heure que l'amour de Jésus enflamme mon cœur!*

Les bénédictines-bernardines de Martin Verga, cloîtrées il y a cinquante ans au Petit-Picpus, chantent les
offices sur une psalmodie grave, plain-chant pur, et toujours à pleine voix toute la durée de l'office. Partout où il
y a un astérisque dans le missel, elles font une pause et
disent à voix basse : *Jésus-Marie-Joseph.* Pour l'office des
morts, elles prennent le ton si bas, que c'est à peine si
des voix de femmes peuvent descendre jusque-là. Il en
résulte un effet saisissant et tragique.

Celles du Petit-Picpus avaient fait faire un caveau sous
leur maître-autel pour la sépulture de leur communauté.
Le gouvernement, comme elles disent, ne permit pas que
ce caveau reçût les cercueils. Elles sortaient donc du
couvent quand elles étaient mortes. Ceci les affligeait et
les consternait comme une infraction.

Elles avaient obtenu, consolation médiocre, d'être
enterrées à une heure spéciale et en un coin spécial dans
l'ancien cimetière Vaugirard, qui était fait d'une terre
appartenant jadis à leur communauté.

Le jeudi ces religieuses entendent la grand-messe,
vêpres et tous les offices comme le dimanche. Elles
observent en outre scrupuleusement toutes les petites
fêtes, presque inconnues aux gens du monde, que l'église
prodiguait autrefois en France et prodigue encore en
Espagne et en Italie. Leurs stations à la chapelle sont
interminables. Quant au nombre et à la durée de leurs
prières, nous n'en pouvons donner une meilleure idée
qu'en citant le mot naïf de l'une d'elles : *Les prières des
postulantes sont effrayantes, les prières des novices encore
pires, et les prières des professes encore pires.*

Une fois par semaine, on assemble le chapitre ; la
prieure préside, les mères vocales assistent. Chaque
sœur vient à son tour s'agenouiller sur la pierre, et
confesser à haute voix, devant toutes, les fautes et les
péchés qu'elle a commis dans la semaine. Les mères
vocales se consultent après chaque confession, et
infligent tout haut les pénitences.

Outre la confession à haute voix, pour laquelle on
réserve toutes les fautes un peu graves, elles ont pour les
fautes vénielles ce qu'elles appellent *la coulpe.* Faire sa
coulpe, c'est se prosterner à plat ventre durant l'office

devant la prieure jusqu'à ce que celle-ci, qu'on ne nomme jamais autrement que *notre mère*, avertisse la patiente par un petit coup frappé sur le bois de sa stalle qu'elle peut se relever. On fait sa coulpe pour très peu de chose. Un verre cassé, un voile déchiré, un retard involontaire de quelques secondes à un office, une fausse note à l'église, etc., cela suffit, on fait sa coulpe. La coulpe est toute spontanée; c'est la *coupable* elle-même (ce mot est ici étymologiquement à sa place) qui se juge et qui se l'inflige. Les jours de fêtes et les dimanches il y a quatre mères chantres qui psalmodient les offices devant un grand lutrin à quatre pupitres. Un jour une mère chantre entonna un psaume qui commençait par *Ecce*, et, au lieu de *Ecce*, dit à haute voix ces trois notes : *ut, si, sol*; elle subit pour cette distraction une coulpe qui dura tout l'office. Ce qui rendait la faute énorme, c'est que le chapitre avait ri.

Lorsqu'une religieuse est appelée au parloir, fût-ce la prieure, elle baisse son voile de façon, l'on s'en souvient, à ne laisser voir que sa bouche.

La prieure seule peut communiquer avec des étrangers. Les autres ne peuvent voir que leur famille étroite, et très rarement. Si par hasard une personne du dehors se présente pour voir une religieuse qu'elle a connue ou aimée dans le monde, il faut toute une négociation. Si c'est une femme, l'autorisation peut être quelquefois accordée; la religieuse vient et on lui parle à travers les volets, lesquels ne s'ouvrent que pour une mère ou une sœur. Il va sans dire que la permission est toujours refusée aux hommes.

Telle est la règle de saint-Benoît, aggravée par Martin Verga.

Ces religieuses ne sont point gaies, roses et fraîches comme le sont souvent les filles des autres ordres. Elles sont pâles et graves. De 1825 à 1830 trois sont devenues folles.

III

SÉVÉRITÉS

On est au moins deux ans postulante, souvent quatre ; quatre ans novice. Il est rare que les vœux définitifs puissent être prononcés avant vingt-trois ou vingt-quatre ans. Les bernardines-bénédictines de Martin Verga n'admettent point de veuves dans leur ordre.

Elles se livrent dans leurs cellules à beaucoup de macérations inconnues dont elles ne doivent jamais parler.

Le jour où une novice fait profession, on l'habille de ses plus beaux atours, on la coiffe de roses blanches, on lustre et on boucle ses cheveux, puis elle se prosterne ; on étend sur elle un grand voile noir et l'on chante l'office des morts. Alors les religieuses se divisent en deux files ; une file passe près d'elle en disant d'un accent plaintif : *notre sœur est morte*, et l'autre file répond d'une voix éclatante : *vivante en Jésus-Christ !*

À l'époque où se passe cette histoire, un pensionnat était joint au couvent. Pensionnat de jeunes filles nobles, la plupart riches, parmi lesquelles on remarquait mesdemoiselles de Sainte-Aulaire et de Bélissen et une anglaise portant l'illustre nom catholique de Talbot. Ces jeunes filles, élevées par ces religieuses entre quatre murs, grandissaient dans l'horreur du monde et du siècle. Une d'elles nous disait un jour : *Voir le pavé de la rue me faisait frissonner de la tête aux pieds*. Elles étaient vêtues de bleu avec un bonnet blanc et un Saint-Esprit de vermeil ou de cuivre fixé sur la poitrine. À de certains jours de grande fête, particulièrement à la Sainte-Marthe, on leur accordait, comme haute faveur et bonheur suprême, de s'habiller en religieuses et de faire les offices et les pratiques de saint-Benoît pendant toute une journée. Dans les premiers temps, les religieuses leur prêtaient leurs vêtements noirs. Cela parut profane, et la prieure le défendit. Ce prêt ne fut permis qu'aux novices. Il est remarquable que ces représentations, tolérées sans doute et encouragées dans le couvent par un secret esprit de prosélytisme, et pour donner à ces enfants quelque avant-goût du saint habit, étaient un bonheur réel et une vraie récréation pour les pensionnaires. Elles s'en amusaient tout simplement. *C'était nouveau, cela les changeait.* Candides raisons de l'enfance qui ne réussissent pas d'ailleurs à faire comprendre à nous mondains cette félicité de tenir en main un goupillon et de rester debout des heures entières chantant à quatre devant un lutrin.

Les élèves, aux austérités près, se conformaient à toutes les pratiques du couvent. Il est telle jeune femme qui, entrée dans le monde et après plusieurs années de mariage, n'était pas encore parvenue à se déshabituer de dire en toute hâte chaque fois qu'on frappait à sa porte : *à jamais* ! Comme les religieuses, les pensionnaires ne voyaient leurs parents qu'au parloir. Leurs mères elles-mêmes n'obtenaient pas de les embrasser. Voici jusqu'où allait la sévérité sur ce point. Un jour une jeune fille fut visitée par sa mère accompagnée d'une petite sœur de trois ans. La jeune fille pleurait, car elle eût bien voulu embrasser sa sœur. Impossible. Elle supplia du moins qu'il fût permis à l'enfant de passer à travers les barreaux sa petite main pour qu'elle pût la baiser. Ceci fut refusé, presque avec scandale.

IV

GAÎTÉS

Ces jeunes filles n'en ont pas moins rempli cette grave maison de souvenirs charmants.

À de certaines heures, l'enfance étincelait dans ce cloître. La récréation sonnait. Une porte tournait sur ses gonds. Les oiseaux disaient : Bon ! voilà les enfants ! Une irruption de jeunesse inondait ce jardin coupé d'une croix comme un linceul. Des visages radieux, des fronts blancs, des yeux ingénus pleins de gaie lumière, toutes sortes d'aurores, s'éparpillaient dans ces ténèbres. Après les psalmodies, les cloches, les sonneries, les glas, les offices, tout à coup éclatait ce bruit des petites filles, plus doux qu'un bruit d'abeilles. La ruche de la joie s'ouvrait, et chacune apportait son miel. On jouait, on s'appelait, on se groupait, on courait; de jolies petites dents blanches jasaient dans des coins; les voiles, de loin, surveillaient les rires, les ombres guettaient les rayons, mais qu'importe! on rayonnait et on riait. Ces quatre murs lugubres avaient leur minute d'éblouissement. Ils assistaient, vaguement blanchis du reflet de tant de joie, à ce doux tourbillonnement d'essaims. C'était comme une pluie de roses traversant ce deuil. Les jeunes filles folâtraient sous l'œil des religieuses; le regard de l'impeccabilité ne gêne pas l'innocence. Grâce à ces enfants, parmi tant d'heures austères, il y avait l'heure naïve. Les petites sautaient, les grandes dansaient. Dans ce cloître, le jeu était mêlé de ciel. Rien n'était ravissant et auguste comme toutes ces fraîches âmes épanouies. Homère fût venu rire là avec Perrault, et il y avait, dans ce jardin noir, de la jeunesse, de la santé, du bruit, des cris, de l'étourdissement, du plaisir, du bonheur, à dérider toutes les aïeules, celles de l'épopée comme celles du conte, celles du trône comme celles du chaume, depuis Hécube jusqu'à la Mère-Grand.

Il s'est dit dans cette maison, plus que partout ailleurs peut-être, de ces *mots d'enfants* qui ont toujours tant de grâce et qui font rire d'un rire plein de rêverie. C'est entre ces quatre murs funèbres qu'une enfant de cinq ans s'écria un jour : — *Ma mère! une grande vient de me dire que je n'ai plus que neuf ans et dix mois à rester ici. Quel bonheur!*

C'est là encore qu'eut lieu ce dialogue mémorable :

UNE MÈRE VOCALE. — Pourquoi pleurez-vous, mon enfant?

L'ENFANT (*six ans*), sanglotant : — J'ai dit à Alix que je savais mon histoire de France. Elle me dit que je ne la sais pas, et je la sais.

ALIX (*la grande, neuf ans*). — Non. Elle ne la sait pas.

LA MÈRE. — Comment cela, mon enfant?

ALIX. — Elle m'a dit d'ouvrir le livre au hasard et de lui faire une question qu'il y a dans le livre, et qu'elle répondrait.

— Eh bien ?

— Elle n'a pas répondu.

— Voyons. Que lui avez-vous demandé ?

— J'ai ouvert le livre au hasard comme elle disait, et je lui ai demandé la première demande que j'ai trouvée.

— Et qu'est-ce que c'était que cette demande ?

— C'était : *Qu'arriva-t-il ensuite ?*

C'est là qu'a été faite cette observation profonde sur une perruche un peu gourmande qui appartenait à une dame pensionnaire :

— *Est-elle gentille ! elle mange le dessus de sa tartine, comme une personne !*

C'est sur une des dalles de ce cloître qu'a été ramassée cette confession, écrite d'avance, pour ne pas l'oublier, par une pécheresse âgée de sept ans :

« — Mon père, je m'accuse d'avoir été avarice.

« — Mon père, je m'accuse d'avoir été adultère.

« — Mon père, je m'accuse d'avoir élevé mes regards vers les monsieurs. »

C'est sur un des bancs de gazon de ce jardin qu'a été improvisé par une bouche rose de six ans ce conte écouté par des yeux bleus de quatre à cinq ans :

« — Il y avait trois petits coqs qui avaient un pays où il y avait beaucoup de fleurs. Ils ont cueilli les fleurs, et ils les ont mises dans leur poche. Après ça, ils ont cueilli les feuilles, et ils les ont mises dans leurs joujoux. Il y avait un loup dans le pays, et il y avait beaucoup de bois ; et le loup était dans le bois ; et il a mangé les petits coqs. »

Et encore cet autre poème :

« — Il est arrivé un coup de bâton.

« C'est Polichinelle qui l'a donné au chat.

« Ça ne lui a pas fait de bien, ça lui a fait du mal.

« Alors une dame a mis Polichinelle en prison. »

C'est là qu'a été dit, par une petite abandonnée, enfant trouvé que le couvent élevait par charité, ce mot doux et navrant. Elle entendait les autres parler de leurs mères, et elle murmura dans son coin :

— *Moi, ma mère n'était pas là quand je suis née !*

Il y avait une grosse tourière qu'on voyait toujours se hâter dans les corridors avec son trousseau de clefs et qui se nommait sœur Agathe. Les *grandes grandes*, — au-dessus de dix ans, — l'appelaient *Agathoclès*.

Le réfectoire, grande pièce oblongue et carrée qui ne recevait de jour que par un cloître à archivoltes de plain-pied avec le jardin, était obscur et humide, et comme disent les enfants, — plein de bêtes. Tous les lieux circonvoisins y fournissaient leur contingent d'insectes. Chacun des quatre coins en avait reçu, dans le langage des pensionnaires, un nom particulier et expressif. Il y avait le coin des Araignées, le coin des Chenilles, le coin des Cloportes et le coin des Cricris. Le coin des Cricris était voisin de la cuisine et fort estimé. On y avait moins froid qu'ailleurs. Du réfectoire les noms avaient passé au pensionnat et servaient à y distinguer comme à l'ancien collège Mazarin quatre nations. Toute élève était de l'une de ces quatre nations selon le coin du réfectoire où elle s'asseyait aux heures des repas. Un jour, M. l'archevêque, faisant la visite pastorale, vit entrer dans la classe où il passait une jolie petite fille toute vermeille avec d'admirables cheveux blonds, il demanda à une autre pensionnaire, charmante brune aux joues fraîches qui était près de lui :

— Qu'est-ce que c'est que celle-ci ?

— C'est une araignée, monseigneur.

— Bah ! et cette autre ?

— C'est un cricri.

— Et celle-là ?

— C'est une chenille.

— En vérité, et vous-même ?

— Je suis un cloporte, monseigneur.

Chaque maison de ce genre a ses particularités. Au commencement de ce siècle, Écouen était un de ces lieux gracieux et sévères où grandit, dans une ombre presque auguste, l'enfance des jeunes filles. À Écouen, pour prendre rang dans la procession du Saint-Sacrement, on distinguait entre les vierges et les fleuristes. Il y avait aussi « les dais » et « les encensoirs », les unes portant les cordons du dais, les autres encensant le Saint-Sacrement. Les fleurs revenaient de droit aux fleuristes. Quatre « vierges » marchaient en avant. Le matin de ce grand jour, il n'était pas rare d'entendre demander dans le dortoir :

— Qui est-ce qui est vierge ?

Madame Campan citait ce mot d'une « petite » de sept
ans à une « grande » de seize, qui prenait la tête de la
procession pendant qu'elle, la petite, restait à la queue :
— Tu es vierge, toi ; moi, je ne le suis pas.

V

DISTRACTIONS

Au-dessus de la porte du réfectoire était écrite en
grosses lettres noires cette prière qu'on appelait *la Patenôtre blanche*, et qui avait pour vertu de mener les gens
droit en paradis :

« Petite patenôtre blanche, que Dieu fit, que Dieu dit,
que Dieu mit en paradis. Au soir, m'allant coucher, je
trouvis (*sic*) trois anges à mon lit couchis, un aux pieds,
deux au chevet, la bonne vierge Marie au milieu, qui me
dit que je m'y couchis, que rien ne doutis. Le bon Dieu
est mon père, la bonne Vierge est ma mère, les trois
apôtres sont mes frères, les trois vierges sont mes sœurs.
La chemise où Dieu fut né, mon corps en est enveloppé ;
la croix Sainte-Marguerite à ma poitrine est écrite ;
madame la Vierge s'en va sur les champs, Dieu pleurant,
rencontrit M. saint Jean. Monsieur saint Jean, d'où
venez-vous ? Je viens d'*Ave Salus*. Vous n'avez pas vu le
bon Dieu, si est ? Il est dans l'arbre de la croix, les pieds
pendants, les mains clouants, un petit chapeau d'épine
blanche sur la tête. Qui la dira trois fois au soir, trois
fois au matin, gagnera le paradis à la fin. »

En 1827, cette oraison caractéristique avait disparu du
mur sous une triple couche de badigeon. Elle achève à
cette heure de s'effacer dans la mémoire de quelques
jeunes filles d'alors, vieilles femmes aujourd'hui.

Un grand crucifix accroché au mur complétait la décoration de ce réfectoire, dont la porte unique, nous
croyons l'avoir dit, s'ouvrait sur le jardin. Deux tables
étroites, côtoyées chacune de deux bancs de bois, faisaient deux longues lignes parallèles d'un bout à l'autre

du réfectoire. Les murs étaient blancs, les tables étaient noires ; ces deux couleurs du deuil sont le seul rechange des couvents. Les repas étaient revêches et la nourriture des enfants eux-mêmes sévère. Un seul plat, viande et légumes mêlés, ou poisson salé, tel était le luxe. Ce bref ordinaire, réservé aux pensionnaires seules, était pourtant une exception. Les enfants mangeaient et se taisaient sous le guet de la mère semainière qui, de temps en temps, si une mouche s'avisait de voler et de bourdonner contre la règle, ouvrait et fermait bruyamment un livre de bois. Ce silence était assaisonné de la vie des saints, lue à haute voix dans une petite chaire avec pupitre située au pied du crucifix. La lectrice était une grande élève, de semaine. Il y avait de distance en distance sur la table nue des terrines vernies où les élèves lavaient elles-mêmes leur timbale et leur couvert, et quelquefois jetaient quelque morceau de rebut, viande dure ou poisson gâté ; ceci était puni. On appelait ces terrines *ronds d'eau*.

L'enfant qui rompait le silence faisait une « croix de langue ». Où ? à terre. Elle léchait le pavé. La poussière, cette fin de toutes les joies, était chargée de châtier ces pauvres petites feuilles de rose, coupables de gazouillement.

Il y avait dans le couvent un livre qui n'a jamais été imprimé qu'à *exemplaire unique*, et qu'il est défendu de lire. C'est la règle de saint-Benoît. Arcane où nul œil profane ne doit pénétrer. *Nemo regulas, seu constitutiones nostras, externis communicabit.*

Les pensionnaires parvinrent un jour à dérober ce livre, et se mirent à le lire avidement, lecture souvent interrompue par des terreurs d'être surprises qui leur faisaient refermer le volume précipitamment. Elles ne tirèrent de ce grand danger couru qu'un plaisir médiocre. Quelques pages inintelligibles sur les péchés des jeunes garçons, voilà ce qu'elles eurent de « plus intéressant ».

Elles jouaient dans une allée du jardin, bordée de quelques maigres arbres fruitiers. Malgré l'extrême surveillance et la sévérité des punitions, quand le vent avait secoué les arbres, elles réussissaient quelquefois à ramasser furtivement une pomme verte, ou un abricot gâté, ou une poire habitée. Maintenant je laisse parler une lettre que j'ai sous les yeux, lettre écrite il y a vingt-cinq ans par une ancienne pensionnaire, aujourd'hui madame la duchesse de —, une des plus élégantes femmes de Paris. Je cite textuellement : « On cache sa « poire ou sa pomme comme on peut. Lorsqu'on monte « mettre le voile sur le lit en attendant le souper, on les « fourre sous son oreiller et le soir on les mange dans « son lit, et lorsqu'on ne peut pas, on les mange dans les « commodités. » C'était là une de leurs voluptés les plus vives.

Une fois, c'était encore à l'époque d'une visite de M. l'archevêque au couvent, une des jeunes filles, made-moiselle Bouchard, qui était un peu Montmorency, gagea qu'elle lui demanderait un jour de congé, énormité dans une communauté si austère. La gageure fut accep-tée, mais aucune de celles qui tenaient le pari n'y croyait. Au moment venu, comme l'archevêque passait devant les pensionnaires, mademoiselle Bouchard, à l'indescrip-tible épouvante de ses compagnes, sortit des rangs, et dit : Monseigneur, un jour de congé. Mademoiselle Bou-chard était fraîche et grande, avec la plus jolie mine rose du monde. M. de Quélen sourit et dit : *Comment donc, ma chère enfant ; un jour de congé ! Trois jours, s'il vous plaît. J'accorde trois jours.* La prieure n'y pouvait rien, l'archevêque avait parlé. Scandale pour le couvent, mais joie pour le pensionnat. Qu'on juge de l'effet.

Ce cloître bourru n'était pourtant pas si bien muré que la vie des passions du dehors, que le drame, que le roman même, n'y pénétrassent. Pour le prouver, nous nous bornerons à constater ici et à indiquer brièvement un fait réel et incontestable, qui d'ailleurs n'a en lui-même aucun rapport et ne tient par aucun fil à l'histoire que nous racontons. Nous mentionnons ce fait pour compléter dans l'esprit du lecteur la physionomie du couvent.

Vers cette époque donc, il y avait dans le couvent une personne mystérieuse qui n'était pas religieuse, qu'on traitait avec grand respect, et qu'on nommait *madame Albertine*. On ne savait rien d'elle sinon qu'elle était folle,

et que dans le monde elle passait pour morte. Il y avait
sous cette histoire, disait-on, des arrangements de fortune nécessaires pour un grand mariage.

Cette femme, de trente ans à peine, brune, assez belle,
regardait vaguement avec de grands yeux noirs. Voyait-
elle ? On en doutait. Elle glissait plutôt qu'elle ne marchait ; elle ne parlait jamais ; on n'était pas bien sûr
qu'elle respirât. Ses narines étaient pincées et livides
comme après le dernier soupir. Toucher sa main, c'était
toucher de la neige. Elle avait une étrange grâce spectrale. Là où elle entrait, on avait froid. Un jour une sœur,
la voyant passer, dit à une autre : Elle passe pour morte.
— Elle l'est peut-être, répondit l'autre.

On faisait sur madame Albertine cent récits. C'était
l'éternelle curiosité des pensionnaires. Il y avait dans la
chapelle une tribune qu'on appelait l'*Œil-de-Bœuf*. C'est
de cette tribune qui n'avait qu'une baie circulaire, un
œil-de-bœuf, que madame Albertine assistait aux offices.
Elle y était habituellement seule, parce que de cette tribune, placée au premier étage, on pouvait voir le prédicateur ou l'officiant ; ce qui était interdit aux religieuses.
Un jour la chaire était occupée par un jeune prêtre de
haut rang, M. le duc de Rohan, pair de France, officier
des mousquetaires rouges en 1815 lorsqu'il était prince
de Léon, mort après 1830 cardinal et archevêque de
Besançon. C'était la première fois que M. de Rohan prê-
chait au couvent du Petit-Picpus. Madame Albertine
assistait ordinairement aux sermons et aux offices dans
un calme profond et dans une immobilité complète. Ce
jour-là, dès qu'elle aperçut M. de Rohan, elle se dressa à
demi, et dit à haute voix dans le silence de la chapelle :
Tiens ! Auguste ! Toute la communauté stupéfaite tourna
la tête, le prédicateur leva les yeux, mais madame Albertine était retombée dans son immobilité. Un souffle du
monde extérieur, une lueur de vie avait passé un
moment sur cette figure éteinte et glacée, puis tout
s'était évanoui, et la folle était redevenue cadavre.

Ces deux mots cependant firent jaser tout ce qui pouvait parler dans le couvent. Que de choses dans ce *tiens !
Auguste !* que de révélations ! M. de Rohan s'appelait en
effet Auguste. Il était évident que madame Albertine sor-

tait du plus grand monde, puisqu'elle connaissait M. de
Rohan, qu'elle y était elle-même haut placée, puisqu'elle
parlait d'un si grand seigneur si familièrement, et qu'elle
avait avec lui une relation, de parenté peut-être, mais à
coup sûr bien étroite, puisqu'elle savait son « petit
nom ».

Deux duchesses très sévères, mesdames de Choiseul et
de Sérent, visitaient souvent la communauté, où elles
pénétraient sans doute en vertu du privilège *Magnates
mulieres*, et faisaient grand'peur au pensionnat. Quand
les deux vieilles dames passaient, toutes les pauvres
filles tremblaient et baissaient les yeux.

M. de Rohan était du reste, à son insu, l'objet de
l'attention des pensionnaires. Il venait à cette époque
d'être fait, en attendant l'épiscopat, grand vicaire de
l'archevêque de Paris. C'était une de ses habitudes de
venir assez souvent chanter aux offices de la chapelle
des religieuses du Petit-Picpus. Aucune des jeunes
recluses ne pouvaient l'apercevoir, à cause du rideau de
serge, mais il avait une voix douce et un peu grêle
qu'elles étaient parvenues à reconnaître et à distinguer.
Il avait été mousquetaire; et puis on le disait fort coquet,
fort bien coiffé avec de beaux cheveux châtains arrangés
en rouleau autour de la tête, et qu'il avait une large ceinture noire magnifique, et que sa soutane noire était coupée le plus élégamment du monde. Il occupait fort toutes
ces imaginations de seize ans.

Aucun bruit du dehors ne pénétrait dans le couvent.
Cependant il y eut une année où le son d'une flûte y parvint. Ce fut un événement, et les pensionnaires d'alors
s'en souviennent encore.

C'était une flûte dont quelqu'un jouait dans le voisinage. Cette flûte jouait toujours le même air, un air
aujourd'hui bien lointain : *Ma Zétulbé, viens régner sur
mon âme*, et on l'entendait deux ou trois fois dans la
journée.

Les jeunes filles passaient des heures à écouter, les
mères vocales étaient bouleversées, les cervelles travaillaient, les punitions pleuvaient. Cela dura plusieurs
mois. Les pensionnaires étaient toutes plus ou moins
amoureuses du musicien inconnu. Chacune se rêvait

Zétulbé. Le bruit de flûte venait du côté de la rue Droit-
Mur; elles auraient tout donné, tout compromis, tout
tenté, pour voir, ne fût-ce qu'une seconde, pour entrevoir, pour apercevoir, le « jeune homme » qui jouait si
délicieusement de cette flûte et qui, sans s'en douter,
jouait en même temps de toutes ces âmes. Il y en eut qui
s'échappèrent par une porte de service et qui montèrent
au troisième sur la rue Droit-Mur, afin d'essayer de voir
par les jours de souffrance. Impossible. Une alla jusqu'à
passer son bras au-dessus de sa tête par la grille et agita
son mouchoir blanc. Deux furent plus hardies encore.
Elles trouvèrent moyen de grimper jusque sur un toit et
s'y risquèrent et réussirent enfin à voir « le jeune
homme ». C'était un vieux gentilhomme émigré, aveugle
et ruiné, qui jouait de la flûte dans son grenier pour se
désennuyer.

VI

LE PETIT COUVENT

Il y avait dans cette enceinte du Petit-Picpus trois bâtiments parfaitement distincts, le grand couvent qu'habitaient les religieuses, le pensionnat où logeaient les
élèves, et enfin ce qu'on appelait *le petit couvent*. C'était
un corps de logis avec jardin où demeuraient en commun toutes sortes de vieilles religieuses de divers ordres,
restes des cloîtres détruits par la révolution ; une réunion
de toutes les bigarrures noires, grises et blanches, de
toutes les communautés et de toutes les variétés possibles ; ce qu'on pourrait appeler, si un pareil accouple-
ment de mots était permis, une sorte de couvent-arle-
quin.

Dès l'empire, il avait été permis à toutes ces pauvres
filles dispersées et dépaysées de venir s'abriter là sous les
ailes des bénédictines-bernardines. Le gouvernement
leur payait une petite pension ; les dames du Petit-Picpus
les avaient reçues avec empressement. C'était un pêle-

mêle bizarre. Chacune suivait sa règle. On permettait quelquefois aux élèves pensionnaires, comme grande récréation, de leur rendre visite ; ce qui fait que ces jeunes mémoires ont gardé entre autres le souvenir de la mère Saint-Basile, de la mère Sainte-Scolastique et de la mère Jacob.

Une de ces réfugiées se retrouvait presque chez elle. C'était une religieuse de Sainte-Aure, la seule de son ordre qui eût survécu. L'ancien couvent des dames de Sainte-Aure occupait dès le commencement du dix-huitième siècle précisément cette même maison du Petit-Picpus qui appartint plus tard aux bénédictines de Martin Verga. Cette sainte fille, trop pauvre pour porter le magnifique habit de son ordre, qui était une robe blanche avec le scapulaire écarlate, en avait revêtu pieusement un petit mannequin qu'elle montrait avec complaisance et qu'à sa mort elle a légué à la maison. En 1824, il ne restait de cet ordre qu'une religieuse ; aujourd'hui il n'en reste qu'une poupée.

Outre ces dignes mères, quelques vieilles femmes du monde avaient obtenu de la prieure, comme madame Albertine, la permission de se retirer dans le petit couvent. De ce nombre étaient madame de Beaufort d'Hautpoul et madame la marquise Dufresne. Une autre n'a jamais été connue dans le couvent que par le bruit formidable qu'elle faisait en se mouchant. Les élèves l'appelaient madame Vacarmini.

Vers 1820 ou 1821, madame de Genlis, qui rédigeait à cette époque un petit recueil périodique intitulé l'*Intrépide*, demanda à entrer dame en chambre au couvent du Petit-Picpus. M. le duc d'Orléans la recommandait. Rumeur dans la ruche ; les mères vocales étaient toutes tremblantes ; madame de Genlis avait fait des romans. Mais elle déclara qu'elle était la première à les détester, et puis elle était arrivée à sa phase de dévotion farouche. Dieu aidant, et le prince aussi, elle entra. Elle s'en alla au bout de six ou huit mois, donnant pour raison que le jardin n'avait pas d'ombre. Les religieuses en furent ravies. Quoique très vieille, elle jouait encore de la harpe, et fort bien.

En s'en allant, elle laissa sa marque à sa cellule.

Madame de Genlis était superstitieuse et latiniste. Ces deux mots donnent d'elle un assez bon profil. On voyait encore, il y a quelques années, collés dans l'intérieur d'une petite armoire de sa cellule où elle serrait son argent et ses bijoux, ces cinq vers latins écrits de sa main à l'encre rouge sur papier jaune, et qui, dans son opinion, avaient la vertu d'effaroucher les voleurs :

> Imparibus meritis pendent tria corpora ramis :
> Dismas et Germas, media est divina potestas ;
> Alta petit Dismas, infelix, infima, Gesmas.
> Nos et res nostras conservet summa potestas.
> Hos versus dicas, ne tu furto tua perdas.

Ces vers, en latin du sixième siècle, soulèvent la question de savoir si les deux larrons du calvaire s'appelaient, comme on le croit communément, Dimas et Gestas, ou Dismas et Gesmas. Cette orthographe eût pu contrarier les prétentions qu'avait, au siècle dernier, le vicomte de Gestas à descendre du mauvais larron. Du reste, la vertu utile attachée à ces vers fait article de foi dans l'ordre des hospitalières.

L'église de la maison, construite de manière à séparer, comme une véritable coupure, le grand couvent du pensionnat, était, bien entendu, commune au pensionnat, au grand couvent et au petit couvent. On y admettait même le public par une sorte d'entrée de lazaret ménagée sur la rue. Mais tout était disposé de façon qu'aucune des habitantes du cloître ne pût voir un visage du dehors. Supposez une église dont le chœur serait saisi par une main gigantesque, et plié de manière à former, non plus, comme dans les églises ordinaires, un prolongement derrière l'autel, mais une sorte de salle ou de caverne obscure à la droite de l'officiant ; supposez cette salle fermée par le rideau de sept pieds de haut dont nous avons déjà parlé ; entassez dans l'ombre de ce rideau, sur des stalles de bois, les religieuses de chœur à gauche, les pensionnaires à droite, les converses et les novices au fond, et vous aurez quelque idée des religieuses du Petit-Picpus, assistant au service divin. Cette caverne, qu'on appelait le chœur, communiquait avec le cloître par un couloir. L'église prenait jour sur le jardin.

Quand les religieuses assistaient à des offices où leur
règle leur commandait le silence, le public n'était averti
de leur présence que par le choc des miséricordes des
stalles se levant ou s'abaissant avec bruit.

QUELQUES SILHOUETTES DE CETTE OMBRE

Pendant les six années qui séparent 1819 de 1825, la
prieure du Petit-Picpus était mademoiselle de Blemeur
qui en religion s'appelait mère Innocente. Elle était de la
famille de la Marguerite de Blemeur, auteur de *la Vie des
saints de l'ordre de Saint-Benoît*. Elle avait été réélue.
C'était une femme d'une soixantaine d'années, courte,
grosse, « chantant comme un pot fêlé », dit la lettre que
nous avons déjà citée ; du reste excellente, la seule gaie
dans tout le couvent, et pour cela adorée.

Mère Innocente tenait de son ascendante Marguerite,
la Dacier de l'Ordre. Elle était lettrée, érudite, savante,
compétente, curieusement historienne, farcie de latin,
bourrée de grec, pleine d'hébreu, et plutôt bénédictin
que bénédictine.

La sous-prieure était une vieille religieuse espagnole
presque aveugle, la mère Cineres.

Les plus comptées parmi les *vocales* étaient la mère
Sainte-Honorine, trésorière, la mère Sainte-Gertrude,
première maîtresse des novices, la mère Saint-Ange,
deuxième maîtresse, la mère Annonciation, sacristaine,
la mère Saint-Augustin, infirmière, la seule dans tout le
couvent qui fût méchante ; puis mère Sainte-Mechtilde
(Mlle Gauvain), toute jeune, ayant une admirable voix ;
mère des Anges (Mlle Drouet), qui avait été au couvent
des Filles-Dieu et au couvent du Trésor entre Gisors et
Magny ; mère Saint-Joseph (Mlle de Cogolludo) ; mère
Sainte-Adélaïde (Mlle d'Auverney) ; mère Miséricorde
(Mlle de Cifuentes, qui ne put résister aux austérités) ;
mère Compassion (Mlle de la Miltière, reçue à soixante

ans malgré la règle, très riche); mère Providence
(Mlle de Laudinière); mère Présentation (Mlle de
Siguenza), qui fut prieure en 1847; enfin, mère Sainte-
Céligne (la sœur du sculpteur Ceracchi), devenue folle;
mère Sainte-Chantal (Mlle de Suzon), devenue folle.

Il y avait encore parmi les plus jolies une charmante
fille de vingt-trois ans, qui était de l'île Bourbon et descendante du chevalier Roze, qui se fût appelée dans le
monde mademoiselle Roze et qui là s'appelait mère
Assomption.

La mère Sainte-Mechtilde, chargée du chant et du
chœur, y employait volontiers les pensionnaires. Elle en
prenait ordinairement une gamme complète, c'est-à-dire
sept, de dix ans à seize inclusivement, voix et tailles
assorties, qu'elle faisait chanter debout, alignées côte à
côte par rang d'âge de la plus petite à la plus grande.
Cela offrait aux regards quelque chose comme un pipeau
de jeunes filles, une sorte de flûte de Pan vivante faite
avec des anges.

Celles des sœurs converses que les pensionnaires
aimaient le mieux, c'étaient la sœur Sainte-Euphrasie, la
sœur Sainte-Marguerite, la sœur Sainte-Marthe, qui
était en enfance, et la sœur Saint-Michel, dont le long
nez les faisait rire.

Toutes ces femmes étaient douces pour tous ces
enfants. Les religieuses n'étaient sévères que pour elles-
mêmes. On ne faisait de feu qu'au pensionnat, et la nourriture, comparée à celle du couvent, y était recherchée.
Avec cela mille soins. Seulement, quand un enfant passait près d'une religieuse et lui parlait, la religieuse ne
répondait jamais.

Cette règle du silence avait engendré ceci que, dans
tout le couvent, la parole était retirée aux créatures
humaines et donnée aux objets inanimés. Tantôt c'était
la cloche de l'église qui parlait, tantôt le grelot du jardinier. Un timbre très sonore, placé à côté de la tourière et
qu'on entendait de toute la maison, indiquait par des
sonneries variées, qui étaient une façon de télégraphe
acoustique, toutes les actions de la vie matérielle à
accomplir, et appelait au parloir, si besoin était, telle ou
telle habitante de la maison. Chaque personne et chaque

chose avait sa sonnerie. La prieure avait un et un; la
sous-prieure un et deux. Six-cinq annonçait la classe, de
telle sorte que les élèves ne disaient jamais rentrer en
classe, mais aller à six-cinq. Quatre-quatre était le
timbre de madame de Genlis. On l'entendait très
souvent. *C'est le diable à quatre*, disaient celles qui
n'étaient point charitables. Dix-neuf coups annonçaient
un grand événement. C'était l'ouverture de la *porte de
clôture*, effroyable planche de fer hérissée de verrous qui
ne tournait sur ses gonds que devant l'archevêque.

Lui et le jardinier exceptés, nous l'avons dit, aucun
homme n'entrait dans le couvent. Les pensionnaires en
voyaient deux autres; l'un, l'aumônier, l'abbé Banès,
vieux et laid, qu'il leur était donné de contempler au
chœur à travers une grille; l'autre, le maître de dessin,
M. Ansiaux, que la lettre dont on a déjà lu quelques
lignes appelle *M. Anciat*, et qualifie *vieux affreux bossu*.

On voit que tous les hommes étaient choisis.

Telle était cette curieuse maison.

VIII

POST CORDA LAPIDES

Après en avoir esquissé la figure morale, il n'est pas
inutile d'en indiquer en quelques mots la configuration
matérielle. Le lecteur en a déjà quelque idée.

Le couvent du Petit-Picpus-Saint-Antoine emplissait
presque entièrement le vaste trapèze qui résultait des
intersections de la rue Polonceau, de la rue Droit-Mur,
de la petite rue Picpus et de la ruelle condamnée nommée dans les vieux plans rue Aumarais. Ces quatre rues
entouraient ce trapèze comme ferait un fossé. Le
couvent se composait de plusieurs bâtiments et d'un jardin. Le bâtiment principal, pris dans son entier, était
une juxtaposition de constructions hybrides qui, vues à
vol d'oiseau, dessinaient assez exactement une potence
posée sur le sol. Le grand bras de la potence occupait

tout le tronçon de la rue Droit-Mur compris entre la
petite rue Picpus et la rue Polonceau; le petit bras était
une haute, grise et sévère façade grillée qui regardait la
petite rue Picpus; la porte cochère n° 62 en marquait
l'extrémité. Vers le milieu de cette façade, la poussière et
la cendre blanchissaient une vieille porte basse cintrée
où les araignées faisaient leur toile et qui ne s'ouvrait
qu'une heure ou deux le dimanche et aux rares occasions
où le cercueil d'une religieuse sortait du couvent. C'était
l'entrée publique de l'église. Le coude de la potence était
une salle carrée qui servait d'office et que les religieuses
nommaient *la dépense*. Dans le grand bras étaient les cellules des mères et des sœurs et le noviciat. Dans le petit
bras les cuisines, le réfectoire, doublé du cloître, et
l'église. Entre la porte n° 62 et le coin de la ruelle fermée
Aumarais était le pensionnat, qu'on ne voyait pas du
dehors. Le reste du trapèze formait le jardin qui était
beaucoup plus bas que le niveau de la rue Polonceau; ce
qui faisait les murailles bien plus élevées encore au
dedans qu'à l'extérieur. Le jardin, légèrement bombé,
avait à son milieu, au sommet d'une butte, un beau sapin
aigu et conique duquel partaient, comme du rond-point
à pique d'un bouclier, quatre grandes allées, et, dispo-
sées deux par deux dans les embranchements des grandes, huit petites, de façon que, si l'enclos eût été circulaire, le plan géométral des allées eût ressemblé à une
croix posée sur une roue. Les allées, venant toutes aboutir aux murs très irréguliers du jardin, étaient de lon-
gueurs inégales. Elles étaient bordées de groseilliers. Au
fond une allée de grands peupliers allait des ruines du
vieux couvent, qui était à l'angle de la rue Droit-Mur, à la
maison du petit couvent, qui était à l'angle de la ruelle
Aumarais. En avant du petit couvent, il y avait ce qu'on
intitulait le petit jardin. Qu'on ajoute à cet ensemble une
cour, toutes sortes d'angles variés que faisaient les corps
de logis intérieurs, des murailles de prison, pour toute
perspective et pour tout voisinage la longue ligne noire
de toits qui bordait l'autre côté de la rue Polonceau, et
l'on pourra se faire une image complète de ce qu'était, il
y a quarante-cinq ans, la maison des bernardines du
Petit-Picpus. Cette sainte maison avait été bâtie précisé-

ment sur l'emplacement d'un jeu de paume fameux du
quatorzième au seizième siècle qu'on appelait le *tripot
des onze mille diables*.

Toutes ces rues du reste étaient des plus anciennes de
Paris. Ces noms, Droit-Mur et Aumarais, sont bien
vieux; les rues qui les portent sont beaucoup plus vieilles
encore. La ruelle Aumarais s'est appelée la ruelle Mau-
gout; la rue Droit-Mur s'est appelée la rue des Églan-
tiers, car Dieu ouvrait les fleurs avant que l'homme tail-
lât les pierres.

IX

UN SIÈCLE SOUS UNE GUIMPE

Puisque nous sommes en train de détails sur ce
qu'était autrefois le couvent du Petit-Picpus et que nous
avons osé ouvrir une fenêtre sur ce discret asile, que le
lecteur nous permette encore une petite digression,
étrangère au fond de ce livre, mais caractéristique et
utile en ce qu'elle fait comprendre que le cloître lui-
même a ses figures originales.

Il y avait dans le petit couvent une centenaire qui
venait de l'abbaye de Fontevrault. Avant la révolution
elle avait même été du monde. Elle parlait beaucoup de
M. de Miromesnil, garde des sceaux sous Louis XVI, et
d'une présidente Duplat qu'elle avait beaucoup connue.
C'était son plaisir et sa vanité de ramener ces deux noms
à tout propos. Elle disait merveilles de l'abbaye de Fontevrault, que c'était comme une ville, et qu'il y avait des
rues dans le monastère.

Elle parlait avec un parler picard qui égayait les pensionnaires. Tous les ans, elle renouvelait solennellement
ses vœux, et, au moment de faire serment, elle disait au
prêtre : Monseigneur saint-François l'a baillé à monseigneur saint-Julien, monseigneur saint-Julien l'a baillé
à monseigneur saint-Eusèbe, monseigneur saint-Eusèbe
l'a baillé à monseigneur saint-Procope, etc., etc.; ainsi je

vous le baille, mon père. — Et les pensionnaires de rire,
non sous cape, mais sous voile ; charmants petits rires
étouffés qui faisaient froncer le sourcil aux mères
vocales.

Une autre fois, la centenaire racontait des histoires.
Elle disait que *dans sa jeunesse les bernardins ne le*
cédaient pas aux mousquetaires. C'était un siècle qui parlait, mais c'était le dix-huitième siècle. Elle contait la
coutume champenoise et bourguignonne des quatre
vins. Avant la révolution, quand un grand personnage,
un maréchal de France, un prince, un duc et pair, traversait une ville de Bourgogne ou de Champagne, le corps
de ville venait le haranguer et lui présentait quatre gon-
doles d'argent dans lesquelles on avait versé de quatre
vins différents. Sur le premier gobelet on lisait cette inscription : *vin de singe*, sur le deuxième : *vin de lion*, sur le
troisième : *vin de mouton*, sur le quatrième : *vin de*
cochon. Ces quatre légendes exprimaient les quatre
degrés que descend l'ivrogne : la première ivresse, celle
qui égaye ; la deuxième, celle qui irrite ; la troisième,
celle qui hébète ; la dernière enfin, celle qui abrutit.

Elle avait dans une armoire, sous clef, un objet mystérieux auquel elle tenait fort. La règle de Fontevrault ne le
lui défendait pas. Elle ne voulait montrer cet objet à personne. Elle s'enfermait, ce que sa règle lui permettait, et
se cachait chaque fois qu'elle voulait le contempler. Si
elle entendait marcher dans le corridor, elle refermait
l'armoire aussi précipitamment qu'elle le pouvait avec
ses vieilles mains. Dès qu'on lui parlait de cela, elle se
taisait, elle qui parlait si volontiers. Les plus curieuses
échouèrent devant son silence et les plus tenaces devant
son obstination. C'était aussi là un sujet de commentaires pour tout ce qui était désœuvré ou ennuyé dans le
couvent. Que pouvait donc être cette chose si précieuse
et si secrète qui était le trésor de la centenaire ? Sans
doute quelque saint livre ? quelque chapelet unique ?
quelque relique prouvée ? On se perdait en conjectures.
À la mort de la pauvre vieille, on courut à l'armoire plus
vite peut-être qu'il n'eût convenu, et on l'ouvrit. On
trouva l'objet sous un triple linge comme une patène
bénite. C'était un plat de Faenza représentant des

amours qui s'envolent poursuivis par des garçons apo-
thicaires armés d'énormes seringues. La poursuite
abonde en grimaces et en postures comiques. Un des
charmants petits amours est déjà tout embroché. Il se
débat, agite ses petites ailes et essaye encore de voler,
mais le matassin rit d'un rire satanique. Moralité :
l'amour vaincu par la colique. Ce plat, fort curieux d'ailleurs, et qui a peut-être eu l'honneur de donner une idée
à Molière, existait encore en septembre 1845 ; il était à
vendre chez un marchand de bric-à-brac du boulevard
Beaumarchais.

Cette bonne vieille ne voulait recevoir aucune visite du
dehors, *à cause*, disait-elle, *que le parloir est trop triste*.

X

ORIGINE DE L'ADORATION PERPÉTUELLE

Du reste, ce parloir presque sépulcral dont nous avons
essayé de donner idée est un fait tout local qui ne se
reproduit pas avec la même sévérité dans d'autres couvents. Au couvent de la rue du Temple en particulier qui,
à la vérité, était d'un autre ordre, les volets noirs étaient
remplacés par des rideaux bruns, et le parloir lui-même
était un salon parqueté dont les fenêtres s'encadraient de
bonnes-grâces en mousseline blanche et dont les
murailles admettaient toutes sortes de cadres, un portrait d'une bénédictine à visage découvert, des bouquets
en peinture, et jusqu'à une tête de turc.

C'est dans le jardin du couvent de la rue du Temple
que se trouvait ce marronnier d'Inde qui passait pour le
plus beau et le plus grand de France et qui avait parmi le
bon peuple du dix-huitième siècle la renommée d'être *le
père de tous les maronniers du royaume*.

Nous l'avons dit, ce couvent du Temple était occupé
par des bénédictines de l'Adoration Perpétuelle, bénédictines tout autres que celles qui relevaient de Cîteaux. Cet
ordre de l'Adoration Perpétuelle n'est pas très ancien et

ne remonte pas à plus de deux cents ans. En 1649, le Saint-Sacrement fut profané deux fois, à quelques jours de distance, dans deux églises de Paris, à Saint-Sulpice et à Saint-Jean en Grève, sacrilège effrayant et rare qui émut toute la ville. M. le prieur-grand vicaire de Saint-Germain-des-Prés ordonna une procession solennelle de tout son clergé où officia le nonce du pape. Mais l'expiation ne suffit pas à deux dignes femmes, madame Courtin, marquise de Boucs, et la comtesse de Châteauvieux. Cet outrage, fait au « très auguste sacrement de l'autel », quoique passager, ne sortait pas de ces deux saintes âmes, et leur parut ne pouvoir être réparé que par une « Adoration Perpétuelle » dans quelque monastère de filles. Toutes deux, l'une en 1652, l'autre en 1653, firent donation de sommes notables à la mère Catherine de Bar, dite du Saint-Sacrement, religieuse bénédictine, pour fonder, dans ce but pieux, un monastère de l'ordre de saint-Benoît ; la première permission pour cette fondation fut donnée à la mère Catherine de Bar par M. de Metz, abbé de Saint-Germain, « à la charge qu'aucune « fille ne pourrait être reçue qu'elle n'apportât trois cents « livres de pension, qui font six mille livres au princi-« pal ». Après l'abbé de Saint-Germain, le roi accorda des lettres patentes, et le tout, charte abbatiale et lettres royales, fut homologué en 1654 à la chambre des comptes et au parlement.

Telle est l'origine et la consécration légale de l'établissement des bénédictines de l'Adoration Perpétuelle du Saint-Sacrement à Paris. Leur premier couvent fut « bâti à neuf », rue Cassette, des deniers de mesdames de Boucs et de Châteauvieux.

Cet ordre, comme on voit, ne se confondait point avec les bénédictines dites de Cîteaux. Il relevait de l'abbé de Saint-Germain-des-Prés, de la même manière que les dames du sacré-cœur relèvent du général des jésuites et les sœurs de charité du général des lazaristes.

Il était également tout à fait différent des bernardines du Petit-Picpus, dont nous venons de montrer l'intérieur. En 1657, le pape Alexandre VII avait autorisé, par bref spécial, les bernardines du Petit-Picpus à pratiquer

l'Adoration Perpétuelle comme les bénédictines du
Saint-Sacrement. Mais les deux ordres n'en étaient pas
moins restés distincts.

XI

FIN DU PETIT-PICPUS

Dès le commencement de la restauration, le couvent
du Petit-Picpus dépérissait, ce qui fait partie de la mort
générale de l'ordre, lequel, après le dix-huitième siècle,
s'en va comme tous les ordres religieux. La contemplation est, ainsi que la prière, un besoin de l'humanité;
mais, comme tout ce que la révolution a touché, elle se
transformera, et, d'hostile au progrès social, lui deviendra favorable.

La maison du Petit-Picpus se dépeuplait rapidement.
En 1840, le petit couvent avait disparu, le pensionnat
avait disparu. Il n'y avait plus ni les vieilles femmes, ni
les jeunes filles; les unes étaient mortes, les autres s'en
étaient allées. *Volaverunt.*

La règle de l'Adoration Perpétuelle est d'une telle rigidité qu'elle épouvante; les vocations reculent, l'ordre ne
se recrute pas. En 1845, il se faisait encore çà et là quelques sœurs converses; mais de religieuses de chœur,
point. Il y a quarante ans, les religieuses étaient près de
cent; il y a quinze ans, elles n'étaient plus que vingt-huit.
Combien sont-elles aujourd'hui? En 1847, la prieure
était jeune, signe que le cercle du choix se restreint. Elle
n'avait pas quarante ans. À mesure que le nombre diminue, la fatigue augmente; le service de chacune devient
plus pénible; on voyait dès lors approcher le moment où
elles ne seraient plus qu'une douzaine d'épaules doulou-
reuses et courbées pour porter la lourde règle de saint-
Benoît. Le fardeau est implacable et reste le même à peu
comme à beaucoup. Il pesait, il écrase. Aussi elles
meurent. Du temps que l'auteur de ce livre habitait
encore Paris, deux sont mortes. L'une avait vingt-cinq
ans, l'autre vingt-trois. Celle-ci peut dire comme Julia

Alpinula : *Hic jaceo, vixi annos viginti et tres.* C'est à cause de cette décadence que le couvent a renoncé à l'éducation des filles.

Nous n'avons pu passer devant cette maison extraordinaire, inconnue, obscure, sans y entrer et sans y faire entrer les esprits qui nous accompagnent et qui nous écoutent raconter, pour l'utilité de quelques-uns peut-être, l'histoire mélancolique de Jean Valjean. Nous avons jeté un coup d'œil dans cette communauté toute pleine de ces vieilles pratiques qui semblent si nouvelles aujourd'hui. C'est le jardin fermé. *Hortus conclusus.* Nous avons parlé de ce lieu singulier avec détail, mais avec respect, autant du moins que le respect et le détail sont conciliables. Nous ne comprenons pas tout, mais nous n'insultons rien. Nous sommes à égale distance de l'hosanna de Joseph de Maistre qui aboutit à sacrer le bourreau et du ricanement de Voltaire qui va jusqu'à railler le crucifix.

Illogisme de Voltaire, soit dit en passant; car Voltaire eût défendu Jésus comme il défendait Calas; et, pour ceux-là mêmes qui nient les incarnations surhumaines, que représente le crucifix? Le sage assassiné.

Au dix-neuvième siècle, l'idée religieuse subit une crise. On désapprend de certaines choses, et l'on fait bien, pourvu qu'en désapprenant ceci, on apprenne cela. Pas de vide dans le cœur humain. De certaines démolitions se font, et il est bon qu'elles se fassent, mais à la condition d'être suivies de reconstructions.

En attendant, étudions les choses qui ne sont plus. Il est nécessaire de les connaître, ne fût-ce que pour les éviter. Les contrefaçons du passé prennent de faux noms et s'appellent volontiers l'avenir. Ce revenant, le passé, est sujet à falsifier son passeport. Mettons-nous au fait du piège. Défions-nous. Le passé a un visage, la superstition, et un masque, l'hypocrisie. Dénonçons le visage et arrachons le masque.

Quant aux couvents, ils offrent une question complexe. Question de civilisation, qui les condamne; question de liberté, qui les protège.

LIVRE SEPTIÈME

PARENTHÈSE

I

LE COUVENT, IDÉE ABSTRAITE

Ce livre est un drame dont le premier personnage est l'infini.

L'homme est le second.

Cela étant, comme un couvent s'est trouvé sur notre chemin, nous avons dû y pénétrer. Pourquoi? C'est que le couvent, qui est propre à l'orient comme à l'occident, à l'antiquité comme aux temps modernes, au paganisme, au bouddhisme, au mahométisme, comme au christianisme, est un des appareils d'optique appliqués par l'homme sur l'infini.

Ce n'est point ici le lieu de développer hors de mesure de certaines idées; cependant, tout en maintenant absolument nos réserves, nos restrictions, et même nos indignations, nous devons le dire, toutes les fois que nous rencontrons dans l'homme l'infini, bien ou mal compris, nous nous sentons pris de respect. Il y a dans la synagogue, dans la mosquée, dans la pagode, dans le wigwam, un côté hideux que nous exécrons et un côté sublime que nous adorons. Quelle contemplation pour l'esprit et quelle rêverie sans fond! la réverbération de Dieu sur le mur humain.

II

LE COUVENT, FAIT HISTORIQUE

Au point de vue de l'histoire, de la raison et de la vérité, le monachisme est condamné.

Les monastères, quand ils abondent chez une nation, sont des nœuds à la circulation, des établissements encombrants, des centres de paresse là où il faut des centres de travail. Les communautés monastiques sont à la grande communauté sociale ce que le gui est au chêne, ce que la verrue est au corps humain. Leur prospérité et leur embonpoint sont l'appauvrissement du pays. Le régime monacal, bon au début des civilisations, utile à produire la réduction de la brutalité par le spirituel, est mauvais à la virilité des peuples. En outre, lorsqu'il se relâche et qu'il entre dans sa période de dérèglement, comme il continue à donner l'exemple il devient mauvais par toutes les raisons qui le faisaient salutaire dans sa période de pureté.

Les claustrations ont fait leur temps. Les cloîtres, utiles à la première éducation de la civilisation moderne, ont été gênants pour sa croissance et sont nuisibles à son développement. En tant qu'institution et que mode de formation pour l'homme, les monastères, bons au dixième siècle, discutables au quinzième, sont détestables au dix-neuvième. La lèpre monacale a presque rongé jusqu'au squelette deux admirables nations, l'Italie et l'Espagne, l'une la lumière, l'autre la splendeur de l'Europe pendant des siècles, et, à l'époque où nous sommes, ces deux illustres peuples ne commencent à guérir que grâce à la saine et vigoureuse hygiène de 1789.

Le couvent, l'antique couvent de femmes particulièrement, tel qu'il apparaît encore au seuil de ce siècle en Italie, en Autriche, en Espagne, est une des plus sombres concrétions du moyen-âge. Le cloître, ce cloître-là, est le point d'intersection des terreurs. Le cloître catholique proprement dit est tout rempli du rayonnement noir de la mort.

Le couvent espagnol surtout est funèbre. Là montent dans l'obscurité, sous des voûtes pleines de brume, sous des dômes vagues à force d'ombre, de massifs autels babéliques, hauts comme des cathédrales; là pendent à des chaînes dans les ténèbres d'immenses crucifix blancs; là s'étalent, nus sur l'ébène, de grands Christs d'ivoire; plus que sanglants, saignants; hideux et magnifiques, les coudes montrant les os, les rotules montrant les téguments, les plaies montrant les chairs, couronnés d'épines d'argent, cloués de clous d'or, avec des gouttes de sang en rubis sur le front et des larmes en diamants dans les yeux. Les diamants et les rubis semblent mouillés, et font pleurer en bas dans l'ombre des êtres voilés qui ont les flancs meurtris par le cilice et par le fouet aux pointes de fer, les seins écrasés par des claies d'osier, les genoux écorchés par la prière; des femmes qui se croient des épouses; des spectres qui se croient des séraphins. Ces femmes pensent-elles? non. Veulent-elles? non. Aiment-elles? non. Vivent-elles? non. Leurs nerfs sont devenus des os; leurs os sont devenus des pierres. Leur voile est de la nuit tissue. Leur souffle sous le voile ressemble à on ne sait quelle tragique respiration de la mort. L'abbesse, une larve, les sanctifie et les terrifie. L'immaculé est là, farouche. Tels sont les vieux monastères d'Espagne. Repaires de la dévotion terrible, antres de vierges, lieux féroces.

L'Espagne catholique était plus romaine que Rome même. Le couvent espagnol était par excellence le couvent catholique. On y sentait l'orient. L'archevêque, kislar-aga du ciel, verrouillait et espionnait ce sérail d'âmes réservé à Dieu. La nonne était l'odalisque, le prêtre était l'eunuque. Les ferventes étaient choisies en songe et possédaient Christ. La nuit, le beau jeune homme nu descendait de la croix et devenait l'extase de la cellule. De hautes murailles gardaient de toute distraction vivante la sultane mystique qui avait le crucifié pour sultan. Un regard dehors était une infidélité. L'*inpace* remplaçait le sac de cuir. Ce qu'on jetait à la mer en orient, on le jetait à la terre en occident. Des deux côtés, des femmes se tordaient les bras; la vague aux unes, la fosse aux autres; ici les noyées, là les enterrées. Parallélisme monstrueux.

Aujourd'hui les souteneurs du passé, ne pouvant nier ces choses, ont pris le parti d'en sourire. On a mis à la mode une façon commode et étrange de supprimer les révélations de l'histoire, d'infirmer les commentaires de la philosophie, et d'élider tous les faits gênants et toutes les questions sombres. *Matière à déclamations*, disent les habiles. Déclamations, répètent les niais. Jean-Jacques, déclamateur; Diderot, déclamateur; Voltaire sur Calas, Labarre et Sirven, déclamateur. Je ne sais qui a trouvé dernièrement que Tacite était un déclamateur, que Néron était une victime, et que décidément il fallait s'apitoyer « sur ce pauvre Holopherne ».

Les faits pourtant sont malaisés à déconcerter, et s'obstinent. L'auteur de ce livre a vu, de ses yeux, à huit lieues de Bruxelles, c'est là du moyen-âge que tout le monde a sous la main, à l'abbaye de Villers, le trou des oubliettes au milieu du pré qui a été la cour du cloître, et, au bord de la Dyle, quatre cachots de pierre, moitié sous terre, moitié sous l'eau. C'étaient des *in-pace*. Chacun de ces cachots a un reste de porte de fer, une latrine, et une lucarne grillée qui, dehors, est à deux pieds au-dessus de la rivière, et, dedans, à six pieds au-dessus du sol. Quatre pieds de rivière coulent extérieurement le long du mur. Le sol est toujours mouillé. L'habitant de l'*in-pace* avait pour lit cette terre mouillée. Dans l'un des cachots, il y a un tronçon de carcan scellé au mur; dans un autre, on voit une espèce de boîte carrée faite de quatre lames de granit, trop courte pour qu'on s'y couche, trop basse pour qu'on s'y dresse. On mettait là-dedans un être avec un couvercle de pierre par-dessus. Cela est. On le voit. On le touche. Ces *in-pace*, ces cachots, ces gonds de fer, ces carcans, cette haute lucarne au ras de laquelle coule la rivière, cette boîte de pierre fermée d'un couvercle de granit comme une tombe, avec cette différence qu'ici le mort était un vivant, ce sol qui est de la boue, ce trou de latrines, ces murs qui suintent, quels déclamateurs!

III

À QUELLE CONDITION ON PEUT RESPECTER LE PASSÉ

Le monachisme, tel qu'il existait en Espagne et tel qu'il existe au Thibet, est pour la civilisation une sorte de phtisie. Il arrête net la vie. Il dépeuple, tout simplement. Claustration, castration. Il a été fléau en Europe. Ajoutez à cela la violence si souvent faite à la conscience, les vocations forcées, la féodalité s'appuyant au cloître, l'aînesse versant dans le monachisme le trop-plein de la famille, les férocités dont nous venons de parler, les *in-pace*, les bouches closes, les cerveaux murés, tant d'intelligences infortunées mises au cachot des vœux éternels, la prise d'habit, enterrement des âmes toutes vives. Ajoutez les supplices individuels aux dégradations nationales, et, qui que vous soyez, vous vous sentirez tressaillir devant le froc et le voile, ces deux suaires d'invention humaine.

Pourtant, sur certains points et en certains lieux, en dépit de la philosophie, en dépit du progrès, l'esprit claustral persiste en plein dix-neuvième siècle, et une bizarre recrudescence ascétique étonne en ce moment le monde civilisé. L'entêtement des institutions vieillies à se perpétuer ressemble à l'obstination du parfum ranci qui réclamerait votre chevelure, à la prétention du poisson gâté qui voudrait être mangé, à la persécution du vêtement d'enfant qui voudrait habiller l'homme, et à la tendresse des cadavres qui reviendraient embrasser les vivants.

Ingrats! dit le vêtement, je vous ai protégés dans le mauvais temps. Pourquoi ne voulez-vous plus de moi? Je viens de la pleine mer, dit le poisson. J'ai été la rose, dit le parfum. Je vous ai aimés, dit le cadavre. Je vous ai civilisés, dit le couvent.

À cela une seule réponse : Jadis.

Rêver la prolongation indéfinie des choses défuntes et le gouvernement des hommes par embaumement, restaurer les dogmes en mauvais état, redorer les châsses, recrépir les cloîtres, rebénir les reliquaires, remeubler les superstitions, ravitailler les fanatismes, remmancher les goupillons et les sabres, reconstituer le monachisme et le militarisme, croire au salut de la société par la multiplication des parasites, imposer le passé au présent, cela semble étrange. Il y a cependant des théoriciens pour ces théories-là. Ces théoriciens, gens d'esprit d'ailleurs, ont un procédé bien simple, ils appliquent sur le passé un enduit qu'ils appellent ordre social, droit divin, morale, famille, respect des aïeux, autorité antique, tradition sainte, légitimité, religion; et ils vont criant : — Voyez! prenez ceci, honnêtes gens. — Cette logique était connue des anciens. Les aruspices la pratiquaient. Ils frottaient de craie une génisse noire, et disaient : Elle est blanche. *Bos cretatus*.

Quant à nous, nous respectons çà et là et nous épargnons partout le passé, pourvu qu'il consente à être mort. S'il veut être vivant, nous l'attaquons, et nous tâchons de le tuer.

Superstitions, bigotismes, cagotismes, préjugés, ces larves, toutes larves qu'elles sont, sont tenaces à la vie, elles ont des dents et des ongles dans leur fumée; et il faut les étreindre corps à corps, et leur faire la guerre, et la leur faire sans trêve, car c'est une des fatalités de l'humanité d'être condamnée à l'éternel combat des fantômes. L'ombre est difficile à prendre à la gorge et à terrasser.

Un couvent en France, en plein midi du dix-neuvième siècle, c'est un collège de hiboux faisant face au jour. Un cloître, en flagrant délit d'ascétisme au beau milieu de la cité de 89, de 1830 à 1848, Rome s'épanouissant dans Paris, c'est un anachronisme. En temps ordinaire, pour dissoudre un anachronisme et le faire évanouir, on n'a qu'à lui faire épeler le millésime. Mais nous ne sommes point en temps ordinaire.

Combattons.

Combattons, mais distinguons. Le propre de la vérité, c'est de n'être jamais excessive. Quel besoin a-t-elle d'exagérer? Il y a ce qu'il faut détruire, et il y a ce qu'il faut simplement éclairer et regarder. L'examen bienveillant et grave, quelle force! N'apportons point la flamme là où la lumière suffit.

Donc, le dix-neuvième siècle étant donné, nous sommes contraire, en thèse générale, et chez tous les peuples, en Asie comme en Europe, dans l'Inde comme en Turquie, aux claustrations ascétiques. Qui dit couvent dit marais. Leur putrescibilité est évidente, leur stagnation est malsaine, leur fermentation enfièvre les peuples et les étiole; leur multiplication devient plaie d'Égypte. Nous ne pouvons penser sans effroi à ces pays où les fakirs, les bonzes, les santons, les caloyers, les marabouts, les talapoins et les derviches pullulent jusqu'au fourmillement vermineux.

Cela dit, la question religieuse subsiste. Cette question a de certains côtés mystérieux, presque redoutables; qu'il nous soit permis de la regarder fixement.

IV

LE COUVENT AU POINT DE VUE DES PRINCIPES

Des hommes se réunissent et habitent en commun. En vertu de quel droit? en vertu du droit d'association.

Ils s'enferment chez eux. En vertu de quel droit? en vertu du droit qu'a tout homme d'ouvrir ou de fermer sa porte.

Ils ne sortent pas. En vertu de quel droit? en vertu du droit d'aller et de venir, qui implique le droit de rester chez soi.

Là, chez eux, que font-ils?

Ils parlent bas; ils baissent les yeux; ils travaillent. Ils renoncent au monde, aux villes, aux sensualités, aux plaisirs, aux vanités, aux orgueils, aux intérêts. Ils sont vêtus de grosse laine ou de grosse toile. Pas un d'eux ne possède en propriété quoi que ce soit. En entrant là, celui qui était riche se fait pauvre. Ce qu'il a, il le donne à tous. Celui qui était ce qu'on appelle noble, gentil-homme et seigneur, est l'égal de celui qui était paysan. La cellule est identique pour tous. Tous subissent la même tonsure, portent le même froc, mangent le même pain noir, dorment sur la même paille, meurent sur la même cendre. Le même sac sur le dos, la même corde autour des reins. Si le parti pris est d'aller pieds nus, tous vont pieds nus. Il peut y avoir là un prince, ce prince est la même ombre que les autres. Plus de titres. Les noms de famille même ont disparu. Ils ne portent que des prénoms. Tous sont courbés sous l'égalité des noms de baptême. Ils ont dissous la famille charnelle et constitué dans leur communauté la famille spirituelle. Ils n'ont plus d'autres parents que tous les hommes. Ils secourent les pauvres, ils soignent les malades. Ils élisent ceux auxquels ils obéissent. Ils se disent l'un à l'autre : mon frère.

Vous m'arrêtez, et vous vous écriez : — Mais c'est là le couvent idéal !

Il suffit que ce soit le couvent possible, pour que j'en doive tenir compte.

De là vient que, dans le livre précédent, j'ai parlé d'un couvent avec un accent respectueux. Le moyen-âge écarté, l'Asie écartée, la question historique et politique réservée, au point de vue philosophique pur, en dehors des nécessités de la polémique militante, à la condition que le monastère soit absolument volontaire et ne renferme que des consentements, je considérerai toujours la communauté claustrale avec une certaine gravité attentive et, à quelques égards, déférente. Là où il y a la communauté, il y a la commune ; là où il y a la commune, il y a le droit. Le monastère est le produit de la formule : Égalité, Fraternité. Oh ! que la Liberté est grande ! et quelle transfiguration splendide ! la Liberté suffit à transformer le monastère en république.

Continuons.

Mais ces hommes, ou ces femmes, qui sont derrière ces quatre murs, ils s'habillent de bure, ils sont égaux, ils s'appellent frères ; c'est bien ; mais ils font encore autre chose ?

Oui.

Quoi ?

Ils regardent l'ombre, ils se mettent à genoux, et ils joignent les mains.

Qu'est-ce que cela signifie ?

V

LA PRIÈRE

Ils prient.

Qui ?

Dieu.

Prier Dieu, que veut dire ce mot ?

Y a-t-il un infini hors de nous ? Cet infini est-il un, immanent, permanent ; nécessairement substantiel, puisqu'il est infini, et que, si la matière lui manquait, il serait borné là, nécessairement intelligent, puisqu'il est infini, et que, si l'intelligence lui manquait, il serait fini là ? Cet infini éveille-t-il en nous l'idée d'essence, tandis que nous ne pouvons nous attribuer à nous-mêmes que l'idée d'existence ? En d'autres termes, n'est-il pas l'absolu dont nous sommes le relatif ?

En même temps qu'il y a un infini hors de nous, n'y a-t-il pas un infini en nous ? Ces deux infinis (quel pluriel effrayant !) ne se superposent-ils pas l'un à l'autre ? Le second infini n'est-il pas pour ainsi dire sous-jacent au premier ? N'en est-il pas le miroir, le reflet, l'écho, abîme concentrique à un autre abîme ? Ce second infini est-il intelligent lui aussi ? Pense-t-il ? aime-t-il ? veut-il ? Si les deux infinis sont intelligents, chacun d'eux a un principe voulant, et il y a un moi dans l'infini d'en haut comme il y a un moi dans l'infini d'en bas. Ce moi d'en bas, c'est l'âme ; ce moi d'en haut, c'est Dieu.

Mettre, par la pensée, l'infini d'en bas en contact avec l'infini d'en haut, cela s'appelle prier.

Ne retirons rien à l'esprit humain ; supprimer est mauvais. Il faut réformer et transformer. Certaines facultés de l'homme sont dirigées vers l'Inconnu ; la pensée, la rêverie, la prière. L'Inconnu est un océan. Qu'est-ce que la conscience ? C'est la boussole de l'Inconnu. Pensée, rêverie, prière ; ce sont là de grands rayonnements mystérieux. Respectons-les. Où vont ces irradiations majestueuses de l'âme ? à l'ombre ; c'est-à-dire à la lumière.

La grandeur de la démocratie, c'est de ne rien nier et de ne rien renier de l'humanité. Près du droit de l'Homme, au moins à côté, il y a le droit de l'Âme.

Écraser les fanatismes et vénérer l'infini, telle est la loi. Ne nous bornons pas à nous prosterner sous l'arbre Création, et à contempler ses immenses branchages pleins d'astres. Nous avons un devoir : travailler à l'âme humaine, défendre le mystère contre le miracle, adorer l'incompréhensible et rejeter l'absurde, n'admettre, en fait d'inexplicable, que le nécessaire, assainir la croyance, ôter les superstitions de dessus la religion ; écheniller Dieu.

VI

BONTÉ ABSOLUE DE LA PRIÈRE

Quant au mode de prier, tous sont bons, pourvu qu'ils soient sincères. Tournez votre livre à l'envers, et soyez dans l'infini.

Il y a, nous le savons, une philosophie qui nie l'infini. Il y a aussi une philosophie, classée pathologiquement, qui nie le soleil ; cette philosophie s'appelle cécité.

Ériger un sens qui nous manque en source de vérité, c'est un bel aplomb d'aveugle.

Le curieux, ce sont les airs hautains, supérieurs et compatissants que prend, vis-à-vis de la philosophie qui voit Dieu, cette philosophie à tâtons. On croit entendre une taupe s'écrier : Ils me font pitié avec leur soleil !

Il y a, nous le savons, d'illustres et puissants athées. Ceux-là, au fond, ramenés au vrai par leur puissance même, ne sont pas bien sûrs d'être athées, ce n'est guère avec eux qu'une affaire de définition, et, dans tous les cas, s'ils ne croient pas Dieu, étant de grands esprits, ils prouvent Dieu.

Nous saluons en eux les philosophes, tout en qualifiant inexorablement leur philosophie.

Continuons.

L'admirable aussi, c'est la facilité à se payer de mots. Une école métaphysique du nord, un peu imprégnée de brouillard, a cru faire une révolution dans l'entendement humain en remplaçant le mot Force par le mot Volonté.

Dire : la plante veut ; au lieu de : la plante croît ; cela serait fécond, en effet, si l'on ajoutait : l'univers veut. Pourquoi ? C'est qu'il en sortirait ceci : la plante veut, donc elle a un moi ; l'univers veut, donc il a un Dieu.

Quant à nous, qui pourtant, au rebours de cette école, ne rejetons rien à priori, une volonté dans la plante, acceptée par cette école, nous paraît plus difficile à admettre qu'une volonté dans l'univers, niée par elle.

Nier la volonté de l'infini, c'est-à-dire Dieu, cela ne se peut qu'à la condition de nier l'infini. Nous l'avons démontré.

La négation de l'infini mène droit au nihilisme. Tout devient « une conception de l'esprit ».

Avec le nihilisme pas de discussion possible. Car le nihiliste logique doute que son interlocuteur existe, et n'est pas bien sûr d'exister lui-même.

À son point de vue, il est possible qu'il ne soit lui-même pour lui-même qu'une « conception de son esprit ».

Seulement, il ne s'aperçoit point que tout ce qu'il a nié, il l'admet en bloc, rien qu'en prononçant ce mot : Esprit.

En somme, aucune voie n'est ouverte pour la pensée par une philosophie qui fait tout aboutir au monosyllabe : Non.

A : Non, il n'y a qu'une réponse : Oui.

Le nihilisme est sans portée.

Il n'y a pas de néant. Zéro n'existe pas. Tout est quelque chose. Rien n'est rien.

L'homme vit d'affirmation plus encore que de pain.

Voir et montrer, cela même ne suffit pas. La philosophie doit être une énergie ; elle doit avoir pour effort et pour effet d'améliorer l'homme. Socrate doit entrer dans Adam et produire Marc-Aurèle ; en d'autres termes, faire sortir de l'homme de la félicité l'homme de la sagesse. Changer l'Éden en Lycée. La science doit être un cordial. Jouir, quel triste but et quelle ambition chétive ! La brute jouit. Penser, voilà le triomphe vrai de l'âme. Tendre la pensée à la soif des hommes, leur donner à tous en élixir la notion de Dieu, faire fraterniser en eux la conscience et la science, les rendre justes par cette confrontation mystérieuse, telle est la fonction de la philosophie réelle.

La morale est un épanouissement de vérités. Contempler mène à agir. L'absolu doit être pratique. Il faut que l'idéal soit respirable, potable et mangeable à l'esprit humain. C'est l'idéal qui a le droit de dire : *Prenez, ceci est ma chair, ceci est mon sang*. La sagesse est une communion sacrée. C'est à cette condition qu'elle cesse d'être un stérile amour de la science pour devenir le mode un et souverain du ralliement humain, et que de philosophie elle est promue religion.

La philosophie ne doit pas être un simple encorbellement bâti sur le mystère pour le regarder à son aise, sans autre résultat que d'être commode à la curiosité.

Pour nous, en ajournant le développement de notre pensée à une autre occasion, nous nous bornons à dire que nous ne comprenons ni l'homme comme point de départ, ni le progrès comme but, sans ces deux forces qui sont les deux moteurs : croire et aimer.

Le progrès est le but ; l'idéal est le type.

Qu'est-ce que l'idéal ? C'est Dieu.

Idéal, absolu, perfection, infini ; mots identiques.

VII

PRÉCAUTIONS À PRENDRE DANS LE BLÂME

L'histoire et la philosophie ont d'éternels devoirs qui sont en même temps des devoirs simples ; combattre Caïphe évêque, Dracon juge, Trimalcion législateur, Tibère empereur ; cela est clair, direct et limpide et n'offre aucune obscurité. Mais le droit de vivre à part, même avec ses inconvénients et ses abus, veut être constaté et ménagé. Le cénobitisme est un problème humain.

Lorsqu'on parle des couvents, ces lieux d'erreur, mais d'innocence, d'égarement, mais de bonne volonté, d'ignorance, mais de dévouement, de supplice, mais de martyre, il faut presque toujours dire oui et non.

Un couvent, c'est une contradiction. Pour but, le salut ;

pour moyen, le sacrifice. Le couvent, c'est le suprême égoïsme ayant pour résultante la suprême abnégation.

Abdiquer pour régner, semble être la devise du monachisme.

Au cloître, on souffre pour jouir. On tire une lettre de change sur la mort. On escompte en nuit terrestre la lumière céleste. Au cloître, l'enfer est accepté en avance d'hoirie sur le paradis.

La prise de voile ou de froc est un suicide payé d'éternité.

Il ne nous paraît pas qu'en un pareil sujet la moquerie soit de mise. Tout y est sérieux, le bien comme le mal.

L'homme juste fronce le sourcil, mais ne sourit jamais du mauvais sourire. Nous comprenons la colère, non la malignité.

VIII

FOI, LOI

Encore quelques mots.

Nous blâmons l'église quand elle est saturée d'intrigue, nous méprisons le spirituel âpre au temporel ; mais nous honorons partout l'homme pensif.

Nous saluons qui s'agenouille.

Une foi ; c'est là pour l'homme le nécessaire. Malheur à qui ne croit rien !

On n'est pas inoccupé parce qu'on est absorbé. Il y a le labeur visible et le labeur invisible.

Contempler, c'est labourer ; penser, c'est agir. Les bras croisés travaillent, les mains jointes font. Le regard au ciel est une œuvre.

Thalès resta quatre ans immobile. Il fonda la philosophie.

Pour nous les cénobites ne sont pas des oisifs, et les solitaires ne sont pas des fainéants.

Songer à l'Ombre est une chose sérieuse.

Sans rien infirmer de ce que nous venons de dire, nous

croyons qu'un perpétuel souvenir du tombeau convient aux vivants. Sur ce point le prêtre et le philosophe sont d'accord. *Il faut mourir*. L'abbé de La Trappe donne la réplique à Horace.

Mêler à sa vie une certaine présence du sépulcre, c'est la loi du sage ; et c'est la loi de l'ascète. Sous ce rapport l'ascète et le sage convergent.

Il y a la croissance matérielle ; nous la voulons. Il y a aussi la grandeur morale ; nous y tenons.

Les esprits irréfléchis et rapides disent :

— À quoi bon ces figures immobiles du côté du mystère ? à quoi servent-elles ? qu'est-ce qu'elles font ?

Hélas ! en présence de l'obscurité qui nous environne et qui nous attend, ne sachant pas ce que la dispersion immense fera de nous, nous répondons : Il n'y a pas d'œuvre plus sublime peut-être que celle que font ces âmes. Et nous ajoutons : Il n'y a peut-être pas de travail plus utile.

Il faut bien ceux qui prient toujours pour ceux qui ne prient jamais.

Pour nous, toute la question est dans la quantité de pensée qui se mêle à la prière.

Leibnitz priant, cela est grand ; Voltaire adorant, cela est beau. *Deo erexit Voltaire*.

Nous sommes pour la religion contre les religions.

Nous sommes de ceux qui croient à la misère des oraisons et à la sublimité de la prière.

Du reste, dans cette minute que nous traversons, minute qui heureusement ne laissera pas au dix-neuvième siècle sa figure, à cette heure où tant d'hommes ont le front bas et l'âme peu haute, parmi tant de vivants ayant pour morale de jouir, et occupés des choses courtes et difformes de la matière, quiconque s'exile nous semble vénérable. Le monastère est un renoncement. Le sacrifice qui porte à faux est encore le sacrifice. Prendre pour devoir une erreur sévère, cela a sa grandeur.

Pris en soi, et idéalement, et pour tourner autour de la vérité jusqu'à épuisement impartial de tous les aspects, le monastère, le couvent de femmes surtout, car dans notre société c'est la femme qui souffre le plus, et dans cet exil du cloître il y a de la protestation, le couvent de femmes a incontestablement une certaine majesté.

Cette existence claustrale si austère et si morne, dont nous venons d'indiquer quelques linéaments, ce n'est pas la vie, car ce n'est pas la liberté; ce n'est pas la tombe, car ce n'est pas la plénitude; c'est le lieu étrange d'où l'on aperçoit, comme de la crête d'une haute montagne, d'un côté l'abîme où nous sommes, de l'autre l'abîme où nous serons; c'est une frontière étroite et brumeuse séparant deux mondes, éclairée et obscurcie par les deux à la fois, où le rayon affaibli de la vie se mêle au rayon vague de la mort; c'est la pénombre du tombeau.

Quant à nous, qui ne croyons pas ce que ces femmes croient, mais qui vivons comme elles par la foi, nous n'avons jamais pu considérer sans une espèce de terreur religieuse et tendre, sans une sorte de pitié pleine d'envie, ces créatures dévouées, tremblantes et confiantes, ces âmes humbles et augustes qui osent vivre au bord même du mystère, attendant, entre le monde qui est fermé et le ciel qui n'est pas ouvert, tournées vers la clarté qu'on ne voit pas, ayant seulement le bonheur de penser qu'elles savent où elle est, aspirant au gouffre et à l'inconnu, l'œil fixé sur l'obscurité immobile, agenouillées, éperdues, stupéfaites, frissonnantes, à demi soulevées à de certaines heures par les souffles profonds de l'éternité.

LIVRE HUITIÈME

LES CIMETIÈRES PRENNENT CE QU'ON LEUR DONNE

I

OÙ IL EST TRAITÉ DE LA MANIÈRE D'ENTRER AU COUVENT

C'est dans cette maison que Jean Valjean était, comme avait dit Fauchelevent, « tombé du ciel ».

Il avait franchi le mur du jardin qui faisait l'angle de la rue Polonceau. Cet hymne des anges qu'il avait entendu au milieu de la nuit, c'étaient les religieuses chantant matines; cette salle qu'il avait entrevue dans l'obscurité, c'était la chapelle; ce fantôme qu'il avait vu étendu à terre, c'était la sœur faisant la réparation; ce grelot dont le bruit l'avait si étrangement surpris, c'était le grelot du jardinier attaché au genou du père Fauchelevent.

Une fois Cosette couchée, Jean Valjean et Fauchelevent avaient, comme on l'a vu, soupé d'un verre de vin et d'un morceau de fromage devant un bon fagot flambant; puis, le seul lit qu'il y eût dans la baraque étant occupé par Cosette, ils s'étaient jetés chacun sur une botte de paille. Avant de fermer les yeux, Jean Valjean avait dit : — Il faut désormais que je reste ici. — Cette parole avait trotté toute la nuit dans la tête de Fauchelevent.

À vrai dire, ni l'un ni l'autre n'avaient dormi.

Jean Valjean, se sentant découvert et Javert sur sa

piste, comprenait que lui et Cosette étaient perdus s'ils rentraient dans Paris. Puisque le nouveau coup de vent qui venait de souffler sur lui l'avait échoué dans ce cloître, Jean Valjean n'avait plus qu'une pensée, y rester. Or, pour un malheureux dans sa position, ce couvent était à la fois le lieu le plus dangereux et le plus sûr; le plus dangereux, car, aucun homme ne pouvant y pénétrer, si on l'y découvrait, c'était un flagrant délit, et Jean Valjean ne faisait qu'un pas du couvent à la prison; le plus sûr, car si l'on parvenait à s'y faire accepter et à y demeurer, qui viendrait vous chercher là? Habiter un lieu impossible, c'était le salut.

De son côté, Fauchelevent se creusait la cervelle. Il commençait par se déclarer qu'il n'y comprenait rien. Comment M. Madeleine se trouvait-il là, avec les murs qu'il y avait? Des murs de cloître ne s'enjambent pas. Comment s'y trouvait-il avec un enfant? On n'escalade pas une muraille à pic avec un enfant dans ses bras. Qu'était-ce que cet enfant? D'où venaient-ils tous les deux? Depuis que Fauchelevent était dans le couvent, il n'avait plus entendu parler de Montreuil-sur-mer, et il ne savait rien de ce qui s'était passé. Le père Madeleine avait cet air qui décourage les questions; et d'ailleurs Fauchelevent se disait: On ne questionne pas un saint. M. Madeleine avait conservé pour lui tout son prestige. Seulement, de quelques mots échappés à Jean Valjean, le jardinier crut pouvoir conclure que M. Madeleine avait probablement fait faillite par la dureté des temps, et qu'il était poursuivi par ses créanciers; ou bien qu'il était compromis dans une affaire politique et qu'il se cachait; ce qui ne déplut point à Fauchelevent, lequel, comme beaucoup de nos paysans du nord, avait un vieux fond bonapartiste. Se cachant, M. Madeleine avait pris le couvent pour asile, et il était simple qu'il voulût y rester. Mais l'inexplicable, où Fauchelevent revenait toujours et où il se cassait la tête, c'était que M. Madeleine fût là, et qu'il y fût avec cette petite. Fauchelevent les voyait, les touchait, leur parlait, et n'y croyait pas. L'incompréhensible venait de faire son entrée dans la cahute de Fauchelevent. Fauchelevent était à tâtons dans les conjectures, et ne voyait plus rien de clair sinon ceci: M. Madeleine m'a sauvé la vie. Cette certitude unique suffisait, et le détermina. Il se dit à part lui : C'est mon tour. Il ajouta dans sa conscience : M. Madeleine n'a pas tant délibéré quand il s'est agi de se fourrer sous la voiture pour m'en tirer. Il décida qu'il sauverait M. Madeleine.

Il se fit pourtant diverses questions et diverses réponses : — Après ce qu'il a été pour moi, si c'était un voleur, le sauverais-je? Tout de même. Si c'était un assassin, le sauverais-je? Tout de même. Puisque c'est un saint, le sauverai-je? Tout de même.

Mais le faire rester dans le couvent, quel problème! Devant cette tentative presque chimérique, Fauchelevent ne recula point; ce pauvre paysan picard, sans autre échelle que son dévouement, sa bonne volonté, et un peu de cette vieille finesse campagnarde mise cette fois au service d'une intention généreuse, entreprit d'escalader les impossibilités du cloître et les rudes escarpements de la règle de Saint-Benoît. Le père Fauchelevent était un vieux qui toute sa vie avait été égoïste, et qui, à la fin de ses jours, boiteux, infirme, n'ayant plus aucun intérêt au monde, trouva doux d'être reconnaissant, et, voyant une vertueuse action à faire, se jeta dessus comme un homme qui, au moment de mourir, rencontrerait sous sa main un verre d'un bon vin dont il n'aurait jamais goûté et le boirait avidement. On peut ajouter que l'air qu'il respirait depuis plusieurs années déjà dans ce couvent avait détruit la personnalité en lui, et avait fini par lui rendre nécessaire une bonne action quelconque.

Il prit donc sa résolution : se dévouer à M. Madeleine.

Nous venons de le qualifier *pauvre paysan picard*. La qualification est juste, mais incomplète. Au point de cette histoire où nous sommes, un peu de physiologie du père Fauchelevent devient utile. Il était paysan, mais il avait été tabellion, ce qui ajoutait de la chicane à sa finesse, et de la pénétration à sa naïveté. Ayant, pour des causes diverses, échoué dans ses affaires, de tabellion il était tombé charretier et manœuvre. Mais, en dépit des jurons et des coups de fouet, nécessaires aux chevaux, à ce qu'il paraît, il était resté du tabellion en lui. Il avait quelque esprit naturel; il ne disait ni j'ons ni j'avons; il causait, chose rare au village; et les autres paysans

disaient de lui : Il parle quasiment comme un monsieur
à chapeau. Fauchelevent était en effet de cette espèce
que le vocabulaire impertinent et léger du dernier siècle
qualifiait : *demi-bourgeois, demi-manant* ; et que les
métaphores tombant du château sur la chaumière éti-
quetaient dans le casier de la roture *un peu rustre, un
peu citadin; poivre et sel.* Fauchelevent, quoique fort
éprouvé et fort usé par le sort, espèce de pauvre vieille
âme montrant la corde, était pourtant homme de premier mouvement, et très spontané ; qualité précieuse qui
empêche qu'on soit jamais mauvais. Ses défauts et ses
vices, car il en avait eu, étaient de surface ; en somme, sa
physionomie était de celles qui réussissent près de
l'observateur. Ce vieux visage n'avait aucune de ces
fâcheuses rides du haut du front qui signifient méchanceté ou bêtise.

Au point du jour, ayant énormément songé, le père
Fauchelevent ouvrit les yeux et vit M. Madeleine qui,
assis sur sa botte de paille, regardait Cosette dormir.
Fauchelevent se dressa sur son séant et dit :

— Maintenant que vous êtes ici, comment allez-vous
faire pour y entrer ?

Ce mot résumait la situation, et réveilla Jean Valjean
de sa rêverie.

Les deux bonshommes tinrent conseil.

— D'abord, dit Fauchelevent, vous allez commencer
par ne pas mettre les pieds hors de cette chambre. La
petite ni vous. Un pas dans le jardin, nous sommes flam-
bés.

— C'est juste.

— Monsieur Madeleine, reprit Fauchelevent, vous
êtes arrivé dans un moment très bon, je veux dire très
mauvais, il y a une de ces dames fort malade. Cela fait
qu'on ne regardera pas beaucoup de notre côté. Il paraît
qu'elle se meurt. On dit les prières de quarante heures.
Toute la communauté est en l'air. Ça les occupe. Celle
qui est en train de s'en aller est une sainte. Au fait, nous
sommes tous des saints ici. Toute la différence entre
elles et moi, c'est qu'elles disent : notre cellule, et que je
dis : ma piolle. Il va y avoir l'oraison pour les agonisants,
et puis l'oraison pour les morts. Pour aujourd'hui nous
serons tranquilles ici ; mais je ne réponds pas de demain.

— Pourtant, observa Jean Valjean, cette baraque est dans le rentrant du mur, elle est cachée par une espèce de ruine, il y a des arbres, on ne la voit pas du couvent.

— Et j'ajoute que les religieuses n'en approchent jamais.

— Eh bien? fit Jean Valjean.

Le point d'interrogation qui accentuait cet: eh bien, signifiait: il me semble qu'on peut y demeurer caché. C'est à ce point d'interrogation que Fauchelevent répondit:

— Il y a les petites.

— Quelles petites? demanda Jean Valjean.

Comme Fauchelevent ouvrait la bouche pour expliquer le mot qu'il venait de prononcer, une cloche sonna un coup.

— La religieuse est morte, dit-il. Voici le glas.

Et il fit signe à Jean Valjean d'écouter.

La cloche sonna un second coup.

— C'est le glas, monsieur Madeleine. La cloche va continuer de minute en minute pendant vingt-quatre heures jusqu'à la sortie du corps de l'église. Voyez-vous, ça joue. Aux récréations il suffit qu'une balle roule pour qu'elles s'en viennent, malgré les défenses, chercher et fourbanser partout par ici. C'est des diables, ces chérubins-là.

— Qui? demanda Jean Valjean.

— Les petites. Vous seriez bien vite découvert, allez. Elles crieraient: Tiens! un homme! Mais il n'y a pas de danger aujourd'hui. Il n'y aura pas de récréation. La journée va être tout prières. Vous entendez la cloche. Comme je vous le disais, un coup par minute. C'est le glas.

— Je comprends, père Fauchelevent. Il y a des pensionnaires.

Et Jean Valjean pensa à part lui:

— Ce serait l'éducation de Cosette toute trouvée.

Fauchelevent s'exclama:

— Pardine! s'il y a des petites filles! Et qui piailleraient autour de vous! et qui se sauveraient! Ici, être homme, c'est avoir la peste. Vous voyez bien qu'on m'attache un grelot à la patte comme à une bête féroce.

Jean Valjean songeait de plus en plus profondément.
— Ce couvent nous sauverait, murmurait-il. Puis il éleva la voix :

— Oui, le difficile, c'est de rester.

— Non, dit Fauchelevent, c'est de sortir.

Jean Valjean sentit le sang lui refluer au cœur.

— Sortir !

— Oui, monsieur Madeleine, pour rentrer, il faut que vous sortiez.

Et, après avoir laissé passer un coup de cloche du glas, Fauchelevent poursuivit :

— On ne peut pas vous trouver ici comme ça. D'où venez-vous ? Pour moi vous tombez du ciel, parce que je vous connais ; mais des religieuses, ça a besoin qu'on entre par la porte.

Tout à coup on entendit une sonnerie assez compliquée d'une autre cloche.

— Ah ! dit Fauchelevent, on sonne les mères vocales. Elles vont au chapitre. On tient toujours chapitre quand quelqu'un est mort. Elle est morte au point du jour. C'est ordinairement au point du jour qu'on meurt. Mais est-ce que vous ne pourriez pas sortir par où vous êtes entré ? Voyons, ce n'est pas pour vous faire une question, par où êtes-vous entré ?

Jean Valjean devint pâle. La seule idée de redescendre dans cette rue formidable le faisait frissonner. Sortez d'une forêt pleine de tigres, et, une fois dehors, imaginez-vous un conseil d'ami qui vous engage à y rentrer. Jean Valjean se figurait toute la police encore grouillante dans le quartier, des agents en observation, des vedettes partout, d'affreux poings tendus vers son collet, Javert peut-être au coin du carrefour.

— Impossible ! dit-il. Père Fauchelevent, mettez que je suis tombé de là-haut.

— Mais je le crois, je le crois, repartit Fauchelevent. Vous n'avez pas besoin de me le dire. Le bon Dieu vous aura pris dans sa main pour vous regarder de près, et puis vous aura lâché. Seulement il voulait vous mettre dans un couvent d'hommes ; il s'est trompé. Allons, encore une sonnerie. Celle-ci est pour avertir le portier d'aller prévenir la municipalité pour qu'elle aille prévenir le médecin des morts pour qu'il vienne voir qu'il y a une morte. Tout ça, c'est la cérémonie de mourir. Elles n'aiment pas beaucoup cette visite-là, ces bonnes dames. Un médecin, ça ne croit à rien. Il lève le voile. Il lève même quelquefois autre chose. Comme elles ont vite fait avertir le médecin, cette fois-ci ! Qu'est-ce qu'il y a donc ? Votre petite dort toujours. Comment se nomme-t-elle ?

— Cosette.

— C'est votre fille ? comme qui dirait : vous seriez son grand-père ?

— Oui.

— Pour elle, sortir d'ici, ce sera facile. J'ai ma porte de service qui donne sur la cour. Je cogne. Le portier ouvre. J'ai ma hotte sur le dos, la petite est dedans. Je sors. Le père Fauchelevent sort avec sa hotte, c'est tout simple. Vous direz à la petite de se tenir bien tranquille. Elle sera sous la bâche. Je la déposerai le temps qu'il faudra chez une vieille bonne amie de fruitière que j'ai rue du Chemin-Vert, qui est sourde et où il y a un petit lit. Je crierai dans l'oreille à la fruitière que c'est une nièce à moi, et de me la garder jusqu'à demain. Puis la petite rentrera avec vous. Car je vous ferai rentrer. Il le faudra bien. Mais vous, comment ferez-vous pour sortir ?

Jean Valjean hocha la tête.

— Que personne ne me voie. Tout est là, père Fauchelevent. Trouvez moyen de me faire sortir comme Cosette dans une hotte et sous une bâche.

Fauchelevent se grattait le bas de l'oreille avec le médium de la main gauche, signe de sérieux embarras.

Une troisième sonnerie fit diversion.

— Voici le médecin des morts qui s'en va, dit Fauchelevent. Il a regardé, et dit : elle est morte, c'est bon. Quand le médecin a visé le passeport pour le paradis, les pompes funèbres envoient une bière. Si c'est une mère, les mères l'ensevelissent; si c'est une sœur, les sœurs l'ensevelissent. Après quoi, je cloue. Cela fait partie de mon jardinage. Un jardinier est un peu un fossoyeur. On la met dans une salle basse de l'église qui communique à la rue et où pas un homme ne peut entrer que le médecin des morts. Je ne compte pas pour des hommes les croque-morts et moi. C'est dans cette salle que je cloue la bière. Les croque-morts viennent la prendre, et fouette cocher ! c'est comme cela qu'on s'en va au ciel. On apporte une boîte où il n'y a rien, on la remporte avec quelque chose dedans. Voilà ce que c'est qu'un enterrement. *De profundis*.

Un rayon de soleil horizontal effleurait le visage de Cosette endormie qui entr'ouvrait vaguement la bouche, et avait l'air d'un ange buvant de la lumière. Jean Valjean s'était mis à la regarder. Il n'écoutait plus Fauchelevent.

N'être pas écouté, ce n'est pas une raison pour se taire. Le brave vieux jardinier continuait paisiblement son rabâchage :

— On fait la fosse au cimetière Vaugirard. On prétend qu'on va le supprimer, ce cimetière Vaugirard. C'est un ancien cimetière qui est en dehors des règlements, qui n'a pas l'uniforme, et qui va prendre sa retraite. C'est dommage, car il est commode. J'ai là un ami, le père Mestienne, le fossoyeur. Les religieuses d'ici ont un privilège, c'est d'être portées à ce cimetière-là à la tombée de la nuit. Il y a un arrêté de la préfecture exprès pour elles. Mais que d'événements depuis hier ! la mère Crucifixion est morte, et le père Madeleine...

— Est enterré, dit Jean Valjean souriant tristement.

Fauchelevent fit ricocher le mot.

— Dame ! si vous étiez ici tout à fait, ce serait un véritable enterrement.

Une quatrième sonnerie éclata. Fauchelevent détacha vivement du clou la genouillère à grelot et la reboucla à son genou.

— Cette fois, c'est moi. La mère prieure me demande. Bon, je me pique à l'ardillon de ma boucle. Monsieur Madeleine, ne bougez pas, et attendez-moi. Il y a du nouveau. Si vous avez faim, il y a là le vin, le pain et le fromage.

Et il sortit de la cahute en disant : On y va ! on y va !

Jean Valjean le vit se hâter à travers le jardin, aussi vite que sa jambe torse le lui permettait, tout en regardant de côté ses melonnières.

Moins de dix minutes après, le père Fauchelevent, dont le grelot mettait sur son passage les religieuses en déroute, frappait un petit coup à une porte, et une voix douce répondait : *À jamais. À jamais,* c'est-à-dire : *Entrez.*

Cette porte était celle du parloir réservé au jardinier pour les besoins du service. Ce parloir était contigu à la salle du chapitre. La prieure, assise sur l'unique chaise du parloir, attendait Fauchelevent.

II

FAUCHELEVENT EN PRÉSENCE DE LA DIFFICULTÉ

Avoir l'air agité et grave, cela est particulier, dans les occasions critiques, à de certains caractères et à de certaines professions, notamment aux prêtres et aux religieux. Au moment où Fauchelevent entra, cette double forme de la préoccupation était empreinte sur la physionomie de la prieure, qui était cette charmante et savante Mlle de Blemeur, mère Innocente, ordinairement gaie.

Le jardinier fit un salut craintif, et resta sur le seuil de la cellule. La prieure, qui égrenait son rosaire, leva les yeux et dit :

— Ah! c'est vous, père Fauvent.

Cette abréviation avait été adoptée dans le couvent.

Fauchelevent recommença son salut.

— Père Fauvent, je vous ai fait appeler.

— Me voici, révérende mère.

— J'ai à vous parler.

— Et moi, de mon côté, dit Fauchelevent avec une hardiesse dont il avait peur intérieurement, j'ai quelque chose à dire à la très révérende mère.

La prieure le regarda.

— Ah! vous avez une communication à me faire.

— Une prière.

— Eh bien, parlez.

Le bonhomme Fauchelevent, ex-tabellion, appartenait à la catégorie des paysans qui ont de l'aplomb. Une certaine ignorance habile est une force; on ne s'en défie pas et cela vous prend. Depuis un peu plus de deux ans qu'il habitait le couvent, Fauchelevent avait réussi dans la communauté. Toujours solitaire, et tout en vaquant à son jardinage, il n'avait guère autre chose à faire que d'être curieux. À distance comme il était de toutes ces femmes voilées allant et venant, il ne voyait guère devant lui qu'une agitation d'ombres. À force d'attention et de pénétration, il était parvenu à remettre de la chair dans tous ces fantômes, et ces mortes vivaient pour lui. Il était comme un sourd dont la vue s'allonge et comme un aveugle dont l'ouïe s'aiguise. Il s'était appliqué à démêler le sens des diverses sonneries, et il y était arrivé, de sorte que ce cloître énigmatique et taciturne n'avait rien de caché pour lui; ce sphinx lui bavardait tous ses secrets à l'oreille. Fauchelevent, sachant tout, cachait tout. C'était là son art. Tout le couvent le croyait stupide. Grand mérite en religion. Les mères vocales faisaient cas de Fauchelevent. C'était un curieux muet. Il inspirait la confiance. En outre, il était régulier, et ne sortait que pour les nécessités démontrées du verger et du potager. Cette discrétion d'allures lui était comptée. Il n'en avait pas moins fait jaser deux hommes : au couvent, le portier, et il savait les particularités du parloir; et, au cimetière, le fossoyeur, et il savait les singularités de la sépulture; de la sorte il avait, à l'endroit de ces religieuses, une double lumière, l'une sur la vie, l'autre sur la mort. Mais il n'abusait de rien. La congrégation tenait à lui. Vieux, boiteux, n'y voyant goutte, probablement un peu sourd, que de qualités! On l'eût difficilement remplacé.

Le bonhomme, avec l'assurance de celui qui se sent apprécié, entama, vis-à-vis de la révérence prieure, une harangue campagnarde assez diffuse et très profonde. Il parla longuement de son âge, de ses infirmités, de la surcharge des années comptant double désormais pour lui, des exigences croissantes du travail, de la grandeur du jardin, des nuits à passer, comme la dernière, par exemple, où il avait fallu mettre des paillassons sur les melonnières à cause de la lune, et il finit par aboutir à ceci : qu'il avait un frère, — (la prieure fit un mouvement) — un frère point jeune, — (second mouvement de la prieure, mais mouvement rassuré) — que, si on le voulait bien, ce frère pourrait venir loger avec lui et l'aider, qu'il était excellent jardinier, que la communauté en tirerait de bons services, meilleurs que les siens à lui ; — que, autrement, si l'on n'admettait point son frère, comme lui, l'aîné, il se sentait cassé, et insuffisant à la besogne, il serait, avec bien du regret, obligé de s'en aller ; — et que son frère avait une petite fille qu'il amènerait avec lui, qui s'élèverait en Dieu dans la maison, et qui peut-être, qui sait ? ferait une religieuse un jour.

Quand il eut fini de parler, la prieure interrompit le glissement de son rosaire entre ses doigts, et lui dit :

— Pourriez-vous, d'ici à ce soir, vous procurer une forte barre de fer ?

— Pour quoi faire ?

— Pour servir de levier.

— Oui, révérende mère, répondit Fauchelevent.

La prieure, sans ajouter une parole, se leva, et entra dans la chambre voisine, qui était la salle du chapitre et où les mères vocales étaient probablement assemblées. Fauchelevent demeura seul.

III

MÈRE INNOCENTE

Un quart d'heure environ s'écoula. La prieure rentra et revint s'asseoir sur la chaise.

Les deux interlocuteurs semblaient préoccupés. Nous sténographions de notre mieux le dialogue qui s'engagea.

— Père Fauvent ?

— Révérende mère ?

— Vous connaissez la chapelle ?

— J'y ai une petite cage pour entendre la messe et les offices.

— Et vous êtes entré dans le chœur pour votre ouvrage ?

— Deux ou trois fois.

— Il s'agit de soulever une pierre.

— Lourde?

— La dalle du pavé qui est à côté de l'autel.

— La pierre qui ferme le caveau?

— Oui.

— C'est là une occasion où il serait bon d'être deux hommes.

— La mère Ascension, qui est forte comme un homme, vous aidera.

— Une femme n'est jamais un homme.

— Nous n'avons qu'une femme pour vous aider. Chacun fait ce qu'il peut. Parce que dom Mabillon donne quatre cent dix-sept épîtres de saint-Bernard et que Merlonus Horstius n'en donne que trois cent soixante-sept, je ne méprise point Merlonus Horstius.

— Ni moi non plus.

— Le mérite est de travailler selon ses forces. Un cloître n'est pas un chantier.

— Et une femme n'est pas un homme. C'est mon frère qui est fort!

— Et puis vous aurez un levier.

— C'est la seule espèce de clef qui aille à ces espèces de portes.

— Il y a un anneau à la pierre.

— J'y passerai le levier.

— Et la pierre est arrangée de façon à pivoter.

— C'est bien, révérende mère. J'ouvrirai le caveau.

— Et les quatre mères chantres vous assisteront.

— Et quand le caveau sera ouvert?

— Il faudra le refermer.

— Sera-ce tout?

— Non.

— Donnez-moi vos ordres, très révérende mère.

— Fauvent, nous avons confiance en vous.

— Je suis ici pour tout faire.

— Et pour tout taire.

— Oui, révérende mère.

— Quand le caveau sera ouvert...

— Je le refermerai.

— Mais auparavant...

— Quoi, révérende mère?

— Il faudra y descendre quelque chose.

Il y eut un silence. La prieure, après une moue de la lèvre inférieure qui ressemblait à de l'hésitation, le rompit.

— Père Fauvent?

— Révérende mère?

— Vous savez qu'une mère est morte ce matin.

— Non.

— Vous n'avez donc pas entendu la cloche?

— On n'entend rien au fond du jardin.

— En vérité?

— C'est à peine si je distingue ma sonnerie.

— Elle est morte à la pointe du jour.

— Et puis, ce matin, le vent ne portait pas de mon côté.

— C'est la mère Crucifixion. Une bienheureuse.

La prieure se tut, remua un moment les lèvres, comme pour une oraison mentale, et reprit :

— Il y a trois ans, rien que pour avoir vu prier la mère Crucifixion, une janséniste, madame de Béthune, s'est faite orthodoxe.

— Ah oui, j'entends le glas maintenant, révérende mère.

— Les mères l'ont portée dans la chambre des mortes qui donne dans l'église.

— Je sais.

— Aucun autre homme que vous ne peut et ne doit entrer dans cette chambre-là. Veillez-y bien. Il ferait beau voir qu'un homme entrât dans la chambre des mortes!

— Plus souvent!

— Hein?

— Plus souvent!

— Qu'est-ce que vous dites?

— Je dis plus souvent.

— Plus souvent que quoi?

— Révérende mère, je ne dis pas plus souvent que quoi, je dis plus souvent.

— Je ne vous comprends pas. Pourquoi dites-vous plus souvent?

— Pour dire comme vous, révérende mère.

— Mais je n'ai pas dit plus souvent.

— Vous ne l'avez pas dit, mais je l'ai dit pour dire comme vous.

En ce moment neuf heures sonnèrent.

— À neuf heures du matin et à toute heure loué soit et adoré le très saint-sacrement de l'autel, dit la prieure.

— Amen, dit Fauchelevent.

L'heure sonna à propos. Elle coupa court à Plus Souvent. Il est probable que sans elle la prieure et Fauchelevent ne se fussent jamais tirés de cet écheveau.

Fauchelevent s'essuya le front.

La prieure fit un nouveau petit murmure intérieur, probablement sacré, puis haussa la voix.

— De son vivant, mère Crucifixion faisait des conversions ; après sa mort, elle fera des miracles.

— Elle en fera ! répondit Fauchelevent emboîtant le pas, et faisant effort pour ne plus broncher désormais.

— Père Fauvent, la communauté a été bénie en la mère Crucifixion. Sans doute il n'est point donné à tout le monde de mourir comme le cardinal de Bérulle en disant la sainte messe, et d'exhaler son âme vers Dieu en prononçant ces paroles : *Hanc igitur oblationem.* Mais, sans atteindre à tant de bonheur, la mère Crucifixion a eu une mort très précieuse. Elle a eu sa connaissance jusqu'au dernier instant. Elle nous parlait, puis elle parlait aux anges. Elle nous a fait ses derniers commandements. Si vous aviez un peu plus de foi, et si vous aviez pu être dans sa cellule, elle vous aurait guéri votre jambe, en y touchant. Elle souriait. On sentait qu'elle ressuscitait en Dieu. Il y a eu du paradis dans cette morte-là.

Fauchelevent crut que c'était une oraison qui finissait.

— Amen, dit-il.

— Père Fauvent, il faut faire ce que veulent les morts.

La prieure dévida quelques grains de son chapelet. Fauchelevent se taisait. Elle poursuivit.

— J'ai consulté sur cette question plusieurs ecclésiastiques travaillant en Notre-Seigneur qui s'occupent dans l'exercice de la vie cléricale et qui font un fruit admirable.

— Révérende mère, on entend bien mieux le glas d'ici que dans le jardin.

— D'ailleurs, c'est plus qu'une morte, c'est une sainte.

— Comme vous, révérende mère.

— Elle couchait dans son cercueil depuis vingt ans, par permission expresse de notre saint-père Pie VII.

— Celui qui a couronné l'emp... Buonaparte.

Pour un habile homme comme Fauchelevent, le souvenir était malencontreux. Heureusement la prieure, toute à sa pensée, ne l'entendit pas. Elle continua :

— Père Fauvent?

— Révérende mère?

— Saint-Diodore, archevêque de Cappadoce, voulut qu'on écrivît sur sa sépulture ce seul mot : *Acarus*, qui signifie ver de terre; cela fut fait. Est-ce vrai?

— Oui, révérende mère.

— Le bienheureux Mezzocane, abbé d'Aquila, voulut être inhumé sous la potence; cela fut fait.

— C'est vrai.

— Saint-Térence, évêque de Port sur l'embouchure du Tibre dans la mer, demanda qu'on gravât sur sa pierre le signe qu'on mettait sur la fosse des parricides, dans l'espoir que les passants cracheraient sur son tombeau. Cela fut fait. Il faut obéir aux morts.

— Ainsi soit-il.

— Le corps de Bernard Guidonis, né en France près de Roche-Abeille, fut, comme il l'avait ordonné et malgré le roi de Castille, porté en l'église des Dominicains de Limoges, quoique Bernard Guidonis fût évêque de Tuy en Espagne. Peut-on dire le contraire?

— Pour ça non, révérende mère.

— Le fait est attesté par Plantavit de la Fosse.

Quelques grains du chapelet s'égrenèrent encore silencieusement. La prieure reprit :

— Père Fauvent, la mère Crucifixion sera ensevelie dans le cercueil où elle a couché depuis vingt ans.

— C'est juste.

— C'est une continuation de sommeil.

— J'aurai donc à la clouer dans ce cercueil-là?

— Oui.

— Et nous laisserons de côté la bière des pompes?

— Précisément.

— Je suis aux ordres de la très révérende communauté.

— Les quatre mères chantres vous aideront.

— À clouer le cercueil? Je n'ai pas besoin d'elles.

— Non. À le descendre.

— Où?

— Dans le caveau.

— Quel caveau?

— Sous l'autel.

Fauchelevent fit un soubresaut.

— Le caveau sous l'autel!

— Sous l'autel.

— Mais...

— Vous aurez une barre de fer.

— Oui, mais...

— Vous lèverez la pierre avec la barre au moyen de l'anneau.

— Mais...

— Il faut obéir aux morts. Être enterrée dans le caveau sous l'autel de la chapelle, ne point aller en sol profane, rester morte là où elle a prié vivante; ç'a été le vœu suprême de la mère Crucifixion. Elle nous l'a demandé, c'est-à-dire commandé.

— Mais c'est défendu.

— Défendu par les hommes, ordonné par Dieu.

— Si cela venait à se savoir?

— Nous avons confiance en vous.

— Oh, moi, je suis une pierre de votre mur.

— Le chapitre s'est assemblé. Les mères vocales, que je viens de consulter encore et qui sont en délibération, ont décidé que la mère Crucifixion serait, selon son vœu, enterrée dans son cercueil sous notre autel. Jugez, père Fauvent, s'il allait se faire des miracles ici! quelle gloire en Dieu pour la communauté! Les miracles sortent des tombeaux.

— Mais, révérende mère, si l'agent de la commission de salubrité...

— Saint-Benoît II, en matière de sépulture, a résisté à Constantin Pogonat.

— Pourtant le commissaire de police...

— Chonodemaire, un des sept rois allemands qui entrèrent dans les Gaules sous l'empire de Constance, a reconnu expressément le droit des religieux d'être inhumés en religion, c'est-à-dire sous l'autel.

— Mais l'inspecteur de la préfecture...

— Le monde n'est rien devant la croix. Martin, onzième général des chartreux, a donné cette devise à son ordre : *Stat crux dum volvitur orbis*.

— Amen, dit Fauchelevent, imperturbable dans cette façon de se tirer d'affaire toutes les fois qu'il entendait du latin.

Un auditoire quelconque suffit à qui s'est tu trop longtemps. Le jour où le rhéteur Gymnastoras sortit de prison, ayant dans le corps beaucoup de dilemmes et de syllogismes rentrés, il s'arrêta devant le premier arbre qu'il rencontra, le harangua, et fit de très grands efforts pour le convaincre. La prieure, habituellement sujette au barrage du silence, et ayant du trop-plein dans son réservoir, se leva et s'écria avec une loquacité d'écluse lâchée :

— J'ai à ma droite Benoît et à ma gauche Bernard. Qu'est-ce que Bernard ? c'est le premier abbé de Clairvaux. Fontaines en Bourgogne est un pays béni pour l'avoir vu naître. Son père s'appelait Técelin et sa mère Alèthe. Il a commencé par Cîteaux pour aboutir à Clairvaux ; il a été ordonné Abbé par l'évêque de Châlon-sur-Saône, Guillaume de Champeaux ; il a eu sept cents novices et fondé cent soixante monastères ; il a terrassé Abeilard au concile de Sens, en 1140, et Pierre de Bruys et Henry son disciple, et une autre sorte de dévoyés qu'on nommait les Apostoliques ; il a confondu Arnaud de Bresce, foudroyé le moine Raoul, le tueur de juifs, dominé en 1148 le concile de Reims, fait condamner Gilbert de la Porée, évêque de Poitiers, fait condamner Éon de l'Étoile, arrangé les différends des princes, éclairé le roi Louis le Jeune, conseillé le pape Eugène III, réglé le Temple, prêché la croisade, fait deux cent cinquante miracles dans sa vie, et jusqu'à trente-neuf en un jour. Qu'est-ce que Benoît ? c'est le patriarche de Mont-Cassin ; c'est le deuxième fondateur de la sainteté claustrale, c'est le Basile de l'occident. Son ordre a produit quarante papes, deux cents cardinaux, cinquante patriarches, seize cents archevêques, quatre mille six cents évêques, quatre empereurs, douze impératrices, quarante-six rois, quarante et une reines, trois mille six cents saints canonisés, et subsiste depuis quatorze cents

ans. D'un côté saint-Bernard; de l'autre l'agent de la
salubrité! D'un côté saint-Benoît; de l'autre l'inspecteur
de la voirie! L'état, la voirie, les pompes funèbres, les
règlements, l'administration, est-ce que nous connais-
sons cela? Aucuns passants seraient indignes de voir
comme on nous traite. Nous n'avons même pas le droit
de donner notre poussière à Jésus-Christ! Votre salubrité est une invention révolutionnaire. Dieu subor-
donné au commissaire de police; tel est le siècle.
Silence, Fauvent!

Fauchelevent, sous cette douche, n'était pas fort à son
aise. La prieure continua.

— Le droit du monastère à la sépulture ne fait doute
pour personne. Il n'y a pour le nier que les fanatiques et
les errants. Nous vivons dans des temps de confusion
terrible. On ignore ce qu'il faut savoir, et l'on sait ce qu'il
faut ignorer. On est crasse et impie. Il y a dans cette époque des gens qui ne distinguent pas entre le grandissime
saint-Bernard et le Bernard dit des Pauvres Catholiques,
certain bon ecclésiastique qui vivait dans le treizième
siècle. D'autres blasphèment jusqu'à rapprocher l'échafaud de Louis XVI de la croix de Jésus-Christ. Louis XVI
n'était qu'un roi. Prenons donc garde à Dieu! Il n'y a plus
ni juste ni injuste. On sait le nom de Voltaire et l'on ne
sait pas le nom de César de Bus. Pourtant César de Bus
est un bienheureux, et Voltaire est un malheureux. Le
dernier archevêque, le cardinal de Périgord, ne savait
même pas que Charles de Gondren a succédé à Bérulle,
et François Bourgoin à Gondren, et Jean François
Senault à Bourgoin, et le père de sainte-Marthe à Jean
François Senault. On connaît le nom du père Coton, non
parce qu'il a été un des trois qui ont poussé à la fondation de l'Oratoire, mais parce qu'il a été matière à juron
pour le roi huguenot Henri IV. Ce qui fait saint-François
de Sales aimable aux gens du monde, c'est qu'il trichait
au jeu. Et puis on attaque la religion. Pourquoi? Parce
qu'il y a eu de mauvais prêtres, parce que Sagittaire,
évêque de Gap, était frère de Salone, évêque d'Embrun,
et que tous les deux ont suivi Mommol. Qu'est-ce que
cela fait? Cela empêche-t-il Martin de Tours d'être un
saint et d'avoir donné la moitié de son manteau à un

pauvre? On persécute les saints. On ferme les yeux aux
vérités. Les ténèbres sont l'habitude. Les plus féroces
bêtes sont les bêtes aveugles. Personne ne pense à l'enfer
pour de bon. Oh! le méchant peuple! De par le Roi signifie aujourd'hui de par la Révolution. On ne sait plus ce
qu'on doit, ni aux vivants, ni aux morts. Il est défendu de
mourir saintement. Le sépulcre est une affaire civile.
Ceci fait horreur. Saint-Léon II a écrit deux lettres
exprès, l'une à Pierre Notaire, l'autre au roi des Visi-
goths, pour combattre et rejeter, dans les questions qui
touchent aux morts, l'autorité de l'exarque et la supré-
matie de l'empereur. Gautier, évêque de Châlons, tenait
tête en cette matière à Othon, duc de Bourgogne.
L'ancienne magistrature en tombait d'accord. Autrefois
nous avions voix au chapitre même dans les choses du
siècle. L'abbé de Cîteaux, général de l'ordre, était
conseiller-né au parlement de Bourgogne. Nous faisons
de nos morts ce que nous voulons. Est-ce que le corps de
saint-Benoît lui-même n'est pas en France dans l'abbaye
de Fleury, dite Saint-Benoît-sur-Loire, quoiqu'il soit
mort en Italie au Mont-Cassin, un samedi 21 du mois de
mars de l'an 543? Tout ceci est incontestable. J'abhorre
les psallants, je hais les prieurs, j'exècre les hérétiques,
mais je détesterais plus encore quiconque me soutien-
drait le contraire. On n'a qu'à lire Arnoul Wion, Gabriel
Bucelin, Trithème, Maurolicus et dom Luc d'Achery.

La prieure respira, puis se tourna vers Fauchelevent:
— Père Fauvent, est-ce dit?
— C'est dit, révérende mère.
— Peut-on compter sur vous?
— J'obéirai.
— C'est bien.
— Je suis tout dévoué au couvent.
— C'est entendu. Vous fermerez le cercueil. Les sœurs
le porteront dans la chapelle. On dira l'office des morts.
Puis on rentrera dans le cloître. Entre onze heures et
minuit, vous viendrez avec votre barre de fer. Tout se
passera dans le plus grand secret. Il n'y aura dans la cha-
pelle que les quatre mères chantres, la mère Ascension,
et vous.
— Et la sœur qui sera au poteau.

— Elle ne se retournera pas.

— Mais elle entendra.

— Elle n'écoutera pas. D'ailleurs, ce que le cloître sait, le monde l'ignore.

Il y eut encore une pause. La prieure poursuivit :

— Vous ôterez votre grelot. Il est inutile que la sœur au poteau s'aperçoive que vous êtes là.

— Révérende mère ?

— Quoi, père Fauvent ?

— Le médecin des morts a-t-il fait sa visite ?

— Il va la faire aujourd'hui à quatre heures. On a sonné la sonnerie qui fait venir le médecin des morts. Mais vous n'entendez donc aucune sonnerie ?

— Je ne fais attention qu'à la mienne.

— Cela est bien, père Fauvent.

— Révérende mère, il faudra un levier d'au moins six pieds.

— Où le prendrez-vous ?

— Où il ne manque pas de grilles, il ne manque pas de barres de fer. J'ai mon tas de ferrailles au fond du jardin.

— Trois quarts d'heure environ avant minuit ; n'oubliez pas.

— Révérende mère ?

— Quoi ?

— Si jamais vous aviez d'autres ouvrages comme ça, c'est mon frère qui est fort. Un turc !

— Vous ferez le plus vite possible.

— Je ne vais pas hardi vite. Je suis infirme ; c'est pour cela qu'il me faudrait un aide. Je boite.

— Boiter n'est pas un tort, et peut être une bénédiction. L'empereur Henri II, qui combattit l'antipape Grégoire et rétablit Benoît VIII, a deux surnoms : le Saint et le Boiteux.

— C'est bien bon deux surtout, murmura Fauchelevent, qui, en réalité, avait l'oreille un peu dure.

— Père Fauvent, j'y pense, prenons une heure entière. Ce n'est pas trop. Soyez près du maître-autel avec votre barre de fer à onze heures. L'office commence à minuit. Il faut que tout soit fini un bon quart d'heure auparavant.

— Je ferai tout pour prouver mon zèle à la commu-

nauté. Voilà qui est dit. Je clouerai le cercueil. À onze
heures précises je serai dans la chapelle. Les mères
chantres y seront, la mère Ascension y sera. Deux
hommes, cela vaudrait mieux. Enfin n'importe! J'aurai
mon levier. Nous ouvrirons le caveau, nous descendrons
le cercueil, et nous refermerons le caveau. Après quoi,
plus trace de rien. Le gouvernement ne s'en doutera pas.
Révérende mère, tout est arrangé ainsi?

— Non.

— Qu'y a-t-il donc encore?

— Il reste la bière vide.

Ceci fit un temps d'arrêt. Fauchelevent songeait. La
prieure songeait.

— Père Fauvent, que fera-t-on de la bière?

— On la portera en terre.

— Vide?

Autre silence. Fauchelevent fit de la main gauche cette
espèce de geste qui donne congé à une question inquiétante.

— Révérende mère, c'est moi qui cloue la bière dans
la chambre basse de l'église, et personne n'y peut entrer
que moi, et je couvrirai la bière du drap mortuaire.

— Oui, mais les porteurs, en la mettant dans le corbillard et en la descendant dans la fosse, sentiront bien
qu'il n'y a rien dedans.

— Ah! di...! s'écria Fauchelevent.

La prieure commença un signe de croix, et regarda
fixement le jardinier. *Able* lui resta dans le gosier.

Il se hâta d'improviser un expédient pour faire oublier
le juron.

— Révérende mère, je mettrai de la terre dans la bière.
Cela fera l'effet de quelqu'un.

— Vous avez raison. La terre, c'est la même chose que
l'homme. Ainsi vous arrangerez la bière vide?

— J'en fais mon affaire.

Le visage de la prieure, jusqu'alors trouble et obscur,
se rasséréna. Elle lui fit le signe du supérieur congédiant
l'inférieur. Fauchelevent se dirigea vers la porte. Comme
il allait sortir, la prieure éleva doucement la voix:

— Père Fauvent, je suis contente de vous; demain,
après l'enterrement, amenez-moi votre frère, et dites-lui
qu'il m'amène sa fille.

IV

OÙ JEAN VALJEAN A TOUT À FAIT L'AIR
D'AVOIR LU AUSTIN CASTILLEJO

Des enjambées de boiteux sont comme des œillades de
borgne ; elles n'arrivent pas vite au but. En outre, Fauchelevent était perplexe. Il mit près d'un quart d'heure à
revenir dans la baraque du jardin. Cosette était éveillée.
Jean Valjean l'avait assise près du feu. Au moment où
Fauchelevent entra, Jean Valjean lui montrait la hotte
du jardinier accrochée au mur et lui disait :

— Écoute-moi bien, ma petite Cosette. Il faudra nous
en aller de cette maison, mais nous y reviendrons et
nous y serons très bien. Le bonhomme d'ici t'emportera
sur son dos là-dedans. Tu m'attendras chez une dame.
J'irai te retrouver. Surtout, si tu ne veux pas que la Thénardier te reprenne, obéis et ne dis rien !

Cosette fit un signe de tête d'un air grave.

Au bruit de Fauchelevent poussant la porte, Jean Valjean se retourna.

— Eh bien ?

— Tout est arrangé, et rien ne l'est, dit Fauchelevent.
J'ai permission de vous faire entrer ; mais avant de vous
faire entrer, il faut vous faire sortir. C'est là qu'est
l'embarras de charrettes. Pour la petite, c'est aisé.

— Vous l'emporterez ?

— Et elle se taira ?

— J'en réponds.

— Mais vous, père Madeleine ?

Et, après un silence où il y avait de l'anxiété, Fauchelevent s'écria :

— Mais sortez donc par où vous êtes entré !

Jean Valjean, comme la première fois, se borna à
répondre :

— Impossible.

Fauchelevent, se parlant plus à lui-même qu'à Jean
Valjean, grommela :

— Il y a une autre chose qui me tourmente. J'ai dit
que j'y mettrais de la terre. C'est que je pense que de la

terre là-dedans, au lieu d'un corps, ça ne sera pas ressemblant, ça n'ira pas, ça se déplacera, ça remuera. Les
hommes le sentiront. Vous comprenez, père Madeleine,
le gouvernement s'en apercevra.

Jean Valjean le considéra entre les deux yeux, et crut
qu'il délirait.

Fauchelevent reprit :

— Comment di... — antre allez-vous sortir ? C'est qu'il
faut que tout cela soit fait demain ! C'est demain que je
vous amène. La prieure vous attend.

Alors il expliqua à Jean Valjean que c'était une
récompense pour un service que lui, Fauchelevent, rendait à la communauté. Qu'il entrait dans ses attributions
de participer aux sépultures, qu'il clouait les bières et
assistait le fossoyeur au cimetière. Que la religieuse
morte le matin avait demandé d'être ensevelie dans le
cercueil qui lui servait de lit et enterrée dans le caveau
sous l'autel de la chapelle. Que cela était défendu par les
règlements de police, mais que c'était une de ces mortes
à qui l'on ne refuse rien. Que la prieure et les mères
vocales entendaient exécuter le vœu de la défunte. Que
tant pis pour le gouvernement. Que lui Fauchelevent
clouerait le cercueil dans la cellule, lèverait la pierre
dans la chapelle, et descendrait la morte dans le caveau.
Et que, pour le remercier, la prieure admettait dans la
maison son frère comme jardinier et sa nièce comme
pensionnaire. Que son frère, c'était M. Madeleine, et que
sa nièce, c'était Cosette. Que la prieure lui avait dit
d'amener son frère le lendemain soir, après l'enterrement postiche au cimetière. Mais qu'il ne pouvait pas
amener du dehors M. Madeleine, si M. Madeleine n'était
pas dehors. Que c'était là le premier embarras. Et puis
qu'il avait encore un embarras : la bière vide.

— Qu'est-ce que c'est que la bière vide ? demanda Jean
Valjean.

Fauchelevent répondit :

— La bière de l'administration.

— Quelle bière ? et quelle administration ?

— Une religieuse meurt. Le médecin de la municipalité vient et dit : il y a une religieuse morte. Le gouvernement envoie une bière. Le lendemain il envoie un corbillard et des croque-morts pour reprendre la bière et la porter au cimetière. Les croque-morts viendront, et soulèveront la bière ; il n'y aura rien dedans.

— Mettez-y quelque chose.

— Un mort ? je n'en ai pas.

— Non.

— Quoi donc ?

— Un vivant.

— Quel vivant ?

— Moi, dit Jean Valjean.

Fauchelevent, qui s'était assis, se leva comme si un pétard fût parti sous sa chaise.

— Vous !

— Pourquoi pas ?

Jean Valjean eut un de ces rares sourires qui lui venaient comme une lueur dans un ciel d'hiver.

— Vous savez, Fauchelevent, que vous avez dit : La Mère Crucifixion est morte, et que j'ai ajouté : Et le père Madeleine est enterré. Ce sera cela.

— Ah, bon, vous riez. Vous ne parlez pas sérieusement.

— Très sérieusement. Il faut sortir d'ici ?

— Sans doute.

— Je vous ai dit de me trouver pour moi aussi une hotte et une bâche.

— Eh bien ?

— La hotte sera en sapin, et la bâche sera un drap noir.

— D'abord, un drap blanc. On enterre les religieuses en blanc.

— Va pour le drap blanc.

— Vous n'êtes pas un homme comme les autres, père Madeleine.

Voir de telles imaginations, qui ne sont pas autre chose que les sauvages et téméraires inventions du bagne, sortir des choses paisibles qui l'entouraient et se mêler à ce qu'il appelait le « petit-train du couvent », c'était pour Fauchelevent une stupeur comparable à celle d'un passant qui verrait un goéland pêcher dans le ruisseau de la rue Saint-Denis.

Jean Valjean poursuivit :

— Il s'agit de sortir d'ici sans être vu. C'est un moyen. Mais d'abord renseignez-moi. Comment cela se passe-t-il? Où est cette bière?

— Celle qui est vide?

— Oui.

— En bas, dans ce qu'on appelle la salle des mortes. Elle est sur deux tréteaux et sous le drap mortuaire.

— Quelle est la longueur de la bière?

— Six pieds.

— Qu'est-ce que c'est que la salle des mortes?

— C'est une chambre du rez-de-chaussée qui a une fenêtre grillée sur le jardin qu'on ferme du dehors avec un volet, et deux portes; l'une qui va au couvent, l'autre qui va à l'église.

— Quelle église?

— L'église de la rue, l'église de tout le monde.

— Avez-vous les clefs de ces deux portes?

— Non. J'ai la clef de la porte qui communique au couvent; le concierge a la clef de la porte qui communique à l'église.

— Quand le concierge ouvre-t-il cette porte-là?

— Uniquement pour laisser entrer les croque-morts qui viennent chercher la bière. La bière sortie, la porte se referme.

— Qui est-ce qui cloue la bière?

— C'est moi.

— Qui est-ce qui met le drap dessus?

— C'est moi.

— Êtes-vous seul?

— Pas un autre homme, excepté le médecin de la police, ne peut entrer dans la salle des mortes. C'est même écrit sur le mur.

— Pourriez-vous, cette nuit, quand tout dormira dans le couvent, me cacher dans cette salle?

— Non. Mais je puis vous cacher dans un petit réduit noir qui donne dans la salle des mortes, où je mets mes outils d'enterrement, et dont j'ai la garde et la clef.

— À quelle heure le corbillard viendra-t-il chercher la bière demain?

— Vers trois heures du soir. L'enterrement se fait au cimetière Vaugirard, un peu avant la nuit. Ce n'est pas tout près.

— Je resterai caché dans votre réduit à outils toute la nuit et toute la matinée. Et à manger ? J'aurai faim.

— Je vous porterai de quoi.

— Vous pourriez venir me clouer dans la bière à deux heures.

Fauchelevent recula et se fit craquer les os des doigts.

— Mais c'est impossible !

— Bah ! prendre un marteau et clouer des clous dans une planche !

Ce qui semblait inouï à Fauchelevent était, nous le répétons, simple pour Jean Valjean. Jean Valjean avait traversé de pires détroits. Quiconque a été prisonnier sait l'art de se rapetisser selon le diamètre des évasions. Le prisonnier est sujet à la fuite comme le malade à la crise qui le sauve ou qui le perd. Une évasion, c'est une guérison. Que n'accepte-t-on pas pour guérir ? Se faire clouer et emporter dans une caisse comme un colis, vivre longtemps dans une boîte, trouver de l'air où il n'y en a pas, économiser sa respiration des heures entières, savoir étouffer sans mourir, c'était là un des sombres talents de Jean Valjean.

Du reste, une bière dans laquelle il y a un être vivant, cet expédient de forçat, est aussi un expédient d'empereur. S'il faut en croire le moine Austin Castillejo, ce fut le moyen que Charles-Quint, voulant après son abdication revoir une dernière fois la Plombes, employa pour la faire entrer dans le monastère de Saint-Just et pour l'en faire sortir.

Fauchelevent, un peu revenu à lui, s'écria :

— Mais comment ferez-vous pour respirer ?

— Je respirerai.

— Dans cette boîte ! Moi, seulement d'y penser, je suffoque.

— Vous avez bien une vrille, vous ferez quelques petits trous autour de la bouche çà et là, et vous clouerez sans serrer la planche de dessus.

— Bon ! Et s'il vous arrive de tousser ou d'éternuer ?

— Celui qui s'évade ne tousse pas et n'éternue pas.

Et Jean Valjean ajouta :

— Père Fauchelevent, il faut se décider : ou être pris ici, ou accepter la sortie par le corbillard.

Tout le monde a remarqué le goût qu'ont les chats de s'arrêter et de flâner entre les deux battants d'une porte entrebâillée. Qui n'a dit à un chat : Mais entre donc ! Il y a des hommes qui, dans un incident entr'ouvert devant eux, ont aussi une tendance à rester indécis entre deux résolutions, au risque de se faire écraser par le destin fermant brusquement l'aventure. Les trop prudents, tout chats qu'ils sont, et parce qu'ils sont chats, courent quelquefois plus de danger que les audacieux. Fauchelevent était de cette nature hésitante. Pourtant le sang-froid de Jean Valjean le gagnait malgré lui. Il grommela :

— Au fait, c'est qu'il n'y a pas d'autre moyen.

Jean Valjean reprit :

— La seule chose qui m'inquiète, c'est ce qui se passera au cimetière.

— C'est justement cela qui ne m'embrasse pas, s'écria Fauchelevent. Si vous êtes sûr de vous tirer de la bière, moi je suis sûr de vous tirer de la fosse. Le fossoyeur est un ivrogne de mes amis. C'est le père Mestienne. Un vieux de la vieille vigne. Le fossoyeur met les morts dans la fosse, et moi je mets le fossoyeur dans ma poche. Ce qui se passera, je vais vous le dire. On arrivera un peu avant la brune, trois quarts d'heure avant la fermeture des grilles du cimetière. Le corbillard roulera jusqu'à la fosse. Je suivrai ; c'est ma besogne. J'aurai un marteau, un ciseau et des tenailles dans ma poche. Le corbillard s'arrête, les croque-morts vous nouent une corde autour de votre bière et vous descendent. Le prêtre dit les prières, fait le signe de croix, jette l'eau bénite, et file. Je reste seul avec le père Mestienne. C'est mon ami, je vous dis. De deux choses l'une, ou il sera soûl, ou il ne sera pas soûl. S'il n'est pas soûl, je lui dis : Viens boire un coup pendant que le *Bon Coing* est encore ouvert. Je l'emmène, je le grise, le père Mestienne n'est pas long à griser, il est toujours commencé, je te le couche sous la table, je lui prends sa carte pour rentrer au cimetière, et je reviens sans lui. Vous n'avez plus affaire qu'à moi. S'il est soûl, je lui dis : Va-t'en, je vais faire ta besogne. Il s'en va, et je vous tire du trou.

Jean Valjean lui tend sa main sur laquelle Fauchelevent se précipita avec une touchante effusion paysanne.

— C'est convenu, père Fauchelevent. Tout ira bien.

— Pourvu que rien ne se dérange, pensa Fauchelevent. Si cela allait devenir terrible !

V

IL NE SUFFIT PAS D'ÊTRE IVROGNE
POUR ÊTRE IMMORTEL

Le lendemain, comme le soleil déclinait, les allants et
venants fort clairsemés du boulevard du Mairie ôtaient
leur chapeau au passage d'un corbillard vieux modèle,
orné de têtes de mort, de tibias et de larmes. Dans ce
corbillard il y avait un cercueil couvert d'un drap blanc
sur lequel s'étalait une vaste croix noire, pareille à une
grande morte dont les bras pendent. Un carrosse drapé,
où l'on apercevait un prêtre en surplis et un enfant de
chœur en calotte rouge, suivait. Deux croque-morts en
uniforme gris à parements noirs marchaient à droite et à
gauche du corbillard. Derrière venait un vieux homme
en habits d'ouvrier, qui boitait. Ce cortège se dirigeait
vers le cimetière Vaugirard.

On voyait passer de la poche de l'homme le manche
d'un marteau, la lame d'un ciseau à froid, et la double
antenne d'une paire de tenailles.

Le cimetière Vaugirard faisait exception parmi les
cimetières de Paris. Il avait ses usages particuliers, de
même qu'il avait sa porte cochère et sa porte bâtarde
que, dans le quartier, les vieilles gens, tenaces aux vieux
mots, appelaient la porte cavalière et la porte piétonne.
Les bernardines-bénédictines du Petit-Picpus avaient
obtenu, nous l'avons dit, d'y être enterrées dans un coin
à part, et le soir, ce terrain ayant jadis appartenu à leur
communauté. Les fossoyeurs, ayant de cette façon dans
le cimetière un service du soir l'été et de nuit l'hiver, y
étaient astreints à une discipline particulière. Les portes
des cimetières de Paris se fermaient à cette époque au
coucher du soleil, et, ceci étant une mesure d'ordre

municipal, le cimetière Vaugirard y était soumis comme les autres. La porte cavalière et la porte piétonne étaient deux grilles contiguës, accostées d'un pavillon bâti par l'architecte Perronnet et habité par le portier du cimetière. Ces grilles tournaient donc inexorablement sur leurs gonds à l'instant où le soleil disparaissait derrière le dôme des Invalides. Si quelque fossoyeur, à ce moment-là, était attardé dans le cimetière, il n'avait qu'une ressource pour sortir, sa carte de fossoyeur délivrée par l'administration des pompes funèbres. Une espèce de boîte aux lettres était pratiquée dans le volet de la fenêtre du concierge. Le fossoyeur jetait sa carte dans cette boîte, le concierge l'entendait tomber, tirait le cordon, et la porte piétonne s'ouvrait. Si le fossoyeur n'avait pas sa carte, il se nommait, le concierge, parfois couché et endormi, se levait, allait reconnaître le fossoveur, et ouvrait la porte avec la clef; le fossoyeur sortait, mais payait quinze francs d'amende.

Ce cimetière, avec ses originalités en dehors de la règle, gênait la symétrie administrative. On l'a supprimé peu après 1830. Le cimetière Montparnasse, dit cimetière de l'Est, lui a succédé, et a hérité de ce fameux cabaret mitoyen au cimetière Vaugirard qui était surmonté d'un coing peint sur une planche, et qui faisait angle, d'un côté sur les tables des buveurs, de l'autre sur les tombeaux, avec cette enseigne : *Au Bon Coing.*

Le cimetière Vaugirard était ce qu'on pourrait appeler un cimetière fané. Il tombait en désuétude. La moisissure l'envahissait, les fleurs le quittaient. Les bourgeois se souciaient peu d'être enterrés à Vaugirard; cela sentait le pauvre. Le Père-Lachaise, à la bonne heure! Être enterré au Père-Lachaise, c'est comme avoir des meubles en acajou. L'élégance se reconnaît là. Le cimetière Vaugirard était un enclos vénérable, planté en ancien jardin français. Des allées droites, des buis, des thuias, des houx, de vieilles tombes sous de vieux ifs, l'herbe très haute. Le soir y était tragique. Il y avait là des lignes très lugubres.

Le soleil n'était pas encore couché quand le corbillard au drap blanc et à la croix noire entra dans l'avenue du cimetière Vaugirard. L'homme boiteux qui le suivait n'était autre que Fauchelevent.

L'enterrement de la mère Crucifixion dans le caveau sous l'autel, la sortie de Cosette, l'introduction de Jean Valjean dans la salle des mortes, tout s'était exécuté sans encombre, et rien n'avait accroché.

Disons-le en passant, l'inhumation de la mère Crucifixion sous l'autel du couvent est pour nous chose parfaitement vénielle. C'est une de ces fautes qui ressemblent à un devoir. Les religieuses l'avaient accomplie, non seulement sans trouble, mais avec l'applaudissement de leur conscience. Au cloître, ce qu'on appelle « le gouvernement » n'est qu'une immixtion dans l'autorité, immixtion toujours discutable. D'abord la règle ; quant au code, on verra. Hommes, faites des lois tant qu'il vous plaira, mais gardez-les pour vous. Le péage à César n'est jamais que le reste du péage à Dieu. Un prince n'est rien près d'un principe.

Fauchelevent boitait derrière le corbillard, très content. Ses deux mystères, ses deux complots jumeaux, l'un avec les religieuses, l'autre avec M. Madeleine, l'un pour le couvent, l'autre contre, avaient réussi de front. Le calme de Jean Valjean était de ces tranquillités puissantes qui se communiquent. Fauchelevent ne doutait plus du succès. Ce qui restait à faire n'était rien. Depuis deux ans, il avait grisé dix fois le fossoyeur, le brave père Mestienne, un bonhomme joufflu. Il en jouait, du père Mestienne. Il en faisait ce qu'il voulait. Il le coiffait de sa volonté et de sa fantaisie. La tête de Mestienne s'ajustait au bonnet de Fauchelevent. La sécurité de Fauchelevent était complète.

Au moment où le convoi entra dans l'avenue menant au cimetière, Fauchelevent, heureux, regarda le corbillard et se frotta ses grosses mains en disant à demi-voix :

— En voilà une farce !

Tout à coup le corbillard s'arrêta ; on était à la grille. Il fallait exhiber le permis d'inhumer. L'homme des pompes funèbres s'aboucha avec le portier du cimetière. Pendant ce colloque, qui produit toujours un temps d'arrêt d'une ou deux minutes, quelqu'un, un inconnu, vint se placer derrière le corbillard à côté de Fauchelevent. C'était une espèce d'ouvrier qui avait une veste aux larges poches, et une pioche sous le bras.

Fauchelevent regarda cet inconnu.

— Qui êtes-vous? demanda-t-il.

L'homme répondit :

— Le fossoyeur.

Si l'on survivait à un boulet de canon en pleine poitrine, on ferait la figure que fit Fauchelevent.

— Le fossoyeur!

— Oui.

— Vous!

— Moi.

— Le fossoyeur, c'est le père Mestienne.

— C'était.

— Comment! c'était?

— Il est mort.

Fauchelevent s'était attendu à tout, excepté à ceci, qu'un fossoyeur pût mourir. C'est pourtant vrai; les fossoyeurs eux-mêmes meurent. À force de creuser la fosse des autres, on ouvre la sienne.

Fauchelevent demeura béant. Il eut à peine la force de bégayer :

— Mais ce n'est pas possible!

— Cela est.

— Mais, reprit-il faiblement, le fossoyeur, c'est le père Mestienne.

— Après Napoléon, Louis XVIII. Après Mestienne, Gribier. Paysan, je m'appelle Gribier.

Fauchelevent, tout pâle, considéra ce Gribier.

C'était un homme long, maigre, livide, parfaitement funèbre. Il avait l'air d'un médecin manqué tourné fossoyeur.

Fauchelevent éclata de rire.

— Ah! comme il arrive de drôles de choses! le père Mestienne est mort. Le petit père Mestienne est mort, mais vive le petit père Lenoir! Vous savez ce que c'est que le petit père Lenoir? C'est le cruchon du rouge à six sur le plomb. C'est le cruchon du Suresne, morbigou! du vrai Suresne de Paris! Ah! il est mort, le vieux Mestienne! J'en suis fâché; c'était un bon vivant. Mais vous aussi, vous êtes un bon vivant. Pas vrai, camarade? Nous allons aller boire ensemble un coup, tout à l'heure.

L'homme répondit : — J'ai étudié. J'ai fait ma quatrième. Je ne bois jamais.

Le corbillard s'était remis en marche et roulait dans la grande allée du cimetière.

Fauchelevent avait ralenti son pas. Il boitait, plus encore d'anxiété que d'infirmité.

Le fossoyeur marchait devant lui.

Fauchelevent passa encore une fois l'examen du Gribier inattendu.

C'était un de ces hommes qui, jeunes, ont l'air vieux, et qui, maigres, sont très forts.

— Camarade! cria Fauchelevent.

L'homme se retourna.

— Je suis le fossoyeur du couvent.

— Mon collègue, dit l'homme.

Fauchelevent, illettré, mais très fin, comprit qu'il avait affaire à une espèce redoutable, à un beau parleur.

Il grommela :

— Comme ça, le père Mestienne est mort.

L'homme répondit :

— Complètement. Le bon Dieu a consulté son carnet d'échéances. C'était le tour du père Mestienne. Le père Mestienne est mort.

Fauchelevent répéta machinalement :

— Le bon Dieu...

— Le bon Dieu, fit l'homme avec autorité. Pour les philosophes, le Père éternel; pour les jacobins, l'Être suprême.

— Est-ce que nous ne ferons pas connaissance? balbutia Fauchelevent.

— Elle est faite. Vous êtes paysan, je suis parisien.

— On ne se connaît pas tant qu'on a pas bu ensemble. Qui vide son verre vide son cœur. Vous allez venir boire avec moi. Ça ne se refuse pas.

— D'abord la besogne.

Fauchelevent pensa : je suis perdu.

On n'était plus qu'à quelques tours de roue de la petite allée qui menait au coin des religieuses.

Le fossoyeur reprit :

— Paysan, j'ai sept mioches qu'il faut nourrir. Comme il faut qu'ils mangent, il ne faut pas que je boive.

Et il ajouta avec la satisfaction d'un être sérieux qui fait une phrase :

— Leur faim est ennemie de ma soif.

Le corbillard tourna un massif de cyprès, quitta la grande allée, en prit une petite, entra dans les terres et s'enfonça dans un fourré. Ceci indiquait la proximité immédiate de la sépulture. Fauchelevent ralentissait son pas, mais ne pouvait ralentir le corbillard. Heureusement la terre meuble, et mouillée par les pluies d'hiver, engluait les roues et alourdissait la marche.

Il se rapprocha du fossoyeur.

— Il y a un si bon petit vin d'Argenteuil, murmura Fauchelevent.

— Villageois, reprit l'homme, cela ne devrait pas être que je sois fossoyeur. Mon père était portier au Prytanée. Il me destinait à la littérature. Mais il a eu des malheurs. Il a fait des pertes à la Bourse. J'ai dû renoncer à l'état d'auteur. Pourtant je suis encore écrivain public.

— Mais vous n'êtes donc pas fossoyeur ? repartit Fauchelevent, se raccrochant à cette branche, bien faible.

— L'un n'empêche pas l'autre. Je cumule.

Fauchelevent ne comprit pas ce dernier mot.

— Venons boire, dit-il.

Ici une observation est nécessaire. Fauchelevent, quelle que fût son angoisse, offrait à boire, mais ne s'expliquait pas sur un point : qui payera ? D'ordinaire Fauchelevent offrait, et le père Mestienne payait. Une offre à boire résultait évidemment de la situation nouvelle créée par le fossoyeur nouveau, et cette offre, il fallait la faire, mais le vieux jardinier laissait, non sans intention, le proverbial quart d'heure dit de Rabelais, dans l'ombre. Quant à lui, Fauchelevent, si ému qu'il fût, il ne se souciait point de payer.

Le fossoyeur poursuivit, avec un sourire supérieur :

— Il faut manger. J'ai accepté la survivance du père Mestienne. Quand on a fait presque ses classes, on est philosophe. Au travail de la main, j'ai ajouté le travail du bras. J'ai mon échoppe d'écrivain au marché de la rue de Sèvres. Vous savez ? le marché aux Parapluies. Toutes les cuisinières de la Croix-Rouge s'adressent à moi. Je leur bâcle leurs déclarations aux tourlourous. Le matin j'écris des billets doux, le soir je creuse des fosses. Telle est la vie, campagnard.

Le corbillard avançait. Fauchelevent, au comble de l'inquiétude, regardait de tous les côtés autour de lui. De grosses larmes de sueur lui tombaient du front.

— Pourtant, continua le fossoyeur, on ne peut pas servir deux maîtresses. Il faudra que je choisisse de la plume ou de la pioche. La pioche me gâte la main.

Le corbillard s'arrêta.

L'enfant de chœur descendit de la voiture drapée, puis le prêtre.

Une des petites roues de devant du corbillard montait un peu sur un tas de terre au delà duquel on voyait une fosse ouverte.

— En voilà une farce ! répéta Fauchelevent consterné.

VI

ENTRE QUATRE PLANCHES

Qui était dans la bière ? on le sait. Jean Valjean.

Jean Valjean s'était arrangé pour vivre là dedans, et il respirait à peu près.

C'est une chose étrange à quel point la sécurité de la conscience donne la sécurité du reste. Toute la combinaison préméditée par Jean Valjean marchait, et marchait bien, depuis la veille. Il comptait, comme Fauchelevent, sur le père Mestienne. Il ne doutait pas de la fin. Jamais situation plus critique, jamais calme plus complet.

Les quatre planches du cercueil dégagent une sorte de paix terrible. Il semblait que quelque chose du repos des morts entrât dans la tranquillité de Jean Valjean.

Du fond de cette bière, il avait pu suivre et il suivait toutes les phases du drame redoutable qu'il jouait avec la mort.

Peu après que Fauchelevent eut achevé de clouer la planche de dessus, Jean Valjean s'était senti emporter, puis rouler. À moins de secousses, il avait senti qu'on passait du pavé à la terre battue, c'est-à-dire qu'on quittait les rues et qu'on arrivait aux boulevards. À un bruit sourd, il avait deviné qu'on traversait le pont d'Austerlitz. Au premier temps d'arrêt, il avait compris qu'on entrait dans le cimetière; au second temps d'arrêt, il s'était dit : voici la fosse.

Brusquement il sentit que des mains saisissaient la bière, puis un frottement rauque sur les planches; il se rendit compte que c'était une corde qu'on nouait autour du cercueil pour le descendre dans l'excavation.

Puis il eut une espèce d'étourdissement.

Probablement les croque-morts et le fossoyeur avaient laissé basculer le cercueil et descendu la tête avant les pieds. Il revint pleinement à lui en se sentant horizontal et immobile. Il venait de toucher le fond.

Il sentit un certain froid.

Une voix s'éleva au-dessus de lui, glaciale et solennelle. Il entendit passer, si lentement qu'il pouvait les saisir l'un après l'autre, des mots latins qu'il ne comprenait pas :

— *Qui dormiunt in terræ pulvere, evigilabunt; alii in vitam æternam, et alii in opprobrium, ut videant semper.*

Une voix d'enfant dit :

— *De profundis.*

La voix grave recommença :

— *Requiem æternam dona ei, Domine.*

La voix d'enfant répondit :

— *Et lux perpetua luceal ei.*

Il entendit sur la planche qui le recouvrait quelque chose comme le frappement doux de quelques gouttes de pluie. C'était probablement l'eau bénite.

Il songea : Cela va être fini. Encore un peu de patience. Le prêtre va s'en aller. Fauchelevent emmènera Mestienne boire. On me laissera. Puis Fauchelevent reviendra seul, et je sortirai. Ce sera l'affaire d'une bonne heure.

La voix grave reprit :

— *Requiescat in pace.*

Et la voix d'enfant dit :

— *Amen.*

Jean Valjean, l'oreille tendue, perçut quelque chose comme des pas qui s'éloignaient.

— Les voilà qui s'en vont, pensa-t-il. Je suis seul.

Tout à coup il entendit sur sa tête un bruit qui lui sembla la chute du tonnerre.

C'était une pelletée de terre qui tombait sur le cercueil.

Une seconde pelletée de terre tomba.

Un des trous par où il respirait venait de se boucher.

Une troisième pelletée de terre tomba.

Puis une quatrième.

Il est des choses plus fortes que l'homme le plus fort. Jean Valjean perdit connaissance.

VII

OÙ L'ON TROUVERA L'ORIGINE DU MOT : NE PAS PERDRE LA CARTE

Voici ce qui se passait au-dessus de la bière où était Jean Valjean.

Quand le corbillard se fut éloigné, quand le prêtre et l'enfant de chœur furent remontés en voiture et partis, Fauchelevent, qui ne quittait pas des yeux le fossoyeur, le vit se pencher et empoigner sa pelle, qui était enfoncée droite dans le tas de terre.

Alors Fauchelevent prit une résolution suprême.

Il se plaça entre la fosse et le fossoyeur, croisa les bras, et dit :

— C'est moi qui paye !

Le fossoyeur le regarda avec étonnement, et répondit :

— Quoi, paysan ?

Fauchelevent répéta :

— C'est moi qui paye !

— Quoi ?

— Le vin.

— Quel vin ?

— L'Argenteuil.

— Où ça l'Argenteuil ?

— Au Bon Coing.

— Va-t'en au diable ! dit le fossoyeur.

Et il jeta une pelletée de terre sur le cercueil.

La bière rendit un son creux. Fauchelevent se sentit chanceler et prêt à tomber lui-même dans la fosse. Il cria, d'une voix où commençait à se mêler l'étranglement du râle :

— Camarade, avant que le Bon Coing soit fermé !

Le fossoyeur reprit de la terre dans la pelle. Fauchelevent continua :

— Je paye !

Et il saisit le bras du fossoyeur.

— Écoutez-moi, camarade. Je suis le fossoyeur du couvent. Je viens pour vous aider. C'est une besogne qui peut se faire la nuit. Commençons donc par aller boire un coup.

Et tout en parlant, tout en se cramponnant à cette insistance désespérée, il faisait cette réflexion lugubre :

— Et quand il boirait ! se griserait-il ?

— Provincial, dit le fossoyeur, si vous le voulez absolument, j'y consens. Nous boirons. Après l'ouvrage, jamais avant.

Et il donna le branle à sa pelle. Fauchelevent le retint.

— C'est de l'Argenteuil à six !

— Ah çà, dit le fossoyeur, vous êtes sonneur de cloches. Din don, din don ; vous ne savez dire que ça. Allez vous faire lanlaire.

Et il lança la seconde pelletée.

Fauchelevent arrivait à ce moment où l'on ne sait plus ce qu'on dit.

— Mais venez donc boire, cria-t-il, puisque c'est moi qui paye !

— Quand nous aurons couché l'enfant, dit le fossoyeur.

Il jeta la troisième pelletée.

Puis il enfonça la pelle dans la terre et ajouta :

— Voyez-vous, il va faire froid cette nuit, et la morte crierait derrière nous si nous la plantions là sans couverture.

En ce moment, tout en chargeant sa pelle, le fossoyeur se courbait, et la poche de sa veste bâillait.

Le regard égaré de Fauchelevent tomba machinalement dans cette poche, et s'y arrêta.

Le soleil n'était pas encore caché par l'horizon; il faisait assez de jour pour qu'on pût distinguer quelque
chose de blanc au fond de cette poche béante.

Toute la quantité d'éclair que peut avoir l'œil d'un paysan picard traversa la prunelle de Fauchelevent. Il venait
de lui venir une idée.

Sans que le fossoyeur, tout à sa pelletée de terre, s'en
aperçût, il lui plongea par derrière la main dans la
poche, et retira de cette poche la chose blanche qui était
au fond.

Le fossoyeur envoya dans la fosse la quatrième pelletée.

Au moment où il se retournait pour prendre la cinquième, Fauchelevent le regarda avec un profond calme
et lui dit :

— À propos, nouveau, avez-vous votre carte ?

Le fossoyeur s'interrompit.

— Quelle carte ?

— Le soleil va se coucher.

— C'est bon, qu'il mette son bonnet de nuit.

— La grille du cimetière va se fermer.

— Eh bien, après ?

— Avez-vous votre carte ?

— Ah, ma carte ! dit le fossoyeur.

Et il fouilla dans sa poche.

Une poche fouillée, il fouilla l'autre. Il passa aux goussets, explora le premier, retourna le second.

— Mais non, dit-il, je n'ai pas ma carte. Je l'aurai
oubliée.

— Quinze francs d'amende, dit Fauchelevent.

Le fossoyeur devint vert. Le vert est la pâleur des gens
livides.

— Ah   Jésus-mon-Dieu-bancroche-à-bas-la-lune !
s'écria-t-il. Quinze francs d'amende !

— Trois pièces-cent-sous, dit Fauchelevent.

Le fossoyeur laissa tomber sa pelle.

Le tour de Fauchelevent était venu.

— Ah çà, dit Fauchelevent, conscrit, pas de désespoir.
Il ne s'agit pas de se suicider, et de profiter de la fosse.
Quinze francs, c'est quinze francs, et d'ailleurs vous pou-
vez ne pas les payer. Je suis vieux, vous êtes nouveau. Je

connais les trucs, les trocs, les trics et les tracs. Je vas vous donner un conseil d'ami. Une chose est claire, c'est que le soleil se couche, il touche au dôme, le cimetière va fermer dans cinq minutes.

— C'est vrai, répondit le fossoyeur.

— D'ici à cinq minutes, vous n'avez pas le temps de remplir la fosse, elle est creuse comme le diable, cette fosse, et d'arriver à temps pour sortir avant que la grille soit fermée.

— C'est juste.

— En ce cas quinze francs d'amende.

— Quinze francs.

— Mais vous avez le temps... — Où demeurez-vous ?

— À deux pas de la barrière. À un quart d'heure d'ici. Rue de Vaugirard, numéro 87.

— Vous avez le temps, en pendant vos guiboles à votre cou, de sortir tout de suite.

— C'est exact.

— Une fois hors de la grille, vous galopez chez vous, vous prenez votre carte, vous revenez, le portier du cimetière vous ouvre. Ayant votre carte, rien à payer. Et vous enterrez votre mort. Moi, je vas vous le garder en attendant pour qu'il ne se sauve pas.

— Je vous dois la vie, paysan.

— Fichez-moi le camp, dit Fauchelevent.

Le fossoyeur, éperdu de reconnaissance, lui secoua la main, et partit en courant.

Quand le fossoyeur eut disparu dans le fourré, Fauchelevent écouta jusqu'à ce qu'il eût entendu le pas se perdre, puis il se pencha vers la fosse et dit à demi-voix :

— Père Madeleine !

Rien ne répondit.

Fauchelevent eut un frémissement. Il se laissa rouler dans la fosse plutôt qu'il n'y descendit, se jeta sur la tête du cercueil et cria :

— Êtes-vous là ?

Silence dans la bière.

Fauchelevent, ne respirant plus à force de tremblement, prit son ciseau à froid et son marteau, et fit sauter la planche de dessus. La face de Jean Valjean apparut dans le crépuscule, les yeux fermés, pâle.

Les cheveux de Fauchelevent se hérissèrent, il se leva debout, puis tomba adossé à la paroi de la fosse, prêt à s'affaisser sur la bière. Il regarda Jean Valjean.

Jean Valjean gisait, blême et immobile.

Fauchelevent murmura d'une voix basse comme un souffle :

— Il est mort !

Et se redressant, croisant les bras si violemment que ses deux poings fermés vinrent frapper ses deux épaules, il cria :

— Voilà comme je le sauve, moi !

Alors le pauvre bonhomme se mit à sangloter. Monologuant, car c'est une erreur de croire que le monologue n'est pas dans la nature. Les fortes agitations parlent souvent à haute voix.

— C'est la faute au père Mestienne. Pourquoi est-il mort, cet imbécile-là ? qu'est-ce qu'il avait besoin de crever au moment où on ne s'y attend pas ? c'est lui qui fait mourir monsieur Madeleine. Père Madeleine ! Il est dans la bière. Il est tout porté. C'est fini. — Aussi, ces choses-là, est-ce que ça a du bon sens ? Ah ! mon Dieu ! il est mort ! Eh bien, et sa petite, qu'est-ce que je vas en faire ? qu'est-ce que la fruitière va dire ? Qu'un homme comme ça meure comme ça, si c'est Dieu possible ! Quand je pense qu'il s'était mis sous ma charrette ! Père Madeleine ! père Madeleine ! Pardine, il a étouffé, je disais bien. Il n'a pas voulu me croire. Eh bien, voilà une jolie polissonnerie de faite ! Il est mort, ce brave homme, le plus bon homme qu'il y eût dans les bonnes gens du bon Dieu ! Et sa petite ! Ah ! d'abord je ne rentre pas là-bas, moi. Je reste ici. Avoir fait un coup comme ça ! C'est bien la peine d'être deux vieux pour être deux vieux fous. Mais d'abord comment avait-il fait pour entrer dans le couvent ? c'était déjà le commencement. On ne doit pas faire de ces choses-là. Père Madeleine ! père Madeleine ! père Madeleine ! Madeleine ! monsieur Madeleine ! monsieur le maire ! Il ne m'entend pas. Tirez-vous donc de là à présent !

Et il s'arracha les cheveux.

On entendit au loin dans les arbres un grincement aigu. C'était la grille du cimetière qui se fermait.

Fauchelevent se pencha sur Jean Valjean, et tout à coup eut une sorte de rebondissement et tout le recul qu'on peut avoir dans une fosse. Jean Valjean avait les yeux ouverts, et le regardait.

Voir une mort est effrayant, voir une résurrection l'est presque autant. Fauchelevent devint comme de pierre, pâle, hagard, bouleversé par tous ces excès d'émotions, ne sachant s'il avait affaire à un vivant ou à un mort, regardant Jean Valjean qui le regardait.

— Je m'endormais, dit Jean Valjean.

Et il se mit sur son séant.

Fauchelevent tomba à genoux.

— Juste bonne Vierge! m'avez-vous fait peur!

Puis il se releva et cria :

— Merci, père Madeleine!

Jean Valjean n'était qu'évanoui. Le grand air l'avait réveillé.

La joie est le reflux de la terreur. Fauchelevent avait presque autant à faire que Jean Valjean pour revenir à lui.

— Vous n'êtes donc pas mort! Oh! comme vous avez de l'esprit, vous! Je vous ai tant appelé que vous êtes revenu. Quand j'ai vu vos yeux fermés, j'ai dit : bon! le voilà étouffé. Je serais devenu fou furieux, vrai fou à camisole. On m'aurait mis à Bicêtre. Qu'est-ce que vous voulez que je fasse si vous étiez mort? Et votre petite! c'est la fruitière qui n'y aurait rien compris! On lui campe l'enfant sur les bras, et le grand-père est mort! Quelle histoire! mes bons saints du paradis, quelle histoire! Ah! vous êtes vivant, voilà le bouquet.

— J'ai froid, dit Jean Valjean.

Ce mot rappela complètement Fauchelevent à la réalité, qui était urgente. Ces deux hommes, même revenus à eux, avaient, sans s'en rendre compte, l'âme trouble, et en eux quelque chose d'étrange qui était l'égarement sinistre du lieu.

— Sortons vite d'ici, cria Fauchelevent.

Il fouilla dans sa poche, et en tira une gourde dont il s'était pourvu.

— Mais d'abord la goutte! dit-il.

La gourde acheva ce que le grand air avait commencé.

Jean Valjean but une gorgée d'eau-de-vie et reprit pleine possession de lui-même.

Il sortit de la bière, et aida Fauchelevent à en reclouer le couvercle.

Trois minutes après, ils étaient hors de la fosse.

Du reste Fauchelevent était tranquille. Il prit son temps. Le cimetière était fermé. La survenue du fossoyeur Gribier n'était pas à craindre. Ce « conscrit » était chez lui, occupé à chercher sa carte, et bien empêché de la trouver dans son logis puisqu'elle était dans la poche de Fauchelevent. Sans carte, il ne pouvait rentrer au cimetière.

Fauchelevent prit la pelle et Jean Valjean la pioche, et tous deux firent l'enterrement de la bière vide.

Quand la fosse fut comblée, Fauchelevent dit à Jean Valjean :

— Venons-nous-en. Je garde la pelle ; emportez la pioche.

La nuit tombait.

Jean Valjean eut quelque peine à se remuer et à marcher. Dans cette bière il s'était roidi et était devenu un peu cadavre. L'ankylose de la mort l'avait saisi entre ces quatre planches. Il fallut, en quelque sorte, qu'il se dégelât du sépulcre.

— Vous êtes gourd, dit Fauchelevent. C'est dommage que je sois bancal, nous battrions la semelle.

— Bah ! répondit Jean Valjean, quatre pas me mettront la marche dans les jambes.

Ils s'en allèrent pas les allées où le corbillard avait passé. Arrivés devant la grille fermée et le pavillon du portier, Fauchelevent, qui tenait à sa main la carte du fossoyeur, la jeta dans la boîte, le portier tira le cordon, la porte s'ouvrit, ils sortirent.

— Comme tout cela va bien ! dit Fauchelevent ; quelle bonne idée vous avez eue, père Madeleine !

Ils franchirent la barrière Vaugirard de la façon la plus simple du monde. Aux alentours d'un cimetière, une pelle et une pioche sont deux passeports.

La rue de Vaugirard était déserte.

— Père Madeleine, dit Fauchelevent tout en cheminant et en levant les yeux vers les maisons, vous avez de meilleurs yeux que moi. Indiquez-moi donc le numéro 87.

— Le voici justement, dit Jean Valjean.

— Il n'y a personne dans la rue, reprit Fauchelevent. Donnez-moi la pioche, et attendez-moi deux minutes.

Fauchelevent entra au numéro 87, monta tout en haut, guidé par l'instinct qui mène toujours le pauvre au grenier, et frappa dans l'ombre à la porte d'une mansarde. Une voix répondit :

— Entrez.

C'était la voix de Gribier.

Fauchelevent poussa la porte. Le logis du fossoyeur était, comme toutes ces infortunées demeures, un galetas démeublé et encombré. Une caisse d'emballage, — une bière peut-être, — y tenait lieu de commode, un pot à beurre y tenait lieu de fontaine, une paillasse y tenait lieu de lit, le carreau y tenait lieu de chaises et de table. Il y avait dans un coin, sur une loque qui était un vieux lambeau de tapis, une femme maigre et force enfants, faisant un tas. Tout ce pauvre intérieur portait les traces d'un bouleversement. On eût dit qu'il y avait eu là un tremblement de terre « pour un ». Les couvercles étaient déplacés, les haillons étaient épars, la cruche était cassée, la mère avait pleuré, les enfants probablement avaient été battus; traces d'une perquisition acharnée et bourrue. Il était visible que le fossoyeur avait éperdument cherché sa carte, et fait tout responsable de cette perte dans le galetas, depuis sa cruche jusqu'à sa femme. Il avait l'air désespéré.

Mais Fauchelevent se hâtait trop vers le dénouement de l'aventure pour remarquer ce côté triste de son succès.

Il entra et dit :

— Je vous rapporte votre pioche et votre pelle.

Gribier le regarda stupéfait.

— C'est vous, paysan?

— Et demain matin chez le concierge du cimetière vous trouverez votre carte.

Et il posa la pelle et la pioche sur le carreau.

— Qu'est-ce que cela veut dire? demanda Gribier.

— Cela veut dire que vous aviez laissé tomber votre

carte de votre poche, que je l'ai trouvée à terre quand vous avez été parti, que j'ai enterré le mort, que j'ai rempli la fosse, que j'ai fait votre besogne, que le portier vous rendra votre carte, et que vous ne payerez pas quinze francs. Voilà, conscrit.

— Merci, villageois! s'écria Gribier ébloui. La prochaine fois, c'est moi qui paye à boire.

VIII

INTERROGATOIRE RÉUSSI

Une heure après, par la nuit noire, deux hommes et un enfant se présentaient au numéro 62 de la petite rue Picpus. Le plus vieux de ces hommes levait le marteau et frappait.

C'étaient Fauchelevent, Jean Valjean et Cosette.

Les deux bonshommes étaient allés chercher Cosette chez la fruitière de la rue du Chemin-Vert, où Fauchelevent l'avait déposée la veille. Cosette avait passé ces vingt-quatre heures à ne rien comprendre et à trembler silencieusement. Elle tremblait tant qu'elle n'avait pas pleuré. Elle n'avait pas mangé non plus, ni dormi. La digne fruitière lui avait fait cent questions, sans obtenir d'autre réponse qu'un regard morne, toujours le même. Cosette n'avait rien laissé transpirer de tout ce qu'elle avait entendu et vu depuis deux jours. Elle devinait qu'on traversait une crise. Elle sentait profondément qu'il fallait « être sage ». Qui n'a éprouvé la souveraine puissance de ces trois mots prononcés avec un certain accent dans l'oreille d'un petit être effrayé : *Ne dis rien!* La peur est une muette. D'ailleurs, personne ne garde un secret comme un enfant.

Seulement, quand, après ces lugubres vingt-quatre heures, elle avait revu Jean Valjean, elle avait poussé un tel cri de joie, que quelqu'un de pensif qui l'eût entendu eût deviné dans ce cri la sortie d'un abîme.

Fauchelevent était du couvent et savait les mots de passe. Toutes les portes s'ouvrirent.

Ainsi fut résolu le double et effrayant problème : sortir, et entrer.

Le portier, qui avait ses instructions, ouvrit la petite porte de service qui communiquait de la cour au jardin, et qu'il y a vingt ans on voyait encore de la rue, dans le mur du fond de la cour, faisant face à la porte cochère. Le portier les introduisit tous les trois par cette porte, et, de là, ils gagnèrent ce parloir intérieur réservé où Fauchelevent, la veille, avait pris les ordres de la prieure.

La prieure, son rosaire à la main, les attendait. Une mère vocale, le voile bas, était debout près d'elle. Une chandelle discrète éclairait, on pourrait presque dire faisait semblant d'éclairer le parloir.

La prieure passa en revue Jean Valjean. Rien n'examine comme un œil baissé.

Puis elle le questionna :

— C'est vous le frère ?

— Oui, révérende mère, répondit Fauchelevent.

— Comment vous appelez-vous ?

Fauchelevent répondit :

— Ultime Fauchelevent.

Il avait eu en effet un frère nommé Ultime qui était mort.

— De quel pays êtes-vous ?

Fauchelevent répondit :

— De Picquigny, près Amiens.

— Quel âge avez-vous ?

Fauchelevent répondit :

— Cinquante ans.

— Quel est votre état ?

Fauchelevent répondit :

— Jardinier.

— Êtes-vous bon chrétien ?

Fauchelevent répondit :

— Tout le monde l'est dans la famille.

— Cette petite est à vous ?

Fauchelevent répondit :

— Oui, révérende mère.

— Vous êtes son père ?

Fauchelevent répondit :

— Son grand-père.

La mère vocale dit à la prieure à demi-voix :

— Il répond bien.

Jean Valjean n'avait pas prononcé un mot.

La prieure regarda Cosette avec attention, et dit à demi-voix à la mère vocale :

— Elle sera laide.

Les deux mères causèrent quelques minutes très bas dans l'angle du parloir, puis la prieure se retourna et dit :

— Père Fauvent, vous aurez une autre genouillère avec grelot. Il en faut deux maintenant.

Le lendemain en effet on entendait deux grelots dans le jardin, et les religieuses ne résistaient pas à soulever un coin de leur voile. On voyait au fond sous les arbres deux hommes bêcher côte à côte, Fauvent et un autre. Événement énorme. Le silence fut rompu jusqu'à s'entre-dire : C'est un aide-jardinier.

Les mères vocales ajoutaient : C'est un frère au père Fauvent.

Jean Valjean en effet était régulièrement installé ; il avait la genouillère de cuir et le grelot ; il était désormais officiel. Il s'appelait Ultime Fauchelevent.

La plus forte cause déterminante de l'admission avait été l'observation de la prieure sur Cosette : *Elle sera laide*.

La prieure, ce pronostic prononcé, prit immédiatement Cosette en amitié, et lui donna place au pensionnat comme élève de charité.

Ceci n'a rien que de très logique. On a beau n'avoir point de miroir au couvent, les femmes ont une conscience pour leur figure ; or, les filles qui se sentent jolies se laissent malaisément faire religieuses ; la vocation étant assez volontiers en proportion inverse de la beauté, on espère plus des laides que des belles. De là un goût vif pour les laiderons.

Toute cette aventure grandit le bon vieux Fauchelevent ; il eut un triple succès ; auprès de Jean Valjean qu'il sauva et abrita ; auprès du fossoyeur Gribier qui se disait : il m'a épargné l'amende ; auprès du couvent qui, grâce à lui, en gardant le cercueil de la mère Crucifixion sous l'autel, éluda César et satisfit Dieu. Il y eut une bière avec cadavre au Petit-Picpus et une bière sans

cadavre au cimetière Vaugirard; l'ordre public en fut
sans doute profondément troublé, mais ne s'en aperçut
pas. Quant au couvent, sa reconnaissance pour Fauchelevent fut grande. Fauchelevent devint le meilleur des
serviteurs et le plus précieux des jardiniers. À la plus
prochaine visite de l'archevêque, la prieure conta la
chose à sa grandeur, en s'en confessant un peu et en s'en
vantant aussi. L'archevêque, au sortir du couvent, en
parla, avec applaudissement et tout bas, à M. de Latil,
confesseur de Monsieur, plus tard archevêque de Reims
et cardinal. L'admiration pour Fauchelevent fit du chemin, car elle alla à Rome. Nous avons eu sous les yeux
un billet adressé par le pape régnant alors, Léon XII, à
un de ses parents, monsignor dans la nonciature de
Paris, et nommé comme lui Della Genga; on y lit ces
lignes : « Il paraît qu'il y a dans un couvent de Paris un
jardinier excellent, qui est un saint homme, appelé Fau-
van. » Rien de tout ce triomphe ne parvint jusqu'à Fauchelevent dans sa baraque; il continua de greffer, de sar-
cler, et de couvrir ses melonnières, sans être au fait de
son excellence et de sa sainteté. Il ne se douta pas plus
de sa gloire que ne s'en doute un bœuf de Durham ou de
Surrey dont le portrait est publié dans l'*Illustrated Lon-
don News* avec cette inscription : *Bœuf qui a remporté le
prix au concours des bêtes à cornes.*

IX

CLÔTURE

Cosette au couvent continua de se taire.
Cosette se croyait tout naturellement la fille de Jean
Valjean. Du reste, ne sachant rien, elle ne pouvait rien
dire, et puis, dans tous les cas, elle n'aurait rien dit. Nous
venons de le faire remarquer, rien ne dresse les enfants
au silence comme le malheur. Cosette avait tant souffert
qu'elle craignait tout, même de parler, même de respirer.
Une parole avait si souvent fait crouler sur elle une ava-

lanche! À peine commençait-elle à se rassurer depuis qu'elle était à Jean Valjean. Elle s'habitua assez vite au couvent. Seulement elle regrettait Catherine, mais elle n'osait pas le dire. Une fois pourtant elle dit à Jean Valjean : — Père, si j'avais su, je l'aurais emmenée.

Cosette, en devenant pensionnaire du couvent, dut prendre l'habit des élèves de la maison. Jean Valjean obtint qu'on lui remît les vêtements qu'elle dépouillait. C'était ce même habillement de deuil qu'il lui avait fait revêtir lorsqu'elle avait quitté la gargote Thénardier. Il n'était pas encore très usé. Jean Valjean enferma ces nippes, plus les bas de laine et les souliers, avec force camphre et tous les aromates dont abondent les couvents, dans une petite valise qu'il trouva moyen de se procurer. Il mit cette valise sur une chaise près de son lit, et il en avait toujours la clef sur lui. — Père, lui demanda un jour Cosette, qu'est-ce que c'est donc que cette boîte-là qui sent si bon ?

Le père Fauchelevent, outre cette gloire que nous venons de raconter et qu'il ignora, fut récompensé de sa bonne action ; d'abord il en fut heureux ; puis il eut beaucoup moins de besogne, la partageant. Enfin, comme il aimait beaucoup le tabac, il trouvait à la présence de M. Madeleine cet avantage qu'il prenait trois fois plus de tabac que par le passé, et d'une manière infiniment plus voluptueuse, attendu que M. Madeleine le lui payait.

Les religieuses n'adoptèrent point ce nom d'Ultime ; elles appelèrent Jean Valjean *l'autre Fauvent.*

Si ces saintes filles avaient eu quelque chose du regard de Javert, elles auraient pu finir par remarquer que, lorsqu'il y avait quelque course à faire au dehors pour l'entretien du jardin, c'était toujours l'aîné Fauchelevent, le vieux, l'infirme, le bancal, qui sortait, et jamais l'autre ; mais, soit que les yeux toujours fixés sur Dieu ne sachent pas espionner, soit qu'elles fussent, de préférence, occupées à se guetter entre elles, elles n'y firent point attention.

Du reste bien en prit à Jean Valjean de se tenir coi et de ne pas bouger. Javert observa le quartier plus d'un grand mois.

Ce couvent était pour Jean Valjean comme une île

Cosette 109

entourée de gouffres. Ces quatre murs étaient désormais le monde pour lui. Il y voyait le ciel assez pour être serein et Cosette assez pour être heureux.

Une vie très douce recommença pour lui.

Il habitait avec le vieux Fauchelevent la baraque du fond du jardin. Cette bicoque, bâtie en plâtras, qui existait encore en 1845, était composée, comme on sait, de trois chambres, lesquelles étaient toutes nues et n'avaient que les murailles. La principale avait été cédée, de force, car Jean Valjean avait résisté en vain, par le père Fauchelevent à M. Madeleine. Le mur de cette chambre, outre les deux clous destinés à l'accrochement de la genouillère et de la hotte, avait pour ornement un papier-monnaie royaliste de 93 appliqué à la muraille au-dessus de la cheminée et dont voici le fac-similé exact :

Cet assignat vendéen avait été cloué au mur par le précédent jardinier, ancien chouan qui était mort dans le couvent et que Fauchelevent avait remplacé.

Jean Valjean travaillait tout le jour dans le jardin et y était très utile. Il avait été jadis émondeur et se retrouvait volontiers jardinier. On se rappelle qu'il avait toutes sortes de recettes et de secrets de culture. Il en tira parti. Presque tous les arbres du verger étaient des sauvageons; il les écussonna et leur fit donner d'excellents fruits.

Cosette avait permission de venir tous les jours passer une heure près de lui. Comme les sœurs étaient tristes et qu'il était bon, l'enfant le comparait et l'adorait. À l'heure fixée elle accourait vers la baraque. Quand elle entrait dans la masure, elle l'emplissait de paradis. Jean Valjean s'épanouissait, et sentait son bonheur s'accroître du bonheur qu'il donnait à Cosette. La joie que nous inspirons a cela de charmant que, loin de s'affaiblir comme tout reflet, elle nous revient plus rayonnante. Aux heures des récréations, Jean Valjean regardait de loin Cosette jouer et courir, et il distinguait son rire du rire des autres.

Car maintenant Cosette riait.

La figure de Cosette en était même jusqu'à un certain point changée. Le sombre en avait disparu. Le rire, c'est le soleil; il chasse l'hiver du visage humain.

Cosette, toujours pas jolie, devenait bien charmante d'ailleurs. Elle disait des petites choses raisonnables avec sa douce voix enfantine.

La récréation finie, quand Cosette rentrait, Jean Valjean regardait les fenêtres de sa classe, et la nuit il se relevait pour regarder les fenêtres de son dortoir.

Du reste Dieu a ses voies; le couvent contribua, comme Cosette, à maintenir et à compléter dans Jean Valjean l'œuvre de l'évêque. Il est certain qu'un des côtés de la vertu aboutit à l'orgueil. Il y a là un pont bâti par le diable. Jean Valjean était peut-être à son insu assez près de ce côté-là et de ce pont-là, lorsque la providence le jeta dans le couvent du Petit-Picpus. Tant qu'il ne s'était comparé qu'à l'évêque, il s'était trouvé indigne et il avait été humble; mais depuis quelque temps il commençait à se comparer aux hommes, et l'orgueil naissait. Qui sait? il aurait peut-être fini par revenir tout doucement à la haine.

Le couvent l'arrêta sur cette pente.

C'était le deuxième lieu de captivité qu'il voyait. Dans sa jeunesse, dans ce qui avait été pour lui le commencement de la vie, et plus tard, tout récemment encore, il en avait vu un autre, lieu affreux, lieu terrible, et dont les sévérités lui avaient toujours paru être l'iniquité de la justice et le crime de la loi. Aujourd'hui après le bagne il voyait le cloître; et songeant qu'il avait fait partie du bagne et qu'il était maintenant, pour ainsi dire, spectateur du cloître, il les confrontait dans sa pensée avec anxiété.

Quelquefois il s'accoudait sur sa bêche et descendait lentement dans les spirales sans fond de la rêverie.

Il se rappelait ses anciens compagnons; comme ils étaient misérables; ils se levaient dès l'aube et travaillaient jusqu'à la nuit; à peine leur laissait-on le sommeil; ils couchaient sur des lits de camp, où l'on ne leur tolérait que des matelas de deux pouces d'épaisseur, dans des salles qui n'étaient chauffées qu'aux mois les plus rudes de l'année; ils étaient vêtus d'affreuses casaques rouges; on leur permettait, par grâce, un pantalon de toile dans les grandes chaleurs et une roulière de laine sur le dos dans les grands froids; ils ne buvaient de vin et ne mangeaient de viande que lorsqu'ils allaient « à la fatigue ». Ils vivaient, n'ayant plus de noms, désignés seulement par des numéros et en quelque sorte faits chiffres, baissant les yeux, baissant la voix, les cheveux coupés, sous le bâton, dans la honte.

Puis son esprit retombait sur les êtres qu'il avait devant les yeux.

Ces êtres vivaient, eux aussi, les cheveux coupés, les yeux baissés, la voix basse, non dans la honte, mais au milieu des railleries du monde, non le dos meurtri par le bâton, mais les épaules déchirées par la discipline. À eux aussi, leur nom parmi les hommes s'était évanoui ; ils n'existaient plus que sous des appellations austères. Ils ne mangeaient jamais de viande et ne buvaient jamais de vin ; ils restaient souvent jusqu'au soir sans nourriture ; ils étaient vêtus, non de vestes rouges, mais de suaires noirs, en laine, pesants l'été, légers l'hiver, sans pouvoir y rien retrancher ni y rien ajouter ; sans même avoir, selon la saison, la ressource du vêtement de toile ou du surtout de laine ; et ils portaient six mois de l'année des chemises de serge qui leur donnaient la fièvre. Ils habitaient, non des salles chauffées seulement dans les froids rigoureux, mais des cellules où l'on n'allumait jamais de feu ; ils couchaient, non sur des matelas épais de deux pouces, mais sur la paille. Enfin on ne leur laissait pas même le sommeil ; toutes les nuits, après une journée de labeur, il fallait, dans l'accablement du premier repos, au moment où l'on s'endormait et où l'on se réchauffait à peine, se réveiller, se lever, et s'en aller prier dans une chapelle glacée et sombre, les deux genoux sur la pierre.

À de certains jours, il fallait que chacun de ces êtres, à tour de rôle, restât douze heures de suite agenouillé sur la dalle ou prosterné la face contre terre et les bras en croix.

Les autres étaient des hommes ; ceux-ci étaient des femmes.

Qu'avaient fait ces hommes ? Ils avaient volé, violé, pillé, tué, assassiné. C'étaient des bandits, des faussaires, des empoisonneurs, des incendiaires, des meurtriers, des parricides. Qu'avaient fait ces femmes ? Elles n'avaient rien fait.

D'un côté le brigandage, la fraude, le dol, la violence, la lubricité, l'homicide, toutes les espèces du sacrilège, toutes les variétés de l'attentat; de l'autre une seule chose, l'innocence.

L'innocence parfaite, presque enlevée dans une mystérieuse assomption, tenant encore à la terre par la vertu, tenant déjà au ciel par la sainteté.

D'un côté des confidences de crimes qu'on se fait à voix basse; de l'autre la confession des fautes qui se fait à voix haute. Et quels crimes! et quelles fautes!

D'un côté des miasmes, de l'autre un ineffable parfum. D'un côté une peste morale, gardée à vue, parquée sous le canon, et dévorant lentement ses pestiférés; de l'autre un chaste embrasement de toutes les âmes dans le même foyer. Là les ténèbres; ici l'ombre; mais une ombre pleine de clartés, et des clartés pleines de rayonnements.

Deux lieux d'esclavage; mais dans le premier la délivrance possible, une limite légale toujours entrevue, et puis l'évasion. Dans le second, la perpétuité; pour toute espérance, à l'extrémité lointaine de l'avenir, cette lueur de liberté que les hommes appellent la mort.

Dans le premier, on n'était enchaîné que par des chaînes; dans l'autre, on était enchaîné par sa foi.

Que se dégageait-il du premier? Une immense malédiction, le grincement de dents, la haine, la méchanceté désespérée, un cri de rage contre l'association humaine, un sarcasme au ciel.

Que sortait-il du second? La bénédiction et l'amour.

Et dans ces deux endroits si semblables et si divers, ces deux espèces d'êtres si différents accomplissaient la même œuvre, l'expiation.

Jean Valjean comprenait bien l'expiation des premiers; l'expiation personnelle, l'expiation pour soi-même. Mais il ne comprenait pas celle des autres, celle de ces créatures sans reproche et sans souillure, et il se demandait avec un tremblement : Expiation de quoi? quelle expiation?

Une voix répondait dans sa conscience : La plus divine des générosités humaines, l'expiation pour autrui.

Ici toute théorie personnelle est réservée, nous ne sommes que narrateur; c'est au point de vue de Jean Valjean que nous nous plaçons, et nous traduisons ses impressions.

Il avait sous les yeux le sommet sublime de l'abnéga-tion, la plus haute cime de la vertu possible ; l'innocence qui pardonne aux hommes leurs fautes et qui les expie à leur place ; la servitude subie, la torture acceptée, le sup-plice réclamé par les âmes qui n'ont pas péché pour en dispenser les âmes qui ont failli ; l'amour de l'humanité s'abîmant dans l'amour de Dieu, mais y demeurant dis-tinct, et suppliant ; de doux êtres faibles ayant la misère de ceux qui sont punis et le sourire de ceux qui sont récompensés.

Et il se rappelait qu'il avait osé se plaindre !

Souvent, au milieu de la nuit, il se relevait pour écou-ter le chant reconnaissant de ces créatures innocentes et accablées de sévérités, et il se sentait froid dans les veines en songeant que ceux qui étaient châtiés juste-ment n'élevaient la voix vers le ciel que pour blasphé-mer, et que lui, misérable, il avait montré le poing à Dieu.

Chose frappante et qui le faisait rêver profondément comme un avertissement à voix basse de la providence même : l'escalade, les clôtures franchies, l'aventure acceptée jusqu'à la mort, l'ascension difficile et dure, tous ces mêmes efforts qu'il avait faits pour sortir de l'autre lieu d'expiation, il les avait faits pour entrer dans celui-ci. Était-ce un symbole de sa destinée ?

Cette maison était une prison aussi, et ressemblait lugubrement à l'autre demeure dont il s'était enfui, et pourtant il n'avait jamais eu l'idée de rien de pareil.

Il revoyait des grilles, des verrous, des barreaux de fer, pour garder qui ? Des anges.

Ces hautes murailles qu'il avait vues autour des tigres, il les revoyait autour des brebis.

C'était un lieu d'expiation, et non de châtiment ; et pourtant il était plus austère encore, plus morne et plus impitoyable que l'autre. Ces vierges étaient plus dure-ment courbées que les forçats. Un vent froid et rude, ce vent qui avait glacé sa jeunesse, traversait la fosse grillée et cadenassée des vautours ; une bise plus âpre et plus douloureuse encore soufflait dans la cage des colombes.

Pourquoi?

Quand il pensait à ces choses, tout ce qui était en lui s'abîmait devant ce mystère de sublimité.

Dans ces méditations l'orgueil s'évanouit. Il fit toutes sortes de retours sur lui-même; il se sentit chétif et pleura bien des fois. Tout ce qui était entré dans sa vie depuis six mois le ramenait vers les saintes injonctions de l'évêque, Cosette par l'amour, le couvent par l'humilité.

Quelquefois, le soir, au crépuscule, à l'heure où le jardin était désert, on le voyait à genoux au milieu de l'allée qui côtoyait la chapelle, devant la fenêtre où il avait regardé la nuit de son arrivée, tourné vers l'endroit où il savait que la sœur qui faisait la réparation était prosternée et en prière. Il priait, ainsi agenouillé devant cette sœur.

Il semblait qu'il n'osât s'agenouiller directement devant Dieu.

Tout ce qui l'entourait, ce jardin paisible, ces fleurs embaumées, ces enfants poussant des cris joyeux, ces femmes graves et simples, ce cloître silencieux, le pénétraient lentement, et peu à peu son âme se composait de silence comme ce cloître, de parfum comme ces fleurs, de paix comme ce jardin, de simplicité comme ces femmes, de joie comme ces enfants. Et puis il songeait que c'étaient deux maisons de Dieu qui l'avaient successivement recueilli aux deux instants critiques de sa vie, la première lorsque toutes les portes se fermaient et que la société humaine le repoussait, la deuxième au moment où la société humaine se remettait à sa poursuite et où le bagne se rouvrait; et que sans la première il serait retombé dans le crime et sans la seconde dans le supplice.

Tout son cœur se fondait en reconnaissance et il aimait de plus en plus.

Plusieurs années s'écoulèrent ainsi; Cosette grandissait.

TROISIÈME PARTIE
MARIUS

LIVRE PREMIER
PARIS ÉTUDIÉ DANS SON ATOME

I

PARVULUS

Paris a un enfant et la forêt a un oiseau; l'oiseau s'appelle le moineau; l'enfant s'appelle le gamin.

Accouplez ces deux idées qui contiennent, l'une toute la fournaise, l'autre toute l'aurore, choquez ces étincelles, Paris, l'enfance; il en jaillit un petit être. *Homuncio*, dirait Plaute.

Ce petit être est joyeux. Il ne mange pas tous les jours et il va au spectacle, si bon lui semble, tous les soirs. Il n'a pas de chemise sur le corps, pas de souliers aux pieds, pas de toit sur la tête; il est comme les mouches du ciel qui n'ont rien de tout cela. Il a de sept à treize ans, vit par bandes, bat le pavé, loge en plein air, porte un vieux pantalon de son père qui lui descend plus bas que les talons, un vieux chapeau de quelque autre père qui lui descend plus bas que les oreilles, une seule bretelle en lisière jaune, court, guette, quête, perd le temps, culotte des pipes, jure comme un damné, hante le cabaret, connaît des voleurs, tutoie des filles, parle argot, chante des chansons obscènes, et n'a rien de mauvais dans le cœur. C'est qu'il a dans l'âme une perle, l'innocence, et les perles ne se dissolvent pas dans la boue. Tant que l'homme est enfant, Dieu veut qu'il soit innocent.

Si l'on demandait à l'énorme ville : Qu'est-ce que c'est que cela ? elle répondrait : C'est mon petit.

II

QUELQUES-UNS DE SES SIGNES PARTICULIERS

Le gamin de Paris, c'est le nain de la géante.

N'exagérons point, ce chérubin du ruisseau a quelquefois une chemise, mais alors il n'en a qu'une ; il a quelquefois des souliers, mais alors ils n'ont point de semelles ; il a quelquefois un logis, et il l'aime, car il y trouve sa mère ; mais il préfère la rue, parce qu'il y trouve la liberté. Il a ses jeux à lui, ses malices à lui dont la haine des bourgeois fait le fond ; ses métaphores à lui ; être mort, cela s'appelle *manger des pissentits par la racine* ; ses métiers à lui, amener des fiacres, baisser les marchepieds des voitures, établir des péages d'un côté de la rue à l'autre dans les grosses pluies, ce qu'il appelle faire, *des ponts des arts*, crier les discours prononcés par l'autorité en faveur du peuple français, gratter l'entre-deux des pavés ; il a sa monnaie à lui, qui se compose de tous les petits morceaux de cuivre façonné qu'on peut trouver sur la voie publique. Cette curieuse monnaie, qui prend le nom de *loques*, a un cours invariable et fort bien réglé dans cette petite bohème d'enfants.

Enfin il a sa faune à lui, qu'il observe studieusement dans des coins ; la bête à bon Dieu, le puceron tête-de-mort, le faucheux, « le diable », insecte noir qui menace en tordant sa queue armée de deux cornes. Il a son monstre fabuleux qui a des écailles sous le ventre et qui n'est pas un lézard, qui a des pustules sur le dos et qui n'est pas un crapaud, qui habite les trous des vieux fours à chaux et des puisards desséchés, noir, velu, visqueux, rampant, tantôt lent, tantôt rapide, qui ne crie pas, mais qui regarde, et qui est si terrible que personne ne l'a jamais vu ; il nomme ce monstre « le sourd ». Chercher des sourds dans les pierres, c'est un plaisir du genre redoutable. Autre plaisir, lever brusquement un pavé, et voir des cloportes. Chaque région de Paris est célèbre par les trouvailles intéressantes qu'on peut y faire. Il y a des perce-oreilles dans les chantiers des Ursulines, il y a des mille-pieds au Panthéon, il y a des têtards dans les fossés du Champ de Mars.

Quant à des mots, cet enfant en a comme Talleyrand. Il n'est pas moins cynique, mais il est plus honnête. Il est doué d'on ne sait quelle jovialité imprévue ; il ahurit le boutiquier de son fou rire. Sa gamme va gaillardement de la haute comédie à la farce.

Un enterrement passe. Parmi ceux qui accompagnent le mort, il y a un médecin. — Tiens, s'écrie un gamin, depuis quand les médecins reportent-ils leur ouvrage ?

Un autre est dans une foule. Un homme grave, orné de lunettes et de breloques, se retourne indigné : — Vaurien, tu viens de prendre « la taille » à ma femme.

— Moi, monsieur ! fouillez-moi.

III

IL EST AGRÉABLE

Le soir, grâce à quelques sous qu'il trouve toujours moyen de se procurer, l'*homuncio* entre à un théâtre. En franchissant ce seuil magique, il se transfigure ; il était le gamin, il devient le titi. Les théâtres sont des espèces de vaisseaux retournés qui ont la cale en haut. C'est dans cette cale que le titi s'entasse. Le titi est au gamin ce que la phalène est à la larve ; le même être envolé et planant. Il suffit qu'il soit là, avec son rayonnement de bonheur, avec sa puissance d'enthousiasme et de joie, avec son battement de mains qui ressemble à un battement d'ailes, pour que cette cale étroite, fétide, obscure, sordide, malsaine, hideuse, abominable, se nomme le Paradis.

Donnez à un être l'inutile et ôtez-lui le nécessaire, vous aurez le gamin.

Le gamin n'est pas sans quelque intuition littéraire. Sa tendance, nous le disons avec la quantité de regret qui convient, ne serait point le goût classique. Il est, de sa nature, peu académique. Ainsi, pour donner un exemple, la popularité de mademoiselle Mars dans ce petit public d'enfants orageux était assaisonnée d'une pointe d'ironie. Le gamin l'appelait mademoiselle *Muche*.

Cet être braille, raille, gouaille, bataille, a des chiffons comme un bambin et des guenilles comme un philosophe, pêche dans l'égout, chasse dans le cloaque, extrait la gaîté de l'immondice, fouaille de sa verve les carrefours, ricane et mord, siffle et chante, acclame et engueule, tempère Alleluia par Matanturlurette, psalmodie tous les rythmes depuis le De Profundis jusqu'à la Chienlit, trouve sans chercher, sait ce qu'il ignore, est spartiate jusqu'à l'ordure, s'accroupirait sur l'olympe, se vautre dans le fumier et en sort couvert d'étoiles. Le gamin de Paris, c'est Rabelais petit.

Il n'est pas content de sa culotte, s'il n'y a point de gousset de montre.

Il s'étonne peu, s'effraye encore moins, chansonne les superstitions, dégonfle les exagérations, blague les mystères, tire la langue aux revenants, dépoétise les échasses, introduit la caricature dans les grossissements épiques. Ce n'est pas qu'il soit prosaïque; loin de là; mais il remplace la vision solennelle par la fantasmagorie farce. Si Adamastor lui apparaissait, le gamin le dirait : Tiens ! Croquemitaine !

IV

IL PEUT ÊTRE UTILE

Paris commence au badaud et finit au gamin, deux êtres dont aucune autre ville n'est capable; l'acceptation passive qui se satisfait de regarder, et l'initiative inépuisable; Prudhomme et Fouillou. Paris seul a cela dans son histoire naturelle. Toute la monarchie est dans le badaud. Toute l'anarchie est dans le gamin.

Ce pâle enfant des faubourgs de Paris vit et se développe, se noue et « se dénoue » dans la souffrance, en présence des réalités sociales et des choses humaines, témoin pensif. Il se croit lui-même insouciant ; il ne l'est pas. Il regarde, prêt à rire ; prêt à autre chose aussi. Qui que vous soyez qui vous nommez Préjugé, Abus, Ignominie, Oppression, Iniquité, Despotisme, Injustice, Fanatisme, Tyrannie, prenez garde au gamin béant.

Ce petit grandira.

De quelle argile est-il fait ? de la première fange venue. Une poignée de boue, un souffle, et voilà Adam. Il suffit qu'un dieu passe. Un dieu a toujours passé sur le gamin. La fortune travaille à ce petit être. Par ce mot la fortune, nous entendons un peu l'aventure. Ce pygmée pétri à même dans la grosse terre commune, ignorant, illettré, ahuri, vulgaire, populacier, sera-ce un ionien ou un béotien ? Attendez, *currit rota*, l'esprit de Paris, ce démon qui crée les enfants du hasard et les hommes du destin, au rebours du potier latin, fait de la cruche une amphore.

v

SES FRONTIÈRES

Le gamin aime la ville, il aime aussi la solitude, ayant du sage en lui. *Urbis amator*, comme Fuscus ; *ruris amator*, comme Flaccus.

Errer songeant, c'est-à-dire flâner, est un bon emploi du temps pour le philosophe ; particulièrement dans cette espèce de campagne un peu bâtarde, assez laide, mais bizarre et composée de deux natures, qui entoure certaines grandes villes, notamment Paris. Observer la banlieue, c'est observer l'amphibie. Fin des arbres, commencement des toits, fin de l'herbe, commencement du pavé, fin des sillons, commencement des boutiques, fin des ornières, commencement des passions, fin du murmure divin, commencement de la rumeur humaine ; de là un intérêt extraordinaire.

De là, dans ces lieux peu attrayants, et marqués à jamais par le passant de l'épithète : *triste*, les promenades, en apparence sans but, du songeur.

Celui qui écrit ces lignes a été longtemps rôdeur de barrières à Paris, et c'est pour lui une source de souvenirs profonds. Ce gazon ras, ces sentiers pierreux, cette craie, ces marnes, ces plâtres, ces âpres monotonies des friches et des jachères, les plants de primeurs des maraîchers aperçus tout à coup dans un fond, ce mélange du sauvage et du bourgeois, ces vastes recoins déserts où les tambours de la garnison tiennent bruyamment école et font une sorte de bégayement de la bataille, ces thébaïdes le jour, coupe-gorge la nuit, le moulin dégingandé qui tourne au vent, les roues d'extraction des carrières, les guinguettes au coin des cimetières, le charme mystérieux des grands murs sombres coupant carrément d'immenses terrains vagues inondés de soleil et pleins de papillons, tout cela l'attirait.

Presque personne sur la terre ne connaît ces lieux singuliers, la Glacière, la Cunette, le hideux mur de Grenelle tigré de balles, le Mont-Parnasse, la Fosse-aux-Loups, les Aubiers sur la berge de la Marne, Montsouris, la Tombe-Issoire, la Pierre-Plate de Châtillon où il y a une vieille carrière épuisée qui ne sert plus qu'à faire pousser des champignons, et que ferme à fleur de terre une trappe en planches pourries. La campagne de Rome est une idée, la banlieue de Paris en est une autre ; ne voir dans ce que nous offre un horizon rien que des champs, des maisons ou des arbres, c'est rester à la surface ; tous les aspects des choses sont des pensées de Dieu. Le lieu où une plaine fait sa jonction avec une ville est toujours empreint d'on ne sait quelle mélancolie pénétrante. La nature et l'humanité vous y parlent à la fois. Les originalités locales y apparaissent.

Quiconque a erré comme nous dans ces solitudes contiguës à nos faubourgs qu'on pourrait nommer les limbes de Paris, y a entrevu çà et là, à l'endroit le plus abandonné, au moment le plus inattendu, derrière une haie maigre ou dans l'angle d'un mur lugubre, des enfants, groupés tumultueusement, livides, boueux, poudreux, dépenaillés, hérissés, qui jouent à la pigoche couronnés de bleuets. Ce sont tous les petits échappés des familles pauvres. Le boulevard extérieur est leur milieu respirable; la banlieue leur appartient. Ils y font une éternelle école buissonnière. Ils y chantent ingénument leur répertoire de chansons malpropres. Ils sont là, ou pour mieux dire, ils existent là, loin de tout regard, dans la douce clarté de mai ou de juin, agenouillés autour d'un trou dans la terre, chassant des billes avec le pouce, se disputant des liards, irresponsables, envolés, lâchés, heureux; et, dès qu'ils vous aperçoivent, ils se souviennent qu'ils ont une industrie, et qu'il leur faut gagner leur vie, et ils vous offrent à vendre un vieux bas de laine plein de hannetons ou une touffe de lilas. Ces rencontres d'enfants étranges sont une des grâces charmantes, et en même temps poignantes, des environs de Paris.

Quelquefois, dans ces tas de garçons, il y a des petites filles, — sont-ce leurs sœurs? — presque jeunes filles, maigres, fiévreuses, gantées de hâle, marquées de taches de rousseur, coiffées d'épis de seigle et de coquelicots, gaies, hagardes, pieds nus. On en voit qui mangent des cerises dans les blés. Le soir on les entend rire. Ces groupes, chaudement éclairés de la pleine lumière de midi ou entrevus dans le crépuscule, occupent longtemps le songeur, et ces visions se mêlent à son rêve.

Paris, centre, la banlieue, circonférence; voilà pour ces enfants toute la terre. Jamais ils ne se hasardent au delà. Ils ne peuvent pas plus sortir de l'atmosphère parisienne que les poissons ne peuvent sortir de l'eau. Pour eux, à deux lieues des barrières, il n'y a plus rien. Ivry, Gentilly, Arcueil, Belleville, Aubervilliers, Ménilmontant, Choisy-le-Roi, Billancourt, Meudon, Issy, Vanvres, Sèvres, Puteaux, Neuilly, Gennevilliers, Colombes, Romainville, Chatou, Asnières, Bougival, Nanterre, Enghien, Noisy-le-Sec, Nogent, Gournay, Drancy, Gonesse, c'est là que finit l'univers.

VI

UN PEU D'HISTOIRE

À l'époque, d'ailleurs presque contemporaine, où se passe l'action de ce livre, il n'y avait pas, comme aujourd'hui, un sergent de ville à chaque coin de rue (bienfait qu'il n'est pas temps de discuter); les enfants errants abondaient dans Paris. Les statistiques donnent une moyenne de deux cent soixante enfants sans asile ramassés alors annuellement par les rondes de police dans les terrains non clos, dans les maisons en construction et sous les arches des ponts. Un de ces nids, resté fameux, a produit « les hirondelles du pont d'Arcole ». C'est là, du reste, le plus désastreux des symptômes sociaux. Tous les crimes de l'homme commencent au vagabondage de l'enfant.

Exceptons Paris pourtant. Dans une mesure relative, et nonobstant le souvenir que nous venons de rappeler, l'exception est juste. Tandis que dans toute autre grande ville un enfant vagabond est un homme perdu, tandis que, presque partout, l'enfant livré à lui-même est en quelque sorte dévoué et abandonné à une sorte d'immersion fatale dans les vices publics qui dévore en lui l'honnêteté et la conscience, le gamin de Paris, insistons-y, si fruste et si entamé à la surface, est intérieurement à peu près intact. Chose magnifique à constater et qui éclate dans la splendide probité de nos révolutions populaires, une certaine incorruptibilité résulte de l'idée qui est dans l'air de Paris comme du sel qui est dans l'eau de l'océan. Respirer Paris, cela conserve l'âme.

Ce que nous disons là n'ôte rien au serrement de cœur dont on se sent pris chaque fois qu'on rencontre un de ces enfants autour desquels il semble qu'on voie flotter les fils de la famille brisée. Dans la civilisation actuelle, si incomplète encore, ce n'est point une chose très anormale que ces fractures de familles se vidant dans l'ombre, ne sachant plus trop ce que leurs enfants sont devenus, et laissant tomber leurs entrailles sur la voie publique. De là des destinées obscures. Cela s'appelle, car cette chose triste a fait locution, « être jeté sur le pavé de Paris ».

Soit dit en passant, ces abandons d'enfants n'étaient point découragés par l'ancienne monarchie. Un peu d'Égypte et de Bohême dans les basses régions accommodait les hautes sphères, et faisait l'affaire des puissants. La haine de l'enseignement des enfants du peuple était un dogme. À quoi bon les « demilumières »? Tel était le mot d'ordre. Or l'enfant errant est le corollaire de l'enfant ignorant.

D'ailleurs, la monarchie avait quelquefois besoin d'enfants, et alors elle écumait la rue.

Sous Louis XIV, pour ne pas remonter plus haut, le roi voulait, avec raison, créer une flotte. L'idée était bonne. Mais voyons le moyen. Pas de flotte si, à côté du navire à voiles, jouet du vent, et pour le remorquer au besoin, on n'a pas le navire qui va où il veut, soit par la rame, soit par la vapeur; les galères étaient alors à la marine ce que sont aujourd'hui les steamers. Il fallait donc des galères; mais la galère ne se meut que par le galérien; il fallait donc des galériens. Colbert faisait faire par les intendants de province et par les parlements le plus de forçats qu'il pouvait. La magistrature y mettait beaucoup de complaisance. Un homme gardait son chapeau sur sa tête devant une procession, attitude huguenote; on l'envoyait aux galères. On rencontrait un enfant dans la rue; pourvu qu'il eût quinze ans et qu'il ne sût où coucher, on l'envoyait aux galères. Grand règne; grand siècle.

Sous Louis XV, les enfants disparaissaient dans Paris; la police les enlevait, on ne sait pour quel mystérieux emploi. On chuchotait avec épouvante de monstrueuses conjectures sur les bains de pourpre du roi. Barbier parle naïvement de ces choses. Il arrivait parfois que les exempts, à court d'enfants, en prenaient qui avaient des pères. Les pères, désespérés, couraient sus aux exempts. En ce cas-là, le parlement intervenait, et faisait pendre, qui? Les exempts? Non. Les pères.

VII

LE GAMIN AURAIT SA PLACE
DANS LES CLASSIFICATIONS DE L'INDE

La gaminerie parisienne est presque une caste. On pourrait dire : n'en est pas qui veut.

Ce mot, *gamin*, fut imprimé pour la première fois et

arriva de la langue populaire dans la langue littéraire en 1834. C'est dans un opuscule intitulé *Claude Gueux* que ce mot fit son apparition. Le scandale fut vif. Le mot a passé.

Les éléments qui constituent la considération des gamins entre eux sont très variés. Nous en avons connu et pratiqué un qui était fort respecté et fort admiré pour avoir vu tomber un homme du haut des tours de Notre-Dame; un autre, pour avoir réussi à pénétrer dans l'arrière-cour où étaient momentanément déposées les statues du dôme des Invalides et leur avoir « chipé » du plomb; un troisième, pour avoir vu verser une diligence; un autre encore, parce qu'il « connaissait » un soldat qui avait manqué crever un œil à un bourgeois.

C'est ce qui explique cette exclamation d'un gamin parisien, épiphonème profond dont le vulgaire rit sans le comprendre : — *Dieu de Dieu! ai-je du malheur! dire que je n'ai pas encore vu quelqu'un tomber d'un cinquième!* (*Ai-je* se prononce *j'ai-t-y; cinquième* se prononce *cintième.*)

Certes, c'est un beau mot de paysan que celui-ci : — Père un tel, votre femme est morte de sa maladie; pourquoi n'avez-vous pas envoyé chercher de médecin? — Que voulez-vous, monsieur, nous autres pauvres gens, *j'nous mourons nous-mêmes.* Mais si toute la passivité narquoise du paysan est dans ce mot, toute l'anarchie libre-penseuse du mioche faubourien est, à coup sûr, dans cet autre. Un condamné à mort dans la charrette écoute son confesseur. L'enfant de Paris se récrie : — *Il parle à son calotin. Oh! le capon!*

Une certaine audace en matière religieuse rehausse le gamin. Être esprit fort est important.

Assister aux exécutions constitue un devoir. On se montre la guillotine et l'on rit. On l'appelle de toutes sortes de petits noms : — Fin de la soupe, — Grognon, — La mère au Bleu (au ciel), — La dernière bouchée, — etc., etc. Pour ne rien perdre de la chose, on escalade les murs, on se hisse aux balcons, on monte aux arbres, on se suspend aux grilles, on s'accroche aux cheminées. Le gamin naît couvreur comme il naît marin. Un toit ne lui fait pas plus peur qu'un mât. Pas de fête qui vaille la

Grève. Samson et l'abbé Montès sont les vrais noms populaires. On hue le patient pour l'encourager. On l'admire quelquefois. Lacenaire, gamin, voyant l'affreux Dautun mourir bravement, a dit ce mot où il y a un avenir : *J'en étais jaloux.* Dans la gaminerie, on ne connaît pas Voltaire, mais on connaît Papavoine. On mêle dans la même légende « les politiques » aux assassins. On a les traditions du dernier vêtement de tous. On sait que Tolleron avait un bonnet de chauffeur, Avril une casquette de loutre, Louvel un chapeau rond, que le vieux Delaporte était chauve et nu-tête, que Castaing était tout rose et très joli, que Bories avait une barbiche romantique, que Jean Martin avait gardé ses bretelles, que Lecouffé et sa mère se querellaient. — *Ne vous reprochez donc pas votre panier*, leur cria un gamin. Un autre, pour voir passer Debacker, trop petit dans la foule, avise la lanterne du quai et y grimpe. Un gendarme, de station là, fronce le sourcil. — Laissez-moi monter, m'sieu le gendarme, dit le gamin. Et pour attendrir l'autorité, il ajoute : Je ne tomberai pas. — Je m'importe peu que tu tombes, répond le gendarme.

Dans la gaminerie, un accident mémorable est fort compté. On parvient au sommet de la considération s'il arrive qu'on se coupe très profondément, « jusqu'à l'os ».

Le poing n'est pas un médiocre élément de respect. Une des choses que le gamin dit le plus volontiers, c'est : *Je suis joliment fort, va !* — Être gaucher vous rend fort enviable. Loucher est une chose estimée.

VIII

OÙ ON LIRA UN MOT CHARMANT
DU DERNIER ROI

L'été, il se métamorphose en grenouille ; et le soir, à la nuit tombante, devant les ponts d'Austerlitz et d'Iéna, du haut des trains à charbon et des bateaux de blanchisseuses, il se précipite tête baissée dans la Seine et dans toutes les infractions possibles aux lois de la pudeur et de la police. Cependant les sergents de ville veillent, et il en résulte une situation hautement dramatique qui a donné lieu une fois à un cri fraternel et mémorable; ce cri, qui fut célèbre vers 1830, est un avertissement stratégique de gamin à gamin; il se scande comme un vers d'Homère, avec une notation presque aussi inexprimable que la mélopée éleusiaque des Panathénées, et l'on y retrouve l'antique Évohé. Le voici : — *Ohé, Titi, ohéée! y a de la grippe, y a de la cogne, prends tes zardes et va-t'en, pâsse par l'égoût!*

Quelquefois ce moucheron — c'est ainsi qu'il se qualifie lui-même — sait lire; quelquefois il sait écrire, toujours il sait barbouiller. Il n'hésite pas à se donner, par on ne sait quel mystérieux enseignement mutuel, tous les talents qui peuvent être utiles à la chose publique : de 1815 à 1830, il imitait le cri du dindon; de 1830 à 1848, il griffonnait une poire sur les murailles. Un soir d'été, Louis-Philippe, rentrant à pied, en vit un, tout petit, haut comme cela, qui suait et se haussait pour charbonner une poire gigantesque sur un des piliers de la grille de Neuilly; le roi, avec cette bonhomie qui lui venait de Henri IV, aida le gamin, acheva la poire, et donna un louis à l'enfant en lui disant : *La poire est aussi là-dessus*. Le gamin aime le hourvari. Un certain état violent lui plaît. Il exècre « les curés ». Un jour, rue de l'Université, un de ces jeunes drôles faisait un pied de nez à la porte cochère du numéro 69. — Pourquoi fais-tu cela à cette porte? lui demanda un passant. L'enfant répondit : Il y a là un curé. C'est là, en effet, que demeure le nonce du pape. Cependant, quel que soit le voltairianisme du gamin, si l'occasion se présente d'être enfant de chœur, il se peut qu'il accepte, et dans ce cas il sert la messe poliment. Il y a deux choses dont il est le Tantale et qu'il désire toujours sans y atteindre jamais : renverser le gouvernement et faire recoudre son pantalon.

Le gamin à l'état parfait possède tous les sergents de ville de Paris, et sait toujours, lorsqu'il en rencontre un, mettre le nom sous la figure. Il les dénombre sur le bout du doigt. Il étudie leurs mœurs et il a sur chacun des notes spéciales. Il lit à livre ouvert dans les âmes de la police. Il vous dira couramment et sans broncher : — « Un tel est *traître* ; — un tel est *très méchant* ; — un tel est *grand* ; un tel est *ridicule* ; » (tous ces mots, traître, méchant, grand, ridicule, ont dans sa bouche une acception particulière) — « celui-ci s'imagine que le Pont-Neuf est à lui et empêche *le monde* de se promener sur la corniche en dehors des parapets ; celui-là a la manie de tirer les oreilles aux *personnes* ; — etc., etc. »

IX

LA VIEILLE ÂME DE LA GAULE

Il y avait de cet enfant-là dans Poquelin, fils des Halles ; il y en avait dans Beaumarchais. La gaminerie est une nuance de l'esprit gaulois. Mêlée au bon sens, elle lui ajoute parfois de la force, comme l'alcool au vin. Quelquefois elle est défaut. Homère rabâche, soit ; on pourrait dire que Voltaire gamine. Camille Desmoulins était faubourien. Championnet, qui brutalisait les miracles, était sorti du pavé de Paris ; il avait, tout petit, *inondé les portiques* de Saint-Jean de Beauvais et de Saint-Étienne du Mont ; il avait assez tutoyé la châsse de sainte-Geneviève pour donner des ordres à la fiole de saint-Janvier.

Le gamin de Paris est respectueux, ironique et insolent. Il a de vilaines dents parce qu'il est mal nourri et que son estomac souffre, et de beaux yeux parce qu'il a de l'esprit. Jéhovah présent, il sauterait à cloche-pied les marches du paradis. Il est fort à la savate. Toutes les croissances lui sont possibles. Il joue dans le ruisseau et se redresse par l'émeute ; son effronterie persiste devant la mitraille ; c'était un polisson, c'est un héros ; ainsi que le petit thébain, il secoue la peau du lion ; le tambour Bara était un gamin de Paris ; il crie : En avant ! comme le cheval de l'Écriture dit : Vah ! et en une minute, il passe du marmot au géant.

Cet enfant du bourbier est aussi l'enfant de l'idéal. Mesurez cette envergure qui va de Molière à Bara.

Somme toute, et pour tout résumer d'un mot, le gamin est un être qui s'amuse, parce qu'il est malheureux.

x

ECCE PARIS, ECCE HOMO

Pour tout résumer encore, le gamin de Paris aujourd'hui, comme autrefois le græculus de Rome, c'est le peuple enfant ayant au front la ride du monde vieux.

Le gamin est une grâce pour la nation, et en même temps une maladie. Maladie qu'il faut guérir. Comment ? Par la lumière.

La lumière assainit.

La lumière allume.

Toutes les généreuses irradiations sociales sortent de la science, des lettres, des arts, de l'enseignement. Faites des hommes, faites des hommes. Éclairez-les pour qu'ils vous échauffent. Tôt ou tard la splendide question de l'instruction universelle se posera avec l'irrésistible autorité du vrai absolu ; et alors ceux qui gouverneront sous la surveillance de l'idée française auront à faire ce choix : les enfants de la France, ou les gamins de Paris ; des flammes dans la lumière, ou des feux follets dans les ténèbres.

Le gamin exprime Paris, et Paris exprime le monde.

Car Paris est un total. Paris est le plafond du genre humain. Toute cette prodigieuse ville est un raccourci des mœurs mortes et des mœurs vivantes. Qui voit Paris croit voir le dessous de toute l'histoire avec du ciel et des constellations dans les intervalles. Paris a un Capitole, l'Hôtel de ville, un Parthénon, Notre-Dame, un Mont-Aventin, le faubourg Saint-Antoine, un Asinarium, la Sorbonne, un Panthéon, le Panthéon, une Voie Sacrée, le boulevard des Italiens, une Tour des Vents, l'opinion ; et il remplace les Gémonies par le ridicule. Son majo s'appelle le faraud, son transtévérin s'appelle le faubourien, son hammal s'appelle le fort de la halle, son lazza-

rone s'appelle le pègre, son cockney s'appelle le gandin.
Tout ce qui est ailleurs est à Paris. La poissarde de
Dumarsais peut donner la réplique à la vendeuse
d'herbes d'Euripide, le discobole Vejanus revit dans le
danseur de corde Forioso, Therapontigonus Miles prendrait bras dessus bras dessous, le grenadier Vadebon-
cœur, Damasippe le brocanteur serait heureux chez les
marchands de bric-à-brac, Vincennes empoignerait
Socrate tout comme l'Agora coffrerait Diderot, Grimod
de la Reynière a découvert le roastbeef au suif comme
Curtillus avait inventé le hérisson rôti, nous voyons
reparaître sous le ballon de l'arc de l'Étoile le trapèze qui
est dans Plaute, le mangeur d'épées du Pœcile rencontré
par Apulée est avaleur de sabres sur le Pont-Neuf, le
neveu de Rameau et Curculion le parasite font la paire,
Ergasile se ferait présenter chez Cambacérès par
d'Aigrefeuille ; les quatre muscadins de Rome, Alcesi-
marchus, Phœdromus, Diabolus et Argyrippe descendent de la Courtille dans la chaise de poste de Laba-
tut ; Aulu-Gelle ne s'arrêtait pas plus longtemps devant
Congrio que Charles Nodier devant Polichinelle ; Marton
n'est pas une tigresse, mais Pardalisca n'était point un
dragon ; Pantolabus le loustic blague au café anglais
Nomentanus le viveur, Hermogène est ténor aux
Champs-Élysées, et, autour de lui, Thrasius le gueux,
vêtu en Bobèche, fait la quête ; l'importun qui vous
arrête aux Tuileries par le bouton de votre habit vous
fait répéter après deux mille ans l'apostrophe de Thes-
prion : *quis properantem me prehendit pallio?* le vin de
Suresnes parodie le vin d'Albe, le rouge bord de Désaugiers fait équilibre à la grande coupe de Balatron ; le
Père-Lachaise exhale sous les pluies nocturnes les
mêmes lueurs que les Esquilies, et la fosse du pauvre
achetée pour cinq ans vaut la bière de louage de
l'esclave.

Cherchez quelque chose que Paris n'ait pas. La cuve de
Trophonius ne contient rien qui ne soit dans le baquet
de Mesmer ; Ergaphilas ressuscite dans Cagliostro ; le
brahmine Vâsaphantâ s'incarne dans le comte de Saint-
Germain ; le cimetière de Saint-Médard fait de tout aussi
bons miracles que la mosquée Oumoumié de Damas.

Paris a un Ésope qui est Mayeux, et une Canidie qui
est mademoiselle Lenormand. Il s'effare comme Delphes
aux réalités fulgurantes de la vision ; il fait tourner les
tables comme Dodone les trépieds. Il met la grisette sur
le trône comme Rome y met la courtisane ; et, somme
toute, si Louis XV est pire que Claude, madame Du
Barry vaut mieux que Messaline. Paris combine dans un
type inouï, qui a vécu et que nous avons coudoyé, la
nudité grecque, l'ulcère habraïque et le quolibet gascon.
Il mêle Diogène, Job et Paillasse, habille un spectre de
vieux numéros du *Constitutionnel*, et fait Chodruc
Duclos.

Bien que Plutarque dise : *le tyran n'envieillit guère*,
Rome, sous Sylla comme sous Domitien, se résignait et
mettait volontiers de l'eau dans son vin. Le Tibre était un
Léthé, s'il faut en croire l'éloge un peu doctrinaire qu'en
faisait Varus Vibiscus : *Contra Gracchos Tiberim habe-
mus. Bibere Tiberim, id est seditionem oblivisci*. Paris
boit un million de litres d'eau par jour, mais cela ne
l'empêche pas dans l'occasion de battre la générale et de
sonner le tocsin.

À cela près, Paris est bon enfant. Il accepte royalement
tout ; il n'est pas difficile en fait de Vénus ; sa callipyge
est hottentote ; pourvu qu'il rie, il amnistie ; la laideur
l'égaye, la difformité le désopile, le vice le distrait ; soyez
drôle, et vous pourrez être un drôle ; l'hypocrisie même,
ce cynisme suprême, ne le révolte pas ; il est si littéraire
qu'il ne se bouche pas le nez devant Basile, et il ne se
scandalise pas plus de la prière de Tartuffe qu'Horace ne
s'effarouche du « hoquet » de Priape. Aucun trait de la
face universelle ne manque au profil de Paris. Le bal
Mabille n'est pas la danse polymnienne du Janicule,
mais la revendeuse à la toilette y couve des yeux la
lorette exactement comme l'entremetteuse Staphyla
guettait la vierge Planesium. La barrière du Combat
n'est pas un Colisée, mais on y est féroce comme si César
regardait. L'hôtesse syrienne a plus de grâce que la mère
Saguet, mais, si Virgile hantait le cabaret romain, David
d'Angers, Balzac et Charlet se sont attablés à la gargote
parisienne. Paris règne. Les génies y flamboient, les
queues rouges y prospèrent. Adonaï y passe sur son char

aux douze roues de tonnerre et d'éclairs; Silène y fait son entrée sur sa bourrique. Silène, lisez Ramponneau.

Paris est synonyme de Cosmos. Paris est Athènes, Rome, Sybaris, Jérusalem, Pantin. Toutes les civilisations y sont en abrégé, toutes les barbaries aussi. Paris serait bien fâché de n'avoir pas une guillotine.

Un peu de place de Grève est bon. Que serait toute cette fête éternelle sans cet assaisonnement? Nos lois y ont sagement pourvu, et, grâce à elles, ce couperet s'égoutte sur ce mardi gras.

XI

RAILLER, RÉGNER

De limite à Paris, point. Aucune ville n'a eu cette domination qui bafoue parfois ceux qu'elle subjugue. *Vous plaire, ô athéniens!* s'écriait Alexandre. Paris fait plus que la loi, il fait la mode; Paris fait plus que la mode, il fait la routine. Paris peut être bête si bon lui semble; il se donne quelquefois ce luxe; alors l'univers est bête avec lui; puis Paris se réveille, se frotte les yeux, dit: Suis-je stupide! et éclate de rire à la face du genre humain. Quelle merveille qu'une telle ville! Chose étrange que ce grandiose et ce burlesque fassent bon voisinage, que toute cette majesté ne soit pas dérangée par toute cette parodie, et que la même bouche puisse souffler aujourd'hui dans le clairon du jugement dernier et demain dans la flûte à l'oignon! Paris a une jovialité souveraine. Sa gaîté est de la foudre et sa farce tient un sceptre. Son ouragan sort parfois d'une grimace. Ses explosions, ses journées, ses chefs-d'œuvre, ses prodiges, ses épopées, vont au bout de l'univers, et ses coq-à-l'âne aussi. Son rire est une bouche de volcan qui éclabousse toute la terre. Ses lazzi sont des flammèches. Il impose aux peuples ses caricatures aussi bien que son idéal; les plus hauts monuments de la civilisation humaine acceptent ses ironies et prêtent leur éternité à ses polis-

sonneries. Il est superbe ; il a un prodigieux 14 juillet qui
délivre le globe ; il fait faire le serment du jeu de paume à
toutes les nations ; sa nuit du 4 août dissout en trois
heures mille ans de féodalité ; il fait de sa logique le
muscle de la volonté unanime ; il se multiplie sous toutes
les formes du sublime ; il emplit de sa lueur Washington,
Kosciusko, Bolivar, Botzaris, Riego, Bem, Manin, Lopez,
John Brown, Garibaldi ; il est partout où l'avenir
s'allume, à Boston en 1779, à l'île de Léon en 1820, à
Pesth en 1848, à Palerme en 1860 ; il chuchote le puissant mot d'ordre : *Liberté*, à l'oreille des abolitionnistes
américains groupés au bac de Harper's Ferry, et à
l'oreille des patriotes d'Ancône assemblés dans l'ombre
aux Archi, devant l'auberge Gozzi, au bord de la mer ; il
crée Canaris ; il crée Quiroga ; il crée Pisacane ; il
rayonne le grand sur la terre ; c'est en allant où son
souffle les pousse que Byron meurt à Missolonghi et que
Mazet meurt à Barcelone ; il est tribune sous les pieds de
Mirabeau et cratère sous les pieds de Robespierre ; ses
livres, son théâtre, son art, sa science, sa littérature, sa
philosophie, sont les manuels du genre humain ; il a Pascal, Régnier, Corneille, Descartes, Jean-Jacques, Voltaire
pour toutes les minutes, Molière pour tous les siècles ; il
fait parler sa langue à la bouche universelle, et cette
langue devient le Verbe ; il construit dans tous les esprits
l'idée de progrès ; les dogmes libérateurs qu'il forge sont
pour les générations des épées de chevet, et c'est avec
l'âme de ses penseurs et de ses poètes que sont faits
depuis 1789 tous les héros de tous les peuples ; cela ne
l'empêche pas de gaminer ; et ce génie énorme qu'on
appelle Paris, tout en transfigurant le monde par sa
lumière, charbonne le nez de Bouginier au mur du
temple de Thésée et écrit *Crédeville voleur* sur les pyramides.

Paris montre toujours les dents ; quand il ne gronde
pas, il rit.

Tel est ce Paris. Les fumées de ses toits sont les idées
de l'univers. Tas de boue et de pierres si l'on veut, mais,
par-dessus tout, être moral. Il est plus que grand, il est
immense. Pourquoi ? parce qu'il ose.

Oser ; le progrès est à ce prix.

Toutes les conquêtes sublimes sont plus ou moins des prix de hardiesse. Pour que la révolution soit, il ne suffit pas que Montesquieu la pressente, que Diderot la prêche, que Beaumarchais l'annonce, que Condorcet la calcule, qu'Arouet la prépare, que Rousseau la prémédite ; il faut que Danton l'ose.

Le cri : *Audace !* est un Fiat Lux. Il faut, pour la marche en avant du genre humain, qu'il y ait sur les sommets en permanence de fières leçons de courage. Les témérités éblouissent l'histoire et sont une des grandes clartés de l'homme. L'aurore ose quand elle se lève. Tenter, braver, persister, persévérer, s'être fidèle à soi-même, prendre corps à corps le destin, étonner la catastrophe par le peu de peur qu'elle nous fait, tantôt affronter la puissance injuste, tantôt insulter la victoire ivre, tenir bon, tenir tête ; voilà l'exemple dont les peuples ont besoin, et la lumière qui les électrise. Le même éclair formidable va de la torche de Prométhée au brûle-gueule de Cambronne.

XII

L'AVENIR LATENT DANS LE PEUPLE

Quant au peuple parisien, même homme fait, il est toujours le gamin ; peindre l'enfant, c'est peindre la ville ; et c'est pour cela que nous avons étudié cet aigle dans ce moineau franc.

C'est surtout dans les faubourgs, insistons-y, que la race parisienne apparaît ; là est le pur sang ; là est la vraie physionomie ; là ce peuple travaille et souffre, et la souffrance et le travail sont les deux figures de l'homme. Il y a là des quantités profondes d'êtres inconnus où fourmillent les types les plus étranges depuis le déchargeur de la Râpée jusqu'à l'équarrisseur de Montfaucon. *Fex urbis*, s'écrie Cicéron ; *mob*, ajoute Burke indigné ; tourbe, multitude, populace. Ces mots-là sont vite dits. Mais soit. Qu'importe ? qu'est-ce que cela me fait qu'ils

aillent pieds nus? Ils ne savent pas lire; tant pis. Les
abandonnerez-vous pour cela? leur ferez-vous de leur
détresse une malédiction? la lumière ne peut-elle pénétrer ces masses? Revenons à ce cri : Lumière! et obsti-
nons-nous-y! Lumière! lumière! — qui sait si ces opaci-
tés ne deviendront pas transparentes? les révolutions ne
sont-elles pas des transfigurations? Allez, philosophes,
enseignez, éclairez, allumez, pensez haut, parlez haut,
courez joyeux au grand soleil, fraternisez avec les places
publiques, annoncez les bonnes nouvelles, prodiguez les
alphabets, proclamez les droits, chantez les Marseil-
laises, semez les enthousiasmes, arrachez des branches
vertes aux chênes. Faites de l'idée un tourbillon. Cette
foule peut être sublimée. Sachons nous servir de ce vaste
embrasement des principes et des vertus qui pétille,
éclate et frissonne à de certaines heures. Ces pieds nus,
ces bras nus, ces haillons, ces ignorances, ces abjections,
ces ténèbres, peuvent être employés à la conquête de
l'idéal. Regardez à travers le peuple et vous apercevrez la
vérité. Ce vil sable que vous foulez aux pieds, qu'on le
jette dans la fournaise, qu'il y fonde et qu'il y bouillonne,
il deviendra cristal splendide, et c'est grâce à lui que
Galilée et Newton découvriront les astres.

XIII

LE PETIT GAVROCHE

Huit ou neuf ans environ après les événements
racontés dans la deuxième partie de cette histoire, on
remarquait sur le boulevard du Temple et dans les
régions du Château-d'Eau un petit garçon de onze à
douze ans qui eût assez correctement réalisé cet idéal du
gamin ébauché plus haut, si, avec le rire de son âge sur
les lèvres, il n'eût pas eu le cœur absolument sombre et
vide. Cet enfant était bien affublé d'un pantalon
d'homme, mais il ne le tenait pas de son père, et d'une
camisole de femme, mais il ne la tenait pas de sa mère.

Des gens quelconques l'avaient habillé de chiffons par charité. Pourtant il avait un père et une mère. Mais son père ne songeait pas à lui et sa mère ne l'aimait point. C'était un de ces enfants dignes de pitié entre tous qui ont père et mère et qui sont orphelins.

Cet enfant ne se sentait jamais si bien que dans la rue. Le pavé lui était moins dur que le cœur de sa mère.

Ses parents l'avaient jeté dans la vie d'un coup de pied.

Il avait tout bonnement pris sa volée.

C'était un garçon bruyant, blême, leste, éveillé, goguenard, à l'air vivace et maladif. Il allait, venait, chantait, jouait à la fayousse, grattait les ruisseaux, volait un peu, mais comme les chats et les passereaux, gaîment, riait quand on l'appelait galopin, se fâchait quand on l'appelait voyou. Il n'avait pas de gîte, pas de pain, pas de feu, pas d'amour ; mais il était joyeux parce qu'il était libre.

Quand ces pauvres êtres sont hommes, presque toujours la meule de l'ordre social les rencontre et les broie, mais tant qu'ils sont enfants, ils échappent, étant petits. Le moindre trou les sauve.

Pourtant, si abandonné que fût cet enfant, il arrivait parfois, tous les deux ou trois mois, qu'il disait : « Tiens, je vas voir maman ! » Alors il quittait le boulevard, le Cirque, la Porte Saint-Martin, descendait aux quais, passait les ponts, gagnait les faubourgs, atteignait la Salpêtrière, et arrivait où ? Précisément à ce double numéro 50-52 que le lecteur connaît, à la masure Gorbeau.

À cette époque, la masure 50-52, habituellement déserte et éternellement décorée de l'écriteau : « Chambres à louer », se trouvait, chose rare, habitée par plusieurs individus qui, du reste, comme cela est toujours à Paris, n'avaient aucun lien ni aucun rapport entre eux. Tous appartenaient à cette classe indigente qui commence à partir du dernier petit bourgeois gêné et qui se prolonge de misère en misère dans les bas-fonds de la société jusqu'à ces deux êtres auxquels toutes les choses matérielles de la civilisation viennent aboutir, l'égoutier qui balaye la boue et le chiffonnier qui ramasse les guenilles.

La « principale locataire » du temps de Jean Valjean

était morte et avait été remplacée par une toute pareille.
Je ne sais quel philosophe a dit : On ne manque jamais
de vieilles femmes.

Cette nouvelle vieille s'appelait madame Burgon, et
n'avait rien de remarquable dans sa vie qu'une dynastie
de trois perroquets, lesquels avaient successivement
régné sur son âme.

Les plus misérables entre ceux qui habitaient la
mesure étaient une famille de quatre personnes, le père,
la mère et deux filles déjà assez grandes, tous les quatre
logés dans le même galetas, une de ces cellules dont
nous avons déjà parlé.

Cette famille n'offrait au premier abord rien de très
particulier que son extrême dénuement; le père en
louant la chambre avait dit s'appeler Jondrette. Quelque
temps après son emménagement qui avait singulièrement ressemblé, pour emprunter l'expression mémorable de la principale locataire, à *l'entrée de rien du tout*,
ce Jondrette avait dit à cette femme qui, comme sa
devancière, était en même temps portière et balayait
l'escalier : — Mère une telle, si quelqu'un venait par
hasard demander un polonais ou un italien, ou peut-être
un espagnol, ce serait moi.

Cette famille était la famille du joyeux petit va-nu-
pieds. Il y arrivait, et il y trouvait la pauvreté, la détresse,
et, ce qui est plus triste, aucun sourire; le froid dans
l'âtre et le froid dans les cœurs. Quand il entrait, on lui
demandait : — D'où viens-tu? Il répondait : — De la rue.
Quand il s'en allait, on lui demandait : — Où vas-tu? Il
répondait : — Dans la rue. Sa mère lui disait : —
Qu'est-ce que tu viens faire ici?

Cet enfant vivait dans cette absence d'affection comme
ces herbes pâles qui viennent dans les caves. Il ne souffrait pas d'être ainsi et n'en voulait à personne. Il ne
savait pas au juste comment devaient être un père et une
mère.

Du reste sa mère aimait ses sœurs.

Nous avons oublié de dire que sur le boulevard du
Temple on nommait cet enfant le petit Gavroche. Pourquoi s'appelait-il Gavroche? Probablement parce que
son père s'appelait Jondrette.

Casser le fil semble être l'instinct de certaines familles misérables.

La chambre que les Jondrette habitaient dans la masure Gorbeau était la dernière au bout du corridor. La cellule d'à côté était occupée par un jeune homme très pauvre qu'on nommait Marius.

Disons ce que c'était que monsieur Marius.

LIVRE DEUXIÈME

LE GRAND BOURGEOIS

I

QUATREVINGT-DIX ANS ET TRENTE-DEUX DENTS

Rue Boucherat, rue de Normandie et rue de Saintonge, il existe encore quelques anciens habitants qui
ont gardé le souvenir d'un bonhomme appelé M. Gillenormand, et qui en parlent avec complaisance. Ce bonhomme était vieux quand ils étaient jeunes. Cette silhouette, pour ceux qui regardent mélancoliquement ce
vague fourmillement d'ombres qu'on nomme le passé,
n'a pas encore tout à fait disparu du labyrinthe des rues
voisines du Temple auxquelles, sous Louis XIV, on a
attaché les noms de toutes les provinces de France absolument comme on a donné de nos jours aux rues du nouveau quartier Tivoli les noms de toutes les capitales
d'Europe ; progression, soit dit en passant, où est visible
le progrès.

M. Gillenormand, lequel était on ne peut plus vivant
en 1831, était un de ces hommes devenus curieux à voir
uniquement à cause qu'ils ont longtemps vécu, et qui
sont étranges parce qu'ils ont jadis ressemblé à tout le
monde et que maintenant ils ne ressemblent plus à personne. C'était un vieillard particulier, et bien véritablement l'homme d'un autre âge, le vrai bourgeois complet
et un peu hautain du dix-huitième siècle, portant sa

bonne vieille bourgeoisie de l'air dont les marquis portaient leur marquisat. Il avait dépassé quatre vingt-dix
ans, marchait droit, parlait haut, voyait clair, buvait sec,
mangeait, dormait et ronflait. Il avait ses trente-deux
dents. Il ne mettait de lunettes que pour lire. Il était
d'humeur amoureuse, mais disait que depuis une
dizaine d'années il avait décidément et tout à fait
renoncé aux femmes. Il ne pouvait plus plaire, disait-il;
il n'ajoutait pas : Je suis trop vieux, mais : Je suis trop
pauvre. Il disait : Si je n'étais pas ruiné... héée! — Il ne
lui restait en effet qu'un revenu d'environ quinze mille
livres. Son rêve était de faire un héritage et d'avoir cent
mille francs de rente pour avoir des maîtresses. Il
n'appartenait point, comme on voit, à cette variété
malingre d'octogénaires qui, comme M. de Voltaire, ont
été mourants toute leur vie; ce n'était pas une longévité
de pot fêlé; ce vieillard gaillard s'était toujours bien
porté. Il était superficiel, rapide, aisément courroucé. Il
entrait en tempête à tout propos, le plus souvent à
contresens du vrai. Quand on le contredisait, il levait la
canne; il battait les gens, comme au grand siècle. Il avait
une fille de cinquante ans passés, non mariée, qu'il ros-
sait très fort quand il se mettait en colère, et qu'il eût
volontiers fouettée. Elle lui faisait l'effet d'avoir huit ans.
Il souffletait énergiquement ses domestiques et disait :
Ah! carogne! Un de ses jurons était : *Par la pantoufloche
de la pantouflochade !* Il avait des tranquillités singulières; il se faisait raser tous les jours par un barbier qui
avait été fou, et qui le détestait, étant jaloux de M. Gillenormand à cause de sa femme, jolie barbière coquette.
M. Gillenormand admirait son propre discernement en
toute chose, et se déclarait très sagace; voici un de ses
mots : « J'ai, en vérité, quelque pénétration; je suis de
force à dire, quand une puce me pique, de quelle femme
elle me vient. » Les mots qu'il prononçait le plus
souvent, c'était : *l'homme sensible*, et *la nature*. Il ne donnait pas à ce dernier mot la grande acception que notre
époque lui a rendue. Mais il le faisait entrer à sa façon
dans ses petites satires du coin du feu : — La nature,
disait-il, pour que la civilisation ait un peu de tout, lui
donne jusqu'à des spécimens de barbarie amusante.

L'Europe a des échantillons de l'Asie et de l'Afrique, en petit format. Le chat est un tigre de salon, le lézard est un crocodile de poche. Les danseuses de l'Opéra sont des sauvagesses roses. Elles ne mangent pas les hommes, elles les grugent. Ou bien, les magiciennes! elles les changent en huîtres, et les avalent. Les caraïbes ne laissent que les os, elles ne laissent que l'écaille. Telles sont nos mœurs. Nous ne dévorons pas, nous rongeons; nous n'exterminons pas, nous griffons.

II

TEL MAÎTRE, TEL LOGIS

Il demeurait au Marais, rue des Filles-du-Calvaire, n° 6. La maison était à lui. Cette maison a été démolie et rebâtie depuis, et le chiffre en a probablement été changé dans ces révolutions de numérotage que subissent les rues de Paris. Il occupait un vieil et vaste appartement au premier, entre la rue et des jardins, meublé jusqu'aux plafonds de grandes tapisseries des Gobelins et de Beauvais représentant des bergerades; les sujets des plafonds et des panneaux étaient répétés en petit sur les fauteuils. Il enveloppait son lit d'un vaste paravent à neuf feuilles en laque de Coromandel. De longs rideaux diffus pendaient aux croisées et y faisaient de grands plis cassés très magnifiques. Le jardin immédiatement situé sous ses fenêtres se rattachait à celle d'entre elles qui faisait l'angle au moyen d'un escalier de douze ou quinze marches fort allégrement monté et descendu par ce bonhomme. Outre une bibliothèque contiguë à sa chambre, il avait un boudoir auquel il tenait fort, réduit galant tapissé d'une magnifique tenture de paille fleurdelysée et fleurie faite sur les galères de Louis XIV et commandée par M. de Vivonne à ses forçats pour sa maîtresse. M. Gillenormand avait hérité cela d'une farouche grand'tante maternelle, morte centenaire. Il avait eu deux femmes. Ses manières tenaient le milieu entre l'homme de cour qu'il n'avait jamais été et l'homme de robe qu'il aurait pu être. Il était gai, et caressant quand il voulait. Dans sa jeunesse, il avait été de ces hommes qui sont toujours trompés par leur femme et jamais par leur maîtresse, parce qu'ils sont à la fois les plus maussades maris et les plus charmants amants qu'il y ait. Il était connaisseur en peinture. Il avait dans sa chambre un merveilleux portrait d'on ne sait qui, peint par Jordaens, fait à grands coups de brosse, avec des millions de détails, à la façon fouillis et comme au hasard. Le vêtement de M. Gillenormand n'était pas l'habit Louis XV, ni même l'habit Louis XVI; c'était le costume des incroyables du directoire. Il s'était cru tout jeune jusque-là et avait suivi les modes. Son habit était en drap léger, avec de spacieux revers, une longue queue de morue et de larges boutons d'acier. Avec cela la culotte courte et les souliers à boucles. Il mettait toujours les mains dans ses goussets. Il disait avec autorité : *La révolution française est un tas de chenapans.*

III

LUC-ESPRIT

À l'âge de seize ans, un soir, à l'Opéra, il avait eu l'honneur d'être lorgné à la fois par deux beautés alors mûres et célèbres et chantées par Voltaire, la Camargo et la Sallé. Pris entre deux feux, il avait fait une retraite héroïque vers une petite danseuse fillette appelée Nahenry, qui avait seize ans comme lui, obscure comme un chat, et dont il était amoureux. Il abondait en souvenirs. Il s'écriait : — Qu'elle était jolie, cette Guimard Guimardini-Guimardinette, la dernière fois que je l'ai vue à Longchamp, frisée en sentiments soutenus, avec ses venez-y voir en turquoise, sa robe couleur de gens nouvellement arrivés, et son manchon d'agitation ! — Il avait porté dans son adolescence une veste de Nain-Londrin dont il parlait volontiers et avec effusion. — J'étais vêtu

comme un turc du Levant levantin, disait-il. Madame de
Boufflers, l'ayant vu par hasard quand il avait vingt ans,
l'avait qualifié « un fol charmant ». Il se scandalisait de
tous les noms qu'il voyait dans la politique et au pouvoir,
les trouvant bas et bourgeois. Il lisait les journaux, *les
papiers nouvelles, les gazettes*, comme il disait, en étouffant des éclats de rire. Oh! disait-il, quelles sont ces
gens-là! Corbière! Humann! Casimir Périer! cela vous
est ministre. Je me figure ceci dans un journal : M. Gillenormand, ministre! ce serait farce. Eh bien! ils sont si
bêtes que ça irait! Il appelait allégrement toutes choses
par le mot propre ou malpropre et ne se gênait pas
devant les femmes. Il disait des grossièretés, des obscé-
nités et des ordures avec je ne sais quoi de tranquille et
de peu étonné qui était élégant. C'était le sans-façon de
son siècle. Il est à remarquer que le temps des péri-
phrases en vers a été le temps des crudités en prose. Son
parrain avait prédit qu'il serait un homme de génie, et
lui avait donné ces deux prénoms significatifs : Luc-
Esprit.

IV

ASPIRANT CENTENAIRE

Il avait eu des prix en son enfance au collège de Mou-
lins où il était né, et il avait été couronné de la main du
duc de Nivernais qu'il appelait le duc de Nevers. Ni la
Convention, ni la mort de Louis XVI, ni Napoléon, ni le
retour des Bourbons, rien n'avait pu effacer le souvenir
de ce couronnement. *Le duc de Nevers* était pour lui la
grande figure du siècle. Quel charmant grand seigneur,
disait-il, et qu'il avait bon air avec son cordon bleu! Aux
yeux de M. Gillenormand, Catherine II avait réparé le
crime du partage de la Pologne en achetant pour trois
mille roubles le secret de l'élixir d'or à Bestuchef. Là-
dessus, il s'animait : — L'élixir d'or, s'écriait-il, la teinture jaune de Bestuchef, les gouttes du général Lamotte,

c'était, au dix-huitième siècle, à un louis le flacon d'une demi-once, le grand remède aux catastrophes de l'amour, la panacée contre Vénus. Louis XV en envoyait deux cents flacons au pape. — On l'eût fort exaspéré et mis hors des gonds si on lui eût dit que l'élixir d'or n'est autre chose que le perchlorure de fer. M. Gillenormand adorait les Bourbons et avait en horreur 1789; il racontait sans cesse de quelle façon il s'était sauvé dans la Terreur, et comment il lui avait fallu bien de la gaîté et bien de l'esprit pour ne pas avoir la tête coupée. Si quelque jeune homme s'avisait de faire devant lui l'éloge de la république, il devenait bleu et s'irritait à s'évanouir. Quelquefois il faisait allusion à son âge de quatrevingt-dix ans, et disait : *J'espère bien que je ne verrai pas deux fois quatre-vingt-treize*. D'autres fois, il signifiait aux gens qu'il entendait vivre cent ans.

V

BASQUE ET NICOLETTE

Il avait des théories. En voici une : « Quand un homme « aime passionnément les femmes, et qu'il a lui-même « une femme à lui dont il se soucie peu, laide, revêche, « légitime, pleine de droits, juchée sur le code et jalouse « au besoin, il n'a qu'une façon de s'en tirer et d'avoir la « paix, c'est de laisser à sa femme les cordons de la « bourse. Cette abdication le fait libre. La femme « s'occupe alors, se passionne au maniement des « espèces, s'y vert-de-grise les doigts, entreprend l'élève « des métayers et le dressage des fermiers, convoque les « avoués, préside les notaires, harangue les tabellions, « visite les robins, suit les procès, rédige les baux, dicte « les contrats, se sent souveraine, vend, achète, règle, « jordonne, promet et compromet, lie et résilie, cède, « concède et rétrocède, arrange, dérange, thésaurise, « prodigue; elle fait des sottises, bonheur magistral et « personnel, et cela console. Pendant que son mari la

« dédaigne, elle a la satisfaction de ruiner son mari. »
Cette théorie, M. Gillenormand se l'était appliquée, et
elle était devenue son histoire. Sa femme, la deuxième,
avait administré sa fortune de telle façon qu'il restait à
M. Gillenormand, quand un beau jour il se trouva veuf,
juste de quoi vivre, en plaçant presque tout en viager,
une quinzaine de mille francs de rente dont les trois
quarts devaient s'éteindre avec lui. Il n'avait pas hésité,
peu préoccupé du souci de laisser un héritage. D'ailleurs
il avait vu que les patrimoines avaient des aventures, et,
par exemple, devenaient des *biens nationaux*; il avait
assisté aux avatars du tiers consolidé, et il croyait peu au
grand-livre. — *Rue Quincampoix que tout cela!* disait-il.
Sa maison de la rue des Filles-du-Calvaire, nous l'avons
dit, lui appartenait. Il avait deux domestiques, « un mâle
et un femelle ». Quand un domestique entrait chez lui,
M. Gillenormand le rebaptisait. Il donnait aux hommes
le nom de leur province : Nîmois, Comtois, Poitevin,
Picard. Son dernier valet était un gros homme fourbu et
poussif de cinquante-cinq ans, incapable de courir vingt
pas, mais, comme il était né à Bayonne, M. Gillenormand l'appelait Basque. Quant aux servantes, toutes
s'appelaient chez lui Nicolette (même la Magnon dont il
sera question plus loin). Un jour une fière cuisinière,
cordon bleu, de haute race de concierges, se présenta. —
Combien voulez-vous gagner de gages par mois? lui
demanda M. Gillenormand. — Trente francs. — Comment vous nommez-vous? — Olympie. — Tu auras cinquante francs, et tu t'appelleras Nicolette.

VI

OÙ L'ON ENTREVOIT LA MAGNON
ET SES DEUX PETITS

Chez M. Gillenormand la douleur se traduisait en
colère; il était furieux d'être désespéré. Il avait tous les
préjugés et prenait toutes les licences. Une des choses

dont il composait son relief extérieur et sa satisfaction intime, c'était, nous venons de l'indiquer, d'être resté vert-galant, et de passer énergiquement pour tel. Il appelait cela avoir « royale renommée ». La royale renommée lui attirait parfois de singulières aubaines. Un jour on apporta chez lui dans une bourriche, comme une cloyère d'huîtres, un gros garçon nouveau-né, criant le diable et dûment emmitouflé de langes, qu'une servante chassée six mois auparavant lui attribuait. M. Gillenormand avait alors ses parfaits quatrevingt-quatre ans. Indignation et clameur dans l'entourage. Et à qui cette effrontée drôlesse espérait-elle faire accroire cela ? Quelle audace ! quelle abominable calomnie ! M. Gillenormand, lui, n'eut aucune colère. Il regarda le maillot avec l'aimable sourire d'un bonhomme flatté de la calomnie, et dit à la cantonade : « — Hé bien quoi ? qu'est-ce ? qu'y a-t-il ? qu'est-ce qu'il y a ? vous vous ébahissez bellement, et, en vérité, comme aucunes personnes ignorantes. Monsieur le duc d'Angoulême, bâtard de sa majesté Charles IX, se maria à quatrevingt-cinq ans avec une péronnelle de quinze ans ; monsieur Virginal, marquis d'Alluye, frère du cardinal de Sourdis, archevêque de Bordeaux, eut à quatrevingt-trois ans d'une fille de chambre de madame la présidente Jacquin un fils, un vrai fils d'amour, qui fut chevalier de Malte et conseiller d'état d'épée ; un des grands hommes de ce siècle-ci, l'abbé Tabaraud, est fils d'un homme de quatrevingt-sept ans. Ces choses-là n'ont rien que d'ordinaire. Et la Bible donc ! Sur ce, je déclare que ce petit monsieur n'est pas de moi. Qu'on en prenne soin. Ce n'est pas sa faute. » — Le procédé était débonnaire. La créature, celle-là qui se nommait Magnon, lui fit un deuxième envoi l'année d'après. C'était encore un garçon. Pour le coup, M. Gillenormand capitula. Il remit à la mère les deux mioches, s'engageant à payer pour leur entretien quatrevingt francs par mois, à la condition que ladite mère ne recommencerait plus. Il ajouta : « J'entends que la mère les traite bien. Je les irai voir de temps en temps. » Ce qu'il fit. Il avait eu un frère prêtre, lequel avait été trente-trois ans recteur de l'académie de Poitiers, et était mort à soixante-dix-neufs ans. *Je l'ai perdu jeune*, disait-il. Ce frère, dont il est resté peu de

souvenir, était un paisible avare qui, étant prêtre, se
croyait obligé de faire l'aumône aux pauvres qu'il rencontrait, mais il ne leur donnait jamais que des monne-
rons ou des sous démonétisés, trouvant ainsi moyen
d'aller en enfer par le chemin du paradis. Quant à
M. Gillenormand aîné, il ne marchandait pas l'aumône
et donnait volontiers, et noblement. Il était bienveillant,
brusque, charitable, et s'il eût été riche, sa pente eût été
le magnifique. Il voulait que tout ce qui le concernait fût
fait grandement, même les friponneries. Un jour, dans
une succession, ayant été dévalisé par un homme
d'affaires, d'une manière grossière et visible, il jeta cette
exclamation solennelle : — « Fi ! c'est malproprement
fait ! j'ai vraiment honte de ces grivèleries. Tout a dégé-
néré dans ce siècle, même les coquins. Morbleu ! ce n'est
pas ainsi qu'on doit voler un homme de ma sorte. Je suis
volé comme dans un bois, mais mal volé. *Sylvæ sint
consule dignæ !* » — Il avait eu, nous l'avons dit, deux
femmes ; de la première une fille qui était restée fille, et
de la seconde une autre fille, morte vers l'âge de trente
ans, laquelle avait épousé par amour ou hasard ou autrement un soldat de fortune qui avait servi dans les armées
de la république et de l'empire, avait eu la croix à Austerlitz et avait été fait colonel à Waterloo. *C'est la honte de
ma famille*, disait le vieux bourgeois. Il prenait force
tabac, et avait une grâce particulière à chiffonner son
jabot de dentelle d'un revers de main. Il croyait fort peu
en Dieu.

VII

RÈGLE : NE RECEVOIR PERSONNE QUE LE SOIR

Tu était M. Luc-Esprit Gillenormand, lequel n'avait
point perdu ses cheveux, plutôt gris que blancs, et était
toujours coiffé en oreilles de chien. En somme, et avec
tout cela, vénérable.

Il tenait du dix-huitième siècle : frivole et grand.

Dans les premières années de la restauration, M. Gillenormand, qui était encore jeune, — il n'avait que
soixante-quatorze ans en 1814, — avait habité le faubourg Saint-Germain, rue Servandoni, près Saint-Sulpice. Il ne s'était retiré au Marais qu'en sortant du
monde, bien après ses quatre-vingts ans sonnés.

Et en sortant du monde, il s'était muré dans ses habitudes. La principale, et où il était invariable, c'était de
tenir sa porte absolument fermée le jour, et de ne jamais
recevoir qui que ce soit, pour quelque affaire que ce fût,
que le soir. Il dînait à cinq heures, puis sa porte était
ouverte. C'était la mode de son siècle, et il n'en voulait
point démordre. — Le jour est canaille, disait-il, et ne
mérite qu'un volet fermé. Les gens comme il faut allument leur esprit quand le zénith allume ses étoiles. — Et
il se barricadait pour tout le monde, fût-ce pour le roi.
Vieille élégance de son temps.

VIII

LES DEUX NE FONT PAS LA PAIRE

Quant aux deux filles de M. Gillenormand, nous
venons d'en parler. Elles étaient nées à dix ans d'inter-
valle. Dans leur jeunesse elles s'étaient fort peu ressemblé, et, par le caractère comme par le visage, avaient été
aussi peu sœurs que possible. La cadette était une charmante âme tournée vers tout ce qui est lumière, occupée
de fleurs, de vers et de musique, envolée dans des
espaces glorieux, enthousiaste, éthérée, fiancée dès
l'enfance dans l'idéal à une vague figure héroïque.
L'aînée avait aussi sa chimère ; elle voyait dans l'azur un
fournisseur, quelque bon gros munitionnaire bien riche,
un mari splendidement bête, un million fait homme, ou
bien, un préfet ; les réceptions de la préfecture, un huissier d'antichambre chaîne au cou, les bals officiels, les
harangues de la mairie, être « madame la préfète », cela
tourbillonnait dans son imagination. Les deux sœurs

s'égaraient ainsi, chacune dans son rêve, à l'époque où elles étaient jeunes filles. Toutes deux avaient des ailes, l'une comme un ange, l'autre comme une oie.

Aucune ambition ne se réalise pleinement, ici-bas du moins. Aucun paradis ne devient terrestre à l'époque où nous sommes. La cadette avait épousé l'homme de ses songes, mais elle était morte. L'aînée ne s'était pas mariée.

Au moment où elle fait son entrée dans l'histoire que nous racontons, c'était une vieille vertu, une prude incombustible, un des nez les plus pointus et un des esprits les plus obtus qu'on pût voir. Détail caractéristique : en dehors de la famille étroite, personne n'avait jamais su son petit nom. On l'appelait *mademoiselle Gillenormand l'aînée*.

En fait de cant, mademoiselle Gillenormand l'aînée eût rendu des points à une miss. C'était la pudeur poussée au noir. Elle avait un souvenir affreux dans sa vie ; un jour, un homme avait vu sa jarretière.

L'âge n'avait fait qu'accroître cette pudeur impitoyable. Sa guimpe n'était jamais assez opaque, et ne montait jamais assez haut. Elle multipliait les agrafes et les épingles là où personne ne songeait à regarder. Le propre de la pruderie, c'est de mettre d'autant plus de factionnaires que la forteresse est moins menacée.

Pourtant, explique qui pourra ces vieux mystères d'innocence, elle se laissait embrasser sans déplaisir par un officier de lanciers qui était son petit-neveu et qui s'appelait Théodule.

En dépit de ce lancier favorisé, l'étiquette : *Prude*, sous laquelle nous l'avons classée, lui convenait absolument. Mademoiselle Gillenormand était une espèce d'âme crépusculaire. La pruderie est une demi-vertu et un demi-vice.

Elle ajoutait à la pruderie le bigotisme, doublure assortie. Elle était de la confrérie de la Vierge, portait un voile blanc à de certaines fêtes, marmottait des oraisons spéciales, révérait « le saint sang », vénérait « le sacré cœur », restait des heures en contemplation devant un autel rococo-jésuite dans une chapelle fermée au commun des fidèles, et y laissait envoler son âme parmi de petites nuées de marbre et à travers de grands rayons de bois doré.

Elle avait une amie de chapelle, vieille vierge comme elle, appelée Mlle Vaubois, absolument hébétée, et près de laquelle mademoiselle Gillenormand avait le plaisir d'être une aigle. En dehors des agnus dei et des ave maria, Mlle Vaubois n'avait de lumières que sur les différentes façons de faire les confitures. Mlle Vaubois, parfaite en son genre, était l'hermine de la stupidité sans une seule tache d'intelligence.

Disons-le, en vieillissant mademoiselle Gillenormand avait plutôt gagné que perdu. C'est le fait des natures passives. Elle n'avait jamais été méchante, ce qui est une bonté relative ; et puis, les années usent les angles, et l'adoucissement de la durée lui était venu. Elle était triste d'une tristesse obscure dont elle n'avait pas elle-même le secret. Il y avait dans toute sa personne la stupeur d'une vie finie qui n'a pas commencé.

Elle tenait la maison de son père. M. Gillenormand avait près de lui sa fille comme on a vu que monseigneur Bienvenu avait près de lui sa sœur. Ces ménages d'un vieillard et d'une vieille fille ne sont point rares et ont l'aspect toujours touchant de deux faiblesses qui s'appuient l'une sur l'autre.

Il y avait en outre dans la maison, entre cette vieille fille et ce vieillard, un enfant, un petit garçon toujours tremblant et muet devant M. Gillenormand. M. Gillenormand ne parlait jamais à cet enfant que d'une voix sévère et quelquefois la canne levée : — *Ici ! monsieur !* — *Maroufle, polisson, approchez !* — *Répondez, drôle !* — *Que je vous voie, vaurien !* etc., etc. Il l'idolâtrait.

C'était son petit-fils. Nous retrouverons cet enfant.

LIVRE TROISIÈME

LE GRAND-PÈRE ET LE PETIT-FILS

I

UN ANCIEN SALON

Lorsque M. Gillenormand habitait la rue Servandoni, il hantait plusieurs salons très bons et très nobles. Quoique bourgeois, M. Gillenormand était reçu. Comme il avait deux fois de l'esprit, d'abord l'esprit qu'il avait, ensuite l'esprit qu'on lui prêtait, on le recherchait même, et on le fêtait. Il n'allait nulle part qu'à la condition d'y dominer. Il est des gens qui veulent à tout prix l'influence et qu'on s'occupe d'eux; là où ils ne peuvent être oracles, ils se font loustics. M. Gillenormand n'était pas de cette nature; sa domination dans les salons royalistes qu'il fréquentait ne coûtait rien à son respect de lui-même. Il était oracle partout. Il lui arrivait de tenir tête à M. de Bonald, et même à M. Bengy-Puy-Vallée.

Vers 1817, il passait invariablement deux après-midi par semaine dans une maison de son voisinage, rue Férou, chez madame la baronne de T., digne et respectable personne dont le mari avait été, sous Louis XVI, ambassadeur de France à Berlin. Le baron de T., qui de son vivant donnait passionnément dans les extases et les visions magnétiques, était mort ruiné dans l'émigration, laissant, pour toute fortune, en dix volumes manuscrits reliés en maroquin rouge et dorés sur tranche, des mémoires fort curieux sur Mesmer et son baquet. Madame de T. n'avait point publié les mémoires par dignité, et se soutenait d'une petite rente, qui avait surnagé on ne sait comment. Madame de T. vivait loin de la cour, *monde fort mêlé*, disait-elle, dans un isolement noble, fier et pauvre. Quelques amis se réunissaient deux fois par semaine autour de son feu de veuve et cela constituait un salon royaliste pur. On y prenait le thé, et l'on y poussait, selon que le vent était à l'élégie ou au dithyrambe, des gémissements ou des cris d'horreur sur le siècle, sur la charte, sur les buonapartistes, sur la prostitution du cordon bleu à des bourgeois, sur le jacobinisme de Louis XVIII, et l'on s'y entretenait tout bas des espérances que donnait Monsieur, depuis Charles X.

On y accueillait avec des transports de joie des chansons poissardes où Napoléon était appelé *Nicolas*. Des duchesses, les plus délicates et les plus charmantes femmes du monde, s'y extasiaient sur des couplets comme celui-ci adressé « aux fédérés » :

> Renfoncez dans vos culottes
> Le bout d' chemis' qui vous pend.
> Qu'on n' dis' pas qu' les patriotes
> Ont arboré l' drapeau blanc!

On s'y amusait à des calembours qu'on croyait terribles, à des jeux de mots innocents qu'on supposait venimeux, à des quatrains, même à des distiques; ainsi sur le ministère Dessolles, cabinet modéré dont faisaient partie MM. Decazes et Deserre :

> Pour raffermir le trône ébranlé sur sa base,
> Il faut changer le sol, et de serre et de case.

Ou bien on y façonnait la liste de la chambre des pairs, « chambre abominablement jacobine », et l'on combinait sur cette liste des alliances de noms, de manière à faire, par exemple, des phrases comme celle-ci : *Damas, Sabran, Gouvion Saint-Cyr*. Le tout gaîment.

Dans ce monde-là on parodiait la révolution. On avait je ne sais quelles velléités d'aiguiser les mêmes colères en sens inverse. On chantait son petit *Ça ira* :

Ah! ça ira! ça ira! ça ira!
Les buonapartist' à la lanterne!

Les chansons sont comme la guillotine; elles coupent indifféremment, aujourd'hui cette tête-ci, demain celle-là. Ce n'est qu'une variante.

Dans l'affaire Fualdès, qui est de cette époque, 1816, on prenait parti pour Bastide et Jausion, parce que Fualdès était « buonapartiste ». On qualifiait les libéraux, *les frères et amis*; c'était le dernier degré de l'injure.

Comme certains clochers d'église, le salon de madame la baronne de T. avait deux coqs. L'un était M. Gillenormand, l'autre était le comte de Lamothe-Valois, duquel on se disait à l'oreille avec une sorte de considération : *Vous savez? C'est le Lamothe de l'affaire du collier.* Les partis ont de ces amnisties singulières.

Ajoutons ceci : dans la bourgeoisie, les situations honorées s'amoindrissent par des relations trop faciles; il faut prendre garde à qui l'on admet; de même qu'il y a perte de calorique dans le voisinage de ceux qui ont froid, il y a diminution de considération dans l'approche des gens méprisés. L'ancien monde d'en haut se tenait au-dessus de cette loi-là comme de toutes les autres. Marigny, frère de la Pompadour, a ses entrées chez M. le prince de Soubise. Quoique? non, parce que. Du Barry, parrain de la Vaubernier, est le très bien venu chez M. le maréchal de Richelieu. Ce monde-là, c'est l'olympe. Mercure et le prince de Guéménée y sont chez eux. Un voleur y est admis, pourvu qu'il soit dieu.

Le comte de Lamothe qui, en 1815, était un vieillard de soixante-quinze ans, n'avait de remarquable que son air silencieux et sentencieux, sa figure anguleuse et froide, ses manières parfaitement polies, son habit boutonné jusqu'à la cravate, et ses grandes jambes toujours croisées dans un long pantalon flasque couleur de terre de Sienne brûlée. Son visage était de la couleur de son pantalon.

Ce M. de Lamothe était « compté » dans ce salon, à cause de sa « célébrité », et, chose étrange à dire, mais exacte, à cause du nom de Valois.

Quand à M. Gillenormand, sa considération était absolument de bon aloi. Il faisait autorité parce qu'il faisait autorité. Il avait, tout léger qu'il était et sans que cela coûtât rien à sa gaîté, une certaine façon d'être, imposante, digne, honnête et bourgeoisement altière; et son grand âge s'y ajoutait. On n'est pas impunément un siècle. Les années finissent par faire autour d'une tête un échevellement vénérable.

Il avait en outre de ces mots qui sont tout à fait l'étincelle de la vieille roche. Ainsi quand le roi de Prusse, après avoir restauré Louis XVIII, vint lui faire visite sous le nom de comte de Ruppin, il fut reçu par le descendant de Louis XIV un peu comme marquis de Brandebourg et avec l'impertinence la plus délicate. M. Gillenormand approuva. — *Tous les rois qui ne sont pas le roi de France*, dit-il, *sont des rois de province*. On fit un jour devant lui cette demande et cette réponse : — À quoi donc a été condamné le rédacteur du *Courrier français ?* — À être suspendu. — *Sus* est de trop, observa M. Gillenormand. Des paroles de ce genre fondent une situation.

À un Te Deum anniversaire du retour des Bourbons, voyant passer M. de Talleyrand, il dit : *Voilà son excellence le Mal*.

M. Gillenormand venait habituellement accompagné de sa fille, cette longue mademoiselle qui avait alors passé quarante ans et en semblait cinquante, et d'un beau petit garçon de sept ans, blanc, rose, frais, avec des yeux heureux et confiants, lequel n'apparaissait jamais dans ce salon sans entendre toutes les voix bourdonner autour de lui : Qu'il est joli ! quel dommage ! pauvre enfant ! Cet enfant était celui dont nous avons dit un mot tout à l'heure. On l'appelait — pauvre enfant — parce qu'il avait pour père « un brigand de la Loire ».

Ce brigand de la Loire était ce gendre de M. Gillenormand dont il a déjà été fait mention, et que M. Gillenormand qualifiait *la honte de sa famille*.

II

UN DES SPECTRES ROUGES DE CE TEMPS-LÀ

Quelqu'un qui aurait passé à cette époque dans la petite ville de Vernon et qui s'y serait promené sur ce beau pont monumental auquel succédera bientôt, espé-

rons-le, quelque affreux pont en fil de fer, aurait pu
remarquer, en laissant tomber ses yeux du haut du parapet, un homme d'une cinquantaine d'années coiffé d'une
casquette de cuir, vêtu d'un pantalon et d'une veste de
gros drap gris, à laquelle était cousu quelque chose de
jaune qui avait été un ruban rouge, chaussé de sabots,
hâlé par le soleil, la face presque noire et les cheveux
presque blancs, une large cicatrice sur le front se continuant sur la joue, courbé, voûté, vieilli avant l'âge, se
promenant à peu près tout le jour, une bêche ou une
serpe à la main, dans un de ces compartiments entourés
de murs qui avoisinent le pont et qui bordent comme
une chaîne de terrasses la rive gauche de la Seine, charmants enclos pleins de fleurs desquels on dirait, s'ils
étaient beaucoup plus grands : ce sont des jardins, et,
s'ils étaient un peu plus petits : ce sont des bouquets.
Tous ces enclos aboutissent par un bout à la rivière et
par l'autre à une maison. L'homme en veste et en sabots
dont nous venons de parler habitait vers 1817 le plus
étroit de ces enclos et la plus humble de ces maisons. Il
vivait là seul, et solitaire, silencieusement et pauvre-
ment, avec une femme ni jeune, ni vieille, ni belle, ni
laide, ni paysanne, ni bourgeoise, qui le servait. Le carré
de terre qu'il appelait son jardin était célèbre dans la
ville pour la beauté des fleurs qu'il y cultivait. Les fleurs
étaient son occupation.

À force de travail, de persévérance, d'attention et de
seaux d'eau, il avait réussi à créer après le créateur, et il
avait inventé de certaines tulipes et de certains dahlias
qui semblaient avoir été oubliés par la nature. Il était
ingénieux ; il avait devancé Soulange Bodin dans la formation des petits massifs de terre de bruyère pour la
culture des rares et précieux arbustes d'Amérique et de
Chine. Dès le point du jour, en été, il était dans ses
allées, piquant, taillant, sarclant, arrosant, marchant au
milieu de ses fleurs avec un air de bonté, de tristesse et
de douceur, quelquefois rêveur et immobile des heures
entières, écoutant le chant d'un oiseau dans un arbre, le
gazouillement d'un enfant dans une maison, ou bien les
yeux fixés au bout d'un brin d'herbe sur quelque goutte
de rosée dont le soleil faisait une escarboucle. Il avait

une table fort maigre, et buvait plus de lait que de vin.
Un marmot le faisait céder, sa servante le grondait. Il
était timide jusqu'à sembler farouche, sortait rarement,
et ne voyait personne que les pauvres qui frappaient à sa
vitre et son curé, l'abbé Mabeuf, bon vieux homme.
Pourtant si des habitants de la ville ou des étrangers, les
premiers venus, curieux de voir ses tulipes et ses roses,
venaient sonner à sa petite maison, il ouvrait sa porte en
souriant. C'était le brigand de la Loire.

Quelqu'un qui, dans le même temps, aurait lu les
mémoires militaires, les biographies, le *Moniteur* et les
bulletins de la grande armée, aurait pu être frappé d'un
nom qui y revient assez souvent, le nom de Georges
Pontmercy. Tout jeune, ce Georges Pontmercy était soldat au régiment de Saintonge. La révolution éclata. Le
régiment de Saintonge fit partie de l'armée du Rhin. Car
les anciens régiments de la monarchie gardèrent leurs
noms de province, même après la chute de la monarchie,
et ne furent embrigadés qu'en 1794. Pontmercy se battit
à Spire, à Worms, à Neustadt, à Turkheim, à Alzey, à
Mayence où il était des deux cents qui formaient
l'arrière-garde de Houchard. Il tint, lui douzième, contre
le corps entier du prince de Hesse, derrière le vieux rem-
part d'Andernach, et ne se replia sur le gros de l'armée
que lorsque le canon ennemi eut ouvert la brèche depuis
le cordon du parapet jusqu'au talus de plongée. Il était
sous Kléber à Marchiennes et au combat du Mont-Palis-
sel où il eut le bras cassé d'un biscayen. Puis il passa à la
frontière d'Italie, et il fut un des trente grenadiers qui
défendirent le col de Tende avec Joubert. Joubert en fut
nommé adjudant-général et Pontmercy sous-lieutenant.
Pontmercy était à côté de Berthier au milieu de la
mitraille dans cette journée de Lodi qui fit dire à Bonaparte : *Berthier a été canonnier, cavalier et grenadier*. Il vit
son ancien général Joubert tomber à Novi, au moment
où, le sabre levé, il criait : En avant ! Ayant été embarqué
avec sa compagnie pour les besoins de la campagne dans
une péniche qui allait de Gênes à je ne sais plus quel
petit port de la côte, il tomba dans un guêpier de sept ou
huit voiles anglaises. Le commandant génois voulait
jeter les canons à la mer, cacher les soldats dans l'entre-

pont et se glisser dans l'ombre comme navire marchand.
Pontmercy fit frapper les couleurs tricolores à la drisse
du mât de pavillon, et passa fièrement sous le canon des
frégates britanniques. À vingt lieues de là, son audace
croissant, avec sa péniche il attaqua et captura un gros
transport anglais qui portait des troupes en Sicile, si
chargé d'hommes et de chevaux que le bâtiment était
bondé jusqu'aux hiloires. En 1805, il était de cette divi-
sion Malher qui enleva Günzbourg à l'archiduc Ferdinand. À Wettingen, il reçut dans ses bras, sous une grêle
de balles, le colonel Maupetit blessé mortellement à la
tête du 9e dragons. Il se distingua à Austerlitz dans cette
admirable marche en échelons faite sous le feu de
l'ennemi. Lorsque la cavalerie de la garde impériale
russe écrasa un bataillon du 4e de ligne, Pontmercy fut
de ceux qui prirent la revanche et qui culbutèrent cette
garde. L'empereur lui donna la croix. Pontmercy vit successivement faire prisonniers Wurmser dans Mantoue,
Mélas dans Alexandrie, Mack dans Ulm. Il fit partie du
huitième corps de la grande armée que Mortier
commandait et qui s'empara de Hambourg. Puis il passa
dans le 55e de ligne qui était l'ancien régiment de
Flandre. À Eylau, il était dans le cimetière où l'héroïque
capitaine Louis Hugo, oncle de l'auteur de ce livre, sou-
tint seul avec sa compagnie de quatrevingt-trois
hommes, pendant deux heures, tout l'effort de l'armée
ennemie. Pontmercy fut un des trois qui sortirent de ce
cimetière vivants. Il fut de Friedland. Puis il vit Moscou,
puis la Bérésina, puis Lutzen, Bautzen, Dresde, Wachau,
Leipsick, et les défilés de Gelenhausen ; puis Montmirail,
Château-Thierry, Craon, les bords de la Marne, les bords
de l'Aisne et la redoutable position de Laon. À Arnay-le-
Duc, étant capitaine, il sabra dix cosaques, et sauva, non
son général, mais son caporal. Il fut haché à cette occasion, et on lui tira vingt-sept esquilles rien que du bras
gauche. Huit jours avant la capitulation de Paris, il
venait de permuter avec un camarade et d'entrer dans la
cavalerie. Il avait ce qu'on appelait dans l'ancien régime
la double-main, c'est-à-dire une aptitude égale à manier,
soldat, le sabre ou le fusil, officier, un escadron ou un
bataillon. C'est de cette aptitude, perfectionnée par

l'éducation militaire, que sont nées certaines armes spéciales, les dragons, par exemple, qui sont tout ensemble
cavaliers et fantassins. Il accompagna Napoléon à l'île
d'Elbe. À Waterloo, il était chef d'escadron de cuirassiers
dans la brigade Dubois. Ce fut lui qui prit le drapeau du
bataillon de Lunebourg. Il vint jeter le drapeau aux pieds
de l'empereur. Il était couvert de sang. Il avait reçu, en
arrachant le drapeau, un coup de sabre à travers le
visage. L'empereur, content, lui cria : *Tu es colonel, tu es
baron, tu es officier de la Légion d'honneur !* Pontmercy
répondit : *Sire, je vous remercie pour ma veuve.* Une
heure après, il tombait dans le ravin d'Ohain. Maintenant qu'était-ce que ce Georges Pontmercy ? C'était ce
même brigand de la Loire.

On a déjà vu quelque chose de son histoire. Après
Waterloo, Pontmercy, tiré, on s'en souvient, du chemin
creux d'Ohain, avait réussi à regagner l'armée, et s'était
traîné d'ambulance en ambulance jusqu'aux cantonne-
ments de la Loire.

La restauration l'avait mis à la demi-solde, puis l'avait
envoyé en résidence, c'est-à-dire en surveillance, à Vernon. Le roi Louis XVIII, considérant comme non avenu
tout ce qui s'était fait dans les Cent-Jours, ne lui avait
reconnu ni sa qualité d'officier de la Légion d'honneur,
ni son grade de colonel, ni son titre de baron. Lui de son
côté ne négligeait aucune occasion de signer *le colonel
baron Pontmercy*. Il n'avait qu'un vieil habit bleu, et il ne
sortait jamais sans y attacher la rosette d'officier de la
légion d'honneur. Le procureur du roi le fit prévenir que
le parquet le poursuivrait pour « port illégal de cette
décoration ». Quand cet avis lui fut donné par un intermédiaire officieux, Pontmercy répondit avec un amer
sourire : Je ne sais point si c'est moi qui n'entends plus le
français, ou si c'est vous qui ne le parlez plus, mais le fait
est que je ne comprend pas. — Puis il sortit huit jours de
suite avec sa rosette. On n'osa point l'inquiéter. Deux ou
trois fois le ministre de la guerre et le général commandant le département lui écrivirent avec cette suscription : *À monsieur le commandant Pontmercy.* Il renvoya
les lettres non décachetées. En ce même moment, Napoléon à Sainte-Hélène traitait de la même façon les mis-

sives de sir Hudson Lowe adressées *au général Bona-parte*. Pontmercy avait fini, qu'on nous passe le mot, par avoir dans la bouche la même salive que son empereur.

Il y avait ainsi à Rome des soldats carthaginois prisonniers qui refusaient de saluer Flaminius et qui avaient un peu de l'âme d'Annibal.

Un matin, il rencontra le procureur du roi dans une rue de Vernon, alla à lui, et lui dit : — Monsieur le procureur du roi, m'est-il permis de porter ma balafre ?

Il n'avait rien, que sa très chétive demi-solde de chef d'escadron. Il avait loué à Vernon la plus petite maison qu'il avait pu trouver. Il y vivait seul, on vient de voir comment. Sous l'empire, entre deux guerres, il avait trouvé le temps d'épouser mademoiselle Gillenormand. Le vieux bourgeois, indigné au fond, avait consenti en soupirant et en disant : *Les plus grandes familles y sont forcées*. En 1815, madame Pontmercy, femme du reste de tout point admirable, élevée et rare et digne de son mari, était morte, laissant un enfant. Cet enfant eût été la joie du colonel dans sa solitude ; mais l'aïeul avait impérieusement réclamé son petit-fils, déclarant que, si on ne le lui donnait pas, il le déshériterait. Le père avait cédé dans l'intérêt du petit, et, ne pouvant avoir son enfant, il s'était mis à aimer les fleurs.

Il avait du reste renoncé à tout, ne remuant ni ne conspirant. Il partageait sa pensée entre les choses innocentes qu'il faisait et les choses grandes qu'il avait faites. Il passait son temps à espérer un œillet ou à se souvenir d'Austerlitz.

M. Gillenormand n'avait aucune relation avec son gendre. Le colonel était pour lui « un bandit », et il était pour le colonel « une ganache ». M. Gillenormand ne parlait jamais du colonel, si ce n'est quelquefois pour faire des allusions moqueuses à « sa baronnie ». Il était expressément convenu que Pontmercy n'essayerait jamais de voir son fils ni de lui parler, sous peine qu'on le lui rendît chassé et déshérité. Pour les Gillenormand, Pontmercy était un pestiféré. Ils entendaient élever l'enfant à leur guise. Le colonel eut tort peut-être d'accepter ces conditions, mais il les subit, croyant bien faire et ne sacrifier que lui. L'héritage du père Gillenor-

mand était peu de chose, mais l'héritage de mademoiselle Gillenormand aînée était considérable. Cette tante,
restée fille, était fort riche du côté maternel, et le fils de
sa sœur était son héritier naturel.

L'enfant, qui s'appelait Marius, savait qu'il avait un
père, mais rien de plus. Personne ne lui en ouvrait la
bouche. Cependant, dans le monde où son grand-père le
menait, les chuchotements, les demi-mots, les clins
d'yeux, s'étaient fait jour à la longue jusque dans l'esprit
du petit, il avait fini par comprendre quelque chose, et
comme il prenait naturellement, par une sorte d'infiltra-
tion et de pénétration lente, les idées et les opinions qui
étaient, pour ainsi dire, son milieu respirable, il en vint
peu à peu à ne songer à son père qu'avec honte et le cœur
serré.

Pendant qu'il grandissait ainsi, tous les deux ou trois
mois, le colonel s'échappait, venait furtivement à Paris
comme un repris de justice qui rompt son ban, et allait
se poster à Saint-Sulpice, à l'heure où la tante Gillenormand menait Marius à la messe. Là, tremblant que la
tante ne se retournât, caché derrière un pilier, immobile,
n'osant respirer, il regardait son enfant. Ce balafré avait
peur de cette vieille fille.

De là même était venue sa liaison avec le curé de Vernon, M. l'abbé Mabeuf.

Ce digne prêtre était frère d'un marguillier de Saint-
Sulpice, lequel avait plusieurs fois remarqué cet homme
contemplant cet enfant, et la cicatrice qu'il avait sur la
joue, et la grosse larme qu'il avait dans les yeux. Cet
homme qui avait si bien l'air d'un homme et qui pleurait
comme une femme avait frappé le marguillier. Cette
figure lui était restée dans l'esprit. Un jour, étant allé à
Vernon voir son frère, il rencontra sur le pont le colonel
Pontmercy et reconnut l'homme de Saint-Sulpice. Le
marguillier en parla au curé, et tous deux sous un prétexte quelconque firent une visite au colonel. Cette visite
en amena d'autres. Le colonel d'abord très fermé finit
par s'ouvrir, et le curé et le marguillier arrivèrent à
savoir toute l'histoire, et comment Pontmercy sacrifiait
son bonheur à l'avenir de son enfant. Cela fit que le curé
le prit en vénération et en tendresse, et le colonel de son

côté prit en affection le curé. D'ailleurs, quand d'aventure ils sont sincères et bons tous les deux, rien ne se pénètre et ne s'amalgame plus aisément qu'un vieux prêtre et un vieux soldat. Au fond, c'est le même homme. L'un s'est dévoué pour la patrie d'en bas, l'autre pour la patrie d'en haut, pas d'autre différence.

Deux fois par an, au 1er janvier et à la Saint-Georges, Marius écrivait à son père des lettres de devoir que sa tante dictait, et qu'on m'eût dit copiées dans quelque formulaire ; c'était tout ce que tolérait M. Gillenormand ; le père répondait des lettres fort tendres que l'aïeul fourrait dans sa poche sans les lire.

III

REQUIESCANT

Le salon de madame de T. était tout ce que Marius Pontmercy connaissait du monde. C'était la seule ouverture par laquelle il pût regarder dans la vie. Cette ouverture était sombre, et il lui venait par cette lucarne plus de froid que de chaleur, plus de nuit que de jour. Cet enfant, qui n'était que joie et lumière en entrant dans ce monde étrange, y devint en peu de temps triste, et, ce qui est plus contraire encore à cet âge, grave. Entouré de toutes ces personnes imposantes et singulières, il regardait autour de lui avec un étonnement sérieux. Tout se réunissait pour accroître en lui cette stupeur. Il y avait dans le salon de madame de T. de vieilles nobles dames très vénérables qui s'appelaient Mathan, Noé, Lévis qu'on prononçait Lévi, Cambis qu'on prononçait Cambyse. Ces antiques visages et ces noms bibliques se mêlaient dans l'esprit de l'enfant à son ancien testament qu'il apprenait par cœur, et quand elles étaient là toutes, assises en cercle autour d'un feu mourant, à peine éclairées par une lampe voilée de vert, avec leurs profils sévères, leurs cheveux gris ou blancs, leurs longues robes d'un autre âge dont on ne distinguait que les cou-

leurs lugubres, laissant tomber à de rares intervalles des
paroles à la fois majestueuses et farouches, le petit
Marius les considérait avec des yeux effarés, croyant
voir, non des femmes, mais des patriarches et des
mages, non des êtres réels, mais des fantômes.

À ces fantômes se mêlaient plusieurs prêtres, habitués
de ce salon vieux, et quelques gentilshommes; le marquis de Sassenay, secrétaire des commandements de
madame de Berry, le vicomte de Valory, qui publiait
sous le pseudonyme de *Charles-Antoine* des odes mono-
rimes, le prince de Beauffremont qui, assez jeune, avait
un chef grisonnant et une jolie et spirituelle femme dont
les toilettes de velours écarlate à torsades d'or, fort
décolletées, effarouchaient ces ténèbres, le marquis de
Coriolis d'Espinouse, l'homme de France qui savait le
mieux « la politesse proportionnée », le comte
d'Amendre, bonhomme au menton bienveillant, et le
chevalier de Port-de-Guy, pilier de la bibliothèque du
Louvre, dite le cabinet du roi. M. de Port-de-Guy, chauve
et plutôt vieilli que vieux, contait qu'en 1793, âgé de
seize ans, on l'avait mis au bagne comme réfractaire, et
ferré avec un octogénaire, l'évêque de Mirepoix, réfractaire aussi, mais comme prêtre, tandis que lui l'était
comme soldat. C'était à Toulon. Leur fonction était
d'aller la nuit ramasser sur l'échafaud les têtes et les
corps des guillotinés du jour; ils emportaient sur leur
dos ces troncs ruisselants, et leurs capes rouges de galériens avaient derrière leur nuque une croûte de sang,
sèche le matin, humide le soir. Ces récits tragiques abondaient dans le salon de madame de T.; et à force d'y
maudire Marat, on y applaudissait Trestaillon. Quelques
députés du genre introuvable y faisaient leur whist,
M. Thibord du Chalard, M. Lemarchant de Gomicourt,
et le célèbre railleur de la droite, M. Cornet-Dincourt. Le
bailli de Ferrette, avec ses culottes courtes et ses jambes
maigres, traversait quelquefois ce salon en allant chez
M. de Talleyrand. Il avait été le camarade de plaisirs de
M. le comte d'Artois, et, à l'inverse d'Aristote accroupi
sous Campaspe, il avait fait marcher la Guimard à
quatre pattes, et de la sorte montré aux siècles un philosophe vengé par un bailli.

Quant aux prêtres, c'étaient l'abbé Halma, le même à qui M. Larose, son collaborateur à *la Foudre*, disait : *Bah! qui est-ce qui n'a pas cinquante ans? quelques blancs-becs peut-être!* l'abbé Letourneur, prédicateur du roi, l'abbé Frayssinous, qui n'était encore ni comte, ni évêque, ni ministre, ni pair, et qui portait une vieille soutane où il manquait des boutons, et l'abbé Keravenant, curé de Saint-Germain-des-Prés ; plus le nonce du pape, alors monsignor Macchi, archevêque de Nisibis, plus tard cardinal, remarquable par son long nez pensif, et un autre monsignor ainsi intitulé : abbate Palmieri, prélat domestique, un des sept protonotaires participants du saint-siège, chanoine de l'insigne basilique libérienne, avocat des saints, *postulatore di santi*, ce qui se rapporte aux affaires de canonisation et signifie à peu près maître des requêtes de la section du paradis ; enfin deux cardinaux, M. de la Luzerne et M. de Clermont-Tonnerre. M. le cardinal de la Luzerne était un écrivain et devait avoir, quelques années plus tard, l'honneur de signer dans le *Conservateur* des articles côte à côte avec Chateaubriand ; M. de Clermont-Tonnerre était archevêque de Toulouse, et venait souvent en villégiature à Paris chez son neveu le marquis de Tonnerre, qui a été ministre de la marine et de la guerre. Le cardinal de Clermont-Tonnerre était un petit vieillard gai montrant ses bas rouges sous sa soutane troussée ; il avait pour spécialité de haïr l'Encyclopédie et de jouer éperdument au billard, et les gens qui, à cette époque, passaient dans les soirs d'été rue Madame, où était alors l'hôtel de Clermont-Tonnerre, s'arrêtaient pour entendre le choc des billes, et la voix aiguë du cardinal criant à son conclaviste, monseigneur Cottret, évêque *in partibus* de Caryste : *Marque, l'abbé, je carambole*. Le cardinal de Clermont-Tonnerre avait été amené chez madame de T. par son ami le plus intime, M. de Roquelaure, ancien évêque de Senlis et l'un des quarante. M. de Roquelaure était considérable par sa haute taille et par son assiduité à l'académie ; à travers la porte vitrée de la salle voisine de la bibliothèque où l'académie française tenait alors ses séances, les curieux pouvaient tous les jeudis contempler l'ancien évêque de Senlis, habituellement

debout, poudré à frais, en bas violets, et tournant le dos
à la porte, apparemment pour mieux faire voir son petit
collet. Tous ces ecclésiastiques, quoique la plupart
hommes de cour autant qu'hommes d'église, s'ajoutaient
à la gravité du salon de R., dont cinq pairs de France, le
marquis de Vibraye, le marquis de Talaru, le marquis
d'Herbouville, le vicomte Darnbray et le duc de Valenti-
nois, accentuaient l'aspect seigneurial. Ce duc de Valen-
tinois, quoique prince de Monaco, c'est-à-dire prince
souverain étranger, avait une si haute idée de la France
et de la pairie qu'il voyait tout à travers elles. C'était lui
qui disait : *Les cardinaux sont les pairs de France de
Rome; les lords sont les pairs de France d'Angleterre.* Au
reste, car il faut en ce siècle que la révolution soit partout, ce salon féodal était, comme nous l'avons dit,
dominé par un bourgeois. M. Gillenormand y régnait.

C'était là l'essence et la quintessence de la société parisienne blanche. On y tenait en quarantaine les renom-
mées, même royalistes. Il y a toujours de l'anarchie dans
la renommée. Chateaubriand, entrant là, y eût fait l'effet
du père Duchêne. Quelques ralliés pourtant pénétraient,
par tolérance, dans ce monde orthodoxe. Le comte Beu-
gnot y était reçu à correction.

Les salons « nobles » d'aujourd'hui ne ressemblent
plus à ces salons-là. Le faubourg Saint-Germain d'à
présent sent le fagot. Les royalistes de maintenant sont
des démagogues, disons-le à leur louange.

Chez madame de T., le monde étant supérieur, le goût
était exquis et hautain, sous une grande fleur de politesse. Les habitudes y comportaient toutes sortes de raf-
finements involontaires qui étaient l'ancien régime
même, enterré, mais vivant. Quelques-unes de ces habitudes, dans le langage surtout, semblaient bizarres. Des
connaisseurs superficiels eussent pris pour province ce
qui n'était que vétusté. On appelait une femme *madame
la générale. Madame la colonelle* n'était pas absolument
inusité. La charmante madame de Léon, en souvenir
sans doute des duchesses de Longueville et de Che-
vreuse, préférait cette appellation à son titre de prin-
cesse. La marquise de Créquy, elle aussi, s'était appelée
madame la colonelle.

Ce fut ce petit haut monde qui inventa aux Tuileries le raffinement de dire toujours en parlant au roi dans l'intimité *le roi* à la troisième personne et jamais *votre majesté*, la qualification *votre majesté* ayant été « souillée par l'usurpateur ».

On jugeait là les faits et les hommes. On raillait le siècle, ce qui dispensait de le comprendre. On s'entr'aidait dans l'étonnement. On se communiquait la quantité de clarté qu'on avait. Mathusalem renseignait Épiménide. Le sourd mettait l'aveugle au courant. On déclarait non avenu le temps écoulé depuis Coblentz. De même que Louis XVIII était, par la grâce de Dieu, à la vingt-cinquième année de son règne, les émigrés étaient, de droit, à la vingt-cinquième année de leur adolescence.

Tout était harmonieux ; rien ne vivait trop ; la parole était à peine un souffle ; le journal, d'accord avec le salon, semblait un papyrus. Il y avait des jeunes gens, mais ils étaient un peu morts. Dans l'antichambre, les livrées étaient vieillottes. Ces personnages, complètement passés, étaient servis par des domestiques du même genre. Tout cela avait l'air d'avoir vécu il y a longtemps, et de s'obstiner contre le sépulcre. Conserver, Conservation, Conservateur, c'était là à peu près tout le dictionnaire. *Être en bonne odeur*, était la question. Il y avait en effet des aromates dans les opinions de ces groupes vénérables, et les idées sentaient le vétyver. C'était un monde momie. Les maîtres étaient embaumés, les valets étaient empaillés.

Une digne vieille marquise émigrée et ruinée, n'ayant plus qu'une bonne, continuait de dire : *Mes gens*.

Que faisait-on dans le salon de madame de T. ? On était ultra.

Être ultra ; ce mot, quoique ce qu'il représente n'ait peut-être pas disparu, ce mot n'a plus de sens aujourd'hui. Expliquons-le.

Être ultra, c'est aller au-delà. C'est attaquer le sceptre au nom du trône et la mitre au nom de l'autel ; c'est malmener la chose qu'on traîne ; c'est ruer dans l'attelage ; c'est chicaner le bûcher sur le degré de cuisson des hérétiques ; c'est reprocher à l'idole son peu d'idolâtrie ; c'est insulter par excès de respect ; c'est trouver dans le pape pas assez de papisme, dans le roi pas assez de royauté, et trop de lumière à la nuit ; c'est être mécontent de l'albâtre, de la neige, du cygne et du lys au nom de la blancheur ; c'est être partisan des choses au point d'en devenir l'ennemi ; c'est être si fort pour, qu'on est contre.

L'esprit ultra caractérise spécialement la première phase de la restauration.

Rien dans l'histoire n'a ressemblé à ce quart d'heure qui commence à 1814 et qui se termine vers 1820 à l'avènement de M. de Villèle, l'homme pratique de la droite. Ces six années furent un moment extraordinaire, à la fois bruyant et morne, riant et sombre, éclairé comme par le rayonnement de l'aube et tout couvert en même temps des ténèbres des grandes catastrophes qui emplissaient encore l'horizon et s'enfonçaient lentement dans le passé. Il y eut là, dans cette lumière et dans cette ombre, tout un petit monde nouveau et vieux, bouffon et triste, juvénile et sénile, se frottant les yeux ; rien ne ressemble au réveil comme le retour ; groupe qui regardait la France avec humeur et que la France regardait avec ironie ; de bons vieux hiboux marquis plein les rues, les revenus et les revenants, des « ci-devants » stupéfaits de tout, de braves et nobles gentilshommes souriant d'être en France et en pleurant aussi, ravis de revoir leur patrie, désespérés de ne plus retrouver leur monarchie ; la noblesse des croisades conspuant la noblesse de l'empire, c'est-à-dire la noblesse de l'épée ; les races historiques ayant perdu le sens de l'histoire ; les fils des compagnons de Charlemagne dédaignant les compagnons de Napoléon. Les épées, comme nous venons de le dire, se renvoyaient l'insulte ; l'épée de Fontenoy était risible et n'était qu'une rouillarde ; l'épée de Marengo était odieuse et n'était qu'un sabre. Jadis méconnaissait Hier. On n'avait plus le sentiment de ce qui était grand, ni le sentiment de ce qui était ridicule. Il y eut quelqu'un qui appela Bonaparte Scapin. Ce monde n'est plus. Rien, répétons-le, n'en reste aujourd'hui. Quand nous en tirons par hasard quelque figure et que nous essayons de le faire revivre par la pensée, il nous semble étrange comme un monde antédiluvien. C'est qu'en effet il a été lui aussi englouti par un déluge. Il a disparu sous deux révolutions. Quels flots que les idées! Comme elles couvrent vite tout ce qu'elles ont mission de détruire et d'ensevelir, et comme elles font promptement d'effrayantes profondeurs!

Telle était la physionomie des salons de ces temps lointains et candides où M. Martainville avait plus d'esprit que Voltaire.

Ces salons avaient une littérature et une politique à eux. On y croyait en Fiévée. M. Agier y faisait loi. On y commentait M. Colnet, le publiciste bouquiniste du quai Malaquais. Napoléon y était pleinement Ogre de Corse. Plus tard, l'introduction dans l'histoire de M. le marquis de Buonaparté, lieutenant général des armées du roi, fut une concession à l'esprit du siècle.

Ces salons ne furent pas longtemps purs. Dès 1818, quelques doctrinaires commencèrent à y poindre, nuance inquiétante. La manière de ceux-là était d'être royalistes et de s'en excuser. Là où les ultras étaient très fiers, les doctrinaires étaient un peu honteux. Ils avaient de l'esprit; ils avaient du silence; leur dogme politique était convenablement empesé de morgue; ils devaient réussir. Ils faisaient, utilement d'ailleurs, des excès de cravate blanche et d'habit boutonné. Le tort, ou le malheur, du parti doctrinaire a été de créer la jeunesse vieille. Ils prenaient des poses de sages. Ils rêvaient de greffer sur le principe absolu et excessif un pouvoir tempéré. Ils opposaient, et parfois avec une rare intelligence, au libéralisme démolisseur un libéralisme conservateur. On les entendait dire : « Grâce pour le royalisme! il a rendu plus d'un service. Il a rapporté la tradition, le culte, la religion, le respect. Il est fidèle, brave, chevaleresque, aimant, dévoué. Il vient mêler, quoique à regret, aux grandeurs nouvelles de la nation les grandeurs séculaires de la monarchie. Il a le tort de ne pas comprendre la révolution, l'empire, la gloire, la liberté, les jeunes idées, les jeunes générations, le siècle. Mais ce tort qu'il a envers nous, ne l'avons-nous pas quelquefois envers lui? La révolution, dont nous sommes les héritiers, doit avoir l'intelligence de tout. Attaquer le royalisme, c'est le contre-sens du libéralisme. Quelle faute! et quel aveuglement! La France révolutionnaire manque de respect à la France historique, c'est-à-dire à sa mère, c'est-à-dire à elle-même. Après le 5 septembre, on traite la noblesse de la monarchie comme après le 8 juillet on traitait la noblesse de l'empire. Ils ont été injustes pour l'aigle, nous sommes injustes pour la fleur de lys. On veut donc toujours avoir quelque chose à proscrire! Dédorer la couronne de Louis XIV, gratter l'écusson d'Henri IV, cela est-il bien utile? Nous raillons M. de Vaublanc qui effaçait les N du pont d'Iéna! Que faisait-il donc? Ce que nous faisons. Bouvines nous appartient comme Marengo. Les fleurs de lys sont à nous comme les N. C'est notre patrimoine. À quoi bon l'amoindrir? Il ne faut pas plus renier la patrie dans le passé que dans le présent. Pourquoi ne pas vouloir toute l'histoire? Pourquoi ne pas aimer toute la France? »

C'est ainsi que les doctrinaires critiquaient et protégeaient le royalisme, mécontent d'être critiqué et furieux d'être protégé.

Les ultras marquèrent la première époque du royalisme; la congrégation caractérisa la seconde. À la fougue succéda l'habileté. Bornons ici cette esquisse.

Dans le cours de ce récit, l'auteur de ce livre a trouvé sur son chemin ce moment curieux de l'histoire contemporaine; il a dû y jeter en passant un coup d'œil et retracer quelques-uns des linéaments singuliers de cette société aujourd'hui inconnue. Mais il le fait rapidement et sans aucune idée amère ou dérisoire. Des souvenirs, affectueux et respectueux, car ils touchent à sa mère, l'attachent à ce passé. D'ailleurs, disons-le, ce même petit monde avait sa grandeur. On en peut sourire, mais on ne peut ni le mépriser ni le haïr. C'était la France d'autrefois.

Marius Pontmercy fit comme tous les enfants des études quelconques. Quand il sortit des mains de la tante Gillenormand, son grand-père le confia à un digne professeur de la plus pure innocence classique. Cette jeune âme qui s'ouvrait passa d'une prude à un cuistre. Marius eut ses années de collège, puis il entra à l'école de droit. Il était royaliste, fanatique et austère. Il aimait peu son grand-père dont la gaîté et le cynisme le froissaient, et il était sombre à l'endroit de son père.

C'était du reste un garçon ardent et froid, noble, généreux, fier, religieux, exalté; digne jusqu'à la dureté, pur
jusqu'à la sauvagerie.

IV

FIN DU BRIGAND

L'achèvement des études classiques de Marius coïn-
cida avec la sortie du monde de M. Gillenormand. Le
vieillard dit adieu au foubourg Saint-Germain et au
salon de madame de T., et vint s'établir au Marais dans
sa maison de la rue des Filles-du-Calvaire. Il avait là
pour domestiques, outre le portier, cette femme de
chambre Nicolette qui avait succédé à la Magnon, et ce
Basque essoufflé et poussif dont il a été parlé plus haut.

En 1827, Marius venait d'atteindre ses dix-sept ans.
Comme il rentrait un soir, il vit son grand-père qui tenait
une lettre à la main.

— Marius, dit M. Gillenormand, tu partiras demain
pour Vernon.

— Pourquoi? dit Marius.

— Pour voir ton père.

Marius eut un tremblement. Il avait songé à tout,
excepté à ceci, qu'il pourrait un jour se faire qu'il eût à
voir son père. Rien ne pouvait être pour lui plus inattendu, plus surprenant, et, disons-le, plus désagréable.
C'était l'éloignement contraint au rapprochement. Ce
n'était pas un chagrin, non, c'était une corvée.

Marius, outre ses motifs d'antipathie politique, était
convaincu que son père, le sabreur, comme l'appelait
M. Gillenormand dans ses jours de douceur, ne l'aimait
pas; cela était évident, puisqu'il l'avait abandonné ainsi
et laissé à d'autres. Ne se sentant point aimé, il n'aimait
point. Rien de plus simple, se disait-il.

Il fut si stupéfait qu'il ne questionna pas M. Gillenormand. Le grand-père reprit:

— Il paraît qu'il est malade. Il te demande.

Et après un silence il ajouta :

— Pars demain matin. Je crois qu'il y a cour des Fontaines une voiture qui part à six heures et qui arrive le
soir. Prends-la. Il dit que c'est pressé.

Puis il froissa la lettre et la mit dans sa poche. Marius
aurait pu partir le soir même et être près de son père le
lendemain matin. Une diligence de la rue du Bouloi faisait à cette époque le voyage de Rouen la nuit et passait
par Vernon. Ni M. Gillenormand ni Marius ne songèrent
à s'informer.

Le lendemain, à la brune, Marius arrivait à Vernon.
Les chandelles commençaient à s'allumer. Il demanda
au premier passant venu : *la maison de monsieur Pontmercy*. Car dans sa pensée il était de l'avis de la restauration, et, lui non plus, ne reconnaissait son père ni baron
ni colonel.

On lui indiqua le logis. Il sonna ; une femme vint lui
ouvrir, une petite lampe à la main.

— Monsieur Pontmercy ? dit Marius.

La femme resta immobile.

— Est-ce ici ? demanda Marius.

La femme fit de la tête un signe affirmatif.

— Pourrais-je lui parler ?

La femme fit un signe négatif.

— Mais je suis son fils, reprit Marius. Il m'attend.

— Il ne vous attend plus, dit la femme.

Alors il s'aperçut qu'elle pleurait.

Elle lui désigna du doigt la porte d'une salle basse. Il
entra.

Dans cette salle qu'éclairait une chandelle de suif
posée sur la cheminée, il y avait trois hommes, un qui
était debout, un qui était à genoux, et un qui était à terre
et en chemise couché tout de son long sur le carreau.
Celui qui était à terre était le colonel.

Les deux autres étaient un médecin et un prêtre, qui
priait.

Le colonel était depuis trois jours atteint d'une fièvre
cérébrale. Au début de la maladie, ayant un mauvais
pressentiment, il avait écrit à M. Gillenormand pour
demander son fils. La maladie avait empiré. Le soir
même de l'arrivée de Marius à Vernon, le colonel avait

eu un accès de délire; il s'était levé de son lit malgré la
servante, en criant : — Mon fils n'arrive pas! je vais au-
devant de lui! — Puis il était sorti de sa chambre et était
tombé sur le carreau de l'antichambre. Il venait d'expi-
rer.

On avait appelé le médecin et le curé. Le médecin était
arrivé trop tard, le curé était arrivé trop tard. Le fils
aussi était arrivé trop tard.

À la clarté crépusculaire de la chandelle, on distinguait sur la joue du colonel gisant et pâle une grosse
larme qui avait coulé de son œil mort. L'œil était éteint,
mais la larme n'était pas séchée. Cette larme, c'était le
retard de son fils.

Marius considéra cet homme qu'il voyait pour la première fois, et pour la dernière, ce visage vénérable et
mâle, ces yeux ouverts qui ne regardaient pas, ces cheveux blancs, ces membres robustes sur lesquels on distinguait çà et là des lignes brunes qui étaient des coups
de sabre et des espèces d'étoiles rouges qui étaient des
trous de balles. Il considéra cette gigantesque balafre qui
imprimait l'héroïsme sur cette face où Dieu avait
empreint la bonté. Il songea que cet homme était son
père et que cet homme était mort, et il resta froid.

La tristesse qu'il éprouvait fut la tristesse qu'il aurait
ressentie devant tout autre homme qu'il aurait vu étendu
mort.

Le deuil, un deuil poignant, était dans cette chambre.
La servante se lamentait dans un coin, le curé priait, et
on l'entendait sangloter, le médecin s'essuyait les yeux;
le cadavre lui-même pleurait.

Ce médecin, ce prêtre et cette femme regardaient
Marius à travers leur affliction sans dire une parole;
c'était lui qui était l'étranger. Marius, trop peu ému, se
sentit honteux et embarrassé de son attitude; il avait son
chapeau à la main, il le laissa tomber à terre, afin de
faire croire que la douleur lui ôtait la force de le tenir.

En même temps il éprouvait comme un remords et il
se méprisait d'agir ainsi. Mais était-ce sa faute? Il
n'aimait pas son père, quoi!

Le colonel ne laissait rien. La vente du mobilier paya à
peine l'enterrement. La servante trouva un chiffon de

papier qu'elle remit à Marius. Il y avait ceci, écrit de la
main du colonel :

—« *Pour mon fils*. — L'empereur m'a fait baron sur le
« champ de bataille de Waterloo. Puisque la restauration
« me conteste ce titre que j'ai payé de mon sang, mon fils
« le prendra et le portera. Il va sans dire qu'il en sera
« digne. »

Derrière, le colonel avait ajouté :

« À cette même bataille de Waterloo, un sergent m'a
« sauvé la vie. Cet homme s'appelle Thénardier. Dans ces
« derniers temps, je crois qu'il tenait une petite auberge
« dans un village des environs de Paris, à Chelles ou à
« Montfermeil. Si mon fils le rencontre, il fera à Thénar-
« dier tout le bien qu'il pourra. »

Non par religion pour son père, mais à cause de ce respect vague de la mort qui est toujours si impérieux au
cœur de l'homme, Marius prit ce papier et le serra.

Rien ne resta du colonel. M. Gillenormand fit vendre
au fripier son épée et son uniforme. Les voisins dévali-
sèrent le jardin et pillèrent les fleurs rares. Les autres
plantes devinrent ronces et broussailles, ou moururent.

Marius n'était demeuré que quarante-huit heures à
Vernon. Après l'enterrement, il était revenu à Paris et
s'était remis à son droit, sans plus songer à son père que
s'il n'eût jamais vécu. En deux jours le colonel avait été
enterré, et en trois jours oublié.

Marius avait un crêpe à son chapeau. Voilà tout.

V

UTILITÉ D'ALLER À LA MESSE
POUR DEVENIR RÉVOLUTIONNAIRE

Marius avait gardé les habitudes religieuses de son
enfance. Un dimanche qu'il était allé entendre la messe à
Saint-Sulpice, à cette même chapelle de la Vierge où sa
tante le menait quand il était petit, étant ce jour-là distrait et rêveur plus qu'à l'ordinaire, il s'était placé der-

rière un pilier et agenouillé, sans y faire attention, sur
une chaise en velours d'Utrecht au dossier de laquelle
était écrit ce nom : *Monsieur Mabeuf, marguillier*. La
messe commençait à peine qu'un vieillard se présenta et
dit à Marius :

— Monsieur, c'est ma place.

Marius s'écarta avec empressement, et le vieillard
reprit sa chaise.

La messe finie, Marius était resté pensif à quelques
pas ; le vieillard s'approcha de nouveau et lui dit :

— Je vous demande pardon, monsieur, de vous avoir
dérangé tout à l'heure et de vous déranger encore en ce
moment ; mais vous avez dû me trouver fâcheux, il faut
que je vous explique.

— Monsieur, dit Marius, c'est inutile.

— Si ! reprit le vieillard, je ne veux pas que vous ayez
mauvaise idée de moi. Voyez-vous, je tiens à cette place.
Il me semble que la messe y est meilleure. Pourquoi ? je
vais vous le dire. C'est à cette place-là que j'ai vu venir
pendant des années, tous les deux ou trois mois régulièrement, un pauvre brave père qui n'avait pas d'autre
occasion et pas d'autre manière de voir son enfant, parce
que, pour des arrangements de famille, on l'en empêchait. Il venait à l'heure où il savait qu'on menait son fils
à la messe. Le petit ne se doutait pas que son père était
là. Il ne savait même peut-être pas qu'il avait un père,
l'innocent ! Le père, lui, se tenait derrière ce pilier pour
qu'on ne le vît pas. Il regardait son enfant, et il pleurait.
Il adorait ce petit, ce pauvre homme ! J'ai vu cela. Cet
endroit est devenu comme sanctifié pour moi, et j'ai pris
l'habitude de venir y entendre la messe. Je le préfère au
banc d'œuvre où j'aurais droit d'être comme marguillier.
J'ai même un peu connu ce malheureux monsieur. Il
avait un beau-père, une tante riche, des parents, je ne
sais plus trop, qui menaçaient de déshériter l'enfant si,
lui le père, il le voyait. Il s'était sacrifié pour que son fils
fût riche un jour et heureux. On l'en séparait pour opinion politique. Certainement j'approuve les opinions
politiques, mais il y a des gens qui ne savent pas s'arrêter. Mon Dieu ! parce qu'un homme a été à Waterloo, ce
n'est pas un monstre ; on ne sépare point pour cela un

père de son enfant. C'était un colonel de Bonaparte. Il est mort, je crois. Il demeurait à Vernon où j'ai mon frère curé, et il s'appelait quelque chose comme Pont-marie ou Montpercy... — Il avait, ma foi, un beau coup de sabre.

— Pontmercy? dit Marius en pâlissant.

— Précisément, Pontmercy. Est-ce que vous l'avez connu?

— Monsieur, dit Marius, c'était mon père.

Le vieux marguillier joignit les mains, et s'écria :

— Ah! vous êtes l'enfant! Oui, c'est cela, ce doit être un homme à présent. Eh bien! pauvre enfant, vous pouvez dire que vous avez eu un père qui vous a bien aimé!

Marius offrit son bras au vieillard et le ramena jusqu'à son logis. Le lendemain, il dit à M. Gillenormand :

— Nous avons arrangé une partie de chasse avec quelques amis. Voulez-vous me permettre de m'absenter trois jours?

— Quatre! répondit le grand-père. Va, amuse-toi.

Et, clignant de l'œil, il dit bas à sa fille :

— Quelque amourette!

VI

CE QUE C'EST QUE D'AVOIR RENCONTRÉ UN MARGUILLIER

Où alla Marius, on le verra un peu plus loin.

Marius fut trois jours absent, puis il revint à Paris, alla droit à la bibliothèque de l'école de droit, et demanda la collection du *Moniteur*.

Il lut le *Moniteur*, il lut toutes les histoires de la république et de l'empire, le *Mémorial de Sainte-Hélène*, tous les mémoires, les journaux, les bulletins, les proclamations; il dévora tout. La première fois qu'il rencontra le nom de son père dans les bulletins de la grande armée, il en eut la fièvre toute une semaine. Il alla voir les généraux sous lesquels Georges Pontmercy avait servi, entre autres le comte H. Le marguillier Mabeuf, qu'il était allé revoir, lui avait conté la vie de Vernon, la retraite du colonel, ses fleurs, sa solitude. Marius arriva à connaître pleinement cet homme rare, sublime et doux, cette espèce de lion-agneau qui avait été son père.

Cependant, occupé de cette étude qui lui prenait tous ses instants comme toutes ses pensées, il ne voyait presque plus les Gillenormand. Aux heures des repas, il paraissait; puis on le cherchait, il n'était plus là. La tante bougonnait. Le père Gillenormand souriait. — Bah! bah! c'est le temps des fillettes! — Quelquefois le vieillard ajoutait : — Diable! je croyais que c'était une galanterie, il paraît que c'est une passion.

C'était une passion en effet.

Marius était en train d'adorer son père.

En même temps un changement extraordinaire se faisait dans ses idées. Les phases de ce changement furent nombreuses et successives. Comme ceci est l'histoire de beaucoup d'esprits de notre temps, nous croyons utile de suivre ces phases pas à pas et de les indiquer toutes.

Cette histoire où il venait de mettre les yeux l'effarait.

Le premier effet fut l'éblouissement.

La république, l'empire, n'avaient été pour lui jusqu'alors que des mots monstrueux. La république, une guillotine dans un crépuscule; l'empire, un sabre dans la nuit. Il venait d'y regarder, et là où il s'attendait à ne trouver qu'un chaos de ténèbres, il avait vu, avec une sorte de surprise inouïe mêlée de crainte et de joie, étinceler des astres, Mirabeau, Vergniaud, Saint-Just, Robespierre, Camille Desmoulins, Danton, et se lever un soleil, Napoléon. Il ne savait où il en était. Il reculait aveuglé de clartés. Peu à peu, l'étonnement passé, il s'accoutuma à ces rayonnements, il considéra les actions sans vertige, il examina les personnages sans terreur; la révolution et l'empire se mirent lumineusement en perspective devant sa prunelle visionnaire; il vit chacun de ces deux groupes d'événements et d'hommes se résumer dans deux faits énormes; la république dans la souveraineté du droit civique restituée aux masses, l'empire dans la souveraineté de l'idée française imposée à l'Europe; il vit sortir de la révolution la grande figure du peuple et

de l'empire la grande figure de la France. Il se déclara
dans sa conscience que tout cela avait été bon.

Ce que son éblouissement négligeait dans cette première appréciation beaucoup trop synthétique, nous ne
croyons pas nécessaire de l'indiquer ici. C'est l'état d'un
esprit en marche que nous constatons. Les progrès ne se
font pas tous en une étape. Cela dit, une fois pour toutes,
pour ce qui précède comme pour ce qui va suivre, nous
continuons.

Il s'aperçut alors que jusqu'à ce moment il n'avait pas
plus compris son pays qu'il n'avait compris son père. Il
n'avait connu ni l'un ni l'autre, et il avait eu une sorte de
nuit volontaire sur les yeux. Il voyait maintenant ; et d'un
côté il admirait, de l'autre il adorait.

Il était plein de regrets, et de remords, et il songeait
avec désespoir que tout ce qu'il avait dans l'âme, il ne
pouvait plus le dire maintenant qu'à un tombeau. Oh ! si
son père avait existé, s'il l'avait eu encore, si Dieu dans
sa compassion et dans sa bonté avait permis que ce père
fût encore vivant, comme il aurait couru, comme il se
serait précipité, comme il aurait crié à son père : Père !
me voici ! c'est moi ! j'ai le même cœur que toi ! je suis
ton fils ! Comme il aurait embrassé sa tête blanche,
inondé ses cheveux de larmes, contemplé sa cicatrice,
pressé ses mains, adoré ses vêtements, baisé ses pieds !
Oh ! pourquoi ce père était-il mort si tôt, avant l'âge,
avant la justice, avant l'amour de son fils ! Marius avait
un continuel sanglot dans le cœur qui disait à tout
moment : hélas ! En même temps il devenait plus vraiment sérieux, plus vraiment grave, plus sûr de sa foi et
de sa pensée. À chaque instant des lueurs du vrai
venaient compléter sa raison. Il se faisait en lui comme
une croissance intérieure. Il sentait une sorte d'agran-
dissement naturel que lui apportaient ces deux choses,
nouvelles pour lui, son père et sa patrie.

Comme lorsqu'on a une clef, tout s'ouvrait ; il s'expliquait ce qu'il avait haï, il pénétrait ce qu'il avait abhorré ;
il voyait désormais clairement le sens providentiel, divin
et humain, des grandes choses qu'on lui avait appris à
détester et des grands hommes qu'on lui avait enseigné à
maudire. Quand il songeait à ses précédentes opinions,

qui n'étaient que d'hier et qui pourtant lui semblaient
déjà si anciennes, il s'indignait et il souriait.

De la réhabilitation de son père il avait naturellement
passé à la réhabilitation de Napoléon.

Pourtant celle-ci, disons-le, ne s'était point faite sans
labeur.

Dès l'enfance on l'avait imbu des jugements du parti
de 1814 sur Bonaparte. Or, tous les préjugés de la restauration, tous ses intérêts, tous ses instincts, tendaient à
défigurer Napoléon. Elle l'exécrait plus encore que
Robespierre. Elle avait exploité assez habilement la
fatigue de la nation et la haine des mères. Bonaparte
était devenu une sorte de monstre presque fabuleux, et,
pour le peindre à l'imagination du peuple qui, comme
nous l'indiquions tout à l'heure, ressemble à l'imagination des enfants, le parti de 1814 faisait apparaître successivement tous les masques effrayants, depuis ce qui
est terrible en restant grandiose jusqu'à ce qui est terrible en devenant grotesque, depuis Tibère jusqu'à Croquemitaine. Ainsi, en parlant de Bonaparte, on était
libre de sangloter ou de pouffer de rire, pourvu que la
haine fît la basse. Marius n'avait jamais eu — sur cet
homme, comme on l'appelait, — d'autres idées dans
l'esprit. Elles s'étaient combinées avec la ténacité qui
était dans sa nature. Il y avait en lui tout un petit homme
têtu qui haïssait Napoléon.

En lisant l'histoire, en l'étudiant surtout dans les documents et dans les matériaux, le voile qui couvrait Napoléon aux yeux de Marius se déchira peu à peu. Il entrevit
quelque chose d'immense, et soupçonna qu'il s'était
trompé jusqu'à ce moment sur Bonaparte comme sur
tout le reste; chaque jour il voyait mieux; et il se mit à
gravir lentement, pas à pas, au commencement presque
à regret, ensuite avec enivrement et comme attiré par
une fascination irrésistible, d'abord les degrés sombres,
puis les degrés vaguement éclairés, enfin les degrés
lumineux et splendides de l'enthousiasme.

Une nuit, il était seul dans sa petite chambre située
sous le toit. Sa bougie était allumée; il lisait accoudé sur
sa table à côté de sa fenêtre ouverte. Toutes sortes de
rêveries lui arrivaient de l'espace et se mêlaient à sa pen-

sée. Quel spectacle que la nuit! on entend des bruits
sourds sans savoir d'où ils viennent, on voit rutiler
comme une braise Jupiter qui est douze cents fois plus
gros que la terre, l'azur est noir, les étoiles brillent, c'est
formidable.

Il lisait les bulletins de la grande armée, ces strophes
homériques écrites sur le champ de bataille; il y voyait
par intervalles le nom de son père, toujours le nom de
l'empereur; tout le grand empire lui apparaissait; il sentait comme une marée qui se gonflait en lui et qui montait; il lui semblait par moments que son père passait
près de lui comme un souffle, et lui parlait à l'oreille; il
devenait peu à peu étrange; il croyait entendre les tambours, le canon, les trompettes, le pas mesuré des bataillons, le galop sourd et lointain des cavaleries; de temps
en temps ses yeux se levaient vers le ciel et regardaient
luire dans les profondeurs sans fond les constellations
colossales, puis ils retombaient sur le livre et ils y
voyaient d'autres choses colossales remuer confusément. Il avait le cœur serré. Il était transporté, tremblant, haletant; tout à coup, sans savoir lui-même ce qui
était en lui et à quoi il obéissait, il se dressa, étendit ses
deux bras hors de la fenêtre, regarda fixement l'ombre,
le silence, l'infini ténébreux, l'immensité éternelle, et
cria : Vive l'empereur!

À partir de ce moment, tout fut dit. L'ogre de Corse, —
l'usurpateur, — le tyran, — le monstre qui était l'amant
de ses sœurs, — l'histrion qui prenait des leçons de
Talma, — l'empoisonneur de Jaffa, — le tigre, — Buonaparté, — tout cela s'évanouit, et fit place dans son esprit
à un vague et éclatant rayonnement où resplendissait à
une hauteur inaccessible le pâle fantôme de marbre de
César. L'empereur n'avait été pour son père que le bien-
aimé capitaine qu'on admire et pour qui l'on se dévoue;
il fut pour Marius quelque chose de plus. Il fut le
constructeur prédestiné du groupe français succédant
au groupe romain dans la domination de l'univers. Il fut
le prodigieux architecte d'un écroulement, le continua-
teur de Charlemagne, de Louis XI, de Henri IV, de
Richelieu, de Louis XIV et du comité de salut public,
ayant sans doute ses taches, ses fautes et même son

crime, c'est-à-dire étant homme; mais auguste dans ses
fautes, brillant dans ses taches, puissant dans son crime.
Il fut l'homme prédestiné qui avait forcé toutes les
nations à dire : — la grande nation. Il fut mieux encore;
il fut l'incarnation même de la France, conquérant
l'Europe par l'épée qu'il tenait et le monde par la clarté
qu'il jetait. Marius vit en Bonaparte le spectre éblouissant qui se dressera toujours sur la frontière et qui gar-
dera l'avenir. Despote, mais dictateur; despote résultant
d'une république et résumant une révolution. Napoléon
devint pour lui l'homme-peuple comme Jésus est
l'homme-Dieu.

On le voit, à la façon de tous les nouveaux venus dans
une religion, sa conversion l'enivrait, il se précipitait
dans l'adhésion et il allait trop loin. Sa nature était ainsi;
une fois sur une pente, il lui était presque impossible
d'enrayer. Le fanatisme pour l'épée le gagnait et compli-
quait dans son esprit l'enthousiasme pour l'idée. Il ne
s'apercevait point qu'avec le génie, et pêle-mêle, il admirait la force, c'est-à-dire qu'il installait dans les deux
compartiments de son idolâtrie, d'un côté ce qui est
divin, de l'autre ce qui est brutal. À plusieurs égards, il
s'était mis à se tromper autrement. Il admettait tout. Il y
a une manière de rencontrer l'erreur en allant à la vérité.
Il avait une sorte de bonne foi violente qui prenait tout
en bloc. Dans la voie nouvelle où il était entré, en jugeant
les torts de l'ancien régime comme en mesurant la gloire
de Napoléon, il négligeait les circonstances atténuantes.

Quoi qu'il en fût, un pas prodigieux était fait. Où il
avait vu autrefois la chute de la monarchie, il voyait
maintenant l'avènement de la France. Son orientation
était changée. Ce qui avait été le couchant était le levant.
Il s'était retourné.

Toutes ces révolutions s'accomplissaient en lui sans
que sa famille s'en doutât.

Quand, dans ce mystérieux travail, il eut tout à fait
perdu son ancienne peau de bourbonien et d'ultra,
quand il eut dépouillé l'aristocrate, le jacobite et le royaliste, lorsqu'il fut pleinement révolutionnaire, profondément démocrate et presque républicain, il alla chez un
graveur du quai des Orfèvres et y commanda cent cartes
portant ce nom : *le baron Marius Pontmercy*.

Ce qui n'était qu'une conséquence très logique du changement qui s'était opéré en lui, changement dans lequel tout gravitait autour de son père. Seulement, comme il ne connaissait personne et qu'il ne pouvait semer ces cartes chez aucun portier, il les mit dans sa poche.

Par une autre conséquence naturelle, à mesure qu'il se rapprochait de son père, de sa mémoire, et des choses pour lesquelles le colonel avait combattu vingt-cinq ans, il s'éloignait de son grand-père. Nous l'avons dit, dès longtemps l'humeur de M. Gillenormand ne lui agréait point. Il y avait déjà entre eux toutes les dissonances de jeune homme grave à vieillard frivole. La gaîté de Géronte choque et exaspère la mélancolie de Werther. Tant que les mêmes opinions politiques et les mêmes idées leur avaient été communes, Marius s'était rencontré là avec M. Gillenormand comme sur un pont. Quand ce pont tomba, l'abîme se fit. Et puis, par-dessus tout, Marius éprouvait des mouvements de révolte inexprimables en songeant que c'était M. Gillenormand qui, pour des motifs stupides, l'avait arraché sans pitié au colonel, privant ainsi le père de l'enfant et l'enfant du père.

À force de piété pour son père, Marius en était presque venu à l'aversion pour son aïeul.

Rien de cela du reste, nous l'avons dit, ne se trahissait au dehors. Seulement il était froid de plus en plus; laconique aux repas, et rare dans la maison. Quand sa tante l'en grondait, il était très doux et donnait pour prétexte ses études, les cours, les examens, des conférences, etc. Le grand-père ne sortait pas de son diagnostic infaillible : — Amoureux! Je m'y connais.

Marius faisait de temps en temps quelques absences.

— Où va-t-il donc comme cela? demandait la tante.

Dans un de ces voyages, toujours très courts, il était allé à Montfermeil pour obéir à l'indication que son père lui avait laissée, et il avait cherché l'ancien sergent de Waterloo, l'aubergiste Thénardier. Thénardier avait fait faillite, l'auberge était fermée, et l'on ne savait ce qu'il était devenu. Pour ces recherches, Marius fut quatre jours hors de la maison.

— Décidément, dit le grand-père, il se dérange.

On avait cru remarquer qu'il portait sur sa poitrine et sous sa chemise quelque chose qui était attaché à son cou par un ruban noir.

VII

QUELQUE COTILLON

Nous avons parlé d'un lancier.

C'était un arrière-petit-neveu que M. Gillenormand avait du côté paternel, et qui menait, en dehors de la famille et loin de tous les foyers domestiques, la vie de garnison. Le lieutenant Théodule Gillenormand remplissait toutes les conditions voulues pour être ce qu'on appelle un joli officier. Il avait « une taille de demoiselle », une façon de traîner le sabre victorieuse, et la moustache en croc. Il venait fort rarement à Paris, si rarement que Marius ne l'avait jamais vu. Les deux cousins ne se connaissaient que de nom. Théodule était, nous croyons l'avoir dit, le favori de la tante Gillenormand, qui le préférait parce qu'elle ne le voyait pas. Ne pas voir les gens, cela permet de leur supposer toutes les perfections.

Un matin, mademoiselle Gillenormand aînée était rentrée chez elle aussi émue que sa placidité pouvait l'être. Marius venait encore de demander à son grand-père la permission de faire un petit voyage, ajoutant qu'il comptait partir le soir même. — Va! avait répondu le grand-père, et M. Gillenormand avait ajouté à part en poussant ses deux sourcils vers le haut de son front : Il découche avec récidive. Mademoiselle Gillenormand était remontée dans sa chambre très intriguée, et avait jeté dans l'escalier ce point d'exclamation : C'est fort! et ce point d'interrogation : Mais où donc est-ce qu'il va? Elle entrevoyait quelque aventure de cœur plus ou moins illicite, une femme dans la pénombre, un rendez-vous, un mystère, et elle n'eût pas été fâchée d'y fourrer ses

lunettes. La dégustation d'un mystère, cela ressemble à
la primeur d'un esclandre ; les saintes âmes ne détestent
point cela. Il y a dans les compartiments secrets de la
bigoterie quelque curiosité pour le scandale.

Elle était donc en proie au vague appétit de savoir une
histoire.

Pour se distraire de cette curiosité qui l'agitait un peu
au-delà de ses habitudes, elle s'était réfugiée dans ses
talents, et elle s'était mise à festonner avec du coton sur
du coton une de ces broderies de l'empire et de la restauration où il y a beaucoup de roues de cabriolet. Ouvrage
maussade, ouvrière revêche. Elle était depuis plusieurs
heures sur sa chaise quand la porte s'ouvrit. Mademoiselle Gillenormand leva le nez ; le lieutenant Théodule
était devant elle, et lui faisait le salut d'ordonnance. Elle
poussa un cri de bonheur. On est vieille, on est prude, on
est dévote, on est la tante ; mais c'est toujours agréable
de voir entrer dans sa chambre un lancier.

— Toi ici, Théodule ! s'écria-t-elle.
— En passant, ma tante.
— Mais embrasse-moi donc.
— Voilà ! dit Théodule.

Et il l'embrassa. La tante Gillenormand alla à son
secrétaire, et l'ouvrit.

— Tu nous restes au moins toute la semaine ?
— Ma tante, je repars ce soir.
— Pas possible !
— Mathématiquement.
— Reste, mon petit Théodule, je t'en prie.
— Le cœur dit oui, mais la consigne dit non. L'histoire
est simple. On nous change de garnison ; nous étions à
Melun, on nous met à Gaillon. Pour aller de l'ancienne
garnison à la nouvelle, il faut passer par Paris. J'ai dit : je
vais aller voir ma tante.

— Et voici pour ta peine.
Elle lui mit dix louis dans la main.
— Vous voulez dire pour mon plaisir, chère tante.

Théodule l'embrassa une seconde fois, et elle eut la
joie d'avoir le cou un peu écorché par les soutaches de
l'uniforme.

— Est-ce que tu fais le voyage à cheval avec ton régiment ? lui demanda-t-elle.

— Non, ma tante. J'ai tenu à vous voir. J'ai une permission spéciale. Mon brosseur mène mon cheval; je vais par la diligence. Et à ce propos, il faut que je vous demande une chose.

— Quoi?

— Mon cousin Marius Pontmercy voyage donc aussi, lui?

— Comment sais-tu cela? fit la tante, subitement chatouillée au vif de la curiosité.

— En arrivant, je suis allé à la diligence retenir ma place dans le coupé.

— Eh bien?

— Un voyageur était déjà venu retenir une place sur l'impériale. J'ai vu sur la feuille son nom.

— Quel nom?

— Marius Pontmercy.

— Le mauvais sujet! s'écria la tante. Ah! ton cousin n'est pas un garçon rangé comme toi. Dire qu'il va passer la nuit en diligence!

— Comme moi.

— Mais toi, c'est par devoir; lui, c'est par désordre.

— Bigre! fit Théodule.

Ici, il arriva un événement à mademoiselle Gillenormand aînée; elle eut une idée. Si elle eût été homme, elle se fût frappé le front. Elle apostropha Théodule :

— Sais-tu que ton cousin ne te connaît pas?

— Non. Je l'ai vu, moi; mais il n'a jamais daigné me remarquer.

— Vous allez donc voyager ensemble comme cela?

— Lui sur l'impériale, moi dans le coupé.

— Où va cette diligence?

— Aux Andelys.

— C'est donc là que va Marius?

— À moins que, comme moi, il ne s'arrête en route. Moi, je descends à Vernon pour prendre la correspondance de Gaillon. Je ne sais rien de l'itinéraire de Marius.

— Marius! quel vilain nom! Quelle idée a-t-on eue de l'appeler Marius! Tandis que toi, au moins, tu t'appelles Théodule!

— J'aimerais mieux m'appeler Alfred, dit l'officier.

— Écoute, Théodule.

— J'écoute, ma tante.

— Fais attention.

— Je fais attention.

— Y es-tu?

— Oui.

— Eh bien, Marius fait des absences.

— Hé hé!

— Il voyage.

— Ah ah!

— Il découche.

— Oh oh!

— Nous voudrions savoir ce qu'il y a là-dessous.

Théodule répondit avec le calme d'un homme bronzé :

— Quelque cotillon.

Et avec ce rire entre cuir et chair qui décèle la certitude, il ajouta :

— Une fillette.

— C'est évident, s'écria la tante qui crut entendre parler M. Gillenormand, et qui sentit sa conviction sortir irrésistiblement de ce mot *fillette*, accentué presque de la même façon par le grand-oncle et par le petit-neveu. Elle reprit :

— Fais-nous un plaisir. Suis un peu Marius. Il ne te connaît pas, cela te sera facile. Puisque fillette il y a, tâche de voir la fillette. Tu nous écriras l'historiette. Cela amusera le grand-père.

Théodule n'avait point un goût excessif pour ce genre de guet; mais il était fort touché des dix louis, et il croyait leur voir une suite possible. Il accepta la commission et dit : — Comme il vous plaira, ma tante. Et il ajouta à part lui : — Me voilà duègne.

Mademoiselle Gillenormand l'embrassa.

— Ce n'est pas toi, Théodule, qui ferais de ces frasques-là. Tu obéis à la discipline, tu es l'esclave de la consigne, tu es un homme de scrupule et de devoir, et tu ne quitterais pas ta famille pour aller voir une créature.

Le lancier fit la grimace satisfaite de Cartouche loué pour sa probité.

Marius, le soir qui suivit ce dialogue, monta en diligence sans se douter qu'il eût un surveillant. Quant au surveillant, la première chose qu'il fit, ce fut de s'endormir. Le sommeil fut complet et consciencieux. Argus ronfla toute la nuit.

Au point du jour, le conducteur de la diligence cria :
— Vernon ! relais de Vernon ! les voyageurs pour Vernon ! — Et le lieutenant Théodule se réveilla.

— Bon, grommela-t-il, à demi endormi encore, c'est ici que je descends.

Puis, sa mémoire se nettoyant par degrés, effet du réveil, il songea à sa tante, aux dix louis, et au compte qu'il s'était chargé de rendre des faits et gestes de Marius. Cela le fit rire.

Il n'est peut-être plus dans la voiture, pensa-t-il, tout en reboutonnant sa veste de petit uniforme. Il a pu s'arrêter à Poissy ; il a pu s'arrêter à Triel ; s'il n'est pas descendu à Meulan, il a pu descendre à Mantes, à moins qu'il ne soit descendu à Rolleboise, ou qu'il n'ait poussé jusqu'à Pacy, avec le choix de tourner à gauche sur Évreux ou à droite sur Laroche-Guyon. Cours après, ma tante. Que diable vais-je lui écrire, à la bonne vieille ?

En ce moment un pantalon noir qui descendait de l'impériale apparut à la vitre du coupé.

— Serait-ce Marius ? dit le lieutenant.

C'était Marius.

Une petite paysanne, au bas de la voiture, mêlée aux chevaux et aux postillons, offrait des fleurs aux voyageurs. — Fleurissez vos dames, criait-elle.

Marius s'approcha d'elle et lui acheta les plus belles fleurs de son éventaire.

— Pour le coup, dit Théodule sautant à bas du coupé, voilà qui me pique. À qui diantre va-t-il porter ces fleurs-là ? Il faut une fièrement jolie femme pour un si beau bouquet. Je veux la voir.

Et, non plus par mandat maintenant, mais par curiosité personnelle, comme ces chiens qui chassent pour leur compte, il se mit à suivre Marius.

Marius ne faisait nulle attention à Théodule. Des femmes élégantes descendaient de la diligence ; il ne les regarda pas. Il semblait ne rien voir autour de lui.

— Est-il amoureux ! pensa Théodule.

Marius se dirigea vers l'église.

— À merveille, se dit Théodule. L'église ! c'est cela. Les rendez-vous assaisonnés d'un peu de messe sont les meilleurs. Rien n'est exquis comme une œillade qui passe par-dessus le bon Dieu.

Parvenu à l'église, Marius n'y entra point, et tourna derrière le chevet. Il disparut à l'angle d'un des contre-forts de l'abside.

— Le rendez-vous est dehors, dit Théodule. Voyons la fillette.

Et il s'avança sur la pointe de ses bottes vers l'angle où Marius avait tourné.

Arrivé là, il s'arrêta stupéfait.

Marius, le front dans ses deux mains, était agenouillé dans l'herbe sur une fosse. Il y avait effeuillé son bouquet. À l'extrémité de la fosse, à un renflement qui marquait la tête, il y avait une croix de bois noir avec ce nom en lettres blanches : Colonel baron Pontmercy. On entendait Marius sangloter.

La fillette était une tombe.

VIII

MARBRE CONTRE GRANIT

C'était là que Marius était venu la première fois qu'il s'était absenté de Paris. C'était là qu'il revenait chaque fois que M. Gillenormand disait : Il découche.

Le lieutenant Théodule fut absolument décontenancé par ce coudoiement inattendu d'un sépulcre ; il éprouva une sensation désagréable et singulière qu'il était incapable d'analyser, et qui se composait du respect d'un tombeau mêlé au respect d'un colonel. Il recula, laissant Marius seul dans le cimetière, et il y eut de la discipline dans cette reculade. La mort lui apparut avec de grosses épaulettes, et il lui fit presque le salut militaire. Ne sachant qu'écrire à la tante, il prit le parti de ne rien écrire du tout ; et il ne serait probablement rien résulté de la découverte faite par Théodule sur les amours de

Marius, si, par un de ces arrangements mystérieux si fréquents dans le hasard, la scène de Vernon n'eût eu presque immédiatement une sorte de contre-coup à Paris.

Marius revint de Vernon le troisième jour de grand matin, descendit chez son grand-père, et, fatigué de deux nuits passées en diligence, sentant le besoin de réparer son insomnie par une heure d'école de natation, monta rapidement à sa chambre, ne prit que le temps de quitter sa redingote de voyage et le cordon noir qu'il avait au cou, et s'en alla au bain.

M. Gillenormand, levé de bonne heure comme tous les vieillards qui se portent bien, l'avait entendu rentrer, et s'était hâté d'escalader, le plus vite qu'il avait pu avec ses vieilles jambes, l'escalier des combles où habitait Marius, afin de l'embrasser, et de le questionner dans l'embrassade, et de savoir un peu d'où il venait.

Mais l'adolescent avait mis moins de temps à descendre que l'octogénaire à monter, et quand le père Gillenormand entra dans la mansarde, Marius n'y était plus.

Le lit n'était pas défait, et sur le lit s'étalaient sans défiance la redingote et le cordon noir.

— J'aime mieux ça, dit M. Gillenormand.

Et un moment après il fit son entrée dans le salon où était déjà assise mademoiselle Gillenormand aînée, brodant ses roues de cabriolet.

L'entrée fut triomphante.

M. Gillenormand tenait d'une main la redingote et de l'autre le ruban de cou, et criait :

— Victoire ! nous allons pénétrer le mystère ! nous allons savoir le fin du fin ! nous allons palper les libertinages de notre sournois ! nous voici à même le roman. J'ai le portrait !

En effet, une boîte de chagrin noir, assez semblable à un médaillon, était suspendue au cordon.

Le vieillard prit cette boîte et la considéra quelque temps sans l'ouvrir, avec cet air de volupté, de ravissement et de colère d'un pauvre diable affamé regardant passer sous son nez un admirable dîner qui ne serait pas pour lui.

— Car c'est évidemment là un portrait. Je m'y connais. Cela se porte tendrement sur le cœur. Sont-ils bêtes! Quelque abominable goton, qui fait frémir probablement! Les jeunes gens ont si mauvais goût aujourd'hui!

— Voyons, mon père, dit la vieille fille.

La boîte s'ouvrait en pressant un ressort. Ils n'y trouvèrent rien qu'un papier soigneusement plié.

— *De la même au même*, dit M. Gillenormand éclatant de rire. Je sais ce que c'est. Un billet doux!

— Ah! lisons donc! dit la tante.

Et elle mit ses lunettes. Ils déplièrent le papier et lurent ceci :

— « *Pour mon fils.* — L'empereur m'a fait baron sur le « champ de bataille de Waterloo. Puisque la restauration « me conteste ce titre que j'ai payé de mon sang, mon fils « le prendra et le portera. Il va sans dire qu'il en sera « digne. »

Ce que le père et la fille éprouvèrent ne saurait se dire. Ils se sentirent glacés comme par le souffle d'une tête de mort. Ils n'échangèrent pas un mot. Seulement M. Gillenormand dit à voix basse et comme se parlant à lui-même :

— C'est l'écriture de ce sabreur.

La tante examina le papier, le retourna dans tous les sens, puis le remit dans la boîte.

Au même moment, un petit paquet carré long enveloppé de papier bleu tomba d'une poche de la redingote. Mademoiselle Gillenormand le ramassa et développa le papier bleu. C'était le cent de cartes de Marius. Elle en passa une à M. Gillenormand qui lut : *Le baron Marius Pontmercy*.

Le vieillard sonna. Nicolette vint. M. Gillenormand prit le cordon, la boîte et la redingote, jeta le tout à terre au milieu du salon, et dit :

— Remportez ces nippes.

Une grande heure se passa dans le plus profond silence. Le vieux homme et la vieille fille s'étaient assis se tournant le dos l'un à l'autre, et pensaient, chacun de leur côté, probablement les mêmes choses. Au bout de cette heure, la tante Gillenormand dit :

— Joli !

Quelques instants après, Marius parut. Il rentrait.
Avant même d'avoir franchi le seuil du salon, il aperçut
son grand-père qui tenait à la main une de ses cartes et
qui, en le voyant, s'écria avec son air de supériorité bourgeoise et ricanante qui était quelque chose d'écrasant :

— Tiens ! tiens ! tiens ! tiens ! tiens ! tu es baron à
présent. Je te fais mon compliment. Qu'est-ce que cela
veut dire ?

Marius rougit légèrement, et répondit :

— Cela veut dire que je suis le fils de mon père.

M. Gillenormand cessa de rire et dit durement :

— Ton père, c'est moi.

— Mon père, reprit Marius les yeux baissés et l'air
sévère, c'était un homme humble et héroïque qui a glo-
rieusement servi la république et la France, qui a été
grand dans la plus grande histoire que les hommes aient
jamais faite, qui a vécu un quart de siècle au bivouac, le
jour sous la mitraille et sous les balles, la nuit dans la
neige, dans la boue, sous la pluie, qui a pris deux dra-
peaux, qui a reçu vingt blessures, qui est mort dans
l'oubli et dans l'abandon, et qui n'a jamais eu qu'un tort,
c'est de trop aimer deux ingrats, son pays et moi !

C'était plus que M. Gillenormand n'en pouvait
entendre. À ce mot, *la république*, il s'était levé, ou pour
mieux dire, dressé debout. Chacune des paroles que
Marius venait de prononcer avait fait sur le visage du
vieux royaliste l'effet des bouffées d'un soufflet de forge
sur un tison ardent. De sombre il était devenu rouge, de
rouge pourpre, et de pourpre flamboyant.

— Marius ! s'écria-t-il. Abominable enfant ! je ne sais
pas ce qu'était ton père ! je ne veux pas le savoir ! je n'en
sais rien et je ne le sais pas ! mais ce que je sais, c'est qu'il
n'y a jamais eu que des misérables parmi tous ces gens-
là ! c'est que c'étaient tous des gueux, des assassins, des
bonnets rouges, des voleurs ! je dis tous ! je dis tous ! je
ne connais personne ! je dis tous ! entends-tu, Marius !
Vois-tu bien, tu es baron comme ma pantoufle ! C'étaient
tous des bandits qui ont servi Robespierre ! tous des brigands qui ont servi Bu-o-na-parté ! tous des traîtres qui
ont trahi, trahi, trahi ! leur roi légitime ! tous des lâches

qui se sont sauvés devant les prussiens et les anglais à Waterloo ! Voilà ce que je sais. Si monsieur votre père est là-dessous, je l'ignore, j'en suis fâché, tant pis, votre serviteur !

À son tour, c'était Marius qui était le tison, et M. Gillenormand qui était le soufflet. Marius frissonnait dans tous ses membres, il ne savait que devenir, sa tête flambait. Il était le prêtre qui regarde jeter au vent toutes ses hosties, le fakir qui voit un passant cracher sur son idole. Il ne se pouvait que de telles choses eussent été dites impunément devant lui. Mais que faire ? Son père venait d'être foulé aux pieds et trépigné en sa présence, mais par qui ? par son grand-père. Comment venger l'un sans outrager l'autre ? Il était impossible qu'il insultât son grand-père, et il était également impossible qu'il ne vengeât point son père. D'un côté une tombe sacrée, de l'autre des cheveux blancs. Il fut quelques instants ivre et chancelant, ayant tout ce tourbillon dans la tête ; puis il leva les yeux, regarda fixement son aïeul, et cria d'une voix tonnante :

— À bas les Bourbons, et ce gros cochon de Louis XVIII !

Louis XVIII était mort depuis quatre ans, mais cela lui était bien égal.

Le vieillard, d'écarlate qu'il était, devint subitement plus blanc que ses cheveux. Il se tourna vers un buste de M. le duc de Berry qui était sur la cheminée et le salua profondément avec une sorte de majesté singulière. Puis il alla deux fois, lentement et en silence, de la cheminée à la fenêtre et de la fenêtre à la cheminée, traversant toute la salle et faisant craquer le parquet comme une figure de pierre qui marche. À la seconde fois, il se pencha vers sa fille, qui assistait à ce choc avec la stupeur d'une vieille brebis, et lui dit en souriant d'un sourire presque calme :

— Un baron comme monsieur et un bourgeois comme moi ne peuvent rester sous le même toit.

Et tout à coup se redressant, blême, tremblant, terrible, le front agrandi par l'effrayant rayonnement de la colère, il étendit le bras vers Marius et lui cria :

— Va-t'en.

Marius quitta la maison.

Le lendemain, M. Gillenormand dit à sa fille :

— Vous enverrez tous les six mois soixante pistoles à ce buveur de sang, et vous ne m'en parlerez jamais.

Ayant un immense reste de fureur à dépenser et ne sachant qu'en faire, il continua de dire *vous* à sa fille pendant plus de trois mois.

Marius, de son côté, était sorti indigné. Une circonstance qu'il faut dire avait aggravé encore son exaspération. Il y a toujours de ces petites fatalités qui compliquent les drames domestiques. Les griefs s'en augmentent, quoique au fond les torts n'en soient pas accrus. En reportant précipitamment, sur l'ordre du grand-père, « les nippes » de Marius dans sa chambre, Nicolette avait, sans s'en apercevoir, laissé tomber, probablement dans l'escalier des combles, qui était obscur, le médaillon de chagrin noir où était le papier écrit par le colonel. Ce papier ni ce médaillon ne purent être retrouvés. Marius fut convaincu que « monsieur Gillenormand », à dater de ce jour il ne l'appela plus autrement, avait jeté « le testament de son père » au feu. Il savait par cœur les quelques lignes écrites par le colonel, et, par conséquent, rien n'était perdu. Mais le papier, l'écriture, cette relique sacrée, tout cela était son cœur même. Qu'en avait-on fait ?

Marius s'en était allé, sans dire où il allait, et sans savoir où il allait, avec trente francs, sa montre, et quelques hardes dans un sac de nuit. Il était monté dans un cabriolet de place, l'avait pris à l'heure et s'était dirigé à tout hasard vers le pays latin.

Qu'allait devenir Marius ?

LIVRE QUATRIÈME

LES AMIS DE L'A B C

I

UN GROUPE QUI A FAILLI DEVENIR HISTORIQUE

À cette époque, indifférente en apparence, un certain frisson révolutionnaire courait vaguement. Des souffles, revenus des profondeurs de 89 et de 92, étaient dans l'air. La jeunesse était, qu'on nous passe le mot, en train de muer. On se transformait, presque sans s'en douter, par le mouvement même du temps. L'aiguille qui marche sur le cadran marche aussi dans les âmes. Chacun faisait en avant le pas qu'il avait à faire. Les royalistes devenaient libéraux, les libéraux devenaient démocrates.

C'était comme une marée montante compliquée de mille reflux; le propre des reflux, c'est de faire des mélanges; de là des combinaisons d'idées très singulières; on adorait à la fois Napoléon et la liberté. Nous faisons ici de l'histoire. C'étaient les mirages de ce temps-là. Les opinions traversent des phases. Le royalisme voltairien, variété bizarre, a eu un pendant non moins étrange, le libéralisme bonapartiste.

D'autres groupes d'esprits étaient plus sérieux. Là on sondait le principe; là on s'attachait au droit. On se passionnait pour l'absolu, on entrevoyait les réalisations infinies; l'absolu, par sa rigidité même, pousse les esprits vers l'azur et les fait flotter dans l'illimité. Rien n'est tel que le dogme pour enfanter le rêve. Et rien n'est tel que le rêve pour engendrer l'avenir. Utopie aujourd'hui, chair et os demain.

Les opinions avancées avaient des doubles fonds. Un commencement de mystère menaçait « l'ordre établi », lequel était suspect et sournois. Signe au plus haut point révolutionnaire. L'arrière-pensée du pouvoir rencontre dans la sape l'arrière-pensée du peuple. L'incubation des insurrections donne la réplique à la préméditation des coups d'état.

Il n'y avait pas encore en France alors de ces vastes organisations sous-jacentes comme le tugendbund allemand et le carbonarisme italien; mais çà et là des creusements obscurs, se ramifiant. La Cougourde s'ébauchait à Aix; il y avait à Paris, entre autres affiliations de ce genre, la société des Amis de l'A B C.

Qu'était-ce que les amis de l'A B C? une société ayant pour but, en apparence, l'éducation des enfants, en réalité le redressement des hommes.

On se déclarait les amis de l'A B C. — L'*Abaissé*, c'était le peuple. On voulait le relever. Calembour dont on aurait tort de rire. Les calembours sont quelquefois graves en politique; témoin le *Castratus ad castra* qui fit de Narsès un général d'armée; témoin : *Barbari et Barberini*; témoin : *Fueros y Fuegos*; témoin : *Tu es Petrus et super hanc petram*, etc., etc.

Les amis de l'A B C étaient peu nombreux. C'était une société secrète à l'état d'embryon; nous dirions presque une coterie, si les coteries aboutissaient à des héros. Ils se réunissaient à Paris en deux endroits, près des Halles, dans un cabaret appelé *Corinthe* dont il sera question plus tard, et près du Panthéon dans un petit café de la place Saint-Michel appelé *le café Musain*, aujourd'hui démoli; le premier de ces lieux de rendez-vous était contigu aux ouvriers, le deuxième, aux étudiants.

Les conciliabules habituels des Amis de l'A B C se tenaient dans une arrière-salle du café Musain. Cette salle, assez éloignée du café, auquel elle communiquait par un très long couloir, avait deux fenêtres et une issue avec un escalier dérobé sur la petite rue des Grès. On y fumait, on y buvait, on y jouait, on y riait. On y causait très haut de tout, et à voix basse d'autre chose. Au mur était clouée, indice suffisant pour éveiller le flair d'un agent de police, une vieille carte de la France sous la république.

La plupart des Amis de l'A B C étaient des étudiants, en entente cordiale avec quelques ouvriers. Voici les noms des principaux. Ils appartiennent dans une certaine mesure à l'histoire : Enjolras, Combeferre, Jean Prouvaire, Feuilly, Courfeyrac, Bahorel, Lesgle ou Laigle, Joly, Grantaire.

Ces jeunes gens faisaient entre eux une sorte de famille, à force d'amitié. Tous, Laigle excepté, étaient du midi.

Ce groupe était remarquable. Il s'est évanoui dans les profondeurs invisibles qui sont derrière nous. Au point de ce drame où nous sommes parvenus, il n'est pas inutile peut-être de diriger un rayon de clarté sur ces jeunes êtres avant que le lecteur les voie s'enfoncer dans l'ombre d'une aventure tragique.

Enjolras, que nous avons nommé le premier, on verra plus tard pourquoi, était fils unique et riche.

Enjolras était un jeune homme charmant, capable d'être terrible. Il était angéliquement beau. C'était Antinoüs, farouche. On eût dit, à voir la réverbération pensive de son regard, qu'il avait déjà, dans quelque existence précédente, traversé l'apocalypse révolutionnaire. Il en avait la tradition comme un témoin. Il savait tous les petits détails de la grande chose. Nature pontificale et guerrière, étrange dans un adolescent. Il était officiant et militant ; au point de vue immédiat, soldat de la démocratie ; au-dessus du mouvement contemporain, prêtre de l'idéal. Il avait la prunelle profonde, la paupière un peu rouge, la lèvre inférieure épaisse et facilement dédaigneuse, le front haut. Beaucoup de front dans un visage, c'est comme beaucoup de ciel dans un horizon. Ainsi que certains jeunes hommes du commencement de ce siècle et de la fin du siècle dernier qui ont été illustres de bonne heure, il avait une jeunesse excessive, fraîche comme chez les jeunes filles, quoique avec des heures de pâleur. Déjà homme, il semblait encore enfant. Ses

vingt-deux ans en paraissaient dix-sept. Il était grave, il
ne semblait pas savoir qu'il y eût sur la terre un être
appelé la femme. Il n'avait qu'une passion, le droit,
qu'une pensée, renverser l'obstacle. Sur le mont Aventin,
il eût été Gracchus; dans la convention, il eût été Saint-
Just. Il voyait à peine les roses, il ignorait le printemps, il
n'entendait pas chanter les oiseaux; la gorge nue
d'Évadné ne l'eût pas plus ému qu'Aristogiton; pour lui,
comme pour Harmodius, les fleurs n'étaient bonnes qu'à
cacher l'épée. Il était sévère dans les joies. Devant tout ce
qui n'était pas la république, il baissait chastement les
yeux. C'était l'amoureux de marbre de la Liberté. Sa
parole était âprement inspirée et avait un frémissement
d'hymne. Il avait des ouvertures d'ailes inattendues. Malheur à l'amourette qui se fût risquée de son côté! Si
quelque grisette de la place Cambrai ou de la rue Saint-
Jean-de-Beauvais, voyant cette figure d'échappé de collège, cette encolure de page, ces longs cils blonds, ces
yeux bleus, cette chevelure tumultueuse au vent, ces
joues roses, ces lèvres neuves, ces dents exquises, eût eu
appétit de toute cette aurore, et fût venue essayer sa
beauté sur Enjolras, un regard surprenant et redoutable
lui eût montré brusquement l'abîme, et lui eût appris à
ne pas confondre avec le chérubin galant de Beaumarchais le formidable chérubin d'Ézéchiel.

À côté d'Enjolras qui représentait la logique de la révolution, Combeferre en représentait la philosophie. Entre
la logique de la révolution et sa philosophie, il y a cette
différence que sa logique peut conclure à la guerre, tandis que sa philosophie ne peut aboutir qu'à la paix.
Combeferre complétait et rectifiait Enjolras. Il était
moins haut et plus large. Il voulait qu'on versât aux
esprits les principes étendus d'idées générales; il disait:
Révolution, mais civilisation; et autour de la montagne à
pic il ouvrait le vaste horizon bleu. De là, toutes les vues
de Combeferre, quelque chose d'accessible et de prati-
cable. La révolution avec Combeferre était plus respirable qu'avec Enjolras. Enjolras en exprimait le droit
divin, et Combeferre le droit naturel. Le premier se rattachait à Robespierre; le second confinait à Condorcet.
Combeferre vivait plus qu'Enjolras de la vie de tout le

monde. S'il eût été donné à ces deux jeunes hommes
d'arriver jusqu'à l'histoire, l'un eût été le juste, l'autre eût
été le sage. Enjolras était plus viril, Combeferre était
plus humain. *Homo* et *Vir*, c'était bien là en effet leur
nuance. Combeferre était doux comme Enjolras était
sévère, par blancheur naturelle. Il aimait le mot citoyen,
mais il préférait le mot homme. Il eût volontiers dit :
Hombre, comme les espagnols. Il lisait tout, allait aux
théâtres, suivait les cours publics, apprenait d'Arago la
polarisation de la lumière, se passionnait pour une leçon
où Geoffroy Saint-Hilaire avait expliqué la double fonction de l'artère carotide externe et de l'artère carotide
interne, l'une qui fait le visage, l'autre qui fait le cerveau ;
il était au courant, suivait la science pas à pas, confrontait Saint-Simon avec Fourier, déchiffrait les hiéro-
glyphes, cassait les cailloux qu'il trouvait et raisonnait
géologie, dessinait de mémoire un papillon bombyx,
signalait les fautes de français dans le Dictionnaire de
l'Académie, étudiait Puységur et Deleuze, n'affirmait
rien, pas même les miracles, ne niait rien, pas même les
revenants, feuilletait la collection du *Moniteur*, songeait.
Il déclarait que l'avenir est dans la main du maître
d'école, et se préoccupait des questions d'éducation. Il
voulait que la société travaillât sans relâche à l'élévation
du niveau intellectuel et moral, au monnayage de la
science, à la mise en circulation des idées, à la croissance de l'esprit dans la jeunesse, et il craignait que la
pauvreté actuelle des méthodes, la misère du point de
vue littéraire borné à deux ou trois siècles dits classiques, le dogmatisme tyrannique des pédants officiels,
les préjugés scolastiques et les routines ne finissent par
faire de nos collèges des huîtrières artificielles. Il était
savant, puriste, précis, polytechnique, piocheur, et en
même temps pensif « jusqu'à la chimère », disaient ses
amis. Il croyait à tous ces rêves : les chemins de fer, la
suppression de la souffrance dans les opérations chirur-
gicales, la fixation de l'image de la chambre noire, le
télégraphe électrique, la direction des ballons. Du reste
peu effrayé des citadelles bâties de toutes parts contre le
genre humain par les superstitions, les despotismes et
les préjugés. Il était de ceux qui pensent que la science

finira par tourner la position. Enjolras était un chef, Combeferre était un guide. On eût voulu combattre avec l'un et marcher avec l'autre. Ce n'est pas que Combeferre ne fût capable de combattre, il ne refusait pas de prendre corps à corps l'obstacle et de l'attaquer de vive force et par explosion; mais mettre peu à peu, par l'enseignement des axiomes et la promulgation des lois positives, le genre humain d'accord avec ses destinées, cela lui plaisait mieux; et, entre deux clartés, sa pente était plutôt pour l'illumination que pour l'embrasement. Un incendie peut faire une aurore sans doute, mais pourquoi ne pas attendre le lever du jour? Un volcan éclaire, mais l'aube éclaire encore mieux. Combeferre préférait peut-être la blancheur du beau au flamboiement du sublime. Une clarté troublée par de la fumée, un progrès acheté par de la violence, ne satisfaisaient qu'à demi ce tendre et sérieux esprit. Une précipitation à pic d'un peuple dans la vérité, un 93, l'effrayait; cependant la stagnation lui répugnait plus encore, il y sentait la putréfaction et la mort; à tout prendre, il aimait mieux l'écume que le miasme, et il préférait au cloaque le torrent, et la chute du Niagara au lac de Montfaucon. En somme il ne voulait ni halte, ni hâte. Tandis que ses tumultueux amis, chevaleresquement épris de l'absolu, adoraient et appelaient les splendides aventures révolutionnaires, Combeferre inclinait à laisser faire le progrès, le bon progrès, froid peut-être, mais pur; méthodique, mais irréprochable; flegmatique, mais imperturbable. Combeferre se fût agenouillé et eût joint les mains pour que l'avenir arrivât avec toute sa candeur, et pour que rien ne troublât l'immense évolution vertueuse des peuples. *Il faut que le bien soit innocent*, répétait-il sans cesse. Et en effet, si la grandeur de la révolution, c'est de regarder fixement l'éblouissant idéal et d'y voler à travers les foudres, avec du sang et du feu à ses serres, la beauté du progrès, c'est d'être sans tache; et il y a entre Washington qui représente l'un et Danton qui incarne l'autre, la différence qui sépare l'ange aux ailes de cygne de l'ange aux ailes d'aigle.

Jean Prouvaire était une nuance plus adoucie encore que Combeferre. Il s'appelait Jehan, par cette petite fan-

taisie momentanée qui se mêlait au puissant et profond
mouvement d'où est sortie l'étude si nécessaire du
moyen-âge. Jean Prouvaire était amoureux, cultivait un
pot de fleurs, jouait de la flûte, faisait des vers, aimait le
peuple, plaignait la femme, pleurait sur l'enfant, confondait dans la même confiance l'avenir et Dieu, et blâmait
la révolution d'avoir fait tomber une tête royale, celle
d'André Chénier. Il avait la voix habituellement délicate
et tout à coup virile. Il était lettré jusqu'à l'érudition, et
presque orientaliste. Il était bon par-dessus tout ; et,
chose toute simple pour qui sait combien la bonté
confine à la grandeur, en fait de poésie il préférait
l'immense. Il savait l'italien, le latin, le grec et l'hébreu ;
et cela lui servait à ne lire que quatre poètes : Dante,
Juvénal, Eschyle et Isaïe. En français, il préférait Corneille à Racine et Agrippa d'Aubigné à Corneille. Il flânait volontiers dans les champs de folle avoine et de
bleuets, et s'occupait des nuages presque autant que des
événements. Son esprit avait deux attitudes, l'une du
côté de l'homme, l'autre du côté de Dieu ; il étudiait, ou il
contemplait. Toute la journée il approfondissait les
questions sociales : le salaire, le capital, le crédit, le
mariage, la religion, la liberté de penser, la liberté
d'aimer, l'éducation, la pénalité, la misère, l'association,
la propriété, la production et la répartition, l'énigme
d'en bas qui couvre d'ombre la fourmilière humaine ; et
le soir, il regardait les astres, ces êtres énormes. Comme
Enjolras, il était riche et fils unique. Il parlait doucement, penchait la tête, baissait les yeux, souriait avec
embarras, se mettait mal, avait l'air gauche, rougissait
de rien, était fort timide. Du reste, intrépide.

Feuilly était un ouvrier éventailliste, orphelin de père
et de mère, qui gagnait péniblement trois francs par
jour, et qui n'avait qu'une pensée, délivrer le monde. Il
avait une autre préoccupation encore : s'instruire ; ce
qu'il appelait aussi se délivrer. Il s'était enseigné à lui-
même à lire et à écrire ; tout ce qu'il savait, il l'avait
appris seul. Feuilly était un généreux cœur. Il avait
l'embrassement immense. Cet orphelin avait adopté les
peuples. Sa mère lui manquant, il avait médité sur la
patrie. Il ne voulait pas qu'il y eût sur la terre un homme

qui fût sans patrie. Il couvait en lui-même, avec la divination profonde de l'homme du peuple, ce que nous
appelons aujourd'hui *l'idée des nationalités*. Il avait
appris l'histoire exprès pour s'indigner en connaissance
de cause. Dans ce jeune cénacle d'utopistes, surtout
occupés de la France, il représentait le dehors. Il avait
pour spécialité la Grèce, la Pologne, la Hongrie, la Rou-
manie, l'Italie. Il prononçait ces noms-là sans cesse, à
propos et hors de propos, avec la ténacité du droit. La
Turquie sur la Crète et la Thessalie, la Russie sur Varsovie, l'Autriche sur Venise, ces viols l'exaspéraient. Entre
toutes, la grande voie de fait de 1772 le soulevait. Le vrai
dans l'indignation, il n'y a pas de plus souveraine éloquence, il était éloquent de cette éloquence-là. Il ne
tarissait pas sur cette date infâme, 1772, sur ce noble et
vaillant peuple supprimé par trahison, sur ce crime à
trois, sur ce guet-apens monstre, prototype et patron de
toutes ces effrayantes suppressions d'état qui, depuis,
ont frappé plusieurs nobles nations, et leur ont, pour
ainsi dire, raturé leur acte de naissance. Tous les attentats sociaux contemporains dérivent du partage de la
Pologne. Le partage de la Pologne est un théorème dont
tous les forfaits politiques actuels sont les corollaires.
Pas un despote, pas un traître, depuis tout à l'heure un
siècle, qui n'ait visé, homologué, contresigné et paraphé,
ne varietur, le partage de la Pologne. Quand on compulse
le dossier des trahisons modernes, celle-là apparaît la
première. Le congrès de Vienne a consulté ce crime
avant de consommer le sien. 1772 sonne l'hallali, 1815
est la curée. Tel était le texte habituel de Feuilly. Ce
pauvre ouvrier s'était fait le tuteur de la justice, et elle le
récompensait en le faisant grand. C'est qu'en effet il y a
de l'éternité dans le droit. Varsovie ne peut pas plus être
tartare que Venise ne peut être tudesque. Les rois y
perdent leur peine, et leur honneur. Tôt ou tard, la patrie
submergée flotte à la surface et reparaît. La Grèce redevient la Grèce; l'Italie redevient l'Italie. La protestation
du droit contre le fait persiste à jamais. Le vol d'un
peuple ne se prescrit pas. Ces hautes escroqueries n'ont
point d'avenir. On ne démarque pas une nation comme
un mouchoir.

Courfeyrac avait un père qu'on nommait M. de Courfeyrac. Une des idées fausses de la bourgeoisie de la restauration en fait d'aristocratie et de noblesse, c'était de
croire à la particule. La particule, on le sait, n'a aucune
signification. Mais les bourgeois du temps de *la Minerve*
estimaient si haut ce pauvre *de* qu'on se croyait obligé de
l'abdiquer. M. de Chauvelin se faisait appeler M. Chauvelin, M. de Caumartin, M. Caumartin, M. de Constant
de Rebecque, Benjamin Constant, M. de Lafayette,
M. Lafayette. Courfeyrac n'avait pas voulu rester en
arrière, et s'appelait Courfeyrac tout court.

Nous pourrions presque, en ce qui concerne Courfeyrac, nous en tenir là, et nous borner à dire quant au
reste : Courfeyrac, voyez Tholomyès.

Courfeyrac en effet avait cette verve de jeunesse qu'on
pourrait appeler la beauté du diable de l'esprit. Plus
tard, cela s'éteint comme la gentillesse du petit chat, et
toute cette grâce aboutit, sur deux pieds, au bourgeois,
et, sur quatre pattes, au matou.

Ce genre d'esprit, les générations qui traversent les
écoles, les levées successives de la jeunesse, se le trans-
mettent, et se le passent de main en main, *quasi
cursores*, à peu près toujours le même ; de sorte que,
ainsi que nous venons de l'indiquer, le premier venu qui
eût écouté Courfeyrac en 1828 eût cru entendre Tholomyès en 1817. Seulement Courfeyrac était un brave garçon. Sous les apparentes similitudes de l'esprit extérieur,
la différence entre Tholomyès et lui était grande.
L'homme latent qui existait entre eux était chez le premier tout autre que chez le second. Il y avait dans Tholomyès un procureur et dans Courfeyrac un paladin.

Enjolras était le chef, Combeferre était le guide, Courfeyrac était le centre. Les autres donnaient plus de
lumière, lui il donnait plus de calorique ; le fait est qu'il
avait toutes les qualités d'un centre, la rondeur et le
rayonnement.

Bahorel avait figuré dans le tumulte sanglant de
juin 1822, à l'occasion de l'enterrement du jeune Lalle-
mand.

Bahorel était un être de bonne humeur et de mauvaise
compagnie, brave, panier percé, prodigue et rencontrant

la générosité, bavard et rencontrant l'éloquence, hardi et rencontrant l'effronterie ; la meilleure pâte de diable qui fût possible ; ayant des gilets téméraires et des opinions écarlates ; tapageur en grand, c'est-à-dire n'aimant rien tant qu'une querelle, si ce n'est une émeute, et rien tant qu'une émeute, si ce n'est une révolution ; toujours prêt à casser un carreau, puis à dépaver une rue, puis à démolir un gouvernement, pour voir l'effet ; étudiant de onzième année. Il flairait le droit, mais il ne le faisait pas. Il avait pris pour devise : *avocat jamais*, et pour armoiries une table de nuit dans laquelle on entrevoyait un bonnet carré. Chaque fois qu'il passait devant l'école de droit, ce qui lui arrivait rarement, il boutonnait sa redingote, le paletot n'était pas encore inventé, et il prenait des précautions hygiéniques. Il disait du portail de l'école : quel beau vieillard ! et du doyen, M. Delvincourt : quel monument ! Il voyait dans ses cours des sujets de chansons et dans ses professeurs des occasions de caricatures. Il mangeait à rien faire une assez grosse pension, quelque chose comme trois mille francs. Il avait des parents paysans auxquels il avait su inculquer le respect de leur fils.

Il disait d'eux : Ce sont des paysans, et non pas des bourgeois ; c'est pour cela qu'ils ont de l'intelligence.

Bahorel, homme de caprice, était épars sur plusieurs cafés ; les autres avaient des habitudes, lui n'en avait pas. Il flânait. Errer est humain, flâner est parisien. Au fond, esprit pénétrant, et penseur plus qu'il ne semblait.

Il servait de lien entre les Amis de l'A B C et d'autres groupes encore informes, mais qui devaient se dessiner plus tard.

Il y avait dans ce conclave de jeunes têtes un membre chauve.

Le marquis d'Avaray, que Louis XVIII fit duc pour l'avoir aidé à monter dans un cabriolet de place le jour où il émigra, racontait qu'en 1814, à son retour en France, comme le roi débarquait à Calais, un homme lui présenta un placet. — Que demandez-vous ? dit le roi. — Sire, un bureau de poste. — Comment vous appelez-vous ? — L'Aigle.

Le roi fronça le sourcil, regarda la signature du placet

et vit le nom écrit ainsi : LESGLE. Cette orthographe peu
bonapartiste toucha le roi et il commença à sourire. —
Sire, reprit l'homme au placet, j'ai pour ancêtre un valet
de chiens, surnommé Lesgueules. Ce surnom a fait mon
nom. Je m'appelle Lesgueules, par contraction Lesgle, et
par corruption L'Aigle. — Ceci fit que le roi acheva son
sourire. Plus tard il donna à l'homme le bureau de poste
de Meaux, exprès ou par mégarde.

Le membre chauve du groupe était fils de ce Lesgle, ou
Lègle, et signait Lègle (de Meaux). Ses camarades, pour
abréger, l'appelaient Bossuet.

Bossuet était un garçon gai qui avait du malheur. Sa
spécialité était de ne réussir à rien. Par contre, il riait de
tout. À vingt-cinq ans, il était chauve. Son père avait fini
par avoir une maison et un champ; mais lui, le fils,
n'avait rien eu de plus pressé que de perdre dans une
fausse spéculation ce champ et cette maison. Il ne lui
était rien resté. Il avait de la science et de l'esprit, mais il
avortait. Tout lui manquait, tout le trompait; ce qu'il
échafaudait croulait sur lui. S'il fendait du bois, il se
coupait un doigt. S'il avait une maîtresse, il découvrait
bientôt qu'il avait aussi un ami. À tout moment quelque
misère lui advenait; de là sa jovialité. Il disait : *J'habite
sous le toit des tuiles qui tombent.* Peu étonné, car pour
lui l'accident était le prévu, il prenait la mauvaise chance
en sérénité et souriait des taquineries de la destinée
comme quelqu'un qui entend la plaisanterie. Il était
pauvre, mais son gousset de bonne humeur était inépuisable. Il arrivait vite à son dernier sou, jamais à son dernier éclat de rire. Quand l'adversité entrait chez lui, il
saluait cordialement cette ancienne connaissance; il
tapait sur le ventre aux catastrophes; il était familier
avec la Fatalité au point de l'appeler par son petit nom.
— Bonjour, Guignon, lui disait-il.

Ces persécutions du sort l'avaient fait inventif. Il était
plein de ressources. Il n'avait point d'argent, mais il
trouvait moyen de faire, quand bon lui semblait, « des
dépenses effrénées ». Une nuit, il alla jusqu'à manger
« cent francs » dans un souper avec une péronnelle, ce
qui lui inspira au milieu de l'orgie ce mot mémorable :
Fille de cinq louis, tire-moi mes bottes.

Bossuet se dirigeait lentement vers la profession d'avocat; il faisait son droit, à la manière de Bahorel. Bossuet avait peu de domicile; quelquefois pas du tout. Il logeait tantôt chez l'un, tantôt chez l'autre, le plus souvent chez Joly. Joly étudiait la médecine. Il avait deux ans de moins que Bossuet.

Joly était le malade imaginaire jeune. Ce qu'il avait gagné à la médecine, c'était d'être plus malade que médecin. À vingt-trois ans, il se croyait valétudinaire et passait sa vie à regarder sa langue dans son miroir. Il affirmait que l'homme s'aimante comme une aiguille, et dans sa chambre il mettait son lit la tête au midi et les pieds au nord, afin que, la nuit, la circulation de son sang ne fût pas contrariée par le grand courant magnétique du globe. Dans les orages, il se tâtait le pouls. Du reste, le plus gai de tous. Toutes ces incohérences, jeune, maniaque, malingre, joyeux, faisaient bon ménage ensemble, et il en résultait un être excentrique et agréable que ses camarades, prodigues de consonnes ailées, appelaient Jolllly. — Tu peux t'envoler sur quatre L, lui disait Jean Prouvaire.

Joly avait l'habitude de se toucher le nez avec le bout de sa canne, ce qui est l'indice d'un esprit sagace.

Tous ces jeunes gens, si divers, et dont, en somme, il ne faut parler que sérieusement, avaient une même religion : le Progrès.

Tous étaient les fils directs de la révolution française. Les plus légers devenaient solennels en prononçant cette date : 89. Leurs pères selon la chair étaient ou avaient été feuillants, royalistes, doctrinaires; peu importait; ce pêle-mêle antérieur à eux, qui étaient jeunes, ne les regardaient point; le pur sang des principes coulait dans leurs veines. Ils se rattachaient sans nuance intermédiaire au droit incorruptible et au devoir absolu.

Affiliés et initiés, ils ébauchaient souterrainement l'idéal.

Parmi tous ces cœurs passionnés et tous ces esprits convaincus, il y avait un sceptique. Comment se trouvait-il là? Par juxtaposition. Ce sceptique s'appelait Grantaire, et signait habituellement de ce rébus : R. Grantaire était un homme qui se gardait bien de croire à quelque chose. C'était du reste un des étudiants qui avaient le plus appris pendant leurs cours à Paris ; il savait que le meilleur café était au café Lemblin, et le meilleur billard au café Voltaire, qu'on trouvait de bonnes galettes et de bonnes filles à l'Ermitage sur le boulevard du Maine, des poulets à la crapaudine chez la mère Saguet, d'excellentes matelotes barrière de la Cunette, et un certain petit vin blanc barrière du Combat. Pour tout, il savait les bons endroits ; en outre la savate et le chausson, quelques danses, et il était profond bâtonniste. Par-dessus le marché, grand buveur. Il était laid démesurément ; la plus jolie piqueuse de bottines de ce temps-là, Irma Boissy, indignée de sa laideur, avait rendu cette sentence : *Grantaire est impossible* ; mais la fatuité de Grantaire ne se déconcertait pas. Il regardait tendrement et fixement toutes les femmes, ayant l'air de dire de toutes : *si je voulais !* et cherchant à faire croire aux camarades qu'il était généralement demandé.

Tous ces mots : droit du peuple, droits de l'homme, contrat social, révolution française, république, démocratie, humanité, civilisation, religion, progrès, étaient, pour Grantaire, très voisins de ne rien signifier du tout ! Il en souriait. Le scepticisme, cette carie sèche de l'intelligence, ne lui avait pas laissé une idée entière dans l'esprit. Il vivait avec ironie. Ceci était son axiome : Il n'y a qu'une certitude, mon verre plein. Il raillait tous les dévouements dans tous les partis, aussi bien le frère que le père, aussi bien Robespierre jeune que Loizerolles. — Ils sont bien avancés d'être morts, s'écriait-il. Il disait du crucifix : Voilà une potence qui a réussi. Coureur, joueur, libertin, souvent ivre, il faisait à ces jeunes songeurs le déplaisir de chantonner sans cesse : *J'aimons les filles et j'aimons le bon vin.* Air : Vive Henri IV.

Du reste ce sceptique avait un fanatisme. Ce fanatisme n'était ni une idée, ni un dogme, ni un art, ni une science ; c'était un homme : Enjolras. Grantaire admirait, aimait et vénérait Enjolras. À qui se ralliait ce douteur anarchique dans cette phalange d'esprits absolus ? Au plus absolu. De quelle façon Enjolras le subjuguait-il ? Par les idées ? Non. Par le caractère. Phénomène

souvent observé. Un sceptique qui adhère à un croyant,
cela est simple comme la loi des couleurs complémentaires. Ce qui nous manque nous attire. Personne n'aime
le jour comme l'aveugle. La naine adore le tambour-
major. Le crapaud a toujours les yeux au ciel; pourquoi?
pour voir voler l'oiseau. Grantaire, en qui rampait le
doute, aimait à voir dans Enjolras la foi planer. Il avait
besoin d'Enjolras. Sans qu'il s'en rendît clairement
compte et sans qu'il songeât à se l'expliquer à lui-même,
cette nature chaste, saine, ferme, droite, dure, candide,
le charmait. Il admirait, d'instinct, son contraire. Ses
idées molles, fléchissantes, disloquées, malades, difformes, se rattachaient à Enjolras comme à une épine
dorsale. Son rachis moral s'appuyait à cette fermeté.
Grantaire, près d'Enjolras, redevenait quelqu'un. Il était
lui-même d'ailleurs composé de deux éléments en apparence incompatibles. Il était ironique et cordial. Son
indifférence aimait. Son esprit se passait de croyance et
son cœur ne pouvait se passer d'amitié. Contradiction
profonde; car une affection est une conviction. Sa
nature était ainsi. Il y a des hommes qui semblent nés
pour être le verso, l'envers, le revers. Ils sont Pollux,
Patrocle, Nisus, Eudamidas, Éphestion, Pechméja. Ils ne
vivent qu'à la condition d'être adossés à un autre; leur
nom est une suite, et ne s'écrit que précédé de la
conjonction *et*; leur existence ne leur est pas propre; elle
est l'autre côté d'une destinée qui n'est pas la leur. Grantaire était un de ces hommes. Il était l'envers d'Enjolras.

On pourrait presque dire que les affinités commencent
aux lettres de l'alphabet. Dans la série, O et P sont insé-
parables. Vous pouvez, à votre gré, prononcer O et P, ou
Oreste et Pylade.

Grantaire, vrai satellite d'Enjolras, habitait ce cercle
de jeunes gens; il y vivait; il ne se plaisait que là; il les
suivait partout. Sa joie était de voir aller et venir ces silhouettes dans les fumées du vin. On le tolérait pour sa
bonne humeur.

Enjolras, croyant, dédaignait ce sceptique, et, sobre,
cet ivrogne. Il lui accordait un peu de pitié hautaine.
Grantaire était un Pylade point accepté. Toujours
rudoyé par Enjolras, repoussé durement, rejeté et revenant, il disait d'Enjolras : Quel beau marbre!

II

ORAISON FUNÈBRE DE BLONDEAU, PAR BOSSUET

Une certaine après-midi, qui avait, comme on va le voir, quelque coïncidence avec les événements racontés plus haut, Laigle de Meaux était sensuellement adossé au chambranle de la porte du café Musain. Il avait l'air d'une cariatide en vacances; il ne portait rien que sa rêverie. Il regardait la place Saint-Michel. S'adosser, c'est une manière d'être couché debout qui n'est point haïe des songeurs. Laigle de Meaux pensait, sans mélancolie, à une petite mésaventure qui lui était échue l'avant-veille à l'école de droit, et qui modifiait ses plans personnels d'avenir, plans d'ailleurs assez indistincts.

La rêverie n'empêche pas un cabriolet de passer, et le songeur de remarquer le cabriolet. Laigle de Meaux, dont les yeux erraient dans une sorte de flânerie diffuse, aperçut, à travers ce somnambulisme, un véhicule à deux roues cheminant dans la place, lequel allait au pas, et comme indécis. À qui en voulait ce cabriolet? pourquoi allait-il au pas? Laigle y regarda. Il y avait dedans, à côté du cocher, un jeune homme, et devant ce jeune homme un assez gros sac de nuit. Le sac montrait aux passants ce nom écrit en grosses lettres noires sur une carte cousue à l'étoffe : MARIUS PONTMERCY.

Ce nom fit changer d'attitude à Laigle. Il se dressa et jeta cette apostrophe au jeune homme du cabriolet :

— Monsieur Marius Pontmercy!

Le cabriolet interpellé s'arrêta.

Le jeune homme qui, lui aussi, semblait songer profondément, leva les yeux.

— Hein? dit-il.

— Vous êtes monsieur Marius Pontmercy?

— Sans doute.

— Je vous cherchais, reprit Laigle de Meaux.

— Comment cela? demanda Marius; car c'était lui, en effet, qui sortait de chez son grand-père, et il avait devant lui une figure qu'il voyait pour la première fois. Je ne vous connais pas.

— Moi non plus, je ne vous connais point, répondit Laigle.

Marius crut à une rencontre de loustic, à un commencement de mystification en pleine rue. Il n'était pas d'humeur facile en ce moment-là. Il fronça le sourcil. Laigle de Meaux, imperturbable, poursuit :

— Vous n'étiez pas avant-hier à l'école ?

— Cela est possible.

— Cela est certain.

— Vous êtes étudiant ? demanda Marius.

— Oui, monsieur. Comme vous. Avant-hier je suis entré à l'école par hasard. Vous savez, on a quelquefois de ces idées-là. Le professeur était en train de faire l'appel. Vous n'ignorez pas qu'ils sont très ridicules dans ce moment-ci. Au troisième appel manqué, on vous raye l'inscription. Soixante francs dans le gouffre.

Marius commençait à écouter. Laigle continua :

— C'était Blondeau qui faisait l'appel. Vous connaissez Blondeau, il a le nez fort pointu et fort malicieux, et il flaire avec délices les absents. Il a sournoisement commencé par la lettre P. Je n'écoutais pas, n'étant point compromis dans cette lettre-là. L'appel n'allait pas mal. Aucune radiation. L'univers était présent. Blondeau était triste. Je disais à part moi : Blondeau, mon amour, tu ne feras pas la plus petite exécution aujourd'hui. Tout à coup Blondeau appelle *Marius Pontmercy*. Personne ne répond. Blondeau, plein d'espoir, répète plus fort : *Marius Pontmercy*. Et il prend sa plume. Monsieur, j'ai des entrailles. Je me suis dit rapidement : Voilà un brave garçon qu'on va rayer. Attention. Ceci est un véritable vivant qui n'est pas exact. Ceci n'est pas un bon élève. Ce n'est point là un cul-de-plomb, un étudiant qui étudie, un blanc-bec pédant, fort en sciences, lettres, théologie et sapience, un de ces esprits bétas tirés à quatre épingles; une épingle par faculté. C'est un honorable paresseux qui flâne, qui pratique la villégiature, qui cultive la grisette, qui fait la cour aux belles, qui est peut-être en cet instant-ci chez ma maîtresse. Sauvons-le. Mort à Blondeau! En ce moment, Blondeau a trempé dans l'encre sa plume noire de ratures, a promené sa prunelle fauve sur l'auditoire, et a répété pour la troisième fois : *Marius Pontmercy!* J'ai répondu : *Présent!* Cela fait que vous n'avez pas été rayé.

— Monsieur!... dit Marius.

— Et que, moi, je l'ai été, ajouta Laigle de Meaux.

— Je ne vous comprends pas, fit Marius.

Laigle reprit :

— Rien de plus simple. J'étais près de la chaire pour répondre et près de la porte pour m'enfuir. Le professeur me contemplait avec une certaine fixité. Brusquement, Blondeau, qui doit être le nez malin dont parle Boileau, saute à la lettre L. L, c'est ma lettre. Je suis de Meaux, et je m'appelle Lesgle.

— L'Aigle! interrompit Marius, quel beau nom!

— Monsieur, le Blondeau arrive à ce beau nom, et crie : *Laigle!* Je réponds : *Présent!* Alors Blondeau me regarde avec la douceur du tigre, sourit, et me dit : Si vous êtes Pontmercy, vous n'êtes pas Laigle. Phrase qui a l'air désobligeante pour vous, mais qui n'était lugubre que pour moi. Cela dit, il me raye.

Marius s'exclama.

— Monsieur, je suis mortifié...

— Avant tout, interrompit Laigle, je demande à embaumer Blondeau dans quelques phrases d'éloge senti. Je le suppose mort. Il n'y aurait pas grand'chose à changer à sa maigreur, à sa pâleur, à sa froideur, à sa roideur et à son odeur. Et je dis : *Erudimini qui judicatis terram.* Ci-gît Blondeau, Blondeau le Nez, Blondeau Nasica, le bœuf de la discipline, *bos disciplinæ*, le molosse de la consigne, l'ange de l'appel, qui fut droit, carré, exact, rigide, honnête et hideux. Dieu le raya comme il m'a rayé.

Marius reprit :

— Je suis désolé...

— Jeune homme, dit Laigle de Meaux, que ceci vous serve de leçon. À l'avenir, soyez exact.

— Je vous fais vraiment mille excuses.

— Ne vous exposez plus à faire rayer votre prochain.

— Je suis désespéré...

Laigle éclata de rire.

— Et moi, ravi. J'étais sur la pente d'être avocat. Cette rature me sauve. Je renonce aux triomphes du barreau.

Je ne défendrai point la veuve et je n'attaquerai point l'orphelin. Plus de toge, plus de stage. Voilà ma radiation obtenue. C'est à vous que je la dois, monsieur Pontmercy. J'entends vous faire solennellement une visite de remercîments. Où demeurez-vous?

— Dans ce cabriolet, dit Marius.

— Signe d'opulence, repartit Laigle avec calme. Je vous félicite. Vous avez là un loyer de neuf mille francs par an.

En ce moment Courfeyrac sortait du café.

Marius sourit tristement:

— Je suis dans ce loyer depuis deux heures et j'aspire à en sortir; mais, c'est une histoire comme cela, je ne sais où aller.

— Monsieur, dit Courfeyrac, venez chez moi.

— J'aurais la priorité, observa Laigle, mais je n'ai pas de chez moi.

— Tais-toi, Bossuet, reprit Courfeyrac.

— Bossuet, fit Marius, mais il me semblait que vous vous appeliez Laigle.

— De Meaux, répondit Laigle; par métaphore, Bossuet.

Courfeyrac monta dans le cabriolet.

— Cocher, dit-il, hôtel de la Porte-Saint-Jacques.

Et le soir même, Marius était installé dans une chambre de l'hôtel de la Porte-Saint-Jacques, côte à côte avec Courfeyrac.

III

LES ÉTONNEMENTS DE MARIUS

En quelques jours, Marius fut l'ami de Courfeyrac. La jeunesse est la saison des promptes soudures et des cicatrisations rapides. Marius près de Courfeyrac respirait librement, chose assez nouvelle pour lui. Courfeyrac ne lui fit pas de questions. Il n'y songea même pas. À cet âge, les visages disent tout de suite tout. La parole est inutile. Il y a tel jeune homme dont on pourrait dire que sa physionomie bavarde. On se regarde, on se connaît.

Un matin pourtant, Courfeyrac lui jeta brusquement cette interrogation :

— À propos, avez-vous une opinion politique ?

— Tiens ! dit Marius, presque offensé de la question.

— Qu'est-ce que vous êtes ?

— Démocrate-bonapartiste.

— Nuance gris de souris rassurée, dit Courfeyrac.

Le lendemain, Courfeyrac introduisit Marius au café Musain. Puis il lui chuchota à l'oreille avec un sourire : Il faut que je vous donne vos entrées dans la révolution. Et il le mena dans la salle des Amis de l'A B C. Il le présenta aux autres camarades en disant à demi-voix ce simple mot que Marius ne comprit pas : Un élève.

Marius était tombé dans un guêpier d'esprits. Du reste, quoique silencieux et grave, il n'était ni le moins ailé ni le moins armé.

Marius, jusque-là solitaire et inclinant au monologue et à l'aparté par habitude et par goût, fut un peu effarouché de cette volée de jeunes gens autour de lui. Toutes ces initiatives diverses le sollicitaient à la fois, et le tiraillaient. Le va-et-vient tumultueux de tous ces esprits en liberté et en travail faisait tourbillonner ses idées. Quelquefois, dans le trouble, elles s'en allaient si loin de lui qu'il avait de la peine à les retrouver. Il entendait parler de philosophie, de littérature, d'art, d'histoire, de religion, d'une façon inattendue. Il entrevoyait des aspects étranges ; et, comme il ne les mettait point en perspective, il n'était pas sûr de ne pas voir le chaos. En quittant les opinions de son grand-père pour les opinions de son père, il s'était cru fixé ; il soupçonnait maintenant, avec inquiétude et sans oser se l'avouer, qu'il ne l'était pas. L'angle sous lequel il voyait toute chose commençait de nouveau à se déplacer. Une certaine oscillation mettait en branle tous les horizons de son cerveau. Bizarre remue-ménage intérieur. Il en souffrait presque.

Il semblait qu'il n'y eût pas pour ces jeunes gens de « choses consacrées ». Marius entendait, sur toute matière, des langages singuliers, gênants pour son esprit encore timide.

Une affiche de théâtre se présentait, ornée d'un titre de tragédie du vieux répertoire, dit classique. — À bas la tragédie chère aux bourgeois ! criait Bahorel. Et Marius entendait Combeferre répliquer :

— Tu as tort, Bahorel. La bourgeoisie aime la tragédie, et il faut laisser sur ce point la bourgeoisie tranquille. La tragédie à perruque a sa raison d'être, et je ne suis pas de ceux qui, de par Eschyle, lui contestent le droit d'exister. Il y a des ébauches dans la nature ; il y a, dans la création, des parodies toutes faites ; un bec qui n'est pas un bec, des ailes qui ne sont pas des ailes, des nageoires qui ne sont pas des nageoires, des pattes qui ne sont pas des pattes, un cri douloureux qui donne envie de rire, voilà le canard. Or, puisque la volaille existe à côté de l'oiseau, je ne vois pas pourquoi la tragédie classique n'existerait point en face de la tragédie antique.

Ou bien le hasard faisait que Marius passait rue Jean-Jacques-Rousseau entre Enjolras et Courfeyrac.

Courfeyrac lui prenait le bras.

— Faites attention. Ceci est la rue Plâtrière, nommée aujourd'hui rue Jean-Jacques-Rousseau, à cause d'un ménage singulier qui l'habitait il y a une soixantaine d'années. C'étaient Jean-Jacques et Thérèse. De temps en temps, il naissait là de petits êtres. Thérèse les enfantait, Jean-Jacques les enfantrouvait.

Et Enjolras rudoyait Courfeyrac.

— Silence devant Jean-Jacques ! Cet homme, je l'admire. Il a renié ses enfants, soit ; mais il a adopté le peuple.

Aucun de ces jeunes gens n'articulait ce mot : l'empereur. Jean Prouvaire seul disait quelquefois Napoléon ; tous les autres disaient Bonaparte. Enjolras prononçait *Buonaparte*.

Marius s'étonnait vaguement. *Initium sapientiæ*.

IV

L'ARRIÈRE-SALLE DU CAFÉ MUSAIN

Une des conversations entre ces jeunes gens, aux-quelles Marius assistait et dans lesquelles il intervenait quelquefois, fut une véritable secousse pour son esprit.

Cela se passait dans l'arrière-salle du café Musain. À peu près tous les Amis de l'A B C étaient réunis ce soir-là. Le quinquet était solennellement allumé. On par-lait de choses et d'autres, sans passion et avec bruit. Excepté Enjolras et Marius, qui se taisaient, chacun haranguait un peu au hasard. Les causeries entre cama-rades ont parfois de ces tumultes paisibles. C'était un jeu et un pêle-mêle autant qu'une conversation. On se jetait des mots qu'on rattrapait. On causait aux quatre coins.

Aucune femme n'était admise dans cette arrière-salle, excepté Louison, la laveuse de vaisselle du café, qui la traversait de temps en temps pour aller de la laverie au « laboratoire ».

Grantaire, parfaitement gris, assourdissait le coin dont il s'était emparé. Il raisonnait et déraisonnait à tue-tête, il criait :

— J'ai soif. Mortels, je fais un rêve : que la tonne de Heidelberg ait une attaque d'apoplexie, et être de la dou-zaine de sangsues qu'on lui appliquera. Je voudrais boire. Je désire oublier la vie. La vie est une invention hideuse de je ne sais qui. Cela ne dure rien et cela ne vaut rien. On se casse le cou à vivre. La vie est un décor où il y a peu de praticables. Le bonheur est un vieux châssis peint d'un seul côté. L'Ecclésiaste dit : tout est vanité ; je pense comme ce bonhomme qui n'a peut-être jamais existé. Zéro, ne voulant pas aller tout nu, s'est vêtu de vanité. Ô vanité ! rhabillage de tout avec de grands mots ! une cuisine est un laboratoire, un danseur est un professeur, un saltimbanque est un gymnaste, un boxeur est un pugiliste, un apothicaire est un chimiste, un perruquier est un artiste, un gâcheux est un archi-tecte, un jockey est un sportman, un cloporte est un pté-rigibranche. La vanité a un envers et un endroit ;

l'endroit est bête, c'est le nègre avec ses verroteries ; l'envers est sot, c'est le philosophe avec ses guenilles. Je pleure sur l'un et je ris de l'autre. Ce qu'on appelle honneurs et dignités, et même honneur et dignité, est généralement en chrysocale. Les rois font joujou avec l'orgueil humain. Caligula faisait consul un cheval ; Charles II faisait chevalier un aloyau. Drapez-vous donc maintenant entre le consul Incitatus et le baronnet Roastbeef. Quant à la valeur intrinsèque des gens, elle n'est guère plus respectable. Écoutez le panégyrique que le voisin fait du voisin. Blanc sur blanc est féroce ; si le lys parlait, comme il arrangerait la colombe ! une bigote qui jase d'une dévote est plus venimeuse que l'aspic et le bongare bleu. C'est dommage que je sois un ignorant, car je vous citerais une foule de choses ; mais je ne sais rien. Par exemple, j'ai toujours eu de l'esprit ; quand j'étais élève chez Gros, au lieu de barbouiller des tableautins, je passais mon temps à chiper des pommes ; rapin est le mâle de rapine. Voilà pour moi ; quant à vous autres, vous me valez. Je me fiche de vos perfections, excellences et qualités. Toute qualité verse dans un défaut ; l'économe touche à l'avare, le généreux confine au prodigue, le brave côtoie le bravache ; qui dit très pieux dit un peu cagot ; il y a juste autant de vices dans la vertu qu'il y a de trous au manteau de Diogène. Qui admirez-vous, le tué ou le tueur, César ou Brutus ? Généralement on est pour le tueur. Vive Brutus ! il a tué. C'est ça qui est la vertu. Vertu ? soit, mais folie aussi. Il y a des taches bizarres à ces grands hommes-là. Le Brutus qui tua César était amoureux d'une statue de petit garçon. Cette statue était du statuaire grec Stronglyon, lequel avait aussi sculpté cette figure d'amazone appelée Belle-Jambe, Eucnemos, que Néron emportait avec lui dans ses voyages. Ce Stronglyon n'a laissé que deux statues qui ont mis d'accord Brutus et Néron ; Brutus fut amoureux de l'une et Néron de l'autre. Toute l'histoire n'est qu'un long rabâchage. Un siècle est le plagiaire de l'autre. La bataille de Marengo copie la bataille de Pydna ; le Tolbiac de Clovis et l'Austerlitz de Napoléon se ressemblent comme deux gouttes de sang. Je fais peu de cas de la victoire. Rien n'est stupide comme vaincre ; la

vraie gloire est convaincre. Mais tâchez donc de prouver
quelque chose! Vous vous contentez de réussir, quelle
médiocrité! et de conquérir, quelle misère! Hélas, vanité
et lâcheté partout. Tout obéit au succès, même la grammaire. *Si volet usus*, dit Horace! Donc je dédaigne le
genre humain. Descendrons-nous du tout à la partie?
Voulez-vous que je me mette à admirer les peuples?
Quel peuple, s'il vous plaît? Est-ce la Grèce? Les athéniens, ces parisiens de jadis, tuaient Phocion, comme
qui dirait Coligny, et flagornaient les tyrans au point
qu'Anacéphore disait de Pisistrate: Son urine attire les
abeilles. L'homme le plus considérable de la Grèce pendant cinquante ans a été ce grammairien Philetas, lequel
était si petit et si menu qu'il était obligé de plomber ses
souliers pour n'être pas emporté par le vent. Il y avait sur
la plus grande place de Corinthe une statue sculptée par
Silanion et cataloguée par Pline; cette statue représentait Épisthate. Qu'a fait Épisthate? il a inventé le croc-
en-jambe. Ceci résume la Grèce et la gloire. Passons à
d'autres. Admirerai-je l'Angleterre? Admirerai-je la
France? La France? Pourquoi? À cause de Paris? je
viens de vous dire mon opinion sur Athènes. L'Angleterre? pourquoi? À cause de Londres? je hais Carthage.
Et puis, Londres, métropole du luxe, est le chef-lieu de la
misère. Sur la seule paroisse de Charing-Cross, il y a par
an cent morts de faim. Telle est Albion. J'ajoute, pour
comble, que j'ai vu une anglaise danser avec une couronne de roses et des lunettes bleues. Donc un groing
pour l'Angleterre! Si je n'admire pas John Bull, j'admire-
rai donc frère Jonathan? Je goûte peu ce frère à esclaves.
Ôtez *time is money*, que reste-t-il de l'Angleterre? Ôtez
cotton is king, que reste-t-il de l'Amérique? L'Allemagne,
c'est la lymphe; l'Italie, c'est la bile. Nous extasierons-
nous sur la Russie? Voltaire l'admirait. Il admirait aussi
la Chine. Je conviens que la Russie a ses beautés, entre
autres un fort despotisme; mais je plains les despotes.
Ils ont une santé délicate. Un Alexis décapité, un Pierre
poignardé, un Paul étranglé, un autre Paul aplati à coups
de talon de botte, divers Ivans égorgés, plusieurs Nicolas
et Basiles empoisonnés, tout cela indique que le palais
des empereurs de Russie est dans une condition fla-

grante d'insalubrité. Tous les peuples civilisés offrent à l'admiration du penseur ce détail : la guerre ; or la guerre, la guerre civilisée, épuise et totalise toutes les formes du banditisme, depuis le brigandage des trabucaires aux gorges du mont Jaxa jusqu'à la maraude des indiens comanches dans la Passe-Douteuse. Bah ! me direz-vous, l'Europe vaut pourtant mieux que l'Asie ? Je conviens que l'Asie est farce ; mais je ne vois pas trop ce que vous avez à rire du grand lama, vous peuples d'occident qui avez mêlé à vos modes et à vos élégances toutes les ordures compliquées de majesté, depuis la chemise sale de la reine Isabelle jusqu'à la chaise percée du dauphin. Messieurs les humains, je vous dis bernique ! C'est à Bruxelles que l'on consomme le plus de bière, à Stockholm le plus d'eau-de-vie, à Madrid le plus de chocolat, à Amsterdam le plus de genièvre, à Londres le plus de vin, à Constantinople le plus de café, à Paris le plus d'absinthe ; voilà toutes les notions utiles. Paris l'emporte, en somme. À Paris, les chiffonniers mêmes sont des sybarites ; Diogène eût autant aimé être chiffonnier place Maubert que philosophe au Pirée. Apprenez encore ceci : les cabarets des chiffonniers s'appellent bibines ; les plus célèbres sont *la Casserole* et *l'Abattoir*. Donc, ô guinguettes, goguettes, bouchons, caboulots, bouibouis, mastroquets, bastringues, manezingues, bibines des chiffonniers, caravansérails des califes, je vous atteste, je suis un voluptueux, je mange chez Richard à quarante sous par tête, il me faut des tapis de Perse à y rouler Cléopâtre nue ! Où est Cléopâtre ? Ah ! c'est toi, Louison. Bonjour.

Ainsi se répandait en paroles, accrochant la laveuse de vaisselle au passage, dans son coin de l'arrière-salle Musain, Grantaire plus qu'ivre.

Bossuet, étendant la main vers lui, essayait de lui imposer silence, et Grantaire repartait de plus belle :

— Aigle de Meaux, à bas les pattes. Tu ne me fais aucun effet avec ton geste d'Hippocrate refusant le bric-à-brac d'Artaxerce. Je te dispense de me calmer. D'ailleurs je suis triste. Que voulez-vous que je vous dise ? L'homme est mauvais, l'homme est difforme ; le papillon est réussi, l'homme est raté. Dieu a manqué cet animal-là. Une foule est un choix de laideurs. Le premier venu est un misérable. Femme rime à infâme. Oui, j'ai le spleen, compliqué de la mélancolie, avec la nostalgie, plus l'hypocondrie, et je bisque, et je rage, et je bâille, et je m'ennuie, et je m'assomme, et je m'embête! Que Dieu aille au diable!

— Silence donc, R majuscule! reprit Bossuet qui discutait un point de droit avec la cantonade, et qui était engagé plus qu'à mi-corps dans une phrase d'argot judiciaire dont voici la fin:

— ... Et quant à moi, quoique je sois à peine légiste et tout au plus procureur amateur, je soutiens ceci: qu'aux termes de la coutume de Normandie, à la Saint-Michel, et pour chaque année, un Équivalent devait être payé au profit du seigneur, sauf autrui droit, par tous et un chacun, tant les propriétaires que les saisis d'héritage, et ce, pour toutes emphytéoses, baux, alleux, contrats domaniaires et domaniaux, hypothécaires et hypothécaux...

— Échos, nymphes plaintives, fredonna Grantaire.

Tout près de Grantaire, sur une table presque silencieuse, une feuille de papier, un encrier et une plume entre deux petits verres annonçaient qu'un vaudeville s'ébauchait. Cette grosse affaire se traitait à voix basse, et les deux têtes en travail se touchaient:

— Commençons par trouver les noms. Quand on a les noms, on trouve le sujet.

— C'est juste. Dicte. J'écris.

— Monsieur Dorimon?

— Rentier?

— Sans doute.

— Sa fille, Célestine.

— ... tine. Après?

— Le colonel Sainval.

— Sainval est usé. Je dirais Valsin.

À côté des aspirants vaudevillistes, un autre groupe, qui, lui aussi, profitait du brouhaha pour parler bas, discutait un duel. Un vieux, trente ans, conseillait un jeune, dix-huit ans, et lui expliquait à quel adversaire il avait affaire:

— Diable! méfiez-vous. C'est une belle épée. Son jeu est net. Il a de l'attaque, pas de feintes perdues, du poignet, du pétillement, de l'éclair, la parade juste, et des ripostes mathématiques, bigre! et il est gaucher.

Dans l'angle opposé à Grantaire, Joly et Bahorel jouaient aux dominos et parlaient d'amour.

— Tu es heureux, toi, disait Joly. Tu as une maîtresse qui rit toujours.

— C'est une faute qu'elle fait, répondait Bahorel. La maîtresse qu'on a tort de rire. Ça encourage à la tromper. La voir gaie, cela vous ôte le remords; si on la voit triste, on se fait conscience.

— Ingrat! c'est si bon une femme qui rit! Et jamais vous ne vous querellez!

— Cela tient au traité que nous avons fait. En faisant notre petite sainte-alliance, nous nous sommes assigné à chacun notre frontière que nous ne dépassons jamais. Ce qui est situé du côté de bise appartient à Vaud, du côté de vent à Gex. De là la paix.

— La paix, c'est le bonheur digérant.

— Et toi, Jolllly, où en es-tu de ta brouillerie avec mamselle... tu sais qui je veux dire?

— Elle me boude avec une patience cruelle.

— Tu es pourtant un amoureux attendrissant de maigreur.

— Hélas!

— À ta place, je la planterais là.

— C'est facile à dire.

— Et à faire. N'est-ce pas Musichetta qu'elle s'appelle?

— Oui. Ah! mon pauvre Bahorel, c'est une fille superbe, très littéraire, de petits pieds, de petites mains, se mettant bien, blanche, potelée; avec des yeux de tireuse de cartes. J'en suis fou.

— Mon cher, alors il faut lui plaire, être élégant, et faire des effets de rotule. Achète-moi chez Staub un bon pantalon de cuir de laine. Cela prête.

— À combien? cria Grantaire.

Le troisième coin était en proie à une discussion poétique. La mythologie payenne se gourmait avec la mythologie chrétienne. Il s'agissait de l'olympe dont Jean Prouvaire, par romantisme même, prenait le parti. Jean Prouvaire n'était timide qu'au repos. Une fois excité, il éclatait, une sorte de gaîté accentuait son enthousiasme, et il était à la fois riant et lyrique :

— N'insultons pas les dieux, disait-il. Les dieux ne s'en sont peut-être pas allés. Jupiter ne me fait point l'effet d'un mort. Les dieux sont des songes, dites-vous. Eh bien, même dans la nature, telle qu'elle est aujourd'hui, après la fuite de ces songes, on retrouve tous les grands vieux mythes payens. Telle montagne à profil de cita-delle, comme le Vignemale, par exemple, est encore pour moi la coiffure de Cybèle ; il ne m'est pas prouvé que Pan ne vienne pas la nuit souffler dans le tronc creux des saules, en bouchant tour à tour les trous avec ses doigts ; et j'ai toujours cru qu'Io était pour quelque chose dans la cascade de Pissevache.

Dans le dernier coin, on parlait politique. On malme-nait la charte octroyée. Combeferre la soutenait molle-ment, Courfeyrac la battait en brèche énergiquement. Il y avait sur la table un malencontreux exemplaire de la fameuse Charte-Touquet. Courfeyrac l'avait saisie et la secouait, mêlant à ses arguments le frémissement de cette feuille de papier.

— Premièrement, je ne veux pas de rois. Ne fût-ce qu'au point de vue économique, je n'en veux pas ; un roi est un parasite. On n'a pas de roi gratis. Écoutez ceci : Cherté des rois. À la mort de François Ier, la dette publique en France était de trente mille livres de rente ; à la mort de Louis XIV, elle était de deux milliards six cents millions à vingt-huit livres le marc, ce qui équiva-lait en 1760, au dire de Desmarets, à quatre milliards cinq cents millions, et ce qui équivaudrait aujourd'hui à douze milliards. Deuxièmement, n'en déplaise à Combe-ferre, une charte octroyée est un mauvais expédient de civilisation. Sauver la transition, adoucir le passage, amortir la secousse, faire passer insensiblement la nation de la monarchie à la démocratie par la pratique des fictions constitutionnelles, détestables raisons que tout cela ! Non ! non ! n'éclairons jamais le peuple à faux jour. Les principes s'étiolent et pâlissent dans votre cave constitutionnelle. Pas d'abâtardissement. Pas de compromis. Pas d'octroi du roi au peuple. Dans tous ces octrois-là, il y a un article 14. À côté de la main qui donne, il y a la griffe qui reprend. Je refuse net votre charte. Une charte est un masque; le mensonge est dessous. Un peuple qui accepte une charte abdique. Le droit n'est le droit qu'entier. Non! pas de charte!

On était en hiver; deux bûches pétillaient dans la cheminée. Cela était tentant, et Courfeyrac n'y résista pas. Il froissa dans son point la pauvre Charte-Touquet, et la jeta au feu. Le papier flamba. Combeferre regarda philosophiquement brûler le chef-d'œuvre de Louis XVIII, et se contenta de dire:

— La charte métamorphosée en flamme.

Et les sarcasmes, les saillies, les quolibets, cette chose française qu'on appelle l'entrain, cette chose anglaise qu'on appelle l'humour, le bon et le mauvais goût, les bonnes et les mauvaises raisons, toutes les folles fusées du dialogue, montant à la fois et se croisant de tous les points de la salle, faisaient au-dessus des têtes une sorte de bombardement joyeux.

V

ÉLARGISSEMENT DE L'HORIZON

Les chocs des jeunes esprits entre eux ont cela d'admirable qu'on ne peut jamais prévoir l'étincelle ni deviner l'éclair. Que va-t-il jaillir tout à l'heure? on l'ignore. L'éclat de rire part de l'attendrissement. Au moment bouffon, le sérieux fait son entrée. Les impulsions dépendent du premier mot venu. La verve de chacun est souveraine. Un lazzi suffit pour ouvrir le champ à l'inattendu. Ce sont des entretiens à brusques tournants où la perspective change tout à coup. Le hasard est le machiniste de ces conversations-là.

Une pensée sévère, bizarrement sortie d'un cliquetis de mots, traversa tout à coup la mêlée de paroles où ferraillaient confusément Grantaire, Bahorel, Prouvaire, Bossuet, Combeferre et Courfeyrac.

Comment une phrase survient-elle dans le dialogue?

d'où vient qu'elle se souligne tout à coup d'elle-même dans l'attention de ceux qui l'entendent ? Nous venons de le dire, nul n'en sait rien. Au milieu du brouhaha, Bossuet termina tout à coup une apostrophe quelconque à Combeferre par cette date :

— 18 juin 1815 : Waterloo.

À ce nom, Waterloo, Marius, accoudé près d'un verre d'eau sur une table, ôta son poignet de dessous son menton, et commença à regarder fixement l'auditoire.

— Pardieu, s'écria Courfeyrac (*Parbleu*, à cette époque, tombait en désuétude), ce chiffre 18 est étrange, et me frappe. C'est le nombre fatal de Bonaparte. Mettez Louis devant et Brumaire derrière, vous avez toute la destinée de l'homme, avec cette particularité expressive que le commencement y est talonné par la fin.

Enjolras, jusque-là muet, rompit le silence, et adressa à Courfeyrac cette parole :

— Tu veux dire le crime par l'expiation.

Ce mot, *crime*, dépassait la mesure de ce que pouvait accepter Marius, déjà très ému par la brusque évocation de Waterloo.

Il se leva, il marcha lentement vers la carte de France étalée sur le mur et au bas de laquelle on voyait une île dans un compartiment séparé, il posa son doigt sur ce compartiment, et dit :

— La Corse. Une petite île qui a fait la France bien grande.

Ce fut le souffle d'air glacé. Tous s'interrompirent. On sentit que quelque chose allait commencer.

Bahorel, ripostant à Bossuet, était en train de prendre une pose de torse à laquelle il tenait. Il y renonça pour écouter.

Enjolras, dont l'œil bleu n'était attaché sur personne et semblait considérer le vide, répondit sans regarder Marius :

— La France n'a besoin d'aucune Corse pour être grande. La France est grande parce qu'elle est la France. *Quia nominor leo.*

Marius n'éprouva nulle velléité de reculer ; il se tourna vers Enjolras, et sa voix éclata avec une vibration qui venait du tressaillement des entrailles :

— À Dieu ne plaise que je diminue la France ! mais ce n'est point la diminuer que de lui amalgamer Napoléon. Ah çà, parlons donc. Je suis nouveau venu parmi vous, mais je vous avoue que vous m'étonnez. Où en sommes-nous ? qui sommes-nous ? qui êtes-vous ? qui suis-je ? Expliquons-nous sur l'empereur. Je vous entends dire Buonaparte en accentuant l'*u* comme des royalistes. Je vous préviens que mon grand-père fait mieux encore ; il dit Buonaparté. Je vous croyais des jeunes gens. Où met-tez-vous donc votre enthousiasme ? et qu'est-ce que vous en faites ? qui admirez-vous si vous n'admirez pas l'empereur ? et que vous faut-il de plus ? Si vous ne vou-lez pas de ce grand homme-là, de quels grands hommes voudrez-vous ? Il avait tout. Il était complet. Il avait dans son cerveau le cube des facultés humaines. Il faisait des codes comme Justinien, il dictait comme César, sa cau-serie mêlait l'éclair de Pascal au coup de foudre de Tacite, il faisait l'histoire et il l'écrivait, ses bulletins sont des iliades, il combinait le chiffre de Newton avec la métaphore de Mahomet, il laissait derrière lui dans l'orient des paroles grandes comme les pyramides ; à Til-sitt il enseignait la majesté aux empereurs, à l'académie des sciences il donnait la réplique à Laplace, au conseil d'état il tenait tête à Merlin, il donnait une âme à la géo-métrie des uns et à la chicane des autres, il était légiste avec les procureurs et sidéral avec les astronomes ; comme Cromwell soufflant une chandelle sur deux, il s'en allait au Temple marchander un gland de rideau ; il voyait tout, il savait tout ; ce qui ne l'empêchait pas de rire d'un rire bonhomme au berceau de son petit enfant ; et tout à coup, l'Europe effarée écoutait, des armées se mettaient en marche, des parcs d'artillerie roulaient, des ponts de bateaux s'allongeaient sur les fleuves, les nuées de la cavalerie galopaient dans l'ouragan, cris, trom-pettes, tremblement de trônes partout, les frontières des royaumes oscillaient sur la carte, on entendait le bruit d'un glaive surhumain qui sortait du fourreau, on le voyait, lui, se dresser debout sur l'horizon avec un flam-boiement dans la main et un resplendissement dans les yeux, déployant dans le tonnerre ses deux ailes, la grande armée et la vieille garde, et c'était l'archange de la guerre !

Tous se taisaient, et Enjolras baissait la tête. Le silence fait toujours un peu l'effet de l'acquiescement ou d'une sorte de mise au pied du mur. Marius, presque sans reprendre haleine, continua avec un surcroît d'enthousiasme :

— Soyons justes, mes amis ! être l'empire d'un tel empereur, quelle splendide destinée pour un peuple, lorsque ce peuple est la France et qu'il ajoute son génie au génie de cet homme ! Apparaître et régner, marcher et triompher, avoir pour étapes toutes les capitales, prendre ses grenadiers et en faire des rois, décréter des chutes de dynastie, transfigurer l'Europe au pas de charge, qu'on sente, quand vous menacez, que vous mettez la main sur le pommeau de l'épée de Dieu, suivre dans un seul homme Annibal, César et Charlemagne, être le peuple de quelqu'un qui mêle à toutes vos aubes l'annonce éclatante d'une bataille gagnée, avoir pour réveille-matin le canon des Invalides, jeter dans des abîmes de lumière des mots prodigieux qui flamboient à jamais, Marengo, Arcole, Austerlitz, Iéna, Wagram ! faire à chaque instant éclore au zénith des siècles des constellations de victoires, donner l'empire français pour pendant à l'empire romain, être la grande nation et enfanter la grande armée, faire envoler par toute la terre ses légions comme une montagne envoie de tous côtés ses aigles, vaincre, dominer, foudroyer, être en Europe une sorte de peuple doré à force de gloire, sonner à travers l'histoire une fanfare de titans, conquérir le monde deux fois, par la conquête et par l'éblouissement, cela est sublime ; et qu'y a-t-il de plus grand ?

— Être libre, dit Combeferre.

Marius à son tour baissa la tête. Ce mot simple et froid avait traversé comme une lame d'acier son effusion épique, et il la sentait s'évanouir en lui. Lorsqu'il leva les yeux, Combeferre n'était plus là. Satisfait probablement de sa réplique à l'apothéose, il venait de partir, et tous, excepté Enjolras, l'avaient suivi. La salle s'était vidée. Enjolras, resté seul avec Marius, le regardait gravement. Marius, cependant, ayant un peu rallié ses idées, ne se tenait pas pour battu ; il y avait en lui un reste de bouillonnement qui allait sans doute se traduire en syllo-

gismes déployés contre Enjolras, quand tout à coup on
entendit quelqu'un qui chantait dans l'escalier en s'en
allant. C'était Combeferre, et voici ce qu'il chantait :

> Si César m'avait donné
>   La gloire et la guerre,
> Et qu'il me fallût quitter
>   L'amour de ma mère,
> Je dirais au grand César :
> Reprends ton sceptre et ton char,
> J'aime mieux ma mère, ô gué !
>   J'aime mieux ma mère.

L'accent tendre et farouche dont Combeferre le chantait donnait à ce couplet une sorte de grandeur étrange.
Marius, pensif et l'œil au plafond, répéta presque
machinalement : Ma mère ?...

En ce moment, il sentit sur son épaule la main d'Enjolras.

— Citoyen, lui dit Enjolras, ma mère, c'est la république.

VI

RES ANGUSTA

Cette soirée laissa à Marius un ébranlement profond,
et une obscurité triste dans l'âme. Il éprouva ce
qu'éprouve peut-être la terre au moment où on l'ouvre
avec le fer pour y déposer le grain de blé ; elle ne sent que
la blessure ; le tressaillement du germe et la joie du fruit
n'arrivent que plus tard.

Marius fut sombre. Il venait à peine de se faire une foi ;
fallait-il donc déjà la rejeter ? Il s'affirma à lui-même que
non. Il se déclara qu'il ne voulait pas douter, et il
commença à douter malgré lui. Être entre deux religions, l'une dont on n'est pas encore sorti, l'autre où l'on
n'est pas encore entré, cela est insupportable ; et ces cré-
puscules ne plaisent qu'aux âmes chauves-souris. Marius

était une prunelle franche, et il lui fallait de la vraie
lumière. Les demi-jours du doute lui faisaient mal. Quel
que fût son désir de rester où il était et de s'en tenir là, il
était invinciblement contraint de continuer, d'avancer,
d'examiner, de penser, de marcher plus loin. Où cela
allait-il le conduire ? il craignait, après avoir fait tant de
pas qui l'avaient rapproché de son père, de faire maintenant des pas qui l'en éloigneraient. Son malaise croissait
de toutes les réflexions qui lui venaient. L'escarpement
se dessinait autour de lui. Il n'était d'accord ni avec son
grand-père, ni avec ses amis ; téméraire pour l'un, arriéré
pour les autres ; et il se reconnut doublement isolé, du
côté de la vieillesse, et du côté de la jeunesse. Il cessa
d'aller au café Musain.

Dans ce trouble où était sa conscience, il ne songeait
plus guère à de certains côtés sérieux de l'existence. Les
réalités de la vie ne se laissent pas oublier. Elles vinrent
brusquement lui donner leur coup de coude.

Un matin, le maître de l'hôtel entra dans la chambre
de Marius et lui dit :

— Monsieur Courfeyrac a répondu pour vous.

— Oui.

— Mais il me faudrait de l'argent.

— Priez Courfeyrac de venir me parler, dit Marius.

Courfeyrac venu, l'hôte les quitta. Marius lui conta ce
qu'il n'avait pas songé à lui dire encore, qu'il était
comme seul au monde et n'ayant pas de parents.

— Qu'allez-vous devenir ? dit Coufeyrac.

— Je n'en sais rien, répondit Marius.

— Qu'allez-vous faire ?

— Je n'en sais rien.

— Avez-vous de l'argent ?

— Quinze francs.

— Voulez-vous que je vous en prête ?

— Jamais.

— Avez-vous des habits ?

— Voilà.

— Avez-vous des bijoux ?

— Une montre.

— D'argent ?

— D'or. La voici.

— Je sais un marchand d'habits qui vous prendra votre redingote et un pantalon.

— C'est bien.

— Vous n'aurez plus qu'un pantalon, un gilet, un chapeau et un habit.

— Et mes bottes.

— Quoi! vous n'irez pas pieds nus? quelle opulence!

— Ce sera assez.

— Je sais un horloger qui vous achètera votre montre.

— C'est bon.

— Non, ce n'est pas bon. Que ferez-vous après?

— Tout ce qu'il faudra. Tout l'honnête du moins.

— Savez-vous l'anglais?

— Non.

— Savez-vous l'allemand?

— Non.

— Tant pis.

— Pourquoi?

— C'est qu'un de mes amis, libraire, fait une façon d'encyclopédie pour laquelle vous auriez pu traduire des articles allemands ou anglais. C'est mal payé, mais on vit.

— J'apprendrai l'anglais et l'allemand.

— Et en attendant?

— En attendant je mangerai mes habits et ma montre.

On fit venir le marchand d'habits. Il acheta la défroque vingt francs. On alla chez l'horloger. Il acheta la montre quarante-cinq francs.

— Ce n'est pas mal, disait Marius à Courfeyrac en rentrant à l'hôtel, avec mes quinze francs, cela fait quatre-vingt francs.

— Et la note de l'hôtel? observa Courfeyrac.

— Tiens, j'oubliais, dit Marius.

— Diable, fit Courfeyrac, vous mangerez cinq francs pendant que vous apprendrez l'anglais, et cinq francs pendant que vous apprendrez l'allemand. Ce sera avaler une langue bien vite ou une pièce de cent sous bien lentement.

Cependant la tante Gillenormand, assez bonne personne au fond dans les occasions tristes, avait fini par déterrer le logis de Marius. Un matin, comme Marius revenait de l'école, il trouva une lettre de sa tante et les *soixante pistoles*, c'est-à-dire six cents francs en or dans une boîte cachetée.

Marius renvoya les trente louis à sa tante avec une lettre respectueuse où il déclarait avoir des moyens d'existence et pouvoir suffire désormais à tous ses besoins. En ce moment-là il lui restait trois francs.

La tante n'informa point le grand-père de ce refus de peur d'achever de l'exaspérer. D'ailleurs n'avait-il pas dit : Qu'on ne me parle jamais de ce buveur de sang !

Marius sortit de l'hôtel de la Porte Saint-Jacques, ne voulant pas s'y endetter.

LIVRE CINQUIÈME

EXCELLENCE DU MALHEUR

I

MARIUS INDIGENT

La vie devint sévère pour Marius. Manger ses habits et sa montre, ce n'était rien. Il mangea de cette chose inexprimable qu'on appelle *de la vache enragée*. Chose horrible, qui contient les jours sans pain, les nuits sans sommeil, les soirs sans chandelle, l'âtre sans feu, les semaines sans travail, l'avenir sans espérance, l'habit percé au coude, le vieux chapeau qui fait rire les jeunes filles, la porte qu'on trouve fermée le soir parce qu'on ne paye pas son loyer, l'insolence du portier et du gargotier, les ricanements des voisins, les humiliations, la dignité refoulée, les besognes quelconques acceptées, les dégoûts, l'amertume, l'accablement. Marius apprit comment on dévore tout cela, et comment ce sont souvent les seules choses qu'on ait à dévorer. À ce moment de l'existence où l'homme a besoin d'orgueil parce qu'il a besoin d'amour, il se sentit moqué parce qu'il était mal vêtu, et ridicule parce qu'il était pauvre. À l'âge où la jeunesse vous gonfle le cœur d'une fierté impériale, il abaissa plus d'une fois ses yeux sur ses bottes trouées, et il connut les hontes injustes et les rougeurs poignantes de la misère. Admirable et terrible épreuve dont les faibles sortent infâmes, dont les forts sortent sublimes.

Creuset où la destinée jette un homme, toutes les fois qu'elle veut avoir un gredin ou un demi-dieu.

Car il se fait beaucoup de grandes actions dans les petites luttes. Il y a des bravoures opiniâtres et ignorées qui se défendent pied à pied dans l'ombre contre l'envahissement fatal des nécessités et des turpitudes. Nobles et mystérieux triomphes qu'aucun regard ne voit, qu'aucune renommée ne paye, qu'aucune fanfare ne salue. La vie, le malheur, l'isolement, l'abandon, la pauvreté, sont des champs de bataille qui ont leurs héros ; héros obscurs plus grands parfois que les héros illustres.

De fermes et rares natures sont ainsi créées ; la misère, presque toujours marâtre, est quelquefois mère ; le dénuement enfante la puissance d'âme et d'esprit ; la détresse est nourrice de la fierté ; le malheur est un bon lait pour les magnanimes.

Il y eut un moment dans la vie de Marius où il balayait son palier, où il achetait un sou de fromage de Brie chez la fruitière, où il attendait que la brune tombât pour s'introduire chez le boulanger, et y acheter un pain qu'il emportait furtivement dans son grenier, comme s'il l'eût volé. Quelquefois on voyait se glisser dans la boucherie du coin, au milieu des cuisinières goguenardes qui le coudoyaient, un jeune homme gauche portant des livres sous son bras, qui avait l'air timide et furieux, qui en entrant ôtait son chapeau de son front où perlait la sueur, faisait un profond salut à la bouchère étonnée, un autre salut au garçon boucher, demandait une côtelette de mouton, la payait six ou sept sous, l'enveloppait de papier, la mettait sous son bras entre deux livres, et s'en allait. C'était Marius. Avec cette côtelette, qu'il faisait cuire lui-même, il vivait trois jours.

Le premier jour il mangeait la viande, le second jour il mangeait la graisse, le troisième jour il rongeait l'os.

À plusieurs reprises la tante Gillenormand fit des tentatives, et lui adressa les soixante pistoles. Marius les renvoya constamment, en disant qu'il n'avait besoin de rien.

Il était encore en deuil de son père quand la révolution que nous avons racontée s'était faite en lui. Depuis lors, il n'avait plus quitté les vêtements noirs. Cependant ses vêtements le quittèrent. Un jour vint où il n'eut plus d'habit. Le pantalon allait encore. Que faire? Courfeyrac, auquel il avait de son côté rendu quelques bons offices, lui donna un vieil habit. Pour trente sous, Marius le fit retourner par un portier quelconque, et ce fut un habit neuf. Mais cet habit était vert. Alors Marius ne sortit plus qu'après la chute du jour. Cela faisait que son habit était noir. Voulant toujours être en deuil, il se vêtissait de la nuit.

À travers tout cela, il se fit recevoir avocat. Il était censé habiter la chambre de Courfeyrac, qui était décente et où un certain nombre de bouquins de droit soutenus et complétés par des volumes de romans dépareillés figuraient la bibliothèque voulue par les règlements. Il se faisait adresser ses lettres chez Courfeyrac.

Quand Marius fut avocat, il en informa son grand-père par une lettre froide, mais pleine de soumission et de respect. M. Gillenormand prit la lettre avec un tremblement, la lut, et la jeta, déchirée en quatre, au panier. Deux ou trois jours après, mademoiselle Gillenormand entendit son père qui était seul dans sa chambre et qui parlait tout haut. Cela lui arrivait chaque fois qu'il était très agité. Elle prêta l'oreille; le vieillard disait : — Si tu n'étais pas un imbécile, tu saurais qu'on ne peut pas être à la fois baron et avocat.

II

MARIUS PAUVRE

Il en est de la misère comme de tout. Elle arrive à devenir possible. Elle finit par prendre une forme et se composer. On végète, c'est-à-dire on se développe d'une certaine façon chétive, mais suffisante à la vie. Voici de quelle manière l'existence de Marius Pontmercy s'était arrangée :

Il était sorti du plus étroit; le défilé s'élargissait un peu devant lui. À force de labeur, de courage, de persévé-

rance et de volonté, il était parvenu à tirer de son travail
environ sept cents francs par an. Il avait appris l'allemand et l'anglais ; grâce à Courfeyrac qui l'avait mis en
rapport avec son ami le libraire, Marius remplissait dans
la littérature-librairie le modeste rôle d'*utilité*. Il faisait
des prospectus, traduisait des journaux, annotait des
éditions, compilait des biographies, etc. Produit net, bon
an mal an, sept cents francs. Il en vivait. Pas mal. Comment ? Nous l'allons dire.

Marius occupait dans la masure Gorbeau, moyennant
le prix annuel de trente francs, un taudis sans cheminée
qualifié cabinet où il n'y avait, en fait de meubles, que
l'indispensable. Ces meubles étaient à lui. Il donnait
trois francs par mois à la vieille principale locataire pour
qu'elle vînt balayer le taudis et lui apporter chaque
matin un peu d'eau chaude, un œuf frais et un pain d'un
sou. De ce pain et de cet œuf, il déjeunait. Son déjeuner
variait de deux à quatre sous selon que les œufs étaient
chers ou bon marché. À six heures du soir, il descendait
rue Saint-Jacques, dîner chez Rousseau, vis-à-vis Basset,
le marchand d'estampes du coin de la rue des Mathu-
rins. Il ne mangeait pas de soupe. Il prenait un plat de
viande de six sous, un demi-plat de légumes de trois
sous, et un dessert de trois sous. Pour trois sous, du pain
à discrétion. Quant au vin, il buvait de l'eau. En payant
au comptoir, où siégeait majestueusement madame
Rousseau, à cette époque toujours grasse et encore
fraîche, il donnait un sou au garçon, et madame Rousseau lui donnait un sourire. Puis il s'en allait. Pour seize
sous, il avait eu un sourire et un dîner.

Ce restaurant Rousseau, où l'on vidait si peu de bou-
teilles et tant de carafes, était un calmant plus encore
qu'un restaurant. Il n'existe plus aujourd'hui. Le maître
avait un beau surnom ; on l'appelait *Rousseau l'aqua-
tique*.

Ainsi, déjeuner quatre sous, dîner seize sous ; sa nourriture lui coûtait vingt sous par jour ; ce qui faisait trois
cent soixante-cinq francs par an. Ajoutez les trente
francs de loyer et les trente-six francs à la vieille, plus
quelques menus frais ; pour quatre cent cinquante
francs, Marius était nourri, logé et servi. Son habille-

ment lui coûtait cent francs, son linge cinquante francs, son blanchissage cinquante francs. Le tout ne dépassait pas six cent cinquante francs. Il lui restait cinquante francs. Il était riche. Il prêtait dans l'occasion dix francs à un ami ; Courfeyrac avait pu lui emprunter une fois soixante francs. Quant au chauffage, n'ayant pas de cheminée, Marius l'avait « simplifié ».

Marius avait toujours deux habillements complets ; l'un vieux, « pour tous les jours », l'autre tout neuf, pour les occasions. Les deux étaient noirs. Il n'avait que trois chemises, l'une sur lui, l'autre dans sa commode, la troisième chez la blanchisseuse. Il les renouvelait à mesure qu'elles s'usaient. Elles étaient habituellement déchirées, ce qui lui faisait boutonner son habit jusqu'au menton.

Pour que Marius en vînt à cette situation florissante, il avait fallu des années. Années rudes ; difficiles, les unes à traverser, les autres à gravir. Marius n'avait point failli un seul jour. Il avait tout subi, en fait de dénûment ; il avait tout fait, excepté des dettes. Il se rendait ce témoignage que jamais il n'avait dû un sou à personne. Pour lui, une dette c'était le commencement de l'esclavage. Il se disait même qu'un créancier est pire qu'un maître ; car un maître ne possède que votre personne, un créancier possède votre dignité et peut la souffleter. Plutôt que d'emprunter il ne mangeait pas. Il avait eu beaucoup de jours de jeûne. Sentant que toutes les extrémités se touchent et que, si l'on n'y prend garde, l'abaissement de fortune peut mener à la bassesse d'âme, il veillait jalousement sur sa fierté. Telle formule ou telle démarche qui, dans toute autre situation, lui eût paru déférence, lui semblait platitude, et il se redressait. Il ne hasardait rien, ne voulant pas reculer. Il avait sur le visage une sorte de rougeur sévère. Il était timide jusqu'à l'âpreté.

Dans toutes ses épreuves il se sentait encouragé et quelquefois même porté par une force secrète qu'il avait en lui. L'âme aide le corps, et à de certains moments le soulève. C'est le seul oiseau qui soutienne sa cage.

À côté du nom de son père, un autre nom était gravé dans le cœur de Marius, le nom de Thénardier. Marius, dans sa nature enthousiaste et grave, environnait d'une sorte d'auréole l'homme auquel, dans sa pensée, il devait la vie de son père, cet intrépide sergent qui avait sauvé le colonel au milieu des boulets et des balles de Waterloo. Il ne séparait jamais le souvenir de cet homme du souvenir de son père, et il les associait dans sa vénération. C'était une sorte de culte à deux degrés, le grand autel pour le colonel, le petit pour Thénardier. Ce qui redoublait l'attendrissement de sa reconnaissance, c'est l'idée de l'infortune où il savait Thénardier tombé et englouti. Marius avait appris à Montfermeil la ruine et la faillite du malheureux aubergiste. Depuis il avait fait des efforts inouïs pour saisir sa trace et tâcher d'arriver à lui dans ce ténébreux abîme de la misère où Thénardier avait disparu. Marius avait battu tout le pays; il était allé à Chelles, à Bondy, à Gournay, à Nogent, à Lagny. Pendant trois années il s'y était acharné, dépensant à ces explorations le peu d'argent qu'il épargnait. Personne n'avait pu lui donner de nouvelles de Thénardier; on le croyait passé en pays étranger. Ses créanciers l'avaient cherché aussi, avec moins d'amour que Marius, mais avec autant d'acharnement, et n'avaient pu mettre la main sur lui. Marius s'accusait et s'en voulait presque de ne pas réussir dans ses recherches. C'était la seule dette que lui eût laissée le colonel, et Marius tenait à honneur de la payer. — Comment! pensait-il, quand mon père gisait mourant sur le champ de bataille, Thénardier, lui, a bien su le trouver à travers la fumée et la mitraille et l'emporter sur ses épaules, et il ne lui devait rien cependant, et moi qui dois tant à Thénardier, je ne saurais pas le rejoindre dans cette ombre où il agonise et le rapporter à mon tour de la mort à la vie! Oh! je le retrouverai! — Pour retrouver Thénardier en effet, Marius eût donné un de ses bras, et, pour le tirer de la misère, tout son sang. Revoir Thénardier, rendre un service quelconque à Thénardier, lui dire : Vous ne me connaissez pas, eh bien, moi, je vous connais! je suis là! disposez de moi! — c'était le plus doux et le plus magnifique rêve de Marius.

III

MARIUS GRANDI

À cette époque, Marius avait vingt ans. Il y avait trois
ans qu'il avait quitté son grand-père. On était resté dans
les mêmes termes de part et d'autre, sans tenter de rapprochement et sans chercher à se revoir. D'ailleurs, se
revoir, à quoi bon ? pour se heurter ? Lequel eût eu raison de l'autre ? Marius était le vase d'airain, mais le père
Gillenormand était le pot de fer.

Disons-le, Marius s'était mépris sur le cœur de son
grand-père. Il s'était figuré que M. Gillenormand ne
l'avait jamais aimé, et que ce bonhomme bref, dur et
riant, qui jurait, criait, tempêtait et levait la canne,
n'avait pour lui tout au plus que cette affection à la fois
légère et sévère des Gérontes de comédie. Marius se
trompait. Il y a des pères qui n'aiment pas leurs enfants ;
il n'existe point d'aïeul qui n'adore son petit-fils. Au
fond, nous l'avons dit, M. Gillenormand idolâtrait
Marius. Il l'idolâtrait à sa façon, avec accompagnement
de bourrades et même de gifles ; mais, cet enfant disparu, il se sentit un vide noir dans le cœur. Il exigea
qu'on ne lui en parlât plus, en regrettant tout bas d'être
si bien obéi. Dans les premiers temps il espéra que ce
buonapartiste, ce jacobin, ce terroriste, ce septembri-
seur reviendrait. Mais les semaines se passèrent, les
mois se passèrent, les années se passèrent ; au grand
désespoir de M. Gillenormand, le buveur de sang ne
reparut pas. — Je ne pouvais pourtant pas faire autrement que de le chasser, se disait le grand-père, et il se
demandait : si c'était à refaire, le referais-je ? Son orgueil
sur-le-champ répondait oui, mais sa vieille tête qu'il
hochait en silence répondait tristement non. Il avait ses
heures d'abattement. Marius lui manquait. Les vieillards
ont besoin d'affections comme de soleil. C'est de la chaleur. Quelle que fût sa forte nature, l'absence de Marius
avait changé quelque chose en lui. Pour rien au monde,
il n'eût voulu faire un pas vers ce « petit drôle » ; mais il
souffrait. Il ne s'informait jamais de lui, mais il y pensait

toujours. Il vivait, de plus en plus retiré, au Marais. Il
était encore, comme autrefois, gai et violent, mais sa
gaîté avait une dureté convulsive comme si elle contenait de la douleur et de la colère, et ses violences se ter-
minaient toujours par une sorte d'accablement doux et
sombre. Il disait quelquefois : — Oh! s'il revenait, quel
bon soufflet je lui donnerais!

Quant à la tante, elle pensait trop peu pour aimer
beaucoup ; Marius n'était plus pour elle qu'une espèce de
silhouette noire et vague ; et elle avait fini par s'en
occuper beaucoup moins que du chat ou du perroquet
qu'il est probable qu'elle avait.

Ce qui accroissait la souffrance secrète du père Gillenormand, c'est qu'il la renfermait tout entière et n'en
laissait rien deviner. Son chagrin était comme ces fournaises nouvellement inventées qui brûlent leur fumée.
Quelquefois, il arrivait que des officieux malencontreux
lui parlaient de Marius, et lui demandaient : — Que fait,
ou que devient monsieur votre petit-fils? — Le vieux
bourgeois répondait, en soupirant, s'il était trop triste,
ou en donnant une chiquenaude à sa manchette, s'il voulait paraître gai : — Monsieur le baron Pontmercy plai-
daille dans quelque coin.

Pendant que le vieillard regrettait, Marius s'applaudissait. Comme à tous les bons cœurs, le malheur lui avait
ôté l'amertume. Il ne pensait à M. Gillenormand qu'avec
douceur, mais il avait tenu à ne plus rien recevoir de
l'homme *qui avait été mal pour son père*. — C'était maintenant la traduction mitigée de ses premières indignations. En outre, il était heureux d'avoir souffert, et de
souffrir encore. C'était pour son père. La dureté de sa vie
le satisfaisait et lui plaisait. Il se disait avec une sorte de
joie que — *c'était bien le moins* ; — que c'était — une
expiation ; — que, — sans cela, il eût été puni, autrement
et plus tard, de son indifférence impie pour son père et
pour un tel père ; qu'il n'aurait pas été juste que son père
eût eu toute la souffrance, et lui rien ; — qu'était-ce d'ailleurs que ses travaux et son dénûment comparés à la vie
héroïque du colonel? qu'enfin sa seule manière de se
rapprocher de son père et de lui ressembler, c'était d'être
vaillant contre l'indigence comme lui avait été brave

contre l'ennemi; et que c'était là sans doute ce que le colonel avait voulu dire par ce mot : *il en sera digne*.
— Paroles que Marius continuait de porter, non sur sa poitrine, l'écrit du colonel ayant disparu, mais dans son cœur.

Et pui, le jour où son grand-père l'avait chassé, il n'était encore qu'un enfant, maintenant il était un homme. Il le sentait. La misère, insistons-y, lui avait été bonne. La pauvreté dans la jeunesse, quand elle réussit, a cela de magnifique qu'elle tourne toute la volonté vers l'effort et toute l'âme vers l'aspiration. La pauvreté met tout de suite la vie matérielle à nu et la fait hideuse; de là d'inexprimables élans vers la vie idéale. Le jeune homme riche a cent distractions brillantes et grossières, les courses de chevaux, la chasse, les chiens, le tabac, le jeu, les bons repas, et le reste; occupations des bas côtés de l'âme aux dépens des côtés hauts et délicats. Le jeune homme pauvre se donne de la peine pour avoir son pain; il mange; quand il a mangé, il n'a plus que la rêverie. Il va aux spectacles gratis que Dieu donne; il regarde le ciel, l'espace, les astres, les fleurs, les enfants, l'humanité dans laquelle il souffre, la création dans laquelle il rayonne. Il regarde tant l'humanité qu'il voit l'âme, il regarde tant la création qu'il voit Dieu. Il rêve, et il se sent grand; il rêve encore, et il se sent tendre. De l'égoïsme de l'homme qui souffre, il passe à la compassion de l'homme qui médite. Un admirable sentiment éclôt en lui, l'oubli de soi et la pitié pour tous. En songeant aux jouissances sans nombre que la nature offre, donne et prodigue aux âmes ouvertes et refuse aux âmes fermées, il en vient à plaindre, lui millionnaire de l'intelligence, les millionnaires de l'argent. Toute haine s'en va de son coeur à mesure que toute clarté entre dans son esprit. D'ailleurs est-il malheureux? Non. La misère d'un jeune homme n'est jamais misérable. Le premier jeune garçon venu, si pauvre qu'il soit, avec sa santé, sa force, sa marche vive, ses yeux brillants, son sang qui circule chaudement, ses cheveux noirs, ses joues fraîches, ses lèvres roses, ses dents blanches, son souffle pur, fera toujours envie à un vieil empereur. Et puis chaque matin il se remet à gagner son pain; et tandis que ses mains gagnent du pain, son épine dorsale gagne de la fierté, son cerveau gagne des idées. Sa besogne finie, il revient aux extases ineffables, aux contemplations, aux joies; il vit les pieds dans les afflictions, dans les obstacles, sur le pavé, dans les ronces, quelquefois dans la boue, la tête dans la lumière. Il est ferme, serein, doux, paisible, attentif, sérieux, content de peu, bienveillant; et il bénit Dieu de lui avoir donné ces deux richesses qui manquent à bien des riches : le travail qui le fait libre et la pensée qui le fait digne.

C'était là ce qui s'était passé en Marius. Il avait même, pour tout dire, un peu trop versé du côté de la contemplation. Du jour où il était arrivé à gagner sa vie à peu près sûrement, il s'était arrêté là, trouvant bon d'être pauvre, et retranchant au travail pour donner à la pensée. C'est-à-dire qu'il passait quelquefois des journées entières à songer, plongé et englouti comme un visionnaire dans les voluptés muettes de l'extase et du rayonnement intérieur. Il avait ainsi posé le problème de sa vie : travailler le moins possible du travail matériel pour travailler le plus possible du travail impalpable; en d'autres termes, donner quelques heures à la vie réelle, et jeter le reste dans l'infini. Il ne s'apercevait pas, croyant ne manquer de rien, que la contemplation ainsi comprise finit par être une des formes de la paresse; qu'il s'était contenté de dompter les premières nécessités de la vie, et qu'il se reposait trop tôt.

Il était évident que, pour cette nature énergique et généreuse, ce ne pouvait être là qu'un état transitoire, et qu'au premier choc contre les inévitables complications de la destinée, Marius se réveillerait.

En attendant, bien qu'il fût avocat et quoi qu'en pensât le père Gillenormand, il ne plaidait pas, il ne plaidaillait même pas. La rêverie l'avait détourné de la plaidoirie. Hanter les avoués, suivre le palais, chercher des causes, ennui. Pourquoi faire? Il ne voyait aucune raison pour changer de gagne-pain. Cette librairie marchande et obscure avait fini par lui faire un travail sûr, un travail de peu de labeur, qui, comme nous venons de l'expliquer, lui suffisait.

Un des libraires pour lesquels il travaillait, M. Magimel, je crois, lui avait offert de le prendre chez lui, de le bien loger, de lui fournir un travail régulier, et de lui donner quinze cents francs par an. Être bien logé! quinze cents francs! Sans doute. Mais renoncer à sa liberté! être un gagiste! une espèce d'homme de lettres commis! Dans la pensée de Marius, en acceptant, sa position devenait meilleure et pire en même temps, il gagnait du bien-être et perdait de la dignité; c'était un malheur complet et beau qui se changeait en une gêne laide et ridicule; quelque chose comme un aveugle qui deviendrait borgne. Il refusa.

Marius vivait solitaire. Par ce goût qu'il avait de rester en dehors de tout, et aussi pour avoir été par trop effarouché, il n'était décidément pas entré dans le groupe présidé par Enjolras. On était resté bons camarades; on était prêt à s'entr'aider dans l'occasion de toutes les façons possibles; mais rien de plus. Marius avait deux amis, un jeune, Courfeyrac, et un vieux, M. Mabeuf. Il penchait vers le vieux. D'abord il lui devait la révolution qui s'était faite en lui; il lui devait d'avoir connu son père. *Il m'a opéré de la cataracte*, disait-il.

Certes, ce marguillier avait été décisif.

Ce n'est pas pourtant que M. Mabeuf eût été dans cette occasion autre chose que l'agent calme et impassible de la providence. Il avait éclairé Marius par hasard et sans le savoir, comme fait une chandelle que quelqu'un apporte; il avait été la chandelle et non le quelqu'un.

Quant à la révolution politique intérieure de Marius, M. Mabeuf était tout à fait incapable de la comprendre, de la vouloir et de la diriger.

Comme on retrouvera plus tard M. Mabeuf, quelques mots ne sont pas inutiles.

IV

M. MABEUF

Le jour où M. Mabeuf disait à Marius : *Certainement, j'approuve les opinions politiques*, il exprimait le véritable état de son esprit. Toutes les opinions politiques lui étaient indifférentes, et il les approuvait toutes sans distinguer, pour qu'elles le laissassent tranquille, comme les grecs appelaient les Furies « les belles, les bonnes, les charmantes », les *Euménides*. M. Mabeuf avait pour opinion politique d'aimer passionnément les plantes, et surtout les livres. Il possédait comme tout le monde sa terminaison en *iste*, sans laquelle personne n'aurait pu vivre en ce temps-là, mais il n'était ni royaliste, ni bonapartiste, ni chartiste, ni orléaniste, ni anarchiste; il était bouquiniste.

Il ne comprenait pas que les hommes s'occupassent à se haïr à propos de billevesées comme la charte, la démocratie, la légitimité, la monarchie, la république, etc., lorsqu'il y avait dans ce monde toutes sortes de mousses, d'herbes et d'arbustes qu'ils pouvaient regarder, et des tas d'in-folio et même d'in-trente-deux qu'ils pouvaient feuilleter. Il se gardait fort d'être inutile; avoir des livres ne l'empêchait pas de lire, être botaniste ne l'empêchait pas d'être jardinier. Quand il avait connu Pontmercy, il y avait eu cette sympathie entre le colonel et lui, que ce que le colonel faisait pour les fleurs, il le faisait pour les fruits. M. Mabeuf était parvenu à produire des poires de semis aussi savoureuses que les poires de Saint-Germain; c'est d'une de ses combinaisons qu'est née, à ce qu'il paraît, la mirabelle d'octobre, célèbre aujourd'hui, et non moins parfumée que la mirabelle d'été. Il allait à la messe plutôt par douceur que par dévotion, et puis parce qu'aimant le visage des hommes, mais haïssant leur bruit, il ne les trouvait qu'à l'église réunis et silencieux. Sentant qu'il allait être quelque chose dans l'état, il avait choisi la carrière de marguillier. Du reste, il n'avait jamais réussi à aimer aucune femme autant qu'un oignon de tulipe ou aucun homme autant qu'un elzévir. Il avait depuis longtemps passé soixante ans lorsqu'un jour quelqu'un lui demanda : — Est-ce que vous ne vous êtes jamais marié? — J'ai oublié, dit-il. Quand il lui arrivait parfois — à qui cela n'arrive-t-il pas? — de dire : — Oh! si j'étais riche! — ce n'était pas en lorgnant une jolie fille, comme le père Gillenormand, c'était en contemplant un bouquin. Il vivait seul, avec une vieille gouvernante. Il était un peu

chiragre, et quand il dormait ses vieux doigts ankylosés
par le rhumatisme s'arc-boutaient dans les plis de ses
draps. Il avait fait et publié une *Flore des environs de
Cauteretz* avec planches coloriées, ouvrage assez estimé
dont il possédait les cuivres et qu'il vendait lui-même.
On venait deux ou trois fois par jour sonner chez lui, rue
Mézières, pour cela. Il en tirait bien deux mille francs
par an ; c'était à peu près là toute sa fortune. Quoique
pauvre, il avait eu le talent de se faire, à force de
patience, de privations et de temps, une collection précieuse d'exemplaires rares en tous genres. Il ne sortait
jamais qu'avec un livre sous le bras et il revenait souvent
avec deux. L'unique décoration des quatre chambres au
rez-de-chaussée qui, avec un petit jardin, composaient
son logis, c'étaient des herbiers encadrés et des gravures
de vieux maîtres. La vue d'un sabre ou d'un fusil le gla-
çait. De sa vie, il n'avait approché d'un canon, même aux
Invalides. Il avait un estomac passable, un frère curé, les
cheveux tout blancs, plus de dents ni dans la bouche ni
dans l'esprit, un tremblement de tout le corps, l'accent
picard, un rire enfantin, l'effroi facile, et l'air d'un vieux
mouton. Avec cela point d'autre amitié ou d'autre habitude parmi les vivants qu'un vieux libraire de la Porte
Saint-Jacques appelé Royol. Il avait pour rêve de natura-
liser l'indigo en France.

Sa servante était, elle aussi, une variété de l'innocence.
La pauvre bonne vieille femme était vierge. Sultan, son
matou, qui eût pu miauler le *miserere* d'Allegri à la chapelle Sixtine, avait rempli son cœur et suffisait à la quantité de passion qui était en elle. Aucun de ses rêves n'était
allé jusqu'à l'homme. Elle n'avait jamais pu franchir son
chat. Elle avait, comme lui, des moustaches. Sa gloire
était dans ses bonnets, toujours blancs. Elle passait son
temps le dimanche après la messe à compter son linge
dans sa malle et à étaler sur son lit des robes en pièce
qu'elle achetait et qu'elle ne faisait jamais faire. Elle
savait lire. M. Mabeuf l'avait surnommée *la mère Plutarque*.

M. Mabeuf avait pris Marius en gré, parce que Marius,
étant jeune et doux, réchauffait sa vieillesse sans effaroucher sa timidité. La jeunesse avec la douceur fait aux

vieillards l'effet du soleil sans le vent. Quand Marius était saturé de gloire militaire, de poudre à canon, de marches et de contremarches, et de toutes ces prodigieuses batailles où son père avait donné et reçu de si grands coups de sabre, il allait voir M. Mabeuf, et M. Mabeuf lui parlait du héros au point de vue des fleurs.

Vers 1830, son frère le curé était mort, et presque tout de suite, comme lorsque la nuit vient, tout l'horizon s'était assombri pour M. Mabeuf. Une faillite — de notaire — lui enleva une somme de dix mille francs, qui était tout ce qu'il possédait du chef de son frère et du sien. La révolution de Juillet amena une crise dans la librairie. En temps de gêne, la première chose qui ne se vend pas, c'est une *Flore*. La *Flore des environs de Cauteretz* s'arrêta court. Des semaines s'écoulaient sans un acheteur. Quelquefois M. Mabeuf tressaillait à un coup de sonnette. — Monsieur, lui disait tristement la mère Plutarque, c'est le porteur d'eau. — Bref, un jour M. Mabeuf quitta la rue Mézières, abdiqua les fonctions de marguillier, renonça à Saint-Sulpice, vendit une partie, non de ses livres, mais de ses estampes, — ce à quoi il tenait le moins, — et s'alla installer dans une petite maison du boulevard Montparnasse, où du reste il ne demeura qu'un trimestre, pour deux raisons : première-ment, le rez-de-chaussée et le jardin coûtaient trois cents francs et il n'osait pas mettre plus de deux cents francs à son loyer; deuxièmement, étant voisin du tir Fatou, il entendait toute la journée des coups de pistolet, ce qui lui était insupportable.

Il emporta sa *Flore*, ses cuivres, ses herbiers, ses porte-feuilles et ses livres, et s'établit près de la Salpêtrière dans une espèce de chaumière du village d'Austerlitz, où il avait pour cinquante écus par an trois chambres et un jardin clos d'une haie avec puits. Il profita de ce déménagement pour vendre presque tous ses meubles. Le jour de son entrée dans ce nouveau logis, il fut très gai et cloua lui-même les clous pour accrocher les gravures et les herbiers, il piocha son jardin le reste de la journée, et, le soir, voyant que la mère Plutarque avait l'air morne et songeait, il lui frappa sur l'épaule et lui dit en souriant : — Bah! nous avons l'indigo!

Deux seuls visiteurs, le libraire de la Porte Saint-Jacques et Marius, étaient admis à le voir dans sa chaumière d'Austerlitz, nom tapageur qui lui était, pour tout dire, assez désagréable.

Du reste, comme nous venons de l'indiquer, les cerveaux absorbés dans une sagesse, ou dans une folie, ou, ce qui arrive souvent, dans les deux à la fois, ne sont que très lentement perméables aux choses de la vie. Leur propre destin leur est lointain. Il résulte de ces concentrations-là une passivité qui, si elle était raisonnée, ressemblerait à la philosophie. On décline, on descend, on s'écoule, on s'écroule même, sans trop s'en apercevoir. Cela finit toujours, il est vrai, par un réveil, mais tardif. En attendant, il semble qu'on soit neutre dans le jeu qui se joue entre notre bonheur et notre malheur. On est l'enjeu, et l'on regarde la partie avec indifférence.

C'est ainsi qu'à travers cet obscurcissement qui se faisait autour de lui, toutes ses espérances s'éteignant l'une après l'autre, M. Mabeuf était resté serein, un peu puérilement, mais très profondément. Ses habitudes d'esprit avaient le va-et-vient d'un pendule. Une fois monté par une illusion, il allait très longtemps, même quand l'illusion avait disparu. Une horloge ne s'arrête pas court au moment précis où l'on en perd la clef.

M. Mabeuf avait des plaisirs innocents. Ces plaisirs étaient peu coûteux et inattendus ; le moindre hasard les lui fournissait. Un jour la mère Plutarque lisait un roman dans un coin de la chambre. Elle lisait haut, trouvant qu'elle comprenait mieux ainsi. Lire haut, c'est s'affirmer à soi-même sa lecture. Il y a des gens qui lisent très haut et qui ont l'air de se donner leur parole d'honneur de ce qu'ils lisent.

La mère Plutarque lisait avec cette énergie-là le roman qu'elle tenait à la main. M. Mabeuf entendait sans écouter.

Tout en lisant, la mère Plutarque arriva à cette phrase. Il était question d'un officier de dragons et d'une belle :

« ... La belle bouda, et le dragon... »

Ici elle s'interrompit pour essuyer ses lunettes.

— Bouddha et le Dragon, reprit à demi-voix M. Mabeuf. Oui, c'est vrai ; il y avait un dragon qui, du fond de sa caverne, jetait des flammes par la gueule et brûlait le ciel. Plusieurs étoiles avaient déjà été incendiées par ce monstre qui, en outre, avait des griffes de tigre. Bouddha alla dans son ancre et réussit à convertir le dragon. C'est un bon livre que vous lisez là, mère Plutarque. Il n'y a pas de plus belle légende.

Et M. Mabeuf tomba dans une rêverie délicieuse.

v

PAUVRETÉ BONNE VOISINE DE MISÈRE

Marius avait du goût pour ce vieillard candide qui se voyait lentement saisi par l'indigence, et qui arrivait à s'étonner peu à peu, sans pourtant s'attrister encore. Marius rencontrait Courfeyrac et cherchait M. Mabeuf. Fort rarement pourtant, une ou deux fois par mois, tout au plus.

Le plaisir de Marius était de faire de longues promenades seul sur les boulevards extérieurs, ou au Champ de Mars, ou dans les allées les moins fréquentées du Luxembourg. Il passait quelquefois une demi-journée à regarder le jardin d'un maraîcher, les carrés de salade, les poules dans le fumier et le cheval tournant la roue de la noria. Les passants le considéraient avec surprise, et quelques-uns lui trouvaient une mise suspecte et une mine sinistre. Ce n'était qu'un jeune homme pauvre, rêvant sans objet.

C'est dans une de ses promenades qu'il avait découvert la masure Gorbeau, et, l'isolement et le bon marché le tentant, il s'y était logé. On ne l'y connaissait que sous le nom de monsieur Marius.

Quelques-uns des anciens généraux ou des anciens camarades de son père l'avaient invité, quand ils le connurent, à les venir voir. Marius n'avait point refusé. C'étaient des occasions de parler de son père. Il allait ainsi de temps en temps chez le comte Pajol, chez le général Bellavesne, chez le général Frision, aux Inva-

lides. On y faisait de la musique, on y dansait. Ces
soirs-là Marius mettait son habit neuf. Mais il n'allait
jamais à ces soirées ni à ces bals que les jours où il gelait
à pierre fendre, car il ne pouvait payer une voiture et il
ne voulait arriver qu'avec des bottes comme des miroirs.

Il disait quelquefois, mais sans amertume : — Les
hommes sont ainsi faits que, dans un salon, vous pouvez
être crotté partout, excepté sur les souliers. On ne vous
demande là, pour vous bien accueillir, qu'une chose irréprochable ; la conscience ? non, les bottes.

Toutes les passions, autres que celles du cœur, se dis-
sipent dans la rêverie. Les fièvres politiques de Marius
s'y étaient évanouies. La révolution de 1830, en le satis-
faisant, et en le calmant, y avait aidé. Il était resté le
même, aux colères près. Il avait toujours les mêmes opinions, seulement elles s'étaient attendries. À proprement
parler, il n'avait plus d'opinions, il avait des sympathies.
De quel parti était-il ? du parti de l'humanité. Dans
l'humanité il choisissait la France ; dans la nation il choisissait le peuple ; dans le peuple il choisissait la femme.
C'était là surtout que sa pitié allait. Maintenant il préférait une idée à un fait, un poète à un héros, et il admirait
plus encore un livre comme Job qu'un événement
comme Marengo. Et puis quand, après une journée de
méditation, il s'en revenait le soir par les boulevards et
qu'à travers les branches des arbres il apercevait l'espace
sans fond, les lueurs sans nom, l'abîme, l'ombre, le mystère, tout ce qui n'est qu'humain lui semblait bien petit.

Il croyait être et il était peut-être en effet arrivé au vrai
de la vie et de la philosophie humaine, et il avait fini par
ne plus guère regarder que le ciel, seule chose que la
vérité puisse voir du fond de son puits.

Cela ne l'empêchait pas de multiplier les plans, les
combinaisons, les échafaudages, les projets d'avenir.
Dans cet état de rêverie, un œil qui eût regardé au
dedans de Marius, eût été ébloui de la pureté de cette
âme. En effet, s'il était donné à nos yeux de chair de voir
dans la conscience d'autrui, on jugerait bien plus sûrement un homme d'après ce qu'il rêve que d'après ce qu'il
pense. Il y a de la volonté dans la pensée, il n'y en a pas
dans le rêve. Le rêve, qui est tout spontané, prend et

garde, même dans le gigantesque et l'idéal, la figure de
notre esprit : rien ne sort plus directement et plus sincèrement du fond même de notre âme que nos aspirations irréfléchies et démesurées vers les splendeurs de la
destinée. Dans ces aspirations, bien plus que dans les
idées composées, raisonnées et coordonnées, on peut retrouver le vrai caractère de chaque homme. Nos
chimères sont ce qui nous ressemble le mieux. Chacun
rêve l'inconnu et l'impossible selon sa nature.

Vers le milieu de cette année 1831, la vieille qui servait
Marius lui conta qu'on allait mettre à la porte ses voisins, le misérable ménage Jondrette. Marius, qui passait
presque toutes ses journées dehors, savait à peine qu'il
eût des voisins.

— Pourquoi les renvoie-t-on? dit-il.

— Parce qu'ils ne payent pas leur loyer. Ils doivent
deux termes.

— Combien est-ce?

— Vingt francs, dit la vieille.

Marius avait trente francs en réserve dans un tiroir.

— Tenez, dit-il à la vieille, voilà vingt-cinq francs.
Payez pour ces pauvres gens, donnez-leur cinq francs, et
ne dites pas que c'est moi.

VI

LE REMPLAÇANT

Le hasard fit que le régiment dont était le lieutenant
Théodule vint tenir garnison à Paris. Ceci fut l'occasion
d'une deuxième idée pour la tante Gillenormand. Elle
avait, une première fois, imaginé de faire surveiller
Marius par Théodule; elle complota de faire succéder
Théodule à Marius.

À toute aventure, et pour le cas où le grand-père aurait
le vague besoin d'un jeune visage dans la maison, ces
rayons d'aurore sont quelquefois doux aux ruines, il était
expédient de trouver un autre Marius. Soit, pensa-t-elle,

c'est un simple erratum comme j'en vois dans les livres ; Marius, lisez Théodule.

Un petit-neveu est l'à peu près d'un petit-fils ; à défaut d'un avocat, on prend un lancier.

Un matin, que M. Gillenormand était en train de lire quelque chose comme *la Quotidienne*, sa fille entra, et lui dit de sa voix la plus douce, car il s'agissait de son favori :

— Mon père, Théodule va venir ce matin vous présenter ses respects.

— Qui ça, Théodule ?

— Votre petit-neveu.

— Ah ! fit le grand-père.

Puis il se remit à lire, ne songea plus au petit-neveu qui n'était qu'un Théodule quelconque, et ne tarda pas à avoir beaucoup d'humeur, ce qui lui arrivait presque toujours quand il lisait. La « feuille » qu'il tenait, royaliste d'ailleurs, cela va de soi, annonçait pour le lendemain, sans aménité aucune, un des petits événements quotidiens du Paris d'alors : — Que les élèves des écoles de droit et de médecine devaient se réunir sur la place du Panthéon à midi ; — pour délibérer. — Il s'agissait d'une des questions du moment : de l'artillerie de la garde nationale, et d'un conflit entre le ministre de la guerre et « la milice citoyenne » au sujet des canons parqués dans la cour du Louvre. Les étudiants devaient « délibérer » là-dessus. Il n'en fallait pas beaucoup plus pour gonfler M. Gillenormand.

Il songea à Marius, qui était étudiant, et qui, probablement, irait, comme les autres, « délibérer, à midi, sur la place du Panthéon ».

Comme il faisait ce songe pénible, le lieutenant Théodule entra, vêtu en bourgeois, ce qui était habile, et discrètement introduit par mademoiselle Gillenormand. Le lancier avait fait ce raisonnement : — Le vieux druide n'a pas tout placé en viager. Cela vaut bien qu'on se déguise en pékin de temps en temps.

Mademoiselle Gillenormand dit, haut, à son père :

— Théodule, votre petit-neveu.

Et, bas, au lieutenant :

— Approuve tout.

Et se retira.

Le lieutenant, peu accoutumé à des rencontres si vénérables, balbutia avec quelque timidité : Bonjour, mon
oncle, et fit un salut mixte composé de l'ébauche involontaire et machinale du salut militaire achevée en salut
bourgeois.

— Ah ! c'est vous ; c'est bien, asseyez-vous, dit l'aïeul.
Cela dit, il oublia parfaitement le lancier.

Théodule s'assit, et M. Gillenormand se leva.

M. Gillenormand se mit à marcher de long en large,
les mains dans ses poches, parlant tout haut et tour-
mentant avec ses vieux doigts irrités les deux montres
qu'il avait dans ses deux goussets.

— Ce tas de morveux ! ça se convoque sur la place du
Panthéon ! Vertu de ma mie ! Des galopins qui étaient
hier en nourrice ! Si on leur pressait le nez, il en sortirait
du lait ! Et ça délibère demain à midi ! Où va-t-on ? où va-
t-on ? Il est clair qu'on va à l'abîme. C'est là que nous ont
conduits les descamisados ! L'artillerie citoyenne ! Délibérer sur l'artillerie citoyenne ! S'en aller jaboter en plein
air sur les pétarades de la garde nationale ! Et avec qui
vont-ils se trouver là ? Voyez un peu où mène le jacobinisme. Je parie tout ce qu'on voudra, un million contre
un fichtre, qu'il n'y aura là que des repris de justice et
des forçats libérés. Les républicains et les galériens, ça
ne fait qu'un nez et qu'un mouchoir. Carnot disait : Où
veux-tu que j'aille, traître ? Fouché répondait : Où tu
voudras, imbécile ! Voilà ce que c'est que les républicains.

— C'est juste, dit Théodule.

M. Gillenormand tourna la tête à demi, vit Théodule,
et continua :

— Quand on pense que ce drôle a eu la scélératesse de
se faire carbonaro ! Pourquoi as-tu quitté ma maison ?
Pour t'aller faire républicain. Pssst ! d'abord le peuple
n'en veut pas de ta république, il n'en veut pas, il a du
bon sens, il sait bien qu'il y a toujours eu des rois et qu'il
y en aura toujours, il sait bien que le peuple, après tout,
ce n'est que le peuple, il s'en burle, de ta république,
entends-tu, crétin ! Est-ce assez horrible, ce caprice-là !
S'amouracher du père Duchêne, faire les yeux doux à la

guillotine, chanter des romances et jouer de la guitare
sous le balcon de 93, c'est à cracher sur tous ces jeunes
gens-là, tant ils sont bêtes! Ils en sont tous là. Pas un
n'échappe. Il suffit de respirer l'air qui passe dans la rue
pour être insensé. Le dix-neuvième siècle est du poison.
Le premier polisson venu laisse pousser sa barbe de
bouc, se croit un drôle pour de vrai, et vous plante là les
vieux parents. C'est républicain, c'est romantique.
Qu'est-ce que c'est que ça, romantique? faites-moi l'amitié de me dire ce que c'est que ça? Toutes les folies possibles. Il y a un an, ça vous allait à *Hernani*. Je vous
demande un peu, *Hernani*! des antithèses, des abomina-
tions qui ne sont pas même écrites en français! Et puis
on a des canons dans la cour du Louvre. Tels sont les bri-
gandages de ce temps-ci.

— Vous avez raison, mon oncle, dit Théodule.

M. Gillenormand reprit:

— Des canons dans la cour du Muséum! pourquoi
faire? Canon, que me veux-tu? Vous voulez donc
mitrailler l'Apollon du Belvédère? Qu'est-ce que les gar-
gousses ont à faire avec la Vénus de Médicis? Oh! ces
jeunes gens d'à présent, tous des chenapans! Quel pas
grand'chose que leur Benjamin Constant! Et ceux qui ne
sont pas des scélérats sont des dadais! Ils font tout ce
qu'ils peuvent pour être laids, ils sont mal habillés, ils
ont peur des femmes, ils ont autour des cotillons un air
de mendier qui fait éclater de rire les Jeannetons; ma
parole d'honneur, on dirait les pauvres honteux de
l'amour. Ils sont difformes, et ils se complètent en étant
stupides; ils répètent les calembours de Tiercelin et de
Potier, ils ont des habits-sacs, des gilets de palefrenier,
des chemises de grosse toile, des pantalons de gros drap,
des bottes de gros cuir, et le ramage ressemble au plu-
mage. On pourrait se servir de leur jargon pour ressemel-
er leurs savates. Et toute cette inepte marmaille vous a
des opinions politiques. Il devrait être sévèrement
défendu d'avoir des opinions politiques. Ils fabriquent
des systèmes, ils refont la société, ils démolissent la
monarchie, ils flanquent par terre toutes les lois, ils
mettent le grenier à la place de la cave et mon portier à
la place du roi, ils bousculent l'Europe de fond en

comble, ils rebâtissent le monde, et ils ont pour bonne
fortune de regarder sournoisement les jambes des blanchisseuses qui remontent dans leurs charrettes! Ah!
Marius! ah! gueusard! aller vociférer en place publique!
discuter, débattre, prendre des mesures! ils appellent
cela des mesures, justes dieux! le désordre se rapetisse et
devient niais. J'ai vu le chaos, je vois le gâchis. Des écoliers délibérer sur la garde nationale, cela ne se verrait
pas chez les ogibewas et chez les cadodaches! Les sauvages qui vont tout nus, la caboche coiffée comme un
volant de raquette, avec une massue à la patte, sont
moins brutes que ces bacheliers-là! Des marmousets de
quatre sous! ça fait les entendus et les jordonnes! ça
délibère et ratiocine! C'est la fin du monde. C'est évidemment la fin de ce misérable globe terraqué. Il fallait
un hoquet final, la France le pousse. Délibérez, mes
drôles! Ces choses-là arriveront tant qu'ils iront lire les
journaux sous les arcades de l'Odéon. Cela leur coûte un
sou, et leur bon sens, et leur intelligence, et leur cœur, et
leur âme, et leur esprit. On sort de là, et l'on fiche le
camp de chez sa famille. Tous les journaux sont de la
peste; tous, même le *Drapeau blanc!* au fond Martainville était un jacobin. Ah! juste ciel! tu pourras te vanter
d'avoir désespéré ton grand-père, toi!

— C'est évident, dit Théodule.

Et, profitant de ce que M. Gillenormand reprenait
haleine, le lancier ajouta magistralement :

— Il ne devrait pas y avoir d'autre journal que le
Moniteur et d'autre livre que l'*Annuaire militaire*.

M. Gillenormand poursuivit :

— C'est comme leur Sieyès! un régicide aboutissant à
un sénateur! car c'est toujours par là qu'ils finissent. On
se balafre avec le tutoiement citoyen pour arriver à se
faire dire monsieur le comte. Monsieur le comte gros
comme le bras, des assommeurs de septembre! Le philosophe Sieyès! Je me rends cette justice que je n'ai jamais
fait plus de cas des philosophies de tous ces philo-
sophes-là que des lunettes du grimacier de Tivoli! J'ai vu
un jour les sénateurs passer sur le quai Malaquais en
manteaux de velours violet semés d'abeilles avec des
chapeaux à la Henri IV. Ils étaient hideux. On eût dit les

singes de la cour du tigre. Citoyens, je vous déclare que votre progrès est une folie, que votre humanité est un rêve, que votre révolution est un crime, que votre république est un monstre, que votre jeune France pucelle sort du lupanar, et je vous le soutiens à tous, qui que vous soyez, fussiez-vous publicistes, fussiez-vous économistes, fusiez-vous légistes, fussiez-vous plus connaisseurs en liberté, en égalité et en fraternité que le couperet de la guillotine! Je vous signifie cela, mes bons-hommes!

— Parbleu, cria le lieutenant, voilà qui est admirablement vrai.

M. Gillenormand interrompit un geste qu'il avait commencé, se retourna, regarda fixement le lancier Théodule entre les deux yeux, et lui dit :

— Vous êtes un imbécile.

LIVRE SIXIÈME

LA CONJONCTION DE DEUX ÉTOILES

I

LE SOBRIQUET : MODE DE FORMATION
DES NOMS DE FAMILLE

Marius à cette époque était un beau jeune homme de
moyenne taille, avec d'épais cheveux très noirs, un front
haut et intelligent, les narines ouvertes et passionnées,
l'air sincère et calme, et sur tout son visage je ne sais
quoi était hautain, pensif et innocent. Son profil, dont
toutes les lignes étaient arrondies sans cesser d'être
fermes, avait cette douceur germanique qui a pénétré
dans la physionomie française par l'Alsace et la Lor-
raine, et cette absence complète d'angles qui rendait les
sicambres si reconnaissables parmi les romains et qui
distingue la race léonine de la race aquiline. Il était à
cette saison de la vie où l'esprit des hommes qui pensent
se compose, presque à proportions égales, de profondeur et de naïveté. Une situation grave étant donnée, il
avait tout ce qu'il fallait pour être stupide ; un tour de
clef de plus, il pouvait être sublime. Ses façons étaient
réservées, froides, polies, peu ouvertes. Comme sa
bouche était charmante, ses lèvres les plus vermeilles et
ses dents les plus blanches du monde, son sourire corri-
geait ce que toute sa physionomie avait de sévère. À de
certains moments, c'était un singulier contraste que ce

front chaste et ce sourire voluptueux. Il avait l'œil petit et le regard grand.

Au temps de sa pire misère, il remarquait que les jeunes filles se retournaient quand il passait, et il se sauvait ou se cachait, la mort dans l'âme. Il pensait qu'elles le regardaient pour ses vieux habits et qu'elles en riaient ; le fait est qu'elles le regardaient pour sa grâce et qu'elles en rêvaient.

Ce muet malentendu entre lui et les jolies passantes l'avait rendu farouche. Il n'en choisit aucune, par l'excellente raison qu'il s'enfuyait devant toutes. Il vécut ainsi indéfiniment, — bêtement, disait Courfeyrac.

Courfeyrac lui disait encore : — N'aspire pas à être vénérable (car ils se tutoyaient ; glisser au tutoiement est la pente des amitiés jeunes). Mon cher, un conseil. Ne lis pas tant dans les livres et regarde un peu plus les margotons. Les coquines ont du bon, ô Marius ! À force de t'enfuir et de rougir, tu t'abrutiras.

D'autres fois Courfeyrac le rencontrait et lui disait :
— Bonjour, monsieur l'abbé.

Quand Courfeyrac lui avait tenu quelque propos de ce genre, Marius était huit jours à éviter plus que jamais les femmes, jeunes et vieilles, et il évitait par-dessus le marché Courfeyrac.

Il y avait pourtant dans toute l'immense création deux femmes que Marius ne fuyait pas et auxquelles il ne prenait point garde. À la vérité on l'eût fort étonné si on lui eût dit que c'étaient des femmes. L'une était la vieille barbue qui balayait sa chambre et qui faisait dire à Courfeyrac : Voyant que sa servante porte sa barbe, Marius ne porte point la sienne. L'autre était une espèce de petite fille qu'il voyait très souvent et qu'il ne regardait jamais.

Depuis plus d'un an, Marius remarquait dans une allée déserte du Luxembourg, l'allée qui longe le parapet de la Pépinière, un homme et une toute jeune fille presque toujours assis côte à côte sur le même banc, à l'extrémité la plus solitaire de l'allée, du côté de la rue de l'Ouest. Chaque fois que ce hasard qui se mêle aux promenades des gens dont l'œil est retourné en dedans, amenait Marius dans cette allée, et c'était presque tous les jours, il y retrouvait ce couple. L'homme pouvait avoir une soixantaine d'années; il paraissait triste et sérieux; toute sa personne offrait cet aspect robuste et fatigué des gens de guerre retirés du service. S'il avait eu une décoration, Marius eût dit : c'est un ancien officier. Il avait l'air bon, mais inabordable, et il n'arrêtait jamais son regard sur le regard de personne. Il portait un pantalon bleu, une redingote bleue et un chapeau à bords larges, qui paraissaient toujours neufs, une cravate noire et une chemise de quaker, c'est-à-dire éclatante de blancheur, mais de grosse toile. Une grisette passant un jour près de lui, dit : Voilà un veuf fort propre. Il avait les cheveux très blancs.

La première fois que la jeune fille qui l'accompagnait vint s'asseoir avec lui sur le banc qu'ils semblaient avoir adopté, c'était une façon de fille de treize ou quatorze ans, maigre, au point d'en être presque laide, gauche, insignifiante, et qui promettait peut-être d'avoir d'assez beaux yeux. Seulement ils étaient toujours levés avec une sorte d'assurance déplaisante. Elle avait cette mise à la fois vieille et enfantine des pensionnaires de couvent; une robe mal coupée de gros mérinos noir. Ils avaient l'air du père et de la fille.

Marius examina pendant deux ou trois jours cet homme vieux qui n'était pas encore un vieillard et cette petite fille qui n'était pas encore une personne, puis il n'y fit plus aucune attention. Eux de leur côté semblaient ne pas même le voir. Ils causaient entre eux d'un air paisible et indifférent. La fille jasait sans cesse, et gaîment. Le vieux homme parlait peu, et, par instants, il attachait sur elle des yeux remplis d'une ineffable paternité.

Marius avait pris l'habitude machinale de se promener dans cette allée. Il les y retrouvait invariablement.

Voici comment la chose se passait :

Marius arrivait le plus volontiers par le bout de l'allée opposé à leur banc. Il marchait toute la longueur de l'allée, passait devant eux, puis s'en retournait jusqu'à l'extrémité par où il était venu, et recommençait. Il faisait ce va-et-vient cinq ou six fois dans sa promenade, et cette promenade cinq ou six fois par semaine sans qu'ils en fussent arrivés, ces gens et lui, à échanger un salut. Ce personnage et cette jeune fille, quoiqu'ils parussent et peut-être parce qu'ils paraissaient éviter les regards, avaient naturellement quelque peu éveillé l'attention des cinq ou six étudiants qui se promenaient de temps en temps le long de la Pépinière, les studieux après leurs cours, les autres après leur partie de billard. Courfeyrac, qui était des derniers, les avait observés quelque temps, mais trouvant la fille laide, il s'en était bien vite et soigneusement écarté. Il s'était enfui comme un parthe en leur décochant un sobriquet. Frappé uniquement de la robe de la petite et des cheveux du vieux, il avait appelé la fille *mademoiselle Lanoire* et le père *monsieur Leblanc*, si bien que, personne ne les connaissant d'ailleurs, en l'absence du nom, le surnom avait fait loi. Les étudiants disaient : — Ah! monsieur Leblanc est à son banc! et Marius, comme les autres, avait trouvé commode d'appeler ce monsieur inconnu M. Leblanc.

Nous ferons comme eux, et nous dirons M. Leblanc pour la facilité de ce récit.

Marius les vit ainsi presque tous les jours à la même heure pendant la première année. Il trouvait l'homme à son gré, mais la fille assez maussade.

II

LUX FACTA EST

La seconde année, précisément au point de cette histoire où le lecteur est parvenu, il arriva que cette habitude du Luxembourg s'interrompit, sans que Marius sût trop pourquoi lui-même, et qu'il fut près de six mois sans mettre les pieds dans son allée. Un jour enfin il y retourna. C'était par une sereine matinée d'été, Marius était joyeux comme on l'est quand il fait beau. Il lui semblait qu'il avait dans le cœur tous les chants d'oiseaux qu'il entendait et tous les morceaux du ciel bleu qu'il voyait à travers les feuilles des arbres.

Il alla droit à « son allée », et, quand il fut au bout, il aperçut, toujours sur le même banc, ce couple connu.

Seulement, quand il approcha, c'était bien le même homme ; mais il lui parut que ce n'était plus la même fille. La personne qu'il voyait maintenant était une grande et belle créature ayant toutes les formes les plus charmantes de la femme à ce moment précis où elles se combinent encore avec toutes les grâces les plus naïves de l'enfant ; moment fugitif et pur que peuvent seuls traduire ces deux mots : quinze ans. C'étaient d'admirables cheveux châtains nuancés de veines dorées, un front qui semblait fait de marbre, des joues qui semblaient faites d'une feuille de rose, un incarnat pâle, une blancheur émue, une bouche exquise d'où le sourire sortait comme une clarté et la parole comme une musique, une tête que Raphaël eût donnée à Marie posée sur un cou que Jean Goujon eût donné à Vénus. Et, afin que rien ne manquât à cette ravissante figure, le nez n'était pas beau, il était joli ; ni droit ni courbé, ni italien ni grec ; c'était le nez parisien ; c'est-à-dire quelque chose de spirituel, de fin, d'irrégulier et de pur, qui désespère les peintres et qui charme les poëtes.

Quand Marius passa près d'elle, il ne put voir ses yeux qui étaient constamment baissés. Il ne vit que ses longs cils châtains pénétrés d'ombre et de pudeur.

Cela n'empêchait pas la belle enfant de sourire tout en écoutant l'homme à cheveux blancs qui lui parlait, et rien n'était ravissant comme ce frais sourire avec des yeux baissés.

Dans le premier moment, Marius pensa que c'était une autre fille du même homme, une sœur sans doute de la première. Mais, quand l'invariable habitude de la promenade le ramena pour la seconde fois près du banc, et qu'il l'eut examinée avec attention, il reconnut que c'était la même. En six mois la petite fille était devenue jeune fille ; voilà tout. Rien n'est plus fréquent que ce phénomène. Il y a un instant où les filles s'épanouissent en un clin d'œil et deviennent des roses tout à coup. Hier on les a laissées enfants, aujourd'hui on les retrouve inquiétantes.

Celle-ci n'avait pas seulement grandi, elle s'était idéalisée. Comme trois jours en avril suffisent à de certains arbres pour se couvrir de fleurs, six mois lui avaient suffi pour se vêtir de beauté. Son avril à elle était venu.

On voit quelquefois des gens qui, pauvres et mesquins, semblent se réveiller, passent subitement de l'indigence au faste, font des dépenses de toutes sortes, et deviennent tout à coup éclatants, prodigues et magnifiques. Cela tient à une rente empochée; il y a eu une échéance hier. La jeune fille avait touché son semestre.

Et puis ce n'était plus la pensionnaire avec son chapeau de peluche, sa robe de mérinos, ses souliers d'écolier et ses mains rouges; le goût lui était venu avec la beauté; c'était une personne bien mise avec une sorte d'élégance simple et riche et sans manière. Elle avait une robe de damas noir, un camail de même étoffe et un chapeau de crêpe blanc. Ses gants blancs montraient la finesse de sa main qui jouait avec le manche d'une ombrelle en ivoire chinois, et son brodequin de soie dessinait la petitesse de son pied. Quand on passait près d'elle, toute sa toilette exhalait un parfum jeune et pénétrant.

Quant à l'homme, il était toujours le même.

La seconde fois que Marius arriva près d'elle, la jeune fille leva les paupières. Ses yeux étaient d'un bleu céleste et profond, mais dans cet azur voilé il n'y avait encore que le regard d'un enfant. Elle regarda Marius avec indifférence, comme elle eût regardé le marmot qui courait sous les sycomores, ou le vase de marbre qui faisait de l'ombre sur le banc; et Marius de son côté continua sa promenade en pensant à autre chose.

Il passa encore quatre ou cinq fois près du banc où était la jeune fille, mais sans même tourner les yeux vers elle.

Les jours suivants, il revint comme à l'ordinaire au Luxembourg; comme à l'ordinaire, il y trouva « le père et la fille », mais il n'y fit plus attention. Il ne songea pas plus à cette fille quand elle fut belle qu'il n'y songeait lorsqu'elle était laide. Il passait toujours fort près du banc où elle était, parce que c'était son habitude.

III

EFFET DE PRINTEMPS

Un jour, l'air était tiède, le Luxembourg était inondé d'ombre et de soleil, le ciel était pur comme si les anges l'eussent lavé le matin, les passereaux poussaient de petits cris dans les profondeurs des marronniers, Marius avait ouvert toute son âme à la nature, il ne pensait à rien, il vivait et il respirait, il passa près de ce banc, la jeune fille leva les yeux sur lui, leurs deux regards se rencontrèrent.

Qu'y avait-il cette fois dans le regard de la jeune fille ? Marius n'eût pu le dire. Il n'y avait rien et il y avait tout. Ce fut un étrange éclair.

Elle baissa les yeux, et il continua son chemin.

Ce qu'il venait de voir, ce n'était pas l'œil ingénu et simple d'un enfant, c'était un gouffre mystérieux qui s'était entr'ouvert, puis brusquement refermé.

Il y a un jour où toute jeune fille regarde ainsi. Malheur à qui se trouve là !

Ce premier regard d'une âme qui ne se connaît pas encore est comme l'aube dans le ciel. C'est l'éveil de quelque chose de rayonnant et d'inconnu. Rien ne saurait rendre le charme dangereux de cette lueur inattendue qui éclaire vaguement tout à coup d'adorables ténèbres et qui se compose de toute l'innocence du présent et de toute la passion de l'avenir. C'est une sorte de tendresse indécise qui se révèle au hasard et qui attend. C'est un piège que l'innocence tend à son insu et où elle prend des cœurs sans le vouloir et sans le savoir. C'est une vierge qui regarde comme une femme.

Il est rare qu'une rêverie profonde ne naisse pas de ce regard là où il tombe. Toutes les puretés et toutes les ardeurs se concentrent dans ce rayon céleste et fatal qui, plus que les œillades les mieux travaillées des coquettes, a le pouvoir magique de faire subitement éclore au fond d'une âme cette fleur sombre, pleine de parfums et de poisons, qu'on appelle l'amour.

Le soir, en rentrant dans son galetas ; Marius jeta les

yeux sur son vêtement, et s'aperçut pour la première fois qu'il avait la malpropreté, l'inconvenance et la stupidité inouïe d'aller se promener au Luxembourg avec ses habits « de tous les jours », c'est-à-dire avec un chapeau cassé près de la ganse, de grosses bottes de roulier, un pantalon noir blanc aux genoux et un habit noir pâle aux coudes.

IV

COMMENCEMENT D'UNE GRANDE MALADIE

Le lendemain, à l'heure accoutumée, Marius tira de son armoire son habit neuf, son pantalon neuf, son chapeau neuf et ses bottes neuves ; il se revêtit de cette panoplie complète, mit des gants, luxe prodigieux, et s'en alla au Luxembourg.

Chemin faisant, il rencontra Courfeyrac, et feignit de ne pas le voir. Courfeyrac en rentrant chez lui dit à ses amis : — Je viens de rencontrer le chapeau neuf et l'habit neuf de Marius, et Marius dedans. Il allait sans doute passer un examen. Il avait l'air tout bête.

Arrivé au Luxembourg, Marius fit le tour du bassin et considéra les cygnes, puis il demeura longtemps en contemplation devant une statue qui avait la tête toute noire de moisissure et à laquelle une hanche manquait. Il y avait près du bassin un bourgeois quadragénaire et ventru qui tenait par la main un petit garçon de cinq ans et lui disait : — Évite les excès. Mon fils, tiens-toi à égale distance du despotisme et de l'anarchie. — Marius écouta ce bourgeois. Puis il fit encore une fois le tour du bassin. Enfin il se dirigea vers « son allée », lentement et comme s'il y allait à regret. On eût dit qu'il était à la fois forcé et empêché d'y aller. Il ne se rendait aucun compte de tout cela, et croyait faire comme tous les jours.

En débouchant dans l'allée, il aperçut à l'autre bout « sur leur banc » M. Leblanc et la jeune fille. Il boutonna son habit jusqu'en haut, le tendit sur son torse pour qu'il ne fît pas de plis, examina avec une certaine complaisance les reflets lustrés de son pantalon, et marcha sur le banc. Il y avait de l'attaque dans cette marche et certainement une velléité de conquête. Je dis donc : il marcha sur le banc, comme je dirais : Annibal marcha sur Rome.

Du reste il n'y avait rien que de machinal dans tous ses mouvements, et il n'avait aucunement interrompu les préoccupations habituelles de son esprit et de ses travaux. Il pensait en ce moment-là que le *Manuel du Baccalauréat* était un livre stupide et qu'il fallait qu'il eût été rédigé par de rares crétins pour qu'on y analysât comme chefs-d'œuvre de l'esprit humain trois tragédies de Racine et seulement une comédie de Molière. Il avait un sifflement aigu dans l'oreille. Tout en approchant du banc, il tendait les plis de son habit, et ses yeux se fixaient sur la jeune fille. Il lui semblait qu'elle emplissait tout l'extrémité de l'allée d'une vague lueur bleue.

À mesure qu'il approchait, son pas se ralentissait de plus en plus. Parvenu à une certaine distance du banc, bien avant d'être à la fin de l'allée, il s'arrêta, et il ne put savoir lui-même comment il se fit qu'il rebroussa chemin. Il ne se dit même point qu'il n'allait pas jusqu'au bout. Ce fut à peine si la jeune fille put l'apercevoir de loin et voir le bel air qu'il avait dans ses habits neufs. Cependant il se tenait très droit, pour avoir bonne mine dans le cas où quelqu'un qui serait derrière lui le regarderait.

Il atteignit le bout opposé, puis revint, et cette fois il s'approcha un peu plus près du banc. Il parvint même jusqu'à une distance de trois intervalles d'arbres, mais là il sentit je ne sais quelle impossibilité d'aller plus loin, et il hésita. Il avait cru voir le visage de la jeune fille se pencher vers lui. Cependant il fit un effort viril et violent, dompta l'hésitation, et continua d'aller en avant. Quelques secondes après, il passait devant le banc, droit et ferme, rouge jusqu'aux oreilles, sans oser jeter un regard à droite, ni à gauche, la main dans son habit comme un homme d'état. Au moment où il passa — sous le canon de la place — il éprouva un affreux battement de cœur.

Elle avait comme la veille sa robe de damas et son chapeau de crêpe. Il entendit une voix ineffable qui devait
être « sa voix ». Elle causait tranquillement. Elle était
bien jolie. Il le sentait, quoiqu'il n'essayât pas de la voir.
— Elle ne pourrait cependant, pensait-il, s'empêcher
d'avoir de l'estime et de la considération pour moi si elle
savait que c'est moi qui suis le véritable auteur de la dis-
sertation sur Marcos Obregon de la Ronda que monsieur
François de Neufchâteau a mise, comme étant de lui, en
tête de son édition de *Gil Blas* !

Il dépassa le banc, alla jusqu'à l'extrémité de l'allée qui
était toute proche, puis revint sur ses pas et passa encore
devant la belle fille. Cette fois il était très pâle. Du reste il
n'éprouvait rien que de fort désagréable. Il s'éloigna du
banc et de la jeune fille, et, tout en lui tournant le dos, il
se figurait qu'elle le regardait, et cela le faisait trébucher.

Il n'essaya plus de s'approcher du banc, il s'arrêta vers
la moitié de l'allée, et là, chose qu'il ne faisait jamais, il
s'assit, jetant des regards de côté, et songeant, dans les
profondeurs les plus indistinctes de son esprit, qu'après
tout il était difficile que les personnes dont il admirait le
chapeau blanc et la robe noire fussent absolument
insensibles à son pantalon lustré et à son habit neuf.

Au bout d'un quart d'heure il se leva, comme s'il allait
recommencer à marcher vers ce banc qu'une auréole
entourait. Cependant il restait debout et immobile. Pour
la première fois depuis quinze mois il se dit que ce monsieur qui s'asseyait là tous les jours avec sa fille l'avait
sans doute remarqué de son côté et trouvait probablement son assiduité étrange.

Pour la première fois aussi il sentit quelque irrévé-
rence à désigner cet inconnu, même dans le secret de sa
pensée, par le sobriquet de M. Leblanc.

Il demeura ainsi quelques minutes la tête baissée et
faisant des dessins sur le sable avec une baguette qu'il
avait à la main.

Puis il se tourna brusquement du côté opposé au banc,
à M. Leblanc et à sa fille, et s'en revint chez lui.

Ce jour-là il oublia d'aller dîner. À huit heures du soir
il s'en aperçut, et comme il était trop tard pour des-

cendre rue Saint-Jacques, tiens! dit-il, et il mangea un morceau de pain.

Il ne se coucha qu'après avoir brossé son habit et l'avoir plié avec soin.

V

DIVERS COUPS DE FOUDRE
TOMBENT SUR MAME BOUGON

Le lendemain, mame Bougon, — c'est ainsi que Courfeyrac nommait la vieille portière-principale-locataire-femme-de-ménage de la masure Gorbeau, elle s'appelait en réalité madame Burgon, nous l'avons constaté, mais ce brise-fer de Courfeyrac ne respectait rien — mame Bougon, stupéfaite, remarqua que monsieur Marius sortait encore avec son habit neuf.

Il retourna au Luxembourg, mais il ne dépassa point son banc de la moitié de l'allée. Il s'y assit comme la veille, considérant de loin et voyant distinctement le chapeau blanc, la robe noire et surtout la lueur bleue. Il n'en bougea pas, et ne rentra chez lui que lorsqu'on ferma les portes du Luxembourg. Il ne vit pas M. Leblanc et sa fille se retirer. Il en conclut qu'ils étaient sortis du jardin par la grille de la rue de l'Ouest. Plus tard, quelques semaines après, quand il y songea, il ne put jamais se rappeler où il avait dîné ce soir-là.

Le lendemain, c'était le troisième jour, mame Bougon fut refoudroyée. Marius sortit avec son habit neuf.

— Trois jours de suite! s'écria-t-elle.

Elle essaya de le suivre, mais Marius marchait lestement et avec d'immenses enjambées; c'était un hippopotame entreprenant la poursuite d'un chamois. Elle le perdit de vue en deux minutes et rentra essoufflée, aux trois quarts étouffée par son asthme, furieuse. — Si cela a du bon sens, grommela-t-elle, de mettre ses beaux habits tous les jours et de faire courir les personnes comme cela!

Marius s'était rendu au Luxembourg.

La jeune fille y était avec M. Leblanc. Marius approcha le plus près qu'il put en faisant semblant de lire dans un livre, mais il resta encore fort loin, puis revint s'asseoir sur son banc où il passa quatre heures à regarder sauter dans l'allée les moineaux francs qui lui faisaient l'effet de se moquer de lui.

Une quinzaine s'écoula ainsi. Marius allait au Luxembourg non plus pour se promener, mais pour s'y asseoir toujours à la même place et sans savoir pourquoi. Arrivé là, il ne remuait plus. Il mettait chaque matin son habit neuf pour ne pas se montrer, et il recommençait le lendemain.

Elle était décidément d'une beauté merveilleuse. La seule remarque qu'on pût faire qui ressemblât à une critique, c'est que la contradiction entre son regard qui était triste et son sourire qui était joyeux donnait à son visage quelque chose d'un peu égaré, ce qui fait qu'à de certains moments ce doux visage devenait étrange sans cesser d'être charmant.

VI

FAIT PRISONNIER

Un des derniers jours de la seconde semaine, Marius était comme à son ordinaire assis sur son banc, tenant à la main un livre ouvert dont depuis deux heures il n'avait pas tourné une page. Tout à coup il tressaillit. Un événement se passait à l'extrémité de l'allée. M. Leblanc et sa fille venaient de quitter leur banc, la fille avait pris le bras du père, et tous deux se dirigeaient lentement vers le milieu de l'allée où était Marius. Marius ferma son livre, puis il le rouvrit, puis il s'efforça de lire. Il tremblait. L'auréole venait droit à lui. — Ah! mon Dieu! pensait-il, je n'aurai jamais le temps de prendre une attitude. Cependant, l'homme à cheveux blancs et la jeune fille s'avançaient. Il lui paraissait que cela durait un siècle et que cela n'était qu'une seconde. — Qu'est-ce qu'ils viennent faire par ici? se demandait-il. Comment! elle va passer là! Ses pieds vont marcher sur ce sable, dans cette allée, à deux pas de moi! — Il était bouleversé, il eût voulu être très beau, il eût voulu avoir la croix. Il entendait s'approcher le bruit doux et mesuré de leurs pas. Il s'imaginait que M. Leblanc lui jetait des regards irrités. Est-ce que ce monsieur va me parler? pensait-il. Il baissa la tête ; quand il la releva, ils étaient tout près de lui. La jeune fille passa, et en passant elle le regarda. Elle le regarda fixement, avec une douceur pensive qui fit frissonner Marius de la tête aux pieds. Il lui sembla qu'elle lui reprochait d'avoir été si longtemps sans venir jusqu'à elle et qu'elle lui disait : C'est moi qui viens. Marius resta ébloui devant ces prunelles pleines de rayons et d'abîmes.

Il se sentait un brasier dans le cerveau. Elle était venue à lui, quelle joie! Et puis, comme elle l'avait regardé! Elle lui parut plus belle qu'il ne l'avait encore vue. Belle d'une beauté tout ensemble féminine et angélique, d'une beauté complète qui eût fait chanter Pétrarque et age-nouiller Dante. Il lui semblait qu'il nageait en plein ciel bleu. En même temps il était horriblement contrarié, parce qu'il avait de la poussière sur ses bottes.

Il croyait être sûr qu'elle avait regardé aussi ses bottes.

Il la suivit des yeux jusqu'à ce qu'elle eût disparu. Puis il se mit à marcher dans le Luxembourg comme un fou. Il est probable que par moments il riait tout seul et par-lait haut. Il était si rêveur près des bonnes d'enfants que chacune le croyait amoureux d'elle.

Il sortit du Luxembourg, espérant la retrouver dans une rue.

Il se croisa avec Courfeyrac sous les arcades de l'Odéon et lui dit : Viens dîner avec moi. Ils s'en allèrent chez Rousseau, et dépensèrent six francs. Marius man-gea comme un ogre. Il donna six sous au garçon. Au des-sert il dit à Courfeyrac : As-tu lu le journal? Quel beau discours a fait Audry de Puyraveau!

Il était éperdument amoureux.

Après le dîner, il dit à Courfeyrac : Je te paye le spec-tacle. Ils allèrent à la Porte-Saint-Martin voir Frédérick dans *l'Auberge des Adrets*. Marius s'amusa énormément.

En même temps il eut un redoublement de sauvagerie.

En sortant du théâtre, il refusa de regarder la jarretière d'une modiste qui enjambait un ruisseau, et Courfeyrac ayant dit : *Je mettrais volontiers cette femme dans ma collection*, lui fit presque horreur.

Courfeyrac l'avait invité à déjeuner au café Voltaire le lendemain. Marius y alla, et mangea encore plus que la veille. Il était tout pensif et très gai. On eût dit qu'il saisissait toutes les occasions de rire aux éclats. Il embrassa tendrement un provincial quelconque qu'on lui présenta. Un cercle d'étudiants s'était fait autour de la table et l'on avait parlé des niaiseries payées par l'état qui se débitent en chaire à la Sorbonne, puis la conversation était tombée sur les fautes et les lacunes des dictionnaires et des prosodies-Quicherat. Marius interrompit la discussion pour s'écrier : — C'est cependant bien agréable d'avoir la croix !

— Voilà qui est drôle ! dit Courfeyrac bas à Jean Prouvaire.

— Non, répondit Jean Prouvaire, voilà qui est sérieux.

Cela était sérieux en effet. Marius en était à cette première heure violente et charmante qui commence les grandes passions.

Un regard avait fait tout cela.

Quand la mine est chargée, quand l'incendie est prêt, rien n'est plus simple. Un regard est une étincelle.

C'en était fait. Marius aimait une femme. Sa destinée entrait dans l'inconnu.

Le regard des femmes ressemble à de certains rouages tranquilles en apparence et formidables. On passe à côté tous les jours paisiblement et impunément et sans se douter de rien. Il vient un moment où l'on oublie même que cette chose est là. On va, on vient, on rêve, on parle, on rit. Tout à coup on se sent saisi. C'est fini. Le rouage vous tient, le regard vous a pris. Il vous a pris, n'importe par où ni comment, par une partie quelconque de votre pensée qui traînait, par une distraction que vous avez eue. Vous êtes perdu. Vous y passerez tout entier. Un enchaînement de forces mystérieuses s'empare de vous. Vous vous débattez en vain. Plus de secours humain possible. Vous allez tomber d'engrenage en engrenage, d'angoisse en angoisse, de torture en torture, vous, votre esprit, votre fortune, votre avenir, votre âme; et, selon que vous serez au pouvoir d'une créature méchante ou d'un noble cœur, vous ne sortirez de cette effrayante machine que défiguré par la honte ou transfiguré par la passion.

VII

AVENTURES DE LA LETTRE U LIVRÉE AUX CONJECTURES

L'isolement, le détachement de tout, la fierté, l'indépendance, le goût de la nature, l'absence d'activité quotidienne et matérielle, la vie en soi, les luttes secrètes de la chasteté, l'extase bienveillante devant toute la création, avaient préparé Marius à cette possession qu'on nomme la passion. Son culte pour son père était devenu peu à peu une religion, et, comme toute religion, s'était retiré au fond de l'âme. Il fallait quelque chose sur le premier plan. L'amour vint.

Tout un grand mois s'écoula, pendant lequel Marius alla tous les jours au Luxembourg. L'heure venue, rien ne pouvait le retenir. — Il est de service, disait Courfyrac. Marius vivait dans les ravissements. Il est certain que la jeune fille le regardait.

Il avait fini par s'enhardir, et il s'approchait du banc. Cependant il ne passait plus devant, obéissant à la fois à l'instinct de timidité et à l'instinct de prudence des amoureux. Il jugeait utile de ne point attirer « l'attention du père ». Il combinait ses stations derrière les arbres et les piédestaux des statues avec un machiavélisme profond, de façon à se faire voir le plus possible à la jeune fille et à se laisser voir le moins possible du vieux monsieur. Quelquefois, pendant des demi-heures entières, il restait immobile à l'ombre d'un Léonidas ou d'un Spartacus quelconque, tenant à la main un livre au-dessus duquel ses yeux, doucement levés, allaient chercher la belle fille, et elle, de son côté, détournait avec un vague sourire son charmant profil vers lui. Tout en causant le plus naturellement et le plus tranquillement du monde avec l'homme à cheveux blancs, elle appuyait sur Marius toutes les rêveries d'un œil virginal et passionné. Antique et immémorial manège qu'Ève savait dès le premier jour du monde et que toute femme sait dès le premier jour de la vie ! Sa bouche donnait la réplique à l'un et son regard donnait la réplique à l'autre.

Il faut croire pourtant que M. Leblanc finissait par s'apercevoir de quelque chose, car souvent, lorsque Marius arrivait, il se levait et se mettait à marcher. Il avait quitté leur place accoutumée et avait adopté, à l'autre extrémité de l'allée, le banc voisin du Gladiateur, comme pour voir si Marius les y suivrait. Marius ne comprit point, et fit cette faute. Le « père » commença à devenir inexact, et n'amena plus « sa fille » tous les jours. Quelquefois il venait seul. Alors Marius ne restait pas. Autre faute.

Marius ne prenait point garde à ces symptômes. De la phase de timidité il avait passé, progrès naturel et fatal, à la phase d'aveuglement. Son amour croissait. Il en rêvait toutes les nuits. Et puis il lui était arrivé un bonheur inespéré, huile sur le feu, redoublement de ténèbres sur ses yeux. Un soir, à la brune, il avait trouvé sur le banc que « M. Leblanc et sa fille » venaient de quitter, un mouchoir. Un mouchoir tout simple et sans broderie, mais blanc, fin, et qui lui parut exhaler des senteurs ineffables. Il s'en empara avec transport. Ce mouchoir était marqué des lettres U.F. ; Marius ne savait rien de cette belle enfant, ni sa famille, ni son nom, ni sa demeure ; ces deux lettres étaient la première chose d'elle qu'il saisissait, adorables initiales sur lesquelles il commença tout de suite à construire son échafaudage. U était évidemment le prénom. Ursule ! pensa-t-il, quel délicieux nom ! Il baisa le mouchoir, l'aspira, le mit sur son cœur, sur sa chair, pendant le jour, et la nuit tous ses lèvres pour s'endormir.

— J'y sens toute son âme ! s'écriait-il.

Ce mouchoir était au vieux monsieur qui l'avait tout bonnement laissé tomber de sa poche.

Les jours qui suivirent la trouvaille, il ne se montra

plus au Luxembourg que baisant le mouchoir et l'appuyant sur son cœur. La belle enfant n'y comprenait rien et le lui marquait par des signes imperceptibles.

— Ô pudeur! disait Marius.

VIII

LES INVALIDES EUX-MÊMES PEUVENT ÊTRE HEUREUX

Puisque nous avons prononcé le mot *pudeur*, et puisque nous ne cachons rien, nous devons dire qu'une fois pourtant, à travers ses extases, « son Ursule » lui donna un grief très sérieux. C'était un de ces jours où elle déterminait M. Leblanc à quitter le banc et à se promener dans l'allée. Il faisait une vive brise de prairial qui remuait le haut des platanes. Le père et la fille, se donnant le bras, venaient de passer devant le banc de Marius. Marius s'était levé derrière eux et les suivait du regard, comme il convient dans cette situation d'âme éperdue.

Tout à coup un souffle de vent, plus en gaîté que les autres, et probablement chargé de faire les affaires du printemps, s'envola de la pépinière, s'abattit sur l'allée, enveloppa la jeune fille dans un ravissant frisson digne des nymphes de Virgile et des faunes de Théocrite, et souleva sa robe, cette robe plus sacrée que celle d'Isis, presque jusqu'à la hauteur de la jarretière. Une jambe d'une forme exquise apparut. Marius la vit. Il fut exaspéré et furieux.

La jeune fille avait rapidement baissé sa robe d'un mouvement divinement effarouché, mais il n'en fut pas moins indigné. — Il était seul dans l'allée, c'est vrai. Mais il pouvait y avoir eu quelqu'un. Et s'il y avait eu quelqu'un! Comprend-on une chose pareille! C'est horrible ce qu'elle vient de faire là! — Hélas! la pauvre enfant n'avait rien fait; il n'y avait qu'un coupable, le vent; mais Marius, en qui frémissait confusément le

Bartholo qu'il y a dans Chérubin, était déterminé à être
mécontent, et était jaloux de son ombre. C'est ainsi en
effet que s'éveille dans le cœur humain, et que s'impose,
même sans droit, l'âcre et bizarre jalousie de la chair. Du
reste, en dehors même de cette jalousie, la vue de cette
jambe charmante n'avait eu pour lui rien d'agréable; le
bas blanc de la première femme venue lui eût fait plus de
plaisir.

Quand « son Ursule », après avoir atteint l'extrémité
de l'allée, revint sur ses pas avec M. Leblanc et passa
devant le banc où Marius s'était rassis, Marius lui jeta un
regard bourru et féroce. La jeune fille eut ce petit redressement en arrière accompagné d'un haussement de paupières qui signifie : Eh bien, qu'est-ce qu'il a donc?

Ce fut là leur « première querelle ».

Marius achevait à peine de lui faire cette scène avec les
yeux que quelqu'un traversa l'allée. C'était un invalide
tout courbé, tout ridé et tout blanc, en uniforme
Louis XV, ayant sur le torse la petite plaque ovale de
drap rouge aux épées croisées, croix de Saint-Louis du
soldat, et orné en outre d'une manche d'habit sans bras
dedans, d'un menton d'argent et d'une jambe de bois.
Marius crut distinguer que cet être avait l'air extrême-
ment satisfait. Il lui sembla même que le vieux cynique,
tout en clopinant près de lui, lui avait adressé un cligne-
ment d'œil très fraternel et très joyeux, comme si un
hasard quelconque avait fait qu'ils pussent être d'intelligence et qu'ils eussent savouré en commun quelque
bonne aubaine. Qu'avait-il donc à être si content, ce
débris de Mars? Que s'était-il donc passé entre cette
jambe de bois et l'autre? Marius arriva au paroxysme de
la jalousie. — Il était peut-être là! se dit-il; il a peut-être
vu! — Et il eut envie d'exterminer l'invalide.

Le temps aidant, toute pointe s'émousse. Cette colère
de Marius contre « Ursule », si juste et si légitime qu'elle
fût, passa. Il finit par pardonner; mais ce fut un grand
effort; il la bouda trois jours.

Cependant, à travers tout cela et à cause de tout cela,
la passion grandissait et devenait folle.

IX

ÉCLIPSE

On vient de voir comment Marius avait découvert ou cru découvrir qu'Elle s'appelait Ursule.

L'appétit vient en aimant. Savoir qu'elle se nommait Ursule, c'était déjà beaucoup ; c'était peu. Marius en trois ou quatre semaines eut dévoré ce bonheur. Il en voulut un autre. Il voulut savoir où elle demeurait.

Il avait fait une première faute : tomber dans l'embûche du banc du Gladiateur. Il en avait fait une seconde : ne pas rester au Luxembourg quand M. Leblanc y venait seul. Il en fit une troisième. Immense. Il suivit « Ursule ».

Elle demeurait rue de l'Ouest, à l'endroit de la rue le moins fréquenté, dans une maison neuve à trois étages d'apparence modeste.

À partir de ce moment, Marius ajouta à son bonheur de la voir au Luxembourg le bonheur de la suivre jusque chez elle.

Sa faim augmentait. Il savait comment elle s'appelait, son petit nom du moins, le nom charmant, le vrai nom d'une femme ; il savait où elle demeurait ; il voulut savoir qui elle était.

Un soir, après qu'il les eut suivis jusque chez eux et qu'il les eut vus disparaître sous la porte cochère, il entra à leur suite et dit vaillamment au portier :

— C'est le monsieur du premier qui vient de rentrer ?

— Non, répondit le portier. C'est le monsieur du troisième.

Encore un pas de fait. Ce succès enhardit Marius.

— Sur le devant ? demanda-t-il.

— Parbleu ! fit le portier, la maison n'est bâtie que sur la rue.

— Et quel est l'état de ce monsieur ? repartit Marius.

— C'est un rentier, monsieur. Un homme bien bon, et qui fait du bien aux malheureux, quoique pas riche.

— Comment s'appelle-t-il ? reprit Marius.

Le portier leva la tête, et dit :

— Est-ce que monsieur est mouchard ?

Marius s'en alla assez penaud, mais fort ravi. Il avançait.

— Bon, pensa-t-il. Je sais qu'elle s'appelle Ursule, qu'elle est fille d'un rentier, et qu'elle demeure là, rue de l'Ouest, au troisième.

Le lendemain M. Leblanc et sa fille ne firent au Luxembourg qu'une courte apparition ; ils s'en allèrent qu'il faisait grand jour. Marius les suivit rue de l'Ouest comme il en avait pris l'habitude. En arrivant à la porte cochère, M. Leblanc fit passer sa fille devant, puis s'arrêta avant de franchir le seuil, se retourna et regarda Marius fixement.

Le jour d'après, ils ne vinrent pas au Luxembourg. Marius attendit en vain toute la journée.

À la nuit tombée, il alla rue de l'Ouest, et vit de la lumière aux fenêtres du troisième. Il se promena sous ces fenêtres jusqu'à ce que cette lumière fût éteinte.

Le jour suivant, personne au Luxembourg. Marius attendit tout le jour, puis alla faire sa faction de nuit sous les croisées. Cela le conduisait jusqu'à dix heures du soir. Son dîner devenait ce qu'il pouvait. La fièvre nourrit le malade et l'amour l'amoureux.

Il se passa huit jours de la sorte. M. Leblanc et sa fille ne paraissaient plus au Luxembourg. Marius faisait des conjectures tristes ; il n'osait guetter la porte cochère pendant le jour. Il se contentait d'aller à la nuit contempler la clarté rougeâtre des vîtres. Il y voyait par moments passer des ombres, et le cœur lui battait.

Le huitième jour, quand il arriva sous les fenêtres, il n'y avait pas de lumière. — Tiens ! dit-il, la lampe n'est pas encore allumée. Il fait nuit pourtant. Est-ce qu'ils seraient sortis ? Il attendit. Jusqu'à dix heures. Jusqu'à minuit. Jusqu'à une heure du matin. Aucune lumière ne s'alluma aux fenêtres du troisième étage et personne ne rentra dans la maison. Il s'en alla très sombre.

Le lendemain, — car il ne vivait que de lendemains en lendemains, il n'y avait, pour ainsi dire, plus d'aujourd'hui pour lui, — le lendemain il ne trouva personne au Luxembourg, il s'y attendait ; à la brune, il alla à la maison. Aucune lueur aux fenêtres, les persiennes étaient fermées ; le troisième était tout noir.

Marius frappa à la porte cochère, entra et dit au portier :

— Le monsieur du troisième ?

— Déménagé, répondit le portier.

Marius chancela et dit faiblement :

— Depuis quand donc ?

— D'hier.

— Où demeure-t-il maintenant ?

— Je n'en sais rien.

— Il n'a donc point laissé sa nouvelle adresse ?

— Non.

Et le portier levant le nez reconnut Marius.

— Tiens ! c'est vous ! dit-il, mais vous êtes donc décidément quart-d'œil ?

LIVRE SEPTIÈME

PATRON-MINETTE

I

LES MINES ET LES MINEURS

Les sociétés humaines ont toutes ce qu'on appelle dans les théâtres *un troisième dessous*. Le sol social est partout miné, tantôt pour le bien, tantôt pour le mal. Ces travaux se superposent. Il y a les mines supérieures et les mines inférieures. Il y a un haut et un bas dans cet obscur sous-sol qui s'effondre parfois sous la civilisation, et que notre indifférence et notre insouciance foulent aux pieds. L'Encyclopédie, au siècle dernier, était une mine, presque à ciel ouvert. Les ténèbres, ces sombres couveuses du christianisme primitif, n'attendaient qu'une occasion pour faire explosion sous les Césars et pour inonder le genre humain de lumière. Car dans les ténèbres sacrées il y a de la lumière latente. Les volcans sont pleins d'une ombre capable de flamboiement. Toute lave commence par être nuit. Les catacombes, où s'est dite la première messe, n'étaient pas seulement la cave Rome, elles étaient le souterrain du monde.

Il y a sous la construction sociale, cette merveille compliquée d'une masure, des excavations de toutes sortes. Il y a la mine religieuse, la mine philosophique, la mine politique, la mine économique, la mine révolutionnaire. Tel pioche avec l'idée, tel pioche avec le chiffre, tel pioche avec la colère. On s'appelle et on se répond d'une catacombe à l'autre. Les utopies cheminent sous terre dans ces conduits. Elles s'y ramifient en tous sens. Elles s'y rencontrent parfois, et y fraternisent. Jean-Jacques prête son pic à Diogène qui lui prête sa lanterne. Quelquefois elles s'y combattent. Calvin prend Socin aux cheveux. Mais rien n'arrête ni n'interrompt la tension de toutes ces énergies vers le but, et la vaste activité simultanée, qui va et vient, monte, descend et remonte dans ces obscurités, et qui transforme lentement le dessus par les dessous et le dehors par le dedans; immense fourmillement inconnu. La société se doute à peine de ce creusement qui lui laisse sa surface et lui change les entrailles. Autant d'étages souterrains, autant de travaux différents, autant d'extractions diverses. Que sort-il de toutes ces fouilles profondes? L'avenir.

Plus on s'enfonce, plus les travailleurs sont mystérieux. Jusqu'à un degré que le philosophe social sait reconnaître, le travail est bon; au-delà de ce degré, il est douteux et mixte; plus bas, il devient terrible. À une certaine profondeur, les excavations ne sont plus pénétrables à l'esprit de civilisation, la limite respirable à l'homme est dépassée; un commencement de monstres est possible.

L'échelle descendante est étrange; et chacun de ces échelons correspond à un étage où la philosophie peut prendre pied, et où l'on rencontre un de ces ouvriers, quelquefois divins, quelquefois difformes. Au-dessous de Jean Huss, il y a Luther; au-dessous de Luther, il y a Descartes; au-dessous de Descartes, il y a Voltaire; au-dessous de Voltaire, il y a Condorcet; au-dessous de Condorcet, il y a Robespierre; au-dessous de Robespierre, il y a Marat; au-dessous de Marat, il y a Babeuf. Et cela continue. Plus bas, confusément, à la limite qui sépare l'indistinct de l'invisible, on aperçoit d'autres hommes sombres, qui peut-être n'existent pas encore. Ceux d'hier sont des spectres; ceux de demain sont des larves. L'œil de l'esprit les distingue obscurément. Le travail embryonnaire de l'avenir est une des visions du philosophe.

Un monde dans les limbes à l'état de fœtus, quelle silhouette inouïe!

Saint-Simon, Owen, Fourier, sont là aussi, dans des
sapes latérales.

Certes, quoiqu'une divine chaîne invisible lie entre eux
à leur insu tous ces pionniers souterrains qui, presque
toujours, se croient isolés, et qui ne le sont pas, leurs travaux sont bien divers, et la lumière des uns contraste
avec le flamboiement des autres. Les uns sont paradi-
siaques, les autres sont tragiques. Pourtant, quel que soit
le contraste, tous ces travailleurs, depuis le plus haut
jusqu'au plus nocturne, depuis le plus sage jusqu'au plus
fou, ont une similitude, et la voici : le désintéressement.
Marat s'oublie comme Jésus. Ils se laissent de côté, ils
s'omettent, ils ne songent point à eux. Ils voient autre
chose qu'eux-mêmes. Ils ont un regard, et ce regard
cherche l'absolu. Le premier a tout le ciel dans les yeux ;
le dernier, si énigmatique qu'il soit, a encore sous le
sourcil la pâle clarté de l'infini. Vénérez, quoi qu'il fasse,
quiconque a ce signe : la prunelle étoile.

La prunelle ombre est l'autre signe.

À elle commence le mal. Devant qui n'a pas de regard,
songez et tremblez. L'ordre social a ses mineurs noirs.

Il y a un point où l'approfondissement est de l'enseve-
lissement, et où la lumière s'éteint.

Au-dessous de toutes ces mines que nous venons
d'indiquer, au-dessous de toutes ces galeries, au-dessous
de tout cet immense système veineux souterrain du progrès et de l'utopie, bien plus avant dans la terre, plus bas
que Marat, plus bas que Babeuf, plus bas, beaucoup plus
bas, et sans relation aucune avec les étages supérieurs, il
y a la dernière sape. Lieu formidable. C'est ce que nous
avons nommé le troisième dessous. C'est la fosse des
ténèbres. C'est la cave des aveugles. *Inferi.*

Ceci communique aux abîmes.

II

LE BAS-FOND

Là le désintéressement s'évanouit. Le démon
s'ébauche vaguement ; chacun pour soi. Le moi sans
yeux hurle, cherche, tâtonne et ronge. L'Ugolin social est
dans ce gouffre.

Les silhouettes farouches qui rôdent dans cette fosse, presque bêtes, presque fantômes, ne s'occupent pas du progrès universel, elles ignorent l'idée et le mot, elles n'ont souci que de l'assouvissement individuel. Elles sont presque inconscientes, et il y a au dedans d'elles une sorte d'effacement effrayant. Elles ont deux mères, toutes deux marâtres, l'ignorance et la misère. Elles ont un guide, le besoin; et, pour toutes les formes de la satisfaction, l'appétit. Elles sont brutalement voraces, c'est-à-dire féroces, non à la façon du tyran, mais à la façon du tigre. De la souffrance ces larves passent au crime; filiation fatale, engendrement vertigineux, logique de l'ombre. Ce qui rampe dans le troisième dessous social, ce n'est plus la réclamation étouffée de l'absolu; c'est la protestation de la matière. L'homme y devient dragon. Avoir faim, avoir soif, c'est le point de départ; être Satan, c'est le point d'arrivée. De cette cave sort Lacenaire.

On vient de voir tout à l'heure, au livre quatrième, un des compartiments de la mine supérieure, de la grande sape politique, révolutionnaire et philosophique. Là, nous venons de le dire, tout est noble, pur, digne, honnête. Là, certes, on peut se tromper, et l'on se trompe; mais l'erreur y est vénérable tant elle implique d'héroïsme. L'ensemble du travail qui se fait là a un nom : le Progrès.

Le moment est venu d'entrevoir d'autres profondeurs, les profondeurs hideuses.

Il y a sous la société, insistons-y, et, jusqu'au jour où l'ignorance sera dissipée, il y aura la grande caverne du mal.

Cette cave est au-dessous de toutes et est l'ennemie de toutes. C'est la haine sans exception. Cette cave ne connaît pas de philosophes; son poignard n'a jamais taillé de plume. Sa noirceur n'a aucun rapport avec la noirceur sublime de l'écritoire. Jamais les doigts de la nuit qui se crispent sous ce plafond asphyxiant n'ont feuilleté un livre ni déplié un journal. Babeuf est un exploiteur pour Cartouche; Marat est un aristocrate pour Schinderhannes. Cette cave a pour but l'effondrement de tout.

De tout. Y compris les sapes supérieures, qu'elle exècre. Elle ne mine pas seulement, dans son fourmillement hideux, l'ordre social actuel; elle mine la philosophie, elle mine la science, elle mine le droit, elle mine la pensée humaine, elle mine la civilisation, elle mine la révolution, elle mine le progrès. Elle s'appelle tout simplement vol, prostitution, meurtre et assassinat. Elle est ténèbres, et elle veut le chaos. Sa voûte est faite d'ignorance.

Toutes les autres, celles d'en haut, n'ont qu'un but, la supprimer. C'est là que tendent, par tous leurs organes à la fois, par l'amélioration du réel comme par la contemplation de l'absolu, la philosophie et le progrès. Détruisez la cave Ignorance, vous détruisez la taupe Crime.

Condensons en quelques mots une partie de ce que nous venons d'écrire. L'unique péril social, c'est l'Ombre.

Humanité, c'est identité. Tous les hommes sont la même argile. Nulle différence, ici-bas du moins, dans la prédestination. Même ombre avant, même chair pendant, même cendre après. Mais l'ignorance mêlée à la pâte humaine la noircit. Cette incurable noirceur gagne le dedans de l'homme et y devient le Mal.

III

BABET, GUEULEMER, CLAQUESOUS ET MONTPARNASSE

Un quatuor de bandits, Claquesous, Gueulemer, Babet et Montparnasse, gouvernait de 1830 à 1835 le troisième dessous de Paris.

Gueulemer était un Hercule déclassé. Il avait pour antre l'égout de l'Arche-Marion. Il avait six pieds de haut, des pectoraux de marbre, des biceps d'airain, une respiration de caverne, le torse d'un colosse, un crâne d'oiseau. On croyait voir l'Hercule Farnèse vêtu d'un pantalon de coutil et d'une veste de velours de coton.

Gueulemer, bâti de cette façon sculpturale, aurait pu dompter les monstres ; il avait trouvé plus court d'en être un. Front bas, tempes larges, moins de quarante ans et la patte d'oie, le poil rude et court, la joue en brosse, une barbe sanglière ; on voit d'ici l'homme. Ses muscles sollicitaient le travail, sa stupidité n'en voulait pas. C'était une grosse force paresseuse. Il était assassin par nonchalance. On le croyait créole. Il avait probablement un peu touché au maréchal Brune, ayant été portefaix à Avignon en 1815. Après ce stage, il était passé bandit.

La diaphanéité de Babet contrastait avec la viande de Gueulemer. Babet était maigre et savant. Il était transparent, mais impénétrable. On voyait le jour à travers les os, mais rien à travers la prunelle. Il se déclarait chimiste. Il avait été pitre chez Bobèche et paillasse chez Bobino. Il avait joué le vaudeville à Saint-Mihiel. C'était un homme à intentions, beau parleur, qui soulignait ses sourires et guillemetait ses gestes. Son industrie était de vendre en plein vent des bustes de plâtre et des portraits du « chef de l'état ». De plus, il arrachait les dents. Il avait montré des phénomènes dans les foires, et possédé une baraque avec trompette, et cette affiche : — Babet, artiste dentiste, membre des académies, fait des expériences physiques sur métaux et métalloïdes, extirpe les dents, entreprend les chicots abandonnés par ses confrères. Prix : une dent, un franc cinquante centimes ; deux dents, deux francs ; trois dents, deux francs cinquante. Profitez de l'occasion. — (Ce « profitez de l'occasion » signifiait : faites-vous-en arracher le plus possible.) Il avait été marié et avait eu des enfants. Il ne savait ce que sa femme et ses enfants étaient devenus. Il les avait perdus comme on perd son mouchoir. Haute exception dans le monde obscur dont il était, Babet lisait les journaux. Un jour, du temps qu'il avait sa famille avec lui dans sa baraque roulante, il avait lu dans le *Messager* qu'une femme venait d'accoucher d'un enfant suffisamment viable, ayant un mufle de veau, et il s'était écrié : *Voilà une fortune ! ce n'est pas ma femme qui aurait l'esprit de me faire un enfant comme cela !*

Depuis, il avait tout quitté pour « entreprendre Paris ». Expression de lui.

Qu'était-ce que Claquesous? C'était la nuit. Il attendait pour se montrer que le ciel se fût barbouillé de noir. Le soir il sortait d'un trou où il rentrait avant le jour. Où était ce trou? Personne ne le savait. Dans la plus complète obscurité, à ses complices, il ne parlait qu'en tournant le dos. S'appelait-il Claquesous? non. Il disait : Je m'appelle Pas-du-tout. Si une chandelle survenait, il mettait un masque. Il était ventriloque. Babet disait : *Claquesous est un nocturne à deux voix.* Claquesous était vague, errant, terrible. On n'était pas sûr qu'il eût un nom, Claquesous étant un sobriquet; on n'était pas sûr qu'il eût une voix, son ventre parlant plus souvent que sa bouche; on n'était pas sûr qu'il eût un visage, personne n'ayant jamais vu que son masque. Il disparaissait comme un évanouissement; ses apparitions étaient des sorties de terre.

Un être lugubre, c'était Montparnasse. Montparnasse était un enfant; moins de vingt ans, un joli visage, des lèvres qui ressemblaient à des cerises, de charmants cheveux noirs, la clarté du printemps dans les yeux; il avait tous les vices et aspirait à tous les crimes. La digestion du mal le mettait en appétit du pire. C'était le gamin tourné voyou, et le voyou devenu escarpe. Il était gentil, efféminé, gracieux, robuste, mou, féroce. Il avait le bord du chapeau relevé à gauche pour faire place à la touffe de cheveux, selon le style de 1829. Il vivait de voler violemment. Sa redingote était de la meilleure coupe, mais râpée. Montparnasse, c'était une gravure de modes ayant de la misère et commettant des meurtres. La cause de tous les attentats de cet adolescent était l'envie d'être bien mis. La première grisette qui lui avait dit : Tu es beau, lui avait jeté la tache de ténèbres dans le cœur, et avait fait un Caïn de cet Abel. Se trouvant joli, il avait voulu être élégant; or la première élégance, c'est l'oisiveté; l'oisiveté d'un pauvre, c'est le crime. Peu de rôdeurs étaient aussi redoutés que Montparnasse. À dix-huit ans, il avait déjà plusieurs cadavres derrière lui. Plus d'un passant les bras étendus gisait dans l'ombre de ce misérable, la face dans une mare de sang. Frisé, pommadé, pincé à la taille, des hanches de femme, un buste d'officier prussien, le murmure d'admiration des filles du

boulevard autour de lui, la cravate savamment nouée, un
casse-tête dans sa poche, une fleur à sa boutonnière ; tel
était ce mirliflore du sépulcre.

IV

COMPOSITION DE LA TROUPE

À eux quatre, ces bandits formaient une sorte de Pro-
tée, serpentant à travers la police et s'efforçant d'échapper aux regards indiscrets de Vidocq « sous diverse
figure, arbre, flamme, fontaine », s'entre-prêtant leurs
noms et leurs trucs, se dérobant dans leur propre ombre,
boîtes à secrets et asiles les uns pour les autres, défaisant
leurs personnalités comme on ôte son faux nez au bal
masqué, parfois se simplifiant au point de ne plus être
qu'un, parfois se multipliant au point que Coco-Lacour
lui-même les prenait pour une foule.

Ces quatre hommes n'étaient point quatre hommes ;
c'était une sorte de mystérieux voleur à quatre têtes travaillant en grand sur Paris ; c'était le polype monstrueux
du mal habitant la crypte de la société.

Grâce à leurs ramifications, et au réseau sous-jacent
de leurs relations, Babet, Gueulemer, Claquesous et
Montparnasse avaient l'entreprise générale des guets-
apens du département de la Seine. Ils faisaient sur le
passant le coup d'état d'en bas. Les trouveurs d'idées en
ce genre, les hommes à imagination nocturne, s'adres-
saient à eux pour l'exécution. On fournissait aux quatre
coquins le canevas, ils se chargeaient de la mise en
scène. Ils travaillaient sur scénario. Ils étaient toujours
en situation de prêter un personnel proportionné et
convenable à tous les attentats ayant besoin d'un coup
d'épaule et suffisamment lucratifs. Un crime étant en
quête de bras, ils lui sous-louaient des complices. Ils
avaient une troupe d'acteurs de ténèbres à la disposition
de toutes les tragédies de cavernes.

Ils se réunissaient habituellement à la nuit tombante,

heure de leur réveil, dans les steppes qui avoisinent la Salpêtrière. Là, ils conféraient. Ils avaient les douze heures noires devant eux; ils en réglaient l'emploi.

Patron-Minette, tel était le nom qu'on donnait dans la circulation souterraine à l'association de ces quatre hommes. Dans la vieille langue populaire fantasque qui va s'effaçant tous les jours, *Patron-Minette* signifie le matin, de même que *Entre chien et loup* signifie le soir. Cette appellation, Patron-Minette, venait probablement de l'heure à laquelle leur besogne finissait, l'aube étant l'instant de l'évanouissement des fantômes et de la séparation des bandits. Ces quatre hommes étaient connus sous cette rubrique. Quand le président des assises visita Lacenaire dans sa prison, il le questionna sur un méfait que Lacenaire niait. — Qui a fait cela? demanda le président. Lacenaire fit cette réponse, énigmatique pour le magistrat, mais claire pour la police : — C'est peut-être Patron-Minette.

On devine parfois une pièce sur l'énoncé des personnages; on peut de même presque apprécier une bande sur la liste des bandits. Voici, car ces noms-là surnagent dans les mémoires spéciales, à quelles appellations répondaient les principaux affiliés de Patron-Minette :

Panchaud, dit Printanier, dit Bigrenaille.

Brujon. (Il y avait une dynastie de Brujon; nous ne renonçons pas à en dire un mot.)

Boulatruelle, le cantonnier déjà entrevu.

Laveuve.

Finistère.

Homère Hogu, nègre.

Mardisoir.

Dépêche.

Fauntleroy, dit Bouquetière.

Glorieux, forçat libéré.

Barrecarrosse, dit monsieur Dupont.

Lesplanade-du-Sud.

Poussagrive.

Carmagnolet.

Kruideniers, dit Bizarro.

Mangedentelle.

Les-pieds-en-l'air.

Demi-liard, dit Deux-milliards.

Etc., etc.

Nous en passons, et non des pires. Ces noms ont des figures. Ils n'expriment pas seulement des êtres, mais des espèces. Chacun de ces noms répond à une variété de ces difformes champignons du dessous de la civilisation.

Ces êtres, peu prodigues de leurs visages, n'étaient pas de ceux qu'on voit passer dans les rues. Le jour, fatigués des nuits farouches qu'ils avaient, ils s'en allaient dormir, tantôt dans les fours à plâtre, tantôt dans les carrières abandonnées de Montmartre ou de Montrouge, parfois dans les égouts. Ils se terraient.

Que sont devenus ces hommes ? Ils existent toujours. Ils ont toujours existé. Horace en parle : *Ambubaiarum collegia, pharmacopolæ, mendici, mimæ* ; et, tant que la société sera ce qu'elle est, ils seront ce qu'ils sont. Sous l'obscur plafond de leur cave, ils renaissent à jamais du suintement social. Ils reviennent, spectres, toujours identiques ; seulement ils ne portent plus les mêmes noms et ils ne sont plus dans les mêmes peaux.

Les individus extirpés, la tribu subsiste.

Ils ont toujours les mêmes facultés. Du truand au rôdeur, la race se maintient pure. Ils devinent les bourses dans les poches, ils flairent les montres dans les goussets. L'or et l'argent ont pour eux une odeur. Il y a des bourgeois naïfs dont on pourrait dire qu'ils ont l'air volables. Ces hommes suivent patiemment ces bourgeois. Au passage d'un étranger ou d'un provincial, ils ont des tressaillements d'araignée.

Ces hommes-là, quand, vers minuit, sur un boulevard désert, on les rencontre ou on les entrevoit, sont effrayants. Ils ne semblent pas des hommes, mais des formes faites de brume vivante ; on dirait qu'ils font habituellement bloc avec les ténèbres, qu'ils n'en sont pas distincts, qu'ils n'ont pas d'autre âme que l'ombre, et que c'est momentanément, et pour vivre pendant quelques minutes d'une vie monstrueuse, qu'ils se sont désagrégés de la nuit.

Que faut-il pour faire évanouir ces larves ? De la lumière. De la lumière à flots. Pas une chauve-souris ne résiste à l'aube. Éclairez la société en dessous.

LIVRE HUITIÈME

LE MAUVAIS PAUVRE

I

MARIUS, CHERCHANT UNE FILLE EN CHAPEAU, RENCONTRE UN HOMME EN CASQUETTE

L'été passa, puis l'automne ; l'hiver vint. Ni M. Leblanc ni la jeune fille n'avaient remis les pieds au Luxembourg. Marius n'avait plus qu'une pensée, revoir ce doux et adorable visage. Il cherchait toujours, il cherchait partout ; il ne trouvait rien. Ce n'était plus Marius le rêveur enthousiaste, l'homme résolu, ardent et ferme, le hardi provocateur de la destinée, le cerveau qui échafaudait avenir sur avenir, le jeune esprit encombré de plans, de projets, de fiertés, d'idées et de volontés ; c'était un chien perdu. Il tomba dans une tristesse noire. C'était fini. Le travail le rebutait, la promenade le fatiguait, la solitude l'ennuyait ; la vaste nature, si remplie autrefois de formes, de clartés, de voix, de conseils, de perspectives, d'horizons, d'enseignements, était maintenant vide devant lui. Il lui semblait que tout avait disparu.

Il pensait toujours, car il ne pouvait faire autrement ; mais il ne se plaisait plus dans ses pensées. À tout ce qu'elles lui proposaient tout bas sans cesse, il répondait dans l'ombre : À quoi bon ?

Il se faisait cent reproches. Pourquoi l'ai-je suivie ? J'étais si heureux rien que de la voir ! Elle me regardait ;

est-ce que ce n'était pas immense? Elle avait l'air de m'aimer. Est-ce que ce n'était pas tout? J'ai voulu avoir quoi? Il n'y a rien après cela. J'ai été absurde. C'est ma faute, etc., etc. Courfeyrac, auquel il ne confiait rien, c'était sa nature, mais qui devinait un peu tout, c'était sa nature aussi, avait commencé par le féliciter d'être amoureux, en s'en ébahissant d'ailleurs; puis, voyant Marius tombé dans cette mélancolie, il avait fini par lui dire : — Je vois que tu as été simplement un animal. Tiens, viens à la Chaumière!

Une fois, ayant confiance dans un beau soleil de septembre, Marius s'était laissé mener au bal de Sceaux par Courfeyrac, Bossuet et Grantaire, espérant, quel rêve! qu'il la retrouverait peut-être là. Bien entendu, il n'y vit pas celle qu'il cherchait. — C'est pourtant ici qu'on retrouve toutes les femmes perdues, grommelait Grantaire en aparté. Marius laissa ses amis au bal, et s'en retourna à pied, seul, las, fiévreux, les yeux troubles et tristes dans la nuit, ahuri de bruit et de poussière par les joyeux coucous pleins d'êtres chantants qui revenaient de la fête et passaient à côté de lui, découragé, aspirant pour se rafraîchir la tête l'âcre senteur des noyers de la route.

Il se remit à vivre de plus en plus seul, égaré, accablé, tout à son angoisse intérieure, allant et venant dans sa douleur comme le loup dans le piège, quêtant partout l'absente, abruti d'amour.

Une autre fois, il avait fait une rencontre qui lui avait produit un effet singulier. Il avait croisé dans les petites rues qui avoisinent le boulevard des Invalides un homme vêtu comme un ouvrier et coiffé d'une casquette à longue visière qui laissait passer des mèches de cheveux très blancs. Marius fut frappé de la beauté de ces cheveux blancs et considéra cet homme qui marchait à pas lents et comme absorbé dans une méditation douloureuse. Chose étrange, il lui parut reconnaître M. Leblanc. C'étaient les mêmes cheveux, le même profil, autant que la casquette le laissait voir, la même allure, seulement plus triste. Mais pourquoi ces habits d'ouvrier? qu'est-ce que cela voulait dire? que signifiait ce déguisement? Marius fut très étonné. Quand il revint à lui, son premier mouvement fut de se mettre à suivre cet homme; qui sait s'il ne tenait point enfin la trace qu'il cherchait? En tout cas, il fallait revoir l'homme de près et éclaircir l'énigme. Mais il s'avisa de cette idée trop tard, l'homme n'était déjà plus là. Il avait pris quelque petite rue latérale, et Marius ne put le retrouver. Cette rencontre le préoccupa quelques jours, puis s'effaça. — Après tout, se dit-il, ce n'est probablement qu'une ressemblance.

II

TROUVAILLE

Marius n'avait pas cessé d'habiter la masure Gorbeau. Il n'y faisait attention à personne.

À cette époque, à la vérité, il n'y avait plus dans cette masure d'autres habitants que lui et ces Jondrette dont il avait une fois acquitté le loyer, sans avoir du reste jamais parlé ni au père, ni à la mère, ni aux filles. Les autres locataires étaient déménagés ou morts, ou avaient été expulsés faute de payement.

Un jour de cet hiver-là, le soleil s'était un peu montré dans l'après-midi, mais c'était le 2 février, cet antique jour de la Chandeleur dont le soleil traître, précurseur d'un froid de six semaines, a inspiré à Mathieu Lænsberg ces deux vers restés justement classiques :

> Qu'il luise ou qu'il luiserne,
> L'ours rentre en sa caverne.

Marius venait de sortir de la sienne. La nuit tombait. C'était l'heure d'aller dîner; car il avait bien fallu se remettre à dîner, hélas! ô infirmités des passions idéales!

Il venait de franchir le seuil de sa porte que mame Bougon balayait en ce moment-là même tout en prononçant ce mémorable monologue :

— Qu'est-ce qui est bon marché à présent? tout est cher. Il n'y a que la peine du monde qui est bon marché; elle est pour rien, la peine du monde!

Marius montait à pas lents le boulevard vers la barrière afin de gagner la rue Saint-Jacques. Il marchait pensif, la tête baissée.

Tout à coup il se sentit coudoyé dans la brume; il se retourna, et vit deux jeunes filles en haillons, l'une longue et mince, l'autre un peu moins grande, qui passaient rapidement, essoufflées, effarouchées, et comme ayant l'air de s'enfuir; elles venaient à sa rencontre, ne l'avaient pas vu, et l'avaient heurté en passant. Marius distinguait dans le crépuscule leurs figures livides, leurs têtes décoiffées, leurs cheveux épars, leurs affreux bonnets, leurs jupes en guenilles et leurs pieds nus. Tout en courant, elles se parlaient. La plus grande disait d'une voix très basse :

— Les cognes sont venus. Ils ont manqué me pincer au demi-cercle.

L'autre répondait : — Je les ai vus. J'ai cavalé, cavalé, cavalé !

Marius comprit, à travers cet argot sinistre, que les gendarmes ou les sergents de ville avaient failli saisir ces deux enfants, et que ces enfants s'étaient échappées.

Elles s'enfoncèrent sous les arbres du boulevard derrière lui, et y firent pendant quelques instants dans l'obscurité une espèce de blancheur vague qui s'effaça.

Marius s'était arrêté un moment.

Il allait continuer son chemin lorsqu'il aperçut un petit paquet grisâtre à terre à ses pieds. Il se baissa et le ramassa. C'était une façon d'enveloppe qui paraissait contenir des papiers.

— Bon, dit-il, ces malheureuses auront laissé tomber cela !

Il revint sur ses pas, il appela, il ne les retrouva plus; il pensa qu'elles étaient déjà loin, mit le paquet dans sa poche, et s'en alla dîner.

Chemin faisant, il vit dans une allée de la rue Mouffetard une bière d'enfant couverte d'un drap noir, posée sur trois chaises et éclairée par une chandelle. Les deux filles du crépuscule lui revinrent à l'esprit.

— Pauvres mères! pensa-t-il. Il y a une chose plus triste que de voir ses enfants mourir; c'est de les voir mal vivre.

Puis ces ombres qui variaient sa tristesse lui sortirent de la pensée, et il retomba dans ses préoccupations habituelles. Il se remit à songer à ses six mois d'amour et de bonheur en plein air et en pleine lumière sous les beaux arbres du Luxembourg.

— Comme ma vie est devenue sombre ! se disait-il. Les jeunes filles m'apparaissent toujours. Seulement autrefois c'étaient les anges ; maintenant ce sont les goules.

III

QUADRIFRONS

Le soir, comme il se déshabillait pour se coucher, sa main rencontra dans la poche de son habit le paquet qu'il avait ramassé sur le boulevard. Il l'avait oublié. Il songea qu'il serait utile de l'ouvrir, et que ce paquet contenait peut-être l'adresse de ces jeunes filles, si, en réalité, il leur appartenait, et dans tous les cas les renseignements nécessaires pour le restituer à la personne qui l'avait perdu.

Il défit l'enveloppe.

Elle n'était pas cachetée et contenait quatre lettres, non cachetées également.

Les adresses y étaient mises.

Toutes quatre exhalaient une odeur d'affreux tabac.

La première lettre était adressée : *à Madame, madame la marquise de Grucheray, place vis-à-vis la chambre des députés, n°* ...

Marius se dit qu'il trouverait probablement là les indications qu'il cherchait, et que d'ailleurs la lettre n'étant pas fermée, il était vraisemblable qu'elle pouvait être lue sans inconvénient.

Elle était ainsi conçue :

« Madame la marquise,

« La vertu de la clémence et piété est celle qui unit plus « étroitement la société. Promenez votre sentiment chré-« tien, et faites un regard de compassion sur cette infor-

« tuné español victime de la loyauté et d'attachement à la
« cause sacrée de la légitimité, qu'il a payé de son sang,
« consacrée sa fortune, toutte, pour défendre cette
« cause, et aujourd'hui se trouve dans la plus grande
« missère. Il ne doute point que votre honorable per-
« sonne l'accordera un secour pour conserver une exis-
« tance éxtremement penible pour un militaire d'éduca-
« tion et d'honneur plein de blessures. Compte d'avance
« sur l'humanité qui vous animé et sur l'intérêt que
« Madame la marquise porte à une nation aussi mal-
« heureusse. Leur prière ne sera pas en vaine, et leur
« reconnaissance conservera sont charmant souvenir.

« De mes sentiments respectueux avec lesquelles j'ai
« l'honneur d'être,

> « Madame,

>> « DON ALVAREZ, capitaine español de caballerie,
>> « royaliste réfugié en France que se trouve en
>> « voyagé pour sa patrie et le manquent les rés-
>> « sources pour continuer son voyagé. »

Aucune adresse n'était jointe à la signature. Marius
espéra trouver l'adresse dans la deuxième lettre dont la
suscription portait : *à Madame, madame la contesse de
Montvernet, rue Cassette, n° 9.*

Voici ce que Marius y lut :

> « Madame la contesse,

« C'est une malheureusse meré de famille de six
« enfants dont le dernier n'a que huit mois. Moi malade
« depuis ma dernière couche, abandonnée de mon mari
« depuis cinq mois n'aiyant aucune réssource au monde
« dans la plus affreuse indigence.

« Dans l'espoir de Madame la contesse, elle a l'hon-
« neur d'être, madame, avec un profond respect,

> « Femme BALIZARD. »

Marius passa à la troisième lettre, qui était comme les
précédentes une supplique ; on y lisait :

« Monsieur Pabourgeot, électeur, négociant
« bonnetier en gros, rue Saint-Denis au coin
« de la rue aux Fers.

« Je me permets de vous adresser cette lettre pour vous
« prier de m'accorder la faveur prétieuse de vos simpa-
« ties et de vous intéresser à un homme de lettres qui
« vient d'envoyer un drame au théâtre-français. Le sujet
« en est historique, et l'action se passe en Auvergne du
« temps de l'empire. Le style, je crois, en est naturel,
« laconique, et peut avoir quelque mérite. Il y a des cou-
« plets a chanter en quatre endroits. Le comique, le
« sérieux, l'imprévu, s'y mèlent à la variété des caractères
« et à une teinte de romantisme répandue légèrement
« dans toute l'intrigue qui marche mistérieusement, et
« va, par des péripessies frappantes, se denouer au
« milieu de plusieurs coups de scènes éclatants.

« Mon but principal est de satisfère le desir qui anime
« progresivement l'homme de notre siècle, c'est-à-dire,
« LA MODE, cette caprisieuse et bizarre girouette qui
« change presque à chaque nouveau vent.

« Malgré ces qualités j'ai lieu de craindre que la jalou-
« sie, l'égoïsme des auteurs privilégiés, obtienne mon
« exclusion du théâtre, car je n'ignore pas les deboires
« dont on abreuve les nouveaux venus.

« Monsieur Pabourgeot, votre juste réputation de pro-
« tecteur éclairé des gants de lettres m'enhardit à vous
« envoyer ma fille qui vous exposera notre situation indi-
« gante, manquant de pain et de feu dans cette saison
« d'hyver. Vous dire que je vous prie d'agreer l'hommage
« que je désire vous faire de mon drame et de tous ceux
« que je ferai, c'est vous prouver combien j'ambicionne
« l'honneur de m'abriter sous votre égide, et de parer
« mes écrits de votre nom. Si vous daignez m'honorer de
« la plus modeste offrande, je m'occuperai aussitôt à
« faire une pièsse de vers pour vous payer mon tribu de
« reconnaissance. Cette pièsse, que je tacherai de rendre
« aussi parfaite que possible, vous sera envoyér avant
« d'être insérée au commencement du drame et débitée
« sur la scène.

« À Monsieur,
  « Et Madame Pabourgeot,
« Mes hommages les plus respectueux.
      Genflot, homme de lettres.

« *P.-S.* Ne serait-ce que quarante sous.
« Excusez-moi d'envoyer ma fille et de ne pas me pré-
« senter moi-même, mais de tristes motifs de toilette ne
« me permettent pas, hélas! de sortir... »

Marius ouvrit enfin la quatrième lettre. Il y avait sur
l'adresse : *Au monsieur bienfaisant de l'église Saint-
Jacques-du-Haut-Pas.* Elle contenait ces quelques lignes :

  « Homme bienfaisant,

« Si vous daignez accompagner ma fille, vous verrez
« une calamité missérable, et je vous montrerai mes cer-
« tificats.
« À l'aspect de ces écrits votre âme généreuse sera mue
« d'un sentiment de sencible bienveillance, car les vrais
« philosophes éprouvent toujours de vives émotions.
« Convenez, homme compatissant, qu'il faut éprouver
« le plus cruel besoin, et qu'il est bien douloureux, pour
« obtenir quelque soulagement, de le faire attester par
« l'autorité comme si l'on n'était pas libre de souffrir et
« de mourir d'innanition en attendant que l'on soulage
« notre missère. Les destins sont bien fatals pour
« d'aucuns et trop prodigue ou trop protecteur pour
« d'autres.
« J'attends votre présance ou votre offrande, si vous
« daignez la faire, et je vous prie de vouloir bien agréer
« les sentiments respectueux avec lesquels je m'honore
« d'être,

    « homme vraiment magnanime,
      « votre très humble
    « et très obéissant serviteur,
        « P. Fabantou, artiste dramatique. »

Après avoir lu ces quatre lettres, Marius ne se trouva
pas beaucoup plus avancé qu'auparavant.

D'abord aucun des signataires ne donnait son adresse.

Ensuite elles semblaient venir de quatre individus différents, don Alvarès, la femme Balizard, le poëte Genflot et l'artiste dramatique Fabantou, mais ces lettres offraient ceci d'étrange qu'elles étaient écrites toutes quatre de la même écriture.

Que conclure de là, sinon qu'elles venaient de la même personne?

En outre, et cela rendait la conjecture encore plus vraisemblable, le papier, grossier et jauni, était le même pour les quatre, l'odeur de tabac était la même, et, quoiqu'on eût évidemment cherché à varier le style, les mêmes fautes d'orthographe s'y reproduisaient avec une tranquillité profonde, et l'homme de lettres Genflot n'en était pas plus exempt que le capitaine espanol.

S'évertuer à deviner ce petit mystère était peine inutile. Si ce n'eût pas été une trouvaille, cela eût eu l'air d'une mystification. Marius était trop triste pour bien prendre même une plaisanterie du hasard et pour se prêter au jeu que paraissait vouloir jouer avec lui le pavé de la rue. Il lui semblait qu'il était à colin-maillard entre ces quatre lettres qui se moquaient de lui.

Rien n'indiquait d'ailleurs que ces lettres appartinssent aux jeunes filles que Marius avait rencontrées sur le boulevard. Après tout, c'étaient des paperasses évidemment sans aucune valeur.

Marius les remit dans l'enveloppe, jeta le tout dans un coin, et se coucha.

Vers sept heures du matin, il venait de se lever et de déjeuner, et il essayait de se mettre au travail lorsqu'on frappa doucement à sa porte.

Comme il ne possédait rien, il n'ôtait jamais sa clef, si ce n'est quelquefois, fort rarement, lorsqu'il travaillait à quelque travail pressé. Du reste, même absent, il laissait sa clef à sa serrure. — On vous volera, disait mame Bougon. — Quoi? disait Marius. — Le fait est pourtant qu'un jour on lui avait volé une vieille paire de bottes, au grand triomphe de mame Bougon.

On frappa un second coup, très doux comme le premier.

— Entrez, dit Marius.

La porte s'ouvrit.

— Qu'est-ce que vous voulez, mame Bougon? reprit Marius sans quitter des yeux les livres et les manuscrits qu'il avait sur sa table.

Une voix, qui n'était pas celle de mame Bougon, répondit :

— Pardon, monsieur...

C'était une voix sourde, cassée, étranglée, éraillée, une voix de vieux homme enroué d'eau-de-vie et de rogomme.

Marius se tourna vivement, et vit une jeune fille.

IV

UNE ROSE DANS LA MISÈRE

Une toute jeune fille était debout dans la porte entre-bâillée. La lucarne du galetas où le jour paraissait était précisément en face de la porte et éclairait cette figure d'une lumière blafarde. C'était une créature hâve, chétive, décharnée; rien qu'une chemise et une jupe sur une nudité frissonnante et glacée. Pour ceinture une ficelle, pour coiffure une ficelle, des épaules pointues sortant de la chemise, une pâleur blonde et lymphatique, des clavicules terreuses, des mains rouges, la bouche entr'ouverte et dégradée, des dents de moins, l'œil terne, hardi et bas, les formes d'une jeune fille avortée et le regard d'une vieille femme corrompue; cinquante ans mêlés à quinze ans; un de ces êtres qui sont tout ensemble faibles et horribles et qui font frémir ceux qu'ils ne font pas pleurer.

Marius s'était levé et considérait avec une sorte de stupeur cet être presque pareil aux formes de l'ombre qui traversent les rêves.

Ce qui était poignant surtout, c'est que cette fille n'était pas venue au monde pour être laide. Dans sa première enfance, elle avait dû même être jolie. La grâce de l'âge luttait encore contre la hideuse vieillesse anticipée de la débauche et de la pauvreté. Un reste de beauté se mourait sur ce visage de seize ans, comme ce pâle soleil qui s'éteint sous d'affreuses nuées à l'aube d'une journée d'hiver.

Ce visage n'était pas absolument inconnu à Marius. Il croyait se rappeler l'avoir vu quelque part.

— Que voulez-vous, mademoiselle ? demanda-t-il.

La jeune fille répondit avec sa voix de galérien ivre :

— C'est une lettre pour vous, monsieur Marius.

Elle appelait Marius par son nom ; il ne pouvait douter que ce ne fût à lui qu'elle eût affaire ; mais qu'était-ce que cette fille ? comment savait-elle son nom ?

Sans attendre qu'il lui dît d'avancer, elle entra. Elle entra résolument, regardant avec une sorte d'assurance qui serrait le cœur toute la chambre et le lit défait. Elle avait les pieds nus. De larges trous à son jupon laissaient voir ses longues jambes et ses genoux maigres. Elle grelottait.

Elle tenait en effet une lettre à la main qu'elle présenta à Marius.

Marius en ouvrant cette lettre remarqua que le pain à cacheter large et énorme était encore mouillé. Le message ne pouvait venir de bien loin. Il lut :

« Mon aimable voisin, jeune homme !

« J'ai apris vos bontés pour moi, que vous avez payé « mon terme il y a six mois. Je vous bénis, jeune homme. « Ma fille aînée vous dira que nous sommes sens un mor- « ceau de pain depuis deux jours, quatre personnes, et « mon épouse malade. Si je ne suis point desçu dans ma « pensée, je crois devoir espérer que votre cœur généreux « s'humanisera à cet exposé et vous subjuguera le désir « de m'être propice en daignant me prodiguer un léger « bienfait.

« Je suis avec la considération distinguée qu'on doit « aux bienfaiteurs de l'humanité,

JONDRETTE.

« *P.-S.* — Ma fille attendra vos ordres, cher monsieur Marius. »

Cette lettre, au milieu de l'aventure obscure qui

occupait Marius depuis la veille au soir, c'était une chandelle dans une cave. Tout fut brusquement éclairé.

Cette lettre venait d'où venaient les quatre autres. C'était la même écriture, le même style, la même orthographe, le même papier, la même odeur de tabac.

Il y avait cinq missives, cinq histoires, cinq noms, cinq signatures, et un seul signataire. Le capitaine español don Alvarès, la malheureuse mère Balizard, le poëte dramatique Genflot, le vieux comédien Fabantou se nommaient tous les quatre Jondrette, si toutefois Jondrette lui-même s'appelait Jondrette.

Depuis assez longtemps déjà que Marius habitait la masure, il n'avait eu, nous l'avons dit, que de bien rares occasions de voir, d'entrevoir même son très infime voisinage. Il avait l'esprit ailleurs, et où est l'esprit est le regard. Il avait dû plus d'une fois croiser les Jondrette dans le corridor ou dans l'escalier; mais ce n'était pour lui que des silhouettes; il y avait pris si peu garde que la veille au soir il avait heurté sur le boulevard sans les reconnaître les filles Jondrette, car c'était évidemment elles, et que c'était à grand'peine que celle-ci, qui venait d'entrer dans sa chambre, avait éveillé en lui, à travers le dégoût et la pitié, un vague souvenir de l'avoir rencontrée ailleurs.

Maintenant il voyait clairement tout. Il comprenait que son voisin Jondrette avait pour industrie dans sa détresse d'exploiter la charité des personnes bienfaisantes, qu'il se procurait des adresses, et qu'il écrivait sous des noms supposés à des gens qu'il jugeait riches et pitoyables des lettres que ses filles portaient, à leurs risques et périls, car ce père en était là qu'il risquait ses filles; il jouait une partie avec la destinée et il les mettait au jeu. Marius comprenait que probablement, à en juger par leur fuite de la veille, par leur essoufflement, par leur terreur, et par ces mots d'argot qu'il avait entendus, ces infortunées faisaient encore on ne sait quels métiers sombres, et que de tout cela il était résulté, au milieu de la société humaine telle qu'elle est faite, deux misérables êtres qui n'étaient ni des enfants, ni des filles, ni des femmes, espèces de monstres impurs et innocents produits par la misère.

Tristes créatures sans nom, sans âge, sans sexe, auxquelles ni le bien, ni le mal ne sont plus possibles, et qui,
en sortant de l'enfance, n'ont déjà plus rien dans ce
monde, ni la liberté, ni la vertu, ni la responsabilité.
Âmes écloses hier, fanées aujourd'hui, pareilles à ces
fleurs tombées dans la rue que toutes les boues flé-
trissent en attendant qu'une roue les écrase.

Cependant, tandis que Marius attachait sur elle un
regard étonné et douloureux, la jeune fille allait et venait
dans la mansarde avec une audace de spectre. Elle se
démenait sans se préoccuper de sa nudité. Par instants,
sa chemise défaite et déchirée lui tombait presque à la
ceinture. Elle remuait les chaises, elle dérangeait les
objets de toilette posés sur la commode, elle touchait
aux vêtements de Marius, elle furetait ce qu'il y avait
dans les coins.

— Tiens, dit-elle, vous avez un miroir !

Et elle fredonnait, comme si elle eût été seule, des
bribes de vaudeville, des refrains folâtres que sa voix
gutturale et rauque faisait lugubres. Sous cette hardiesse
perçait je ne sais quoi de contraint, d'inquiet et d'humi-
lié. L'effronterie est une honte.

Rien n'était plus morne que de la voir s'ébattre et pour
ainsi dire voleter dans la chambre avec des mouvements
d'oiseau que le jour effare, ou qui a l'aile cassée. On sentait qu'avec d'autres conditions d'éducation et de destinée, l'allure gaie et libre de cette jeune fille eût pu être
quelque chose de doux et de charmant. Jamais parmi les
animaux la créature née pour être une colombe ne se
change en une orfraie. Cela ne se voit que parmi les
hommes.

Marius songeait, et la laissait faire.

Elle s'approcha de la table.

— Ah ! dit-elle, des livres !

Une lueur traversa son œil vitreux. Elle reprit, et son
accent exprimait ce bonheur de se vanter de quelque
chose, auquel nulle créature humaine n'est insensible :

— Je sais lire, moi.

Elle saisit vivement le livre ouvert sur la table, et lut
assez couramment :

« ... Le général Bauduin reçut l'ordre d'enlever avec les

« cinq bataillons de sa brigade le château de Hougomont
« qui est au milieu de la plaine de Waterloo... »

Elle s'interrompit :

— Ah! Waterloo! Je connais ça. C'est une bataille
dans les temps. Mon père y était. Mon père a servi dans
les armées. Nous sommes joliment bonapartistes chez
nous, allez! C'est contre les anglais Waterloo.

Elle posa le livre, prit une plume, et s'écria :

— Et je sais écrire aussi!

Elle trempa la plume dans l'encre, et se tournant vers
Marius :

— Voulez-vous voir? Tenez, je vais écrire un mot pour
voir.

Et avant qu'il eût eu le temps de répondre, elle écrivit
sur une feuille de papier blanc qui était au milieu de la
table : *Les cognes sont là.*

Puis, jetant la plume :

— Il n'y a pas de fautes d'orthographe. Vous pouvez
regarder. Nous avons reçu de l'éducation, ma sœur et
moi. Nous n'avons pas toujours été comme nous
sommes. Nous n'étions pas faites...

Ici elle s'arrêta, fixa sa prunelle éteinte sur Marius, et
éclata de rire en disant avec une intonation qui contenait toutes les angoisses étouffées par tous les cynismes :

— Bah!

Et elle se mit à fredonner ces paroles sur un air gai :

> J'ai faim, mon père.
> Pas de fricot.
> J'ai froid, ma mère.
> Pas de tricot.
>   Grelotte,
>   Lolotte!
>   Sanglote,
>   Jacquot!

À peine eut-elle achevé ce couplet qu'elle s'écria :

— Allez-vous quelquefois au spectacle, monsieur
Marius? Moi, j'y vais. J'ai un petit frère qui est ami avec
des artistes et qui me donne des fois des billets. Par
exemple, je n'aime pas les banquettes de galeries. On y
est gêné, on y est mal. Il y a quelquefois du gros monde;
il y a aussi du monde qui sent mauvais.

Puis elle considéra Marius, prit un air étrange, et lui dit :

— Savez-vous, monsieur Marius, que vous êtes très joli garçon ?

Et en même temps il leur vint à tous les deux la même pensée, qui la fit sourire et qui le fit rougir.

Elle s'approcha de lui, et lui posa une main sur l'épaule.

— Vous ne faites pas attention à moi, mais je vous connais, monsieur Marius. Je vous rencontre ici dans l'escalier, et puis je vous vois entrer chez un appelé le père Mabeuf qui demeure du côté d'Austerlitz, des fois, quand je me promène par là. Cela vous va très bien, vos cheveux ébouriffés.

Sa voix cherchait à être très douce et ne parvenait qu'à être très basse. Une partie des mots se perdait dans le trajet du larynx aux lèvres comme sur un clavier où il manque des notes.

Marius s'était reculé doucement.

— Mademoiselle, dit-il avec sa gravité froide, j'ai là un paquet qui est, je crois, à vous. Permettez-moi de vous le remettre.

Et il lui tendit l'enveloppe qui renfermait les quatre lettres.

Elle frappa dans ses deux mains, et s'écria :

— Nous avons cherché partout !

Puis elle saisit vivement le paquet, et défit l'enveloppe, tout en disant :

— Dieu de Dieu ! avons-nous cherché, ma sœur et moi ! Et c'est vous qui l'aviez trouvé ! Sur le boulevard, n'est-ce pas ? ce doit être sur le boulevard ? Voyez-vous, ça a tombé quand nous avons couru. C'est ma mioche de sœur qui a fait la bêtise. En rentrant nous ne l'avons plus trouvé. Comme nous ne voulions pas être battues, que cela est inutile, nous avons dit chez nous que nous avions porté les lettres chez les personnes et qu'on nous avait dit nix ! Les voilà, ces pauvres lettres ! Et à quoi avez-vous vu qu'elles étaient à moi ? Ah ! oui, à l'écriture ! C'est donc vous que nous avons cogné en passant hier au soir. On n'y voyait pas, quoi ! J'ai dit à ma sœur : Est-ce que c'est un monsieur ? Ma sœur m'a dit : Je crois que c'est un monsieur !

Cependant, elle avait déplié la supplique adressée « au monsieur bienfaisant de l'église Saint-Jacques-du-Haut-Pas ».

— Tiens! dit-elle, c'est celle pour ce vieux qui va à la messe. Au fait, c'est l'heure. Je vais lui porter. Il nous donnera peut-être de quoi déjeuner.

Puis elle se remit à rire, et ajouta :

— Savez-vous ce que cela fera si nous déjeunons aujourd'hui? Cela fera que nous aurons eu notre déjeuner d'avant-hier, notre dîner d'avant-hier, notre déjeuner d'hier, notre dîner d'hier, tout ça en une fois, ce matin. Tiens! parbleu! si vous n'êtes pas contents, crevez, chiens!

Ceci fit souvenir Marius de ce que la malheureuse venait chercher chez lui.

Il fouilla dans son gilet, il n'y trouva rien.

La jeune fille continuait, et semblait parler comme si elle n'avait plus conscience que Marius fût là.

— Des fois je m'en vais le soir. Des fois je ne rentre pas. Avant d'être ici, l'autre hiver, nous demeurions sous les arches des ponts. On se serrait pour ne pas geler. Ma petite sœur pleurait. L'eau, comme c'est triste! Quand je pensais à me noyer, je disais : Non, c'est trop froid. Je vais toute seule quand je veux, je dors des fois dans les fossés. Savez-vous, la nuit, quand je marche sur le boulevard, je vois les arbres comme des fourches, je vois des maisons toutes noires grosses comme les tours de Notre-Dame, je me figure que les murs blancs sont la rivière, je me dis : Tiens, il y a de l'eau là! Les étoiles sont comme des lampions d'illuminations, on dirait qu'elles fument et que le vent les éteint, je suis ahurie, comme si j'avais des chevaux qui me soufflent dans l'oreille; quoique ce soit la nuit, j'entends des orgues de Barbarie et les mécaniques des filatures, est-ce que je sais, moi? Je crois qu'on me jette des pierres, je me sauve sans savoir, tout tourne, tout tourne. Quand on n'a pas mangé, c'est très drôle.

Et elle le regarda d'un air égaré.

À force de creuser et d'approfondir ses poches, Marius avait fini par réunir cinq francs seize sous. C'était en ce moment tout ce qu'il possédait au monde. — Voilà toujours mon dîner d'aujourd'hui, pensa-t-il, demain nous verrons. — Il prit les seize sous et donna les cinq francs à la fille.

Elle saisit la pièce.

— Bon, dit-elle, il y a du soleil !

Et comme si ce soleil eût eu la propriété de faire fondre dans son cerveau des avalanches d'argot, elle poursuivit :

— Cinque francs ! du luisant ! un monarque ! dans cette piolle ! c'est chenâtre ! Vous êtes un bon mion. Je vous fonce mon palpitant. Bravo les fanandels ! deux jours de pivois ! et de la viandemuche ! et du fricotmar ! on pitancera chenument ! et de la bonne mouise !

Elle ramena sa chemise sur ses épaules, fit un profond salut à Marius, puis un signe familier de la main, et se dirigea vers la porte en disant :

— Bonjour, monsieur. C'est égal. Je vas trouver mon vieux.

En passant, elle aperçut sur la commode une croûte de pain desséchée qui y moisissait dans la poussière ; elle se jeta dessus et y mordit en grommelant :

— C'est bon ! c'est dur ! ça me casse les dents !

Puis elle sortit.

V

LE JUDAS DE LA PROVIDENCE

Marius depuis cinq ans avait vécu dans la pauvreté, dans le dénûment, dans la détresse même, mais il s'aperçut qu'il n'avait point connu la vraie misère. La vraie misère, il venait de la voir. C'était cette larve qui venait de passer sous ses yeux. C'est qu'en effet qui n'a vu que la misère de l'homme n'a rien vu, il faut voir la misère de la femme ; qui n'a vu que la misère de la femme n'a rien vu, il faut voir la misère de l'enfant.

Quand l'homme est arrivé aux dernières extrémités, il arrive en même temps aux dernières ressources. Malheur aux êtres sans défense qui l'entourent! Le travail, le salaire, le pain, le feu, le courage, la bonne volonté, tout lui manque à la fois. La clarté du jour semble s'éteindre au dehors, la lumière morale s'éteint au dedans; dans ces ombres, l'homme rencontre la faiblesse de la femme et de l'enfant, et les ploie violemment aux ignominies.

Alors que les horreurs sont possibles. Le désespoir est entouré de cloisons fragiles qui donnent toutes sur le vice ou sur le crime.

La santé, la jeunesse, l'honneur, les saintes et farouches délicatesses de la chair encore neuve, le cœur, la virginité, la pudeur, cet épiderme de l'âme, sont sinistrement maniés par ce tâtonnement qui cherche des ressources, qui rencontre l'opprobre, et qui s'en accommode. Pères, mères, enfants, frères, sœurs, hommes, femmes, filles, adhèrent, et s'agrègent presque comme une formation minérale, dans cette brumeuse promiscuité de sexes, de parentés, d'âges, d'infamies, d'innocences. Ils s'accroupissent, adossés les uns aux autres, dans une espèce de destin taudis. Ils s'entreregardent lamentablement. Ô les infortunés! comme ils sont pâles! comme ils ont froid! Il semble qu'ils soient dans une planète bien plus loin du soleil que nous.

Cette jeune fille fut pour Marius une sorte d'envoyée des ténèbres.

Elle lui révéla tout un côté hideux de la nuit.

Marius se reprocha presque les préoccupations de rêverie et de passion qui l'avaient empêché jusqu'à ce jour de jeter un coup d'œil sur ses voisins. Avoir payé leur loyer, c'était un mouvement machinal, tout le monde eût eu ce mouvement; mais lui Marius eût dû faire mieux. Quoi! un mur seulement le séparait de ces êtres abandonnés, qui vivaient à tâtons dans la nuit, en dehors du reste des vivants, il les coudoyait, il était en quelque sorte, lui, le dernier chaînon du genre humain qu'ils touchassent, il les entendait vivre ou plutôt râler à côté de lui, et il n'y prenait point garde! tous les jours à chaque instant, à travers la muraille, il les entendait marcher, aller, venir, parler, et il ne prêtait pas l'oreille! et dans ces paroles il y avait des gémissements, et il ne les écoutait même pas! sa pensée était ailleurs, à des songes, à des rayonnements impossibles, à des amours en l'air, à des folies; et cependant des créatures humaines, ses frères en Jésus-Christ, ses frères dans le peuple, agonisaient à côté de lui! agonisaient inutilement! Il faisait même partie de leur malheur, et il l'aggravait. Car s'ils avaient eu un autre voisin, un voisin moins chimérique et plus attentif, un homme ordinaire et charitable, évidemment leur indigence eût été remarquée, leurs signaux de détresse eussent été aperçus, et depuis longtemps déjà peut-être ils eussent été recueillis et sauvés! Sans doute ils paraissaient bien dépravés, bien corrompus, bien avilis, bien odieux même, mais ils sont rares, ceux qui sont tombés sans être dégradés; d'ailleurs il y a un point où les infortunés et les infâmes se mêlent et se confondent dans un seul mot, mot fatal, les misérables; de qui est-ce la faute? Et puis, est-ce que ce n'est pas quand la chute est plus profonde que la charité doit être plus grande?

Tout en se faisant cette morale, car il y avait des occasions où Marius, comme tous les cœurs vraiment honnêtes, était à lui-même son propre pédagogue et se grondait plus qu'il ne le méritait, il considérait le mur qui le séparait des Jondrette, comme s'il eût pu faire passer à travers cette cloison son regard plein de pitié et en aller réchauffer ces malheureux. Le mur était une mince lame de plâtre soutenue par des lattes et des solives, et qui, comme on vient de le lire, laissait parfaitement distinguer le bruit des paroles et des voix. Il fallait être le songeur Marius pour ne pas s'en être encore aperçu. Aucun papier n'était collé sur ce mur ni du côté des Jondrette, ni du côté de Marius; on en voyait à nu la grossière construction. Sans presque en avoir conscience, Marius examinait cette cloison; quelquefois la rêverie examine, observe et scrute comme ferait la pensée. Tout à coup il se leva, il venait de remarquer vers le haut, près du plafond, un trou triangulaire résultant de trois lattes qui laissaient un vide entre elles. Le plâtras qui avait dû boucher ce vide était absent, et en montant sur la commode on pouvait voir par cette ouverture dans le galetas des Jondrette. La commisération a et doit avoir sa curiosité. Ce trou faisait une espèce de judas. Il est permis de

regarder l'infortune en traître pour la secourir. —
Voyons un peu ce que c'est que ces gens-là, pensa
Marius, et où ils en sont.

Il escalada la commode, approcha sa prunelle de la
crevasse et regarda.

VI

L'HOMME FAUVE AU GÎTE

Les villes, comme les forêts, ont leurs antres où se
cachent tout ce qu'elles ont de plus méchant et de plus
redoutable. Seulement, dans les villes, ce qui se cache
ainsi est féroce, immonde et petit, c'est-à-dire laid; dans
les forêts, ce qui se cache est féroce, sauvage et grand,
c'est-à-dire beau. Repaires pour repaires, ceux des bêtes
sont préférables à ceux des hommes. Les cavernes valent
mieux que les bouges.

Ce que Marius voyait était un bouge.

Marius était pauvre et sa chambre était indigente;
mais, de même que sa pauvreté était noble, son grenier
était propre. Le taudis où son regard plongeait en ce
moment était abject, sale, fétide, infect, ténébreux, sordide. Pour tous meubles, une chaise de paille, une table
infirme, quelques vieux tessons, et dans deux coins deux
grabats indescriptibles; pour toute clarté, une fenêtre-
mansarde à quatre carreaux, drapée de toiles d'araignée.
Il venait par cette lucarne juste assez de jour pour
qu'une face d'homme parût une face de fantôme. Les
murs avaient un aspect lépreux, et étaient couverts de
coutures et de cicatrices comme un visage défiguré par
quelque horrible maladie. Une humidité chassieuse y
suintait. On y distinguait des dessins obscènes grossièrement charbonnés.

La chambre que Marius occupait avait un pavage de
briques délabré; celle-ci n'était ni carrelée, ni plan-
chéiée; on y marchait à cru sur l'antique plâtre de la
masure devenu noir sous les pieds. Sur ce sol inégal, où

la poussière était comme incrustée, et qui n'avait qu'une virginité, celle du balai, se groupaient capricieusement des constellations de vieux chaussons, de savates et de chiffons affreux; du reste cette chambre avait une cheminée; aussi la louait-on quarante francs par an. Il y avait de tout dans cette cheminée, un réchaud, une marmite, des planches cassées, des loques pendues à des clous, une cage d'oiseau, de la cendre, et même un peu de feu. Deux tisons y fumaient tristement.

Une chose qui ajoutait encore à l'horreur de ce galetas, c'est que c'était grand. Cela avait des saillies, des angles, des trous noirs, des dessous de toits, des baies et des promontoires. De là d'affreux coins insondables où il semblait que devaient se blottir des araignées grosses comme le poing, des cloportes larges comme le pied, et peut-être même on ne sait quels êtres humains monstrueux.

L'un des grabats était près de la porte, l'autre près de la fenêtre. Tous deux touchaient par une extrémité à la cheminée et faisaient face à Marius.

Dans un angle voisin de l'ouverture par où Marius regardait, était accrochée au mur dans un cadre de bois noir une gravure coloriée au bas de laquelle était écrit en grosses lettres : LE SONGE. Cela représentait une femme endormie et un enfant endormi, l'enfant sur les genoux de la femme, un aigle dans un nuage avec une couronne dans le bec, et la femme écartant la couronne de la tête de l'enfant, sans se réveiller d'ailleurs; au fond Napoléon dans une gloire s'appuyait sur une colonne gros bleu à chapiteau jaune ornée de cette inscription :

MARINGO.
AUSTERLITS.
IÉNA
WAGRAMME
ÉLOT.

Au-dessous de ce cadre, une espèce de panneau de bois plus long que large était posé à terre et appuyé en plan incliné contre le mur. Cela avait l'air d'un tableau retourné, d'un châssis probablement barbouillé de l'autre côté, de quelque trumeau détaché d'une muraille et oublié là en attendant qu'on le raccroche.

Près de la table, sur laquelle Marius apercevait une plume, de l'encre et du papier, était assis un homme d'environ soixante ans, petit, maigre, livide, hagard, l'air fin, cruel et inquiet; un gredin hideux.

Lavater, s'il eût considéré ce visage, y eût trouvé le vautour mêlé au procureur; l'oiseau de proie et l'homme de chicane s'enlaidissant et se complétant l'un par l'autre, l'homme de chicane faisant l'oiseau de proie ignoble, l'oiseau de proie faisant l'homme de chicane horrible.

Cet homme avait une longue barbe grise. Il était vêtu d'une chemise de femme qui laissait voir sa poitrine velue et ses bras nus hérissés de poils gris. Sous cette chemise, on voyait passer un pantalon boueux et des bottes dont sortaient les doigts de ses pieds.

Il avait une pipe à la bouche et il fumait. Il n'y avait plus de pain dans le taudis, mais il y avait encore du tabac.

Il écrivait, probablement quelque lettre comme celles que Marius avait lues.

Sur un coin de la table on apercevait un vieux volume rougeâtre dépareillé, et le format, qui était l'ancien in-12 des cabinets de lecture, révélait un roman. Sur la couverture, s'étalait ce titre imprimé en grosses majuscules : DIEU, LE ROI, L'HONNEUR ET LES DAMES, PAR DUCRAY-DUMINIL. 1814.

Tout en écrivant, l'homme parlait haut, et Marius entendait ses paroles :

— Dire qu'il n'y a pas d'égalité, même quand on est mort! Voyez un peu le Père-Lachaise! Les grands, ceux qui sont riches, sont en haut, dans l'allée des acacias, qui est pavée. Ils peuvent y arriver en voiture. Les petits, les pauvres gens, les malheureux, quoi! on les met dans le bas, où il y a de la boue jusqu'aux genoux, dans les trous, dans l'humidité. On les met là pour qu'ils soient plus vite gâtés! On ne peut aller les voir sans enfoncer dans la terre.

Ici il s'arrêta, frappa du poing sur la table, et ajouta en grinçant des dents :

— Oh! je mangerais le monde!

Une grosse femme qui pouvait avoir quarante ans ou cent ans était accroupie près de la cheminée sur ses talons nus.

Elle n'était vêtue, elle aussi, que d'une chemise et d'un jupon de tricot rapiécé avec des morceaux de vieux drap. Un tablier de grosse toile cachait la moitié du jupon. Quoique cette femme fût pliée et ramassée sur elle-même, on voyait qu'elle était de très haute taille. C'était une espèce de géante à côté de son mari. Elle avait d'affreux cheveux d'un blond roux grisonnants qu'elle remuait de temps en temps avec ses énormes mains luisantes à ongles plats.

À côté d'elle était posé à terre, tout grand ouvert, un volume du même format que l'autre, et probablement du même roman.

Sur un des grabats, Marius entrevoyait une espèce de longue petite fille blême assise, presque nue et les pieds pendants, n'ayant l'air ni d'écouter, ni de voir, ni de vivre.

La sœur cadette sans doute de celle qui était venue chez lui.

Elle paraissait onze ou douze ans. En l'examinant avec attention, on reconnaissait qu'elle en avait bien quinze. C'était l'enfant qui disait la veille au soir sur le boulevard : *J'ai cavalé! cavalé! cavalé!*

Elle était de cette espèce malingre qui reste longtemps en retard, puis pousse vite et tout à coup. C'est l'indigence qui fait ces tristes plantes humaines. Ces créatures n'ont ni enfance ni adolescence. À quinze ans, elles en paraissent douze, à seize ans, elles en paraissent vingt. Aujourd'hui petites filles, demain femmes. On dirait qu'elles enjambent la vie, pour avoir fini plus vite.

En ce moment, cet être avait l'air d'un enfant.

Du reste, il ne se révélait dans ce logis la présence d'aucun travail; pas un métier, pas un rouet, pas un outil. Dans un coin quelques ferrailles d'un aspect douteux. C'était une morne paresse qui suit le désespoir et qui précède l'agonie.

Marius considéra quelque temps cet intérieur funèbre plus effrayant que l'intérieur d'une tombe, car on y sentait remuer l'âme humaine et palpiter la vie.

Le galetas, la cave, la basse fosse où de certains indigents rampent au plus bas de l'édifice social, n'est pas tout à fait le sépulcre, c'en est l'antichambre; mais, comme ces riches qui étalent leurs plus grandes magnificences à l'entrée de leur palais, il semble que la mort, qui est tout à côté, mettre ses plus grandes misères dans ce vestibule.

L'homme s'était tu, la femme ne parlait pas, la jeune fille ne semblait pas respirer. On entendait crier la plume sur le papier.

L'homme grommela, sans cesser d'écrire :

— Canaille! canaille! tout est canaille!

Cette variante à l'épiphonème de Salomon arracha un soupir à la femme.

— Petit ami, calme-toi, dit-elle. Ne te fais pas de mal, chéri. Tu es trop bon d'écrire à tous ces gens-là, mon homme.

Dans la misère, les corps se serrent les uns contre les autres, comme dans le froid, mais les cœurs s'éloignent. Cette femme, selon toute apparence, avait dû aimer cet homme de la quantité d'amour qui était en elle; mais probablement, dans les reproches quotidiens et réciproques d'une affreuse détresse pesant sur tout le groupe, cela s'était éteint. Il n'y avait plus en elle pour son mari que de la cendre d'affection. Pourtant les appellations caressantes, comme cela arrive souvent, avaient survécu. Elle lui disait : *Chéri, petit ami, mon homme*, etc., de bouche, le cœur se taisant.

L'homme s'était remis à écrire.

VII

STRATÉGIE ET TACTIQUE

Marius, la poitrine oppressée, allait redescendre de l'espèce d'observatoire qu'il s'était improvisé, quand un bruit attira son attention et le fit rester à sa place.

La porte du galetas venait de s'ouvrir brusquement.

La fille aînée parut sur le seuil.

Elle avait aux pieds de gros souliers d'homme tachés de boue qui avait jailli jusque sur ses chevilles rouges, et elle était couverte d'une vieille mante en lambeaux que Marius ne lui avait pas vue une heure auparavant, mais qu'elle avait probablement déposée à sa porte afin d'inspirer plus de pitié, et qu'elle avait dû reprendre en sortant. Elle entra, repoussa la porte derrière elle, s'arrêta pour reprendre haleine, car elle était tout essoufflée, puis cria avec une expression de triomphe et de joie :

— Il vient !

Le père tourna les yeux, la femme tourna la tête, la petite sœur ne bougea pas.

— Qui ? demanda le père.

— Le monsieur !

— Le philanthrope ?

— Oui.

— De l'église Saint-Jacques ?

— Oui.

— Ce vieux ?

— Oui.

— Et il va venir ?

— Il me suit.

— Tu es sûre ?

— Je suis sûre.

— Là, vrai, il vient ?

— Il vient en fiacre.

— En fiacre. C'est Rothschild !

Le père se leva.

— Comment es-tu sûre ? s'il vient en fiacre, comment se fait-il que tu arrives avant lui ? Lui as-tu bien donné l'adresse au moins ? lui as-tu bien dit la dernière porte au fond du corridor à droite ? Pourvu qu'il ne se trompe pas ! Tu l'as donc trouvé à l'église ? a-t-il lu ma lettre ? qu'est-ce qu'il t'a dit ?

— Ta, ta, ta ! dit la fille, comme tu galopes, bonhomme ! Voici : je suis entrée dans l'église, il était à sa place d'habitude, je lui ai fait la révérence, et je lui ai remis la lettre, il a lu, et il m'a dit : Où demeurez-vous, mon enfant ? J'ai dit : Monsieur, je vas vous mener. Il m'a dit : Non, donnez-moi votre adresse, ma fille a des

emplettes à faire, je vais prendre une voiture, et j'arrive-
rai chez vous en même temps que vous. Je lui ai donné
l'adresse. Quand je lui ai dit la maison, il a paru surpris
et qu'il hésitait un instant, puis il a dit : C'est égal, j'irai.
La messe finie, je l'ai vu sortir de l'église avec sa fille, je
les ai vus monter en fiacre. Et je lui a bien dit la dernière
porte au fond du corridor à droite.

— Et qu'est-ce qui te dit qu'il viendra ?

— Je viens de voir le fiacre qui arrivait rue du Petit-
Banquier. C'est ce qui fait que j'ai couru.

— Comment sais-tu que c'est le même fiacre ?

— Parce que j'en avais remarqué le numéro donc !

— Quel est ce numéro ?

— 440 !

— Bien, tu es une fille d'esprit.

La fille regarda hardiment son père, et, montrant les
chaussures qu'elle avait aux pieds :

— Une fille d'esprit, c'est possible. Mais je dis que je
ne mettrai plus ces souliers-là, et que je n'en veux plus,
pour la santé d'abord, et pour la propreté ensuite. Je ne
connais rien de plus agaçant que des semelles qui jutent
et qui font ghi, ghi, ghi, tout le long du chemin. J'aime
mieux aller nu-pieds.

— Tu as raison, répondit le père d'un ton de douceur
qui contrastait avec la rudesse de la jeune fille, mais c'est
qu'on ne te laisserait pas entrer dans les églises. Il faut
que les pauvres aient des souliers. On ne va pas pieds
nus chez le bon Dieu, ajouta-t-il amèrement. Puis revenant à l'objet qui le préoccupait : — Et tu es sûre, là, sûre
qu'il vient ?

— Il est derrière mes talons, dit-elle.

L'homme se dressa. Il y avait une sorte d'illumination
sur son visage.

— Ma femme ! cria-t-il, tu entends. Voilà le philanthrope. Éteins le feu.

La mère stupéfaite ne bougea pas.

Le père, avec l'agilité d'un saltimbanque, saisit un pot
égueulé qui était sur la cheminée et jeta de l'eau sur les
tisons.

Puis s'adressant à sa fille aînée :

— Toi ! dépaille la chaise !

Sa fille ne comprenait point.

Il empoigna la chaise et d'un coup de talon il en fit une chaise dépaillée. Sa jambe passa au travers.

Tout en retirant sa jambe, il demanda à sa fille :

— Fait-il froid ?

— Très froid. Il neige.

Le père se tourna vers la cadette qui était sur le grabat près de la fenêtre et lui cria d'une voix tonnante :

— Vite ! à bas du lit, fainéante ! tu ne feras donc jamais rien ! Casse un carreau !

La petite se jeta à bas du lit en frissonnant.

— Casse un carreau ! reprit-il.

L'enfant demeura interdite.

— M'entends-tu ? répéta le père, je te dis de casser un carreau !

L'enfant, avec une sorte d'obéissance terrifiée, se dressa sur la pointe du pied, et donna un coup de poing dans un carreau. La vitre se brisa et tomba à grand bruit.

— Bien, dit le père.

Il était grave et brusque. Son regard parcourait rapidement tous les recoins du galetas.

On eût dit un général qui fait les derniers préparatifs au moment où la bataille va commencer.

La mère, qui n'avait pas encore dit un mot, se souleva et demanda d'une voix lente et sourde et dont les paroles semblaient sortir comme figées :

— Chéri, qu'est-ce que tu veux faire ?

— Mets-toi au lit, répondit l'homme.

L'intonation n'admettait pas de délibération. La mère obéit et se jeta lourdement sur un des grabats.

Cependant on entendait un sanglot dans un coin.

— Qu'est-ce que c'est ? cria le père.

La fille cadette, sans sortir de l'ombre où elle s'était blottie, montra son poing ensanglanté. En brisant la vitre elle s'était blessée ; elle s'en était allée près du grabat de sa mère, et elle pleurait silencieusement.

Ce fut le tour de la mère de se dresser et de crier :

— Tu vois bien ! les bêtises que tu fais ! en cassant ton carreau, elle s'est coupée !

— Tant mieux ! dit l'homme, c'était prévu.

— Comment ? tant mieux ? reprit la femme.

— Paix! répliqua le père, je supprime la liberté de la presse.

Puis, déchirant la chemise de femme qu'il avait sur le corps, il fit un lambeau de toile dont il enveloppa vivement le poignet sanglant de la petite.

Cela fait, son œil s'abaissa sur la chemise déchirée avec satisfaction.

— Et la chemise aussi, dit-il. Tout cela a bon air.

Une bise glacée sifflait à la vitre et entrait dans la chambre. La brume du dehors y pénétrait et s'y dilatait comme une ouate blanchâtre vaguement démêlée par des doigts invisibles. À travers le carreau cassé, on voyait tomber la neige. Le froid promis la veille par le soleil de la Chandeleur était en effet venu.

Le père promena un coup d'œil autour de lui comme pour s'assurer qu'il n'avait rien oublié. Il prit une vieille pelle et répandit de la cendre sur les tisons mouillés de façon à les cacher complètement.

Puis se relevant et s'adossant à la cheminée:

— Maintenant, dit-il, nous pouvons recevoir le philanthrope.

VIII

LE RAYON DANS LE BOUGE

La grande fille s'approcha et posa sa main sur celle de son père.

— Tâte comme j'ai froid, dit-elle.

— Bah! répondit le père, j'ai bien plus froid que cela.

La mère cria impétueusement:

— Tu as toujours tout mieux que les autres, toi! même le mal.

— À bas! dit l'homme.

La mère, regardée d'une certaine façon, se tut.

Il y eut dans le bouge un moment de silence. La fille aînée décrottait d'un air insouciant le bas de sa mante, la jeune sœur continuait de sangloter; la mère lui avait pris la tête dans ses deux mains et la couvrait de baisers en lui disant tout bas :

— Mon trésor, je t'en prie, ce ne sera rien, ne pleure pas, tu vas fâcher ton père.

— Non ! cria le père, au contraire ! sanglote ! sanglote ! cela fait bien.

Puis, revenant à l'aînée :

— Ah çà, mais ! il n'arrive pas ! S'il allait ne pas venir ! j'aurais éteint mon feu, défoncé ma chaise, déchiré ma chemise et cassé mon carreau pour rien !

— Et blessé la petite ! murmura la mère.

— Savez-vous, reprit le père, qu'il fait un froid de chien dans ce galetas du diable ? Si cet homme ne venait pas ! Oh ! voilà ! il se fait attendre ! il se dit : Eh bien ! ils m'attendront ! ils sont là pour cela ! — Oh ! que je les hais, et comme je les étranglerais avec jubilation, joie, enthousiasme et satisfaction, ces riches ! tous ces riches ! ces prétendus hommes charitables, qui font les confits, qui vont à la messe, qui donnent dans la prêtraille, prê-chi, prêcha, dans les calotins, et qui se croient au-dessus de nous, et qui viennent nous humilier, et nous apporter des vêtements ! comme ils disent ! des nippes qui ne valent pas quatre sous, et du pain ! Ce n'est pas cela que je veux, tas de canailles ! c'est de l'argent ! Ah ! de l'argent ! jamais ! parce qu'ils disent que nous l'irions boire, et que nous sommes des ivrognes et des fainéants ! Et eux ! qu'est-ce qu'ils sont donc, et qu'est-ce qu'ils ont été dans leur temps ? des voleurs ! ils ne se seraient pas enrichis sans cela ! Oh ! l'on devrait prendre la société par les quatre coins de la nappe et tout jeter en l'air ! tout se casserait, c'est possible, mais au moins personne n'aurait rien, ce serait cela de gagné ! — Mais qu'est-ce qu'il fait donc, ton mufle de monsieur bienfaisant ? viendra-t-il ! L'animal a peut-être oublié l'adresse ! Gageons que cette vieille bête...

En ce moment on frappa un léger coup à la porte ; l'homme s'y précipita et l'ouvrit en s'écriant avec des salutations profondes et des sourires d'adoration :

— Entrez, monsieur ! daignez entrer, mon respectable bienfaiteur, ainsi que votre charmante demoiselle.

Un homme d'âge mûr et une jeune fille parurent sur le seuil du galetas.

Marius n'avait pas quitté sa place. Ce qu'il éprouva en ce moment échappe à la langue humaine.

C'était Elle.

Quiconque a aimé sait tous les sens rayonnants que contiennent les quatre lettres de ce mot : Elle.

C'était bien elle. C'est à peine si Marius la distinguait à travers la vapeur lumineuse qui s'était subitement répandue sur ses yeux. C'était ce doux être absent, cet astre qui lui avait lui pendant six mois, c'était cette prunelle, ce front, cette bouche, ce beau visage évanoui qui avait fait la nuit en s'en allant. La vision s'était éclipsée, elle reparaissait !

Elle reparaissait dans cette ombre, dans ce galetas, dans ce bouge difforme, dans cette horreur !

Marius frémissait éperdument. Quoi ! c'était elle ! les palpitations de son cœur lui troublaient la vue. Il se sentait prêt à fondre en larmes. Quoi ! il la revoyait enfin après l'avoir cherchée si longtemps ! il lui semblait qu'il avait perdu son âme et qu'il venait de la retrouver.

Elle était toujours la même, un peu pâle seulement ; sa délicate figure s'encadrait dans un chapeau de velours violet, sa taille se dérobait sous une pelisse de satin noir. On entrevoyait sous sa longue robe son petit pied serré dans un brodequin de soie.

Elle était toujours accompagnée de M. Leblanc.

Elle avait fait quelques pas dans la chambre et avait déposé un assez gros paquet sur la table.

La Jondrette aînée s'était retirée derrière la porte et regardait d'un œil sombre ce chapeau de velours, cette mante de soie, et ce charmant visage heureux.

IX

JONDRETTE PLEURE PRESQUE

Le taudis était tellement obscur que les gens qui venaient du dehors éprouvaient en y pénétrant un effet d'entrée de cave. Les deux nouveaux venus avancèrent

donc avec une certaine hésitation, distinguant à peine
des formes vagues autour d'eux, tandis qu'ils étaient parfaitement vus et examinés par les yeux des habitants du
galetas, accoutumés à ce crépuscule.

M. Leblanc s'approcha avec son regard bon et triste, et
dit au père Jondrette :

— Monsieur, vous trouverez dans ce paquet des
hardes neuves, des bas et des couvertures de laine.

— Notre angélique bienfaiteur nous comble, dit Jondrette en s'inclinant jusqu'à terre. — Puis, se penchant à
l'oreille de sa fille aînée, pendant que les deux visiteurs
examinaient cet intérieur lamentable, il ajouta bas et
rapidement :

— Hein ? qu'est-ce que je disais ? des nippes ! pas
d'argent. Ils sont tous les mêmes ! À propos, comment la
lettre à cette vieille ganache était-elle signée ?

— Fabantou, répondit la fille.

— L'artiste dramatique, bon !

Bien en prit à Jondrette, car en ce moment-là même
M. Leblanc se retournait vers lui, et lui disait de cet air
de quelqu'un qui cherche le nom :

— Je vois que vous êtes bien à plaindre, monsieur...

— Fabantou, répondit vivement Jondrette.

— Monsieur Fabantou, oui, c'est cela, je me rappelle.

— Artiste dramatique, monsieur, et qui a eu des succès.

Ici Jondrette crut évidemment le moment venu de
s'emparer du « philanthrope ». Il s'écria avec un son de
voix qui tenait tout à la fois de la gloriole du bateleur
dans les foires et de l'humilité du mendiant sur les grandes routes : — Élève de Talma, monsieur ! je suis élève de
Talma !

La fortune m'a souri jadis. Hélas ! maintenant c'est le
tour du malheur. Voyez, mon bienfaiteur, pas de pain,
pas de feu. Mes pauvres mômes n'ont pas de feu ! Mon
unique chaise dépaillée ! Un carreau cassé ! par le temps
qu'il fait ! Mon épouse au lit ! malade !

— Pauvre femme ! dit M. Leblanc.

— Mon enfant blessé ! ajouta Jondrette.

L'enfant, distraite par l'arrivée des étrangers, s'était
mise à contempler « la demoiselle », et avait cessé de
sangloter.

— Pleure donc! braille donc! lui dit Jondrette bas.

En même temps il lui pinça sa main malade. Tout cela avec un talent d'escamoteur.

La petite jeta les hauts cris.

L'adorable jeune fille que Marius nommait dans son cœur « son Ursule » s'approcha vivement :

— Pauvre chère enfant! dit-elle.

— Voyez, ma belle demoiselle, poursuivit Jondrette, son poignet ensanglanté! C'est un accident qui est arrivé en travaillant sous une mécanique pour gagner six sous par jour. On sera peut-être obligé de lui couper le bras!

— Vraiment? dit le vieux monsieur alarmé.

La petite fille, prenant cette parole au sérieux, se remit à sangloter de plus belle.

— Hélas, oui, mon bienfaiteur! répondit le père.

Depuis quelques instants, Jondrette considérait « le philanthrope » d'une manière bizarre. Tout en parlant, il semblait le scruter avec attention comme s'il cherchait à recueillir des souvenirs. Tout à coup, profitant d'un moment où les nouveaux venus questionnaient avec intérêt la petite sur sa main blessée, il passa près de sa femme qui était dans son lit avec un air accablé et stupide, et lui dit vivement et très bas :

— Regarde donc cet homme-là!

Puis se retournant vers M. Leblanc, et continuant sa lamentation :

— Voyez, monsieur! je n'ai, moi, pour tout vêtement qu'une chemise de ma femme! et toute déchirée! au cœur de l'hiver. Je ne puis sortir faute d'un habit. Si j'avais le moindre habit, j'irais voir mademoiselle Mars qui me connaît et qui m'aime beaucoup. Ne demeure-t-elle pas toujours rue de la Tour-des-Dames? Savez-vous, monsieur? nous avons joué ensemble en province. J'ai partagé ses lauriers. Célimène viendrait à mon secours, monsieur! Elmire ferait l'aumône à Bélisaire! Mais non, rien! Et pas un sou dans la maison! Ma femme malade, pas un sou! Ma fille dangereusement blessée, pas un sou! Mon épouse a des étouffements. C'est son âge, et puis le système nerveux s'en est mêlé. Il lui faudrait des secours, et à ma fille aussi! Mais le médecin! mais le pharmacien! comment payer? pas un

liard! Je m'agenouillerais devant un décime, monsieur!
Voilà où les arts en sont réduits! Et savez-vous, ma charmante demoiselle, et vous, mon généreux protecteur,
savez-vous, vous qui respirez la vertu et la bonté, et qui
parfumez cette église où ma pauvre fille en venant faire
sa prière vous aperçoit tous les jours?... Car j'élève mes
filles dans la religion, monsieur. Je n'ai pas voulu
qu'elles prissent le théâtre! Ah! les drôlesses! que je les
voie broncher! Je ne badine pas, moi! Je leur flanque
des bouzins sur l'honneur, sur la morale, sur la vertu!
Demandez-leur. Il faut que ça marche droit. Elles ont un
père. Ce ne sont pas de ces malheureuses qui
commencent par n'avoir pas de famille et qui finissent
par épouser le public. On est mamselle Personne, on
devient madame Tout-le-Monde. Crebleur! pas de ça
dans la famille Fabantou! J'entends les éduquer ver-
tueusement, et que ça soit honnête, et que ça soit gentil,
et que ça croie en Dieu! sacré nom! — Eh bien, monsieur, mon digne monsieur, savez-vous ce qui va se passer demain? Demain, c'est le 4 février, le jour fatal, le
dernier délai que m'a donné mon propriétaire; si ce soir
je ne l'ai pas payé, demain ma fille aînée, moi, mon
épouse avec sa fièvre, mon enfant avec sa blessure, nous
serons tous quatre chassés d'ici, et jetés dehors, dans la
rue, sur le boulevard, sans abri, sous la pluie, sous la
neige. Voilà, monsieur. Je dois quatre termes, une
année! c'est-à-dire soixante francs.

Jondrette mentait. Quatre termes n'eussent fait que
quarante francs, et il n'en pouvait devoir quatre,
puisqu'il n'y avait pas six mois que Marius en avait payé
deux.

M. Leblanc tira cinq francs de sa poche et les posa sur
la table.

Jondrette eut le temps de grommeler à l'oreille de sa
grande fille :

— Gredin! que veut-il que je fasse avec ses cinq
francs? Cela ne me paye pas ma chaise et mon carreau!
Faites donc des frais!

Cependant, M. Leblanc avait quitté une grande redingote brune qu'il portait par-dessus sa redingote bleue et
l'avait jetée sur le dos de la chaise.

— Monsieur Fabantou, dit-il, je n'ai plus que ces cinq francs sur moi, mais je vais reconduire ma fille à la maison et je reviendrai ce soir; n'est-ce pas ce soir que vous devez payer?...

Le visage de Jondrette s'éclaira d'une expression étrange. Il répondit vivement :

— Oui, mon respectable monsieur. À huit heures je dois être chez mon propriétaire.

— Je serai ici à six heures, et je vous apporterai les soixante francs.

— Mon bienfaiteur! cria Jondrette éperdu.

Et il ajouta tout bas :

— Regarde-le bien, ma femme!

M. Leblanc avait repris le bras de la belle jeune fille et se tournait vers la porte :

— À ce soir, mes amis, dit-il.

— Six heures? fit Jondrette.

— Six heures précises.

En ce moment le pardessus resté sur la chaise frappa les yeux de la Jondrette aînée.

— Monsieur, dit-elle, vous oubliez votre redingote.

Jondrette dirigea vers sa fille un regard foudroyant accompagné d'un haussement d'épaules formidable.

M. Leblanc se retourna et répondit avec un sourire :

— Je ne l'oublie pas, je la laisse.

— Ô mon protecteur, dit Jondrette, mon auguste bienfaiteur, je fonds en larmes! Souffrez que je vous reconduise jusqu'à votre fiacre.

— Si vous sortez, repartit M. Leblanc, mettez ce pardessus. Il fait vraiment très froid.

Jondrette ne se le fit pas dire deux fois. Il endossa la redingote brune.

Et ils sortirent tous les trois, Jondrette précédant les deux étrangers.

X

TARIF DES CABRIOLETS DE RÉGIE :
DEUX FRANCS L'HEURE

Marius n'avait rien perdu de toute cette scène, et pourtant en réalité il n'en avait rien vu. Ses yeux étaient restés fixés sur la jeune fille, son cœur l'avait pour ainsi dire saisie et enveloppée tout entière dès son premier pas dans le galetas. Pendant tout le temps qu'elle avait été là, il avait vécu de cette vie de l'extase qui suspend les perceptions matérielles et précipite toute l'âme sur un seul point. Il contemplait, non pas cette fille, mais cette lumière qui avait une pelisse de satin et un chapeau de velours. L'étoile Sirius fût entrée dans la chambre qu'il n'eût pas été plus ébloui.

Tandis que la jeune fille ouvrait le paquet, dépliait les hardes et les couvertures, questionnait la mère malade avec bonté et la petite blessée avec attendrissement, il épiait tous ses mouvements, il tâchait d'écouter ses paroles. Il connaissait ses yeux, son front, sa beauté, sa taille, sa démarche, il ne connaissait pas le son de sa voix. Il avait cru en saisir quelques mots une fois au Luxembourg, mais il n'en était pas absolument sûr. Il eût donné dix ans de sa vie pour l'entendre, pour pouvoir emporter dans son âme un peu de cette musique. Mais tout se perdait dans les étalages lamentables et les éclats de trompette de Jondrette. Cela mêlait une vraie colère au ravissement de Marius. Il la couvait des yeux. Il ne pouvait s'imaginer que ce fût vraiment cette créature divine qu'il apercevait au milieu de ces êtres immondes dans ce taudis monstrueux. Il lui semblait voir un colibri parmi des crapauds.

Quand elle sortit, il n'eut qu'une pensée, la suivre, s'attacher à sa trace, ne la quitter que sachant où elle demeurait, ne pas la reperdre au moins après l'avoir si miraculeusement retrouvée ! Il sauta à bas de la commode et prit son chapeau. Comme il mettait la main au pêne de la serrure et allait sortir, une réflexion l'arrêta. Le corridor était long, l'escalier roide, le Jon-

drette bavard, M. Leblanc n'était sans doute pas encore
remonté en voiture ; si, en se retournant dans le corridor,
ou dans l'escalier, ou sur le seuil, il l'apercevait lui
Marius dans cette maison, évidemment il s'alarmerait et
trouverait moyen de lui échapper de nouveau, et ce
serait encore une fois fini. Que faire ? Attendre un peu ?
mais pendant cette attente, la voiture pouvait partir.
Marius était perplexe. Enfin il se risqua, et sortit de sa
chambre.

Il n'y avait plus personne dans le corridor. Il courut à
l'escalier. Il n'y avait personne dans l'escalier. Il descendit en hâte, et il arriva sur le boulevard à temps pour voir
un fiacre tourner le coin de la rue du Petit-Banquier et
rentrer dans Paris.

Marius se précipita dans cette direction. Parvenu à
l'angle du boulevard, il revit le fiacre qui descendait
rapidement la rue Mouffetard ; le fiacre était déjà très
loin, aucun moyen de le rejoindre ; quoi ? courir après ?
impossible ; et d'ailleurs de la voiture on remarquerait
certainement un individu courant à toutes jambes à la
poursuite du fiacre, et le père le reconnaîtrait. En ce
moment, hasard inouï et merveilleux, Marius aperçut un
cabriolet de régie qui passait à vide sur le boulevard. Il
n'y avait qu'un parti à prendre, monter dans ce cabriolet,
et suivre le fiacre. Cela était sûr, efficace et sans danger.

Marius fit signe au cocher d'arrêter, et lui cria :

— À l'heure !

Marius était sans cravate, il avait son vieil habit de travail auquel des boutons manquaient, sa chemise était
déchirée à l'un des plis de la poitrine.

Le cocher s'arrêta, cligna de l'œil et étendit vers
Marius sa main gauche en frottant doucement son index
avec son pouce.

— Quoi ? dit Marius.

— Payez d'avance, dit le cocher.

Marius se souvint qu'il n'avait sur lui que seize sous.

— Combien ? demanda-t-il.

— Quarante sous.

— Je payerai en revenant.

Le cocher, pour toute réponse, siffla l'air de La Palisse
et fouetta son cheval.

Marius regarda le cabriolet s'éloigner d'un air égaré. Pour vingt-quatre sous qui lui manquaient, il perdait sa joie, son bonheur, son amour! il retombait dans la nuit! il avait vu et il redevenait aveugle! il songea amèrement et, il faut bien le dire, avec un regret profond, aux cinq francs qu'il avait donnés le matin même à cette misérable fille. S'il avait eu ces cinq francs, il était sauvé, il renaissait, il sortait des limbes et des ténèbres, il sortait de l'isolement, du spleen, du veuvage; il renouait le fil noir de sa destinée à ce beau fil d'or qui venait de flotter devant ses yeux et de se casser encore une fois. Il rentra dans la masure désespéré.

Il aurait pu se dire que M. Leblanc avait promis de revenir le soir, et qu'il n'y aurait qu'à s'y mieux prendre cette fois pour le suivre; mais dans sa contemplation, c'est à peine s'il avait entendu.

Au moment de monter l'escalier, il aperçut de l'autre côté du boulevard, le long du mur désert de la rue de la Barrière des Gobelins, Jondrette enveloppé du pardessus du « philanthrope », qui parlait à un de ces hommes de mine inquiétante qu'on est convenu d'appeler *rôdeurs de barrières*; gens à figures équivoques, à monologues suspects, qui ont un air de mauvaise pensée, et qui dorment assez habituellement le jour, ce qui fait supposer qu'ils travaillent la nuit.

Ces deux hommes, causant immobiles sous la neige qui tombait par tourbillons, faisaient un groupe qu'un sergent de ville eût à coup sûr observé, mais que Marius remarqua à peine.

Cependant, quelle que fût sa préoccupation douloureuse, il ne put s'empêcher de se dire que ce rôdeur de barrières à qui Jondrette parlait ressemblait à un certain Panchaud, dit Printanier, dit Bigrenaille, que Courfeyrac lui avait montré une fois et qui passait dans le quartier pour un promeneur nocturne assez dangereux. On a vu, dans le livre précédent, le nom de cet homme. Ce Panchaud, dit Printanier, dit Bigrenaille, a figuré plus tard dans plusieurs procès criminels et est devenu depuis un coquin célèbre. Il n'était encore alors qu'un fameux coquin. Aujourd'hui il est à l'état de tradition parmi les bandits et les escarpes. Il faisait école vers la fin du dernier règne. Et le soir, à la nuit tombante, à l'heure où les groupes se forment et se parlent bas, on en causait à la Force dans la fosse-aux-lions. On pouvait même, dans cette prison, précisément à l'endroit où passait sous le chemin de ronde ce canal des latrines qui servit à la fuite inouïe en plein jour de trente détenus en 1843, on pouvait, au-dessus de la dalle de ces latrines, lire son nom, PANCHAUD, audacieusement gravé par lui sur le mur de ronde dans une de ses tentatives d'évasion. En 1832, la police le surveillait déjà, mais il n'avait pas encore sérieusement débuté.

XI

OFFRES DE SERVICE DE LA MISÈRE
À LA DOULEUR

Marius monta l'escalier de la masure à pas lents; à l'instant où il allait rentrer dans sa cellule, il aperçut derrière lui dans le corridor la Jondrette aînée qui le suivait. Cette fille lui fut odieuse à voir, c'était elle qui avait ses cinq francs, il était trop tard pour les lui redemander, le cabriolet n'était plus là, le fiacre était bien loin. D'ailleurs elle ne les lui rendrait pas. Quant à la questionner sur la demeure des gens qui étaient venus tout à l'heure, cela était inutile, il était évident qu'elle ne la savait point, puisque la lettre signée Fabantou était adressée *au monsieur bienfaisant de l'église Saint-Jacques-du-Haut-Pas.*

Marius entra dans sa chambre et poussa sa porte derrière lui.

Elle ne se ferma pas; il se retourna et vit une main qui retenait la porte entr'ouverte.

— Qu'est-ce que c'est? demanda-t-il, qui est là?

C'était la fille Jondrette.

— C'est vous? reprit Marius presque durement, toujours vous donc! Que me voulez-vous?

Elle semblait pensive et ne répondait pas. Elle n'avait plus son assurance du matin. Elle n'était pas entrée et se tenait dans l'ombre du corridor, où Marius l'apercevait par la porte entre-bâillée.

— Ah çà, répondrez-vous? fit Marius. Qu'est-ce que vous me voulez?

Elle leva sur lui son œil morne où une espèce de clarté semblait s'allumer vaguement, et lui dit :

— Monsieur Marius, vous avez l'air triste. Qu'est-ce que vous avez?

— Moi! dit Marius.

— Oui, vous.

— Je n'ai rien.

— Si!

— Non.

— Je vous dis que si!

— Laissez-moi tranquille!

Marius poussa de nouveau la porte, elle continua de la retenir.

— Tenez, dit-elle, vous avez tort. Quoique vous ne soyez pas riche, vous avez été bon ce matin. Soyez-le encore à présent. Vous m'avez donné de quoi manger, dites-moi maintenant ce que vous avez. Vous avez du chagrin, cela se voit. Je ne voudrais pas que vous eussiez du chagrin. Qu'est-ce qu'il faut faire pour cela? Puis-je servir à quelque chose? Employez-moi. Je ne vous demande pas vos secrets, vous n'aurez pas besoin de me dire, mais enfin je peux être utile. Je peux bien vous aider, puisque j'aide mon père. Quand il faut porter des lettres, aller dans les maisons, demander de porte en porte, trouver une adresse, suivre quelqu'un, moi je sers à ça. Eh bien, vous pouvez bien me dire ce que vous avez, j'irai parler aux personnes. Quelquefois quelqu'un qui parle aux personnes, ça suffit pour qu'on sache les choses, et tout s'arrange. Servez-vous de moi.

Une idée traversa l'esprit de Marius. Quelle branche dédaigne-t-on quand on se sent tomber?

Il s'approcha de la Jondrette.

— Écoute... lui dit-il.

Elle l'interrompit avec un éclair de joie dans les yeux.

— Oh! oui, tutoyez-moi! j'aime mieux cela.

— Eh bien, reprit-il, tu as amené ici ce vieux monsieur avec sa fille...

— Oui.

— Sais-tu leur adresse ?

— Non.

— Trouve-la-moi.

L'œil de la Jondrette, de morne, était devenu joyeux, de joyeux il devint sombre.

— C'est là ce que vous voulez ? demanda-t-elle.

— Oui.

— Est-ce que vous les connaissez ?

— Non.

— C'est-à-dire, reprit-elle vivement, vous ne la connaissez pas, mais vous voulez la connaître.

Ce *les* qui était devenu *la* avait je ne sais quoi de significatif et d'amer.

— Enfin, peux-tu ? dit Marius.

— Vous avoir l'adresse de la belle demoiselle ?

Il y avait encore dans ces mots « la belle demoiselle » une nuance qui importuna Marius. Il reprit :

— Enfin n'importe ! l'adresse du père et de la fille. Leur adresse, quoi !

Elle le regarda fixement.

— Qu'est-ce que vous me donnerez ?

— Tout ce que tu voudras !

— Tout ce que je voudrai ?

— Oui.

— Vous aurez l'adresse.

Elle baissa la tête, puis d'un mouvement brusque elle tira la porte qui se referma.

Marius se retrouva seul.

Il se laissa tomber sur une chaise, la tête et les deux coudes sur son lit, abîmé dans des pensées qu'il ne pouvait saisir et comme en proie à un vertige. Tout ce qui s'était passé depuis le matin, l'apparition de l'ange, sa disparition, ce que cette créature venait de lui dire, une lueur d'espérance flottant dans un désespoir immense, voilà ce qui emplissait confusément son cerveau.

Tout à coup il fut violemment arraché à sa rêverie.

Il entendit la voix haute et dure de Jondrette prononcer ces paroles pleines du plus étrange intérêt pour lui :

— Je te dis que j'en suis sûr et que je l'ai reconnu.

De qui parlait Jondrette ? il avait reconnu qui ?

M. Leblanc? le père de « son Ursule » ? quoi! est-ce que
Jondrette le connaissait? Marius allait-il avoir de cette
façon brusque et inattendue tous les renseignements
sans lesquels sa vie était obscure pour lui-même?
allait-il savoir enfin qui il aimait? qui était cette jeune
fille? qui était son père? l'ombre si épaisse qui les couvrait était-elle au moment de s'éclaircir? le voile allait-il
se déchirer? Ah ciel!

Il bondit, plutôt qu'il ne monta, sur la commode, et
reprit sa place près de la petite lucarne de la cloison.

Il revoyait l'intérieur du bouge Jondrette.

XII

EMPLOI DE LA PIÈCE DE CINQ FRANCS
DE M. LEBLANC

Rien n'était changé dans l'aspect de la famille, sinon
que la femme et les filles avaient puisé dans le paquet, et
mis des bas et des camisoles de laine. Deux couvertures
neuves étaient jetées sur les deux lits.

Le Jondrette venait évidemment de rentrer. Il avait
encore l'essoufflement du dehors. Ses filles étaient près
de la cheminée, assises à terre, l'aînée pansant la main
de la cadette. Sa femme était comme affaissée sur le grabat voisin de la cheminée avec un visage étonné. Jondrette marchait dans le galetas de long en large à grands
pas. Il avait les yeux extraordinaires.

La femme, qui semblait timide et frappée de stupeur
devant son mari, se hasarda à lui dire :

— Quoi, vraiment? tu es sûr?

— Sûr! Il y a huit ans! mais je le reconnais! Ah! je le
reconnais! je l'ai reconnu tout de suite! Quoi, cela ne t'a
pas sauté aux yeux?

— Non.

— Mais je t'ai dit pourtant : fais attention! mais c'est
la taille, c'est le visage, à peine plus vieux, il y a des gens
qui ne vieillissent pas, je ne sais pas comment ils font,

c'est le son de voix. Il est mieux mis, voilà tout ! Ah !
vieux mystérieux du diable, je te tiens, va !

Il s'arrêta et dit à ses filles :

— Allez-vous-en, vous autres ! — C'est drôle que cela
ne t'ait pas sauté aux yeux.

Elles se levèrent pour obéir.

La mère balbutia :

— Avec sa main malade ?

— L'air lui fera du bien, dit Jondrette. Allez.

Il était visible que cet homme était de ceux auxquels
on ne réplique pas. Les deux filles sortirent.

Au moment où elles allaient passer la porte, le père
retint l'aînée par le bras et dit avec un accent particulier :

— Vous serez ici à cinq heures précises. Toutes les
deux. J'aurai besoin de vous.

Marius redoubla d'attention.

Demeuré seul avec sa femme, Jondrette se remit à
marcher dans la chambre et en fit deux ou trois fois le
tour en silence. Puis il passa quelques minutes à faire
rentrer et à enfoncer dans la ceinture de son pantalon le
bas de la chemise de femme qu'il portait.

Tout à coup il se tourna vers la Jondrette, croisa les
bras, et s'écria :

— Et veux-tu que je te dise une chose ? La demoiselle...

— Eh bien quoi ? repartit la femme, la demoiselle ?

Marius n'en pouvait douter, c'était bien d'elle qu'on
parlait. Il écoutait avec une anxiété ardente. Toute sa vie
était dans ses oreilles.

Mais le Jondrette s'était penché, et avait parlé bas à sa
femme. Puis il se releva et termina tout haut :

— C'est elle !

— Ça ? dit la femme.

— Ça ! dit le mari.

Aucune expression ne saurait rendre ce qu'il y avait
dans le *ça* de la mère. C'était la surprise, la rage, la
haine, la colère, mêlées et combinées dans une intonation monstrueuse. Il avait suffi de quelques mots prononcés, du nom sans doute, que son mari lui avait dit à
l'oreille, pour que cette grosse femme assoupie se réveil-
lât, et de repoussante devînt effroyable.

— Pas possible! s'écria-t-elle. Quand je pense que mes filles vont nu-pieds et n'ont pas une robe à mettre! Comment! une pelisse de satin, un chapeau de velours, des brodequins, et tout! pour plus de deux cents francs d'effets! qu'on croirait que c'est une dame! Non, tu te trompes! Mais d'abord l'autre était affreuse, celle-ci n'est pas mal! elle n'est vraiment pas mal! ce ne peut pas être elle!

— Je te dis que c'est elle. Tu verras.

À cette affirmation si absolue, la Jondrette leva sa large face rouge et blonde et regarda le plafond avec une expression difforme. En ce moment elle parut à Marius plus redoutable encore que son mari. C'était une truie avec le regard d'une tigresse.

— Quoi! reprit-elle, cette horrible belle demoiselle qui regardait mes filles d'un air de pitié, ce serait cette gueuse! Oh! je voudrais lui crever le ventre à coups de sabot!

Elle sauta à bas du lit, et resta un moment debout, décoiffée, les narines gonflées, la bouche entr'ouverte, les poings crispés et rejetés en arrière. Puis elle se laissa retomber sur le grabat. L'homme allait et venait sans faire attention à sa femelle.

Après quelques instants de ce silence, il s'approcha de la Jondrette et s'arrêta devant elle, les bras croisés, comme le moment d'auparavant.

— Et veux-tu que je te dise encore une chose?

— Quoi? demanda-t-elle.

Il répondit d'une voix brève et basse :

— C'est que ma fortune est faite.

La Jondrette le considéra de ce regard qui veut dire : Est-ce que celui qui me parle deviendrait fou?

Lui continua :

— Tonnerre! voilà pas mal longtemps déjà que je suis paroissien de la paroisse-meurs-de-faim-si-tu-as-du-feu-meurs-de-froid-si-tu-as-du-pain! j'en ai assez eu de la misère! ma charge et la charge des autres! Je ne plaisante plus, je ne trouve plus ça comique, assez de calembours, bon Dieu! plus de farces, père éternel! Je veux manger à ma faim, je veux boire à ma soif! bâfrer! dormir! ne rien faire! je veux avoir mon tour, moi, tiens! avant de crever, je veux être un peu millionnaire!

Il fit le tour du bouge et ajouta :

— Comme les autres.

— Qu'est-ce que tu veux dire ? demanda la femme.

Il secoua la tête, cligna de l'œil et haussa la voix comme un physicien de carrefour qui va faire une démonstration :

— Ce que je veux dire ? Écoute !

— Chut ! grommela la Jondrette, pas si haut ! si ce sont des affaires qu'il ne faut pas qu'on entende.

— Bah ! qui ça ? le voisin ? je l'ai vu sortir tout à l'heure. D'ailleurs est-ce qu'il entend, ce grand bêta ? Et puis je te dis que je l'ai vu sortir.

Cependant, par une sorte d'instinct, Jondrette baissa la voix, pas assez pourtant pour que ses paroles échappassent à Marius. Une circonstance favorable, et qui avait permis à Marius de ne rien perdre de cette conversation, c'est que la neige tombée assourdissait le bruit des voitures sur le boulevard.

Voici ce que Marius entendit :

— Écoute bien. Il est pris, le crésus ! C'est tout comme. C'est déjà fait. Tout est arrangé. J'ai vu des gens. Il viendra ce soir à six heures. Apporter ses soixante francs, canaille ! As-tu vu comme je vous ai débagoulé ça, mes soixante francs, mon propriétaire, mon 4 février ! ce n'est seulement pas un terme ! était-ce bête ! Il viendra donc à six heures ! c'est l'heure où le voisin est allé dîner. La mère Burgon lave la vaisselle en ville. Il n'y a personne dans la maison. Le voisin ne rentre jamais avant onze heures. Les petites feront le guet. Tu nous aideras. Il s'exécutera.

— Et s'il ne s'exécute pas ? demanda la femme.

Jondrette fit un geste sinistre et dit :

— Nous l'exécuterons.

Et il éclata de rire.

C'était la première fois que Marius le voyait rire. Ce rire était froid et doux, et faisait frissonner.

Jondrette ouvrit un placard près de la cheminée et en tira une vieille casquette qu'il mit sur sa tête après l'avoir brossée avec sa manche.

— Maintenant, fit-il, je sors. J'ai encore des gens à voir. Des bons. Tu verras comme ça va marcher. Je serai

dehors le moins longtemps possible. C'est un beau coup
à jouer. Garde la maison.

Et, les deux poings dans les deux goussets de son pantalon, il resta un moment pensif, puis s'écria :

— Sais-tu qu'il est tout de même bien heureux qu'il ne
m'ait pas reconnu, lui ! S'il m'avait reconnu de son côté,
il ne serait pas revenu. Il nous échappait ! C'est ma barbe
qui m'a sauvé ! ma barbiche romantique ! ma jolie petite
barbiche romantique !

Et il se remit à rire.

Il alla à la fenêtre. La neige tombait toujours et rayait
le gris du ciel.

— Quel chien de temps ! dit-il.

Puis croisant la redingote :

— La pelure est trop large. — C'est égal, ajouta-t-il, il
a diablement bien fait de me la laisser, le vieux coquin !
Sans cela je n'aurais pas pu sortir et tout aurait encore
manqué ! À quoi les choses tiennent pourtant !

Et, enfonçant la casquette sur ses yeux, il sortit.

À peine avait-il eu le temps de faire quelques pas
dehors que la porte se rouvrit et que son profil fauve et
intelligent reparut par l'ouverture.

— J'oubliais, dit-il. Tu auras un réchaud de charbon.

Et il jeta dans le tablier de sa femme la pièce de cinq
francs que lui avait laissée le « philanthrope ».

— Un réchaud de charbon ? demanda la femme.

— Oui.

— Combien de boisseaux ?

— Deux bons.

— Cela fera trente sous. Avec le reste, j'achèterai de
quoi dîner.

— Diable, non.

— Pourquoi ?

— Ne va pas dépenser la pièce-cent-sous.

— Pourquoi ?

— Parce que j'aurai quelque chose à acheter de mon
côté.

— Quoi ?

— Quelque chose.

— Combien te faudra-t-il ?

— Où y a-t-il un quincaillier par ici ?

— Rue Mouffetard.

— Ah oui, au coin d'une rue, je vois la boutique.

— Mais dis-moi donc combien il te faudra pour ce que tu as à acheter?

— Cinquante sous-trois francs.

— Il ne restera pas gras pour le dîner.

— Aujourd'hui il ne s'agit pas de manger. Il y a mieux à faire.

— Ça suffit, mon bijou.

Sur ce mot de sa femme, Jondrette referma la porte, et cette fois Marius entendit son pas s'éloigner dans le corridor de la masure et descendre rapidement l'escalier.

Une heure sonnait en cet instant à Saint-Médard.

XIII

SOLUS CUM SOLO, IN LOCO REMOTO NON COGITABUNTUR ORARE PATER NOSTER

Marius, tout songeur qu'il était, était, nous l'avons dit, une nature ferme et énergique. Les habitudes de recueillement solitaire, en développant en lui la sympathie et la compassion, avaient diminué peut-être la faculté de s'irriter, mais laissé intacte la faculté de s'indigner; il avait la bienveillance d'un brahme et la sévérité d'un juge; il avait pitié d'un crapaud, mais il écrasait une vipère. Or, c'était dans un trou de vipères que son regard venait de plonger; c'était un nid de monstres qu'il avait sous les yeux.

— Il faut mettre le pied sur ces misérables, dit-il.

Aucune des énigmes qu'il espérait voir dissiper ne s'était éclaircie; au contraire, toutes s'étaient épaissies peut-être; il ne savait rien de plus sur la belle enfant du Luxembourg et sur l'homme qu'il appelait M. Leblanc, sinon que Jondrette les connaissait. À travers les paroles ténébreuses qui avaient été dites, il n'entrevoyait distinctement qu'une chose, c'est qu'un guet-apens se préparait, un guet-apens obscur, mais terrible; c'est qu'ils

couraient tous les deux un grand danger, elle probablement, son père à coup sûr; c'est qu'il fallait les sauver;
c'est qu'il fallait déjouer les combinaisons hideuses des
Jondrette et rompre la toile de ces araignées.

Il observa un moment la Jondrette. Elle avait tiré d'un
coin un vieux fourneau de tôle et elle fouillait dans des
ferrailles.

Il descendit de la commode le plus doucement qu'il
put et en ayant soin de ne faire aucun bruit.

Dans son effroi de ce qui s'apprêtait et dans l'horreur
dont les Jondrette l'avaient pénétré, il sentait une sorte
de joie à l'idée qu'il lui serait peut-être donné de rendre
un tel service à celle qu'il aimait.

Mais comment faire? Avertir les personnes menacées?
où les trouver? Il ne savait pas leur adresse. Elles avaient
reparu un instant à ses yeux, puis elles s'étaient replon-
gées dans les immenses profondeurs de Paris. Attendre
M. Leblanc à la porte le soir à six heures, au moment où
il arriverait, et le prévenir du piège? Mais Jondrette et
ses gens le verraient guetter, le lieu était désert, ils
seraient plus forts que lui, ils trouveraient moyen ou de
le saisir ou de l'éloigner, et celui que Marius voulait sauver serait perdu. Une heure venait de sonner, le guet-
apens devait s'accomplir à six heures. Marius avait cinq
heures devant lui.

Il n'y avait qu'une chose à faire.

Il mit son habit passable, se noua un foulard au cou,
prit son chapeau, et sortit, sans faire de bruit que s'il eût
marché sur de la mousse avec des pieds nus.

D'ailleurs la Jondrette continuait de fourgonner dans
ses ferrailles.

Une fois hors de la maison, il gagna la rue du Petit-
Banquier.

Il était vers le milieu de cette rue près d'un mur très
bas qu'on peut enjamber à de certains endroits et qui
donne dans un terrain vague, il marchait lentement, préoccupé qu'il était, la neige assourdissait ses pas; tout à
coup il entendit des voix qui parlaient tout près de lui. Il
tourna la tête, la rue était déserte, il n'y avait personne,
c'était en plein jour, et cependant il entendait distinctement des voix.

Il eut l'idée de regarder par-dessus le mur qu'il côtoyait.

Il y avait là en effet deux hommes adossés à la muraille, assis dans la neige et se parlant bas.

Ces deux figures lui étaient inconnues. L'un était un homme barbu en blouse et l'autre un homme chevelu en guenilles. Le barbu avait une calotte grecque, l'autre la tête nue et de la neige dans les cheveux.

En avançant la tête au-dessus d'eux, Marius pouvait entendre.

Le chevelu poussait l'autre du coude et disait :

— Avec Patron-Minette, ça ne peut pas manquer.

— Crois-tu ? dit le barbu ; et le chevelu repartit :

— Ce sera pour chacun un fafiot de cinq cents balles, et le pire qui puisse arriver : cinq ans, six ans, dix ans au plus !

L'autre répondit avec quelque hésitation et en se grattant sous son bonnet grec :

— Ça, c'est une chose réelle. On ne peut pas aller à l'encontre de ces choses-là.

— Je te dis que l'affaire ne peut pas manquer, reprit le chevelu. La maringotte du père Chose sera attelée.

Puis ils se mirent à parler d'un mélodrame qu'ils avaient vu la veille à la Gaîté.

Marius continua son chemin.

Il lui semblait que les paroles obscures de ces hommes, si étrangement cachés derrière ce mur et accroupis dans la neige, n'étaient pas peut-être sans quelque rapport avec les abominables projets de Jondrette. Ce devait être là *l'affaire*.

Il se dirigea vers le faubourg Saint-Marceau et demanda à la première boutique qu'il rencontra où il y avait un commissaire de police.

On lui indiqua la rue de Pontoise et le numéro 14.

Marius s'y rendit.

En passant devant un boulanger, il acheta un pain de deux sous et le mangea, prévoyant qu'il ne dînerait pas.

Chemin faisant, il rendit justice à la providence. Il songea que, s'il n'avait pas donné ses cinq francs le matin à la fille Jondrette, il aurait suivi le fiacre de M. Leblanc, et par conséquent tout ignoré, que rien

n'aurait fait obstacle au guet-apens des Jondrette, et que
M. Leblanc était perdu, et sans doute sa fille avec lui.

XIV

OÙ UN AGENT DE POLICE DONNE DEUX COUPS DE POING À UN AVOCAT

Arrivé au numéro 14 de la rue de Pontoise, il monta au
premier et demanda le commissaire de police.

— Monsieur le commissaire de police n'y est pas, dit
un garçon de bureau quelconque; mais il y a un inspecteur qui le remplace. Voulez-vous lui parler? est-ce
pressé?

— Oui, dit Marius.

Le garçon de bureau l'introduisit dans le cabinet du
commissaire. Un homme de haute taille s'y tenait
debout, derrière une grille, appuyé à un poêle, et relevant de ses deux mains les pans d'un vaste carrick à trois
collets. C'était une figure carrée, une bouche mince et
ferme, d'épais favoris grisonnants très farouches, un
regard à retourner vos poches. On eût pu dire de ce
regard, non qu'il pénétrait, mais qu'il fouillait.

Cet homme n'avait pas l'air beaucoup moins féroce ni
beaucoup moins redoutable que Jondrette; le dogue
quelquefois n'est pas moins inquiétant à rencontrer que
le loup.

— Que voulez-vous? dit-il à Marius, sans ajouter
monsieur.

— Monsieur le commissaire de police?

— Il est absent. Je le remplace.

— C'est pour une affaire très secrète.

— Alors parlez.

— Et très pressée.

— Alors parlez vite.

Cet homme, calme et brusque, était tout à la fois
effrayant et rassurant. Il inspirait la crainte et la
confiance. Marius lui conta l'aventure. — Qu'une per-

sonne qu'il ne connaissait que de vue devait être attirée le soir même dans un guet-apens; — qu'habitant la chambre voisine du repaire il avait, lui Marius Pontmercy, avocat, entendu tout le complot à travers la cloison; — que le scélérat qui avait imaginé le piège était un nommé Jondrette; — qu'il aurait des complices, probablement des rôdeurs de barrières, entre autres un certain Panchaud, dit Printanier, dit Bigrenaille; — que les filles de Jondrette feraient le guet; — qu'il n'existait aucun moyen de prévenir l'homme menacé, attendu qu'on ne savait même pas son nom; — et qu'enfin tout cela devait s'exécuter à six heures du soir au point le plus désert du boulevard de l'Hôpital, dans la maison du numéro 50-52.

À ce numéro, l'inspecteur leva la tête, et dit froidement :

— C'est donc dans la chambre du fond du corridor?

— Précisément, fit Marius, et il ajouta : — Est-ce que vous connaissez cette maison?

L'inspecteur resta un moment silencieux, puis répondit en chauffant le talon de sa botte à la bouche du poêle :

— Apparemment.

Il continua dans ses dents, parlant moins à Marius qu'à sa cravate :

— Il doit y avoir un peu de Patron-Minette là dedans.

Ce mot frappa Marius.

— Patron-Minette, dit-il. J'ai en effet entendu prononcer ce mot-là.

Et il raconta à l'inspecteur le dialogue de l'homme chevelu et de l'homme barbu dans la neige derrière le mur de la rue du Petit-Banquier.

L'inspecteur grommela :

— Le chevelu doit être Brujon, et le barbu doit être Demi-Liard, dit Deux-Milliards.

Il avait de nouveau baissé les paupières, et il méditait.

— Quant au père Chose, je l'entrevois. Voilà que j'ai brûlé mon carrick. Ils font toujours trop de feu dans ces maudits poêles. Le numéro 50-52. Ancienne propriété Gorbeau.

Puis il regarda Marius :

— Vous n'avez vu que ce barbu et ce chevelu?

— Et Panchaud.

— Vous n'avez pas vu rôdailler par là une espèce de petit muscadin du diable?

— Non.

— Ni un grand gros massif matériel qui ressemble à l'éléphant du Jardin des Plantes?

— Non.

— Ni un malin qui a l'air d'une ancienne queue-rouge?

— Non.

— Quant au quatrième, personne ne le voit, pas même ses adjudants, commis et employés. Il est peu surprenant que vous ne l'ayez pas aperçu.

— Non. Qu'est-ce que c'est, demanda Marius, que tous ces êtres-là?

L'inspecteur répondit:

— D'ailleurs ce n'est pas leur heure.

Il retomba dans son silence, puis reprit:

— 50-52. Je connais la baraque. Impossible de nous cacher dans l'intérieur sans que les artistes s'en aperçoivent. Alors ils en seraient quittes pour décommander la vaudeville. Ils sont si modestes! le public les gêne. Pas de ça, pas de ça. Je veux les entendre chanter et les faire danser.

Ce monologue terminé, il se tourna vers Marius et lui demanda en le regardant fixement:

— Aurez-vous peur?

— De quoi? dit Marius.

— De ces hommes?

— Pas plus que de vous! répliqua rudement Marius qui commençait à remarquer que ce mouchard ne lui avait pas encore dit monsieur.

L'inspecteur regarda Marius plus fixement encore et reprit avec une sorte de solennité sentencieuse:

— Vous parlez là comme un homme brave et comme un homme honnête. Le courage ne craint pas le crime, et l'honnêteté ne craint pas l'autorité.

Marius l'interrompit:

— C'est bon; mais que comptez-vous faire?

L'inspecteur se borna à lui répondre:

— Les locataires de cette maison-là ont des passe-partout pour rentrer la nuit chez eux. Vous devez en avoir un?

— Oui, dit Marius.

— L'avez-vous sur vous?

— Oui.

— Donnez-le-moi, dit l'inspecteur.

Marius prit sa clef dans son gilet, la remit à l'inspecteur, et ajouta :

— Si vous m'en croyez, vous viendrez en force.

L'inspecteur jeta sur Marius le coup d'œil de Voltaire à un académicien de province qui lui eût proposé une rime; il plongea d'un seul mouvement ses deux mains, qui étaient énormes, dans les deux immenses poches de son carrick, et en tira deux petits pistolets d'acier, de ces pistolets qu'on appelle coups de poing. Il les présenta à Marius en disant vivement et d'un ton bref :

— Prenez ceci. Rentrez chez vous. Cachez-vous dans votre chambre. Qu'on vous croie sorti. Ils sont chargés. Chacun de deux balles. Vous observerez. Il y a un trou au mur, vous me l'avez dit. Les gens viendront. Laissez-les aller un peu. Quand vous jugerez la chose à point, et qu'il sera temps de l'arrêter, vous tirerez un coup de pistolet. Pas trop tôt. Le reste me regarde. Un coup de pistolet en l'air, au plafond, n'importe où. Surtout pas trop tôt. Attendez qu'il y ait commencement d'exécution; vous êtes avocat, vous savez ce que c'est.

Marius prit les pistolets et les mit dans la poche de côté de son habit.

— Cela fait une bosse comme cela, cela se voit, dit l'inspecteur. Mettez-les plutôt dans vos goussets.

Marius cacha les pistolets dans ses goussets.

— Maintenant, poursuivit l'inspecteur, il n'y a plus une minute à perdre pour personne. Quelle heure est-il? Deux heures et demie. C'est pour sept heures?

— Six heures, dit Marius.

— J'ai le temps, reprit l'inspecteur, mais je n'ai que le temps. N'oubliez rien de ce que je vous ai dit. Pan. Un coup de pistolet.

— Soyez tranquille, répondit Marius.

Et comme Marius mettait la main au loquet de la porte pour sortir, l'inspecteur lui cria :

— À propos, si vous aviez besoin de moi d'ici-là, venez ou envoyez ici. Vous feriez demander l'inspecteur Javert.

XV

JONDRETTE FAIT SON EMPLETTE

Quelques instants après, vers trois heures, Courfeyrac passait par aventure rue Mouffetard en compagnie de Bossuet. La neige redoublait et emplissait l'espace. Bossuet était en train de dire à Courfeyrac :

— À voir tomber tous ces flocons de neige, on dirait qu'il y a au ciel une peste de papillons blancs. — Tout à coup, Bossuet aperçut Marius qui remontait la rue vers la barrière et avait un air particulier.

— Tiens ! s'exclama Bossuet, Marius !

— Je l'ai vu, dit Courfeyrac. Ne lui parlons pas.

— Pourquoi ?

— Il est occupé.

— À quoi ?

— Tu ne vois donc pas la mine qu'il a ?

— Quelle mine ?

— Il a l'air de quelqu'un qui suit quelqu'un.

— C'est vrai, dit Bossuet.

— Vois donc les yeux qu'il fait ! reprit Courfeyrac.

— Mais qui diable suit-il ?

— Quelque mimi-goton-bonnet-fleuri ! il est amoureux.

— Mais, observa Bossuet, c'est que je ne vois pas de mimi, ni de goton, ni de bonnet fleuri dans la rue. Il n'y a pas une femme.

Courfeyrac regarda, et s'écria :

— Il suit un homme !

Un homme en effet, coiffé d'une casquette, et dont on distinguait la barbe grise quoiqu'on ne le vît que de dos, marchait à une vingtaine de pas en avant de Marius.

Cet homme était vêtu d'une redingote toute neuve trop grande pour lui et d'un épouvantable pantalon en loques tout noirci par la boue.

Bossuet éclata de rire.

— Qu'est-ce que c'est que cet homme-là ?

— Ça ? reprit Courfeyrac, c'est un poète. Les poètes portent assez volontiers des pantalons de marchands de peaux de lapin et des redingotes de pairs de France.

— Voyons où va Marius, fit Bossuer, voyons où va cet homme, suivons-les, hein ?

— Bossuer ! s'écria Courfeyrac, aigle de Meaux ! vous êtes une prodigieuse brute. Suivre un homme qui suit un homme !

Ils rebroussèrent chemin.

Marius en effet avait vu passer Jondrette rue Mouffetard, et l'épiait.

Jondrette allait devant lui sans se douter qu'il y eût déjà un regard qui le tenait.

Il quitta la rue Mouffetard, et Marius le vit entrer dans une des plus affreuses bicoques de la rue Gracieuse, il y resta un quart d'heure environ, puis revint rue Mouffetard. Il s'arrêta chez un quincaillier qu'il y avait à cette époque au coin de la rue Pierre-Lombard, et, quelques minutes après, Marius le vit sortir de la boutique, tenant à la main un grand ciseau à froid emmanché de bois blanc qu'il cacha sous sa redingote. À la hauteur de la rue du Petit-Gentilly, il tourna à gauche et gagna rapidement la rue du Petit-Banquier. Le jour tombait, la neige qui avait cessé un moment venait de recommencer, Marius s'embusqua au coin même de la rue du Petit-Banquier qui était déserte comme toujours, et il n'y suivit pas Jondrette. Bien lui en prit, car, parvenu près du mur bas où Marius avait entendu parler l'homme chevelu et l'homme barbu, Jondrette se retourna, s'assura que personne ne le suivait et ne le voyait, puis enjamba le mur, et disparut.

Le terrain vague que ce mur bordait communiquait avec l'arrière-cour d'un ancien loueur de voitures mal famé qui avait fait faillite et qui avait encore quelques vieux berlingots sous des hangars.

Marius pensa qu'il était sage de profiter de l'absence de Jondrette pour rentrer ; d'ailleurs l'heure avançait ; tous les soirs mame Burgon, en partant pour aller laver la vaisselle en ville, avait coutume de fermer la porte de la maison qui était toujours close à la brune; Marius avait donné sa clef à l'inspecteur de police; il était donc important qu'il se hâtât.

Le soir était venu; la nuit était à peu près fermée; il n'y avait plus, sur l'horizon et dans l'immensité, qu'un point éclairé par le soleil, c'était la lune.

Elle se levait rouge derrière le dôme bas de la Salpêtrière.

Marius regagna à grands pas le n° 50-52. La porte était encore ouverte quand il arriva. Il monta l'escalier sur la pointe du pied et se glissa le long du mur du corridor jusqu'à sa chambre. Ce corridor, on s'en souvient, était bordé des deux côtés de galetas en ce moment tous à louer et vides. Mame Burgon en laissait habituellement les portes ouvertes. En passant devant une de ces portes, Marius crut apercevoir dans la cellule inhabitée quatre têtes d'hommes immobiles que blanchissait vaguement un reste de jour tombant par une lucarne. Marius ne chercha pas à voir, ne voulant pas être vu. Il parvint à rentrer dans sa chambre sans être aperçu et sans bruit. Il était temps. Un moment après, il entendit mame Burgon qui s'en allait et la porte de la maison qui se fermait.

XVI

OÙ L'ON RETROUVERA LA CHANSON SUR UN AIR ANGLAIS À LA MODE EN 1832

Marius s'assit sur son lit. Il pouvait être cinq heures et demie. Une demi-heure seulement le séparait de ce qui allait arriver. Il entendait battre ses artères comme on entend le battement d'une montre dans l'obscurité. Il songeait à cette double marche qui se faisait en ce moment dans les ténèbres, le crime s'avançant d'un côté, la justice venant de l'autre. Il n'avait pas peur, mais il ne pouvait penser sans un certain tressaillement aux choses qui allaient se passer. Comme à tous ceux que vient assaillir soudainement une aventure surprenante, cette journée entière lui faisait l'effet d'un rêve, et, pour ne point se croire en proie à un cauchemar, il avait besoin de sentir dans ses goussets le froid des deux pistolets d'acier.

Il ne neigeait plus; la lune, de plus en plus claire, se dégageait des brumes, et sa lueur mêlée au reflet blanc de la neige tombée donnait à la chambre un aspect crépusculaire.

Il y avait de la lumière dans le taudis Jondrette. Marius voyait le trou de la cloison briller d'une clarté rouge qui lui paraissait sanglante.

Il était réel que cette clarté ne pouvait guère être produite par une chandelle. Du reste, aucun mouvement chez les Jondrette, personne n'y bougeait, personne n'y parlait, pas un souffle, le silence y était glacial et profond, et sans cette lumière on se fût cru à côté d'un sépulcre.

Marius ôta doucement ses bottes et les poussa sous son lit.

Quelques minutes s'écoulèrent. Marius entendit la porte d'en bas tourner sur ses gonds, un pas lourd et rapide monta l'escalier et parcourut le corridor, le loquet du bouge se souleva avec bruit; c'était Jondrette qui rentrait.

Tout de suite plusieurs voix s'élevèrent. Toute la famille était dans le galetas. Seulement elle se taisait en l'absence du maître comme les louveteaux en l'absence du loup.

— C'est moi, dit-il.

— Bonsoir, pèremuche! glapirent les filles.

— Eh bien? dit la mère.

— Tout va à la papa, répondit Jondrette, mais j'ai un froid de chien aux pieds. Bon, c'est cela, tu t'es habillée. Il faudra que tu puisses inspirer de la confiance.

— Toute prête à sortir.

— Tu n'oublieras rien de ce que je t'ai dit? tu feras bien tout?

— Sois tranquille.

— C'est que... dit Jondrette. Et il n'acheva pas sa phrase.

Marius l'entendit poser quelque chose de lourd sur la table, probablement le ciseau qu'il avait acheté.

— Ah çà, reprit Jondrette, a-t-on mangé ici ?

— Oui, dit la mère, j'ai eu trois grosses pommes de terre et du sel. J'ai profité du feu pour les faire cuire.

— Bon, repartit Jondrette. Demain je vous mènerai dîner avec moi. Il y aura un canard et des accessoires. Vous dînerez comme des Charles-Dix. Tout va bien !

Puis il ajouta en baissant la voix :

— La souricière est ouverte. Les chats sont là.

Il baissa encore la voix et dit :

— Mets ça dans le feu.

Marius entendit un cliquetis de charbon qu'on heurtait avec une pincette ou un outil en fer, et Jondrette continua :

— As-tu suifé les gonds de la porte pour qu'ils ne fassent pas de bruit ?

— Oui, répondit la mère.

— Quelle heure est-il ?

— Six heures bientôt. La demie vient de sonner à Saint-Médard.

— Diable ! fit Jondrette. Il faut que les petites aillent faire le guet. Venez, vous autres, écoutez ici.

Il y eut un chuchotement.

La voix de Jondrette s'éleva encore :

— La Burgon est-elle partie ?

— Oui, dit la mère.

— Es-tu sûre qu'il n'y a personne chez le voisin ?

— Il n'est pas rentré de la journée, et tu sais bien que c'est l'heure de son dîner.

— Tu es sûre ?

— Sûre.

— C'est égal, reprit Jondrette, il n'y a pas de mal à aller voir chez lui s'il y est. Ma fille, prends la chandelle et vas-y.

Marius se laissa tomber sur ses mains et ses genoux et rampa silencieusement sous son lit.

À peine y était-il blotti qu'il aperçut une lumière à travers les fentes de sa porte.

— P'pa, cria une voix, il est sorti.

Il reconnut la voix de la fille aînée.

— Es-tu entrée ? demanda le père.

— Non, répondit la fille, mais puisque sa clef est à sa porte, il est sorti.

Le père cria :

— Entre tout de même.

La porte s'ouvrit, et Marius vit entrer la grande Jondrette, une chandelle à la main. Elle était comme le matin, seulement plus effrayante encore à cette clarté.

Elle marcha droit au lit, Marius eut un inexprimable moment d'anxiété, mais il y avait près du lit un miroir cloué au mur, c'était là qu'elle allait. Elle se haussa sur la pointe des pieds et s'y regarda. On entendait un bruit de ferrailles remuées dans la pièce voisine.

Elle lissa ses cheveux avec la paume de sa main et fit des sourires au miroir tout en chantonnant de sa voix cassée et sépulcrale :

> Nos amours ont duré toute une semaine,
> Mais que du bonheur les instants sont courts !
> S'adorer huit jours, c'était bien la peine !
> Le temps des amours devrait durer toujours !
> Devrait durer toujours ! devrait durer toujours !

Cependant Marius tremblait. Il lui semblait impossible qu'elle n'entendît pas sa respiration.

Elle se dirigea vers la fenêtre et regarda dehors en parlant haut avec cet air à demi fou qu'elle avait.

— Comme Paris est laid quand il a mis une chemise blanche ! dit-elle.

Elle revint au miroir et se fit de nouveau des mines, se contemplant successivement de face et de trois quarts.

— Eh bien ! cria le père, qu'est-ce que tu fais donc ?

— Je regarde sous le lit et sous les meubles, répondit-elle en continuant d'arranger ses cheveux, il n'y a personne.

— Cruche ! hurla le père. Ici tout de suite ! et ne perdons pas le temps.

— J'y vas ! j'y vas ! dit-elle. On n'a le temps de rien dans leur baraque !

Elle fredonna :

> Vous me quittez pour aller à la gloire,
> Mon triste cœur suivra partout vos pas.

Elle jeta un dernier coup d'œil au miroir et sortit en refermant la porte sur elle.

Un moment après, Marius entendit le bruit des pieds
nus des deux jeunes filles dans le corridor et la voix de
Jondrette qui leur criait :

— Faites bien attention ! l'une du côté de la barrière,
l'autre au coin de la rue du Petit-Banquier. Ne perdez
pas de vue une minute la porte de la maison, et pour peu
que vous voyiez quelque chose, tout de suite ici ! quatre à
quatre ! Vous avez une clef pour rentrer.

La fille aînée grommela :

— Faire faction nu-pieds dans la neige !

— Demain vous aurez des bottines de soie couleur
scarabée ! dit le père.

Elles descendirent l'escalier, et, quelques secondes
après, le choc de la porte d'en bas qui se refermait
annonça qu'elles étaient dehors.

Il n'y avait plus dans la maison que Marius et les Jondrette ; et probablement aussi les êtres mystérieux entrevus par Marius dans le crépuscule derrière la porte du
galetas inhabité.

XVII

EMPLOI DE LA PIÈCE DE CINQ FRANCS
DE MARIUS

Marius jugea que le moment était venu de reprendre
sa place à son observatoire. En un clin d'œil, et avec la
souplesse de son âge, il fut près du trou de la cloison.

Il regarda.

L'intérieur du logis Jondrette offrait un aspect singulier, et Marius s'expliqua la clarté étrange qu'il y avait
remarquée. Une chandelle y brûlait dans un chandelier
vert-de-grisé, mais ce n'était pas elle qui éclairait réellement la chambre. Le taudis tout entier était comme illuminé par la réverbération d'un assez grand réchaud de
tôle placé dans la cheminée et rempli de charbon
allumé ; le réchaud que la Jondrette avait préparé le
matin. Le charbon était ardent et le réchaud était rouge,

une flamme bleue y dansait et aidait à distinguer la
forme du ciseau acheté par Jondrette rue Pierre-Lombard, qui rougissait enfoncé dans la braise. On voyait
dans un coin près de la porte, et comme disposés pour
un usage prévu, deux tas qui paraissaient être l'un un tas
de ferrailles, l'autre un tas de cordes. Tout cela, pour
quelqu'un qui n'eût rien su de ce qui s'apprêtait, eût fait
flotter l'esprit entre une idée très sinistre et une idée très
simple. Le rouge ainsi éclairé ressemblait plutôt à une
forge qu'à une bouche de l'enfer mais Jondrette, à cette
lueur, avait plutôt l'air d'un démon que d'un forgeron.

La chaleur du brasier était telle que la chandelle sur la
table fondait du côté du réchaud et se consumait en
biseau. Une vieille lanterne sourde en cuivre, digne de
Diogène devenu Cartouche, était posée sur la cheminée.

Le réchaud, placé dans le foyer même, à côté des
tisons à peu près éteints, envoyait sa vapeur dans le
tuyau de la cheminée et ne répandait pas d'odeur.

La lune, entrant par les quatre carreaux de la fenêtre,
jetait sa blancheur dans le galetas pourpre et flamboyant, et pour le poétique esprit de Marius, songeur
même au moment de l'action, c'était comme une pensée
du ciel mêlée aux rêves difformés de la terre.

Un souffle d'air, pénétrant par le carreau cassé, contribuait à dissiper l'odeur du charbon et à dissimuler le
réchaud.

Le repaire Jondrette était, si l'on se rappelle ce que
nous avons dit de la masure Gorbeau, admirablement
choisi pour servir de théâtre à un fait violent et sombre
et d'enveloppe à un crime. C'était la chambre la plus
reculée de la maison la plus isolée du boulevard le plus
désert de Paris. Si le guet-apens n'existait pas, on l'y eût
inventé.

Toute l'épaisseur d'une maison et une foule de chambres inhabitées séparaient ce bouge du boulevard, et la
seule fenêtre qu'il eût donnait sur de vastes terrains
vagues enclos de murailles et de palissades.

Jondrette avait allumé sa pipe, s'était assis sur la
chaise dépaillée, et fumait. Sa femme lui parlait bas.

Si Marius eût été Courfeyrac, c'est-à-dire de ces
hommes qui rient dans toutes les occasions de la vie, il

eût éclaté de rire quand son regard tomba sur la Jondrette. Elle avait un chapeau noir avec des plumes assez
semblable aux chapeaux des hérauts d'armes du sacre de
Charles X, un immense châle tartan sur son jupon de tricot, et les souliers d'homme que sa fille avait dédaignés
le matin. C'était cette toilette qui avait arraché à Jondrette l'exclamation : *Bon! tu t'es habillée! tu as bien fait.
Il faut que tu puisses inspirer de la confiance!*

Quant à Jondrette, il n'avait pas quitté le surtout neuf
et trop large pour lui que M. Leblanc lui avait donné, et
son costume continuait d'offrir ce contrasse de la redingote et du pantalon qui constituait aux yeux de Courfeyrac l'idée du poète.

Tout à coup Jondrette haussa la voix :

— À propos! j'y songe. Par le temps qu'il fait, il va
venir en fiacre. Allume la lanterne, prends-la, et descends. Tu te tiendras derrière la porte en bas. Au
moment où tu entendras la voiture s'arrêter, tu ouvriras
tout de suite, il montera, tu l'éclaireras dans l'escalier et
dans le corridor, et pendant qu'il entrera ici, tu redescen-
dras bien vite, tu payeras le cocher, et tu renverras le
fiacre.

— Et de l'argent? demanda la femme.

Jondrette fouilla dans son pantalon, et lui remit cinq
francs.

— Qu'est-ce que c'est que ça? s'écria-t-elle.

Jondrette répondit avec dignité :

— C'est le monarque que le voisin a donné ce matin.

Et il ajouta :

— Sais-tu? il faudrait ici deux chaises.

— Pourquoi?

— Pour s'asseoir.

Marius sentit un frisson lui courir dans les reins en
entendant la Jondrette faire cette réponse paisible :

— Pardieu! je vais t'aller chercher celles du voisin.

Et d'un mouvement rapide elle ouvrit la porte du
bouge et sortit dans le corridor.

Marius n'avait pas matériellement le temps de descendre de la commode, d'aller jusqu'à son lit et de s'y
cacher.

— Prends la chandelle, cria Jondrette.

— Non, dit-elle, cela m'embarrasserait, j'ai les deux chaises à porter. Il fait clair de lune.

Marius entendit la lourde main de la mère Jondrette chercher en tâtonnant sa clef dans l'obscurité. La porte s'ouvrit. Il resta cloué à sa place par le saisissement et la stupeur.

La Jondrette entra.

La lucarne mansardée laissait passer un rayon de lune entre les deux grands pans d'ombre. Un de ces pans d'ombre couvrait entièrement le mur auquel était adossé Marius, de sorte qu'il y disparaissait.

La mère Jondrette leva les yeux, ne vit pas Marius, prit les deux chaises, les seules que Marius possédât, et s'en alla, en laissant la porte retomber bruyamment derrière elle.

Elle rentra dans le bouge :

— Voici les deux chaises.

— Et voilà la lanterne, dit le mari. Descends bien vite.

Elle obéit en hâte, et Jondrette resta seul.

Il disposa les deux chaises des deux côtés de la table, retourna le ciseau dans le brasier, mit devant la cheminée un vieux paravent, qui masquait le réchaud, puis alla au coin où était le tas de cordes et se baissa comme pour y examiner quelque chose. Marius reconnut alors que ce qu'il avait pris pour un tas informe était une échelle de corde très bien faite avec des échelons de bois et deux crampons pour l'accrocher.

Cette échelle et quelques gros outils, véritables massues de fer, qui étaient mêlés au monceau de ferrailles entassé derrière la porte, n'étaient point le matin dans le bouge Jondrette et y avaient été évidemment apportés dans l'après-midi, pendant l'absence de Marius.

— Ce sont des outils de taillandier, pensa Marius.

Si Marius eût été un peu plus lettré en ce genre, il eût reconnu, dans ce qu'il prenait pour des engins de taillandier, de certains instruments pouvant forcer une serrure ou crocheter une porte, et d'autres pouvant couper ou trancher, les deux familles d'outils sinistres que les voleurs appellent *les cadets* et *les fauchants*.

La cheminée et la table avec les deux chaises étaient précisément en face de Marius. Le réchaud étant caché, la chambre n'était plus éclairée que par la chandelle; le moindre tesson sur la table ou sur la cheminée faisait une grande ombre. Un pot à l'eau égueulé masquait la moitié d'un mur. Il y avait dans cette chambre je ne sais quel calme hideux et menaçant. On y sentait l'attente de quelque chose d'épouvantable.

Jondrette avait laissé sa pipe s'éteindre, grave signe de préoccupation, et était venu se rasseoir. La chandelle faisait saillir les angles farouches et fins de son visage. Il avait des froncements de sourcils et de brusques épanouissements de la main droite comme s'il répondait aux derniers conseils d'un sombre monologue intérieur. Dans une de ces obscures répliques qu'il se faisait à lui-même, il amena vivement à lui le tiroir de la table, y prit un long couteau de cuisine qui y était caché et en essaya le tranchant sur son ongle. Cela fait, il remit le couteau dans le tiroir, qu'il repoussa.

Marius de son côté saisit le pistolet qui était dans son gousset droit, l'en retira et l'arma.

Le pistolet en s'armant fit un petit bruit clair et sec.

Jondrette tressaillit et se souleva à demi sur sa chaise :

— Qui est là? cria-t-il.

Marius suspendit son haleine, Jondrette écouta un instant, puis se mit à rire en disant :

— Suis-je bête! C'est la cloison qui craque.

Marius garda le pistolet à sa main.

XVIII

LES DEUX CHAISES DE MARIUS
SE FONT VIS-À-VIS

Tout à coup la vibration lointaine et mélancolique d'une cloche ébranla les vitres. Six heures sonnaient à Saint-Médard.

Jondrette marqua chaque coup d'un hochement de tête. Le sixième sonné, il moucha la chandelle avec ses doigts.

Puis il se mit à marcher dans la chambre, écouta dans le corridor, marcha, écouta encore : — Pourvu qu'il vienne ! grommela-t-il ; puis il revint à sa chaise.

Il se rasseyait à peine que la porte s'ouvrit.

La mère Jondrette l'avait ouverte et restait dans le corridor faisant une horrible grimace aimable qu'un des trous de la lanterne sourde éclairait d'en bas.

— Entrez, monsieur, dit-elle.

— Entrez, mon bienfaiteur, répéta Jondrette se levant précipitamment.

M. Leblanc parut.

Il avait un air de sérénité qui le faisait singulièrement vénérable.

Il posa sur la table quatre louis.

— Monsieur Fabantou, dit-il, voici pour votre loyer et vos premiers besoins. Nous verrons ensuite.

— Dieu vous le rende, mon généreux bienfaiteur ! dit Jondrette ; et, s'approchant rapidement de sa femme :

— Renvoie le fiacre !

Elle s'esquiva pendant que son mari prodiguait les saluts et offrait une chaise à M. Leblanc. Un instant après elle revint et lui dit bas à l'oreille :

— C'est fait.

La neige qui n'avait cessé de tomber depuis le matin était tellement épaisse qu'on n'avait point entendu le fiacre arriver, et qu'on ne l'entendit pas s'en aller.

Cependant M. Leblanc s'était assis.

Jondrette avait pris possession de l'autre chaise en face de M. Leblanc.

Maintenant, pour se faire une idée de la scène qui va suivre, que le lecteur se figure dans son esprit la nuit glacée, les solitudes de la Salpêtrière couvertes de neige, et blanches au clair de lune comme d'immenses linceuls, la clarté de veilleuse des réverbères rougissant çà et là ces boulevards tragiques et les longues rangées des ormes noirs, pas un passant peut-être à un quart de lieue à la ronde, la masure Gorbeau à son plus haut point de silence, d'horreur et de nuit, dans cette masure, au milieu de ces solitudes, au milieu de cette ombre, le vaste galetas Jondrette éclairé d'une chandelle, et dans ce bouge deux hommes assis à une table, M. Leblanc tranquille, Jondrette souriant et effroyable, la Jondrette, la mère louve, dans un coin, et, derrière la cloison, Marius, invisible, debout, ne perdant pas une parole, ne perdant pas un mouvement, l'œil au guet, le pistolet au poing.

Marius du reste n'éprouvait qu'une émotion d'horreur, mais aucune crainte. Il étreignait la crosse du pistolet et se sentait rassuré. — J'arrêterai ce misérable quand je voudrai, pensait-il.

Il sentait la police quelque part là en embuscade, attendant le signal convenu et toute prête à étendre le bras.

Il espérait du reste que de cette violente rencontre de Jondrette et de M. Leblanc quelque lumière jaillirait sur tout ce qu'il avait intérêt à connaître.

XIX

SE PRÉOCCUPER DES FONDS OBSCURS

À peine assis, M. Leblanc tourna les yeux vers les grabats qui étaient vides.

— Comment va la pauvre petite blessée ? demanda-t-il.

— Mal, répondit Jondrette avec un sourire navré et reconnaissant, très mal, mon digne monsieur. Sa sœur aînée l'a menée à la Bourbe se faire panser. Vous allez les voir, elles vont rentrer tout à l'heure.

— Madame Fabantou me paraît mieux portante ? reprit M. Leblanc en jetant les yeux sur le bizarre accoutrement de la Jondrette, qui, debout entre lui et la porte, comme si elle gardait déjà l'issue, le considérait dans une posture de menace et presque de combat.

— Elle est mourante, dit Jondrette. Mais que voulez-vous, monsieur ? elle a tant de courage, cette femme-là ! Ce n'est pas une femme, c'est un bœuf.

La Jondrette, touchée du compliment, se récria avec une minauderie de monstre flatté :

— Tu es toujours trop bon pour moi, monsieur Jon-drette !

— Jondrette, dit M. Leblanc, je croyais que vous vous appeliez Fabantou ?

— Fabantou dit Jondrette ! reprit vivement le mari. Sobriquet d'artiste !

Et, jetant à sa femme un haussement d'épaules que M. Leblanc ne vit pas, il poursuivit avec une inflexion de voix emphatique et caressante :

— Ah ! c'est que nous avons toujours fait bon ménage, cette pauvre chérie et moi ! Qu'est-ce qu'il nous resterait, si nous n'avions pas cela ! Nous sommes si malheureux, mon respectable monsieur ! On a des bras, pas de tra-vail ! On a du cœur, pas d'ouvrage ! Je ne sais pas com-ment le gouvernement arrange cela, mais, ma parole d'honneur, monsieur, je ne suis pas jacobin, monsieur, je ne suis pas bousingot, je ne lui veux pas de mal, mais si j'étais les ministres, ma parole la plus sacrée, cela irait autrement. Tenez, exemple, j'ai voulu faire apprendre le métier du cartonnage à mes filles. Vous me direz : Quoi ! un métier ? Oui ! un métier ! un simple métier ! un gagne-pain ! Quelle chute, mon bienfaiteur ! Quelle dégradation quand on a été ce que nous étions ! Hélas ! il ne nous reste rien de notre temps de prospérité ! Rien qu'une seule chose, un tableau auquel je tiens, mais dont je me déferais pourtant, car il faut vivre ! item, il faut vivre !

Pendant que Jondrette parlait, avec une sorte de désordre apparent qui n'ôtait rien à l'expression réflé-chie et sagace de sa physionomie, Marius leva les yeux et aperçut au fond de la chambre quelqu'un qu'il n'avait pas encore vu. Un homme venait d'entrer, si doucement qu'on n'avait pas entendu tourner les gonds de la porte. Cet homme avait un gilet de tricot violet, vieux, usé, taché, coupé et faisant des bouches ouvertes à tous ses plis, un large pantalon de velours de coton, des chaus-sons à sabots aux pieds, pas de chemise, le cou nu, les bras nus et tatoués, et le visage barbouillé de noir. Il s'était assis en silence et les bras croisés sur le lit le plus voisin, et, comme il se tenait derrière la Jondrette, on ne le distinguait que confusément.

Cette espèce d'instinct magnétique qui avertit le

regard fit que M. Leblanc se tourna presque en même temps que Marius. Il ne put se défendre d'un mouvement de surprise qui n'échappa point à Jondrette.

— Ah! je vois! s'écria Jondrette en se boutonnant d'un air de complaisance, vous regardez votre redingote? Elle me va! ma foi, elle me va!

— Qu'est-ce que c'est que cet homme? dit M. Leblanc.

— Ça? fit Jondrette, c'est un voisin. Ne faites pas attention.

Le voisin était d'un aspect singulier. Cependant les fabriques de produits chimiques abondent dans le faubourg Saint-Marceau. Beaucoup d'ouvriers d'usines peuvent avoir le visage noirci. Toute la personne de M. Leblanc respirait d'ailleurs une confiance candide et intrépide. Il reprit :

— Pardon, que me disiez-vous donc, monsieur Fabantou?

— Je vous disais, monsieur et cher protecteur, repartit Jondrette, en s'accoudant sur la table et en contemplant M. Leblanc avec des yeux fixes et tendres assez semblables aux yeux d'un serpent boa, je vous disais que j'avais un tableau à vendre.

Un léger bruit se fit à la porte. Un second homme venait d'entrer et de s'asseoir sur le lit, derrière la Jondrette. Il avait, comme le premier, les bras nus et un masque d'encre ou de suie.

Quoique cet homme se fût, à la lettre, glissé dans la chambre, il ne put faire que M. Leblanc ne l'aperçût.

— Ne prenez pas garde, dit Jondrette. Ce sont des gens de la maison. Je disais donc qu'il me restait un tableau, un tableau précieux... — Tenez, monsieur, voyez.

Il se leva, alla à la muraille au bas de laquelle était posé le panneau dont nous avons parlé, et le retourna, tout en le laissant appuyé au mur. C'était quelque chose en effet qui ressemblait à un tableau et que la chandelle éclairait à peu près. Marius n'en pouvait rien distinguer, Jondrette étant placé entre le tableau et lui; seulement il entrevoyait un barbouillage grossier, et une espèce de personnage principal enluminé avec la crudité criarde des toiles foraines et des peintures de paravent.

— Qu'est-ce que c'est que cela ? demanda M. Leblanc. Jondrette s'exclama :

— Une peinture de maître, un tableau d'un grand prix, mon bienfaiteur ! J'y tiens comme je tiens à mes deux filles, il me rappelle des souvenirs ! mais, je vous l'ai dit et je ne m'en dédis pas, je suis si malheureux que je m'en déferais...

Soit hasard, soit qu'il eût quelque commencement d'inquiétude, tout en examinant le tableau, le regard de M. Leblanc revint vers le fond de la chambre. Il y avait maintenant quatre hommes, trois assis sur le lit, un debout près du chambranle de la porte, tous quatre bras nus, immobiles, le visage barbouillé de noir. Un des trois qui étaient sur le lit s'appuyait au mur, les yeux fermés, et l'on eût dit qu'il dormait. Celui-là était vieux ; ses cheveux blancs sur son visage noir étaient horribles. Les deux autres semblaient jeunes. L'un était barbu, l'autre chevelu. Aucun n'avait de souliers ; ceux qui n'avaient pas de chaussons étaient pieds nus.

Jondrette remarqua que l'œil de M. Leblanc s'attachait à ces hommes.

— C'est des amis. Ça voisine, dit-il. C'est barbouillé parce que ça travaille dans le charbon. Ce sont des fumistes. Ne vous en occupez pas, mon bienfaiteur, mais achetez-moi mon tableau. Ayez pitié de ma misère. Je ne vous le vendrai pas cher. Combien l'estimez-vous ?

— Mais, dit M. Leblanc en regardant Jondrette entre deux yeux et comme un homme qui se met sur ses gardes, c'est quelque enseigne de cabaret. Cela vaut bien trois francs.

Jondrette répondit avec douceur.

— Avez-vous votre portefeuille là ? je me contenterais de mille écus.

M. Leblanc se leva debout, s'adossa à la muraille et promena rapidement son regard dans la chambre. Il avait Jondrette à sa gauche du côté de la fenêtre et la Jondrette et les quatre hommes à sa droite du côté de la porte. Les quatre hommes ne bougeaient pas et n'avaient pas même l'air de le voir ; Jondrette s'était remis à parler d'un accent plaintif, avec la prunelle si vague et l'intonation si lamentable que M. Leblanc pouvait croire que c'était tout simplement un homme devenu fou de misère qu'il avait devant les yeux.

— Si vous ne m'achetez pas mon tableau, cher bienfaiteur, disait Jondrette, je suis sans ressource, je n'ai plus qu'à me jeter à même la rivière. Quand je pense que j'ai voulu faire apprendre à mes deux filles le cartonnage demi-fin, le cartonnage des boîtes d'étrennes. Eh bien ! il faut une table avec une planche au fond pour que les verres ne tombent pas par terre, il faut un fourneau fait exprès, un pot à trois compartiments pour les différents degrés de force que doit avoir la colle selon qu'on l'emploie pour le bois, le papier ou les étoffes, un tranchet pour couper le carton, un moule pour l'ajuster, un marteau pour clouer les aciers, des pinceaux, le diable, est-ce que je sais, moi ? et tout cela pour gagner quatre sous par jour ! et on travaille quatorze heures ! et chaque boîte passe treize fois dans les mains de l'ouvrière ! et mouiller le papier ! et ne rien tacher ! et tenir la colle chaude ! le diable, je vous dis ! quatre sous par jour ! comment voulez-vous qu'on vive ?

Tout en parlant, Jondrette ne regardait pas M. Leblanc qui l'observait. L'œil de M. Leblanc était fixé sur Jondrette et l'œil de Jondrette sur la porte. L'attention haletante de Marius allait de l'un à l'autre. M. Leblanc paraissait se demander : Est-ce un idiot ? Jondrette répéta deux ou trois fois avec toutes sortes d'inflexions variées dans le genre traînant et suppliant : Je n'ai plus qu'à me jeter à la rivière ! j'ai descendu l'autre jour trois marches pour cela du côté du pont d'Austerlitz !

Tout à coup sa prunelle éteinte s'illumina d'un flamboiement hideux, ce petit homme se dressa et devint effrayant, il fit un pas vers M. Leblanc et lui cria d'une voix tonnante :

— Il ne s'agit pas de tout cela ! me reconnaissez-vous ?

XX

LE GUET-APENS

La porte du galetas venait de s'ouvrir brusquement, et laissait voir trois hommes en blouse de toile bleue, masqués de masques de papier noir. Le premier était maigre et avait une longue trique ferrée, le second, qui était une espèce de colosse, portait, par le milieu du manche et la cognée en bas, un merlin à assommer les bœufs. Le troisième, homme aux épaules trapues, moins maigre que le premier, moins massif que le second, tenait à plein poing une énorme clef volée à quelque porte de prison.

Il paraît que c'était l'arrivée de ces hommes que Jondrette attendait. Un dialogue rapide s'engagea entre lui et l'homme à la trique, le maigre.

— Tout est-il prêt? dit Jondrette.

— Oui, répondit l'homme maigre.

— Où donc est Montparnasse?

— Le jeune premier s'est arrêté pour causer avec ta fille.

— Laquelle?

— L'aînée.

— Il y a un fiacre en bas?

— Oui.

— La maringotte est attelée?

— Attelée.

— De deux bons chevaux?

— Excellents.

— Elle attend où j'ai dit qu'elle attendît?

— Oui.

— Bien, dit Jondrette.

M. Leblanc était très pâle. Il considérait tout dans le bouge autour de lui comme un homme qui comprend où il est tombé, et sa tête, tour à tour dirigée vers toutes les têtes qui l'entouraient, se mouvait sur son cou avec une lenteur attentive et étonnée, mais il n'y avait dans son air rien qui ressemblât à la peur. Il s'était fait de la table un retranchement improvisé; et cet homme qui, le moment d'auparavant, n'avait l'air que d'un bon vieux homme, était devenu subitement une sorte d'athlète, et posait son poing robuste sur le dossier de sa chaise avec un geste redoutable et surprenant.

Ce vieillard, si ferme et si brave devant un tel danger, semblait être de ces natures qui sont courageuses comme elles sont bonnes, aisément et simplement. Le père d'une femme qu'on aime n'est jamais un étranger pour nous. Marius se sentit fier de cet inconnu.

Trois des hommes aux bras nus dont Jondrette avait dit : *ce sont des fumistes*, avaient pris dans le tas de ferrailles, l'un une grande cisaille, l'autre une pince à faire des pesées, le troisième un marteau, et s'étaient mis en travers de la porte sans prononcer une parole. Le vieux était resté sur le lit, et avait seulement ouvert les yeux. La Jondrette s'était assise à côté de lui.

Marius pensa qu'avant quelques secondes le moment d'intervenir serait arrivé, et il éleva sa main droite vers le plafond, dans la direction du corridor, prêt à lâcher son coup de pistolet.

Jondrette, son colloque avec l'homme à la trique terminé, se tourna de nouveau vers M. Leblanc et répéta sa question en l'accompagnant de ce rire bas, contenu et terrible qu'il avait :

— Vous ne me reconnaissez donc pas ?

M. Leblanc le regarda en face et répondit :

— Non.

Alors Jondrette vint jusqu'à la table. Il se pencha par-dessus la chandelle, croisant les bras, approchant sa mâchoire anguleuse et féroce du visage calme de M. Leblanc, et avançant le plus qu'il pouvait sans que M. Leblanc reculât, et, dans cette posture de bête fauve qui va mordre, il cria :

— Je ne m'appelle pas Fabantou, je ne m'appelle pas Jondrette, je me nomme Thénardier ! je suis l'aubergiste de Montfermeil ! entendez-vous bien ? Thénardier ! Maintenant me reconnaissez-vous ?

Une imperceptible rougeur passa sur le front de M. Leblanc, et il répondit sans que sa voix tremblât, ni s'élevât, avec sa placidité ordinaire :

— Pas davantage.

Marius n'entendit pas cette réponse. Qui l'eût vu en ce moment dans cette obscurité l'eût vu hagard, stupide et foudroyé. Au moment où Jondrette avait dit : *Je me nomme Thénardier*, Marius avait tremblé de tous ses membres et s'était appuyé au mur comme s'il eût senti le froid d'une lame d'épée à travers son cœur. Puis son bras droit, prêt à lâcher le coup de signal s'était abaissé lentement, et au moment où Jondrette avait répété : *Entendez-vous bien, Thénardier ?* les doigts défaillants de

Marius avaient manqué laisser tomber le pistolet. Jondrette, en dévoilant qui il était, n'avait pas ému
M. Leblanc, mais il avait bouleversé Marius. Ce nom de
Thénardier, que M. Leblanc ne semblait pas connaître,
Marius le connaissait. Qu'on se rappelle ce que ce nom
était pour lui! Ce nom, il l'avait porté sur son cœur, écrit
dans le testament de son père! il le portait au fond de sa
pensée, au fond de sa mémoire, dans cette recommanda-
tion sacrée : « Un nommé Thénardier m'a sauvé la vie. Si
« mon fils le rencontre, il lui fera tout le bien qu'il
« pourra. » Ce nom, on s'en souvient, était une des piétés
de son âme; il le mêlait au nom de son père dans son
culte. Quoi! c'était là ce Thénardier, c'était là cet aubergiste de Montfermeil qu'il avait vainement et si longtemps cherché! Il le trouvait enfin, et comment! ce sauveur de son père était un bandit! cet homme, auquel lui
Marius brûlait de se dévouer, était un monstre! ce libé-
rateur du colonel Pontmercy était en train de commettre
un attentat dont Marius ne voyait pas encore bien distinctement la forme, mais qui ressemblait à un assassinat! et sur qui, grand Dieu! Quelle fatalité! quelle amère
moquerie du sort! Son père lui ordonnait du fond de son
cercueil de faire tout le bien possible à Thénardier,
depuis quatre ans Marius n'avait pas d'autre idée que
d'acquitter cette dette de son père, et, au moment où il
allait faire saisir par la justice un brigand au milieu d'un
crime, la destinée lui criait : c'est Thénardier! La vie de
son père, sauvée dans une grêle de mitraille sur le champ
héroïque de Waterloo, il allait enfin la payer à cet
homme, et la payer de l'échafaud! Il s'était promis, si
jamais il retrouvait ce Thénardier, de ne l'aborder qu'en
se jetant à ses pieds, et il le retrouvait en effet, mais pour
le livrer au bourreau! Son père lui disait : Secours Thénardier! et il répondait à cette voix adorée et sainte en
écrasant Thénardier! Donner pour spectacle à son père
dans son tombeau l'homme qui l'avait arraché à la mort
au péril de sa vie, exécuté place Saint-Jacques par le fait
de son fils, de ce Marius à qui il avait légué cet homme!
et quelle dérision que d'avoir si longtemps porté sur sa
poitrine les dernières volontés de son père écrites de sa
main pour faire affreusement tout le contraire! Mais,

d'un autre côté, assister à ce guet-apens et ne pas l'empêcher! quoi! condamner la victime et épargner l'assassin!
est-ce qu'on pouvait être tenu à quelque reconnaissance
envers un pareil misérable? Toutes les idées que Marius
avait depuis quatre ans étaient comme traversées de part
en part par ce coup inattendu. Il frémissait. Tout dépen-
dait de lui. Il tenait dans sa main à leur insu ces êtres qui
s'agitaient là sous ses yeux. S'il tirait le coup de pistolet,
M. Leblanc était sauvé et Thénardier était perdu; s'il ne
le tirait pas, M. Leblanc était sacrifié et, qui sait? Thénardier échappait. Précipiter l'un, ou laisser tomber
l'autre! remords des deux côtés. Que faire? que choisir?
manquer aux souvenirs les plus impérieux, à tant d'enga-
gements profonds pris avec lui-même, au devoir le plus
saint, au texte le plus vénéré! manquer au testament de
son père, ou laisser s'accomplir un crime! Il lui semblait
d'un côté entendre « son Ursule » le supplier pour son
père, et de l'autre le colonel lui recommander Thénardier. Il se sentait fou. Ses genoux se dérobaient sous lui.
Et il n'avait pas même le temps de délibérer, tant la
scène qu'il avait sous les yeux se précipitait avec furie.
C'était comme un tourbillon dont il s'était cru maître et
qui l'emportait. Il fut au moment de s'évanouir.

Cependant Thénardier, nous ne le nommerons plus
autrement désormais, se promenait de long en large
devant la table dans une sorte d'égarement et de
triomphe frénétique.

Il prit à plein poing la chandelle et la posa sur la cheminée avec un frappement si violent que la mèche faillit
s'éteindre et que le suif éclaboussa le mur.

Puis il se tourna vers M. Leblanc, effroyable, et cracha
ceci :

— Flambé! fumé! fricassé! à la crapaudine!

Et il se remit à marcher, en plein explosion.

— Ah! criait-il, je vous retrouve enfin, monsieur le
philanthrope! monsieur le millionnaire râpé! monsieur
le donneur de poupées! vieux Jocrisse! Ah! vous ne me
reconnaissez pas! Non, ce n'est pas vous qui êtes venu à
Montfermeil, à mon auberge, il y a huit ans, la nuit de
Noël 1823! ce n'est pas vous qui avez emmené de chez
moi l'enfant de la Fantine, l'Alouette! ce n'est pas vous

qui aviez un carrick jaune! non! et un paquet plein de
nippes à la main comme ce matin chez moi! Dis donc,
ma femme! c'est sa manie, à ce qu'il paraît, de porter
dans les maisons des paquets pleins de bas de laine!
vieux charitable, va! Est-ce que vous êtes bonnetier,
monsieur le millionnaire? vous donnez aux pauvres
votre fonds de boutique, saint homme! quel funambule!
Ah! vous ne me reconnaissez pas? Eh bien, je vous
reconnais, moi! je vous ai reconnu tout de suite dès que
vous avez fourré votre mufle ici. Ah! on va voir enfin que
ce n'est pas tout roses d'aller comme cela dans les maisons des gens, sous prétexte que ce sont des auberges,
avec des habits minables, avec l'air d'un pauvre, qu'on
lui aurait donné un sou, tromper les personnes, faire le
généreux, leur prendre leur gagne-pain, et menacer dans
les bois, et qu'on n'en est pas quitte pour rapporter
après, quand les gens sont ruinés, une redingote trop
large et deux méchantes couvertures d'hôpital, vieux
gueux, voleur d'enfants!

Il s'arrêta, et parut un moment se parler à lui-même.
On eût dit que sa fureur tombait comme le Rhône dans
quelque trou; puis, comme s'il achevait tout haut des
choses qu'il venait de se dire tout bas, il frappa un coup
de poing sur la table et cria :

— Avec son air bonasse!

Et apostrophant M. Leblanc :

— Parbleu! vous vous êtes moqué de moi autrefois.
Vous êtes cause de tous mes malheurs! Vous avez eu
pour quinze cents francs une fille que j'avais, et qui était
certainement à des riches, et qui m'avait déjà rapporté
beaucoup d'argent, et dont je devais tirer de quoi vivre
toute ma vie! une fille qui m'aurait dédommagé de tout
ce que j'ai perdu dans cette abominable gargote où l'on
faisait des sabbats sterlings et où j'ai mangé comme un
imbécile tout mon saint-frusquin! Oh! je voudrais que
tout le vin qu'on a bu chez moi fût du poison à ceux qui
l'ont bu! Enfin n'importe! Dites donc! vous avez dû me
trouver farce quand vous vous êtes en allé avec
l'Alouette! Vous aviez votre gourdin dans la forêt! Vous
étiez le plus fort. Revanche. C'est moi qui ai l'atout
aujourd'hui! Vous êtes fichu, mon bonhomme! Oh mais,

je ris. Vrai, je ris! Est-il tombé dans le panneau! Je lui ai
dit que j'étais acteur, que je m'appelais Fabantou, que
j'avais joué la comédie avec mamselle Mars, avec mamselle Muche, que mon propriétaire voulait être payé
demain 4 février, et il n'a même pas vu que c'est le 8 janvier et non le 4 février qui est un terme! Absurde crétin!
Et ces quatre méchants philippes qu'il m'apporte!
Canaille! Il n'a même pas eu le cœur d'aller jusqu'à cent
francs! Et comme il donnait dans mes platitudes! Ça
m'amusait. Je me disais: Ganache! Va, je te tiens. Je te
lèche les pattes ce matin! Je te rongerai le cœur ce soir!

Thénardier cessa. Il était essoufflé. Sa petite poitrine
étroite haletait comme un soufflet de forge. Son œil était
plein de cet ignoble bonheur d'une créature faible,
cruelle et lâche, qui peut enfin terrasser ce qu'elle a
redouté et insulter ce qu'elle a flatté, joie d'un nain qui
mettrait le talon sur la tête de Goliath, joie d'un chacal
qui commence à déchirer un taureau malade, assez mort
pour ne plus se défendre, assez vivant pour souffrir
encore.

M. Leblanc ne l'interrompit pas, mais lui dit lorsqu'il
s'interrompit:

— Je ne sais ce que vous voulez dire. Vous vous
méprenez. Je suis un homme très pauvre et rien moins
qu'un millionnaire. Je ne vous connais pas. Vous me prenez pour un autre.

— Ah! râla Thénardier, la bonne balançoire! Vous
tenez à cette plaisanterie! Vous pataugez, mon vieux!
Ah! vous ne vous souvenez pas? Vous ne voyez pas qui je
suis!

— Pardon, monsieur, répondit M. Leblanc avec un
accent de politesse qui avait en un pareil moment quelque chose d'étrange et de puissant, je vois que vous êtes
un bandit.

Qui ne l'a remarqué, les êtres odieux ont leur suscepti-
bilité, les monstres sont chatouilleux. À ce mot de bandit, la femme Thénardier se jeta à bas du lit, Thénardier
saisit sa chaise comme s'il allait la briser dans ses mains.
— Ne bouge pas, toi! cria-t-il à sa femme; et, se tournant
vers M. Leblanc:

— Bandit! oui, je sais que vous nous appelez comme

cela, messieurs les gens riches! Tiens! c'est vrai, j'ai fait
faillite, je me cache, je n'ai pas de pain, je n'ai pas le sou,
je suis un bandit! Voilà trois jours que je n'ai mangé, je
suis un bandit! Ah! vous vous chauffez les pieds, vous
autres, vous avez des escarpins de Sakoski, vous avez des
redingotes ouatées, comme des archevêques, vous logez
au premier dans des maisons à portier, vous mangez des
truffes, vous mangez des bottes d'asperges à quarante
francs au mois de janvier, des petits pois, vous vous
gavez, et, quand vous voulez savoir s'il fait froid, vous
regardez dans le journal ce que marque le thermomètre
de l'ingénieur Chevalier. Nous! c'est nous qui sommes
les thermomètres! nous n'avons pas besoin d'aller voir
sur le quai au coin de la tour de l'Horloge combien il y a
de degrés de froid, nous sentons le sang se figer dans nos
veines et la glace nous arriver au cœur, et nous disons : Il
n'y a pas de Dieu! Et vous venez dans nos cavernes, oui,
dans nos cavernes, nous appeler bandits! Mais nous
vous mangerons! mais, pauvres petits, nous vous dévo-
rerons! Monsieur le millionnaire! sachez ceci : J'ai été
un homme établi, j'ai été patenté, j'ai été électeur, je suis
un bourgeois, moi! et vous n'en êtes peut-être pas un,
vous!

Ici Thénardier fit un pas vers les hommes qui étaient
près de la porte, et ajouta avec un frémissement :

— Quand je pense qu'il ose venir me parler comme à
un savetier!

Puis s'adressant à M. Leblanc avec une recrudescence
de frénésie :

— Et sachez encore ceci, monsieur le philanthrope! je
ne suis pas un homme louche, moi! je ne suis pas un
homme dont on ne sait point le nom et qui vient enlever
des enfants dans les maisons! Je suis un ancien soldat
français, je devrais être décoré! J'étais à Waterloo, moi!
et j'ai sauvé dans la bataille un général appelé le comte
de je ne sais quoi! Il m'a dit son nom; mais sa chienne de
voix était si faible que je ne l'ai pas entendu. Je n'ai
entendu que *merci*. J'aurais mieux aimé son nom que
son remerciement. Cela m'aurait aidé à le retrouver. Ce
tableau que vous voyez, et qui a été peint par David à
Bruqueselles, savez-vous qui il représente? il représente

moi. David a voulu immortaliser ce fait d'armes. J'ai ce général sur mon dos, et je l'emporte à travers la mitraille. Voilà l'histoire. Il n'a même jamais rien fait pour moi, ce général-là; il ne valait pas mieux que les autres! Je ne lui en ai pas moins sauvé la vie au danger de la mienne, et j'en ai les certificats plein mes poches! Je suis un soldat de Waterloo, mille noms de noms! Et maintenant que j'ai eu la bonté de vous dire tout ça, finissons, il me faut de l'argent, il me faut beaucoup d'argent, il me faut énormément d'argent, ou je vous extermine, tonnerre du bon Dieu!

Marius avait repris quelque empire sur ses angoisses, et écoutait. La dernière possibilité de doute venait de s'évanouir. C'était bien le Thénardier du testament. Marius frissonna à ce reproche d'ingratitude adressé à son père et qu'il était sur le point de justifier si fatalement. Ses perplexités en redoublèrent. Du reste il y avait dans toutes ces paroles de Thénardier, dans l'accent, dans le geste, dans le regard qui faisait jaillir des flammes de chaque mot, il y avait dans cette explosion d'une mauvaise nature montrant tout, dans ce mélange de fanfaronnade et d'abjection, d'orgueil et de petitesse, de rage et de sottise, dans ce chaos de griefs réels et de sentiments faux, dans cette impudeur d'un méchant homme savourant la volupté de la violence, dans cette nudité effrontée d'une âme laide, dans cette conflagration de toutes les souffrances combinées avec toutes les haines, quelque chose qui était hideux comme le mal et poignant comme le vrai.

Le tableau de maître, la peinture de David dont il avait proposé l'achat à M. Leblanc, n'était, le lecteur l'a deviné, autre chose que l'enseigne de sa gargote, peinte, on s'en souvient, par lui-même, seul débris qu'il eût conservé de son naufrage de Montfermeil.

Comme il avait cessé d'intercepter le rayon visuel de Marius, Marius maintenant pouvait considérer cette chose, et dans ce badigeonnage il reconnaissait réellement une bataille, un fond de fumée, et un homme qui en portait un autre. C'était le groupe de Thénardier et de Pontmercy, le sergent sauveur, le colonel sauvé. Marius était comme ivre, ce tableau faisait en quelque sorte son père vivant, ce n'était plus l'enseigne du cabaret de Montfermeil, c'était une résurrection, une tombe s'y entr'ouvrait, un fantôme s'y dressait, Marius entendait son cœur tinter à ses tempes, il avait le canon de Waterloo dans les oreilles, son père sanglant vaguement peint sur ce panneau sinistre l'effarait, et il lui semblait que cette silhouette informe le regardait fixement.

Quand Thénardier eut repris haleine, il attacha sur M. Leblanc ses prunelles sanglantes, et lui dit d'une voix basse et brève :

— Qu'as-tu à dire avant qu'on te mette en brindesingues ?

M. Leblanc se taisait. Au milieu de ce silence une voix éraillée lança du corridor ce sarcasme lugubre :

— S'il faut fendre du bois, je suis là, moi !

C'était l'homme au merlin qui s'égayait.

En même temps une énorme face hérissée et terreuse parut à la porte avec un affreux rire qui montrait non des dents, mais des crocs.

C'était la face de l'homme au merlin.

— Pourquoi as-tu ôté ton masque ? lui cria Thénardier avec fureur.

— Pour rire, répliqua l'homme.

Depuis quelques instants, M. Leblanc semblait suivre et guetter tous les mouvements de Thénardier, qui, aveuglé et ébloui par sa propre rage, allait et venait dans le repaire avec la confiance de sentir la porte gardée, de tenir, armé, un homme désarmé, et d'être neuf contre un, en supposant que la Thénardier ne comptât que pour un homme. Dans son apostrophe à l'homme au merlin, il tournait le dos à M. Leblanc.

M. Leblanc saisit ce moment, repoussa du pied la chaise, du poing la table, et d'un bond, avec une agilité prodigieuse, avant que Thénardier eût eu le temps de se retourner, il était à la fenêtre. L'ouvrir, escalader l'appui, l'enjamber, ce fut une seconde. Il était à moitié dehors quand six poings robustes le saisirent et le ramenèrent énergiquement dans le bouge. C'étaient les trois « fumistes » qui s'étaient élancés sur lui. En même temps, la Thénardier l'avait empoigné aux cheveux.

Au piétinement qui se fit, les autres bandits accoururent du corridor. Le vieux qui était sur le lit et qui semblait pris de vin, descendit du grabat et arriva en chancelant, un marteau de cantonnier à la main.

Un des « fumistes » dont la chandelle éclairait le visage barbouillé, et dans lequel Marius, malgré ce barbouillage, reconnut Panchaud, dit Printanier, dit Bigrenaille, levait au-dessus de la tête de M. Leblanc une espèce d'assommoir fait de deux pommes de plomb aux deux bouts d'une barre de fer.

Marius ne put résister à ce spectacle. — Mon père, pensa-t-il, pardonne-moi ! — Et son doigt chercha la détente du pistolet. Le coup allait partir lorsque la voix de Thénardier cria :

— Ne lui faites pas de mal !

Cette tentative désespérée de la victime, loin d'exaspérer Thénardier, l'avait calmé. Il y avait deux hommes en lui, l'homme féroce et l'homme adroit. Jusqu'à cet instant, dans le débordement du triomphe, devant la proie abattue et ne bougeant pas, l'homme féroce avait dominé ; quand la victime se débattit et parut vouloir lutter, l'homme adroit reparut et prit le dessus.

— Ne lui faites pas de mal ! répéta-t-il. Et, sans s'en douter, pour premier succès, il arrêta le pistolet prêt à partir et paralysa Marius pour lequel l'urgence disparut, et qui, devant cette phase nouvelle, ne vit point d'inconvénient à attendre encore. Qui sait si quelque chance ne surgirait pas qui le délivrerait de l'affreuse alternative de laisser périr le père d'Ursule ou de perdre le sauveur du colonel ?

Une lutte herculéenne s'était engagée. D'un coup de poing en plein torse M. Leblanc avait envoyé le vieux rouler au milieu de la chambre, puis de deux revers de main avait terrassé deux autres assaillants, et il en tenait un sous chacun de ses genoux ; les misérables râlaient sous cette pression comme sous une meule de granit ; mais les quatre autres avaient saisi le redoutable vieillard aux deux bras et à la nuque et le tenaient accroupi sur les deux « fumistes » terrassés. Ainsi, maître des uns, et maîtrisé par les autres, écrasant ceux d'en bas et étouffant sous ceux d'en haut, secouant vainement tous les efforts qui s'entassaient sur lui, M. Leblanc disparaissait sous le groupe horrible des bandits comme un sanglier sous un monceau hurlant de dogues et de limiers.

Ils parvinrent à le renverser sur le lit le plus proche de la croisée et l'y tinrent en respect. La Thénardier ne lui avait pas lâché les cheveux.

— Toi, dit Thénardier, ne t'en mêle pas. Tu vas déchirer ton châle.

La Thénardier obéit, comme la louve obéit au loup, avec un grondement.

— Vous autres, reprit Thénardier, fouillez-le.

M. Leblanc semblait avoir renoncé à la résistance. On le fouilla. Il n'avait rien sur lui qu'une bourse de cuir qui contenait six francs, et son mouchoir.

Thénardier mit le mouchoir dans sa poche.

— Quoi! pas de portefeuille? demanda-t-il.

— Ni de montre, répondit un des « fumistes ».

— C'est égal, murmura avec une voix de ventriloque l'homme masqué qui tenait la grosse clef, c'est un vieux rude!

Thénardier alla au coin de la porte et y prit un paquet de cordes, qu'il leur jeta.

— Attachez-le au pied du lit, dit-il. Et, apercevant le vieux qui était resté étendu à travers la chambre du coup de poing de M. Leblanc et qui ne bougeait pas :

— Est-ce que Boulatruelle est mort? demanda-t-il.

— Non, répondit Bigrenaille, il est ivre.

— Balayez-le dans un coin, dit Thénardier.

Deux des « fumistes » poussèrent l'ivrogne avec le pied près du tas de ferrailles.

— Babet, pourquoi en as-tu amené tant? dit Thénardier bas à l'homme à la trique, c'était inutile.

— Que veux-tu? répliqua l'homme à la trique, ils ont tous voulu en être. La saison est mauvaise. Il ne se fait pas d'affaires.

Le grabat où M. Leblanc avait été renversé était une façon de lit d'hôpital porté sur quatre montants grossiers en bois à peine équarri. M. Leblanc se laissa faire. Les brigands le lièrent solidement, debout et les pieds posant à terre, au montant du lit le plus éloigné de la fenêtre et le plus proche de la cheminée.

Quand le dernier nœud fut serré, Thénardier prit une

chaise et vint s'asseoir presque en face de M. Leblanc.
Thénardier ne se ressemblait plus, en quelques instants
sa physionomie avait passé de la violence effrénée à la
douceur tranquille et rusée. Marius avait peine à
reconnaître dans ce sourire poli d'homme de bureau la
bouche presque bestiale qui écumait le moment d'auparavant, il considérait avec stupeur cette métamorphose
fantastique et inquiétante, et il éprouvait ce qu'éprouverait un homme qui verrait un tigre se changer en un
avoué.

— Monsieur... fit Thénardier.

Et écartant du geste les brigands qui avaient encore la
main sur M. Leblanc :

— Éloignez-vous un peu, et laissez-moi causer avec
monsieur.

Tous se retirèrent vers la porte. Il reprit :

— Monsieur, vous avez eu tort de vouloir sauter par la
fenêtre. Vous auriez pu vous casser une jambe. Maintenant, si vous le permettez, nous allons causer tranquillement. Il faut d'abord que je vous communique une
remarque que j'ai faite, c'est que vous n'avez pas encore
poussé le moindre cri.

Thénardier avait raison, ce détail était réel, quoiqu'il
eût échappé à Marius dans son trouble. M. Leblanc avait
à peine prononcé quelques paroles sans hausser la voix,
et, même dans sa lutte près de la fenêtre avec les six bandits, il avait gardé le plus profond et le plus singulier
silence. Thénardier poursuivit :

— Mon Dieu ! vous auriez un peu crié au voleur, que
je ne l'aurais pas trouvé inconvenant. À l'assassin ! cela
se dit dans l'occasion, et, quant à moi, je ne l'aurais point
pris en mauvaise part. Il est tout simple qu'on fasse un
peu de vacarme quand on se trouve avec des personnes
qui ne vous inspirent pas suffisamment de confiance.
Vous l'auriez fait qu'on ne vous aurait pas dérangé. On
ne vous aurait même pas bâillonné. Et je vais vous dire
pourquoi. C'est que cette chambre-ci est très sourde. Elle
n'a que cela pour elle, mais elle a cela. C'est une cave. On
y tirerait une bombe que cela ferait pour le corps de
garde le plus prochain le bruit d'un ronflement
d'ivrogne. Ici le canon ferait boum et le tonnerre ferait

pouf. C'est un logement commode. Mais enfin vous n'avez pas crié, c'est mieux, je vous en fais mon compliment, et je vais vous dire ce que j'en conclus : mon cher monsieur, quand on crie, qu'est-ce qui vient ? la police. Et après la police ? la justice. Eh bien, vous n'avez pas crié ; c'est que vous ne vous souciez pas plus que nous de voir arriver la justice et la police. C'est que, — il y a longtemps que je m'en doute, — vous avez un intérêt quelconque à cacher quelque chose. De notre côté nous avons le même intérêt. Donc nous pouvons nous entendre.

Tout en parlant ainsi, il semblait que Thénardier, la prunelle attachée sur M. Leblanc, cherchât à enfoncer les pointes aiguës qui sortaient de ses yeux jusque dans la conscience de son prisonnier. Du reste son langage, empreint d'une sorte d'insolence modérée et sournoise, était réservé et presque choisi, et dans ce misérable qui n'était tout à l'heure qu'un brigand on sentait maintenant « l'homme qui a étudié pour être prêtre ».

Le silence qu'avait gardé le prisonnier, cette précaution qui allait jusqu'à l'oubli même du soin de sa vie, cette résistance opposée au premier mouvement de la nature, qui est de jeter un cri, tout cela, il faut le dire, depuis que la remarque en avait été faite, était importun à Marius, et l'étonnait péniblement.

L'observation si fondée de Thénardier obscurcissait encore pour Marius les épaisseurs mystérieuses sous lesquelles se dérobait cette figure grave et étrange à laquelle Courfeyrac avait jeté le sobriquet de *monsieur Leblanc*. Mais, quel qu'il fût, lié de cordes, entouré de bourreaux, à demi plongé, pour ainsi dire, dans une fosse qui s'enfonçait sous lui d'un degré à chaque instant, devant la fureur comme devant la douceur de Thénardier, cet homme demeurait impassible ; et Marius ne pouvait s'empêcher d'admirer en un pareil moment ce visage superbement mélancolique.

C'était évidemment une âme inaccessible à l'épouvante et ne sachant pas ce que c'est que d'être éperdue. C'était un de ces hommes qui dominent l'étonnement des situations désespérées. Si extrême que fût la crise, si inévitable que fût la catastrophe, il n'y avait rien là de l'agonie du noyé ouvrant sous l'eau des yeux horribles.

Thénardier se leva sans affectation, alla à la cheminée, déplaça le paravent qu'il appuya au grabat voisin, et démasqua ainsi le réchaud plein de braise ardente dans laquelle le prisonnier pouvait parfaitement voir le ciseau rougi à blanc et piqué çà et là de petites étoiles écarlates.

Puis Thénardier vint se rasseoir près de M. Leblanc.

— Je continue, dit-il. Nous pouvons nous entendre. Arrangeons ceci à l'amiable. J'ai eu tort de m'emporter tout à l'heure, je ne sais où j'avais l'esprit, j'ai été beaucoup trop loin, j'ai dit des extravagances. Par exemple, parce que vous êtes millionnaire, je vous ai dit que j'exigeais de l'argent, beaucoup d'argent, immensément d'argent. Cela ne serait pas raisonnable. Mon Dieu, vous avez beau être riche, vous avez vos charges, qui n'a pas les siennes? Je ne veux pas vous ruiner, je ne suis pas un happe-chair après tout. Je ne suis pas de ces gens qui, parce qu'ils ont l'avantage de la position, profitent de cela pour être ridicules. Tenez, j'y mets du mien et je fais un sacrifice de mon côté. Il me faut simplement deux cent mille francs.

M. Leblanc ne souffla pas un mot. Thénardier poursuivit :

— Vous voyez que je ne mets pas mal d'eau dans mon vin. Je ne connais pas l'état de votre fortune, mais je sais que vous ne regardez pas à l'argent, et un homme bienfaisant comme vous peut bien donner deux cent mille francs à un père de famille qui n'est pas heureux. Certainement vous êtes raisonnable aussi, vous ne vous êtes pas figuré que je me donnerais de la peine comme aujourd'hui, et que j'organiserais la chose de ce soir, qui est un travail bien fait, de l'aveu de tous ces messieurs, pour aboutir à vous demander de quoi aller boire du rouge à quinze et manger du veau chez Desnoyers. Deux cent mille francs, ça vaut ça. Une fois cette bagatelle sortie de votre poche, je vous réponds que tout est dit et que vous n'avez pas à craindre une pichenette. Vous me direz : Mais je n'ai pas deux cent mille francs sur moi. Oh! je ne suis pas exagéré. Je n'exige pas cela. Je ne vous demande qu'une chose. Ayez la bonté d'écrire ce que je vais vous dicter.

Ici Thénardier s'interrompit, puis il ajouta en

appuyant sur les mots et en jetant un sourire du côté du réchaud :

— Je vous préviens que je n'admettrais pas que vous ne sachiez pas écrire.

Un grand inquisiteur eût pu envier ce sourire.

Thénardier poussa la table tout près de M. Leblanc, et prit l'encrier, une plume et une feuille de papier dans le tiroir qu'il laissa entr'ouvert et où luisait la longue lame du couteau.

Il posa la feuille de papier devant M. Leblanc.

— Écrivez, dit-il.

Le prisonnier parla enfin.

— Comment voulez-vous que j'écrive ? je suis attaché.

— C'est vrai, pardon ! fit Thénardier, vous avez bien raison.

Et se tournant vers Bigrenaille :

— Déliez le bras droit de monsieur.

Panchaud, dit Printanier, dit Bigrenaille, exécuta l'ordre de Thénardier. Quand la main droite du prisonnier fut libre, Thénardier trempa la plume dans l'encre et la lui présenta.

— Remarquez bien, monsieur, que vous êtes en notre pouvoir, à notre discrétion, absolument à notre discrétion, qu'aucune puissance humaine ne peut vous tirer d'ici, et que nous serions vraiment désolés d'être contraints d'en venir à des extrémités désagréables. Je ne sais ni votre nom, ni votre adresse ; mais je vous préviens que vous resterez attaché jusqu'à ce que la personne chargée de porter la lettre que vous allez écrire soit revenue. Maintenant veuillez écrire.

— Quoi ? demanda le prisonnier.

— Je dicte.

M. Leblanc prit la plume.

Thénardier commença à dicter :

— « Ma fille... »

Le prisonnier tressaillit et leva les yeux sur Thénardier.

— Mettez « ma chère fille », dit Thénardier. M. Leblanc obéit. Thénardier continua :

— « Viens sur-le-champ... »

Il s'interrompit :

— Vous la tutoyez, n'est-ce pas?

— Qui? demanda M. Leblanc.

— Parbleu! dit Thénardier, la petite, l'Alouette.

M. Leblanc répondit sans la moindre émotion apparente :

— Je ne sais ce que vous voulez dire.

— Allez toujours, fit Thénardier; et il se remit à dicter :

— « Viens sur-le-champ. J'ai absolument besoin de « toi. La personne qui te remettra ce billet est chargée de « t'amener près de moi. Je t'attends. Viens avec « confiance. »

M. Leblanc avait tout écrit. Thénardier reprit :

— Ah! effacez *viens avec confiance*; cela pourrait faire supposer que la chose n'est pas toute simple et que la défiance est possible.

M. Leblanc ratura les trois mots.

— À présent, poursuivit Thénardier, signez. Comment vous appelez-vous?

Le prisonnier posa la plume et demanda :

— Pour qui est cette lettre?

— Vous le savez bien, répondit Thénardier. Pour la petite. Je viens de vous le dire.

Il était évident que Thénardier évitait de nommer la jeune fille dont il était question. Il disait « l'Alouette », il disait « la petite », mais il ne prononçait pas le nom. Précaution d'habile homme gardant son secret devant ses complices. Dire le nom, c'eût été leur livrer « toute l'affaire », et leur en apprendre plus qu'ils n'avaient besoin d'en savoir.

Il reprit :

— Signez. Quel est votre nom?

— Urbain Fabre, dit le prisonnier.

Thénardier, avec le mouvement d'un chat, précipita sa main dans sa poche et en tira le mouchoir saisi sur M. Leblanc. Il en chercha la marque et l'approcha de la chandelle.

— U.F. C'est cela. Urbain Fabre. Eh bien, signez U.F. Le prisonnier signa.

— Comme il faut les deux mains pour plier la lettre, donnez, je vais la plier.

Cela fait, Thénardier reprit :

— Mettez l'adresse. *Mademoiselle Fabre,* chez vous. Je sais que vous demeurez pas très loin d'ici, aux environs de Saint-Jacques-du-Haut-Pas, puisque c'est là que vous allez à la messe tous les jours, mais je ne sais pas dans quelle rue. Je vois que vous comprenez votre situation. Comme vous n'avez pas menti pour votre nom, vous ne mentirez pas pour votre adresse. Mettez-la vous-même.

Le prisonnier resta un moment pensif, puis il prit la plume et écrivit :

— Mademoiselle Fabre, chez monsieur Urbain Fabre, rue Saint-Dominique-d'Enfer, n° 17.

Thénardier saisit la lettre avec une sorte de convulsion fébrile.

— Ma femme ! cria-t-il.

La Thénardier accourut.

— Voici la lettre. Tu sais ce que tu as à faire. Un fiacre est en bas. Pars tout de suite, et reviens idem.

Et s'adressant à l'homme au merlin :

— Toi, puisque tu as ôté ton cache-nez, accompagne la bourgeoise. Tu monteras derrière le fiacre. Tu sais où tu as laissé la maringotte ?

— Oui, dit l'homme.

Et, déposant son merlin dans un coin, il suivit la Thénardier.

Comme ils s'en allaient, Thénardier passa sa tête par la porte entrebâillée et cria dans le corridor :

— Surtout ne perds pas la lettre ! songe que tu as deux cent mille francs sur toi.

La voix rauque de la Thénardier répondit :

— Sois tranquille. Je l'ai mise dans mon estomac.

Une minute ne s'était pas écoulée qu'on entendit le claquement d'un fouet qui décrut et s'éteignit rapidement.

— Bon ! grommela Thénardier. Ils vont bon train. De ce galop-là la bourgeoise sera de retour dans trois quarts d'heure.

Il approcha une chaise de la cheminée et s'assit en croisant les bras et en présentant ses bottes boueuses au réchaud.

— J'ai froid aux pieds, dit-il.

Il ne restait plus dans le bouge avec Thénardier et le

prisonnier que cinq bandits. Ces hommes, à travers les masques ou la glu noire qui leur couvrait la face et en faisait, au choix de la peur, des charbonniers, des nègres ou des démons, avaient des airs engourdis et mornes, et l'on sentait qu'ils exécutaient un crime comme une besogne, tranquillement, sans colère et sans pitié, avec une sorte d'ennui. Ils étaient dans un coin entassés comme des brutes et se taisaient. Thénardier se chauffait les pieds. Le prisonnier était retombé dans sa taciturnité. Un calme sombre avait succédé au vacarme farouche qui remplissait le galetas quelques instants auparavant.

La chandelle, où un large champignon s'était formé, éclairait à peine l'immense taudis, le brasier s'était terni, et toutes ces têtes monstrueuses faisaient des ombres difformes sur les murs et au plafond.

On n'entendait d'autre bruit que la respiration paisible du vieillard ivre qui dormait.

Marius attendait, dans une anxiété que tout accroissait. L'énigme était plus impénétrable que jamais. Qu'était-ce que cette « petite » que Thénardier avait aussi nommée l'Alouette ? était-ce son « Ursule » ? Le prisonnier n'avait pas paru ému à ce mot, l'Alouette, et avait répondu le plus naturellement du monde : Je ne sais ce que vous voulez dire. D'un autre côté, les deux lettres U.F. étaient expliquées, c'était Urbain Fabre, et Ursule ne s'appelait plus Ursule. C'est là ce que Marius voyait le plus clairement. Une sorte de fascination affreuse le retenait cloué à la place d'où il observait et dominait toute cette scène. Il était là, presque incapable de réflexion et de mouvement, comme anéanti par de si abominables choses vues de près. Il attendait, espérant quelque incident, n'importe quoi, ne pouvant rassembler ses idées et ne sachant quel parti prendre.

— Dans tous les cas, disait-il, si l'Alouette, c'est elle, je le verrai bien, car la Thénardier va l'amener ici. Alors tout sera dit, je donnerai ma vie et mon sang s'il le faut, mais je la délivrerai ! Rien ne m'arrêtera.

Près d'une demi-heure passa ainsi. Thénardier paraissait absorbé par une méditation ténébreuse. Le prisonnier ne bougeait pas. Cependant Marius croyait par intervalles et depuis quelques instants entendre un petit bruit sourd du côté du prisonnier.

Tout à coup Thénardier apostropha le prisonnier :

— Monsieur Fabre, tenez, autant que je vous dise tout de suite.

Ces quelques mots semblaient commencer un éclair-cissement. Marius prêta l'oreille. Thénardier continua :

— Mon épouse va revenir, ne vous impatientez pas. Je pense que l'Alouette est véritablement votre fille, et je trouve tout simple que vous la gardiez. Seulement, écou-tez un peu. Avec votre lettre, ma femme ira la trouver. J'ai dit à ma femme de s'habiller, comme vous avez vu, de façon que votre demoiselle la suive sans difficulté. Elles monteront toutes deux dans le fiacre avec mon camarade derrière. Il y a quelque part en dehors d'une barrière une maringotte attelée de deux très bons che-vaux. On y conduira votre demoiselle. Elle descendra du fiacre. Mon camarade montera avec elle dans la marin-gotte, et ma femme reviendra ici nous dire : C'est fait. Quant à votre demoiselle, on ne lui fera pas de mal, la maringotte la mènera dans un endroit où elle sera tran-quille, et, dès que vous m'aurez donné les petits deux cent mille francs, on vous la rendra. Si vous me faites arrêter, mon camarade donnera le coup de pouce à l'Alouette. Voilà.

Le prisonnier n'articula pas une parole. Après une pause, Thénardier poursuivit :

— C'est simple, comme vous voyez. Il n'y aura pas de mal si vous ne voulez pas qu'il y ait du mal. Je vous conte la chose. Je vous préviens pour que vous sachiez.

Il s'arrêta, le prisonnier ne rompit pas le silence, et Thénardier reprit :

— Dès que mon épouse sera revenue et qu'elle m'aura dit : L'Alouette est en route, nous vous lâcherons, et vous serez libre d'aller coucher chez vous. Vous voyez que nous n'avions pas de mauvaises intentions.

Des images épouvantables passèrent devant la pensée de Marius. Quoi ! cette jeune fille qu'on enlevait, on n'allait pas la ramener ? un de ces monstres allait l'emporter dans l'ombre ? où ?... Et si c'était elle ! Et il était clair que c'était elle ! Marius sentait les battements

de son cœur s'arrêter. Que faire? Tirer le coup de pistolet? mettre aux mains de la justice tous ces misérables?
Mais l'affreux homme au merlin n'en serait pas moins
hors de toute atteinte avec la jeune fille, et Marius songeait à ces mots de Thénardier dont il entrevoyait la
signification sanglante : *Si vous me faites arrêter, mon
camarade donnera le coup de pouce à l'Alouette.*

Maintenant ce n'était pas seulement par le testament
du colonel, c'était par son amour même, par le péril de
celle qu'il aimait, qu'il se sentait retenu.

Cette effroyable situation, qui durait déjà depuis plus
d'une heure, changeait d'aspect à chaque instant. Marius
eut la force de passer successivement en revue toutes les
plus poignantes conjectures, cherchant une espérance et
ne la trouvant pas. Le tumulte de ses pensées contrastait
avec le silence funèbre du repaire.

Au milieu de ce silence on entendit le bruit de la porte
de l'escalier qui s'ouvrait, puis se fermait.

Le prisonnier fit un mouvement dans ses liens.

— Voici la bourgeoise, dit Thénardier.

Il achevait à peine qu'en effet la Thénardier se précipita dans la chambre, rouge, essoufflée, haletante, les
yeux flambants, et cria en frappant de ses grosses mains
sur ses deux cuisses à la fois :

— Fausse adresse !

Le bandit qu'elle avait emmené avec elle, parut derrière elle et vint reprendre son merlin.

— Fausse adresse ? répéta Thénardier.

Elle reprit :

— Personne ! Rue Saint-Dominique, numéro dix-sept,
pas de monsieur Urbain Fabre ! On ne sait pas ce que
c'est !

Elle s'arrêta suffoquée, puis continua :

— Monsieur Thénardier ! ce vieux t'a fait poser ! tu es
trop bon, vois-tu ! Moi, je te vous lui aurais coupé la mar-
goulette en quatre pour commencer ! et s'il avait fait le
méchant, je l'aurais fait cuire tout vivant ! Il aurait bien
fallu qu'il parle, et qu'il dise où est la fille, et qu'il dise où
est le magot ! Voilà comment j'aurais mené cela, moi ! On
a bien raison de dire que les hommes sont plus bêtes que
les femmes ! Personne ! numéro dix-sept ! C'est une

grande porte cochère ! Pas de monsieur Fabre, rue Saint-
Dominique ! et ventre à terre, et pourboire au cocher, et
tout ! J'ai parlé au portier et à la portière, qui est une
belle forte femme, ils ne connaissent pas ça !

Marius respira. Elle, Ursule ou l'Alouette, celle qu'il ne
savait plus comment nommer, était sauvée.

Pendant que sa femme exaspérée vociférait, Thénardier s'était assis sur la table ; il resta quelques instants
sans prononcer une parole, balançant sa jambe droite
qui pendait, et considérant le réchaud d'un air de rêverie
sauvage.

Enfin il dit au prisonnier avec une inflexion lente et
singulièrement féroce :

— Une fausse adresse ? qu'est-ce que tu as donc
espéré ?

— Gagner du temps ! cria le prisonnier d'une voix
éclatante.

Et au même instant il secoua ses liens ; ils étaient coupés. Le prisonnier n'était plus attaché au lit que par une
jambe.

Avant que les sept hommes eussent eu le temps de se
reconnaître et de s'élancer, lui s'était penché sous la cheminée, avait étendu la main vers le réchaud, puis s'était
redressé, et maintenant Thénardier, la Thénardier et les
bandits, refoulés par le saisissement au fond du bouge,
le regardaient avec stupeur élevant au-dessus de sa tête
le ciseau rouge d'où tombait une lueur sinistre, presque
libre et dans une attitude formidable.

L'enquête judiciaire, à laquelle le guet-apens de la
masure Gorbeau donna lieu par la suite, a constaté
qu'un gros sou, coupé et travaillé d'une façon particulière, fut trouvé dans le galetas, quand la police y fit
une descente ; ce gros sou était une de ces merveilles
d'industrie que la patience du bagne engendre dans les
ténèbres et pour les ténèbres, merveilles qui ne sont
autre chose que des instruments d'évasion. Ces produits
hideux et délicats d'un art prodigieux sont dans la bijou-
terie ce que les métaphores de l'argot sont dans la poésie. Il y a des Benvenuto Cellini au bagne, de même que
dans la langue il y a des Villon. Le malheureux qui aspire
à la délivrance trouve moyen, quelquefois sans outils,

avec un eustache, avec un vieux couteau, de scier un sou en deux lames minces, de creuser ces deux lames sans toucher aux empreintes monétaires, et de pratiquer un pas de vis sur la tranche du sou de manière à faire adhérer les lames de nouveau. Cela se visse et se dévisse à volonté; c'est une boîte. Dans cette boîte, on cache un ressort de montre, et ce ressort de montre bien manié coupe des manilles de calibre et des barreaux de fer. On croit que ce malheureux forçat ne possède qu'un sou; point, il possède la liberté. C'est un gros sou de ce genre qui, dans des perquisitions de police ultérieures, fut trouvé ouvert et en deux morceaux dans le bouge sous le grabat près de la fenêtre. On découvrit également une petite scie en acier bleu qui pouvait se cacher dans le gros sou. Il est probable qu'au moment où les bandits fouillèrent le prisonnier, il avait sur lui ce gros sou qu'il réussit à cacher dans sa main, et qu'ensuite, ayant la main droite libre, il le dévissa, et se servit de la scie pour couper les cordes qui l'attachaient, ce qui expliquerait le bruit léger et les mouvements imperceptibles que Marius avait remarqués.

N'ayant pu se baisser de peur de se trahir, il n'avait point coupé les liens de sa jambe gauche.

Les bandits étaient revenus de leur première surprise.

— Sois tranquille, dit Bigrenaille à Thénardier. Il tient encore par une jambe, et il ne s'en ira pas. J'en réponds. C'est moi qui lui ai ficelé cette patte-là.

Cependant le prisonnier éleva la voix :

— Vous êtes des malheureux, mais ma vie ne vaut pas la peine d'être tant défendue. Quant à vous imaginer que vous me feriez parler, que vous me feriez écrire ce que je ne veux pas écrire, que vous me feriez dire ce que je ne veux pas dire...

Il releva la manche de son bras gauche et ajouta :

— Tenez.

En même temps il tendit son bras et posa sur la chair nue le ciseau ardent qu'il tenait dans sa main droite par le manche de bois.

On entendit le frémissement de la chair brûlée, l'odeur propre aux chambres de torture se répandit dans le taudis. Marius chancela éperdu d'horreur, les brigands eux-mêmes eurent un frisson, le visage de l'étrange vieillard se contracta à peine, et, tandis que le fer rouge s'enfonçait dans la plaie fumante, impassible et presque auguste, il attachait sur Thénardier son beau regard sans haine où la souffrance s'évanouissait dans une majesté sereine.

Chez les grandes et hautes natures les récoltes de la chair et des sens en proie à la douleur physique font sortir l'âme et la font apparaître sur le front, de même que les rébellions de la soldatesque forcent le capitaine à se montrer.

— Misérables, dit-il, n'ayez pas plus peur de moi que je n'ai peur de vous.

Et arrachant le ciseau de la plaie, il le lança par la fenêtre qui était restée ouverte, l'horrible outil embrasé disparut dans la nuit en tournoyant et alla tomber au loin et s'éteindre dans la neige.

Le prisonnier reprit :

— Faites de moi ce que vous voudrez.

Il était désarmé.

— Empoignez-le ! dit Thénardier.

Deux des brigands lui posèrent la main sur l'épaule, et l'homme masqué à voix de ventriloque se tint en face de lui, prêt à lui faire sauter le crâne d'un coup de clef au moindre mouvement.

En même temps Marius entendit au-dessous de lui, au bas de la cloison, mais tellement près qu'il ne pouvait voir ceux qui parlaient, ce colloque échangé à voix basse :

— Il n'y a plus qu'une chose à faire.

— L'escarper !

— C'est cela.

C'était le mari et la femme qui tenaient conseil.

Thénardier marcha à pas lents vers la table, ouvrit le tiroir et y prit le couteau.

Marius tourmentait le pommeau du pistolet. Perplexité inouïe. Depuis une heure il y avait deux voix dans sa conscience, l'une lui disait de respecter le testament de son père, l'autre lui criait de secourir le prisonnier. Ces deux voix continuaient sans interruption leur lutte qui le mettait à l'agonie. Il avait vaguement espéré

jusqu'à ce moment trouver un moyen de concilier ces
deux devoirs, mais rien de possible n'avait surgi. Cependant le péril pressait, la dernière limite de l'attente était
dépassée, à quelques pas du prisonnier Thénardier songeait, le couteau à la main.

Marius égaré promenait ses yeux autour de lui, dernière ressource machinale du désespoir.

Tout à coup il tressaillit.

À ses pieds, sur sa table, un vif rayon de pleine lune
éclairait et semblait lui montrer une feuille de papier.
Sur cette feuille, il lut cette ligne écrite en grosses lettres
le matin même par l'aînée des filles Thénardier :

— LES COGNES SONT LÀ.

Une idée, une clarté traversa l'esprit de Marius, c'était
le moyen qu'il cherchait, la solution de cet affreux problème qui le torturait, épargner l'assassin et sauver la
victime. Il s'agenouilla sur la commode, étendit le bras,
saisit la feuille de papier, détacha doucement un morceau de plâtre de la cloison, l'enveloppa dans le papier,
et jeta le tout par la crevasse au milieu du bouge.

Il était temps. Thénardier avait vaincu ses dernières
craintes ou ses derniers scrupules et se dirigeait vers le
prisonnier.

— Quelque chose qui tombe ! cria la Thénardier.

— Qu'est-ce ? dit le mari.

La femme s'était élancée et avait ramassé le plâtras
enveloppé du papier.

Elle le remit à son mari.

— Par où cela est-il venu ? demanda Thénardier.

— Pardié ! fit la femme, par où veux-tu que cela soit
entré ? C'est venu par la fenêtre.

— Je l'ai vu passer, dit Bigrenaille.

Thénardier déplia rapidement le papier et l'approcha
de la chandelle.

— C'est de l'écriture d'Éponine. Diable !

Il fit signe à sa femme, qui s'approcha vivement, et il
lui montra la ligne écrite sur la feuille de papier, puis il
ajouta d'une voix sourde :

— Vite ! l'échelle ! laissons le lard dans la souricière et
fichons le camp !

— Sans couper le cou à l'homme ? demanda la Thénardier.

— Nous n'avons pas le temps.

— Par où? reprit Bigrenaille.

— Par la fenêtre, répondit Thénardier. Puisque Ponine a jeté la pierre par la fenêtre, c'est que la maison n'est pas cernée de ce côté-là.

Le masque à voix de ventriloque posa à terre sa grosse clef, éleva ses deux bras en l'air et ferma trois fois rapidement ses mains sans dire un mot. Ce fut comme le signal du branle-bas dans un équipage. Les brigands qui tenaient le prisonnier le lâchèrent; en un clin d'œil l'échelle de corde fut déroulée hors de la fenêtre et attachée solidement au rebord par les deux crampons de fer.

Le prisonnier ne faisait pas attention à ce qui se passait autour de lui. Il semblait rêver ou prier.

Sitôt l'échelle fixée, Thénardier cria :

— Viens! la bourgeoise!

Et il se précipita vers la croisée.

Mais comme il allait enjamber, Bigrenaille le saisit rudement au collet.

— Non pas, dis donc, vieux farceur! après nous!

— Après nous! hurlèrent les bandits.

— Vous êtes des enfants, dit Thénardier, nous perdons le temps. Les railles sont sur nos talons.

— Eh bien, dit un des bandits, tirons au sort à qui passera le premier.

Thénardier s'exclama :

— Êtes-vous fous! êtes-vous toqués! en voilà-t-il un tas de jobards! perdre le temps, n'est-ce pas? tirer au sort, n'est-ce pas? au doigt mouillé! à la courte paille! écrire nos noms! les mettre dans un bonnet!...

— Voulez-vous mon chapeau? cria une voix du seuil de la porte.

Tous se retournèrent. C'était Javert.

Il tenait son chapeau à la main, et le tendait en souriant.

XXI

ON DEVRAIT TOUJOURS COMMENCER
PAR ARRÊTER LES VICTIMES

Javert, à la nuit tombante, avait aposté des hommes et s'était embusqué lui-même derrière les arbres de la rue de la Barrière-des-Gobelins qui fait face à la masure Gorbeau de l'autre côté du boulevard. Il avait commencé par ouvrir « sa poche » pour y fourrer les deux jeunes filles chargées de surveiller les abords du bouge. Mais il n'avait « coffré » qu'Azelma. Quant à Éponine, elle n'était pas à son poste, elle avait disparu et il n'avait pu la saisir. Puis Javert s'était mis en arrêt, prêtant l'oreille au signal convenu. Les allées et venues du fiacre l'avaient fort agité. Enfin il s'était impatienté, et, *sûr qu'il y avait un nid-là*, sûr d'être *en bonne fortune*, ayant reconnu plusieurs des bandits qui étaient entrés, il avait fini par se décider à monter sans attendre le coup de pistolet.

On se souvient qu'il avait le passe-partout de Marius.

Il était arrivé à point.

Les bandits effarés se jetèrent sur les armes qu'ils avaient abandonnées dans tous les coins au moment de s'évader. En moins d'une seconde, ces sept hommes, épouvantables à voir, se groupèrent dans une posture de défense, l'un avec son merlin, l'autre avec sa clef, l'autre avec son assommoir, les autres avec les cisailles, les pinces et les marteaux, Thénardier son couteau au poing. La Thénardier saisit un énorme pavé qui était dans l'angle de la fenêtre et qui servait à ses filles de tabouret.

Javert remit son chapeau sur sa tête, et fit deux pas dans la chambre, les bras croisés, la canne sous le bras, l'épée dans le fourreau.

— Halte-là ! dit-il. Vous ne passerez pas par la fenêtre, vous passerez par la porte. C'est moins malsain. Vous êtes sept, nous sommes quinze. Ne nous colletons pas comme des auvergnats. Soyons gentils.

Bigrenaille prit un pistolet qu'il tenait caché sous sa

blouse et le mit dans la main de Thénardier en lui disant
à l'oreille :

— C'est Javert. Je n'ose pas tirer sur cet homme-là.
Oses-tu, toi?

— Parbleu! répondit Thénardier.

— Eh bien, tire.

Thénardier prit le pistolet, et ajusta Javert.

Javert, qui était à trois pas, le regarda fixement et se
contenta de dire :

— Ne tire pas, va! ton coup va rater.

Thénardier pressa la détente. Le coup rata.

— Quand je te le disais! fit Javert.

Bigrenaille jeta son casse-tête aux pieds de Javert.

— Tu es l'empereur des diables! je me rends.

— Et vous? demanda Javert aux autres bandits.

Ils répondirent :

— Nous aussi.

Javert repartit avec calme :

— C'est ça, c'est bon, je le disais, on est gentil.

— Je ne demande qu'une chose, reprit le Bigrenaille,
c'est qu'on ne me refuse pas du tabac pendant que je
serai au secret.

— Accordé, dit Javert.

Et se retournant et appelant derrière lui :

— Entrez maintenant!

Une escouade de sergents de ville l'épée au poing et
d'agents armés de casse-tête et de gourdins se rua à
l'appel de Javert. On garrotta les bandits. Cette foule
d'hommes à peine éclairés d'une chandelle emplissait
d'ombre le repaire.

— Les poucettes à tous! cria Javert.

— Approchez donc un peu! cria une voix qui n'était
pas une voix d'homme, mais dont personne n'eût pu
dire : c'est une voix de femme.

La Thénardier s'était retranchée dans un des angles de
la fenêtre, et c'était elle qui venait de pousser ce rugisse-
ment.

Les sergents de ville et les agents reculèrent.

Elle avait jeté son châle et gardé son chapeau; son
mari, accroupi derrière elle, disparaissait presque sous
le châle tombé, et elle le couvrait de son corps, élevant le

pavé des deux mains au-dessus de sa tête avec le balancement d'une géante qui va lancer un rocher.

— Gare! cria-t-elle.

Tous se refoulèrent vers le corridor. Un large vide se fit au milieu du galetas.

La Thénardier jeta un regard aux bandits qui s'étaient laissé garrotter et murmura d'un accent guttural et rauque :

— Les lâches!

Javert sourit et s'avança dans l'espace vide que la Thénardier couvait de ses deux prunelles.

— N'approche pas, va-t'en, cria-t-elle, ou je t'écroule!

— Quel grenadier! fit Javert; la mère! tu as de la barbe comme un homme, mais j'ai des griffes comme une femme.

Et il continua de s'avancer.

La Thénardier, échevelée et terrible, écarta les jambes, se cambra en arrière et jeta éperdument le pavé à la tête de Javert. Javert se courba. Le pavé passa au-dessus de lui, heurta la muraille du fond dont il fit tomber un vaste plâtras et revint, en ricochant d'angle en angle à travers le bouge, heureusement presque vide, mourir sur les talons de Javert.

Au même instant Javert arrivait au couple Thénardier. Une de ses larges mains s'abattit sur l'épaule de la femme et l'autre sur la tête du mari.

— Les poucettes! cria-t-il.

Les hommes de police rentrèrent en foule, et en quelques secondes l'ordre de Javert fut exécuté.

La Thénardier, brisée, regarda ses mains garrottées et celles de son mari, se laissa tomber à terre et s'écria en pleurant :

— Mes filles!

— Elles sont à l'ombre, dit Javert.

Cependant les agents avaient avisé l'ivrogne endormi derrière la porte et le secouaient. Il s'éveilla en balbutiant :

— Est-ce fini, Jondrette?

— Oui, répondit Javert.

Les six bandits garrottés étaient debout; du reste, ils avaient encore leurs mines de spectres; trois barbouillés de noir, trois masqués.

— Gardez vos masques, dit Javert.

Et, les passant en revue avec le regard d'un Frédéric II à la parade de Potsdam, il dit aux trois « fumistes » :

— Bonjour, Bigrenaille, Bonjour, Brujon. Bonjour, Deux-Milliards.

Puis, se tournant vers les trois masques, il dit à l'homme au merlin :

— Bonjour, Gueulemer.

Et à l'homme à la trique :

— Bonjour, Babet.

Et au ventriloque :

— Salut, Claquesous.

En ce moment, il aperçut le prisonnier des bandits qui, depuis l'entrée des agents de police, n'avait pas prononcé une parole et se tenait tête baissée.

— Déliez monsieur ! dit Javert, et que personne ne sorte !

Cela dit, il s'assit souverainement devant la table, où étaient restées la chandelle et l'écritoire, tira un papier timbré de sa poche et commença son procès-verbal.

Quand il eut écrit les premières lignes qui ne sont que des formules toujours les mêmes, il leva les yeux :

— Faites approcher ce monsieur que ces messieurs avaient attaché.

Les agents regardèrent autour d'eux.

— Eh bien, demanda Javert, où est-il donc ?

Le prisonnier des bandits, M. Leblanc, M. Urbain Fabre, le père d'Ursule ou de l'Alouette, avait disparu.

La porte était gardée, mais la croisée ne l'était pas. Sitôt qu'il s'était vu délié, et pendant que Javert verbalisait, il avait profité du trouble, du tumulte, de l'encombrement, de l'obscurité, et d'un moment où l'attention n'était pas fixée sur lui, pour s'élancer par la fenêtre.

Un agent courut à la lucarne, et regarda. On ne voyait personne dehors.

L'échelle de corde tremblait encore.

— Diable ! fit Javert entre ses dents, ce devait être le meilleur !

XXII

LE PETIT QUI CRIAIT AU TOME III

Le lendemain du jour où ces événements s'étaient accomplis dans la maison du boulevard de l'Hôpital, un enfant, qui semblait venir du côté du pont d'Austerlitz, montait par la contre-allée de droite dans la direction de la barrière de Fontainebleau. Il était nuit close. Cet enfant était pâle, maigre, vêtu de loques, avec un pantalon de toile au mois de février, et chantait à tue-tête.

Au coin de la rue du Petit-Banquier, une vieille courbée fouillait dans un tas d'ordures à la lueur du réverbère; l'enfant la heurta en passant, puis recula en s'écriant :

— Tiens! moi qui avais pris ça pour un énorme, un énorme chien!

Il prononça le mot énorme pour la seconde fois avec un renflement de voix goguenarde que des majuscules exprimeraient assez bien : un énorme, un ÉNORME chien!

La vieille se redressa furieuse.

— Carcan de moutard! grommela-t-elle. Si je n'avais pas été penchée, je sais bien où je t'aurais flanqué mon pied!

L'enfant était déjà à distance.

— Kiss! kiss! fit-il. Après ça, je ne me suis peut-être pas trompé.

La vieille, suffoquée d'indignation, se dressa tout à fait, et le rougeoiement de la lanterne éclaira en plein sa face livide, toute creusée d'angles et de rides, avec des pattes d'oie rejoignant les coins de la bouche. Le corps se perdait dans l'ombre et l'on ne voyait que la tête. On eût dit le masque de la Décrépitude découpé par une lueur dans la nuit. L'enfant la considéra.

— Madame, dit-il, n'a pas le genre de beauté qui me conviendrait.

Il poursuivit son chemin et se remit à chanter :

> Le roi Coupdesabot
> S'en allait à la chasse,
> À la chasse aux corbeaux...

Au bout de ces trois vers, il s'interrompit. Il était arrivé devant le numéro 50-52, et, trouvant la porte fermée, il avait commencé à la battre à coups de pied, coups de pied retentissants et héroïques, lesquels décelaient plutôt les souliers d'homme qu'il portait que les pieds d'enfant qu'il avait.

Cependant cette même vieille qu'il avait rencontrée au coin de la rue du Petit-Banquier accourait derrière lui poussant des clameurs et prodiguant des gestes démesurés.

— Qu'est-ce que c'est? qu'est-ce que c'est? Dieu Seigneur! on enfonce la porte! on défonce la maison!

Les coups de pied continuaient.

La vieille s'époumonait.

— Est-ce qu'on arrange les bâtiments comme ça à présent!

Tout à coup elle s'arrêta. Elle avait reconnu le gamin.

— Quoi! c'est ce satan!

— Tiens, c'est la vieille, dit l'enfant. Bonjour, la Burgonmuche. Je viens voir mes ancêtres.

La vieille répondit, avec une grimace composite, admirable improvisation de la haine tirant parti de la caducité et de la laideur, qui fut malheureusement perdue dans l'obscurité:

— Il n'y a personne, mufle.

— Bah! reprit l'enfant, où donc est mon père?

— À la Force.

— Tiens! et ma mère?

— À Saint-Lazare.

— Eh bien! et mes sœurs?

— Aux Madelonnettes.

L'enfant se gratta le derrière de l'oreille, regarda mame Burgon, et dit:

— Ah!

Puis il pirouetta sur ses talons, et, un moment après, la vieille restée sur le pas de la porte l'entendit qui chantait de sa voix claire et jeune en s'enfonçant sous les ormes noirs frissonnant au vent d'hiver:

> Le roi Coupdesabot
> S'en allait à la chasse,

À la chasse aux corbeaux,
Monté sur des échasses.
Quand on passait dessous
On lui payait deux sous.

QUATRIÈME PARTIE

L'IDYLLE RUE PLUMET
ET L'ÉPOPÉE RUE SAINT-DENIS

LIVRE PREMIER

QUELQUES PAGES D'HISTOIRE

I

BIEN COUPÉ

1831 et 1832, les deux années qui se rattachent immédiatement à la révolution de juillet, sont un des moments les plus particuliers et les plus frappants de l'histoire. Ces deux années au milieu de celles qui les précèdent et qui les suivent sont comme deux montagnes. Elles ont la grandeur révolutionnaire. On y distingue des précipices. Les masses sociales, les assises mêmes de la civilisation, le groupe solide des intérêts superposés et adhérents, les profils séculaires de l'antique formation française, y apparaissent et y disparaissent à chaque instant à travers les nuages orageux des systèmes, des passions et des théories. Ces apparitions et ces disparitions ont été nommées la résistance et le mouvement. Par intervalles on y voit luire la vérité, ce jour de l'âme humaine.

Cette remarquable époque est assez circonscrite et commence à s'éloigner assez de nous pour qu'on puisse en saisir dès à présent les lignes principales.

Nous allons l'essayer.

La restauration avait été une de ces phases intermédiaires difficiles à définir, où il y a de la fatigue, du bourdonnement, des murmures, du sommeil, du tumulte, et qui ne sont autre chose que l'arrivée d'une grande nation à une étape. Ces époques sont singulières et trompent les politiques qui veulent les exploiter. Au début, la nation ne demande que le repos; on n'a qu'une soif, la paix; on n'a qu'une ambition, être petit. Ce qui est la traduction de rester tranquille. Les grands événements, les grands hasards, les grandes aventures, les grands hommes, Dieu merci, on en a assez vu, on en a par-dessus la tête. On donnerait César pour Prusias et Napoléon pour le roi d'Yvetot. « Quel bon petit roi c'était là ! » On a marché depuis le point du jour, on est au soir d'une longue et rude journée; on a fait le premier relais avec Mirabeau, le second avec Robespierre, le troisième avec Bonaparte; on est éreinté. Chacun demande un lit.

Les dévouements las, les héroïsmes vieillis, les ambitions repues, les fortunes faites, cherchent, réclament, implorent, sollicitent, quoi? Un gîte. Ils l'ont. Ils prennent possession de la paix, de la tranquillité, du loisir; les voilà contents. Cependant en même temps de certains faits surgissent, se font reconnaître et frappent à la porte de leur côté. Ces faits sont sortis des révolutions et des guerres, ils sont, ils vivent, ils ont droit de s'installer dans la société et ils s'y installent; et la plupart du temps les faits sont des maréchaux des logis et des fourriers qui ne font que préparer le logement aux principes.

Alors voici ce qui apparaît aux philosophes politiques :

En même temps que les hommes fatigués demandent le repos, les faits accomplis demandent des garanties. Les garanties pour les faits, c'est la même chose que le repos pour les hommes.

C'est ce que l'Angleterre demandait aux Stuarts après le Protecteur; c'est ce que la France demandait aux Bourbons après l'empire.

Ces garanties sont une nécessité des temps. Il faut bien les accorder. Les princes les « octroient », mais en réalité c'est la force des choses qui les donne. Vérité profonde et utile à savoir, dont les Stuarts ne se doutèrent pas en 1660, que les Bourbons n'entrevirent même pas en 1814.

La famille prédestinée qui revint en France quand Napoléon s'écroula eut la simplicité fatale de croire que c'était elle qui donnait, et que ce qu'elle avait donné elle pouvait le reprendre ; que la maison de Bourbon possédait le droit divin, que la France ne possédait rien ; et que le droit politique concédé dans la charte de Louis XVIII n'était autre chose qu'une branche du droit divin, détachée par la maison de Bourbon et gracieusement donnée au peuple jusqu'au jour où il plairait au roi de s'en ressaisir. Cependant, au déplaisir que le don lui faisait, la maison de Bourbon aurait dû sentir qu'il ne venait pas d'elle.

Elle fut hargneuse au dix-neuvième siècle. Elle fit mauvaise mine à chaque épanouissement de la nation. Pour nous servir du mot trivial, c'est-à-dire populaire et vrai, elle rechigna. Le peuple le vit.

Elle crut qu'elle avait de la force parce que l'empire avait été emporté devant elle comme un châssis de théâtre. Elle ne s'aperçut pas qu'elle avait été apportée elle-même de la même façon. Elle ne vit pas qu'elle aussi était dans cette main qui avait ôté de là Napoléon.

Elle crut qu'elle avait des racines parce qu'elle était le passé. Elle se trompait ; elle faisait partie du passé, mais tout le passé, c'était la France. Les racines de la société française n'étaient point dans les Bourbons, mais dans la nation. Ces obscures et vivaces racines ne constituaient point le droit d'une famille, mais l'histoire d'un peuple. Elles étaient partout, excepté sous le trône.

La maison de Bourbon était pour la France le nœud illustre et sanglant de son histoire, mais n'était plus l'élément principal de sa destinée et la base nécessaire de sa politique. On pouvait se passer des Bourbons ; on s'en était passé vingt-deux ans ; il y avait eu solution de continuité ; ils ne s'en doutaient pas. Et comment s'en seraient-ils doutés, eux qui se figuraient que Louis XVII régnait le 9 thermidor et que Louis XVIII régnait le jour de Marengo ? Jamais, depuis l'origine de l'histoire, les princes n'avaient été si aveugles en présence des faits et de la portion d'autorité divine que les faits contiennent et promulguent. Jamais cette prétention d'en bas qu'on appelle le droit des rois n'avait nié à ce point le droit d'en haut.

Erreur capitale qui amena cette famille à remettre la

main sur les garanties « octroyées » en 1814, sur les
concessions, comme elle les qualifiait. Chose triste! ce
qu'elle nommait ses concessions, c'étaient nos
conquêtes; ce qu'elle appelait nos empiétements,
c'étaient nos droits.

Lorsque l'heure lui sembla venue, la restauration, se
supposant victorieuse de Bonaparte et enracinée dans le
pays, c'est-à-dire se croyant forte et se croyant profonde,
prit brusquement son parti et risqua son coup. Un matin
elle se dressa en face de la France, et, élevant la voix, elle
contesta le titre collectif et le titre individuel, à la nation
la souveraineté, au citoyen la liberté. En d'autres termes,
elle nia à la nation ce qui la faisait nation et au citoyen
ce qui le faisait citoyen.

C'est là le fond de ces actes fameux qu'on appelle les
ordonnances de juillet.

La restauration tomba.

Elle tomba justement. Cependant, disons-le, elle
n'avait pas été absolument hostile à toutes les formes du
progrès. De grandes choses s'étaient faites, elle étant à
côté.

Sous la restauration la nation s'était habituée à la discussion dans le calme, ce qui avait manqué à la république, et à la grandeur dans la paix, ce qui avait manqué
à l'empire. La France libre et forte avait été un spectacle
encourageant pour les autres peuples de l'Europe. La
révolution avait eu la parole sous Robespierre; le canon
avait eu la parole sous Bonaparte; c'est sous Louis XVIII
et Charles X que vint le tour de parole de l'intelligence.
Le vent cessa, le flambeau se ralluma. On vit frissonner
sur les cimes sereines la pure lumière des esprits. Spectacle magnifique, utile et charmant. On vit travailler
pendant quinze ans, en pleine paix, en pleine place
publique, ces grands principes, si vieux pour le penseur,
si nouveaux pour l'homme d'état : l'égalité devant la loi,
la liberté de la conscience, la liberté de la parole, la
liberté de la presse, l'accessibilité de toutes les aptitudes
à toutes les fonctions. Cela alla ainsi jusqu'en 1830. Les
Bourbons furent un instrument de civilisation qui cassa
dans les mains de la providence.

La chute des Bourbons fut pleine de grandeur, non de

leur côté, mais du côté de la nation. Eux quittèrent le trône avec gravité, mais sans autorité; leur descente dans la nuit ne fut pas une de ces disparitions solennelles qui laissent une sombre émotion à l'histoire; ce ne fut ni le calme spectral de Charles Ier, ni le cri d'aigle de Napoléon. Ils s'en allèrent, voilà tout. Ils déposèrent la couronne et ne gardèrent pas d'auréole. Ils furent dignes, mais ils ne furent pas augustes. Ils manquèrent dans une certaine mesure à la majesté de leur malheur. Charles X, pendant le voyage de Cherbourg, faisant couper une table ronde en table carrée, parut plus soucieux de l'étiquette en péril que de la monarchie croulante. Cette diminution attrista les hommes dévoués qui aimaient leurs personnes et les hommes sérieux qui honoraient leur race. Le peuple, lui, fut admirable. La nation, attaquée un matin à main armée par une sorte d'insurrection royale, se sentit tant de force qu'elle n'eut pas de colère. Elle se défendit, se contint, remit les choses à leur place, le gouvernement dans la loi, les Bourbons dans l'exil, hélas! et s'arrêta. Elle prit le vieux roi Charles X sous ce dais qui avait abrité Louis XIV, et le posa à terre doucement. Elle ne toucha aux personnes royales qu'avec tristesse et précaution. Ce ne fut pas un homme, ce ne furent pas quelques hommes, ce fut la France, la France entière, la France victorieuse et enivrée de sa victoire, qui sembla se rappeler et qui pratiqua aux yeux du monde entier ces graves paroles de Guillaume du Vair après la journée des barricades : — « Il est aysé à ceux qui ont accoutumé d'effleurer les « faveurs des grands et saulter, comme un oyseau de « branche en branche, d'une fortune affligée à une floris- « sante, de se montrer hardis contre leur prince en son « adversité; mais pour moy la fortune de mes roys me « sera toujours vénérable, et principalement des affli- « gés. »

Les Bourbons emportèrent le respect, mais non le regret. Comme nous venons de le dire, leur malheur fut plus grand qu'eux. Ils s'effacèrent à l'horizon.

La révolution de juillet eut tout de suite des amis et des ennemis dans le monde entier. Les uns se précipitèrent vers elle avec enthousiasme et joie, les autres s'en détournèrent, chacun selon sa nature. Les princes de l'Europe, au premier moment, hiboux de cette aube, fermèrent les yeux, blessés et stupéfaits, et ne les rouvrirent que pour menacer. Effroi qui se comprend, colère qui s'excuse. Cette étrange révolution avait à peine été un choc ; elle n'avait pas même fait à la royauté vaincue l'honneur de la traiter en ennemie et de verser son sang. Aux yeux des gouvernements despotiques toujours intéressés à ce que la liberté se calomnie elle-même, la révolution de juillet avait le tort d'être formidable et de rester douce. Rien du reste ne fut tenté ni machiné contre elle. Les plus mécontents, les plus irrités, les plus frémissants, la saluaient. Quels que soient nos égoïsmes et nos rancunes, un respect mystérieux sort des événements dans lesquels on sent la collaboration de quelqu'un qui travaille plus haut que l'homme.

La révolution de juillet est le triomphe du droit terrassant le fait. Chose pleine de splendeur.

Le droit terrassant le fait. De là l'éclat de la révolution de 1830, de là sa mansuétude aussi. Le droit qui triomphe n'a nul besoin d'être violent.

Le droit, c'est le juste et le vrai.

Le propre du droit, c'est de rester éternellement beau et pur. Le fait, même le plus nécessaire en apparence, même le mieux accepté des contemporains, s'il n'existe que comme fait et s'il ne contient que trop peu de droit ou point du tout de droit, est destiné infailliblement à devenir, avec la durée du temps, difforme, immonde, peut-être même monstrueux. Si l'on veut constater d'un coup à quel degré de laideur le fait peut arriver, vu à la distance des siècles, qu'on regarde Machiavel. Machiavel, ce n'est point un mauvais génie, ni un démon, ni un écrivain lâche et misérable ; ce n'est rien que le fait. Et ce n'est pas seulement le fait italien, c'est le fait européen, le fait du seizième siècle. Il semble hideux, et il l'est, en présence de l'idée morale du dix-neuvième.

Cette lutte du droit et du fait dure depuis l'origine des sociétés. Terminer le duel, amalgamer l'idée pure avec la réalité humaine, faire pénétrer pacifiquement le droit dans le fait et le fait dans le droit, voilà le travail des sages.

II

MAL COUSU

Mais autre est le travail des sages, autre est le travail des habiles.

La révolution de 1830 s'était vite arrêtée.

Sitôt qu'une révolution a fait côte, les habiles dépècent l'échouement.

Les habiles, dans notre siècle, se sont décerné à eux-mêmes la qualification d'hommes d'état; si bien que ce mot, homme d'état, a fini par être un peu un mot d'argot. Qu'on ne l'oublie pas en effet, là où il n'y a qu'habileté, il y a nécessairement petitesse. Dire: les habiles, cela revient à dire: les médiocres.

De même que dire: les hommes d'état, cela équivaut quelquefois à dire: les traîtres.

À en croire les habiles donc, les révolutions comme la révolution de juillet sont des artères coupées; il faut une prompte ligature. Le droit, trop grandement proclamé, ébranle. Aussi, une fois le droit affirmé, il faut raffermir l'état. La liberté assurée, il faut songer au pouvoir.

Ici les sages ne se séparent pas encore des habiles, mais ils commencent à se défier. Le pouvoir, soit. Mais, premièrement, qu'est-ce que le pouvoir? deuxièmement, d'où vient-il?

Les habiles semblent ne pas entendre l'objection murmurée, et ils continuent leur manœuvre.

Selon ces politiques, ingénieux à mettre aux fictions profitables un masque de nécessité, le premier besoin d'un peuple après une révolution, quand ce peuple fait partie d'un continent monarchique, c'est de se procurer une dynastie. De cette façon, disent-ils, il peut avoir la paix après sa révolution, c'est-à-dire le temps de panser ses plaies et de réparer sa maison. La dynastie cache l'échafaudage et couvre l'ambulance.

Or, il n'est pas toujours facile de se procurer une dynastie.

À la rigueur, le premier homme de génie ou même le premier homme de fortune venu suffit pour faire un roi.

Vous avez dans le premier cas Bonaparte et dans le second Iturbide.

Mais la première famille venue ne suffit pas pour faire une dynastie. Il y a nécessairement une certaine quantité d'ancienneté dans une race, et la ride des siècles ne s'improvise pas.

Si l'on se place au point de vue des « hommes d'état », sous toutes réserves, bien entendu, après une révolution, quelles sont les qualités du roi qui en sort ? Il peut être et il est utile qu'il soit révolutionnaire, c'est-à-dire participant de sa personne à cette révolution, qu'il y ait mis la main, qu'il s'y soit compromis ou illustré, qu'il en ait touché la hache ou manié l'épée.

Quelles sont les qualités d'une dynastie ? Elle doit être nationale, c'est-à-dire révolutionnaire à distance, non par des actes commis, mais par les idées acceptées. Elle doit se composer de passé et être historique, se composer d'avenir et être sympathique.

Tout ceci explique pourquoi les premières révolutions se contentent de trouver un homme, Cromwell ou Napoléon ; et pourquoi les deuxièmes veulent absolument trouver une famille, la maison de Brunswick ou la maison d'Orléans.

Les maisons royales ressemblent à ces figuiers de l'Inde dont chaque rameau, en se courbant jusqu'à terre, y prend racine et devient un figuier. Chaque branche peut devenir une dynastie. À la seule condition de se courber jusqu'au peuple.

Telle est la théorie des habiles.

Voici donc le grand art : faire un peu rendre à un succès le son d'une catastrophe afin que ceux qui en profitent en tremblent aussi, assaisonner de peur un pas de fait, augmenter la courbe de la transition jusqu'au ralentissement du progrès, affadir cette aurore, dénoncer et retrancher les âpretés de l'enthousiasme, couper les angles et les ongles, ouater le triomphe, emmitoufler le droit, envelopper le géant peuple de flanelle et le coucher bien vite, imposer la diète à cet excès de santé, mettre Hercule en traitement de convalescence, délayer l'événement dans l'expédient, offrir aux esprits altérés d'idéal ce nectar étendu de tisane, prendre ses précautions contre le trop de réussite, garnir la révolution d'un abat-jour.

1830 pratiqua cette théorie, déjà appliquée à l'Angleterre par 1688.

1830 est une révolution arrêtée à mi-côte. Moitié de progrès; quasi-droit. Or la logique ignore l'à peu près; absolument comme le soleil ignore la chandelle.

Qui arrête les révolutions à mi-côte? La bourgeoisie.

Pourquoi?

Parce que la bourgeoisie est l'intérêt arrivé à satisfaction. Hier c'était l'appétit, aujourd'hui c'est la plénitude, demain ce sera la satiété.

Le phénomène de 1814 après Napoléon se reproduisit en 1830 après Charles X.

On a voulu, à tort, faire de la bourgeoisie une classe. La bourgeoisie est tout simplement la portion contentée du peuple. Le bourgeois, c'est l'homme qui a maintenant le temps de s'asseoir. Une chaise n'est pas une caste.

Mais, pour vouloir s'asseoir trop tôt, on peut arrêter la marche même du genre humain. Cela a été souvent la faute de la bourgeoisie.

On n'est pas une classe parce qu'on fait une faute. L'égoïsme n'est pas une des divisions de l'ordre social.

Du reste, il faut être juste, même envers l'égoïsme, l'état auquel aspirait, après la secousse de 1830, cette partie de la nation qu'on nomme la bourgeoisie, ce n'était pas l'inertie, qui se complique d'indifférence et de paresse et qui contient un peu de honte; ce n'était pas le sommeil, qui suppose un oubli momentané accessible aux songes; c'était la halte.

La halte est un mot formé d'un double sens singulier et presque contradictoire: troupe en marche, c'est-à-dire mouvement; station, c'est-à-dire repos.

La halte, c'est la réparation des forces; c'est le repos armé et éveillé; c'est le fait accompli qui pose des sentinelles et se tient sur ses gardes. La halte suppose le combat hier et le combat demain.

C'est l'entre-deux de 1830 et de 1848.

Ce que nous appelons ici combat peut aussi s'appeler progrès.

Il fallait donc à la bourgeoisie, comme aux hommes

d'état, un homme qui exprimât ce mot : halte. Un
Quoique Parce que. Une individualité composite, signifiant révolution et signifiant stabilité, en d'autres termes
affermissant le présent par la compatibilité évidente du
passé avec l'avenir.

Cet homme était « tout trouvé ». Il s'appelait Louis-
Philippe d'Orléans.

Les 221 firent Louis-Philippe roi. Lafayette se chargea
du sacre. Il le nomma *la meilleure des républiques*.
L'hôtel de ville de Paris remplaça la cathédrale de
Reims.

Cette substitution d'un demi-trône au trône complet
fut « l'œuvre de 1830 ».

Quand les habiles eurent fini, le vice immense de leur
solution apparut. Tout cela était fait en dehors du droit
absolu. Le droit absolu cria : Je proteste ! puis, chose
redoutable, il rentra dans l'ombre.

III

LOUIS-PHILIPPE

Les révolutions ont le bras terrible et la main heureuse ; elles frappent ferme et choisissent bien. Même
incomplètes, même abâtardies et mâtinées, et réduites à
l'état de révolution cadette, comme la révolution de
1830, il leur reste presque toujours assez de lucidité pro-
videntielle pour qu'elles ne puissent mal tomber. Leur
éclipse n'est jamais une abdication.

Pourtant, ne nous vantons pas trop haut ; les révolutions, elles aussi, se trompent, et de graves méprises se
sont vues.

Revenons à 1830. 1830, dans sa déviation, eut du bonheur. Dans l'établissement qui s'appela l'ordre après la
révolution coupée court, le roi valait mieux que la
royauté. Louis-Philippe était un homme rare.

Fils d'un père auquel l'histoire accordera certainement
les circonstances atténuantes, mais aussi digne d'estime

que ce père avait été digne de blâme ; ayant toutes les vertus privées et plusieurs des vertus publiques ; soigneux de sa santé, de sa fortune, de sa personne, de ses affaires ; connaissant le prix d'une minute et pas toujours le prix d'une année ; sobre, serein, paisible, patient ; bonhomme et bon prince ; couchant avec sa femme, et ayant dans son palais des laquais chargés de faire voir le lit conjugal aux bourgeois, ostentation d'alcôve régulière devenue utile après les anciens étalages illégitimes de la branche aînée ; sachant toutes les langues de l'Europe, et, ce qui est plus rare, tous les langages de tous les intérêts, et les parlant ; admirable représentant de « la classe moyenne », mais la dépassant, et de toutes les façons plus grand qu'elle ; ayant l'excellent esprit, tout en appréciant le sang dont il sortait, de se compter surtout pour sa valeur intrinsèque, et, sur la question même de sa race, très particulier, se déclarant Orléans et non Bourbon ; très premier prince du sang tant qu'il n'avait été qu'altesse sérénissime, mais franc bourgeois le jour où il fut majesté ; diffus en public, concis dans l'intimité ; avare signalé, mais non prouvé ; au fond, un de ces économes aisément prodigues pour leur fantaisie ou leur devoir ; lettré, et peu sensible aux lettres ; gentilhomme, mais non chevalier ; simple, calme et fort ; adoré de sa famille et de sa maison ; causeur séduisant ; l'homme d'état désabusé, intérieurement froid, dominé par l'intérêt immédiat, gouvernant toujours au plus près, incapable de rancune et de reconnaissance, usant sans pitié les supériorités sur les médiocrités, habile à faire donner tort par les majorités parlementaires à ces unanimités mystérieuses qui grondent sourdement sous les trônes ; expansif, parfois imprudent dans son expansion, mais d'une merveilleuse adresse dans cette imprudence ; fertile en expédients, en visages, en masques ; faisant peur à la France de l'Europe et à l'Europe de la France ; aimant incontestablement son pays, mais préférant sa famille ; prisant plus la domination que l'autorité et l'autorité que la dignité, disposition qui a cela de funeste que, tournant tout au succès, elle admet la ruse et ne répudie pas absolument la bassesse, mais qui a cela de profitable qu'elle préserve la politique des chocs vio-

lents, l'état des fractures et la société des catastrophes ;
minutieux, correct, vigilant, attentif, sagace, infatigable ;
se contredisant quelquefois, et se démentant ; hardi
contre l'Autriche à Ancône, opiniâtre contre l'Angleterre
en Espagne, bombardant Anvers et payant Pritchard ;
chantant avec conviction la Marseillaise ; inaccessible à
l'abattement, aux lassitudes, au goût du beau et de
l'idéal, aux générosités téméraires, à l'utopie, à la
chimère, à la colère, à la vanité, à la crainte ; ayant toutes
les formes de l'intrépidé personnelle ; général à Valmy,
soldat à Jemmapes ; tâté huit fois par le régicide, et toujours souriant ; brave comme un grenadier, courageux
comme un penseur ; inquiet seulement devant les
chances d'un ébranlement européen, et impropre aux
grandes aventures politiques ; toujours prêt à risquer sa
vie, jamais son œuvre ; déguisant sa volonté en influence
afin d'être plutôt obéi comme intelligence que comme
roi ; doué d'observation et non de divination ; peu attentif aux esprits, mais se connaissant en hommes, c'est-à-
dire ayant besoin de voir pour juger ; bon sens prompt et
pénétrant, sagesse pratique, parole facile, mémoire prodigieuse ; puisant sans cesse dans cette mémoire, son
unique point de ressemblance avec César, Alexandre et
Napoléon ; sachant les faits, les détails, les dates, les
noms propres ; ignorant les tendances, les passions, les
génies divers de la foule, les aspirations intérieures, les
soulèvements cachés et obscurs des âmes, en un mot,
tout ce qu'on pourrait appeler les courants invisibles des
consciences ; accepté par la surface, mais peu d'accord
avec la France de dessous ; s'en tirant par la finesse ; gouvernant trop et ne régnant pas assez ; son premier
ministre à lui-même ; excellant à faire de la petitesse des
réalités un obstacle à l'immensité des idées ; mêlant à
une vraie faculté créatrice de civilisation, d'ordre et
d'organisation, on ne sait quel esprit de procédure et de
chicane ; fondateur et procureur d'une dynastie ; ayant
quelque chose de Charlemagne et quelque chose d'un
avoué ; en somme, figure haute et originale, prince qui
sut faire du pouvoir malgré l'inquiétude de la France et
de la puissance malgré la jalousie de l'Europe, Louis-
Philippe sera classé parmi les hommes éminents de son

siècle, et serait rangé parmi les gouvernants les plus illustres de l'histoire, s'il eût un peu aimé la gloire et s'il eût eu le sentiment de ce qui est grand au même degré que le sentiment de ce qui est utile.

Louis-Philippe avait été beau, et, vieilli, était resté gracieux ; pas toujours agréé de la nation, il l'était toujours de la foule ; il plaisait. Il avait ce don, le charme. La majesté lui faisait défaut ; il ne portait ni la couronne, quoique roi, ni les cheveux blancs, quoique vieillard. Ses manières étaient du vieux régime et ses habitudes du nouveau, mélange du noble et du bourgeois qui convenait à 1830 ; Louis-Philippe était la transition régnante ; il avait conservé l'ancienne prononciation et l'ancienne orthographe qu'il mettait au service des opinions modernes ; il aimait la Pologne et la Hongrie, mais il écrivait *les polonois* et il prononçait *les hongrais*. Il portait l'habit de la garde nationale comme Charles X, et le cordon de la légion d'honneur comme Napoléon.

Il allait peu à la chapelle, point à la chasse, jamais à l'opéra. Incorruptible aux sacristains, aux valets de chiens et aux danseuses ; cela entrait dans sa popularité bourgeoise. Il n'avait point de cour. Il sortait avec son parapluie sous son bras, et ce parapluie a longtemps fait partie de son auréole. Il était un peu maçon, un peu jardinier et un peu médecin ; il saignait un postillon tombé de cheval ; Louis-Philippe n'allait pas plus sans sa lancette que Henri III sans son poignard. Les royalistes raillaient ce roi ridicule, le premier qui ait versé le sang pour guérir.

Dans les griefs de l'histoire contre Louis-Philippe, il y a une défalcation à faire ; il y a ce qui accuse la royauté, ce qui accuse le règne, et ce qui accuse le roi ; trois colonnes qui donnent chacune un total différent. Le droit démocratique confisqué, le progrès devenu le deuxième intérêt, les protestations de la rue réprimées violemment, l'exécution militaire des insurrections, l'émeute passée par les armes, la rue Transnonain, les conseils de guerre, l'absorption du pays réel par le pays légal, le gouvernement de compte à demi avec trois cent mille privilégiés, sont le fait de la royauté ; la Belgique refusée, l'Algérie trop durement conquise, et, comme l'Inde par les anglais, avec plus de barbarie que de civilisation, le manque de foi à Abdel-Kader, Blaye, Deutz acheté, Pritchard payé, sont le fait du règne ; la politique plus familiale que nationale est le fait du roi.

Comme on voit, le décompte opéré, la charge du roi s'amoindrit.

Sa grande faute, la voici : il a été modeste au nom de la France.

D'où vient cette faute ?

Disons-le.

Louis-Philippe a été un roi trop père ; cette incubation d'une famille qu'on veut faire éclore dynastie a peur de tout et n'entend pas être dérangée ; de là des timidités excessives, importunes au peuple qui a le 14 juillet dans sa tradition civile et Austerlitz dans sa tradition militaire.

Du reste, si l'on fait abstraction des devoirs publics, qui veulent être remplis les premiers, cette profonde tendresse de Louis-Philippe pour sa famille, la famille le méritait. Ce groupe domestique était admirable. Les vertus y coudoyaient les talents. Une des filles de Louis-Philippe, Marie d'Orléans, mettait le nom de sa race parmi les artistes comme Charles d'Orléans l'avait mis parmi les poètes. Elle avait fait de son âme un marbre qu'elle avait nommé Jeanne d'Arc. Deux des fils de Louis-Philippe avaient arraché à Metternich cet éloge démagogique : *Ce sont des jeunes gens comme on n'en voit guère et des princes comme on n'en voit pas.*

Voilà, sans rien dissimuler, mais aussi sans rien aggraver, le vrai sur Louis-Philippe.

Être le prince égalité, porter en soi la contradiction de la restauration et de la révolution, avoir ce côté inquiétant du révolutionnaire qui devient rassurant dans le gouvernement, ce fut là la fortune de Louis-Philippe en 1830 ; jamais il n'y eut adaptation plus complète d'un homme à un événement ; l'un entra dans l'autre, et l'incarnation se fit. Louis-Philippe, c'est 1830 fait homme. De plus il avait pour lui cette grande désignation au trône, l'exil. Il avait été proscrit, errant, pauvre. Il avait vécu de son travail. En Suisse, cet apanagiste des plus riches domaines princiers de France avait vendu un

vieux cheval pour manger. À Reichenau il avait donné
des leçons de mathématiques pendant que sa sœur Adé-
laïde faisait de la broderie et cousait. Ces souvenirs
mêlés à un roi enthousiasmaient la bourgeoisie. Il avait
démoli de ses propres mains la dernière cage de fer du
Mont Saint-Michel, bâtie par Louis XI et utilisée par
Louis XV. C'était le compagnon de Dumouriez, c'était
l'ami de Lafayette ; il avait été du club des jacobins ;
Mirabeau lui avait frappé sur l'épaule ; Danton lui avait
dit : Jeune homme ! À vingt-quatre ans, en 93, étant
M. de Chartres, du fond d'une logette obscure de la
Convention, il avait assisté au procès de Louis XVI, si
bien nommé *ce pauvre tyran*. La clairvoyance aveugle de
la révolution, brisant la royauté dans le roi et le roi avec
la royauté, sans presque remarquer l'homme dans le
farouche écrasement de l'idée, le vaste orage de l'assemblée tribunal, la colère publique interrogeant, Capet ne
sachant que répondre, l'effrayante vacillation stupéfaite
de cette tête royale sous ce souffle sombre, l'innocence
relative de tous dans cette catastrophe, de ceux qui
condamnaient comme de celui qui était condamné, il
avait regardé ces choses, il avait contemplé ces vertiges ;
il avait vu les siècles comparaître à la barre de la
Convention ; il avait vu, derrière Louis XVI, cet infortuné
passant responsable, se dresser dans les ténèbres la formidable accusée, la monarchie ; et il lui était resté dans
l'âme l'épouvante respectueuse de ces immenses justices
du peuple presque aussi impersonnelles que la justice de
Dieu.

La trace que la révolution avait laissée en lui était prodigieuse. Son souvenir était comme une empreinte
vivante de ces grandes années minute par minute. Un
jour, devant un témoin dont il nous est impossible de
douter, il rectifia de mémoire toute la lettre A de la liste
alphabétique de l'assemblée constituante.

Louis-Philippe a été un roi de plein jour. Lui régnant,
la presse a été libre, la tribune a été libre, la conscience
et la parole ont été libres. Les lois de septembre sont à
claire-voie. Bien que sachant le pouvoir rongeur de la
lumière sur les privilèges, il a laissé son trône exposé à la
lumière. L'histoire lui tiendra compte de cette loyauté.

Louis-Philippe, comme tous les hommes historiques
sortis de scène, est aujourd'hui mis en jugement par la
conscience humaine. Son procès n'est encore qu'en première instance.

L'heure où l'histoire parle avec son accent vénérable et
libre n'a pas encore sonné pour lui; le moment n'est pas
venu de prononcer sur ce roi le jugement définitif; l'austère et illustre historien Louis Blanc a lui-même récemment adouci son premier verdict; Louis-Philippe a été
l'élu de ces deux à peu près qu'on appelle les 221 et 1830,
c'est-à-dire d'un demi-parlement et d'une demi-révolu-
tion; et dans tous les cas, au point de vue supérieur où
doit se placer la philosophie, nous ne pourrions le juger
ici, comme on a pu l'entrevoir plus haut, qu'avec de certaines réserves au nom du principe démocratique
absolu; aux yeux de l'absolu, en dehors de ces deux
droits, le droit de l'homme d'abord, le droit du peuple
ensuite, tout est usurpation; mais ce que nous pouvons
dire dès à présent, ces réserves faites, c'est que, somme
toute et de quelque façon qu'on le considère, Louis-
Philippe, pris en lui-même et au point de vue de la bonté
humaine, demeurera, pour nous servir du vieux langage
de l'ancienne histoire, un des meilleurs princes qui aient
passé sur un trône.

Qu'a-t-il contre lui? Ce trône. Ôtez de Louis-Philippe
le roi, il reste l'homme. Et l'homme est bon. Il est bon
parfois jusqu'à être admirable. Souvent, au milieu des
plus graves soucis, après une journée de lutte contre
toute la diplomatie du continent, il rentrait le soir dans
son appartement, et là, épuisé de fatigue, accablé de
sommeil, que faisait-il? il prenait un dossier, et il passait
sa nuit à réviser un procès criminel, trouvant que c'était
quelque chose de tenir tête à l'Europe, mais que c'était
une plus grande affaire encore d'arracher un homme au
bourreau. Il s'opiniâtrait contre son garde des sceaux; il
disputait pied à pied le terrain de la guillotine aux procureurs généraux, *ces bavards de la loi*, comme il les
appelait. Quelquefois les dossiers empilés couvraient sa
table; il les examinait tous; c'était une angoisse pour lui
d'abandonner ces misérables têtes condamnées. Un jour
il disait au même témoin que nous avons indiqué tout à

l'heure : *Cette nuit, j'en ai gagné sept.* Pendant les premières années de son règne, la peine de mort fut comme abolie, et l'échafaud relevé fut une violence faite au roi. La Grève ayant disparu avec la branche aînée, une Grève bourgeoise fut instituée sous le nom de Barrière Saint-Jacques ; les « hommes pratiques » sentirent le besoin d'une guillotine quasi légitime ; et ce fut là une des victoires de Casimir Perier, qui représentait les côtés étroits de la bourgeoisie, sur Louis-Philippe, qui en représentait les côtés libéraux. Louis-Philippe avait annoté de sa main Beccaria. Après la machine Fieschi, il s'écriait : *Quel dommage que je n'aie pas été blessé ! j'aurais pu faire grâce.* Une autre fois, faisant allusion aux résistances de ses ministres, il écrivait à propos d'un condamné politique qui est une des plus généreuses figures de notre temps : *Sa grâce est accordée, il ne me reste plus qu'à l'obtenir.* Louis-Philippe était doux comme Louis IX et bon comme Henri IV.

Or, pour nous, dans l'histoire où la bonté est la perle rare, qui a été bon passe presque avant qui a été grand.

Louis-Philippe ayant été apprécié sévèrement par les uns, durement peut-être par les autres, il est tout simple qu'un homme, fantôme lui-même aujourd'hui, qui a connu ce roi, vienne déposer pour lui devant l'histoire ; cette déposition, quelle qu'elle soit, est évidemment et avant tout désintéressée ; une épitaphe écrite par un mort est sincère ; une ombre peut consoler une autre ombre ; le partage des mêmes ténèbres donne le droit de louange ; et il est peu à craindre qu'on dise jamais de deux tombeaux dans l'exil : Celui-ci a flatté l'autre.

IV

LÉZARDES SOUS LA FONDATION

Au moment où le drame que nous racontons va pénétrer dans l'épaisseur d'un des nuages tragiques qui couvrent les commencements du règne de Louis-Phi-

lippe, il ne fallait pas d'équivoque, et il était nécessaire
que ce livre s'expliquât sur ce roi.

Louis-Philippe était entré dans l'autorité royale sans
violence, sans action directe de sa part, par le fait d'un
virement révolutionnaire, évidemment fort distinct du
but réel de la révolution, mais dans lequel lui, duc
d'Orléans, n'avait aucune initiative personnelle. Il était
né prince et se croyait élu roi. Il ne s'était point donné à
lui-même ce mandat; il ne l'avait point pris; on le lui
avait offert et il l'avait accepté; convaincu, à tort certes,
mais convaincu que l'offre était selon le droit et que
l'acceptation était selon le devoir. De là une possession
de bonne foi. Or, nous le disons en toute conscience,
Louis-Philippe étant de bonne foi dans sa possession, et
la démocratie étant de bonne foi dans son attaque, la
quantité d'épouvante qui se dégage des luttes sociales ne
charge ni le roi, ni la démocratie. Un choc de principes
ressemble à un choc d'éléments. L'océan défend l'eau,
l'ouragan défend l'air; le roi défend la royauté, la démocratie défend le peuple; le relatif, qui est la monarchie,
résiste à l'absolu, qui est la république; la société saigne
sous ce conflit, mais ce qui est sa souffrance aujourd'hui
sera plus tard son salut; et, dans tous les cas, il n'y a
point ici à blâmer ceux qui luttent; un des deux partis
évidemment se trompe; le droit n'est pas, comme le
colosse de Rhodes, sur deux rivages à la fois, un pied
dans la république, un pied dans la royauté; il est indivisible, et tout d'un côté; mais ceux qui se trompent se
trompent sincèrement; un aveugle n'est pas plus un coupable qu'un vendéen n'est un brigand. N'imputons donc
qu'à la fatalité des choses ces collisions redoutables.
Quelles que soient ces tempêtes, l'irresponsabilité
humaine y est mêlée.

Achevons cet exposé.

Le gouvernement de 1830 eut tout de suite la vie dure.
Il dut, né d'hier, combattre aujourd'hui.

À peine installé, il sentait déjà partout de vagues mouvements de traction sur l'appareil de juillet encore si
fraîchement posé et si peu solide.

La résistance naquit le lendemain; peut-être même
était-elle née la veille.

De mois en mois, l'hostilité grandit, et de sourde devint patente.

La révolution de juillet, peu acceptée hors de France par les rois, nous l'avons dit, avait été en France diversement interprétée.

Dieu livre aux hommes ses volontés visibles dans les événements, texte obscur écrit dans une langue mystérieuse. Les hommes en font sur-le-champ des traductions ; traductions hâtives, incorrectes, pleines de fautes, de lacunes et de contre-sens. Bien peu d'esprits comprennent la langue divine. Les plus sagaces, les plus calmes, les plus profonds, déchiffrent lentement, et, quand ils arrivent avec leur texte, la besogne est faite depuis longtemps ; il y a déjà vingt traductions sur la place publique. De chaque traduction naît un parti, et de chaque contre-sens une faction ; et chaque parti croit avoir le seul vrai texte, et chaque faction croit posséder la lumière.

Souvent le pouvoir lui-même est une faction.

Il y a dans les révolutions des nageurs à contre-courant ; ce sont les vieux partis.

Pour les vieux partis qui se rattachent à l'hérédité par la grâce de Dieu, les révolutions étant sorties du droit de révolte, on a droit de révolte contre elles. Erreur. Car dans les révolutions, le révolté, ce n'est pas le peuple, c'est le roi. Révolution est précisément le contraire de révolte. Toute révolution, étant un accomplissement normal, contient en elle sa légitimité, que de faux révolutionnaires déshonorent quelquefois, mais qui persiste, même souillée, qui survit, même ensanglantée. Les révolutions sortent, non d'un accident, mais de la nécessité. Une révolution est un retour du factice au réel. Elle est parce qu'il faut qu'elle soit.

Les vieux partis légitimistes n'en assaillaient pas moins la révolution de 1830 avec toutes les violences qui jaillissent du faux raisonnement. Les erreurs sont d'excellents projectiles. Ils la frappaient savamment là où elle était vulnérable, au défaut de sa cuirasse, à son manque de logique ; ils attaquaient cette révolution dans sa royauté. Ils lui criaient : Révolution, pourquoi ce roi ? Les factions sont des aveugles qui visent juste.

Ce cri, les républicains le poussaient également. Mais, venant d'eux, ce cri était logique. Ce qui était cécité chez les légitimistes était clairvoyance chez les démocrates. 1830 avait fait banqueroute au peuple. La démocratie indignée le lui reprochait.

Entre l'attaque du passé et l'attaque de l'avenir, l'établissement de juillet se débattait. Il représentait la minute, aux prises d'une part avec les siècles monarchiques, d'autre part avec le droit éternel.

En outre, au dehors, n'étant plus la révolution et devenant la monarchie, 1830 était obligé de prendre le pas de l'Europe. Garder la paix, surcroît de complication. Une harmonie voulue à contre-sens est souvent plus onéreuse qu'une guerre. De ce sourd conflit, toujours muselé, mais toujours grondant, naquit la paix armée, ce ruineux expédient de la civilisation suspecte à elle-même. La royauté de juillet se cabrait, malgré qu'elle en eût, dans l'attelage des cabinets européens. Metternich l'eût volontiers mise à la platelonge. Poussée en France par le progrès, elle poussait en Europe les monarchies, ces tardigrades. Remorquée, elle remorquait.

Cependant, à l'intérieur, paupérisme, prolétariat, salaire, éducation, pénalité, prostitution, sort de la femme, richesse, misère, production, consommation, répartition, échange, monnaie, crédit, droit du capital, droit du travail, toutes ces questions se multipliaient au-dessus de la société ; surplomb terrible.

En dehors des partis politiques proprement dits, un autre mouvement se manifestait. À la fermentation démocratique répondait la fermentation philosophique. L'élite se sentait troublée comme la foule ; autrement, mais autant.

Des penseurs méditaient, tandis que le sol, c'est-à-dire le peuple, traversé par les courants révolutionnaires, tremblait sous eux avec je ne sais quelles vagues secousses épileptiques. Ces songeurs, les uns isolés, les autres réunis en familles et presque en communions, remuaient les questions sociales, pacifiquement, mais profondément ; mineurs impassibles, qui poussaient tranquillement leurs galeries dans les profondeurs d'un volcan, à peine dérangés par les commotions sourdes et par les fournaises entrevues.

Cette tranquillité n'était pas le moins beau spectacle de cette époque agitée.

Ces hommes laissaient aux partis politiques la question des droits; ils s'occupaient de la question du bonheur.

Le bien-être de l'homme, voilà ce qu'ils voulaient extraire de la société.

Ils élevaient les questions matérielles, les questions d'agriculture, d'industrie, de commerce, presque à la dignité d'une religion. Dans la civilisation telle qu'elle se fait, un peu par Dieu, beaucoup par l'homme, les intérêts se combinent, s'agrègent et s'amalgament de manière à former une véritable roche dure, selon une loi dynamique patiemment étudiée par les économistes, ces géologues de la politique.

Ces hommes, qui se groupaient sous des appellations différentes, mais qu'on peut désigner tous par le titre générique de socialistes, tâchaient de percer cette roche et d'en faire jaillir les eaux vives de la félicité humaine.

Depuis la question de l'échafaud jusqu'à la question de la guerre, leurs travaux embrassaient tout. Au droit de l'homme, proclamé par la révolution française, ils ajoutaient le droit de la femme et le droit de l'enfant.

On ne s'étonnera pas que, pour des raisons diverses, nous ne traitions pas ici à fond, au point de vue théorique, les questions soulevées par le socialisme. Nous nous bornons à les indiquer.

Tous les problèmes que les socialistes se proposaient, les visions cosmogoniques, la rêverie et le mysticisme écartés, peuvent être ramenés à deux problèmes principaux :

Premier problème :

Produire la richesse.

Deuxième problème :

La répartir.

Le premier problème contient la question du travail.

Le deuxième contient la question du salaire.

Dans le premier problème il s'agit de l'emploi des forces.

Dans le second de la distribution des jouissances.

Du bon emploi des forces résulte la puissance publique.

De la bonne distribution des jouissances résulte le bonheur individuel.

Par bonne distribution, il faut entendre non distribution égale, mais distribution équitable. La première égalité, c'est l'équité.

De ces deux choses combinées, puissance publique au dehors, bonheur individuel au dedans, résulte la prospérité sociale.

Prospérité sociale, cela veut dire l'homme heureux, le citoyen libre, la nation grande.

L'Angleterre résout le premier de ces deux problèmes. Elle crée admirablement la richesse; elle la répartit mal. Cette solution qui n'est complète que d'un côté la mène fatalement à ces deux extrêmes : opulence monstrueuse, misère monstrueuse. Toutes les jouissances à quelques-uns, toutes les privations aux autres, c'est-à-dire au peuple; le privilège, l'exception, le monopole, la féodalité, naissent du travail même. Situation fausse et dangereuse qui assoit la puissance publique sur la misère privée, et qui enracine la grandeur de l'état dans les souffrances de l'individu. Grandeur mal composée où se combinent tous les éléments matériels et dans laquelle n'entre aucun élément moral.

Le communisme et la loi agraire croient résoudre le deuxième problème. Ils se trompent. Leur répartition tue la production. Le partage égal abolit l'émulation. Et par conséquent le travail. C'est une répartition faite par le boucher, qui tue ce qu'il partage. Il est donc impossible de s'arrêter à ces prétendues solutions. Tuer la richesse, ce n'est pas la répartir.

Les deux problèmes veulent être résolus ensemble pour être bien résolus. Les deux solutions veulent être combinées et n'en faire qu'une.

Ne résolvez que le premier des deux problèmes, vous serez Venise, vous serez l'Angleterre. Vous aurez comme Venise une puissance artificielle, ou comme l'Angleterre une puissance matérielle; vous serez le mauvais riche. Vous périrez par une voie de fait, comme est morte Venise, ou par une banqueroute, comme tombera l'Angleterre. Et le monde vous laissera mourir et tomber, parce que le monde laisse tomber et mourir tout ce qui n'est que l'égoïsme, tout ce qui ne représente pas pour le genre humain une vertu ou une idée.

Il est bien entendu ici que par ces mots, Venise, l'Angleterre, nous désignons non des peuples, mais des constructions sociales; les oligarchies superposées aux nations, et non les nations elles-mêmes. Les nations ont toujours notre respect et notre sympathie. Venise, peuple, renaîtra; l'Angleterre, aristocratie, tombera, mais l'Angleterre, nation, est immortelle. Cela dit, nous poursuivons.

Résolvez les deux problèmes, encouragez le riche et protégez le pauvre, supprimez la misère, mettez un terme à l'exploitation injuste du faible par le fort, mettez un frein à la jalousie inique de celui qui est en route contre celui qui est arrivé, ajustez mathématiquement et fraternellement le salaire au travail, mêlez l'enseignement gratuit et obligatoire à la croissance de l'enfance et faites de la science la base de la virilité, développez les intelligences tout en occupant les bras, soyez à la fois un peuple puissant et une famille d'hommes heureux, démocratisez la propriété, non en l'abolissant, mais en l'universalisant, de façon que tout citoyen sans exception soit propriétaire, chose plus facile qu'on ne croit, en deux mots sachez produire la richesse et sachez la répartir; et vous aurez tout ensemble la grandeur matérielle et la grandeur morale; et vous serez dignes de vous appeler la France.

Voilà, en dehors et au-dessus de quelques sectes qui s'égaraient, ce que disait le socialisme; voilà ce qu'il cherchait dans les faits, voilà ce qu'il ébauchait dans les esprits.

Efforts admirables! tentatives sacrées!

Ces doctrines, ces théories, ces résistances, la nécessité inattendue pour l'homme d'état de compter avec les philosophes, de confuses évidences entrevues, une politique nouvelle à créer, d'accord avec le vieux monde sans trop de désaccord avec l'idéal révolutionnaire, une situation dans laquelle il fallait user Lafayette à défendre Polignac, l'intuition du progrès transparent sous l'émeute, les chambres et la rue, les compétitions à équilibrer autour de lui, sa foi dans la révolution, peut-être

on ne sait quelle résignation éventuelle née de la vague
acceptation d'un droit définitif et supérieur, sa volonté
de rester de sa race, son esprit de famille, son sincère
respect du peuple, sa propre honnêteté, préoccupaient
Louis-Philippe presque douloureusement, et par instants, si fort et si courageux qu'il fût, l'accablaient sous
la difficulté d'être roi.

Il sentait sous ses pieds une désagrégation redoutable,
qui n'était pourtant pas une mise en poussière, la France
étant plus France que jamais.

De ténébreux amoncellements couvraient l'horizon.
Une ombre étrange, gagnant de proche en proche,
s'étendait peu à peu sur les hommes, sur les choses, sur
les idées; ombre qui venait des colères et des systèmes.
Tout ce qui avait été hâtivement étouffé remuait et fer-
mentait. Parfois la conscience de l'honnête homme
reprenait sa respiration tant il y avait de malaise dans
cet air où les sophismes se mêlaient aux vérités. Les
esprits tremblaient dans l'anxiété sociale comme les
feuilles à l'approche d'un orage. La tension électrique
était telle qu'à de certains instants le premier venu, un
inconnu, éclairait. Puis l'obscurité crépusculaire retombait. Par intervalles, de profonds et sourds grondements
pouvaient faire juger de la quantité de foudre qu'il y
avait dans la nuée.

Vingt mois à peine s'étaient écoulés depuis la révolution de juillet, l'année 1832 s'était ouverte avec un aspect
d'imminence et de menace. La détresse du peuple, les
travailleurs sans pain, le dernier prince de Condé disparu dans les ténèbres, Bruxelles chassant les Nassau
comme Paris les Bourbons, la Belgique s'offrant à un
prince français et donnée à un prince anglais, la haine
russe de Nicolas, derrière nous deux démons du midi,
Ferdinand en Espagne, Miguel en Portugal, la terre
tremblant en Italie, Metternich étendant la main sur
Bologne, la France brusquant l'Autriche à Ancône, au
nord on ne sait quel sinistre bruit de marteau reclouant
la Pologne dans son cercueil, dans toute l'Europe des
regards irrités guettant la France, l'Angleterre, alliée suspecte, prête à pousser ce qui pencherait et à se jeter sur
ce qui tomberait, la pairie s'abritant derrière Beccaria

pour refuser quatre têtes à la loi, les fleurs de lys ratu-
rées sur la voiture du roi, la croix arrachée de Notre-
Dame, Lafayette amoindri, Laffitte ruiné, Benjamin
Constant mort dans l'indigence, Casimir Perier mort
dans l'épuisement du pouvoir ; la maladie politique et la
maladie sociale se déclarant à la fois dans les deux capitales du royaume, l'une la ville de la pensée, l'autre la
ville du travail ; à Paris la guerre civile, à Lyon la guerre
servile ; dans les deux cités la même lueur de fournaise ;
une pourpre de cratère au front du peuple ; le midi fana-
tisé, l'ouest troublé, la duchesse de Berry dans la Ven-
dée, les complots, les conspirations, les soulèvements, le
choléra, ajoutaient à la sombre rumeur des idées le
sombre tumulte des événements.

V

FAITS D'OÙ L'HISTOIRE SORT
ET QUE L'HISTOIRE IGNORE

Vers la fin d'avril, tout s'était aggravé. La fermentation
devenait du bouillonnement. Depuis 1830, il y avait eu
çà et là de petites émeutes partielles, vite comprimées,
mais renaissantes, signe d'une vaste conflagration sous-
jacente. Quelque chose de terrible couvait. On entrevoyait les linéaments encore peu distincts et mal éclairés
d'une révolution possible. La France regardait Paris ;
Paris regardait le faubourg Saint-Antoine.

Le faubourg Saint-Antoine, sourdement chauffé,
entrait en ébullition.

Les cabarets de la rue de Charonne étaient, quoique la
jonction de ces deux épithètes semble singulière appliquée à des cabarets, graves et orageux.

Le gouvernement y était purement et simplement mis
en question. On y discutait publiquement *la chose pour
se battre ou pour rester tranquilles*. Il y avait des arrière-
boutiques où l'on faisait jurer à des ouvriers qu'« ils se
trouveraient dans la rue au premier cri d'alarme, et

qu'ils se battraient sans compter le nombre des ennemis ». Une fois l'engagement pris, un homme assis dans
un coin du cabaret « faisait une voix sonore » et disait :
Tu l'entends ! tu l'as juré ! Quelquefois on montait au premier étage dans une chambre close, et là il se passait des
scènes presque maçonniques. On faisait prêter à l'initié
des serments *pour lui rendre service ainsi qu'aux pères de
famille.* C'était la formule.

Dans les salles basses on lisait des brochures « sub-
versives ». *Ils crossaient le gouvernement*, dit un rapport
secret du temps.

On y entendait des paroles comme celles-ci : — *Je ne
sais pas les noms des chefs. Nous autres, nous ne saurons
le jour que deux heures d'avance.* — Un ouvrier disait :
— *Nous sommes trois cents, mettons chacun dix sous,
cela fera cent cinquante francs pour fabriquer des balles et
de la poudre.* — Un autre disait : — *Je ne demande pas six
mois, je n'en demande pas deux. Avant quinze jours nous
serons en parallèle avec le gouvernement. Avec vingt-cinq
mille hommes on peut se mettre en face.* — Un autre
disait : — *Je ne me couche pas parce que je fais des cartouches la nuit.* — De temps en temps des hommes « en
bourgeois et en beaux habits » venaient, « faisant des
embarras », et ayant l'air « de commander », donnaient
des poignées de mains *aux plus importants*, et s'en
allaient. Ils ne restaient jamais plus de dix minutes. On
échangeait à voix basse des propos significatifs : — *Le
complot est mûr, la chose est comble.* — « C'était bour-
donné par tous ceux qui étaient là », pour emprunter
l'expression même d'un des assistants. L'exaltation était
telle qu'un jour, en plein cabaret, un ouvrier s'écria :
Nous n'avons pas d'armes ! — Un de ses camarades
répondit : — *Les soldats en ont !* — parodiant ainsi, sans
s'en douter, la proclamation de Bonaparte à l'armée
d'Italie. — « Quand ils avaient quelque chose de plus
secret, ajoute un rapport, ils « ne se le communiquaient
pas là. » On ne comprend guère ce qu'ils pouvaient
cacher après avoir dit ce qu'ils disaient.

Les réunions étaient quelquefois périodiques. À de
certaines, on n'était jamais plus de huit ou dix, et toujours les mêmes. Dans d'autres, entrait qui voulait, et la

salle était si pleine qu'on était forcé de se tenir debout. Les uns s'y trouvaient par enthousiasme et passion; les autres parce que *c'était leur chemin pour aller au travail*. Comme pendant la révolution, il y avait dans ces cabarets des femmes patriotes qui embrassaient les nouveaux venus.

D'autres faits expressifs se faisaient jour.

Un homme entrait dans un cabaret, buvait et sortait en disant : *Marchand de vin, ce qui est dû, la révolution le payera*.

Chez un cabaretier en face de la rue de Charonne on nommait des agents révolutionnaires. Le scrutin se faisait dans des casquettes.

Des ouvriers se réunissaient chez un maître d'escrime qui donnait des assauts rue de Cotte. Il y avait là un trophée d'armes formé d'espadons en bois, de cannes, de bâtons et de fleurets. Un jour on démoucheta les fleurets. Un ouvrier disait : — *Nous sommes vingt-cinq, mais on ne compte pas sur moi, parce qu'on me regarde comme une machine*. — Cette machine a été plus tard Quénisset.

Les choses quelconques qui se préméditaient prenaient peu à peu on ne sait quelle étrange notoriété. Une femme balayant sa porte disait à une autre femme : — *Depuis longtemps on travaille à force à faire des cartouches*. — On lisait en pleine rue des proclamations adressées aux gardes nationales des départements. Une de ces proclamations était signée : *Burtot, marchand de vin*.

Un jour, à la porte d'un liquoriste du marché Lenoir, un homme ayant un collier de barbe et l'accent italien montait sur une borne et lisait à haute voix un écrit singulier qui semblait émaner d'un pouvoir occulte. Des groupes s'étaient formés autour de lui et applaudissaient. Les passages qui remuaient le plus la foule ont été recueillis et notés. — « ... Nos doctrines sont entravées, nos proclamations sont déchirées, nos afficheurs sont guettés et jetés en prison... » « La débâcle qui vient d'avoir lieu dans les cotons nous a converti plusieurs juste-milieu. » — « ... L'avenir des peuples s'élabore dans nos rangs obscurs. » — « ... Voici les termes posés : action ou réaction, révolution ou contre-révolution. Car,

à notre époque, on ne croit plus à l'inertie ni à l'immobilité. Pour le peuple ou contre le peuple, c'est la question.
Il n'y en a pas d'autre. » — « ... Le jour où nous ne vous
conviendrons plus, cassez-nous, mais jusque-là aidez-
nous à marcher. » Tout cela en plein jour.

D'autres faits, plus audacieux encore, étaient suspects
au peuple à cause de leur audace même. Le 4 avril 1832,
un passant montait sur la borne qui fait l'angle de la rue
Sainte-Marguerite et criait : *Je suis babouviste ?* Mais
sous Babeuf le peuple flairait Gisquet.

Entre autres choses, ce passant disait :

— « À bas la propriété ! L'opposition de gauche est
lâche et traître. Quand elle veut avoir raison, elle prêche
la révolution. Elle est démocrate pour n'être pas battue,
et royaliste pour ne pas combattre. Les républicains sont
des bêtes à plumes. Défiez-vous des républicains,
citoyens travailleurs. »

— Silence, citoyen mouchard ! cria un ouvrier.

Ce cri mit fin au discours.

Des incidents mystérieux se produisaient.

À la chute du jour, un ouvrier rencontrait près du
canal « un homme bien mis » qui lui disait : — Où
vas-tu, citoyen ? — Monsieur, répondait l'ouvrier, je n'ai
pas l'honneur de vous connaître. — Je te connais bien,
moi. Et l'homme ajoutait : Ne crains pas. Je suis l'agent
du comité. On te soupçonne de n'être pas bien sûr. Tu
sais que si tu révélais quelque chose, on a l'œil sur toi. —
Puis il donnait à l'ouvrier une poignée de main et s'en
allait en disant : — Nous nous reverrons bientôt.

La police, aux écoutes, recueillait, non plus seulement
dans les cabarets, mais dans la rue, des dialogues singuliers : — Fais-toi recevoir bien vite, disait un tisserand à
un ébéniste.

— Pourquoi ?

— Il va y avoir un coup de feu à faire.

Deux passants en haillons échangeaient ces répliques
remarquables, grosses d'une apparente jacquerie :

— Qui nous gouverne ?

— C'est monsieur Philippe.

— Non, c'est la bourgeoisie.

On se tromperait si l'on croyait que nous prenons le

mot *jacquerie* en mauvaise part. Les jacques, c'étaient les pauvres. Or ceux qui ont faim ont droit.

Une autre fois, on entendait passer deux hommes dont l'un disait à l'autre : — Nous avons un bon plan d'attaque.

D'une conversation intime entre quatre hommes accroupis dans un fossé du rond-point de la barrière du Trône, on ne saisissait que ceci :

— On fera le possible pour qu'il ne se promène plus dans Paris.

Qui, *il* ! Obscurité menaçante.

« Les principaux chefs », comme on disait dans le faubourg, se tenaient à l'écart. On croyait qu'ils se réunissaient, pour se concerter, dans un cabaret près de la pointe Saint-Eustache. Un nommé Aug. —, chef de la Société des Secours pour les tailleurs, rue Mondétour, passait pour servir d'intermédiaire central entre les chefs et le faubourg Saint-Antoine. Néanmoins, il y eut toujours beaucoup d'ombre sur ces chefs, et aucun fait certain ne put infirmer la fierté singulière de cette réponse faite plus tard par un accusé devant la Cour des pairs :

— Quel était votre chef ?

— *Je n'en connaissais pas, et je n'en reconnaissais pas.*

Ce n'étaient guère encore que des paroles, transparentes, mais vagues ; quelquefois des propos en l'air, des on-dit, des ouï-dire. D'autres indices survenaient.

Un charpentier, occupé rue de Reuilly à clouer les planches d'une palissade autour d'un terrain où s'élevait une maison en construction, trouvait dans ce terrain un fragment de lettre déchirée où étaient encore lisibles les lignes que voici :

— « ... Il faut que le comité prenne des mesures pour « empêcher le recrutement dans les sections pour les dif- « férentes sociétés... »

Et en post-scriptum :

« Nous avons appris qu'il y avait des fusils rue du Fau- « bourg-Poissonnière, n° 5 (bis), au nombre de cinq ou « six mille, chez un armurier, dans une cour. La section « ne possède point d'armes. »

Ce qui fit que le charpentier s'émut et montra la chose

à ses voisins, c'est qu'à quelques pas plus loin il ramassa un autre papier également déchiré et plus significatif encore, dont nous reproduisons la configuration à cause de l'intérêt historique de ces étranges documents :

Q	C	D	E	*Apprenez cette liste par cœur,* *Après, vous la déchirerez. Les* *hommes admis en feront autant* *lorsque vous leur aurez transmis des* *ordres.* 　　*Salut et fraternité.* 　　　　　　　　　　　　*L.* *u og a fe*

Les personnes qui furent alors dans le secret de cette trouvaille n'ont connu que plus tard le sous-entendu de ces quatre majuscules : *quinturions, centurions, décurions, éclaireurs*, et le sens de ces lettres : *u og a fe* qui était une date et qui voulait dire ce *15 avril 1832*. Sous chaque majuscule étaient inscrits des noms suivis d'indications très caractéristiques. Ainsi : — Q. *Bannerel.* 8 fusils. 83 cartouches. Homme sûr. — C. *Boubière.* 1 pistolet, 40 cartouches. — D. *Rollet.* 1 fleuret. 1 pistolet. 1 livre de poudre. — E. *Teissier.* 1 sabre. 1 giberne. Exact. — *Terreur.* 8 fusils, Brave, etc.

Enfin ce charpentier trouva, toujours dans le même enclos, un troisième papier sur lequel était écrite au crayon, mais très lisiblement, cette espèce de liste énigmatique :

Unité. Blanchard. Arbre-sec. 6.
Barra. Soize. Salle-au-Comte.
Kosciusko. Aubry le boucher ?
J. J. R.
Caïus Gracchus.
Droit de revision. Dufond. Four.
Chute des Girondins. Derbac. Maubuée.
Washington. Pinson. 1 pist. 86 cart.
Marseillaise.

Souver. du peuple. Michel. Quincampoix. Sabre.
Hoche.
Marceau. Platon. Arbre-sec.
Varsovie. Tilly, crieur du *Populaire*.

L'honnête bourgeois entre les mains duquel cette liste était demeurée en sut la signification. Il paraît que cette liste était la nomenclature complète des sections du quatrième arrondissement de la société des Droits de l'Homme, avec les noms et les demeures des chefs de sections. Aujourd'hui que tous ces faits restés dans l'ombre ne sont plus que de l'histoire, on peut les publier. Il faut ajouter que la fondation de la société des Droits de l'Homme semble avoir été postérieure à la date où ce papier fut trouvé. Peut-être n'était-ce qu'une ébauche.

Cependant, après les propos et les paroles, après les indices écrits, des faits matériels commençaient à percer.

Rue Popincourt, chez un marchand de bric-à-brac, on saisissait dans le tiroir d'une commode sept feuilles de papier gris toutes également pliées en long et en quatre ; ces feuilles recouvraient vingt-six carrés de ce même papier gris pliés en forme de cartouche, et une carte sur laquelle on lisait ceci :

Salpêtre	12 onces.
Soufre	2 onces.
Charbon	2 onces et demie.
Eau	2 onces.

Le procès-verbal de saisie constatait que le tiroir exhalait une forte odeur de poudre.

Un maçon revenant, sa journée faite, oubliait un petit paquet sur un banc près du pont d'Austerlitz. Ce paquet était porté au corps de garde. On l'ouvrait, et l'on y trouvait deux dialogues imprimés, signés *Lahautière*, une chanson intitulée : *Ouvriers, associez-vous*, et une boîte de fer-blanc pleine de cartouches.

Un ouvrier buvant avec un camarade lui faisait tâter comme il avait chaud ; l'autre sentait un pistolet sous sa veste.

Dans un fossé sur le boulevard, entre le Père-Lachaise et la barrière du Trône, à l'endroit le plus désert, des enfants, en jouant, découvraient sous un tas de copeaux et d'épluchures un sac qui contenait un moule à balles, un mandrin en bois à faire des cartouches, une sébille dans laquelle il y avait des grains de poudre de chasse, et une petite marmite en fonte dont l'intérieur offrait des traces évidentes de plomb fondu.

Des agents de police, pénétrant à l'improviste à cinq heures du matin chez un nommé Pardon, qui fut plus tard sectionnaire de la section Barricade-Merry et se fit tuer dans l'insurrection d'avril 1834, le trouvaient debout près de son lit, tenant à la main des cartouches qu'il était en train de faire.

Vers l'heure où les ouvriers se reposent deux hommes étaient vus se rencontrant entre la barrière Picpus et la barrière Charenton dans un petit chemin de ronde entre deux murs près d'un cabaretier qui a un jeu de Siam devant sa porte. L'un tirait de dessous sa blouse et remettait à l'autre un pistolet. Au moment de le lui remettre il s'apercevait que la transpiration de sa poitrine avait communiqué quelque humidité à la poudre. Il amorçait le pistolet et ajoutait de la poudre à celle qui était déjà dans le bassinet. Puis les deux hommes se quittaient.

Un nommé Gallais, tué plus tard rue Beaubourg dans l'affaire d'avril, se vantait d'avoir chez lui sept cents cartouches et vingt-quatre pierres à fusil.

Le gouvernement reçut un jour l'avis qu'il venait d'être distribué des armes au faubourg et deux cent mille cartouches. La semaine d'après trente mille cartouches furent distribuées. Chose remarquable, la police n'en put saisir aucune. Une lettre interceptée portait : — « Le jour n'est pas loin où en quatre heures d'horloge quatrevingt mille patriotes seront sous les armes. »

Toute cette fermentation était publique, on pourrait presque dire tranquille. L'insurrection imminente apprêtait son orage avec calme en face du gouvernement. Aucune singularité ne manquait à cette crise encore souterraine, mais déjà perceptible. Les bourgeois parlaient paisiblement aux ouvriers de ce qui se préparait. On disait : Comment va l'émeute? du ton dont on eût dit : Comment va votre femme?

Un marchand de meubles, rue Moreau, demandait : — Eh bien, quand attaquez-vous?

Un autre boutiquier disait :

On attaquera bientôt. Je le sais. Il y a un mois vous étiez quinze mille, maintenant vous êtes vingt-cinq mille. — Il offrait son fusil, et un voisin offrait un petit pistolet qu'il voulait vendre sept francs.

Du reste, la fièvre révolutionnaire gagnait. Aucun point de Paris ni de la France n'en était exempt. L'artère battait partout. Comme ces membranes qui naissent de certaines inflammations et se forment dans le corps humain, le réseau des sociétés secrètes commençait à s'étendre sur le pays. De l'association des Amis du peuple, publique et secrète tout à la fois, naissait la société des Droits de l'Homme, qui datait ainsi un de ses ordres du jour : *Pluviôse, an 40 de l'ère républicaine*, qui devait survivre même à des arrêts de cour d'assises prononçant sa dissolution, et qui n'hésitait pas à donner à ses sections des noms significatifs tels que ceux-ci :

> *Des piques.*
> *Toscin.*
> *Canon d'alarme.*
> *Bonnet phrygien.*
> *21 janvier.*
> *Des Gueux.*
> *Des Truands.*
> *Marche en avant.*
> *Robespierre.*
> *Niveau.*
> *Ça ira.*

La société des Droits de l'Homme engendrait la société d'Action. C'étaient les impatients qui se détachaient et couraient devant. D'autres associations cherchaient à se recruter dans les grandes sociétés mères. Les sectionnaires se plaignaient d'être tiraillés. Ainsi la société Gauloise et le Comité organisateur des municipalités. Ainsi les associations pour la liberté de la presse, pour la liberté individuelle, pour l'instruction du peuple, contre les impôts indirects. Puis la société des Ouvriers égalitaires, qui se divisait en trois fractions, les Égalitaires, les Communistes, les Réformistes. Puis l'Armée des Bastilles, une espèce de cohorte organisée militairement, quatre hommes commandés par un caporal, dix par un sergent, vingt par un sous-lieutenant, quarante par un lieutenant; il n'y avait jamais plus de cinq hommes qui se connussent. Création où la précaution est combinée avec l'audace et qui semble empreinte du génie de Venise. Le comité central, qui était la tête, avait deux bras, la société d'Action et l'Armée des Bastilles. Une association légitimiste, les Chevaliers de la Fidélité, remuait parmi ces affiliations républicaines. Elle y était dénoncée et répudiée.

Les sociétés parisiennes se ramifiaient dans les principales villes. Lyon, Nantes, Lille et Marseille avaient leur société des Droits de l'Homme, la Charbonnière, les Hommes libres. Aix avait une société révolutionnaire qu'on appelait la Cougourde. Nous avons déjà prononcé ce mot.

À Paris, le faubourg Saint-Marceau n'était guère moins bourdonnant que le faubourg Saint-Antoine, et les écoles pas moins émues que les faubourgs. Un café de la rue Saint-Hyacinthe et l'estaminet des Sept-Billards, rue des Mathurins-Saint-Jacques, servaient de lieux de ralliement aux étudiants. La société des Amis de l'A B C, affiliée aux mutuellistes d'Angers et à la Cougourde d'Aix, se réunissait, on l'a vu, au café Musain. Ces mêmes jeunes gens se retrouvaient aussi, nous l'avons dit, dans un restaurant cabaret près la rue Mondétour qu'on appelait Corinthe. Ces réunions étaient secrètes. D'autres étaient aussi publiques que possible, et l'on peut juger de ces hardiesses par ce fragment d'un interrogatoire subi dans un des procès ultérieurs : — Où se tint cette réunion? — Rue de la Paix. — Chez qui? — Dans la rue. — Quelles sections étaient là? — Une seule. — Laquelle? — La section Manuel. — Qui était le chef? — Moi. — Vous êtes trop jeune pour avoir pris tout seul ce grave parti d'attaquer le gouvernement. D'où vous venaient vos instructions? — Du comité central.

L'armée était minée en même temps que la population, comme le prouvèrent plus tard les mouvements de

Belfort, de Lunéville et d'Épinal. On comptait sur le cinquante-deuxième régiment, sur le cinquième, sur le huitième, sur le trente-septième, et sur le vingtième léger. En Bourgogne et dans les villes du midi, on plantait *l'arbre de la Liberté*, c'est-à-dire un mât surmonté d'un bonnet rouge.

Telle était la situation.

Cette situation, le faubourg Saint-Antoine, plus que tout autre groupe de population, comme nous l'avons dit en commençant, la rendait sensible et l'accentuait. C'est là qu'était le point de côté.

Ce vieux faubourg, peuplé comme une fourmilière, laborieux, courageux et colère comme une ruche, frémissait dans l'attente et dans le désir d'une commotion. Tout s'y agitait sans que le travail fût pour cela interrompu. Rien ne saurait donner l'idée de cette physionomie vive et sombre. Il y a dans ce faubourg de poignantes détresses cachées sous le toit des mansardes; il y a là aussi des intelligences ardentes et rares. C'est surtout en fait de détresse et d'intelligence qu'il est dangereux que les extrêmes se touchent.

Le faubourg Saint-Antoine avait encore d'autres causes de tressaillement; car il reçoit le contre-coup des crises commerciales, des faillites, des grèves, des chômages, inhérents aux grands ébranlements politiques. En temps de révolution la misère est à la fois cause et effet. Le coup qu'elle frappe lui revient. Cette population, pleine de vertu fière, capable au plus haut point de calorique latent, toujours prête aux prises d'armes, prompte aux explosions, irritée, profonde, minée, semblait n'attendre que la chute d'une flammèche. Toutes les fois que de certaines étincelles flottent sur l'horizon, chassées par le vent des événements, on ne peut s'empêcher de songer au faubourg Saint-Antoine et au redoutable hasard qui a placé aux portes de Paris cette poudrière de souffrances et d'idées.

Les cabarets du *faubourg Antoine*, qui se sont plus d'une fois dessinés dans l'esquisse qu'on vient de lire, ont une notoriété historique. En temps de troubles on s'y enivre de paroles plus que de vin. Une sorte d'esprit prophétique et un effluve d'avenir y circule, enflant les

426   *Les Misérables*

cœurs et grandissant les âmes. Les cabarets du faubourg
Antoine ressemblent à ces tavernes du Mont-Aventin
bâties sur l'antre de la sibylle et communiquant avec les
profonds souffles sacrés ; tavernes dont les tables étaient
presque des trépieds, et où l'on buvait ce qu'Ennius
appelle *le vin sibyllin*.

Le faubourg Saint-Antoine est un réservoir de peuple.
L'ébranlement révolutionnaire y fait des fissures par où
coule la souveraineté populaire. Cette souveraineté peut
mal faire ; elle se trompe comme toute autre ; mais,
même fourvoyée, elle reste grande. On peut dire d'elle
comme du cyclope aveugle, *Ingens*.

En 93, selon que l'idée qui flottait était bonne ou mauvaise, selon que c'était le jour du fanatisme ou de
l'enthousiasme, il partait du faubourg Saint-Antoine tantôt des légions sauvages, tantôt des bandes héroïques.

Sauvages. Expliquons-nous sur ce mot. Ces hommes
hérissés qui, dans les jours génésiaques du chaos révolutionnaire, déguenillés, hurlants, farouches, le casse-tête
levé, la pique haute, se ruaient sur le vieux Paris bouleversé, que voulaient-ils ? Ils voulaient la fin des oppressions, la fin des tyrannies, la fin du glaive, le travail pour
l'homme, l'instruction pour l'enfant, la douceur sociale
pour la femme, la liberté, l'égalité, la fraternité, le pain
pour tous, l'idée pour tous, l'édénisation du monde, le
Progrès ; et cette chose sainte, bonne et douce, le progrès, poussés à bout, hors d'eux-mêmes, ils la réclamaient terribles, demi-nus, la massue au poing, le rugis-
sement à la bouche. C'étaient les sauvages, oui ; mais les
sauvages de la civilisation.

Ils proclamaient avec furie le droit ; ils voulaient,
fût-ce par le tremblement et l'épouvante, forcer le genre
humain au paradis. Ils semblaient des barbares et ils
étaient des sauveurs. Ils réclamaient la lumière avec le
masque de la nuit.

En regard de ces hommes, farouches, nous en conve-
nons, et effrayants, mais farouches et effrayants pour le
bien, il y a d'autres hommes, souriants, brodés, dorés,
enrubannés, constellés, en bas de soie, en plumes
blanches, en gants jaunes, en souliers vernis, qui, accou-
dés à une table de velours au coin d'une cheminée de

marbre, insistent doucement pour le maintien et la
conservation du passé, du moyen-âge, du droit divin, du
fanatisme, de l'ignorance, de l'esclavage, de la peine de
mort, de la guerre, glorifiant à demi-voix et avec politesse le sabre, le bûcher et l'échafaud. Quant à nous, si
nous étions forcés à l'option entre les barbares de la civilisation et les civilisés de la barbarie, nous choisirions
les barbares.

Mais, grâce au ciel, un autre choix est possible.
Aucune chute à pic n'est nécessaire, pas plus en avant
qu'en arrière. Ni despotisme, ni terrorisme. Nous voulons le progrès en pente douce.

Dieu y pourvoit. L'adoucissement des pentes, c'est là
toute la politique de Dieu.

VI

ENJOLRAS ET SES LIEUTENANTS

À peu près vers cette époque, Enjolras, en vue de l'événement possible, fit une sorte de recensement mystérieux.

Tous étaient en conciliabule au café Musain.

Enjolras dit, en mêlant à ses paroles quelques métaphores demi-énigmatiques, mais significatives :

— Il convient de savoir où l'on en est et sur qui l'on
peut compter. Si l'on veut des combattants, il faut en
faire. Avoir de quoi frapper. Cela ne peut nuire. Ceux qui
passent ont toujours plus de chance d'attraper des coups
de corne quand il y a des bœufs sur la route que lorsqu'il
n'y en a pas. Donc comptons un peu le troupeau.
Combien sommes-nous ? Il ne s'agit pas de remettre ce
travail-là à demain. Les révolutionnaires doivent toujours être pressés ; le progrès n'a pas de temps à perdre.
Défions-nous de l'inattendu. Ne nous laissons pas
prendre au dépourvu. Il s'agit de repasser sur toutes les
coutures que nous avons faites et de voir si elles
tiennent. Cette affaire doit être coulée à fond

aujourd'hui. Courfeyrac, tu verras les polytechniciens. C'est leur jour de sortie. Aujourd'hui mercredi. Feuilly, n'est-ce pas? vous verrez ceux de la Glacière. Combeferre m'a promis d'aller à Picpus. Il y a là tout un fourmillement excellent. Bahorel visitera l'Estrapade. Prouvaire, les maçons s'attiédissent; tu nous rapporteras des nouvelles de la loge de la rue de Grenelle-Saint-Honoré. Joly ira à la clinique de Dupuytren et tâtera le pouls à l'école de médecine. Bossuet fera un petit tour au palais et causera avec les stagiaires. Moi, je me charge de la Cougourde.

— Voilà tout réglé, dit Courfeyrac.

— Non.

— Qu'y a-t-il donc encore?

— Une chose très importante.

— Qu'est-ce? demanda Combeferre.

— La barrière du Maine, répondit Enjolras.

Enjolras resta un moment comme absorbé dans ses réflexions, puis reprit :

— Barrière du Maine il y a des marbriers, des peintres, les praticiens des ateliers de sculpture. C'est une famille enthousiaste, mais sujette à refroidissement. Je ne sais pas ce qu'ils ont depuis quelque temps. Ils pensent à autre chose. Ils s'éteignent. Ils passent leur temps à jouer aux dominos. Il serait urgent d'aller leur parler un peu, et ferme. C'est chez Richefeu qu'ils se réunissent. On les y trouverait entre midi et une heure. Il faudrait souffler sur ces cendres-là. J'avais compté pour cela sur ce distrait de Marius, qui en somme est bon, mais il ne vient plus. Il me faudrait quelqu'un pour la barrière du Maine. Je n'ai plus personne.

— Et moi, dit Grantaire, je suis là.

— Toi?

— Moi.

— Toi, endoctriner des républicains! toi, réchauffer, au nom des principes, des cœurs refroidis!

— Pourquoi pas?

— Est-ce que tu peux être bon à quelque chose?

— Mais j'en ai la vague ambition, dit Grantaire.

— Tu ne crois à rien.

— Je crois à toi.

— Grantaire, veux-tu me rendre un service?

— Tous. Cirer tes bottes.

— Eh bien, ne te mêle pas de nos affaires. Cuve ton absinthe.

— Tu es un ingrat, Enjolras.

— Tu serais homme à aller barrière du Maine! tu en serais capable!

— Je suis capable de descendre rue des Grès, de traverser la place Saint-Michel, d'obliquer par la rue Monsieur-le-Prince, de prendre la rue de Vaugirard, de dépasser les Carmes, de tourner rue d'Assas, d'arriver rue du Cherche-Midi, de laisser derrière moi le Conseil de guerre, d'arpenter la rue des Vieilles-Tuileries, d'enjamber le boulevard, de suivre la chaussée du Maine, de franchir la barrière, et d'entrer chez Richefeu. Je suis capable de cela. Mes souliers en sont capables.

— Connais-tu un peu ces camarades-là de chez Richefeu?

— Pas beaucoup. Nous nous tutoyons seulement.

— Qu'est-ce que tu leur diras?

— Je leur parlerai de Robespierre, pardi. De Danton. Des principes.

— Toi!

— Moi. Mais on ne me rend pas justice. Quand je m'y mets, je suis terrible. J'ai lu Prudhomme, je connais le Contrat social, je sais par cœur ma constitution de l'an Deux. « La liberté du citoyen finit où la liberté d'un autre citoyen commence. » Est-ce que tu me prends pour une brute? J'ai un vieil assignat dans mon tiroir. Les droits de l'Homme, la souveraineté du peuple, sapristi! Je suis même un peu hébertiste. Je puis rabâcher, pendant six heures d'horloge, montre en main, des choses superbes.

— Sois sérieux, dit Enjolras.

— Je suis farouche, répondit Grantaire.

Enjolras pensa quelques secondes, et fit le geste d'un homme qui prend son parti.

— Grantaire, dit-il gravement, je consens à t'essayer. Tu iras barrière du Maine.

Grantaire logeait dans un garni tout voisin du café Musain. Il sortit, et revint cinq minutes après. Il était allé chez lui mettre un gilet à la Robespierre.

— Rouge, dit-il en entrant, et en regardant fixement Enjolras.

Puis, d'un plat de main énergique, il appuya sur sa poitrine les deux pointes écarlates du gilet.

Et, s'approchant d'Enjolras, il lui dit à l'oreille :

— Sois tranquille.

Il enfonça son chapeau résolument, et partit.

Un quart d'heure après, l'arrière-salle du café Musain était déserte. Tous les Amis de l'ABC étaient allés, chacun de leur côté, à leur besogne. Enjolras, qui s'était réservé la Cougourde, sortit le dernier.

Ceux de la Cougourde d'Aix qui étaient à Paris se réunissaient alors plaine d'Issy, dans une des carrières abandonnées si nombreuses de ce côté de Paris.

Enjolras, tout en cheminant vers ce lieu de rendez-vous, passait en lui-même la revue de la situation. La gravité des événements était visible. Quand les faits, prodromes d'une espèce de maladie sociale latente, se meuvent lourdement, la moindre complication les arrête et les enchevêtre. Phénomène d'où sortent les écroulements et les renaissances. Enjolras entrevoyait un soulèvement lumineux sous les pans ténébreux de l'avenir. Qui sait ? le moment approchait peut-être. Le peuple ressaisissant le droit, quel beau spectacle ! la révolution reprenant majestueusement possession de la France, et disant au monde : La suite à demain ! Enjolras était content. La fournaise chauffait. Il avait, dans ce même instant-là, une traînée de poudre d'amis éparse sur Paris. Il composait, dans sa pensée, avec l'éloquence philosophique et pénétrante de Combeferre, l'enthousiasme cosmopolite de Feuilly, la verve de Courfeyrac, le rire de Bahorel, la mélancolie de Jean Prouvaire, la science de Joly, les sarcasmes de Bossuet, une sorte de pétillement électrique prenant feu à la fois un peu partout. Tous à l'œuvre. À coup sûr le résultat répondrait à l'effort. C'était bien. Ceci le fit penser à Grantaire. — Tiens, se dit-il, la barrière du Maine me détourne à peine de mon chemin. Si je poussais jusque chez Richefeu ? Voyons un peu ce que fait Grantaire, et où il en est.

Une heure sonnait au clocher de Vaugirard quand Enjolras arriva à la tabagie Richefeu. Il poussa la porte, entra, croisa les bras, laissant retomber la porte qui vint lui heurter les épaules, et regarda dans la salle pleine de tables, d'hommes et de fumée.

Une voix éclatait dans cette brume, vivement coupée par une autre voix. C'était Grantaire dialoguant avec un adversaire qu'il avait.

Grantaire était assis, vis-à-vis d'une autre figure, à une table de marbre Sainte-Anne semée de grains de son et constellée de dominos, il frappait ce marbre du poing, et voici ce qu'Enjolras entendit :

— Double-six.

— Du quatre.

— Le porc ! je n'en ai plus.

— Tu es mort. Du deux.

— Du six.

— Du trois.

— De l'as.

— À moi la pose.

— Quatre points.

— Péniblement.

— À toi.

— J'ai fait une faute énorme.

— Tu vas bien.

— Quinze.

— Sept de plus.

— Cela me fait vingt-deux. (Rêvant.) Vingt-deux !

— Tu ne t'attendais pas au double-six. Si je l'avais mis au commencement, cela changeait tout le jeu.

— Du deux même.

— De l'as.

— De l'as ! Eh bien, du cinq.

— Je n'en ai pas.

— C'est toi qui as posé, je crois ?

— Oui.

— Du blanc.

— A-t-il de la chance ! Ah ! tu as une chance ! (Longue rêverie.) Du deux.

— De l'as.

— Ni cinq, ni as. C'est embêtant pour toi.

— Domino.

— Nom d'un caniche !

LIVRE DEUXIÈME

ÉPONINE

I

LE CHAMP DE L'ALOUETTE

Marius avait assisté au dénouement inattendu du guet-apens sur la trace duquel il avait mis Javert; mais à peine Javert eut-il quitté la masure, emmenant ses prisonniers dans trois fiacres, que Marius de son côté se glissa hors de la maison. Il n'était encore que neuf heures du soir. Marius alla chez Courfeyrac. Courfeyrac n'était plus l'imperturbable habitant du quartier latin; il était allé demeurer rue de la Verrerie « pour des raisons politiques »; ce quartier était de ceux où l'insurrection dans ce temps-là s'installait volontiers. Marius dit à Courfeyrac : Je viens coucher chez toi. Courfeyrac tira un matelas de son lit qui en avait deux, l'étendit à terre, et dit : Voilà.

Le lendemain, dès sept heures du matin, Marius revint à la masure, paya le terme et ce qu'il devait à mame Bougon, fit charger sur une charrette à bras ses livres, son lit, sa table, sa commode et ses deux chaises, et s'en alla sans laisser son adresse, si bien que, lorsque Javert revint dans la matinée afin de questionner Marius sur les événements de la veille, il ne trouva que mame Bougon qui lui répondit : Déménagé !

Mame Bougon fut convaincue que Marius était un peu

complice des voleurs saisis dans la nuit. — Qui aurait dit cela ? s'écriait-elle chez les portières du quartier, un jeune homme, que ça vous avait l'air d'une fille !

Marius avait eu deux raisons pour ce déménagement si prompt. La première, c'est qu'il avait horreur maintenant de cette maison où il avait vu, de si près et dans tout son développement le plus repoussant et le plus féroce, une laideur sociale plus affreuse peut-être encore que le mauvais riche : le mauvais pauvre. La deuxième, c'est qu'il ne voulait pas figurer dans le procès quelconque qui s'ensuivrait probablement, et être amené à déposer contre Thénardier.

Javert crut que le jeune homme, dont il n'avait pas retenu le nom, avait eu peur et s'était sauvé ou n'était peut-être même pas rentré chez lui au moment du guet-apens ; il fit pourtant quelques efforts pour le retrouver, mais il n'y parvint pas.

Un mois s'écoula, puis un autre. Marius était toujours chez Courfeyrac. Il avait su par un avocat stagiaire, promeneur habituel de la salle des pas perdus, que Thénardier était au secret. Tous les lundis, Marius faisait remettre au greffe de la Force cinq francs pour Thénardier.

Marius, n'ayant plus d'argent, empruntait les cinq francs à Courfeyrac. C'était la première fois de sa vie qu'il empruntait de l'argent. Ces cinq francs périodiques étaient une double énigme pour Courfeyrac qui les donnait et pour Thénardier qui les recevait. — À qui cela peut-il aller ? songeait Courfeyrac. — D'où cela peut-il me venir ? se demandait Thénardier.

Marius du reste était navré. Tout était de nouveau rentré dans une trappe. Il ne voyait plus rien devant lui ; sa vie était replongée dans ce mystère où il errait à tâtons. Il avait un moment revu de très près dans cette obscurité la jeune fille qu'il aimait, le vieillard qui semblait son père, ces êtres inconnus qui étaient son seul intérêt et sa seule espérance en ce monde ; et au moment où il avait cru les saisir, un souffle avait emporté toutes ces ombres. Pas une étincelle de certitude et de vérité n'avait jailli même du choc le plus effrayant. Aucune conjecture possible. Il ne savait même plus le nom qu'il avait cru savoir. À coup sûr ce n'était plus Ursule. Et l'Alouette était un sobriquet. Et que penser du vieillard? Se cachait-il en effet de la police? L'ouvrier à cheveux blancs que Marius avait rencontré aux environs des Invalides lui était revenu à l'esprit. Il devenait probable maintenant que cet ouvrier et M. Leblanc étaient le même homme. Il se déguisait donc? Cet homme avait des côtés héroïques et des côtés équivoques. Pourquoi n'avait-il pas appelé au secours? pourquoi s'était-il enfui? était-il, oui ou non, le père de la jeune fille? enfin était-il réellement l'homme que Thénardier avait cru reconnaître? Thénardier avait pu se méprendre? Autant de problèmes sans issue. Tout ceci, il est vrai, n'ôtait rien au charme angélique de la jeune fille du Luxembourg. Détresse poignante; Marius avait une passion dans le cœur, et la nuit sur les yeux. Il était poussé, il était attiré, et il ne pouvait bouger. Tout s'était évanoui, excepté l'amour. De l'amour même, il avait perdu les instincts et les illuminations subites. Ordinairement cette flamme qui nous brûle nous éclaire aussi un peu, et nous jette quelque lueur utile au dehors. Ces sourds conseils de la passion, Marius ne les entendait même plus. Jamais il ne se disait : Si j'allais là? si j'essayais ceci? Celle qu'il ne pouvait plus nommer Ursule était évidemment quelque part; rien n'avertissait Marius du côté où il fallait chercher. Toute sa vie se résumait maintenant en deux mots : une incertitude absolue dans une brume impénétrable. La revoir, elle; il y aspirait toujours, il ne l'espérait plus.

Pour comble, la misère revenait. Il sentait tout près de lui, derrière lui, ce souffle glacé. Dans toutes ces tourmentes, et depuis longtemps déjà, il avait discontinué son travail, et rien n'est plus dangereux que le travail discontinué; c'est une habitude qui s'en va. Habitude facile à quitter, difficile à reprendre.

Une certaine quantité de rêverie est bonne, comme un narcotique à dose discrète. Cela endort les fièvres, quelquefois dures, de l'intelligence en travail, et fait naître dans l'esprit une vapeur molle et fraîche qui corrige les contours trop âpres de la pensée pure, comble çà et là des lacunes et des intervalles, lie les ensembles et estompe les angles des idées. Mais trop de rêverie submerge et noie. Malheur au travailleur par l'esprit qui se laisse tomber tout entier de la pensée dans la rêverie! Il croit qu'il remontera aisément, et il se dit qu'après tout c'est la même chose. Erreur!

La pensée est le labeur de l'intelligence, la rêverie en est la volupté. Remplacer la pensée par la rêverie, c'est confondre un poison avec une nourriture.

Marius, on s'en souvient, avait commencé par là. La passion était survenue, et avait achevé de le précipiter dans les chimères sans objet et sans fond. On ne sort plus de chez soi que pour aller songer. Enfantement paresseux. Gouffre tumultueux et stagnant. Et, à mesure que le travail diminuait, les besoins croissaient. Ceci est une loi. L'homme, à l'état rêveur, est naturellement prodigue et mou; l'esprit détendu ne peut pas tenir la vie serrée. Il y a, dans cette façon de vivre, du bien mêlé au mal, car si l'amollissement est funeste, la générosité est saine et bonne. Mais l'homme pauvre, généreux et noble, qui ne travaille pas, est perdu. Les ressources tarissent, les nécessités surgissent.

Pente fatale où les plus honnêtes et les plus fermes sont entraînés comme les plus faibles et les plus vicieux, et qui aboutit à l'un de ces deux trous, le suicide ou le crime.

À force de sortir pour aller songer, il vient un jour où l'on sort pour aller se jeter à l'eau.

L'excès de songe fait les Escousse et les Lebras.

Marius descendait cette pente à pas lents, les yeux fixés sur celle qu'il ne voyait plus. Ce que nous venons d'écrire là semble étrange et pourtant est vrai. Le souvenir d'un être absent s'allume dans les ténèbres du cœur; plus il a disparu, plus il rayonne; l'âme désespérée et obscure voit cette lumière à son horizon; étoile de la nuit intérieure. Elle, c'était là toute la pensée de Marius. Il ne songeait pas à autre chose; il sentait confusément que son vieux habit devenait un habit impossible et que son habit neuf devenait un vieux habit, que ses chemises s'usaient, que son chapeau s'usait, que ses bottes s'usaient, c'est-à-dire que sa vie s'usait, et il se disait : Si je pouvais seulement la revoir avant de mourir!

Une seule idée douce lui restait, c'est qu'Elle l'avait

aimé, que son regard le lui avait dit, qu'elle ne connaissait pas son nom, mais qu'elle connaissait son âme, et que peut-être là où elle était, quel que fût ce lieu mystérieux, elle l'aimait encore. Qui sait si elle ne songeait pas à lui comme lui songeait à elle ? Quelquefois, dans des heures inexplicables comme en a tout cœur qui aime, n'ayant que des raisons de douleur en se sentant pourtant un obscur tressaillement de joie, il se disait : Ce sont ses pensées qui viennent à moi ! — Puis il ajoutait : Mes pensées lui arrivent aussi peut-être.

Cette illusion, dont il hochait la tête le moment d'après, réussissait pourtant à lui jeter dans l'âme des rayons qui ressemblaient parfois à de l'espérance. De temps en temps, surtout à cette heure du soir qui attriste le plus les songeurs, il laissait tomber sur un cahier de papier où il n'y avait que cela, le plus pur, le plus impersonnel, le plus idéal des rêveries dont l'amour lui emplissait le cerveau. Il appelait cela « lui écrire ».

Il ne faut pas croire que sa raison fût en désordre. Au contraire. Il avait perdu la faculté de travailler et de se mouvoir fermement vers un but déterminé, mais il avait plus que jamais la clairvoyance et la rectitude. Marius voyait à un jour calme et réel, quoique singulier, ce qui passait sous ses yeux, même les faits ou les hommes les plus indifférents ; il disait de tout le mot juste avec une sorte d'accablement honnête et de désintéressement candide. Son jugement, presque détaché de l'espérance, se tenait haut et planait.

Dans cette situation d'esprit rien ne lui échappait, rien ne le trompait, et il découvrait à chaque instant le fond de la vie, de l'humanité et de la destinée. Heureux, même dans les angoisses, celui à qui Dieu a donné une âme digne de l'amour et du malheur ! Qui n'a pas vu les choses de ce monde et le cœur des hommes à cette double lumière n'a rien vu de vrai et ne sait rien.

L'âme qui aime et qui souffre est à l'état sublime.

Du reste les jours se succédaient, et rien de nouveau ne se présentait. Il lui semblait seulement que l'espace sombre qui lui restait à parcourir se raccourcissait à chaque instant. Il croyait déjà entrevoir distinctement le bord de l'escarpement sans fond.

— Quoi ! se répétait-il, est-ce que je ne la reverrai pas auparavant !

Quand on a monté la rue Saint-Jacques, laissé de côté la barrière et suivi quelque temps à gauche l'ancien boulevard intérieur, on atteint la rue de la Santé, puis la Glacière, et, un peu avant d'arriver à la petite rivière des Gobelins, on rencontre une espèce de champ, qui est, dans toute la longue et monotone ceinture des boulevards de Paris, le seul endroit où Ruysdaël serait tenté de s'asseoir.

Ce je ne sais quoi d'où la grâce se dégage est là, un pré vert traversé de cordes tendues où des loques sèchent au vent, une vieille ferme à maraîchers bâtie du temps de Louis XIII avec son grand toit bizarrement percé de mansardes, des palissades délabrées, un peu d'eau entre des peupliers, des femmes, des rires, des voix ; à l'horizon le Panthéon, l'arbre des Sourds-Muets, le Val-de-Grâce, noir, trapu, fantasque, amusant, magnifique, et au fond le sévère faîte carré des tours de Notre-Dame.

Comme le lieu vaut la peine d'être vu, personne n'y vient. À peine une charrette ou un roulier tous les quarts d'heure.

Il arriva une fois que les promenades solitaires de Marius le conduisirent à ce terrain près de cette eau. Ce jour-là, il y avait sur ce boulevard une rareté, un passant. Marius, vaguement frappé du charme presque sauvage du lieu, demanda à ce passant : — Comment se nomme cet endroit-ci ?

Le passant répondit : — C'est le champ de l'Alouette.

Et il ajouta : — C'est ici qu'Ulbach a tué la bergère d'Ivry.

Mais après ce mot : l'Alouette, Marius n'avait plus rien entendu. Il y a de ces congélations subites dans l'état rêveur qu'un mot suffit à produire. Toute la pensée se condense brusquement autour d'une idée, et n'est plus capable d'aucune perception. L'Alouette, c'était l'appellation qui, dans les profondeurs de la mélancolie de Marius, avait remplacé Ursule. — Tiens, dit-il, dans l'espèce de stupeur irraisonnée propre à ces apartés mystérieux, ceci est son champ. Je saurai ici où elle demeure.

Cela était absurde, mais irrésistible.

Et il vint tous les jours à ce champ de l'Alouette.

II

FORMATION EMBRYONNAIRE DES CRIMES DANS L'INCUBATION DES PRISONS

Le triomphe de Javert dans la masure Gorbeau avait semblé complet, mais ne l'avait pas été.

D'abord, et c'était là son principal souci, Javert n'avait point fait prisonnier le prisonnier. L'assassiné qui s'évade est plus suspect que l'assassin; et il est probable que ce personnage, si précieuse capture pour les bandits, n'était pas de moins bonne prise pour l'autorité.

Ensuite, Montparnasse avait échappé à Javert.

Il fallait attendre une autre occasion pour remettre la main sur ce « muscadin du diable ». Montparnasse en effet, ayant rencontré Éponine qui faisait le guet sous les arbres du boulevard, l'avait emmenée, aimant mieux être Némorin avec la fille que Schinderhannes avec le père. Bien lui en avait pris. Il était libre. Quant à Éponine, Javert l'avait fait « repincer ». Consolation médiocre. Éponine avait rejoint Azelma aux Madelonnettes.

Enfin, dans le trajet de la masure Gorbeau à la Force, un des principaux arrêtés, Claquesous, s'était perdu. On ne savait comment cela s'était fait, les agents et les sergents « n'y comprenaient rien », il s'était changé en vapeur, il avait glissé entre les poucettes, il avait coulé entre les fentes de la voiture, le fiacre était fêlé et avait fui; on ne savait que dire, sinon qu'en arrivant à la prison, plus de Claquesous. Il y avait là de la féerie, ou de la police. Claquesous avait-il fondu dans les ténèbres comme un flocon de neige dans l'eau? Y avait-il eu connivence inavouée des agents? Cet homme appartenait-il à la double énigme du désordre et de l'ordre? Était-il concentrique à l'infraction et à la répression? Ce sphinx avait-il les pattes de devant dans le crime et les pattes de derrière dans l'autorité? Javert n'acceptait point ces combinaisons-là, et se fût hérissé devant de tels compromis; mais son escouade comprenait d'autres inspecteurs que lui, plus initiés peut-être que lui-même, quoique ses subordonnés, aux secrets de la préfecture, et Claquesous était un tel scélérat qu'il pouvait être un fort bon agent. Être en de si intimes rapports d'escamotage avec la nuit, cela est excellent pour le brigandage et admirable pour la police. Il y a de ces coquins à deux tranchants. Quoi qu'il en fût, Claquesous égaré ne se retrouva pas. Javert en parut plus irrité qu'étonné.

Quant à Marius, « ce dadais d'avocat qui avait eu probablement peur », et dont Javert avait oublié le nom, Javert y tenait peu. D'ailleurs, un avocat, cela se retrouve toujours. Mais était-ce un avocat seulement?

L'information avait commencé.

Le juge d'instruction avait trouvé utile de ne point mettre un des hommes de la bande Patron-Minette au secret, espérant quelque bavardage. Cet homme était Brujon, le chevelu de la rue du Petit-Banquier. On l'avait lâché dans la cour Charlemagne, et l'œil des surveillants était ouvert sur lui.

Ce nom, Brujon, est un des souvenirs de la Force. Dans la hideuse cour dite du Bâtiment-Neuf, que l'administration appelait cour Saint-Bernard et que les voleurs appelaient fosse-aux-lions, sur cette muraille couverte de squames et de lèpres qui montait à gauche à la hauteur des toits, près d'une vieille porte de fer rouillée qui menait à l'ancienne chapelle de l'hôtel ducal de la Force devenue un dortoir de brigands, on voyait encore il y a douze ans une espèce de bastille grossièrement sculptée au clou dans la pierre, et au-dessous cette signature :

BRUJON, 1811

Le brujon de 1811 était le père du Brujon de 1832.

Ce dernier, qu'on n'a pu qu'entrevoir dans le guet-apens Gorbeau, était un jeune gaillard fort rusé et fort adroit, ayant l'air ahuri et plaintif. C'est sur cet air ahuri que le juge d'instruction l'avait lâché, le croyant plus utile dans la cour Charlemagne que dans la cellule du secret.

Les voleurs ne s'interrompent pas parce qu'ils sont entre les mains de la justice. On ne se gêne point pour si peu. Être en prison pour un crime n'empêche pas de commencer un autre crime. Ce sont des artistes qui ont un tableau au Salon et qui n'en travaillent pas moins à une nouvelle œuvre dans leur atelier.

Brujon semblait stupéfié par la prison. On le voyait quelquefois des heures entières dans la cour Charlemagne, debout près de la lucarne du cantinier, et contemplant comme un idiot cette sordide pancarte des prix de la cantine qui commençait par : *ail, 62 centimes*, et finissait par : *cigare, cinq centimes*. Ou bien il passait son temps à trembler, claquant des dents, disant qu'il avait la fièvre, et s'informant si l'un des vingt-huit lits de la salle des fiévreux était vacant.

Tout à coup, vers la deuxième quinzaine de février 1832, on sut que Brujon, cet endormi, avait fait faire, par des commissionnaires de la maison, pas sous son nom, mais sous le nom de trois de ses camarades, trois commissions différentes, lesquelles lui avaient coûté en tout cinquante sous, dépense exorbitante qui attira l'attention du brigadier de la prison.

On s'informa, et en consultant le tarif des commissions affiché dans le parloir des détenus, on arriva à savoir que les cinquante sous se décomposaient ainsi : trois commissions; une au Panthéon, dix sous; une au Val-de-Grâce, quinze sous; et une à la barrière de Grenelle, vingt-cinq sous. Celle-ci était la plus chère de tout le tarif. Or, au Panthéon, au Val-de-Grâce, à la barrière de Grenelle, se trouvaient précisément les domiciles de trois rôdeurs de barrière fort redoutés, Kruideniers, dit Bizarro, Glorieux, forçat libéré, et Barrecarrosse, sur lesquels cet incident ramena le regard de la police. On croyait deviner que ces hommes étaient affiliés à Patron-Minette, dont on avait coffré deux chefs, Babet et Gueulemer. On supposa que dans les envois de Brujon, remis, non à des adresses de maisons, mais à des gens qui attendaient dans la rue, il devait y avoir des avis pour quelque méfait comploté. On avait d'autres indices encore ; on mit la main sur les trois rôdeurs, et l'on crut avoir éventé la machination quelconque de Brujon.

Une semaine environ après ces mesures prises, une nuit, un surveillant de ronde, qui inspectait le dortoir d'en bas du Bâtiment-Neuf, au moment de mettre son marron dans la boîte à marrons, — c'est le moyen qu'on employait pour s'assurer que les surveillants faisaient exactement leur service ; toutes les heures un marron devait tomber dans toutes les boîtes clouées aux portes des dortoirs ; — un surveillant donc vit par le judas du dortoir Brujon sur son séant qui écrivait quelque chose dans son lit à la clarté de l'applique. Le gardien entra, on mit Brujon pour un mois au cachot, mais on ne put saisir ce qu'il avait écrit. La police n'en sut pas davantage.

Ce qui est certain, c'est que le lendemain « un postillon » fut lancé de la cour de Charlemagne dans la fosse-aux-lions par-dessus le bâtiment à cinq étages qui séparait les deux cours.

Les détenus appellent postillon une boulette de pain artistement pétrie qu'on envoie *en Irlande*, c'est-à-dire par-dessus les toits d'une prison, d'une cour à l'autre. Étymologie : par-dessus l'Angleterre ; d'une terre à l'autre ; *en Irlande*. Cette boulette tombe dans la cour. Celui qui la ramasse l'ouvre et y trouve un billet adressé à quelque prisonnier de la cour. Si c'est un détenu qui fait la trouvaille, il remet le billet à sa destination ; si c'est un gardien, ou l'un de ces prisonniers secrètement vendus qu'on appelle moutons dans les prisons et renards dans les bagnes, le billet est porté au greffe et livré à la police.

Cette fois, le postillon parvint à son adresse, quoique celui auquel le message était destiné fût en ce moment *au séparé*. Ce destinataire n'était rien moins que Babet, l'une des quatre têtes de Patron-Minette.

Le postillon contenait un papier roulé sur lequel il n'y avait que ces deux lignes :

— Babet. Il y a une affaire à faire rue Plumet. Une grille sur un jardin.

C'était la chose que Brujon avait écrite dans la nuit.

En dépit des fouilleurs et des fouilleuses, Babet trouva moyen de faire passer le billet de la Force à la Salpê-

trière à une « bonne amie » qu'il avait là, et qui y était
enfermée. Cette fille à son tour transmit le billet à une
autre qu'elle connaissait, une appelée Magnon, fort
regardée par la police, mais pas encore arrêtée. Cette
Magnon, dont le lecteur a déjà vu le nom, avait avec les
Thénardier des relations qui seront précisées plus tard,
et pouvait, en allant voir Éponine, servir de pont entre la
Salpêtrière et les Madelonnettes.

Il arriva justement qu'en ce moment-là même, les
preuves manquant dans l'instruction dirigée contre Thénardier à l'endroit de ses filles, Éponine et Azelma furent
relâchées.

Quand Éponine sortit, Magnon, qui la guettait à la
porte des Madelonnettes, lui remit le billet de Brujon à
Babet en la chargeant d'*éclairer* l'affaire.

Éponine alla rue Plumet, reconnut la grille et le jardin,
observa la maison, épia, guetta, et, quelques jours après,
porta à Magnon, qui demeurait rue Clocheperce, un biscuit que Magnon transmit à la maîtresse de Babet à la
Salpêtrière. Un biscuit dans le ténébreux symbolisme
des prisons, signifie : *rien à faire*.

Si bien qu'à moins d'une semaine de là, Babet et Brujon se croisant dans le chemin de ronde de la Force,
comme l'un allait « à l'instruction » et que l'autre en
revenait : — Eh bien, demanda Brujon, la rue P? — Biscuit, répondit Babet.

Ainsi avorta ce fœtus de crime enfanté par Brujon à la
Force.

Cet avortement pourtant eut des suites, parfaitement
étrangères au programme de Brujon. On les verra.

Souvent en croyant nouer un fil, on en lie un autre.

III

APPARITION AU PÈRE MABEUF

Marius n'allait plus chez personne, seulement il lui
arrivait quelquefois de rencontrer le père Mabeuf.

Pendant que Marius descendait lentement ces degrés

lugubres qu'on pourrait nommer l'escalier des caves et
qui mènent dans des lieux sans lumière où l'on entend
les heureux marcher au-dessus de soi, M. Mabeuf descendait de son côté.

La *Flore de Cauteretz* ne se vendait absolument plus.
Les expériences sur l'indigo n'avaient point réussi dans
le petit jardin d'Austerlitz qui était mal exposé.
M. Mabeuf n'y pouvait cultiver que quelques plantes
rares qui aiment l'humidité et l'ombre. Il ne se découra-
geait pourtant pas. Il avait obtenu un coin de terre au
Jardin des plantes, en bonne exposition, pour y faire, « à
ses frais », ses essais d'indigo. Pour cela il avait mis les
cuivres de sa *Flore* au mont-de-piété. Il avait réduit son
déjeuner à deux œufs, et il en laissait un à sa vieille servante dont il ne payait plus les gages depuis quinze mois.
Et souvent son déjeuner était son seul repas. Il ne riait
plus de son rire enfantin, il était devenu morose, et ne
recevait plus de visites. Marius faisait bien de ne plus
songer à venir. Quelquefois, à l'heure où M. Mabeuf
allait au Jardin des plantes, le vieillard et le jeune
homme se croisaient sur le boulevard de l'Hôpital. Ils ne
parlaient pas et se faisaient un signe de tête tristement.
Chose poignante, qu'il y ait un moment où la misère
dénoue ! On était deux amis, on est deux passants.

Le libraire Royol était mort. M. Mabeuf ne connaissait
plus que ses livres, son jardin et son indigo ; c'étaient les
trois formes qu'avaient prises pour lui le bonheur, le
plaisir et l'espérance. Cela lui suffisait pour vivre. Il se
disait : — Quand j'aurai fait mes boules de bleu, je serai
riche, je retirerai mes cuivres du mont-de-piété, je
remettrai ma *Flore* en vogue avec du charlatanisme, de
la grosse caisse et des annonces dans les journaux, et
j'achèterai, je sais bien où, un exemplaire de l'*Art de
naviguer* de Pierre de Médine, avec bois, édition de 1559.
— En attendant, il travaillait toute la journée à son carré
d'indigo, et le soir il rentrait chez lui pour arroser son
jardin, et lire ses livres. M. Mabeuf avait à cette époque
fort près de quatre-vingts ans.

Un soir il eut une singulière apparition.

Il était rentré qu'il faisait grand jour encore. La mère
Plutarque dont la santé se dérangeait était malade et

couchée. Il avait dîné d'un os où il restait un peu de viande et d'un morceau de pain qu'il avait trouvé sur la table de cuisine, et s'était assis sur une borne de pierre renversée qui tenait lieu de banc dans son jardin.

Près de ce banc se dressait, à la mode des vieux jardins vergers, une espèce de grand bahut en solives et en planches fort délabré, clapier au rez-de-chaussée, fruitier au premier étage. Il n'y avait pas de lapins dans le clapier, mais il y avait quelques pommes dans le fruitier. Reste de la provision d'hiver.

M. Mabeuf s'était mis à feuilleter et à lire, à l'aide de ses lunettes, deux livres qui le passionnaient, et même, chose plus grave à son âge, le préoccupaient. Sa timidité naturelle le rendait propre à une certaine acceptation des superstitions. Le premier de ces livres était le fameux traité du président Delancre, *De l'inconstance des démons*, l'autre était l'in-quarto de Mutor de la Rubaudière, *Sur les diables de Vauvert et les gobelins de la Bièvre*. Ce dernier bouquin l'intéressait d'autant plus que son jardin avait été un des terrains anciennement hantés par les gobelins. Le crépuscule commençait à blanchir ce qui est en haut et à noircir ce qui est en bas. Tout en lisant, et par-dessus le livre qu'il tenait à la main, le père Mabeuf considérait ses plantes et entre autres un rhododendron magnifique qui était une de ses consolations; quatre jours de hâle, de vent et de soleil, sans une goutte de pluie, venaient de passer; les tiges se courbaient, les boutons penchaient, les feuilles tombaient, tout cela avait besoin d'être arrosé; le rhododendron surtout était triste. Le père Mabeuf était de ceux pour qui les plantes ont des âmes. Le vieillard avait travaillé toute la journée à son carré d'indigo, il était épuisé de fatigue, il se leva pourtant, posa ses livres sur le banc, et marcha tout courbé et à pas chancelants jusqu'au puits, mais quand il eut saisi la chaîne, il ne put même pas la tirer assez pour la décrocher. Alors il se retourna et leva un regard d'angoisse vers le ciel qui s'emplissait d'étoiles.

La soirée avait cette sérénité qui accable les douleurs de l'homme sous je ne sais quelle lugubre et éternelle joie. La nuit promettait d'être aussi aride que l'avait été le jour.

— Des étoiles partout! pensait le vieillard; pas la plus petite nuée! pas une larme d'eau!

Et sa tête, qui s'était soulevée un moment, retomba sur sa poitrine.

Il la releva et regarda encore le ciel en murmurant:

— Une larme de rosée! un peu de pitié!

Il essaya encore une fois de décrocher la chaîne du puits, et ne put.

En ce moment il entendit une voix qui disait:

— Père Mabeuf, voulez-vous que je vous arrose votre jardin?

En même temps un bruit de bête fauve qui passe se fit dans la haie, et il vit sortir de la broussaille une espèce de grande fille maigre qui se dressa devant lui en le regardant hardiment. Cela avait moins l'air d'un être humain que d'une forme qui venait d'éclore au crépuscule.

Avant que le père Mabeuf, qui s'effarait aisément et qui avait, comme nous avons dit, l'effroi facile, eût pu répondre une syllabe, cet être, dont les mouvements avaient dans l'obscurité une sorte de brusquerie bizarre, avait décroché la chaîne, plongé et retiré le seau, et rempli l'arrosoir, et le bonhomme voyait cette apparition qui avait les pieds nus et une jupe en guenilles courir dans les plates-bandes en distribuant la vie autour d'elle. Le bruit de l'arrosoir sur les feuilles remplissait l'âme du père Mabeuf de ravissement. Il lui semblait que maintenant le rhododendron était heureux.

Le premier seau vidé, la fille en tira un second, puis un troisième. Elle arrosa tout le jardin.

À la voir marcher ainsi dans les allées où sa silhouette apparaissait toute noire, agitant sur ses grands bras anguleux son fichu tout déchiqueté, elle avait je ne sais quoi d'une chauve-souris.

Quand elle eut fini, le père Mabeuf s'approcha les larmes aux yeux, et lui posa la main sur le front.

— Dieu vous bénira, dit-il, vous êtes un ange puisque vous avez soin des fleurs.

— Non, répondit-elle, je suis le diable, mais ça m'est égal.

Le vieillard s'écria, sans attendre et sans entendre sa réponse:

— Quel dommage que je sois si malheureux et si pauvre, et que je ne puisse rien faire pour vous !

— Vous pouvez quelque chose, dit-elle.

— Quoi ?

— Me dire où demeure M. Marius.

Le vieillard ne comprit point.

— Quel monsieur Marius ?

Il leva son regard vitreux et parut chercher quelque chose d'évanoui.

— Un jeune homme qui venait ici dans les temps.

Cependant M. Mabeuf avait fouillé dans sa mémoire.

— Ah ! oui,... s'écria-t-il, je sais ce que vous voulez dire. Attendez donc ! monsieur Marius... le baron Marius Pontmercy, parbleu ! Il demeure... ou plutôt il ne demeure plus... Ah bien, je ne sais pas.

Tout en parlant, il s'était courbé pour assujettir une branche du rhododendron, et il continuait :

— Tenez, je me souviens à présent. Il passe très souvent sur le boulevard et va du côté de la Glacière. Rue Croulebarbe. Le champ de l'Alouette. Allez par là. Il n'est pas difficile à rencontrer.

Quand M. Mabeuf se releva, il n'y avait plus personne, la fille avait disparu.

Il eut décidément un peu peur.

— Vrai, pensa-t-il, si mon jardin n'était pas arrosé, je croirais que c'est un esprit.

Une heure plus tard, quand il fut couché, cela lui revint, et, en s'endormant, à cet instant trouble où la pensée, pareille à cet oiseau fabuleux qui se change en poisson pour passer la mer, prend peu à peu la forme du songe pour traverser le sommeil, il se disait confusément :

— Au fait, cela ressemble beaucoup à ce que la Rubaudière raconte des gobelins. Serait-ce un gobelin ?

IV

APPARITION À MARIUS

Quelques jours après cette visite d'un « esprit » au père Mabeuf, un matin, — c'était un lundi, le jour de la pièce de cent sous que Marius empruntait à Courfevrac pour

Thénardier, — Marius avait mis cette pièce de cent sous dans sa poche, et, avant de la porter au greffe, il était allé « se promener un peu », espérant qu'à son retour cela le ferait travailler. C'était d'ailleurs éternellement ainsi. Sitôt levé, il s'asseyait devant un livre et une feuille de papier pour bâcler quelque traduction; il avait à cette époque-là pour besogne la translation en français d'une célèbre querelle d'allemands, la controverse de Gans et de Savigny; il prenait Savigny, il prenait Gans, lisait quatre lignes, essayait d'en écrire une, ne pouvait, voyait une étoile entre son papier et lui, et se levait de sa chaise en disant : — Je vais sortir. Cela me mettra en train.

Et il allait au champ de l'Alouette.

Là il voyait plus que jamais l'étoile, et moins que jamais Savigny et Gans.

Il rentrait, essayait de reprendre son labeur, et n'y parvenait point; pas moyen de renouer un seul des fils cassés dans son cerveau; alors il disait : — Je ne sortirai pas demain. Cela m'empêche de travailler. — Et il sortait tous les jours.

Il habitait le champ de l'Alouette plus que le logis de Courfeyrac. Sa véritable adresse était celle-ci : boulevard de la Santé, au septième arbre après la rue Croulebarbe.

Ce matin-là, il avait quitté ce septième arbre, et s'était assis sur le parapet de la rivière des Gobelins. Un gai soleil pénétrait les feuilles fraîches épanouies et toutes lumineuses.

Il songeait à « Elle ». Et sa songerie, devenant reproche, retombait sur lui; il pensait douloureusement à la paresse, paralysie de l'âme, qui le gagnait, et à cette nuit qui s'épaississait d'instant en instant devant lui au point qu'il ne voyait même déjà plus le soleil.

Cependant, à travers ce pénible dégagement d'idées indistinctes qui n'étaient pas même un monologue, tant l'action s'affaiblissait en lui, et il n'avait plus même la force de vouloir se désoler, à travers cette absorption mélancolique, les sensations du dehors lui arrivaient. Il entendait derrière lui, au-dessous de lui, sur les deux bords de la rivière, les laveuses des Gobelins battre leur linge, et, au-dessus de sa tête, les oiseaux jaser et chanter dans les ormes. D'un côté le bruit de la liberté, de l'insouciance heureuse, du loisir qui a des ailes; de l'autre le bruit du travail. Chose qui le faisait rêver profondément, et presque réfléchir, c'étaient deux bruits joyeux.

Tout à coup, au milieu de son extase accablée, il entendit une voix connue qui disait :

— Tiens! le voilà!

Il leva les yeux, et reconnut cette malheureuse enfant qui était venue un matin chez lui, l'aînée des filles Thénardier, Éponine; il savait maintenant comment elle se nommait. Chose étrange, elle était appauvrie et embellie; deux pas qu'il ne semblait point qu'elle pût faire. Elle avait accompli un double progrès, vers la lumière et vers la détresse. Elle était pieds nus et en haillons comme le jour où elle était entrée si résolument dans sa chambre, seulement ses haillons avaient deux mois de plus; les trous étaient plus larges, les guenilles plus sordides. C'était cette même voix enrouée, ce même front terni et ridé par le hâle, ce même regard libre, égaré et vacillant. Elle avait de plus qu'autrefois dans la physionomie ce je ne sais quoi d'effrayé et de lamentable que la prison traversée ajoute à la misère.

Elle avait des brins de paille et de foin dans les cheveux, non comme Ophélia pour être devenue folle à la contagion de la folie d'Hamlet, mais parce qu'elle avait couché dans quelque grenier d'écurie.

Et avec tout cela elle était belle. Quel astre vous êtes, ô jeunesse!

Cependant elle était arrêtée devant Marius avec un peu de joie sur son visage livide et quelque chose qui ressemblait à un sourire.

Elle fut quelques moments comme si elle ne pouvait parler.

— Je vous rencontre donc! dit-elle enfin. Le père Mabeuf avait raison, c'était sur ce boulevard-ci! Comme je vous ai cherché! si vous saviez! Savez-vous cela? j'ai été au bloc. Quinze jours! Ils m'ont lâchée! vu qu'il n'y avait rien sur moi, et que d'ailleurs je n'avais pas l'âge du discernement. Il s'en fallait de deux mois. Oh! comme je vous ai cherché! Voilà six semaines. Vous ne demeurez donc plus là-bas?

— Non, dit Marius.

— Oh! je comprends. À cause de la chose. C'est désagréable ces esbrouffes-là. Vous avez déménagé. Tiens!
pourquoi donc portez-vous des vieux chapeaux comme
ça? Un jeune homme comme vous, ça doit avoir de
beaux habits. Savez-vous, monsieur Marius? le père
Mabeuf vous appelle le baron Marius je ne sais plus
quoi. Pas vrai que vous n'êtes pas baron? Les barons
c'est des vieux, ça va au Luxembourg devant le château,
où il y a le plus de soleil, ça lit la *Quotidienne* pour un
sou. J'ai été une fois porter une lettre chez un baron qui
était comme ça. Il avait plus de cent ans. Dites donc, où
est-ce que vous demeurez à présent?

Marius ne répondit pas.

— Ah! continua-t-elle, vous avez un trou à votre chemise. Il faudra que je vous recouse cela.

Elle reprit avec une expression qui s'assombrissait peu
à peu : — Vous n'avez pas l'air content de me voir?

Marius se taisait; elle garda elle-même un instant le
silence, puis s'écria :

— Si je voulais pourtant, je vous forcerais bien à avoir
l'air content!

— Quoi? demanda Marius. Que voulez-vous dire?

— Ah! vous me disiez tu! reprit-elle.

— Eh bien, que veux-tu dire?

Elle se mordit la lèvre; elle semblait hésiter comme en
proie à une sorte de combat intérieur. Enfin elle parut
prendre son parti.

— Tant pis, c'est égal. Vous avez l'air triste, je veux
que vous soyez content. Promettez-moi seulement que
vous allez rire. Je veux vous voir rire et vous voir dire :
Ah bien! c'est bon. Pauvre monsieur Marius! vous
savez! vous m'avez promis que vous me donneriez tout
ce que je voudrais...

— Oui! mais parle donc!

Elle regarda Marius dans le blanc des yeux et lui dit :

— J'ai l'adresse.

Marius pâlit. Tout son sang reflua à son cœur.

— Quelle adresse?

— L'adresse que vous m'avez demandée!

Elle ajouta comme si elle faisait effort :

— L'adresse... vous savez bien?

— Oui! bégaya Marius.

— De la demoiselle!

Ce mot prononcé, elle soupira profondément.

Marius sauta du parapet où il était assis et lui prit éperdument la main.

— Oh! eh bien! conduis-moi! dis-moi! demande-moi tout ce que tu voudras! Où est-ce?

— Venez avec moi, répondit-elle. Je ne sais pas bien la rue et le numéro; c'est tout de l'autre côté d'ici, mais je connais bien la maison, je vais vous conduire.

Elle retira sa main et reprit, d'un ton qui eût navré un observateur, mais qui n'effleura même pas Marius ivre et transporté :

— Oh! comme vous êtes content!

Un nuage passa sur le front de Marius. Il saisit Éponine par le bras.

— Jure-moi une chose!

— Jurer? dit-elle, qu'est-ce que cela veut dire? Tiens! vous voulez que je jure?

Et elle rit.

— Ton père! promets-moi, Éponine! jure-moi que tu ne diras pas cette adresse à ton père!

Elle se tourna vers lui d'un air stupéfait.

— Éponine! Comment savez-vous que je m'appelle Éponine?

— Promets-moi ce que je te dis!

Mais elle semblait ne pas l'entendre.

— C'est gentil, ça! vous m'avez appelée Éponine!

Marius lui prit les deux bras à la fois.

— Mais réponds-moi donc, au nom du ciel! fais attention à ce que je te dis, jure-moi que tu ne diras pas l'adresse que tu sais à ton père!

— Mon père? dit-elle. Ah oui, mon père! Soyez donc tranquille. Il est au secret. D'ailleurs est-ce que je m'occupe de mon père!

— Mais tu ne me promets pas! s'écria Marius.

— Mais lâchez-moi donc! dit-elle en éclatant de rire, comme vous me secouez! Si! si! je vous promets ça! je vous jure ça! qu'est-ce que cela me fait? je ne dirai pas l'adresse à mon père! Là! ça va-t-il? c'est-il ça?

— Ni à personne? fit Marius.

— Ni à personne.

— À présent, reprit Marius, conduis-moi.

— Tout de suite?

— Tout de suite.

— Venez — Oh! comme il est content! dit-elle.

Après quelques pas, elle s'arrêta.

— Vous me suivez de trop près, monsieur Marius. Laissez-moi aller devant, et suivez-moi comme cela, sans faire semblant. Il ne faut pas qu'on voie un jeune homme bien, comme vous, avec une femme comme moi.

Aucune langue ne saurait dire tout ce qu'il y avait dans ce mot, femme, ainsi prononcé par une enfant.

Elle fit une dizaine de pas, et s'arrêta encore; Marius la rejoignit. Elle lui adressa la parole de côté et sans se tourner vers lui :

— À propos, vous savez que vous m'avez promis quelque chose?

Marius fouilla dans sa poche. Il ne possédait au monde que les cinq francs destinés au père Thénardier. Il les prit, et les mit dans la main d'Éponine.

Elle ouvrit les doigts et laissa tomber la pièce à terre, et le regardant d'un air sombre :

— Je ne veux pas de votre argent, dit-elle.

LIVRE TROISIÈME
LA MAISON DE LA RUE PLUMET

I

LA MAISON À SECRET

Vers le milieu du siècle dernier, un président à mortier au parlement de Paris ayant une maîtresse et s'en cachant, car à cette époque les grands seigneurs montraient leurs maîtresses et les bourgeois les cachaient, fit construire « une petite maison » faubourg Saint-Germain, dans la rue déserte de Blomet, qu'on nomme aujourd'hui rue Plumet, non loin de l'endroit qu'on appelait alors le *Combat des Animaux*.

Cette maison se composait d'un pavillon à un seul étage ; deux salles au rez-de-chaussée, deux chambres au premier, en bas une cuisine, en haut un boudoir, sous le toit un grenier, le tout précédé d'un jardin avec large grille donnant sur la rue. Ce jardin avait environ un arpent. C'était là tout ce que les passants pouvaient entrevoir ; mais en arrière du pavillon il y avait une cour étroite et au fond de la cour un logis bas de deux pièces sur cave, espèce d'en-cas destiné à dissimuler au besoin un enfant et une nourrice. Ce logis communiquait, par-derrière, par une porte masquée et ouvrant à secret, avec un long couloir étroit, pavé, sinueux, à ciel ouvert, bordé de deux hautes murailles, lequel, caché avec un art prodigieux et comme perdu entre les clôtures des jardins et des cultures dont il suivait tous les angles et tous les détours, allait aboutir à une autre porte également à secret qui s'ouvrait à un demi-quart de lieue de là, presque dans un autre quartier, à l'extrémité solitaire de la rue de Babylone.

M. le président s'introduisait par là, si bien que ceux-là mêmes qui l'eussent épié et suivi et qui eussent observé que M. le président se rendait tous les jours mystérieusement quelque part, n'eussent pu se douter qu'aller rue de Babylone c'était aller rue Blomet. Grâce à d'habiles achats de terrains, l'ingénieux magistrat avait pu faire faire ce travail de voirie secrète chez lui, sur sa propre terre, et par conséquent sans contrôle. Plus tard il avait revendu par petites parcelles pour jardins et cultures les lots de terre riverains du corridor, et les propriétaires de ces lots de terre croyaient des deux côtés avoir devant les yeux un mur mitoyen, et ne soupçonnaient pas même l'existence de ce long ruban de pavé serpentant entre deux murailles parmi leurs plates-bandes et leurs vergers. Les oiseaux seuls voyaient cette curiosité. Il est probable que les fauvettes et les mésanges du siècle dernier avaient fort jasé sur le compte de M. le président.

Le pavillon, bâti en pierre dans le goût Mansart, lambrissé et meublé dans le goût Watteau, rocaille au dedans, perruque au dehors, muré d'une triple haie de fleurs, avait quelque chose de discret, de coquet et de solennel, comme il sied à un caprice de l'amour et de la magistrature.

Cette maison et ce couloir, qui ont disparu aujourd'hui, existaient encore il y a une quinzaine d'années. En 93, un chaudronnier avait acheté la maison pour la démolir, mais n'ayant pu en payer le prix, la nation le mit en faillite. De sorte que ce fut la maison qui démolit le chaudronnier. Depuis la maison resta inhabitée, et tomba lentement en ruine, comme toute demeure à laquelle la présence de l'homme ne communique plus la vie. Elle était restée meublée de ses vieux meubles et toujours à vendre ou à louer, et les dix ou douze personnes qui passent par an rue Plumet en étaient averties par un écriteau jaune et illisible accroché à la grille du jardin depuis 1810.

Vers la fin de la restauration, ces mêmes passants purent remarquer que l'écriteau avait disparu, et que, même, les volets du premier étage étaient ouverts. La maison en effet était occupée. Les fenêtres avaient « des petits rideaux », signe qu'il y avait une femme.

Au mois d'octobre 1829, un homme d'un certain âge s'était présenté et avait loué la maison telle qu'elle était, y compris, bien entendu, l'arrière-corps de logis et le couloir qui allait aboutir à la rue de Babylone. Il avait fait rétablir les ouvertures à secret des deux portes de ce passage. La maison, nous venons de le dire, était encore à peu près meublée des vieux ameublements du président, le nouveau locataire avait ordonné quelques réparations, ajouté çà et là ce qui manquait, remis des pavés à la cour, des briques aux carrelages, des marches à l'escalier, des feuilles aux parquets et des vitres aux croisées, et enfin était venu s'installer avec une jeune fille et une servante âgée, sans bruit, plutôt comme quelqu'un qui se glisse que comme quelqu'un qui entre chez soi. Les voisins n'en jasèrent point, par la raison qu'il n'y avait pas de voisins.

Ce locataire peu à effet était Jean Valjean, la jeune fille était Cosette. La servante était une fille appelée Toussaint que Jean Valjean avait sauvée de l'hôpital et de la misère et qui était vieille, provinciale et bègue, trois qualités qui avaient déterminé Jean Valjean à la prendre avec lui. Il avait loué la maison sous le nom de M. Fauchelevent, rentier. Dans tout ce qui a été raconté plus haut, le lecteur a sans doute moins tardé encore que Thénardier à reconnaître Jean Valjean.

Pourquoi Jean Valjean avait-il quitté le couvent du Petit-Picpus ? Que s'était-il passé ?

Il ne s'était rien passé.

On s'en souvient, Jean Valjean était heureux dans le couvent, si heureux que sa conscience finit par s'inquiéter. Il voyait Cosette tous les jours, il sentait la paternité naître et se développer en lui de plus en plus, il couvait de l'âme cette enfant, il se disait qu'elle était à lui, que rien ne pouvait la lui enlever, que cela serait ainsi indéfiniment, que certainement elle se ferait religieuse, y étant chaque jour doucement provoquée, qu'ainsi le couvent

était désormais l'univers pour elle comme pour lui, qu'il
y vieillirait et qu'elle y grandirait, qu'elle y vieillirait et
qu'il y mourrait, qu'enfin, ravissante espérance, aucune
séparation n'était possible. En réfléchissant à ceci, il en
vint à tomber dans des perplexités. Il s'interrogea. Il se
demandait si tout ce bonheur-là était bien à lui, s'il ne se
composait pas du bonheur d'un autre, du bonheur de
cette enfant qu'il confisquait et qu'il dérobait, lui vieillard; si ce n'était point là un vol? Il se disait que cette
enfant avait le droit de connaître la vie avant d'y renoncer, que lui retrancher, d'avance et en quelque sorte sans
la consulter, toutes les joies sous prétexte de lui sauver
toutes les épreuves, profiter de son ignorance et de son
isolement pour lui faire germer une vocation artificielle,
c'était dénaturer une créature humaine et mentir à Dieu.
Et qui sait si, se rendant compte un jour de tout cela et
religieuse à regret, Cosette n'en viendrait pas à le haïr?
Dernière pensée, presque égoïste, et moins héroïque que
les autres, mais qui lui était insupportable. Il résolut de
quitter le couvent.

Il le résolut; il reconnut avec désolation qu'il le fallait.
Quant aux objections, il n'y en avait pas. Cinq ans de
séjour entre ces quatre murs et de disparition avaient
nécessairement détruit ou dispersé les éléments de
crainte. Il pouvait rentrer parmi les hommes tranquillement. Il avait vieilli, et tout avait changé. Qui le
reconnaîtrait maintenant? Et puis, à voir le pire, il n'y
avait de danger que pour lui-même, et il n'avait pas le
droit de condamner Cosette au cloître par la raison qu'il
avait été condamné au bagne. D'ailleurs, qu'est-ce que le
danger devant le devoir? Enfin, rien ne l'empêchait
d'être prudent et de prendre ses précautions.

Quant à l'éducation de Cosette, elle était à peu près
terminée et complète.

Une fois sa détermination arrêtée, il attendit l'occasion. Elle ne tarda pas à se présenter. Le vieux Fauchelevent mourut.

Jean Valjean demanda audience à la révérende prieure
et lui dit qu'ayant fait à la mort de son frère un petit
héritage qui lui permettait de vivre désormais sans travailler, il quittait le service du couvent, et emmenait sa

fille ; mais que, comme il n'était pas juste que Cosette, ne prononçant point ses vœux, eût été élevée gratuitement, il suppliait humblement la révérende prieure de trouver bon qu'il offrît à la communauté, comme indemnité des cinq années que Cosette y avait passées, une somme de cinq mille francs.

C'est ainsi que Jean Valjean sortit du couvent de l'Adoration Perpétuelle.

En quittant le couvent, il prit lui-même sous son bras et ne voulut confier à aucun commissionnaire la petite valise dont il avait toujours la clef sur lui. Cette valise intriguait Cosette, à cause de l'odeur d'embaumement qui en sortait.

Disons tout de suite que désormais cette malle ne le quitta plus. Il l'avait toujours dans sa chambre. C'était la première et quelquefois l'unique chose qu'il emportait dans ses déménagements. Cosette en riait, et appelait cette valise *l'inséparable*, disant : J'en suis jalouse.

Jean Valjean du reste ne reparut pas à l'air libre sans une profonde anxiété.

Il découvrit la maison de la rue Plumet et s'y blottit. Il était désormais en possession du nom d'Ultime Fauchelevent.

En même temps il loua deux autres appartements dans Paris, afin de moins attirer l'attention que s'il fût toujours resté dans le même quartier, de pouvoir faire au besoin des absences à la moindre inquiétude qui le prendrait, et enfin de ne plus se trouver au dépourvu comme la nuit où il avait si miraculeusement échappé à Javert. Ces deux appartements étaient deux logis fort chétifs et d'apparence pauvre, dans deux quartiers très éloignés l'un de l'autre, l'une rue de l'Ouest, l'autre rue de l'Homme-Armé.

Il allait de temps en temps, tantôt rue de l'Homme-Armé, tantôt rue de l'Ouest, passer un mois ou six semaines avec Cosette sans emmener Toussaint. Il s'y faisait servir par les portiers et s'y donnait pour un rentier de la banlieue ayant un pied-à-terre en ville. Cette haute vertu avait trois domiciles dans Paris pour échapper à la police.

II

JEAN VALJEAN GARDE NATIONAL

Du reste, à proprement parler, il vivait rue Plumet et il y avait arrangé son existence de la façon que voici :

Cosette avec la servante occupait le pavillon ; elle avait la grande chambre à coucher aux trumeaux peints, le boudoir aux baguettes dorées, le salon du président meublé de tapisseries et de vastes fauteuils ; elle avait le jardin. Jean Valjean avait fait mettre dans la chambre de Cosette un lit à baldaquin d'ancien damas à trois couleurs, et un vieux et beau tapis de Perse acheté rue du Figuier-Saint-Paul chez la mère Gaucher, et, pour corriger la sévérité de ces vieilleries magnifiques, il avait amalgamé à ce bric-à-brac tous les petits meubles gais et gracieux des jeunes filles, l'étagère, la bibliothèque et les livres dorés, la papeterie, le buvard, la table à ouvrage incrustée de nacre, le nécessaire de vermeil, la toilette en porcelaine du Japon. De longs rideaux de damas fond rouge à trois couleurs pareils au lit pendaient aux fenêtres du premier étage. Au rez-de-chaussée, des rideaux de tapisserie. Tout l'hiver la petite maison de Cosette était chauffée du haut en bas. Lui, il habitait l'espèce de loge de portier qui était dans la cour du fond, avec un matelas sur un lit de sangle, une table de bois blanc, deux chaises de paille, un pot à eau de faïence, quelques bouquins sur une planche, sa chère valise dans un coin, jamais de feu. Il dînait avec Cosette, et il y avait un pain bis pour lui sur la table. Il avait dit à Toussaint lorsqu'elle était entrée : — C'est mademoiselle qui est la maîtresse de la maison. — Et vous, mo-onsieur ? avait répliqué Toussaint stupéfaite. — Moi, je suis bien mieux que le maître, je suis le père.

Cosette au couvent avait été dressée au ménage et réglait la dépense qui était fort modeste. Tous les jours Jean Valjean prenait le bras de Cosette et la menait promener. Il la conduisait au Luxembourg, dans l'allée la moins fréquentée, et tous les dimanches à la messe, toujours à Saint-Jacques-du-Haut-Pas, parce que c'était fort loin. Comme c'est un quartier très pauvre, il y faisait beaucoup l'aumône, et les malheureux l'entouraient dans l'église, ce qui lui avait valu l'épître des Thénardier : *Au monsieur bienfaisant de l'église Saint-Jacques-du-Haut-Pas.* Il menait volontiers Cosette visiter les indigents et les malades. Aucun étranger n'entrait dans la maison de la rue Plumet. Toussaint apportait les provisions, et Jean Valjean allait lui-même chercher l'eau à une prise d'eau qui était tout proche sur le boulevard. On mettait le bois et le vin dans une espèce de renfoncement demi-souterrain tapissé de rocailles qui avoisinait la porte de la rue de Babylone et qui autrefois avait servi de grotte à M. le président ; car au temps des Folies et des Petites-Maisons, il n'y avait pas d'amour sans grotte.

Il y avait dans la porte bâtarde de la rue de Babylone une de ces boîtes-tirelires destinées aux lettres et aux journaux ; seulement, les trois habitants du pavillon de la rue Plumet ne recevant ni journaux ni lettres, toute l'utilité de la boîte, jadis entremetteuse d'amourettes et confidente d'un robin dameret, était maintenant limitée aux avis du percepteur des contributions et aux billets de garde. Car M. Fauchelevent, rentier, était de la garde nationale ; il n'avait pu échapper aux mailles étroites du recensement de 1831. Les renseignements municipaux pris à cette époque étaient remontés jusqu'au couvent du Petit-Picpus, sorte de nuée impénétrable et sainte d'où Jean Valjean était sorti vénérable aux yeux de sa mairie, et, par conséquent, digne de monter sa garde.

Trois ou quatre fois l'an, Jean Valjean endossait son uniforme et faisait sa faction ; très volontiers d'ailleurs ; c'était pour lui un déguisement correct qui le mêlait à tout le monde en le laissant solitaire. Jean Valjean venait d'atteindre ses soixante ans, âge de l'exemption légale ; mais il n'en paraissait pas plus de cinquante ; d'ailleurs, il n'avait aucune envie de se soustraire à son sergent-major et de chicaner le comte de Lobau ; il n'avait pas d'état civil ; il cachait son nom, il cachait son identité, il cachait son âge, il cachait tout ; et, nous venons de le dire, c'était un garde national de bonne volonté. Ressembler au premier venu qui paye ses contributions, c'était là toute son ambition. Cet homme avait pour idéal, au dedans, l'ange, au dehors, le bourgeois.

Notons un détail pourtant. Quand Jean Valjean sortait avec Cosette, il s'habillait comme on l'a vu et avait assez l'air d'un ancien officier. Lorsqu'il sortait seul, et c'était le plus habituellement le soir, il était toujours vêtu d'une veste et d'un pantalon d'ouvrier, et coiffé d'une casquette qui lui cachait le visage. Était-ce précaution, ou humilité ? Les deux à la fois. Cosette était accoutumée au côté énigmatique de sa destinée et remarquait à peine les singularités de son père. Quant à Toussaint, elle vénérait Jean Valjean, et trouvait bon tout ce qu'il faisait. Un jour, son boucher, qui avait entrevu Jean Valjean, lui dit : C'est un drôle de corps. Elle répondit : C'est un-un saint.

Ni Jean Valjean, ni Cosette, ni Toussaint n'entraient et ne sortaient jamais que par la porte de la rue de Babylone. À moins de les apercevoir par la grille du jardin, il était difficile de deviner qu'ils demeuraient rue Plumet. Cette grille restait toujours fermée. Jean Valjean avait laissé le jardin inculte, afin qu'il n'attirât pas l'attention.

En cela il se trompait peut-être.

III

FOLIIS AC FRONDIBUS

Ce jardin ainsi livré à lui-même depuis plus d'un demi-siècle était devenu extraordinaire et charmant. Les passants d'il y a quarante ans s'arrêtaient dans cette rue pour le contempler, sans se douter des secrets qu'il dérobait derrière ses épaisseurs fraîches et vertes. Plus d'un songeur à cette époque a laissé bien des fois ses yeux et sa pensée pénétrer indiscrètement à travers les barreaux de l'antique grille cadenassée, tordue, branlante, scellée à deux piliers verdis et moussus, bizarrement couronnée d'un fronton d'arabesques indéchiffrables.

Il y avait un banc de pierre dans un coin, une ou deux statues moisies, quelques treillages décloués par le temps pourrissant sur le mur ; du reste plus d'allées ni de

gazon; du chiendent partout. Le jardinage était parti, et
la nature était revenue. Les mauvaises herbes abondaient, aventure admirable pour un pauvre coin de terre.
La fête des giroflées y était splendide. Rien dans ce jardin ne contrariait l'effort sacré des choses vers la vie; la
croissance vénérable était là chez elle. Les arbres
s'étaient baissés vers les ronces, les ronces étaient mon-
tées vers les arbres, la plante avait grimpé, la branche
avait fléchi, ce qui rampe sur la terre avait été trouver ce
qui s'épanouit dans l'air, ce qui flotte au vent s'était penché vers ce qui se traîne dans la mousse; troncs,
rameaux, feuilles, fibres, touffes, vrilles, sarments,
épines, s'étaient mêlés, traversés, mariés, confondus; la
végétation, dans un embrassement étroit et profond,
avait célébré et accompli là, sous l'œil satisfait du créateur, en cet enclos de trois cents pieds carrés, le saint
mystère de sa fraternité, symbole de la fraternité
humaine. Ce jardin n'était plus un jardin, c'était une
broussaille colossale, c'est-à-dire quelque chose qui est
impénétrable comme une forêt, peuplé comme une ville,
frissonnant comme un nid, sombre comme une cathédrale, odorant comme un bouquet, solitaire comme une
tombe, vivant comme une foule.

En floréal, cet énorme buisson, libre derrière sa grille
et dans ses quatre murs, entrait en rut dans le sourd travail de la germination universelle, tressaillait au soleil
levant presque comme une bête qui aspire les effluves de
l'amour cosmique et qui sent la sève d'avril monter et
bouillonner dans ses veines, et, secouant au vent sa prodigieuse chevelure verte, semait sur la terre humide, sur
les statues frustes, sur le perron croulant du pavillon et
jusque sur le pavé de la rue déserte, les fleurs en étoiles,
la rosée en perles, la fécondité, la beauté, la vie, la joie,
les parfums. À midi mille papillons blancs s'y réfu-
giaient, et c'était un spectacle divin de voir là tourbillonner en flocons dans l'ombre cette neige vivante de l'été.
Là, dans ces gaies ténèbres de la verdure, une foule de
voix innocentes parlaient doucement à l'âme, et ce que
les gazouillements avaient oublié de dire, les bourdonne-
ments le complétaient. Le soir une vapeur de rêverie se
dégageait du jardin et l'enveloppait; un linceul de

brume, une tristesse céleste et calme, le couvraient;
l'odeur si enivrante des chèvrefeuilles et des liserons en
sortait de toute part comme un poison exquis et subtil;
on entendait les derniers appels des grimpereaux et des
bergeronnettes s'assoupissant sous les branchages; on y
sentait cette intimité sacrée de l'oiseau et de l'arbre; le
jour les ailes réjouissent les feuilles, la nuit les feuilles
protègent les ailes.

L'hiver, la broussaille était noire, mouillée, hérissée,
grelottante, et laissait un peu voir la maison. On apercevait, au lieu de fleurs dans les rameaux et de rosée dans
les fleurs, les longs rubans d'argent des limaces sur le
froid et épais tapis des feuilles jaunes; mais de toute
façon, sous tout aspect, en toute saison, printemps,
hiver, été, automne, ce petit enclos respirait la mélancolie, la contemplation, la solitude, la liberté, l'absence de
l'homme, la présence de Dieu; et la vieille grille rouillée
avait l'air de dire : ce jardin est à moi.

Le pavé de Paris avait beau être là tout autour, les
hôtels classiques et splendides de la rue de Varenne à
deux pas, le dôme des Invalides tout près, la chambre
des députés pas loin; les carrosses de la rue de Bourgogne et de la rue Saint-Dominique avaient beau rouler
fastueusement dans le voisinage, les omnibus jaunes,
bruns, blancs, rouges, avaient beau se croiser dans le
carrefour prochain, le désert était rue Plumet; et la mort
des anciens propriétaires, une révolution qui avait passé,
l'écroulement des antiques fortunes, l'absence, l'oubli,
quarante ans d'abandon et de viduité, avaient suffi pour
ramener dans ce lieu privilégié les fougères, les bouil-
lons-blancs, les ciguës, les achillées, les digitales, les
hautes herbes, les grandes plantes gaufrées aux larges
feuilles de drap vert pâle, les lézards, les scarabées, les
insectes inquiets et rapides; pour faire sortir des profondeurs de la terre et reparaître entre ces quatre murs je ne
sais quelle grandeur sauvage et farouche; et pour que la
nature, qui déconcerte les arrangements mesquins de
l'homme et qui se répand toujours tout entière là où elle
se répand, aussi bien dans la fourmi que dans l'aigle, en
vînt à s'épanouir dans un méchant petit jardin parisien
avec autant de rudesse et de majesté que dans une forêt
vierge du Nouveau Monde.

Rien n'est petit en effet; quiconque est sujet aux pénétrations profondes de la nature, le sait. Bien qu'aucune satisfaction absolue ne soit donnée à la philosophie, pas plus de circonscrire la cause que de limiter l'effet, le contemplateur tombe dans des extases sans fond à cause de toutes ces décompositions de forces aboutissant à l'unité. Tout travaille à tout.

L'algèbre s'applique aux nuages; l'irradiation de l'astre profite à la rose; aucun penseur n'oserait dire que le parfum de l'aubépine est inutile aux constellations. Qui donc peut calculer le trajet d'une molécule? que savons-nous si des créations de mondes ne sont point déterminées par des chutes de grains de sable? qui donc connaît les flux et les reflux réciproques de l'infiniment grand et de l'infiniment petit, le retentissement des causes dans les précipices de l'être, et les avalanches de la création? Un ciron importe; le petit est grand, le grand est petit; tout est en équilibre dans la nécessité; effrayante vision pour l'esprit. Il y a entre les êtres et les choses des relations de prodige; dans cet inépuisable ensemble, de soleil à puceron, on ne se méprise pas; on a besoin les uns des autres. La lumière n'emporte pas dans l'azur les parfums terrestres sans savoir ce qu'elle en fait; la nuit fait des distributions d'essence stellaire aux fleurs endormies. Tous les oiseaux qui volent ont à la patte le fil de l'infini. La germination se complique de l'éclosion d'un météore et du coup de bec de l'hirondelle brisant l'œuf, et elle mène de front la naissance d'un ver de terre et l'avènement de Socrate. Où finit le télescope, le microscope commence. Lequel des deux a la vue la plus grande? Choisissez. Une moisissure est une pléiade de fleurs; une nébuleuse est une fourmilière d'étoiles. Même promiscuité, et plus inouïe encore, des choses de l'intelligence et des faits de la substance. Les éléments et les principes se mêlent, se combinent, s'épousent, se multiplient les uns par les autres, au point de faire aboutir le monde matériel et le monde moral à la même clarté. Le phénomène est en perpétuel repli sur lui-même. Dans les vastes échanges cosmiques, la vie universelle va et vient en quantités inconnues, roulant tout dans l'invisible mystère des effluves, employant tout, ne perdant pas un rêve de pas un sommeil, semant un animalcule ici, émiettant un astre là, oscillant et serpentant, faisant de la lumière une force et de la pensée un élément, disséminée et indivisible, dissolvant tout, excepté ce point géométrique, le moi; ramenant tout à l'âme atome; épanouissant, tout en Dieu; enchevêtrant, depuis la plus haute jusqu'à la plus basse, toutes les activités dans l'obscurité d'un mécanisme vertigineux, rattachant le vol d'un insecte au mouvement de la terre, subordonnant, qui sait? ne fût-ce que par l'identité de la loi, l'évolution de la comète dans le firmament au tournoiement de l'infusoire dans la goutte d'eau. Machine faite d'esprit. Engrenage énorme dont le premier moteur est le moucheron et dont la dernière roue est le zodiaque.

IV

CHANGEMENT DE GRILLE

Il semblait que ce jardin, créé autrefois pour cacher les mystères libertins, se fût transformé et fût devenu propre à abriter les mystères chastes. Il n'avait plus ni berceaux, ni boulingrins, ni tonnelles, ni grottes; il avait une magnifique obscurité échevelée tombant comme un voile de toutes parts. Paphos s'était refait Éden. On ne sait quoi de repentant avait assaini cette retraite. Cette bouquetière offrait maintenant ses fleurs à l'âme. Ce coquet jardin, jadis fort compromis, était rentré dans la virginité et la pudeur. Un président assisté d'un jardinier, un bonhomme qui croyait continuer Lamoignon et un autre bonhomme qui croyait continuer Le Nôtre, l'avaient contourné, taillé, chiffonné, attifé, façonné pour la galanterie; la nature l'avait ressaisi, l'avait rempli d'ombre, et l'avait arrangé pour l'amour.

Il y avait aussi dans cette solitude un cœur qui était tout prêt. L'amour n'avait qu'à se montrer; il avait là un temple composé de verdures, d'herbe, de mousse, de soupirs d'oiseaux, de molles ténèbres, de branches agitées, et une âme faite de douceur, de foi, de candeur, d'espoir, d'aspiration et d'illusion.

Cosette était sortie du couvent encore presque enfant; elle avait un peu plus de quatorze ans, et elle était « dans l'âge ingrat »; nous l'avons dit, à part les yeux, elle semblait plutôt laide que jolie; elle n'avait cependant aucun trait disgracieux, mais elle était gauche, maigre, timide et hardie à la fois, une grande petite fille enfin.

Son éducation était terminée; c'est-à-dire on lui avait appris la religion, et même, et surtout la dévotion; puis « l'histoire », c'est-à-dire la chose qu'on appelle ainsi au couvent, la géographie, la grammaire, les participes, les rois de France, un peu de musique, à faire un nez, etc., mais du reste elle ignorait tout, ce qui est un charme et un péril. L'âme d'une jeune fille ne doit pas être laissée obscure; plus tard, il s'y fait des mirages trop brusques et trop vifs comme dans une chambre noire. Elle doit être doucement et discrètement éclairée, plutôt du reflet des réalités que de leur lumière directe et dure. Demi-jour utile et gracieusement austère qui dissipe les peurs puériles et empêche les chutes. Il n'y a que l'instinct maternel, intuition admirable où entrent les souvenirs de la vierge et l'expérience de la femme, qui sache comment et de quoi doit être fait ce demi-jour. Rien ne supplée à cet instinct. Pour former l'âme d'une jeune fille, toutes les religieuses du monde ne valent pas une mère.

Cosette n'avait pas eu de mère. Elle n'avait eu que beaucoup de mères, au pluriel.

Quant à Jean Valjean, il y avait bien en lui toutes les tendresses à la fois, et toutes les sollicitudes; mais ce n'était qu'un vieux homme qui ne savait rien du tout.

Or, dans cette œuvre de l'éducation, dans cette grave affaire de la préparation d'une femme à la vie, que de science il faut pour lutter contre cette grande ignorance qu'on appelle l'innocence!

Rien ne prépare une jeune fille aux passions comme le couvent. Le couvent tourne la pensée du côté de l'inconnu. Le cœur, replié sur lui-même, se creuse, ne pouvant s'épancher, et s'approfondit, ne pouvant s'épanouir. De là des visions, des suppositions, des conjectures, des romans ébauchés, des aventures souhaitées,

des constructions fantastiques, des édifices tout entiers
bâtis dans l'obscurité intérieure de l'esprit, sombres et
secrètes demeures où les passions trouvent tout de suite
à se loger dès que la grille franchie leur permet d'entrer.
Le couvent est une compression qui, pour triompher du
cœur humain, doit durer toute la vie.

En quittant le couvent, Cosette ne pouvait rien trouver
de plus doux et de plus dangereux que la maison de la
rue Plumet. C'était la continuation de la solitude avec le
commencement de la liberté ; un jardin fermé, mais une
nature âcre, riche, voluptueuse et odorante ; les mêmes
songes que dans le couvent, mais de jeunes hommes
entrevus ; une grille, mais sur la rue.

Cependant, nous le répétons, quand elle y arriva, elle
n'était encore qu'une enfant. Jean Valjean lui livra ce jardin inculte. — Fais-y tout ce que tu voudras, lui disait-il.
Cela amusait Cosette ; elle en remuait toutes les touffes
et toutes les pierres, elle y cherchait « des bêtes » ; elle y
jouait, en attendant qu'elle y rêvât ; elle aimait ce jardin
pour les insectes qu'elle y trouvait sous ses pieds à travers l'herbe, en attendant qu'elle l'aimât pour les étoiles
qu'elle y verrait dans les branches au-dessus de sa tête.

Et puis, elle aimait son père, c'est-à-dire Jean Valjean,
de toute son âme, avec une naïve passion filiale qui lui
faisait du bonhomme un compagnon désiré et charmant.
On se souvient que M. Madeleine lisait beaucoup, Jean
Valjean avait continué ; il en était venu à causer bien ; il
avait la richesse secrète et l'éloquence d'une intelligence
humble et vraie qui s'est spontanément cultivée. Il lui
était resté juste assez d'âpreté pour assaisonner sa
bonté ; c'était un esprit rude et un cœur doux. Au Luxembourg, dans leurs tête-à-tête, il faisait de longues explica-
tions de tout, puisant dans ce qu'il avait lu, puisant aussi
dans ce qu'il avait souffert. Tout en l'écoutant, les yeux
de Cosette erraient vaguement.

Cet homme simple suffisait à la pensée de Cosette, de
même que ce jardin sauvage à ses jeux. Quand elle avait
bien poursuivi les papillons, elle arrivait près de lui
essoufflée et disait : Ah ! comme j'ai couru ! Il la baisait
au front.

Cosette adorait le bonhomme. Elle était toujours sur

ses talons. Là où était Jean Valjean était le bien-être.
Comme Jean Valjean n'habitait ni le pavillon, ni le jardin, elle se plaisait mieux dans l'arrière-cour pavée que
dans l'enclos plein de fleurs, et dans la petite loge meublée de chaises de paille que dans le grand salon tendu
de tapisseries où s'adossaient des fauteuils capitonnés.
Jean Valjean lui disait quelquefois en souriant du bonheur d'être importuné : — Mais va-t'en chez toi ! laisse-
moi donc un peu seul !

Elle lui faisait de ces charmantes gronderies tendres
qui ont tant de grâce remontant de la fille au père.

— Père, j'ai très froid chez vous ; pourquoi ne mettez-
vous pas ici un tapis et un poêle ?

— Chère enfant, il y a tant de gens qui valent mieux
que moi et qui n'ont même pas un toit sur leur tête.

— Alors pourquoi y a-t-il du feu chez moi et tout ce
qu'il faut ?

— Parce que tu es une femme et un enfant.

— Bah ! les hommes doivent donc avoir froid et être
mal ?

— Certains hommes.

— C'est bon, je viendrai si souvent ici que vous serez
bien obligé d'y faire du feu.

Elle lui disait encore :

— Père, pourquoi mangez-vous du vilain pain comme
cela ?

— Parce que, ma fille.

— Eh bien, si vous en mangez, j'en mangerai.

Alors, pour que Cosette ne mangeât pas de pain noir,
Jean Valjean mangeait du pain blanc.

Cosette ne se rappelait que confusément son enfance.
Elle priait matin et soir pour sa mère qu'elle n'avait pas
connue. Les Thénardier lui étaient restés comme deux
figures hideuses à l'état de rêve. Elle se rappelait qu'elle
avait été « un jour, la nuit » chercher de l'eau dans un
bois. Elle croyait que c'était très loin de Paris. Il lui semblait qu'elle avait commencé à vivre dans un abîme et
que c'était Jean Valjean qui l'en avait tirée. Son enfance
lui faisait l'effet d'un temps où il n'y avait autour d'elle
que des mille-pieds, des araignées et des serpents.
Quand elle songeait le soir avant de s'endormir, comme

elle n'avait pas une idée très nette d'être la fille de Jean
Valjean et qu'il fût son père, elle s'imaginait que l'âme de
sa mère avait passé dans ce bonhomme et était venue
demeurer auprès d'elle.

Lorsqu'il était assis, elle appuyait sa joue sur ses cheveux blancs et y laissait silencieusement tomber une
larme en se disant : C'est peut-être ma mère, cet homme-
là !

Cosette, quoique ceci soit étrange à énoncer, dans sa
profonde ignorance de fille élevée au couvent, la maternité d'ailleurs étant absolument inintelligible à la virginité, avait fini par se figurer qu'elle avait eu aussi peu de
mère que possible. Cette mère, elle ne savait pas même
son nom. Toutes les fois qu'il lui arrivait de le demander
à Jean Valjean, Jean Valjean se taisait. Si elle répétait sa
question, il répondait par un sourire. Une fois elle
insista ; le sourire s'acheva par une larme.

Ce silence de Jean Valjean couvrait de nuit Fantine.

Était-ce prudence ? était-ce respect ? était-ce crainte de
livrer ce nom aux hasards d'une autre mémoire que la
sienne ?

Tant que Cosette avait été petite, Jean Valjean lui avait
volontiers parlé de sa mère ; quand elle fut jeune fille,
cela lui fut impossible. Il lui sembla qu'il n'osait plus.
Était-ce à cause de Cosette ? était-ce à cause de Fantine ?
il éprouvait une sorte d'horreur religieuse à faire entrer
cette ombre dans la pensée de Cosette, et à mettre la
morte en tiers dans leur destinée. Plus cette ombre lui
était sacrée, plus elle lui semblait redoutable. Il songeait
à Fantine et se sentait accablé de silence. Il voyait vaguement dans les ténèbres quelque chose qui ressemblait à
un doigt sur une bouche. Toute cette pudeur qui avait
été dans Fantine et qui, pendant sa vie, était sortie d'elle
violemment, était-elle revenue après sa mort se poser sur
elle, veiller, indignée, sur la paix de cette morte, et,
farouche, la garder dans sa tombe ? Jean Valjean, à son
insu, en subissait-il la pression ? Nous qui croyons en la
mort, nous ne sommes pas de ceux qui rejetteraient cette
explication mystérieuse. De là l'impossibilité de prononcer, même pour Cosette, ce nom : Fantine.

Un jour Cosette lui dit :

— Père, j'ai vu cette nuit ma mère en songe. Elle avait deux grandes ailes. Ma mère dans sa vie doit avoir touché à la sainteté.

— Par le martyre, répondit Jean Valjean.

Du reste, Jean Valjean était heureux.

Quand Cosette sortait avec lui, elle s'appuyait sur son bras, fière, heureuse, dans la plénitude du cœur. Jean Valjean, à toutes ces marques d'une tendresse si exclusive et si satisfaite de lui seul, sentait sa pensée se fondre en délices. Le pauvre homme tressaillait inondé d'une joie angélique; il s'affirmait avec transport que cela durerait toute la vie; il se disait qu'il n'avait vraiment pas assez souffert pour mériter un si radieux bonheur, et il remerciait Dieu, dans les profondeurs de son âme, d'avoir permis qu'il fût ainsi aimé, lui misérable, par cet être innocent.

v

LA ROSE S'APERÇOIT
QU'ELLE EST UNE MACHINE DE GUERRE

Un jour Cosette se regarda par hasard dans son miroir et se dit : tiens! Il lui semblait presque qu'elle était jolie. Ceci la jeta dans un trouble singulier. Jusqu'à ce moment elle n'avait point songé à sa figure. Elle se voyait dans son miroir, mais elle ne s'y regardait pas. Et puis, on lui avait souvent dit qu'elle était laide; Jean Valjean seul disait doucement : Mais non! mais non! Quoi qu'il en fût, Cosette s'était toujours crue laide, et avait grandi dans cette idée avec la résignation facile de l'enfance. Voici que tout d'un coup son miroir lui disait comme Jean Valjean : Mais non! Elle ne dormit pas de la nuit. — Si j'étais jolie? pensait-elle, comme cela serait drôle que je fusse jolie! — Et elle se rappelait celles de ses compagnes dont la beauté faisait effet dans le couvent, et elle se disait : Comment! je serais comme mademoiselle une telle!

Le lendemain elle se regarda, mais non par hasard, et elle douta : — Où avais-je l'esprit ? dit-elle, non, je suis laide. — Elle avait tout simplement mal dormi, elle avait les yeux battus et elle était pâle. Elle ne s'était pas sentie très joyeuse la veille de croire à sa beauté, mais elle fut triste de n'y plus croire. Elle ne se regarda plus, et pendant plus de quinze jours elle tâcha de se coiffer tournant le dos au miroir.

Le soir, après le dîner, elle faisait assez habituellement de la tapisserie dans le salon, ou quelque ouvrage de couvent, et Jean Valjean lisait à côté d'elle. Une fois elle leva les yeux de son ouvrage et elle fut toute surprise de la façon inquiète dont son père la regardait.

Une autre fois, elle passait dans la rue, et il lui sembla que quelqu'un qu'elle ne vit pas disait derrière elle : Jolie femme ! mais mal mise. — Bah ! pensa-t-elle, ce n'est pas moi. Je suis bien mise et laide. — Elle avait alors son chapeau de peluche et sa robe de mérinos.

Un jour enfin, elle était dans le jardin, et elle entendit la pauvre vieille Toussaint qui disait : Monsieur, remarquez-vous comme mademoiselle devient jolie ? Cosette n'entendit pas ce que son père répondit, les paroles de Toussaint furent pour elle une sorte de commotion. Elle s'échappa du jardin, monta à sa chambre, courut à la glace, il y avait trois mois qu'elle ne s'était regardée, et poussa un cri. Elle venait de s'éblouir elle-même.

Elle était belle et jolie ; elle ne pouvait s'empêcher d'être de l'avis de Toussaint et de son miroir. Sa taille s'était faite, sa peau avait blanchi, ses cheveux s'étaient lustrés, une splendeur inconnue s'était allumée dans ses prunelles bleues. La conviction de sa beauté lui vint tout entière, en une minute, comme un grand jour qui se fait ; les autres la remarquaient d'ailleurs, Toussaint le disait, c'était d'elle évidemment que le passant avait parlé, il n'y avait plus à douter ; elle redescendit au jardin, se croyant reine, entendant les oiseaux chanter, c'était en hiver, voyant le ciel doré, le soleil dans les arbres, des fleurs dans les buissons, éperdue, folle, dans un ravissement inexprimable.

De son côté, Jean Valjean éprouvait un profond et indéfinissable serrement de cœur.

C'est qu'en effet, depuis quelque temps, il contemplait avec terreur cette beauté qui apparaissait chaque jour plus rayonnante sur le doux visage de Cosette. Aube riante pour tous, lugubre pour lui.

Cosette avait été belle assez longtemps avant de s'en apercevoir. Mais, du premier jour, cette lumière inattendue qui se levait lentement et enveloppait par degrés toute la personne de la jeune fille blessa la paupière sombre de Jean Valjean. Il sentit que c'était un changement dans une vie heureuse, si heureuse qu'il n'osait y remuer dans la crainte d'y déranger quelque chose. Cet homme qui avait passé par toutes les détresses, qui était encore tout saignant des meurtrissures de sa destinée, qui avait été presque méchant et qui était devenu presque saint, qui, après avoir traîné la chaîne du bagne, traînait maintenant la chaîne invisible, mais pesante, de l'infamie indéfinie, cet homme que la loi n'avait pas lâché et qui pouvait être à chaque instant ressaisi et ramené de l'obscurité de sa vertu au grand jour de l'opprobre public, cet homme acceptait tout, excusait tout, pardonnait tout, bénissait tout, voulait bien tout, et ne demandait à la providence, aux hommes, aux lois, à la société, à la nature, au monde, qu'une chose, que Cosette l'aimât !

Que Cosette continuât de l'aimer ! que Dieu n'empêchât pas le cœur de cette enfant de venir à lui, et de rester à lui ! Aimé de Cosette, il se trouvait guéri, reposé, apaisé, comblé, récompensé, couronné. Aimé de Cosette, il était bien ! il n'en demandait pas davantage. On lui eût dit : Veux-tu être mieux ? il eût répondu : Non. Dieu lui eût dit : Veux-tu le ciel ? il eût répondu : J'y perdrais.

Tout ce qui pouvait effleurer cette situation, ne fût-ce qu'à la surface, le faisait frémir comme le commencement d'autre chose. Il n'avait jamais trop su ce que c'était que la beauté d'une femme ; mais, par instinct, il comprenait que c'était terrible.

Cette beauté qui s'épanouissait de plus en plus triomphante et superbe à côté de lui, sous ses yeux, sur le front ingénu et redoutable de l'enfant, du fond de sa laideur, de sa vieillesse, de sa misère, de sa réprobation, de son accablement, il la regardait effaré.

Il se disait : Comme elle est belle ! Qu'est-ce que je vais devenir, moi ?

Là du reste était la différence entre sa tendresse et la tendresse d'une mère. Ce qu'il voyait avec angoisse, une mère l'eût vu avec joie.

Les premiers symptômes ne tardèrent pas à se manifester.

Dès le lendemain du jour où elle s'était dit : Décidément, je suis belle ! Cosette fit attention à sa toilette. Elle se rappela le mot du passant : — Jolie, mais mal mise, — souffle d'oracle qui avait passé à côté d'elle et s'était évanoui après avoir déposé dans son cœur un des deux germes qui doivent plus tard emplir toute la vie de la femme, la coquetterie. L'amour est l'autre.

Avec la foi en sa beauté, toute l'âme féminine s'épanouit en elle. Elle eut horreur du mérinos et honte de la peluche. Son père ne lui avait jamais rien refusé. Elle sut tout de suite toute la science du chapeau, de la robe, du mantelet, du brodequin, de la manchette, de l'étoffe qui va, de la couleur qui sied, cette science qui fait de la femme parisienne quelque chose de si charmant, de si profond et de si dangereux. Le mot *femme capiteuse* a été inventé pour la parisienne.

En moins d'un mois la petite Cosette fut dans cette thébaïde de la rue de Babylone une des femmes, non seulement les plus jolies, ce qui est quelque chose, mais « les mieux mises » de Paris, ce qui est bien davantage. Elle eût voulu rencontrer « son passant » pour voir ce qu'il dirait, et « pour lui apprendre ! » Le fait est qu'elle était ravissante de tout point, et qu'elle distinguait à merveille un chapeau de Gérard d'un chapeau d'Herbaut.

Jean Valjean considérait ces ravages avec anxiété. Lui qui sentait qu'il ne pourrait jamais que ramper, marcher tout au plus, il voyait des ailes venir à Cosette.

Du reste, rien qu'à la simple inspection de la toilette de Cosette, une femme eût reconnu qu'elle n'avait pas de mère. Certaines petites bienséances, certaines conventions spéciales, n'étaient point observées par Cosette. Une mère, par exemple, lui eût dit qu'une jeune fille ne s'habille point en damas.

Le premier jour que Cosette sortit avec sa robe et son camail de damas noir et son chapeau de crêpe blanc, elle vint prendre le bras de Jean Valjean, gaie, radieuse, rose, fière, éclatante. — Père, dit-elle, comment me trouvez-vous ainsi ? Jean Valjean répondit d'une voix qui ressemblait à la voix amère d'un envieux : — Charmante ! — Il fut dans la promenade comme à l'ordinaire. En rentrant il demanda à Cosette :

— Est-ce que tu ne remettras plus ta robe et ton chapeau, tu sais ?

Ceci se passait dans la chambre de Cosette. Cosette se tourna vers le porte-manteau de la garde-robe où sa défroque de pensionnaire était accrochée.

— Ce déguisement ! dit-elle. Père, que voulez-vous que j'en fasse ? Oh ! par exemple, non, je ne remettrai jamais ces horreurs. Avec ce machin-là sur la tête, j'ai l'air de madame Chien-fou.

Jean Valjean soupira profondément.

À partir de ce moment, il remarqua que Cosette, qui autrefois demandait toujours à rester, disant : Père, je m'amuse mieux ici avec vous, demandait maintenant toujours à sortir. En effet, à quoi bon avoir une jolie figure et une délicieuse toilette, si on ne les montre pas ?

Il remarqua aussi que Cosette n'avait plus le même goût pour l'arrière-cour. À présent, elle se tenait plus volontiers au jardin, se promenant sans déplaisir devant la grille. Jean Valjean, farouche, ne mettait pas les pieds dans le jardin. Il restait dans son arrière-cour, comme le chien.

Cosette, à se savoir belle, perdit la grâce de l'ignorer ; grâce exquise, car la beauté rehaussée de naïveté est ineffable, et rien n'est adorable comme une innocente éblouissante qui marche tenant en main, sans le savoir, la clef d'un paradis. Mais ce qu'elle perdit en grâce ingénue, elle le regagna en charme pensif et sérieux. Toute sa personne, pénétrée des joies de la jeunesse, de l'innocence et de la beauté, respirait une mélancolie splendide.

Ce fut à cette époque que Marius, après six mois écoulés, la revit au Luxembourg.

VI

LA BATAILLE COMMENCE

Cosette était dans son ombre, comme Marius dans la sienne, toute disposée pour l'embrasement. La destinée, avec sa patience mystérieuse et fatale, approchait lentement l'un de l'autre ces deux êtres tout chargés et tout languissants des orageuses électricités de la passion, ces deux âmes qui portaient l'amour comme deux nuages portent la foudre, et qui devaient s'aborder et se mêler dans un regard comme les nuages dans un éclair.

On a tant abusé du regard dans les romans d'amour qu'on a fini par le déconsidérer. C'est à peine si l'on ose dire maintenant que deux êtres se sont aimés parce qu'ils se sont regardés. C'est pourtant comme cela qu'on s'aime et uniquement comme cela. Le reste n'est que le reste, et vient après. Rien n'est plus réel que ces grandes secousses que deux âmes se donnent en échangeant cette étincelle.

À cette certaine heure où Cosette eut sans le savoir ce regard qui troubla Marius, Marius ne se douta pas que lui aussi eut un regard qui troubla Cosette.

Il lui fit le même mal et le même bien.

Depuis longtemps déjà elle le voyait et elle l'examinait comme les filles examinent et voient, en regardant ailleurs. Marius trouvait encore Cosette laide que déjà Cosette trouvait Marius beau. Mais comme il ne prenait point garde à elle, ce jeune homme lui était bien égal.

Cependant elle ne pouvait s'empêcher de se dire qu'il avait de beaux cheveux, de beaux yeux, de belles dents, un charmant son de voix quand elle l'entendait causer avec ses camarades, qu'il marchait en se tenant mal, si l'on veut, mais avec une grâce à lui, qu'il ne paraissait pas bête du tout, que toute sa personne était noble, douce, simple et fière, et qu'enfin il avait l'air pauvre, mais qu'il avait bon air.

Le jour où leurs yeux se rencontrèrent et se dirent enfin brusquement ces premières choses obscures et ineffables que le regard balbutie, Cosette ne comprit pas d'abord. Elle rentra pensive à la maison de la rue de l'Ouest où Jean Valjean, selon son habitude, était venu passer six semaines. Le lendemain, en s'éveillant, elle songea à ce jeune homme inconnu, si longtemps indifférent et glacé, qui semblait maintenant faire attention à elle, et il ne lui sembla pas le moins du monde que cette attention lui fût agréable. Elle avait plutôt un peu de colère contre ce beau dédaigneux. Un fond de guerre remua en elle. Il lui sembla, et elle en éprouvait une joie encore tout enfantine, qu'elle allait enfin se venger.

Se sachant belle, elle sentait bien, quoique d'une façon indistincte, qu'elle avait une arme. Les femmes jouent avec leur beauté comme les enfants avec leur couteau. Elles s'y blessent.

On se rappelle les hésitations de Marius, ses palpitations, ses terreurs. Il restait sur son banc et n'approchait pas. Ce qui dépitait Cosette. Un jour elle dit à Jean Valjean : — Père, promenons-nous donc un peu de ce côté-là. — Voyant que Marius ne venait point à elle, elle alla à lui. En pareil cas, toute femme ressemble à Mahomet. Et puis, chose bizarre, le premier symptôme de l'amour vrai chez un jeune homme, c'est la timidité, chez une jeune fille, c'est la hardiesse. Ceci étonne, et rien n'est plus simple pourtant. Ce sont les deux sexes qui tendent à se rapprocher et qui prennent les qualités l'un de l'autre.

Ce jour-là, le regard de Cosette rendit Marius fou, le regard de Marius rendit Cosette tremblante. Marius s'en alla confiant, et Cosette inquiète. À partir de ce jour, ils s'adorèrent.

La première chose que Cosette éprouva, ce fut une tristesse confuse et profonde. Il lui sembla que, du jour au lendemain, son âme était devenue noire. Elle ne la reconnaissait plus. La blancheur de l'âme des jeunes filles, qui se compose de froideur et de gaîté, ressemble à la neige. Elle fond à l'amour qui est son soleil.

Cosette ne savait pas ce que c'était que l'amour. Elle n'avait jamais entendu prononcer ce mot dans le sens terrestre. Sur les livres de musique profane qui entraient dans le couvent, *amour* était remplacé par *tambour* ou *pandour*. Cela faisait des énigmes qui exerçaient l'imagination des *grandes* comme : *Ah! que le tambour est agréable!* ou : *La pitié n'est pas un pandour!* Mais Cosette était sortie encore trop jeune pour s'être beaucoup préoccupée du « tambour ». Elle n'eût donc su quel nom donner à ce qu'elle éprouvait maintenant. Est-on moins malade pour ignorer le nom de sa maladie ?

Elle aimait avec d'autant plus de passion qu'elle aimait avec ignorance. Elle ne savait pas si cela est bon ou mauvais, utile ou dangereux, nécessaire ou mortel, éternel ou passager, permis ou prohibé; elle aimait. On l'eût bien étonnée si on lui eût dit : Vous ne dormez pas? mais c'est défendu! Vous ne mangez pas? mais c'est fort mal! Vous avez des oppressions et des battements de cœur? mais cela ne se fait pas! Vous rougissez et vous pâlissez quand un certain être vêtu de noir paraît au bout d'une certaine allée verte? mais c'est abominable! Elle n'eût pas compris, et elle eût répondu : Comment peut-il y avoir de ma faute dans une chose où je ne puis rien et où je ne sais rien?

Il se trouva que l'amour qui se présenta était précisément celui qui convenait le mieux à l'état de son âme. C'était une sorte d'adoration à distance, une contemplation muette, la déification d'un inconnu. C'était l'apparition de l'adolescence à l'adolescence, le rêve des nuits devenu roman et resté rêve, le fantôme souhaité enfin réalisé et fait chair, mais n'ayant pas encore de nom, ni de tort, ni de tache, ni d'exigence, ni de défaut; en un mot, l'amant lointain et demeuré dans l'idéal, une chimère ayant une forme. Toute rencontre plus palpable et plus proche eût à cette première époque effarouché Cosette, encore à demi plongée dans la brume grossissante du cloître. Elle avait toutes les peurs des enfants et toutes les peurs des religieuses, mêlées. L'esprit du couvent, dont elle s'était pénétrée pendant cinq ans, s'évaporait encore lentement de toute sa personne et faisait tout trembler autour d'elle. Dans cette situation, ce n'était pas un amant qu'il lui fallait, ce n'était pas même un amoureux, c'était une vision. Elle se mit à adorer Marius comme quelque chose de charmant, de lumineux et d'impossible.

Comme l'extrême naïveté touche à l'extrême coquetterie, elle lui souriait, tout franchement.

Elle attendait tous les jours l'heure de la promenade avec impatience, elle y trouvait Marius, se sentait indiciblement heureuse, et croyait sincèrement exprimer toute sa pensée en disant à Jean Valjean : — Quel délicieux jardin que ce Luxembourg !

Marius et Cosette étaient dans la nuit l'un pour l'autre. Ils ne se parlaient pas, ils ne se saluaient pas, ils ne se connaissaient pas ; ils se voyaient ; et comme les astres dans le ciel que des millions de lieues séparent, ils vivaient de se regarder.

C'est ainsi que Cosette devenait peu à peu une femme et se développait, belle et amoureuse, avec la conscience de sa beauté et l'ignorance de son amour. Coquette pardessus le marché, par innocence.

VII

À TRISTESSE, TRISTESSE ET DEMIE

Toutes les situations ont leurs instincts. La vieille et éternelle mère nature avertissait sourdement Jean Valjean de la présence de Marius. Jean Valjean tressaillait dans le plus obscur de sa pensée. Jean Valjean ne voyait rien, ne savait rien, et considérait pourtant avec une attention opiniâtre les ténèbres où il était, comme s'il sentait d'un côté quelque chose qui se construisait, et de l'autre quelque chose qui s'écroulait. Marius, averti aussi, et, ce qui est la profonde loi du bon Dieu, par cette même mère nature, faisait tout ce qu'il pouvait pour se dérober au « père ». Il arrivait cependant que Jean Valjean l'apercevait quelquefois. Les allures de Marius n'étaient plus du tout naturelles. Il avait des prudences louches et des témérités gauches. Il ne venait plus tout près comme autrefois ; il s'asseyait loin et restait en extase ; il avait un livre et faisait semblant de lire ; pour qui faisait-il semblant ? Autrefois il venait avec son vieux habit, maintenant il avait tous les jours son habit neuf ; il n'était pas bien sûr qu'il ne se fît point friser, il avait des yeux tout drôles, il mettait des gants ; bref, Jean Valjean détestait cordialement ce jeune homme.

Cosette ne laissait rien deviner. Sans savoir au juste ce qu'elle avait, elle avait bien le sentiment que c'était quelque chose et qu'il fallait le cacher.

Il y avait entre le goût de toilette qui était venu à Cosette et l'habitude d'habits neufs qui était poussée à cet inconnu un parallélisme importun à Jean Valjean. C'était un hasard peut-être, sans doute, à coup sûr, mais un hasard menaçant.

Jamais il n'ouvrait la bouche à Cosette de cet inconnu. Un jour cependant, il ne put s'en tenir, et avec ce vague désespoir qui jette brusquement la sonde dans son malheur, il lui dit :

— Que voilà un jeune homme qui a l'air pédant !

Cosette, l'année d'auparavant, petite fille indifférente, eût répondu : — Mais non, il est charmant. Dix ans plus tard, avec l'amour de Marius au cœur, elle eût répondu : — Pédant et insupportable à voir ! vous avez bien raison ! — Au moment de la vie et du cœur où elle était, elle se borna à répondre avec un calme suprême :

— Ce jeune homme-là !

Comme si elle le regardait pour la première fois de sa vie.

— Que je suis stupide ! pensa Jean Valjean. Elle ne l'avait pas encore remarqué. C'est moi qui le lui montre.

Ô simplicité des vieux ! profondeur des enfants !

C'est encore une loi de ces fraîches années de souffrance et de souci, de ces vives luttes du premier amour contre les premiers obstacles, la jeune fille ne se laisse prendre à aucun piège, le jeune homme tombe dans tous. Jean Valjean avait commencé contre Marius une sourde guerre que Marius, avec la bêtise sublime de sa passion et de son âge, ne devina point. Jean Valjean lui tendit une foule d'embûches ; il changea d'heures, il changea de banc, il oublia son mouchoir, il vint seul au Luxembourg ; Marius donna tête baissée dans tous les panneaux ; et à tous ces points d'interrogation plantés sur sa route par Jean Valjean, il répondit ingénument oui. Cependant Cosette restait murée dans son insouciance apparente et dans sa tranquillité imperturbable, si bien que Jean Valjean arriva à cette conclusion : Ce dadais est amoureux fou de Cosette, mais Cosette ne sait seulement pas qu'il existe.

Il n'en avait pas moins dans le cœur un tremblement douloureux. La minute où Cosette aimerait pouvait sonner d'un instant à l'autre. Tout ne commence-t-il pas par l'indifférence ?

Une seule fois Cosette fit une faute et l'effraya. Il se levait du banc pour partir après trois heures de station, elle dit : — Déjà !

Jean Valjean n'avait pas discontinué les promenades au Luxembourg, ne voulant rien faire de singulier et par-dessus tout redoutant de donner l'éveil à Cosette ; mais pendant ces heures si douces pour les deux amoureux, tandis que Cosette envoyait son sourire à Marius enivré qui ne s'apercevait que de cela et maintenant ne voyait plus rien dans ce monde qu'un radieux visage adoré, Jean Valjean fixait sur Marius des yeux étincelants et terribles. Lui qui avait fini par ne plus se croire capable d'un sentiment malveillant, il y avait des instants où, quand Marius était là, il croyait redevenir sauvage et féroce, et il sentait se rouvrir et se soulever contre ce jeune homme ces vieilles profondeurs de son âme où il y avait eu jadis tant de colère. Il lui semblait presque qu'il se reformait en lui des cratères inconnus.

Quoi ! il était là, cet être ! que venait-il faire ? il venait tourner, flairer, examiner, essayer ! il venait dire : hein ? pourquoi pas ? il venait rôder autour de sa vie, à lui Jean Valjean ! rôder autour de son bonheur, pour le prendre et l'emporter !

Jean Valjean ajoutait : — Oui, c'est cela ! que vient-il chercher ? une aventure ! que veut-il ? une amourette ! Une amourette ! et moi ! Quoi ! j'aurai été d'abord le plus misérable des hommes, et puis le plus malheureux, j'aurai fait soixante ans de la vie sur les genoux, j'aurai souffert tout ce qu'on peut souffrir, j'aurai vieilli sans avoir été jeune, j'aurai vécu sans famille, sans parents, sans amis, sans femme, sans enfants, j'aurai laissé de mon sang sur toutes les pierres, sur toutes les ronces, à toutes les bornes, le long de tous les murs, j'aurai été doux quoiqu'on fût dur pour moi et bon quoiqu'on fût méchant, je serai redevenu honnête homme malgré tout, je me serai repenti du mal que j'ai fait et j'aurai pardonné le mal qu'on m'a fait, et au moment où je suis récompensé, au moment où c'est fini, au moment où je touche au but, au moment où j'ai ce que je veux, c'est bon, c'est bien, je l'ai payé, je l'ai gagné, tout cela s'en ira, tout cela s'évanouira, et je perdrai Cosette, et je perdrai ma vie, ma joie, mon âme, parce qu'il aura plu à un grand niais de venir flâner au Luxembourg !

Alors ses prunelles s'emplissaient d'une clarté lugubre et extraordinaire. Ce n'était plus un homme qui regarde un homme ; ce n'était pas un ennemi qui regarde un ennemi. C'était un dogue qui regarde un voleur.

On sait le reste. Marius continua d'être insensé. Un jour il suivit Cosette rue de l'Ouest. Un autre jour il parla au portier. Le portier de son côté parla, et dit à Jean Valjean : — Monsieur, qu'est-ce que c'est donc qu'un jeune homme curieux qui vous a demandé ? — Le lendemain Jean Valjean jeta à Marius ce coup d'œil dont Marius s'aperçut enfin. Huit jours après, Jean Valjean avait déménagé. Il se jura qu'il ne remettrait plus les pieds ni au Luxembourg, ni rue de l'Ouest. Il retourna rue Plumet.

Cosette ne se plaignit pas, elle ne dit rien, elle ne fit pas de questions, elle ne chercha à savoir aucun pourquoi ; elle en était déjà à la période où l'on craint d'être pénétré et de se trahir. Jean Valjean n'avait aucune expérience de ces misères, les seules qui soient charmantes et les seules qu'il ne connût pas ; cela fit qu'il ne comprit point la grave signification du silence de Cosette. Seulement il remarqua qu'elle était devenue triste, et il devint sombre. C'étaient de part et d'autre des inexpériences aux prises.

Une fois il fit un essai. Il demanda à Cosette :

— Veux-tu venir au Luxembourg ?

Un rayon illumina le visage pâle de Cosette.

— Oui, dit-elle.

Ils y allèrent. Trois mois s'étaient écoulés. Marius n'y allait plus. Marius n'y était pas.

Le lendemain Jean Valjean redemanda à Cosette :

— Veux-tu venir au Luxembourg ?

Elle répondit tristement et doucement :

— Non.

Jean Valjean fut froissé de cette tristesse et navré de cette douleur.

Que se passait-il dans cet esprit si jeune et déjà si impénétrable ? Qu'est-ce qui était en train de s'y accomplir ? qu'arrivait-il à l'âme de Cosette ? Quelquefois, au lieu de se coucher, Jean Valjean restait assis près de son grabat la tête dans ses mains, et il passait des nuits entières à se demander : Qu'y a-t-il dans la pensée de Cosette ? et à songer aux choses auxquelles elle pouvait songer.

Oh ! dans ces moments-là, quels regards douloureux il tournait vers le cloître, ce sommet chaste, ce lieu des anges, cet inaccessible glacier de la vertu ! Comme il contemplait avec un ravissement désespéré ce jardin du couvent, plein de fleurs ignorées et de vierges enfermées, où tous les parfums et toutes les âmes montent droit vers le ciel ! Comme il adorait cet éden refermé à jamais, dont il était sorti volontairement et follement descendu ! Comme il regrettait son abnégation et sa démence d'avoir ramené Cosette au monde, pauvre héros du sacrifice, saisi et terrassé par son dévouement même ! comme il se disait : Qu'ai-je fait ?

Du reste rien de ceci ne perçait pour Cosette. Ni humeur, ni rudesse. Toujours la même figure sereine et bonne. Les manières de Jean Valjean étaient plus tendres et plus paternelles que jamais. Si quelque chose eût pu faire deviner moins de joie, c'était plus de mansuétude.

De son côté, Cosette languissait. Elle souffrait de l'absence de Marius comme elle avait joui de sa présence, singulièrement, sans savoir au juste. Quand Jean Valjean avait cessé de la conduire aux promenades habituelles, un instinct de femme lui avait confusément murmuré au fond du cœur qu'il ne fallait pas paraître tenir au Luxembourg, et que si cela lui était indifférent, son père l'y remmènerait. Mais les jours, les semaines et les mois se succédèrent. Jean Valjean avait accepté tacitement le consentement tacite de Cosette. Elle le regretta. Il était trop tard. Le jour où elle retourna au Luxembourg, Marius n'y était plus. Marius avait donc disparu ; c'était fini, que faire ? le retrouverait-elle jamais ? Elle se sentit un serrement de cœur que rien ne dilatait et qui s'accroissait chaque jour ; elle ne sut plus si c'était l'hiver ou l'été, le soleil ou la pluie, si les oiseaux chantaient, si l'on était aux dahlias ou aux pâquerettes, si le Luxembourg était plus charmant que les Tuileries, si le linge que rapportait la blanchisseuse était trop empesé ou pas assez, si Toussaint avait fait bien ou mal « son marché », et elle resta accablée, absorbée, attentive à une seule pensée, l'œil vague et fixe, comme lorsqu'on regarde dans la nuit la place noire et profonde où une apparition s'est évanouie.

Du reste elle non plus ne laissa rien voir à Jean Valjean, que sa pâleur. Elle lui continua son doux visage.

Cette pâleur ne suffisait que trop pour occuper Jean Valjean. Quelquefois il lui demandait :

— Qu'as-tu ?

Elle répondait :

— Je n'ai rien.

Et après un silence, comme elle le devinait triste aussi, elle reprenait :

— Et vous, père, est-ce que vous avez quelque chose ?

— Moi ? rien, disait-il.

Ces deux êtres qui s'étaient si exclusivement aimés, et d'un si touchant amour, et qui avaient vécu si longtemps l'un par l'autre, souffraient maintenant l'un à côté de l'autre, l'un à cause de l'autre, sans se le dire, sans s'en vouloir, et en souriant.

VIII

LA CADÈNE

Le plus malheureux des deux, c'était Jean Valjean. La jeunesse, même dans ses chagrins, a toujours une clarté à elle.

À de certains moments, Jean Valjean souffrait tant

qu'il devenait puéril. C'est le propre de la douleur de faire reparaître le côté enfant de l'homme. Il sentait invinciblement que Cosette lui échappait. Il eût voulu lutter, la retenir, l'enthousiasmer par quelque chose d'extérieur et d'éclatant. Ces idées, puériles, nous venons de le dire, et en même temps séniles, lui donnèrent, par leur enfantillage même, une notion assez juste de l'influence de la passementerie sur l'imagination des jeunes filles. Il lui arriva une fois de voir passer dans la rue un général à cheval en grand uniforme, le comte Coutard, commandant de Paris. Il envia cet homme doré; il se dit : quel bonheur ce serait de pouvoir mettre cet habit-là qui était une chose incontestable, que si Cosette le voyait ainsi, cela l'éblouirait, que lorsqu'il donnerait le bras à Cosette et qu'il passerait devant la grille des Tuileries, on lui présenterait les armes, et que cela suffirait à Cosette et lui ôterait l'idée de regarder les jeunes gens.

Une secousse inattendue vint se mêler à ces pensées tristes.

Dans la vie isolée qu'ils menaient, et depuis qu'ils étaient venus se loger rue Plumet, ils avaient une habitude. Ils faisaient quelquefois la partie de plaisir d'aller voir lever le soleil, genre de joie douce qui convient à ceux qui entrent dans la vie et à ceux qui en sortent.

Se promener de grand matin, pour qui aime la solitude, équivaut à se promener la nuit, avec la gaîté de la nature de plus. Les rues sont désertes, et les oiseaux chantent. Cosette, oiseau elle-même, s'éveillait volontiers de bonne heure. Ces excursions matinales se préparaient la veille. Il proposait, elle acceptait. Cela s'arrangeait comme un complot, on sortait avant le jour, et c'était autant de petits bonheurs pour Cosette. Ces excentricités innocentes plaisent à la jeunesse.

La pente de Jean Valjean était, on le sait, d'aller aux endroits peu fréquentés, aux recoins solitaires, aux lieux d'oubli. Il y avait alors aux environs des barrières de Paris des espèces de champs pauvres, presque mêlés à la ville, où il poussait, l'été, un blé maigre, et qui, l'automne, après la récolte faite, n'avaient pas l'air moissonnés, mais pelés. Jean Valjean les hantait avec pré-

dilection. Cosette ne s'y ennuyait point. C'était la solitude pour lui, la liberté pour elle. Là, elle redevenait
petite fille, elle pouvait courir et presque jouer, elle ôtait
son chapeau, le posait sur les genoux de Jean Valjean, et
cueillait des bouquets. Elle regardait les papillons sur les
fleurs, mais ne les prenait pas ; les mansuétudes et les
attendrissements naissent avec l'amour, et la jeune fille,
qui a en elle un idéal tremblant et fragile, a pitié de l'aile
du papillon. Elle tressait en guirlandes des coquelicots
qu'elle mettait sur sa tête, et qui, traversés et pénétrés de
soleil, empourprés jusqu'au flamboiement, faisaient à ce
frais visage rose une couronne de braises.

Même après que leur vie avait été attristée, ils avaient
conservé leur habitude de promenades matinales.

Donc un matin d'octobre, tentés par la sérénité parfaite de l'automne de 1831, ils étaient sortis, et ils se
trouvaient au petit jour près de la barrière du Maine. Ce
n'était pas l'aurore, c'était l'aube ; minute ravissante et
farouche. Quelques constellations çà et là dans l'azur
pâle et profond, la terre toute noire, le ciel tout blanc, un
frisson dans les brins d'herbe, partout le mystérieux saisissement du crépuscule. Une alouette, qui semblait
mêlée aux étoiles, chantait à une hauteur prodigieuse, et
l'on eût dit que cet hymne de la petitesse à l'infini cal-
mait l'immensité. À l'orient, le Val-de-Grâce découpait,
sur l'horizon clair d'une clarté d'acier, sa masse obscure ;
Vénus éblouissante montait derrière ce dôme et avait
l'air d'une âme qui s'évade d'un édifice ténébreux.

Tout était paix et silence ; personne sur la chaussée ;
dans les bas côtés, quelques rares ouvriers, à peine
entrevus, se rendant à leur travail.

Jean Valjean s'était assis dans la contre-allée sur des
charpentes déposées à la porte d'un chantier. Il avait le
visage tourné vers la route et le dos tourné au jour ; il
oubliait le soleil qui allait se lever ; il était tombé dans
une de ces absorptions profondes où tout l'esprit se
concentre, qui emprisonnent même le regard, et qui
équivalent à quatre murs. Il y a des méditations qu'on
pourrait nommer verticales ; quand on est au fond, il
faut du temps pour revenir sur la terre. Jean Valjean
était descendu dans une de ces songeries-là. Il pensait à

Cosette, au bonheur possible si rien ne se mettait entre elle et lui, à cette lumière dont elle remplissait sa vie, lumière qui était la respiration de son âme. Il était presque heureux dans cette rêverie. Cosette, debout près de lui, regardait les nuages devenir roses.

Tout à coup, Cosette s'écria : Père, on dirait qu'on vient là-bas. Jean Valjean leva les yeux.

Cosette avait raison.

La chaussée qui mène à l'ancienne barrière du Maine prolonge, comme on sait, la rue de Sèvres, et est coupée à angle droit par le boulevard intérieur. Au coude de la chaussée et du boulevard, à l'endroit où se fait l'embranchement, on entendait un bruit difficile à expliquer à pareille heure, et une sorte d'encombrement confus apparaissait. On ne sait quoi d'informe, qui venait du boulevard, entrait dans la chaussée.

Cela grandissait, cela semblait se mouvoir avec ordre, pourtant c'était hérissé et frémissant ; cela semblait une voiture, mais on n'en pouvait distinguer le chargement. Il y avait des chevaux, des roues, des cris ; des fouets claquaient. Par degrés les linéaments se fixèrent, quoique noyés de ténèbres. C'était une voiture en effet, qui venait de tourner du boulevard sur la route et qui se dirigeait vers la barrière près de laquelle était Jean Valjean ; une deuxième, du même aspect, la suivit, puis une troisième, puis une quatrième ; sept chariots débouchèrent successivement, la tête des chevaux touchant l'arrière des voitures. Des silhouettes s'agitaient sur ces chariots, on voyait des étincelles dans le crépuscule comme s'il y avait des sabres nus, on entendait un cliquetis qui ressemblait à des chaînes remuées, cela avançait, les voix grossissaient, et c'était une chose formidable comme il en sort de la caverne des songes.

En approchant, cela prit forme, et s'ébaucha derrière les arbres avec le blêmissement de l'apparition ; la masse blanchit ; le jour qui se levait peu à peu plaquait une lueur blafarde sur ce fourmillement à la fois sépulcral et vivant, les têtes de silhouettes devinrent des faces de cadavres, et voici ce que c'était :

Sept voitures marchaient à la file sur la route. Les six premières avaient une structure singulière. Elles ressem-

blaient à des haquets de tonneliers; c'étaient des espèces
de longues échelles posées sur deux roues et formant
brancard à leur extrémité antérieure. Chaque haquet,
disons mieux, chaque échelle était attelée de quatre chevaux bout à bout. Sur ces échelles étaient traînées
d'étranges grappes d'hommes. Dans le peu de jour qu'il
faisait, on ne voyait pas ces hommes, on les devinait.
Vingt-quatre sur chaque voiture, douze de chaque côté,
adossés les uns aux autres, faisant face aux passants, les
jambes dans le vide, ces hommes cheminaient ainsi; et
ils avaient derrière le dos quelque chose qui sonnait et
qui était une chaîne et au cou quelque chose qui brillait
et qui était un carcan. Chacun avait son carcan, mais la
chaîne était pour tous; de façon que ces vingt-quatre
hommes, s'il leur arrivait de descendre du haquet et de
marcher, étaient saisis par une sorte d'unité inexorable
et devaient serpenter sur le sol avec la chaîne pour ver-
tèbre à peu près comme le mille-pieds. À l'avant et à
l'arrière de chaque voiture, deux hommes, armés de
fusils, se tenaient debout, ayant chacun une des extrémités de la chaîne sous son pied. Les carcans étaient carrés. La septième voiture, vaste fourgon à ridelles, mais
sans capote, avait quatre roues et six chevaux, et portait
un tas sonore de chaudières de fer, de marmites de
fonte, de réchauds et de chaînes, où étaient mêlés quelques hommes garrottés et couchés tout de leur long, qui
paraissaient malades. Ce fourgon, tout à claire-voie,
était garni de claies délabrées qui semblaient avoir servi
aux vieux supplices.

Ces voitures tenaient le milieu du pavé. Des deux côtés
marchaient en double haie des gardes d'un aspect
infâme, coiffés de tricornes claques comme les soldats
du directoire, tachés, troués, sordides, affublés d'uniformes d'invalides et de pantalons de croque-morts, mi-
partis gris et bleus, presque en lambeaux, avec des épaulettes rouges, des bandoulières jaunes, des coupe-choux,
des fusils et des bâtons; espèces de soldats goujats. Ces
sbires semblaient composés de l'abjection du mendiant
et de l'autorité du bourreau. Celui qui paraissait leur
chef tenait à la main un fouet de poste. Tous ces détails,
estompés par le crépuscule, se dessinaient de plus en

plus dans le jour grandissant. En tête et en queue du convoi, marchaient des gendarmes à cheval, graves, le sabre au poing.

Ce cortège était si long qu'au moment où la première voiture atteignait la barrière, la dernière débouchait à peine du boulevard.

Une foule, sortie on ne sait d'où et formée en un clin d'œil, comme cela est fréquent à Paris, se pressait des deux côtés de la chaussée et regardait. On entendait dans les ruelles voisines des cris de gens qui s'appelaient et les sabots des maraîchers qui accouraient pour voir.

Les hommes entassés sur les haquets se laissaient cahoter en silence. Ils étaient livides du frisson du matin. Ils avaient tous des pantalons de toile et les pieds nus dans des sabots. Le reste du costume était à la fantaisie de la misère. Leurs accoutrements étaient hideusement disparates; rien n'est plus funèbre que l'arlequin des guenilles. Feutres défoncés, casquettes goudronnées, d'affreux bonnets de laine, et, près du bourgeron, l'habit noir crevé aux coudes; plusieurs avaient des chapeaux de femme; d'autres étaient coiffés d'un panier; on voyait des poitrines velues, et à travers les déchirures des vêtements on distinguait des tatouages, des temples de l'amour, des cœurs enflammés, des Cupidons. On apercevait aussi des dartres et des rougeurs malsaines. Deux ou trois avaient une corde de paille fixée aux traverses du haquet, et suspendue au-dessus d'eux comme un étrier, qui leur soutenait les pieds. L'un d'eux tenait à la main et portait à sa bouche quelque chose qui avait l'air d'une pierre noire et qu'il semblait mordre; c'était du pain qu'il mangeait. Il n'y avait là que des yeux secs, éteints, ou lumineux d'une mauvaise lumière. La troupe d'escorte maugréait; les enchaînés ne soufflaient pas; de temps en temps on entendait le bruit d'un coup de bâton sur les omoplates ou sur les têtes; quelques-uns de ces hommes bâillaient; les haillons étaient terribles; les pieds pendaient, les épaules oscillaient; les têtes s'entre-heurtaient, les fers tintaient, les prunelles flambaient férocement, les poings se crispaient ou s'ouvraient inertes comme des mains de morts; derrière le convoi, une troupe d'enfants éclatait de rire.

Cette file de voitures, quelle qu'elle fût, était lugubre.
Il était évident que demain, que dans une heure, une
averse pouvait éclater, qu'elle serait suivie d'une autre, et
d'une autre, et que ces vêtements délabrés seraient traversés, qu'une fois mouillés, ces hommes ne se séche-
raient plus, qu'une fois glacés, ils ne se réchaufferaient
plus, que leurs pantalons de toile seraient collés par
l'ondée sur leurs os, que l'eau emplirait leurs sabots, que
les coups de fouet ne pourraient empêcher le claquement des mâchoires, que la chaîne continuerait de les
tenir par le cou, que leurs pieds continueraient de
pendre; et il était impossible de ne pas frémir en voyant
ces créatures humaines liées ainsi et passives sous les
froides nuées d'automne, et livrées à la pluie, à la bise, à
toutes les furies de l'air, comme des arbres et comme des
pierres.

Les coups de bâton n'épargnaient pas même les
malades qui gisaient noués de cordes et sans mouvement sur la septième voiture et qu'on semblait avoir
jetés là comme des sacs pleins de misère.

Brusquement, le soleil parut; l'immense rayon de
l'orient jaillit, et l'on eût dit qu'il mettait le feu à toutes
ces têtes farouches. Les langues se délièrent; un incendie de ricanements, de juremens et de chansons fit
explosion. La large lumière horizontale coupa en deux
toute la file, illuminant les têtes et les torses, laissant les
pieds et les roues dans l'obscurité. Les pensées appa-
rurent sur les visages; ce moment fut épouvantable; des
démons visibles à masques tombés, des âmes féroces
toutes nues. Éclairée, cette cohue resta ténébreuse.
Quelques-uns, gais, avaient à la bouche des tuyaux de
plume d'où ils soufflaient de la vermine sur la foule,
choisissant les femmes; l'aurore accentuait par la noirceur des ombres ces profils lamentables; pas un de ces
êtres qui ne fût difforme à force de misère; et c'était si
monstrueux qu'on eût dit que cela changeait la clarté du
soleil en lueur d'éclair. La voiturée qui ouvrait le cortège
avait entonné et psalmodiait à tue-tête avec une jovialité
hagarde un pot-pourri de Désaugiers, alors fameux, *la
Vestale*; les arbres frémissaient lugubrement; dans les
contre-allées, des faces de bourgeois écoutaient avec une

béatitude idiote ces gaudrioles chantées par des spectres.

Toutes les détresses étaient dans ce cortège comme un chaos ; il y avait là l'angle facial de toutes les bêtes, des vieillards, des adolescents, des crânes nus, des barbes grises, des monstruosités cyniques, des résignations hargneuses, des rictus sauvages, des attitudes insensées, des grouins coiffés de casquettes, des espèces de têtes de jeunes filles avec des tire-bouchons sur les tempes, des visages enfantins et, à cause de cela, horribles, de maigres faces de squelettes auxquelles il ne manquait que la mort. On voyait sur la première voiture un nègre, qui, peut-être, avait été esclave et qui pouvait comparer les chaînes. L'effrayant niveau d'en bas, la honte, avait passé sur ces fronts ; à ce degré d'abaissement, les dernières transformations étaient subies par tous dans les dernières profondeurs ; et l'ignorance changée en hébétement était l'égale de l'intelligence, changée en désespoir. Pas de choix possible entre ces hommes qui apparaissaient aux regards comme l'élite de la boue. Il était clair que l'ordonnateur quelconque de cette procession immonde ne les avait pas classés. Ces êtres avaient été liés et accouplés pêle-mêle, dans le désordre alphabétique probablement, et chargés au hasard sur ces voitures. Cependant des horreurs groupées finissent toujours par dégager une résultante ; toute addition de malheureux donne un total ; il sortait de chaque chaîne une âme commune, et chaque charretée avait sa physionomie. À côté de celle qui chantait, il y en avait une qui hurlait ; une troisième mendiait ; on en voyait une qui grinçait des dents ; une autre menaçait les passants, une autre blasphémait Dieu ; la dernière se taisait comme la tombe. Dante eût cru voir les sept cercles de l'enfer en marche.

Marche des damnations vers les supplices, faite sinistrement, non sur le formidable char fulgurant de l'Apocalypse, mais, chose plus sombre, sur la charrette des gémonies.

Un des gardes, qui avait un crochet au bout de son bâton, faisait de temps en temps mine de remuer ces tas d'ordures humains. Une vieille femme dans la foule les montrait du doigt à un petit garçon de cinq ans, et lui disait : *Gredin, cela t'apprendra!*

Comme les chants et les blasphèmes grossissaient, celui qui semblait le capitaine de l'escorte fit claquer son fouet, et, à ce signal, une effroyable bastonnade sourde et aveugle qui faisait le bruit de la grêle tomba sur les sept voiturées; beaucoup rugirent et écumèrent; ce qui redoubla la joie des gamins accourus, nuée de mouches sur ces plaies.

L'œil de Jean Valjean était devenu effrayant. Ce n'était plus une prunelle; c'était cette vitre profonde qui remplace le regard chez certains infortunés, qui semble inconsciente de la réalité, et où flamboie la réverbération des épouvantes et des catastrophes. Il ne regardait pas un spectacle; il subissait une vision. Il voulut se lever, fuir, échapper; il ne put remuer un pied. Quelquefois les choses qu'on voit vous saisissent et vous tiennent. Il demeura cloué, pétrifié, stupide, se demandant, à travers une confuse angoisse inexprimable, ce que signifiait cette persécution sépulcrale, et d'où sortait ce pandémonium qui le poursuivait. Tout à coup il porta la main à son front, geste habituel de ceux auxquels la mémoire revient subitement; il se souvint que c'était là l'itinéraire en effet, que ce détour était d'usage pour éviter les rencontres royales toujours possibles sur la route de Fontainebleau, et que, trente-cinq ans auparavant, il avait passé par cette barrière-là.

Cosette, autrement épouvantée, ne l'était pas moins. Elle ne comprenait pas; le souffle lui manquait; ce qu'elle voyait ne lui semblait pas possible; enfin elle s'écria :

— Père! qu'est-ce qu'il y a donc dans ces voitures-là?

Jean Valjean répondit :

— Des forçats.

— Où donc est-ce qu'ils vont?

— Aux galères.

En ce moment la bastonnade, multipliée par cent mains, fit du zèle, les coups de plat de sabre s'en mêlèrent, ce fut comme une rage de fouets et de bâtons; les galériens se courbèrent, une obéissance hideuse se dégagea du supplice, et tous se turent avec des regards de loups enchaînés. Cosette tremblait de tous ses membres ; elle reprit :

— Père, est-ce que ce sont encore des hommes ?

— Quelquefois, dit le misérable.

C'était la Chaîne en effet qui, partie avant le jour de Bicêtre, prenait la route du Mans pour éviter Fontainebleau où était alors le roi. Ce détour faisait durer l'épouvantable voyage trois ou quatre jours de plus ; mais, pour épargner à la personne royale la vue du supplice, on peut bien le prolonger.

Jean Valjean rentra accablé. De telles rencontres sont des chocs et le souvenir qu'elles laissent ressemble à un ébranlement.

Pourtant Jean Valjean, en regagnant avec Cosette la rue de Babylone, ne remarqua point qu'elle lui fît d'autres questions au sujet de ce qu'ils venaient de voir ; peut-être était-il trop absorbé lui-même dans son accablement pour percevoir ses paroles et pour lui répondre. Seulement le soir, comme Cosette le quittait pour s'aller coucher, il l'entendit qui disait à demi-voix et comme se parlant à elle-même : — Il me semble que si je trouvais sur mon chemin un de ces hommes-là, ô mon Dieu, je mourrais rien que de le voir de près !

Heureusement le hasard fit que le lendemain de ce jour tragique il y eut, à propos de je ne sais plus quelle solennité officielle, des fêtes dans Paris, revue au Champ de Mars, joutes sur la Seine, théâtres aux Champs-Élysées, feu d'artifice à l'Étoile, illumination partout. Jean Valjean, faisant violence à ses habitudes, conduisit Cosette à ces réjouissances, afin de la distraire du souvenir de la veille et d'effacer sous le riant tumulte de tout Paris la chose abominable qui avait passé devant elle. La revue, qui assaisonnait la fête, faisait toute naturelle la circulation des uniformes ; Jean Valjean mit son habit de garde national avec le vague sentiment intérieur d'un homme qui se réfugie. Du reste, le but de cette promenade sembla atteint. Cosette, qui se faisait une loi de complaire à son père et pour qui d'ailleurs tout spectacle était nouveau, accepta la distraction avec la bonne grâce facile et légère de l'adolescence, et ne fit pas une moue trop dédaigneuse devant cette gamelle de joie qu'on appelle une fête publique; si bien que Jean Valjean put croire qu'il avait réussi, et qu'il ne restait plus trace de la hideuse vision.

Quelques jours après, un matin, comme il faisait beau soleil et qu'ils étaient tous deux sur le perron du jardin, autre infraction aux règles que semblait s'être imposées Jean Valjean, et à l'habitude de rester dans sa chambre que la tristesse avait fait prendre à Cosette, Cosette, en peignoir, se tenait debout dans ce négligé de la première heure qui enveloppe adorablement les jeunes filles et qui a l'air du nuage sur l'astre; et, la tête dans la lumière, rose d'avoir bien dormi, regardée doucement par le bonhomme attendri, elle effeuillait une pâquerette. Cosette ignorait la ravissante légende *je t'aime, un peu, passionnément*, etc.; qui la lui eût apprise? Elle maniait cette fleur, d'instinct, innocemment, sans se douter qu'effeuiller une pâquerette, c'est éplucher un cœur. S'il y avait une quatrième Grâce appelée la Mélancolie, et souriante, elle eût eu l'air de cette Grâce-là. Jean Valjean était fasciné par la contemplation de ces petits doigts sur cette fleur, oubliant tout dans le rayonnement que cette enfant avait. Un rouge-gorge chuchotait dans la broussaille d'à côté. Des nuées blanches traversaient le ciel si gaîment qu'on eût dit qu'elles venaient d'être mises en liberté. Cosette continuait d'effeuiller sa fleur attentivement; elle semblait songer à quelque chose; mais cela devait être charmant; tout à coup elle tourna la tête sur son épaule avec la lenteur délicate du cygne, et dit à Jean Valjean : Père, qu'est-ce que c'est donc que cela, les galères?

LIVRE QUATRIÈME

SECOURS D'EN BAS
PEUT ÊTRE SECOURS D'EN HAUT

I

BLESSURE AU DEHORS, GUÉRISON AU DEDANS

Leur vie s'assombrissait ainsi par degrés.

Il ne leur restait plus qu'une distraction qui avait été autrefois un bonheur, c'était d'aller porter du pain à ceux qui avaient faim et des vêtements à ceux qui avaient froid. Dans ces visites aux pauvres, où Cosette accompagnait souvent Jean Valjean, ils retrouvaient quelque reste de leur ancien épanchement; et, parfois, quand la journée avait été bonne, quand il y avait eu beaucoup de détresses secourues et beaucoup de petits enfants ranimés et réchauffés, Cosette, le soir, était un peu gaie. Ce fut à cette époque qu'ils firent visite au bouge Jondrette.

Le lendemain même de cette visite, Jean Valjean parut le matin dans le pavillon, calme comme à l'ordinaire, mais avec une large blessure au bras gauche, fort enflammée, fort venimeuse, qui ressemblait à une brûlure et qu'il expliqua d'une façon quelconque. Cette blessure fit qu'il fut plus d'un mois avec la fièvre sans sortir. Il ne voulut voir aucun médecin. Quand Cosette l'en pressait : appelle le médecin des chiens, disait-il.

Cosette le pansait matin et soir avec un air si divin et un si angélique bonheur de lui être utile, que Jean Valjean sentait toute sa vieille joie lui revenir, ses craintes et ses anxiétés se dissiper, et contemplait Cosette en disant : Oh! la bonne blessure! Oh! le bon mal!

Cosette, voyant son père malade, avait déserté le pavillon et avait repris goût à la petite logette et à l'arrière-cour. Elle passait presque toutes ses journées près de Jean Valjean, et lui lisait les livres qu'il voulait. En général, des livres de voyages. Jean Valjean renaissait; son bonheur revivait avec des rayons ineffables; le Luxembourg, le jeune rôdeur inconnu, le refroidissement de Cosette, toutes ces nuées de son âme s'effaçaient. Il en venait à se dire : j'ai imaginé tout cela. Je suis un vieux fou.

Son bonheur était tel, que l'affreuse trouvaille des Thénardier, faite au bouge Jondrette, et si inattendue, avait en quelque sorte glissé sur lui. Il avait réussi à s'échapper, sa piste, à lui, était perdue, que lui importait le reste! il n'y songeait que pour plaindre ces misérables. Les voilà en prison, et désormais hors d'état de nuire, pensait-il, mais quelle lamentable famille en détresse!

Quant à la hideuse vision de la barrière du Maine, Cosette n'en avait plus reparlé.

Au couvent, sœur Sainte-Mechtilde avait appris la musique à Cosette. Cosette avait la voix d'une fauvette qui aurait une âme, et quelquefois le soir, dans l'humble logis du blessé, elle chantait des chansons tristes qui réjouissaient Jean Valjean.

Le printemps arrivait, le jardin était si admirable dans cette saison de l'année, que Jean Valjean dit à Cosette : — Tu n'y vas jamais, je veux que tu t'y promènes. — Comme vous voudrez, père, dit Cosette.

Et, pour obéir à son père, elle reprit ses promenades dans son jardin, le plus souvent seule, car, comme nous l'avons indiqué, Jean Valjean, qui probablement craignait d'être aperçu par la grille, n'y venait presque jamais.

La blessure de Jean Valjean avait été une diversion.

Quand Cosette vit que son père souffrait moins, et qu'il guérissait, et qu'il semblait heureux, elle eut un contentement qu'elle ne remarqua même pas, tant il vint doucement et naturellement. Puis c'était le mois de mars, les jours allongeaient, l'hiver s'en allait, l'hiver emporte toujours avec lui quelque chose de nos tristesses ; puis vint avril, ce point du jour de l'été, frais comme toutes les aubes, gai comme toutes les enfances ; un peu pleureur parfois comme un nouveau-né qu'il est. La nature en ce mois-là a des lueurs charmantes qui passent du ciel, des nuages, des arbres, des prairies et des fleurs, au cœur de l'homme.

Cosette était trop jeune encore pour que cette joie d'avril qui lui ressemblait ne la pénétrât pas. Insensiblement, et sans qu'elle s'en doutât, le noir s'en alla de son esprit. Au printemps il fait clair dans les âmes tristes comme à midi il fait clair dans les caves. Cosette même n'était déjà plus très triste. Du reste, cela était ainsi, mais elle ne s'en rendait pas compte. Le matin, vers dix heures, après déjeuner, lorsqu'elle avait réussi à entraîner son père pour un quart d'heure dans le jardin, et qu'elle le promenait au soleil devant le perron en lui soutenant son bras malade, elle ne s'apercevait point qu'elle riait à chaque instant et qu'elle était heureuse.

Jean Valjean, enivré, la voyait redevenir vermeille et fraîche.

— Oh ! la bonne blessure ! répétait-il tout bas.

Et il était reconnaissant aux Thénardier.

Une fois sa blessure guérie, il avait repris ses promenades solitaires et crépusculaires.

Ce serait une erreur de croire qu'on peut se promener de la sorte seul dans les régions inhabitées de Paris sans rencontrer quelque aventure.

II

LA MÈRE PLUTARQUE N'EST PAS EMBARRASSÉE POUR EXPLIQUER UN PHÉNOMÈNE

Un soir le petit Gavroche n'avait point mangé ; il se souvint qu'il n'avait pas non plus dîné la veille ; cela devenait fatigant. Il prit la résolution d'essayer de sou-

per. Il s'en alla rôder au delà de la Salpêtrière, dans les
lieux déserts ; c'est là que sont les aubaines ; où il n'y a
personne, on trouve quelque chose. Il parvint jusqu'à
une peuplade qui lui parut être le village d'Austerlitz.

Dans une de ses précédentes flâneries, il avait remarqué là un vieux jardin hanté d'un vieux homme et d'une
vieille femme, et dans ce jardin un pommier passable. À
côté de ce pommier, il y avait une espèce de fruitier mal
clos où l'on pouvait conquérir une pomme. Une pomme,
c'est un souper ; une pomme c'est la vie. Ce qui a perdu
Adam pouvait sauver Gavroche. Le jardin côtoyait une
ruelle solitaire non pavée et bordée de broussailles en
attendant les maisons ; une haie l'en séparait.

Gavroche se dirigea vers le jardin ; il retrouva la ruelle,
il reconnut le pommier, il constata le fruitier, il examina
la haie ; une haie, c'est une enjambée. Le jour déclinait,
pas un chat dans la ruelle, l'heure était bonne. Gavroche
ébaucha l'escalade, puis s'arrêta tout à coup. On parlait
dans le jardin. Gavroche regarda par une des claires-
voies de la haie.

À deux pas de lui, au pied de la haie et de l'autre côté,
précisément au point où l'eût fait déboucher la trouée
qu'il méditait, il y avait une pierre couchée qui faisait
une espèce de banc, et sur ce banc était assis le vieux
homme du jardin, ayant devant lui la vieille femme
debout. La vieille bougonnait. Gavroche, peut discret,
écouta.

— Monsieur Mabeuf ! disait la vieille.

— Mabeuf ! pensa Gavroche, ce nom est farce.

Le vieillard interpellé ne bougeait point. La vieille
répéta :

— Monsieur Mabeuf !

Le vieillard, sans quitter la terre des yeux, se décida à
répondre :

— Quoi, mère Plutarque ?

— Mère Plutarque ! pensa Gavroche, autre nom farce.

La mère Plutarque reprit, et force fut au vieillard
d'accepter la conversation.

— Le propriétaire n'est pas content.

— Pourquoi ?

— On lui doit trois termes.

— Dans trois mois on lui en devra quatre.

— Il dit qu'il vous enverra coucher dehors.

— J'irai.

— La fruitière veut qu'on la paye. Elle ne lâche plus ses falourdes. Avec quoi vous chaufferez-vous cet hiver ? Nous n'aurons point de bois.

— Il y a le soleil.

— Le boucher refuse crédit, il ne veut plus donner de viande.

— Cela se trouve bien. Je digère mal la viande. C'est lourd.

— Qu'est-ce qu'on aura pour dîner ?

— Du pain.

— Le boulanger exige un acompte, et dit que pas d'argent, pas de pain.

— C'est bon.

— Qu'est-ce que vous mangerez ?

— Nous avons les pommes du pommier.

— Mais, monsieur, on ne peut pourtant pas vivre comme ça sans argent.

— Je n'en ai pas.

La vieille s'en alla, le vieillard resta seul. Il se mit à songer. Gavroche songeait de son côté. Il faisait presque nuit.

Le premier résultat de la songerie de Gavroche, ce fut qu'au lieu d'escalader la haie, il s'accroupit dessous. Les branches s'écartaient un peu au bas de la broussaille.

— Tiens, s'écria intérieurement Gavroche, une alcôve ! et il s'y blottit. Il était presque adossé au banc du père Mabeuf. Il entendait l'octogénaire respirer.

Alors, pour dîner, il tâcha de dormir.

Sommeil de chat, sommeil d'un œil. Tout en s'assoupissant, Gavroche guettait.

La blancheur du ciel crépusculaire blanchissait la terre, et la ruelle faisait une ligne livide entre deux rangées de buissons obscurs.

Tout à coup, sur cette bande blanchâtre deux silhouettes parurent. L'une venait devant, l'autre, à quelque distance, derrière.

— Voilà deux êtres, grommela Gavroche.

La première silhouette semblait quelque vieux bour-

geois courbé et pensif, vêtu plus que simplement, marchant lentement à cause de l'âge, et flânant le soir aux
étoiles.

La seconde était droite, ferme, mince. Elle réglait son
pas sur le pas de la première ; mais dans la lenteur volontaire de l'allure, on sentait de la souplesse et de l'agilité.
Cette silhouette avait, avec on ne sait quoi de farouche et
d'inquiétant, toute la tournure de ce qu'on appelait alors
un élégant ; le chapeau était d'une bonne forme, la redingote était noire, bien coupée, probablement de beau
drap, et serrée à la taille. La tête se dressait avec une
sorte de grâce robuste, et, sous le chapeau, on entrevoyait dans le crépuscule un pâle profil d'adolescent. Ce
profil avait une rose à la bouche. Cette seconde silhouette était bien connue de Gavroche ; c'était Montparnasse.

Quant à l'autre, il n'en eût rien pu dire, sinon que
c'était un vieux bonhomme.

Gavroche entra sur-le-champ en observation.

L'un de ces deux passants avait évidemment des projets sur l'autre. Gavroche était bien situé pour voir la
suite. L'alcôve était fort à propos devenue cachette.

Montparnasse à la chasse, à une pareille heure, en un
pareil lieu, cela était menaçant. Gavroche sentait ses
entrailles de gamin s'émouvoir de pitié pour le vieux.

Que faire ? intervenir ? une faiblesse en secourant une
autre ! C'était de quoi rire pour Montparnasse. Gavroche
ne se dissimulait pas que, pour ce redoutable bandit de
dix-huit ans, le vieillard d'abord, l'enfant ensuite,
c'étaient deux bouchées.

Pendant que Gavroche délibérait, l'attaque eut lieu,
brusque et hideuse. Attaque de tigre à l'onagre, attaque
d'araignée à la mouche. Montparnasse, à l'improviste,
jeta la rose, bondit sur le vieillard, le colleta, l'empoigna
et s'y cramponna, et Gavroche eut de la peine à retenir
un cri. Un moment après, l'un de ces hommes était sous
l'autre, accablé, râlant, se débattant, avec un genou de
marbre sur la poitrine. Seulement ce n'était pas tout à
fait ce à quoi Gavroche s'était attendu. Celui qui était à
terre, c'était Montparnasse ; celui qui était dessus, c'était
le bonhomme.

Tout ceci se passait à quelques pas de Gavroche.

Le vieillard avait reçu le choc, et l'avait rendu, et rendu si terriblement qu'en un clin d'œil l'assaillant et l'assailli avaient changé de rôle.

— Voilà un fier invalide! pensa Gavroche.

Et il ne put s'empêcher de battre des mains. Mais ce fut un battement de mains perdu. Il n'arriva pas jusqu'aux deux combattants, absorbés et assourdis l'un par l'autre et mêlant leurs souffles dans la lutte.

Le silence se fit. Montparnasse cessa de se débattre. Gavroche eut cet aparté : Est-ce qu'il est mort?

Le bonhomme n'avait pas prononcé un mot ni jeté un cri. Il se redressa, et Gavroche l'entendit qui disait à Montparnasse :

— Relève-toi.

Montparnasse se releva, mais le bonhomme le tenait. Montparnasse avait l'attitude humiliée et furieuse d'un loup qui serait happé par un mouton.

Gavroche regardait et écoutait, faisant effort pour doubler ses yeux et ses oreilles. Il s'amusait énormément.

Il fut récompensé de sa consciencieuse anxiété de spectateur. Il put saisir au vol ce dialogue qui empruntait à l'obscurité on ne sait quel accent tragique. Le bonhomme questionnait. Montparnasse répondait.

— Quel âge as-tu?

— Dix-neuf ans.

— Tu es fort et bien portant. Pourquoi ne travailles-tu pas?

— Ça m'ennuie.

— Quel est ton état?

— Fainéant.

— Parle sérieusement. Peut-on faire quelque chose pour toi? Qu'est-ce que tu veux être?

— Voleur.

Il y eut un silence. Le vieillard semblait profondément pensif. Il était immobile et ne lâchait point Montparnasse.

De moment en moment, le jeune bandit, vigoureux et leste, avait des soubresauts de bête prise au piège. Il donnait une secousse, essayait un croc-en-jambe, tordait éperdument ses membres, tâchait de s'échapper. Le vieillard n'avait pas l'air de s'en apercevoir, et lui tenait les deux bras d'une seule main avec l'indifférence souveraine d'une force absolue.

La rêverie du vieillard dura quelque temps, puis, regardant fixement Montparnasse, il éleva doucement la voix, et lui adressa, dans cette ombre où ils étaient, une sorte d'allocution solennelle dont Gavroche ne perdit pas une syllabe :

— Mon enfant, tu entres par paresse dans la plus laborieuse des existences. Ah ! tu te déclares fainéant ! prépare-toi à travailler. As-tu vu une machine qui est redoutable ? cela s'appelle le laminoir. Il faut y prendre garde, c'est une chose sournoise et féroce ; si elle vous attrape le pan de votre habit, vous y passez tout entier. Cette machine, c'est l'oisiveté. Arrête-toi, pendant qu'il en est temps encore, et sauve-toi ! Autrement, c'est fini ; avant peu tu seras dans l'engrenage. Une fois pris, n'espère plus rien. À la fatigue, paresseux ! plus de repos. La main de fer du travail implacable t'a saisi. Gagner ta vie, avoir une tâche, accomplir un devoir, tu ne veux pas ! être comme les autres, cela t'ennuie ! Eh bien ! tu seras autrement. Le travail est la loi ; qui le repousse ennui, l'aura supplice. Tu ne veux pas être ouvrier, tu seras esclave. Le travail ne vous lâche d'un côté que pour vous reprendre de l'autre ; tu ne veux pas être son ami, tu seras son nègre. Ah ! tu n'as pas voulu de la lassitude honnête des hommes, tu vas avoir la sueur des damnés. Où les autres chantent, tu râleras. Tu verras de loin, d'en bas, les autres hommes travailler ; il te semblera qu'ils se reposent. Le laboureur, le moissonneur, le matelot, le forgeron, t'apparaîtront dans la lumière comme les bienheureux d'un paradis. Quel rayonnement dans l'enclume ! Mener la charrue, lier la gerbe, c'est de la joie. La barque en liberté dans le vent, quelle fête ! Toi, paresseux, pioche, traîne, roule, marche ! Tire ton licou, te voilà bête de somme dans l'attelage de l'enfer ! Ah ! ne rien faire, c'était là ton but. Eh bien ! pas une semaine, pas une journée, pas une heure sans accablement. Tu ne pourras rien soulever qu'avec angoisse. Toutes les minutes qui passeront feront craquer tes muscles. Ce qui est plume pour les autres sera pour toi rocher. Les choses les plus simples s'escarperont. La vie se fera monstre autour de toi. Aller, venir, respirer, autant de travaux terribles. Ton poumon te fera l'effet d'un poids de cent livres. Marcher ici plutôt que là, ce sera un problème à résoudre. Le premier venu qui veut sortir pousse sa porte, c'est fait, le voilà dehors. Toi, si tu veux sortir, il te faudra percer ton mur. Pour aller dans la rue, qu'est-ce que tout le monde fait ? Tout le monde descend l'escalier ; toi, tu déchireras tes draps de lit, tu en feras brin à brin une corde, puis tu passeras par ta fenêtre, et tu te suspendras à ce fil sur un abîme, et ce sera la nuit, dans l'orage, dans la pluie, dans l'ouragan, et, si la corde est trop courte, tu n'auras plus qu'une manière de descendre, tomber. Tomber au hasard, dans le gouffre, d'une hauteur quelconque, sur quoi ? sur ce qui est en bas, sur l'inconnu. Ou tu grimperas par un tuyau de cheminée, au risque de t'y brûler ; ou tu ramperas par un conduit de latrines, au risque de t'y noyer. Je ne te parle pas des trous qu'il faut masquer, des pierres qu'ils faut ôter et remettre vingt fois par jour, des plâtras qu'il faut cacher dans sa paillasse. Une serrure se présente ; le bourgeois a dans sa poche sa clef fabriquée par un serrurier. Toi, si tu veux passer outre, tu es condamné à faire un chef-d'œuvre effrayant ; tu prendras un gros sou, tu le couperas en deux lames ; avec quels outils ? tu les inventeras. Cela te regarde. Puis tu creuseras l'intérieur de ces deux lames, en ménageant soigneusement le dehors, et tu pratiqueras sur le bord tout autour un pas de vis, de façon qu'elles s'ajustent étroitement l'une sur l'autre comme un fond et comme un couvercle. Le dessous et le dessus ainsi vissés, on n'y devinera rien. Pour les surveillants, car tu seras guetté, ce sera un gros sou ; pour toi, ce sera une boîte. Que mettras-tu dans cette boîte ? Un petit morceau d'acier. Un ressort de montre auquel tu auras fait des dents et qui sera une scie. Avec cette scie, longue comme une épingle et cachée dans un sou, tu devras couper le pêne de la serrure, la mèche du verrou, l'anse du cadenas, et le barreau que tu auras à ta fenêtre, et la manille que tu auras à ta jambe. Ce chef-d'œuvre fait, ce prodige accompli, tous ces miracles d'art,

d'adresse, d'habileté, de patience, exécutés, si l'on vient à
savoir que tu en es l'auteur, quelle sera ta récompense ?
le cachot. Voilà l'avenir. La paresse, le plaisir, quels précipices ! Ne rien faire, c'est un lugubre parti pris, sais-tu
bien ? Vivre oisif de la substance sociale ! être inutile,
c'est-à-dire nuisible ! cela mène droit au fond de la
misère. Malheur à qui veut être parasite ! il sera vermine.
Ah ! il ne te plaît pas de travailler ! Ah ! tu n'as qu'une
pensée : bien boire, bien manger, bien dormir. Tu boiras
de l'eau, tu mangeras du pain noir, tu dormiras sur une
planche avec une ferraille rivée à tes membres et dont tu
sentiras la nuit le froid sur ta chair ! Tu briseras cette ferraille, tu t'enfuiras. C'est bon. Tu te traîneras sur le
ventre dans les broussailles et tu mangeras de l'herbe
comme les brutes des bois. Et tu seras repris. Et alors tu
passeras des années dans une basse-fosse, scellé à une
muraille, tâtonnant pour boire à ta cruche, mordant
dans un affreux pain de ténèbres dont les chiens ne vou-
draient pas, mangeant des fèves que les vers auront
mangées avant toi. Tu seras cloporte dans une cave. Ah !
aie pitié de toi-même, misérable enfant, tout jeune, qui
tétais ta nourrice il n'y a pas vingt ans, et qui as sans
doute encore ta mère ! je t'en conjure, écoute-moi. Tu
veux de fin drap noir, des escarpins vernis, te friser, te
mettre dans tes boucles de l'huile qui sent bon, plaire
aux créatures, être joli. Tu seras tondu ras, avec une
casaque rouge et des sabots. Tu veux une bague au doigt,
tu auras un carcan au cou. Et si tu regardes une femme,
un coup de bâton. Et tu entreras là à vingt ans, et tu en
sortiras à cinquante ! Tu entreras jeune, rose, frais, avec
tes yeux brillants et toutes tes dents blanches, et ta belle
chevelure d'adolescent, tu sortiras cassé, courbé, ridé,
édenté, horrible, en cheveux blancs ! Ah ! mon pauvre
enfant, tu fais fausse route, la fainéantise te conseille
mal ; le plus rude des travaux, c'est le vol. Crois-moi,
n'entreprends pas cette pénible besogne d'être un paresseux. Devenir un coquin, ce n'est pas commode. Il est
moins malaisé d'être honnête homme. Va maintenant, et
pense à ce que je t'ai dit. À propos, que voulais-tu de
moi ? Ma bourse. La voici.

Et le vieillard, lâchant Montparnasse, lui mit dans la

main sa bourse, que Montparnasse soupesa un moment ; après quoi, avec la même précaution machinale que s'il l'eût volée, Montparnasse la laissa glisser doucement dans la poche de derrière de sa redingote.

Tout cela dit et fait, le bonhomme tourna le dos et reprit tranquillement sa promenade.

— Ganache ! murmura Montparnasse.

Qui était ce bonhomme ? le lecteur l'a sans doute deviné.

Montparnasse, stupéfait, le regarda disparaître dans le crépuscule. Cette contemplation lui fut fatale.

Tandis que le vieillard s'éloignait, Gavroche s'approchait.

Gavroche, d'un coup d'œil de côté, s'était assuré que le père Mabeuf, endormi peut-être, était toujours assis sur le banc. Puis le gamin était sorti de sa broussaille, et s'était mis à ramper dans l'ombre en arrière de Montparnasse immobile. Il parvint ainsi jusqu'à Montparnasse, sans en être vu ni entendu, insinua doucement sa main dans la poche de derrière de la redingote de fin drap noir, saisit la bourse, retira sa main, et, se remettant à ramper, fit une évasion de couleuvre dans les ténèbres. Montparnasse, qui n'avait aucune raison d'être sur ses gardes et qui songeait pour la première fois de sa vie, ne s'aperçut de rien. Gavroche, quand il fut revenu au point où était le père Mabeuf, jeta la bourse par-dessus la haie, et s'enfuit à toutes jambes.

La bourse tomba sur le pied du père Mabeuf. Cette commotion le réveilla. Il se pencha, et ramassa la bourse. Il n'y comprit rien, et l'ouvrit. C'était une bourse à deux compartiments ; dans l'un, il y avait quelque monnaie ; dans l'autre, il y avait six napoléons.

M. Mabeuf, fort effaré, porta la chose à sa gouvernante.

— Cela tombe du ciel, dit la mère Plutarque.

LIVRE CINQUIÈME

DONT LA FIN NE RESSEMBLE PAS
AU COMMENCEMENT

I

LA SOLITUDE ET LA CASERNE COMBINÉES

La douleur de Cosette, si poignante encore et si vive quatre ou cinq mois auparavant, était, à son insu même, entrée en convalescence. La nature, le printemps, la jeunesse, l'amour pour son père, la gaîté des oiseaux et des fleurs faisaient filtrer peu à peu, jour à jour, goutte à goutte, dans cette âme si vierge et si jeune, on ne sait quoi qui ressemblait presque à l'oubli. Le feu s'y éteignait-il tout à fait? ou s'y formait-il seulement des couches de cendre? Le fait est qu'elle ne se sentait presque plus de point douloureux et brûlant.

Un jour elle pensa tout à coup à Marius : — Tiens! dit-elle, je n'y pense plus.

Dans cette même semaine elle remarqua, passant devant la grille du jardin, un fort bel officier de lanciers, taille de guêpe, ravissant uniforme, joues de jeune fille, sabre sous le bras, moustaches cirées, schapska verni. Du reste cheveux blonds, yeux bleus à fleur de tête, figure ronde, vaine, insolente et jolie; tout le contraire de Marius. Un cigare à la bouche. — Cosette songea que cet officier était sans doute du régiment caserné rue de Babylone.

Le lendemain, elle le vit encore passer. Elle remarqua l'heure.

À dater de ce moment, était-ce le hasard? presque tous les jours elle le vit passer.

Les camarades de l'officier s'aperçurent qu'il y avait là, dans ce jardin « mal tenu », derrière cette méchante grille rococo, une assez jolie créature qui se trouvait presque toujours là au passage du beau lieutenant, lequel n'est point inconnu du lecteur et s'appelait Théodule Gillenormand.

— Tiens! lui disaient-ils. Il y a une petite qui te fait l'œil, regarde donc.

— Est-ce que j'ai le temps, répondait le lancier, de regarder toutes les filles qui me regardent?

C'était précisément l'instant où Marius descendait gravement vers l'agonie et disait : — Si je pouvais seulement la revoir avant de mourir! — Si son souhait eût été réalisé, s'il eût vu en ce moment-là Cosette regardant un lancier, il n'eût pas pu prononcer une parole et il eût expiré de douleur.

À qui la faute? À personne.

Marius était de ces tempéraments qui s'enfoncent dans le chagrin et qui y séjournent; Cosette était de ceux qui s'y plongent et qui en sortent.

Cosette du reste traversait ce moment dangereux, phase fatale de la rêverie féminine abandonnée à elle-même, où le cœur d'une jeune fille isolée ressemble à ces vrilles de la vigne qui s'accrochent, selon le hasard, au chapiteau d'une colonne de marbre ou au poteau d'un cabaret. Moment rapide et décisif, critique pour toute orpheline, qu'elle soit pauvre ou qu'elle soit riche, car la richesse ne défend pas du mauvais choix; on se mésallie très haut; la vraie mésalliance est celle des âmes; et, de même que plus d'un jeune homme inconnu, sans nom, sans naissance, sans fortune, est un chapiteau de marbre qui soutient un temple de grands sentiments et de grandes idées, de même tel homme du monde, satisfait et opulent, qui a des bottes polies et des paroles vernies, si l'on regarde, non le dehors, mais le dedans, c'est-à-dire ce qui est réservé à la femme, n'est autre chose qu'un soliveau stupide obscurément hanté par les passions violentes, immondes et avinées; le poteau d'un cabaret.

Qu'y avait-il dans l'âme de Cosette? De la passion cal-

mée ou endormie; de l'amour à l'état flottant; quelque
chose qui était limpide, brillant, trouble à une certaine
profondeur, sombre plus bas. L'image du bel officier se
reflétait à la surface. Y avait-il un souvenir au fond? —
tout au fond? — Peut-être. Cosette ne savait pas.

Il survint un incident singulier.

II

PEURS DE COSETTE

Dans la première quinzaine d'avril, Jean Valjean fit un
voyage. Cela, on le sait, lui arrivait de temps en temps, à
de très longs intervalles. Il restait absent un ou deux
jours, trois jours au plus. Où allait-il? personne ne le
savait, pas même Cosette. Une fois seulement, à un de
ces départs, elle l'avait accompagné en fiacre jusqu'au
coin d'un petit cul-de-sac sur l'angle duquel elle avait lu :
Impasse de la Planchette. Là il était descendu, et le fiacre
avait ramené Cosette rue de Babylone. C'était en général
quand l'argent manquait à la maison que Jean Valjean
faisait ces petits voyages.

Jean Valjean était donc absent. Il avait dit : Je reviendrai dans trois jours.

Le soir, Cosette était seule dans le salon. Pour se
désennuyer, elle avait ouvert son piano-orgue et elle
s'était mise à chanter, en s'accompagnant, le chœur
d'Euryanthe : *Chasseurs égarés dans les bois!* qui est
peut-être ce qu'il y a de plus beau dans toute la musique.
Quand elle eut fini, elle demeura pensive.

Tout à coup il lui sembla qu'elle entendait marcher
dans le jardin.

Ce ne pouvait être son père, il était absent; ce ne pouvait être Toussaint, elle était couchée. Il était dix heures
du soir.

Elle alla près du volet du salon qui était fermé et y
colla son oreille.

Il lui parut que c'était le pas d'un homme, et qu'on
marchait très doucement.

Elle monta rapidement au premier, dans sa chambre, ouvrit un vasistas percé dans son volet, et regarda dans le jardin. C'était le moment de la pleine lune. On y voyait comme s'il eût fait jour.

Il n'y avait personne.

Elle ouvrit la fenêtre. Le jardin était absolument calme, et tout ce qu'on apercevait de la rue était désert comme toujours.

Cosette pensa qu'elle s'était trompée. Elle avait cru entendre ce bruit. C'était une hallucination produite par ce sombre et prodigieux chœur de Weber qui ouvre devant l'esprit des profondeurs effarées, qui tremble au regard comme une forêt vertigineuse, et où l'on entend le craquement des branches mortes sous le pas inquiet des chasseurs entrevus dans le crépuscule.

Elle n'y songea plus.

D'ailleurs Cosette de sa nature n'était pas très effrayée. Il y avait dans ses veines du sang de bohémienne et d'aventurière qui va pieds nus. On s'en souvient, elle était plutôt alouette que colombe. Elle avait un fond farouche et brave.

Le lendemain, moins tard, à la tombée de la nuit, elle se promenait dans le jardin. Au milieu des pensées confuses qui l'occupaient, elle croyait bien percevoir par instants un bruit pareil au bruit de la veille, comme de quelqu'un qui marcherait dans l'obscurité sous les arbres pas très loin d'elle, mais elle se disait que rien ne ressemble à un pas qui marche dans l'herbe comme le froissement de deux branches qui se déplacent d'elles-mêmes, et elle n'y prenait pas garde. Elle ne voyait rien d'ailleurs.

Elle sortit de « la broussaille »; il lui restait à traverser une petite pelouse verte pour regagner le perron. La lune, qui venait de se lever derrière elle, projeta, comme Cosette sortait du massif, son ombre devant elle sur cette pelouse.

Cosette s'arrêta terrifiée.

À côté de son ombre, la lune découpait distinctement sur le gazon une autre ombre singulièrement effrayante et terrible, une ombre qui avait un chapeau rond.

C'était comme l'ombre d'un homme qui eût été debout

sur la lisière du massif à quelques pas en arrière de Cosette.

Elle fut une minute sans pouvoir parler, ni crier, ni appeler, ni bouger, ni tourner la tête.

Enfin elle rassembla tout son courage et se retourna résolument.

Il n'y avait personne.

Elle regarda à terre. L'ombre avait disparu.

Elle rentra dans la broussaille, fureta hardiment dans les coins, alla jusqu'à la grille, et ne trouva rien.

Elle se sentit vraiment glacée. Était-ce encore une hallucination? Quoi! deux jours de suite? Une hallucination, passe, mais deux hallucinations? Ce qui était inquiétant, c'est que l'ombre n'était assurément pas un fantôme. Les fantômes ne portent guère de chapeaux ronds.

Le lendemain Jean Valjean revint. Cosette lui conta ce qu'elle avait cru entendre et voir. Elle s'attendait à être rassurée et que son père hausserait les épaules et lui dirait : Tu es une petite fille folle.

Jean Valjean devint soucieux.

— Ce ne peut être rien, lui dit-il.

Il la quitta sous un prétexte et alla dans le jardin, et elle l'aperçut qui examinait la grille avec beaucoup d'attention.

Dans la nuit elle se réveilla; cette fois elle était sûre, elle entendait distinctement marcher tout près du perron au-dessous de sa fenêtre. Elle courut à son vasistas et l'ouvrit. Il y avait en effet dans le jardin un homme qui tenait un gros bâton à la main. Au moment où elle allait crier, la lune éclaira le profil de l'homme. C'était son père.

Elle se recoucha en se disant : — Il est donc bien inquiet!

Jean Valjean passa dans le jardin cette nuit-là et les deux nuits qui suivirent. Cosette le vit par le trou de son volet.

La troisième nuit, la lune décroissait et commençait à se lever plus tard, il pouvait être une heure du matin, elle entendit un grand éclat de rire et la voix de son père qui l'appelait :

— Cosette !

Elle se jeta à bas du lit, passa sa robe de chambre et ouvrit sa fenêtre.

Son père était en bas sur la pelouse.

— Je te réveille pour te rassurer, dit-il. Regarde. Voici ton ombre en chapeau rond.

Et il lui montrait sur le gazon une ombre portée que la lune dessinait et qui ressemblait en effet assez bien au spectre d'un homme qui eût eu un chapeau rond. C'était une silhouette produite par un tuyau de cheminée en tôle, à chapiteau, qui s'élevait au-dessus d'un toit voisin.

Cosette aussi se mit à rire, toutes ses suppositions lugubres tombèrent, et le lendemain, en déjeunant avec son père, elle s'égaya du sinistre jardin hanté par des ombres de tuyaux de poêle.

Jean Valjean redevint tout à fait tranquille ; quant à Cosette, elle ne remarqua pas beaucoup si le tuyau de poêle était bien dans la direction de l'ombre qu'elle avait vue ou cru voir, et si la lune se trouvait au même point du ciel. Elle ne s'interrogea point sur cette singularité d'un tuyau de poêle qui craint d'être pris en flagrant délit et qui se retire quand on regarde son ombre, car l'ombre s'était effacée quand Cosette s'était retournée et Cosette avait bien cru en être sûre. Cosette se rasséréna pleinement. La démonstration lui parut complète, et qu'il pût y avoir quelqu'un qui marchait le soir ou la nuit dans le jardin, ceci lui sortit de la tête.

À quelques jours de là cependant un nouvel incident se produisit.

III

ENRICHIES DES COMMENTAIRES DE TOUSSAINT

Dans le jardin, près de la grille sur la rue, il y avait un banc de pierre défendu par une charmille du regard des curieux, mais auquel pourtant, à la rigueur, le bras d'un passant pouvait atteindre à travers la grille et la charmille.

Un soir de ce même mois d'avril, Jean Valjean était sorti, Cosette, après le soleil couché, s'était assise sur ce banc. Le vent fraîchissait dans les arbres; Cosette songeait; une tristesse sans objet la gagnait peu à peu, cette tristesse invincible que donne le soir et qui vient peut-être, qui sait? du mystère de la tombe entr'ouvert à cette heure-là.

Fantine était peut-être dans cette ombre.

Cosette se leva, fit lentement le tour du jardin, marchant dans l'herbe inondée de rosée et se disant à travers l'espèce de somnambulisme mélancolique où elle était plongée : — Il faudrait vraiment des sabots pour le jardin à cette heure-ci. On s'enrhume.

Elle revint au banc.

Au moment de s'y rasseoir, elle remarqua à la place qu'elle avait quittée une assez grosse pierre qui n'y était évidemment pas l'instant d'auparavant.

Cosette considéra cette pierre, se demandant ce que cela voulait dire. Tout à coup l'idée que cette pierre n'était point venue sur ce banc toute seule, que quelqu'un l'avait mise là, qu'un bras avait passé à travers cette grille, cette idée lui apparut et lui fit peur. Cette fois ce fut une vraie peur. Pas de doute possible; la pierre était là; elle n'y toucha pas, s'enfuit sans oser regarder derrière elle, se réfugia dans la maison, et ferma tout de suite au volet, à la barre et au verrou la porte-fenêtre du perron. Elle demanda à Toussaint :

— Mon père est-il rentré?

— Pas encore, mademoiselle.

(Nous avons indiqué une fois pour toutes le bégayement de Toussaint. Qu'on nous permette de ne plus l'accentuer. Nous répugnons à la notation musicale d'une infirmité.)

Jean Valjean, homme pensif et promeneur nocturne, ne rentrait souvent qu'assez tard dans la nuit.

— Toussaint, reprit Cosette, vous avez soin de bien barricader le soir les volets sur le jardin au moins, avec les barres, et de bien mettre les petites choses en fer dans les petits anneaux qui ferment?

— Oh! soyez tranquille, mademoiselle.

Toussaint n'y manquait pas, et Cosette le savait bien, mais elle ne put s'empêcher d'ajouter :

— C'est que c'est si désert par ici!

— Pour ça, dit Toussaint, c'est vrai. On serait assassiné avant d'avoir le temps de dire ouf! Avec cela que monsieur ne couche pas dans la maison. Mais ne craignez rien, mademoiselle, je ferme les fenêtres comme des bastilles. Des femmes seules! je crois bien que cela fait frémir! Vous figurez-vous? voir entrer la nuit des hommes dans la chambre qui vous disent : — tais-toi! et qui se mettent à vous couper le cou. Ce n'est pas tant de mourir, on meurt, c'est bon, on sait bien qu'il faut qu'on meure, mais c'est l'abomination de sentir ces gens-là vous toucher. Et puis leurs couteaux, ça doit mal couper! Ah Dieu!

— Taisez-vous, dit Cosette. Fermez bien tout.

Cosette, épouvantée du mélodrame improvisé par Toussaint et peut-être aussi du souvenir des apparitions de l'autre semaine qui lui revenaient, n'osa même pas lui dire : — Allez donc voir la pierre qu'on a mise sur le banc! de peur de rouvrir la porte du jardin, et que « les hommes » n'entrassent. Elle fit clore soigneusement partout les portes et fenêtres, fit visiter par Toussaint toute la maison de la cave au grenier, s'enferma dans sa chambre, mit ses verrous, regarda sous son lit, se coucha, et dormit mal. Toute la nuit elle vit la pierre grosse comme une montagne et pleine de cavernes.

Au soleil levant, — le propre du soleil levant est de nous faire rire de toutes nos terreurs de la nuit, et le rire qu'on a est toujours proportionné à la peur qu'on a eue, — au soleil levant Cosette, en s'éveillant, vit son effroi comme un cauchemar, et se dit : — À quoi ai-je été songer? C'est comme ces pas que j'avais cru entendre l'autre semaine dans le jardin la nuit! c'est comme l'ombre du tuyau de poêle! Est-ce que je vais devenir poltronne à présent? — Le soleil, qui rutilait aux fentes de ses volets et faisait de pourpre les rideaux de damas, la rassura tellement que tout s'évanouit dans sa pensée, même la pierre.

— Il n'y avait pas plus de pierre sur le banc qu'il n'y avait d'homme en chapeau rond dans le jardin; j'ai rêvé la pierre comme le reste.

Elle s'habilla, descendit au jardin, courut au banc, et se sentit une sueur froide. La pierre y était.

Mais ce ne fut qu'un moment. Ce qui est frayeur la nuit est curiosité le jour.

— Bah! dit-elle, voyons donc.

Elle souleva cette pierre qui était assez grosse. Il y avait dessous quelque chose qui ressemblait à une lettre

C'était une enveloppe de papier blanc. Cosette s'en saisit. Il n'y avait pas d'adresse d'un côté, pas de sachet de l'autre. Cependant l'enveloppe, quoique ouverte, n'était point vide. On entrevoyait des papiers dans l'intérieur.

Cosette y fouilla. Ce n'était plus de la frayeur, ce n'était plus de la curiosité; c'était un commencement d'anxiété

Cosette tira de l'enveloppe ce qu'elle contenait, un petit cahier de papier dont chaque page était numérotée et portait quelques lignes écrites d'une écriture assez jolie, pensa Cosette, et très fine.

Cosette chercha un nom, il n'y en avait pas; une signature, il n'y en avait pas. À qui cela était-il adressé? À elle probablement, puisqu'une main avait déposé le paquet sur son banc. De qui cela venait-il? Une fascination irrésistible s'empara d'elle, elle essaya de détourner ses yeux de ces feuilles qui tremblaient dans sa main, elle regarda le ciel, la rue, les acacias tout trempés de lumière, des pigeons qui volaient sur un toit voisin, puis tout à coup son regard s'abaissa vivement sur le manuscrit, et elle se dit qu'il fallait qu'elle sût ce qu'il y avait là dedans.

Voici ce qu'elle lut :

IV

UN CŒUR SOUS UNE PIERRE

La réduction de l'univers à un seul être, la dilatation d'un seul être jusqu'à Dieu, voilà l'amour.

L'amour, c'est la salutation des anges aux astres.

Comme l'âme est triste quand elle est triste par l'amour!

Quel vide que l'absence de l'être qui à lui seul remplit le monde! Oh! comme il est vrai que l'être aimé devient Dieu. On comprendrait que Dieu en fût jaloux si le Père de tout n'avait pas évidemment fait la création pour l'âme, et l'âme pour l'amour.

Il suffit d'un sourire entrevu là-bas sous un chapeau de crêpe blanc à bavolet lilas, pour que l'âme entre dans le palais des rêves.

Dieu est derrière tout, mais tout cache Dieu. Les choses sont noires, les créatures sont opaques. Aimer un être, c'est le rendre transparent.

De certaines pensées sont des prières. Il y a des moments où, quelle que soit l'attitude du corps, l'âme est à genoux.

Les amants séparés trompent l'absence par mille choses chimériques qui ont pourtant leur réalité. On les empêche de se voir, ils ne peuvent s'écrire; ils trouvent une foule de moyens mystérieux de correspondre. Ils s'envoient le chant des oiseaux, le parfum des fleurs, le rire des enfants, la lumière du soleil, les soupirs du vent, les rayons des étoiles, toute la création. Et pourquoi non? Toutes les œuvres de Dieu sont faites pour servir l'amour. L'amour est assez puissant pour charger la nature entière de ses messages.

Ô printemps, tu es une lettre que je lui écris.

L'avenir appartient encore bien plus aux cœurs qu'aux esprits. Aimer, voilà la seule chose qui puisse occuper et emplir l'éternité. À l'infini, il faut l'inépuisable.

L'amour participe de l'âme même. Il est de même nature qu'elle. Comme elle il est étincelle divine, comme elle il est incorruptible, indivisible, impérissable. C'est un point de feu qui est en nous, qui est immortel et infini, que rien ne peut borner et que rien ne peut éteindre. On le sent brûler jusque dans la moelle des os et on le voit rayonner jusqu'au fond du ciel.

Ô amour! adorations! volupté de deux esprits qui se comprennent, de deux cœurs qui s'échangent, de deux regards qui se pénètrent! Vous me viendrez, n'est-ce pas, bonheurs! Promenades à deux dans les solitudes! journées bénies et rayonnantes! J'ai quelquefois rêvé que de temps en temps des heures se détachaient de la vie des anges et venaient ici-bas traverser la destinée des hommes.

Dieu ne peut rien ajouter au bonheur de ceux qui s'aiment que de leur donner la durée sans fin. Après une vie d'amour, une éternité d'amour, c'est une augmentation en effet; mais accroître en son intensité même la félicité ineffable que l'amour donne à l'âme dès ce monde, c'est impossible, même à Dieu. Dieu, c'est la plénitude du ciel; l'amour, c'est la plénitude de l'homme.

Vous regardez une étoile pour deux motifs, parce qu'elle est lumineuse et parce qu'elle est impénétrable. Vous avez auprès de vous un plus doux rayonnement et un plus grand mystère, la femme.

Tous, qui que nous soyons, nous avons nos êtres respirables. S'ils nous manquent, l'air nous manque, nous étouffons. Alors on meurt. Mourir par manque d'amour, c'est affreux. L'asphyxie de l'âme!

Quand l'amour a fondu et mêlé deux êtres dans une unité angélique et sacrée, le secret de la vie est trouvé pour eux; ils ne sont plus que les deux termes d'une même destinée; ils ne sont plus que les deux ailes d'un même esprit. Aimez, planez!

Le jour où une femme qui passe devant vous dégage de la lumière en marchant, vous êtes perdu, vous aimez. Vous n'avez plus qu'une chose à faire, penser à elle si fixement qu'elle soit contrainte de penser à vous.

Ce que l'amour commence ne peut être achevé que par Dieu.

L'amour vrai se désole et s'enchante pour un gant

perdu ou pour un mouchoir trouvé, et il a besoin de l'éternité pour son dévouement et ses espérances. Il se compose à la fois de l'infiniment grand et de l'infiniment petit.

Si vous êtes pierre, soyez aimant; si vous êtes plante, soyez sensitive; si vous êtes homme, soyez amour.

Rien ne suffit à l'amour. On a le bonheur, on veut le paradis; on a le paradis, on veut le ciel.

Ô vous qui vous aimez, tout cela est dans l'amour. Sachez l'y trouver. L'amour a autant que le ciel, la contemplation, et de plus que le ciel, la volupté

— Vient-elle encore au Luxembourg? — Non, monsieur. — C'est dans cette église qu'elle entend la messe, n'est-ce pas? — Elle n'y vient plus. — Habite-t-elle toujours cette maison? — Elle est déménagée. — Où est-elle allée demeurer? — Elle ne l'a pas dit.

Quelle chose sombre de ne pas savoir l'adresse de son âme!

L'amour a des enfantillages, les autres passions ont des petitesses. Honte aux passions qui rendent l'homme petit! Honneur à celle qui le fait enfant!

C'est une chose étrange, savez-vous cela? Je suis dans la nuit. Il y a un être qui en s'en allant a emporté le ciel.

Oh! être couchés côte à côte dans le même tombeau la main dans la main, et de temps en temps, dans les ténèbres, nous caresser doucement un doigt, cela suffirait à mon éternité.

Vous qui souffrez parce que vous aimez, aimez plus encore. Mourir d'amour, c'est en vivre.

Aimez. Une sombre transfiguration étoilée est mêlée à ce supplice. Il y a de l'extase dans l'agonie.

Ô joie des oiseaux! c'est parce qu'ils ont le nid qu'ils ont le chant.

L'amour est une respiration céleste de l'air du paradis.

Cœurs profonds, esprits sages, prenez la vie comme Dieu la fait. C'est une longue épreuve, une préparation inintelligible à la destinée inconnue. Cette destinée, la vraie, commence pour l'homme à la première marche de l'intérieur du tombeau. Alors il lui apparaît quelque chose, et il commence à distinguer le définitif. Le définitif, songez à ce mot. Les vivants soient l'infini; le définitif ne se laisse voir qu'aux morts. En attendant, aimez et souffrez, espérez et contemplez. Malheur, hélas! à qui n'aura aimé que des corps, des formes, des apparences! La mort lui ôtera tout. Tâchez d'aimer des âmes, vous les retrouverez.

J'ai rencontré dans la rue un jeune homme très pauvre qui aimait. Son chapeau était vieux, son habit était usé; il avait les coudes troués; l'eau passait à travers ses souliers et les astres à travers son âme.

Quelle grande chose, être aimé! Quelle chose plus grande encore, aimer! Le cœur devient héroïque à force de passion. Il ne se compose plus de rien que de pur; il ne s'appuie plus sur rien que d'élevé et de grand. Une pensée indigne n'y peut pas plus germer qu'une ortie sur un glacier. L'âme haute et sereine, inaccessible aux passions et aux émotions vulgaires, dominant les nuées et les ombres de ce monde, les folies, les mensonges, les haines, les vanités, les misères, habite le bleu du ciel, et ne sent plus que les ébranlements profonds et souterrains de la destinée, comme le haut des montagnes sent les tremblement de terre.

S'il n'y avait pas quelqu'un qui aime, le soleil s'éteindrait.

V

COSETTE APRÈS LA LETTRE

Pendant cette lecture, Cosette entrait peu à peu en rêverie. Au moment où elle levait les yeux de la dernière ligne du cahier, le bel officier, c'était son heure, passa triomphant devant la grille. Cosette le trouva hideux.

Elle se remit à contempler le cahier. Il était écrit d'une
écriture ravissante, pensa Cosette; de la même main,
mais avec des encres diverses, tantôt très noires, tantôt
blanchâtres, comme lorsqu'on met de l'eau dans
l'encrier, et par conséquent à des jours différents. C'était
donc une pensée qui s'était épanchée là, soupir à soupir,
irrégulièrement, sans ordre, sans choix, sans but, au
hasard. Cosette n'avait jamais rien lu de pareil. Ce
manuscrit, où elle voyait plus de clarté encore que d'obscurité, lui faisait l'effet d'un sanctuaire entr'ouvert. Chacune de ces lignes mystérieuses resplendissait à ses yeux
et lui inondait le cœur d'une lumière étrange. L'éducation qu'elle avait reçue lui avait parlé toujours de l'âme
et jamais de l'amour, à peu près comme qui parlerait du
tison et point de la flamme. Ce manuscrit de quinze
pages lui révélait brusquement et doucement tout
l'amour, la douleur, la destinée, la vie, l'éternité, le
commencement, la fin. C'était comme une main qui se
serait ouverte et lui aurait jeté subitement une poignée
de rayons. Elle sentait dans ces quelques lignes une
nature passionnée, ardente, généreuse, honnête, une
volonté sacrée, une immense douleur et un espoir
immense, un cœur serré, une extase épanouie.
Qu'était-ce que ce manuscrit? Une lettre. Lettre sans
adresse, sans nom, sans date, sans signature, pressante
et désintéressée, énigme composée de vérités, message
d'amour fait pour être apporté par un ange et lu par une
vierge, rendez-vous donné hors de la terre, billet doux
d'un fantôme à une ombre. C'était un absent tranquille
et accablé qui semblait prêt à se réfugier dans la mort et
qui envoyait à l'absente le secret de la destinée, la clef de
la vie, l'amour. Cela avait été écrit le pied dans le tombeau et le doigt dans le ciel. Ces lignes, tombées une à
une sur le papier, étaient ce qu'on pourrait appeler des
gouttes d'âme.

Maintenant ces pages, de qui pouvaient-elles venir?
qui pouvait les avoir écrites?

Cosette n'hésita pas une minute. Un seul homme.

Lui!

Le jour s'était refait dans son esprit. Tout avait reparu.
Elle éprouvait une joie inouïe et une angoisse profonde.

C'était lui! lui qui lui écrivait! lui qui était là! lui dont le bras avait passé à travers cette grille! Pendant qu'elle l'oubliait, il l'avait retrouvée! Mais est-ce qu'elle l'avait oublié? Non! jamais! Elle était folle d'avoir cru cela un moment. Elle l'avait toujours aimé, toujours adoré. Le feu s'était couvert et avait couvé quelque temps, mais elle le voyait bien, il n'avait fait que creuser plus avant, et maintenant il éclatait de nouveau et l'embrasait tout entière. Ce cahier était comme une flammèche tombée de cette autre âme dans la sienne, et elle sentait recommencer l'incendie. Elle se pénétrait de chaque mot du manuscrit : — Oh oui! disait-elle, comme je reconnais tout cela! C'est tout ce que j'avais déjà lu dans ses yeux.

Comme elle l'achevait pour la troisième fois, le lieutenant Théodule revint devant la grille et fit sonner ses éperons sur le pavé. Force fut à Cosette de lever les yeux. Elle le trouva fade, niais, sot, inutile, fat, déplaisant, impertinent, et très laid. L'officier crut devoir lui sourire. Elle se détourna honteuse et indignée. Elle lui aurait volontiers jeté quelque chose à la tête.

Elle s'enfuit, rentra dans la maison et s'enferma dans sa chambre pour relire le manuscrit, pour l'apprendre par cœur, et pour songer. Quand elle l'eut bien lu, elle le baisa et le mit dans son corset.

C'en était fait, Cosette était retombée dans le profond amour séraphique. L'abîme Éden venait de se rouvrir.

Toute la journée, Cosette fut dans une sorte d'étourdissement. Elle pensait à peine, ses idées étaient à l'état d'écheveau brouillé dans son cerveau, elle ne parvenait à rien conjecturer, elle espérait à travers un tremblement, quoi? des choses vagues. Elle n'osait rien se promettre, et ne voulait rien se refuser. Des pâleurs lui passaient sur le visage et des frissons sur le corps. Il lui semblait par moments qu'elle entrait dans le chimérique; elle se disait : est-ce réel? alors elle tâtait le papier bien-aimé sous sa robe, elle le pressait contre son cœur, elle en sentait les angles sur sa chair, et si Jean Valjean l'eût vue en ce moment, il eût frémi devant cette joie lumineuse et inconnue qui lui débordait des paupières. — Oh oui! pensait-elle. C'est bien lui! ceci vient de lui pour moi!

Et elle se disait qu'une intervention des anges, qu'un hasard céleste, le lui avait rendu.

Ô transfigurations de l'amour! ô rêves! ce hasard céleste, cette intervention des anges, c'était cette boulette de pain lancée par un voleur à un autre voleur, de la cour Charlemagne à la fosse-aux-lions, par-dessus les toits de la Force.

VI

LES VIEUX SONT FAITS POUR SORTIR À PROPOS

Le soir venu, Jean Valjean sortit; Cosette s'habilla. Elle arrangea ses cheveux de la manière qui lui allait le mieux, et elle mit une robe dont le corsage, qui avait reçu un coup de ciseau de trop, et qui, par cette échancrure, laissait voir la naissance du cou, était, comme disent les jeunes filles, « un peu indécent ». Ce n'était pas le moins du monde indécent, mais c'était plus joli qu'autrement. Elle fit toute cette toilette sans savoir pourquoi.

Voulait-elle sortir? non.

Attendait-elle une visite? non.

À la brune, elle descendit au jardin. Toussaint était occupée à sa cuisine qui donnait sur l'arrière-cour.

Elle se mit à marcher sous les branches, les écartant de temps en temps avec la main, parce qu'il y en avait de très basses.

Elle arriva ainsi au banc.

La pierre y était restée.

Elle s'assit, et posa sa douce main blanche sur cette pierre comme si elle voulait la caresser et la remercier.

Tout à coup, elle eut cette impression indéfinissable qu'on éprouve, même sans voir, lorsqu'on a quelqu'un debout derrière soi.

Elle tourna la tête et se dressa.

C'était lui.

Il était tête nue. Il paraissait pâle et amaigri. On distinguait à peine son vêtement noir. Le crépuscule blêmissait son beau front et couvrait ses yeux de ténèbres. Il avait, sous un voile d'incomparable douceur, quelque chose de la mort et de la nuit. Son visage était éclairé par la clarté du jour qui se meurt et par la pensée d'une âme qui s'en va.

Il semblait que ce n'était pas encore le fantôme et que ce n'était déjà plus l'homme.

Son chapeau était jeté à quelques pas dans les broussailles.

Cosette, prête à défaillir, ne poussa pas un cri. Elle reculait lentement, car elle se sentait attirée. Lui ne bougeait point. À je ne sais quoi d'ineffable et de triste qui l'enveloppait, elle sentait le regard de ses yeux qu'elle ne voyait pas.

Cosette, en reculant, rencontra un arbre et s'y adossa. Sans cet arbre, elle fût tombée.

Alors elle entendit sa voix, cette voix qu'elle n'avait vraiment jamais entendue, qui s'élevait à peine au-dessus du frémissement des feuilles, et qui murmurait :

— Pardonnez-moi, je suis là. J'ai le cœur gonflé, je ne pouvais pas vivre comme j'étais, je suis venu. Avez-vous lu ce que j'avais mis là, sur ce banc? Me reconnaissez-vous un peu? N'ayez pas peur de moi. Voilà du temps déjà, vous rappelez-vous le jour où vous m'avez regardé? c'était dans le Luxembourg, près du gladiateur. Et le jour où vous avez passé devant moi? C'étaient le 16 juin et le 2 juillet. Il va y avoir un an. Depuis bien longtemps, je ne vous ai plus vue. J'ai demandé à la loueuse de chaises, elle m'a dit qu'elle ne vous voyait plus. Vous demeuriez rue de l'Ouest au troisième sur le devant dans une maison neuve, vous voyez que je sais? Je vous suivais, moi. Qu'est-ce que j'avais à faire? Et puis vous avez disparu. J'ai cru vous voir passer une fois que je lisais les journaux sous les arcades de l'Odéon. J'ai couru. Mais non. C'était une personne qui avait un chapeau comme vous. La nuit, je viens ici. Ne craignez pas, personne ne me voit. Je viens regarder vos fenêtres de près. Je marche bien doucement pour que vous n'entendiez pas, car vous auriez peut-être peur. L'autre soir j'étais derrière vous, vous vous êtes retournée, je me suis enfui. Une fois je

vous ai entendue chanter. J'étais heureux. Est-ce que
cela vous fait quelque chose que je vous entende chanter
à travers le volet? cela ne peut rien vous faire. Non,
n'est-ce pas? Voyez-vous, vous êtes mon ange, laissez-
moi venir un peu. Je crois que je vais mourir. Si vous
saviez! je vous adore, moi! Pardonnez-moi, je vous
parle, je ne sais pas ce que je vous dis, je vous fâche peut-
être; est-ce que je vous fâche?

— Ô ma mère! dit-elle.

Et elle s'affaissa sur elle-même comme si elle se mourait.

Il la prit, elle tombait, il la prit dans ses bras, il la serra
étroitement sans avoir conscience de ce qu'il faisait. Il la
soutenait tout en chancelant. Il était comme s'il avait la
tête pleine de fumée; des éclairs lui passaient entre les
cils; ses idées s'évanouissaient; il lui semblait qu'il
accomplissait un acte religieux et qu'il commettait une
profanation. Du reste il n'avait pas le moindre désir de
cette femme ravissante dont il sentait la forme contre sa
poitrine. Il était éperdu d'amour.

Elle lui prit une main et la posa sur son cœur. Il sentit
le papier qui y était. Il balbutia:

— Vous m'aimez donc?

Elle répondit d'une voix si basse que ce n'était plus
qu'un souffle qu'on entendait à peine:

— Tais-toi! tu le sais!

Et elle cacha sa tête rouge dans le sein du jeune
homme superbe et enivré.

Il tomba sur le banc, elle près de lui. Ils n'avaient plus
de paroles. Les étoiles commençaient à rayonner. Comment se fit-il que leurs lèvres se rencontrèrent? Comment se fait-il que l'oiseau chante, que la neige fonde,
que la rose s'ouvre, que mai s'épanouisse, que l'aube
blanchisse derrière les arbres noirs au sommet frissonnant des collines?

Un baiser, et ce fut tout.

Tous deux tressaillirent, et ils se regardèrent dans
l'ombre avec des yeux éclatants.

Ils ne sentaient ni la nuit fraîche, ni la pierre froide, ni
la terre humide, ni l'herbe mouillée, ils se regardaient et
ils avaient le cœur plein de pensées. Ils s'étaient pris les
mains, sans savoir.

Elle ne lui demandait pas, elle n'y songeait pas même, par où il était entré et comment il avait pénétré dans le jardin. Cela lui paraissait si simple qu'il fût là!

De temps en temps le genou de Marius touchait le genou de Cosette, et tous deux frémissaient.

Par intervalles, Cosette bégayait une parole. Son âme tremblait à ses lèvres comme une goutte de rosée à une fleur.

Peu à peu ils se parlèrent. L'épanchement succéda au silence qui est la plénitude. La nuit était sereine et splendide au-dessus de leur tête. Ces deux êtres, purs comme des esprits, se dirent tout, leurs songes, leurs ivresses, leurs extases, leurs chimères, leurs défaillances, comme ils s'étaient adorés de loin, comme ils s'étaient souhaités, leur désespoir quand ils avaient cessé de s'apercevoir. Ils se confièrent, dans une intimité idéale que rien déjà ne pouvait plus accroître, ce qu'ils avaient de plus caché et de plus mystérieux. Ils se racontèrent, avec une foi candide dans leurs illusions, tout ce que l'amour, la jeunesse et ce reste d'enfance qu'ils avaient, leur mettaient dans la pensée. Ces deux cœurs se versèrent l'un dans l'autre, de sorte qu'au bout d'une heure, c'était le jeune homme qui avait l'âme de la jeune fille et la jeune fille qui avait l'âme du jeune homme. Ils se pénétrèrent, ils s'enchantèrent, ils s'éblouirent.

Quand ils eurent fini, quand ils se furent tout dit, elle posa sa tête sur son épaule et lui demanda:

— Comment vous appelez-vous?

— Je m'appelle Marius, dit-il. Et vous?

— Je m'appelle Cosette.

LIVRE SIXIÈME

LE PETIT GAVROCHE

I

MÉCHANTE ESPIÈGLERIE DU VENT

Depuis 1823, tandis que la gargote de Montfermeil sombrait et s'engloutissait peu à peu, non dans l'abîme d'une banqueroute, mais dans le cloaque des petites dettes, les mariés Thénardier avaient eu deux autres enfants, mâles tous deux. Cela faisait cinq; deux filles et trois garçons. C'était beaucoup.

La Thénardier s'était débarrassée des deux derniers, encore en bas âge et tout petits, avec un bonheur singulier.

Débarrassée est le mot. Il n'y avait chez cette femme qu'un fragment de nature. Phénomène dont il y a du reste plus d'un exemple. Comme la maréchale de La Mothe-Houdancourt, la Thénardier n'était mère que jusqu'à ses filles. Sa maternité finissait là. Sa haine du genre humain commençait à ses garçons. Du côté de ses fils sa méchanceté était à pic, et son cœur avait à cet endroit un lugubre escarpement. Comme on l'a vu, elle détestait l'aîné; elle exécrait les deux autres. Pourquoi? Parce que. Le plus terrible des motifs et la plus indiscutable des réponses : Parce que. — Je n'ai pas besoin d'une tiaulée d'enfants, disait cette mère.

Expliquons comment les Thénardier étaient parvenus

à s'exonérer de leurs deux derniers enfants, et même à en tirer profit.

Cette fille Magnon, dont il a été question quelques pages plus haut, était la même qui avait réussi à faire renter par le bonhomme Gillenormand les deux enfants qu'elle avait. Elle demeurait quai des Célestins, à l'angle de cette antique rue du Petit-Musc qui a fait ce qu'elle a pu pour changer en bonne odeur sa mauvaise renommée. On se souvient de la grande épidémie de croup qui désola, il y a trente-cinq ans, les quartiers riverains de la Seine à Paris, et dont la science profita pour expérimenter sur une large échelle l'efficacité des insufflations d'alun, si utilement remplacées aujourd'hui par la teinture externe d'iode. Dans cette épidémie, la Magnon perdit, le même jour, l'un le matin, l'autre le soir, ses deux garçons, encore en très bas âge. Ce fut un coup. Ces enfants étaient précieux à leur mère; ils représentaient quatrevingts francs par mois. Ces quatrevingts francs étaient fort exactement soldés, au nom de M. Gillenormand, par son receveur de rentes, M. Barge, huissier retiré, rue du Roi-de-Sicile. Les enfants morts, la rente était enterrée. La Magnon chercha un expédient. Dans cette ténébreuse maçonnerie du mal dont elle faisait partie, on sait tout, on se garde le secret, et l'on s'entr'aide. Il fallait deux enfants à la Magnon; la Thénardier en avait deux. Même sexe, même âge. Bon arrangement pour l'une, bon placement pour l'autre. Les petits Thénardier devinrent les petits Magnon. La Magnon quitta le quai des Célestins et alla demeurer rue Clocheperce. À Paris, l'identité qui lie un individu à lui-même se rompt d'une rue à l'autre.

L'état civil, n'étant averti par rien, ne réclama pas, et la substitution se fit le plus simplement du monde. Seulement le Thénardier exigea, pour ce prêt d'enfants, dix francs par mois que la Magnon promit, et même paya. Il va sans dire que M. Gillenormand continua de s'exécuter. Il venait tous les six mois voir les petits. Il ne s'aperçut pas du changement. — Monsieur, lui disait la Magnon, comme ils vous ressemblent!

Thénardier, à qui les avatars étaient aisés, saisit cette occasion de devenir Jondrette. Ses deux filles et

Gavroche avaient à peine eu le temps de s'apercevoir qu'ils avaient deux petits frères. À un certain degré de misère, on est gagné par une sorte d'indifférence spectrale, et l'on voit les êtres comme des larves. Vos plus proches ne sont souvent pour vous que de vagues formes de l'ombre, à peine distinctes du fond nébuleux de la vie et facilement remêlées à l'invisible.

Le soir du jour où elle avait fait livraison de ses deux petits à la Magnon, avec la volonté bien expresse d'y renoncer à jamais, la Thénardier avait eu, ou fait semblant d'avoir, un scrupule. Elle avait dit à son mari : — Mais c'est abandonner ses enfants, cela ! — Thénardier, magistral et flegmatique, cautérisa le scrupule avec ce mot : Jean-Jacques Rousseau a fait mieux ! Du scrupule la mère avait passé à l'inquiétude : — Mais si la police allait nous tourmenter ? Ce que nous avons fait là, monsieur Thénardier, dis donc, est-ce que c'est permis ? — Thénardier répondit : — Tout est permis. Personne n'y verra que de l'azur. D'ailleurs, dans des enfants qui n'ont pas le sou, nul n'a intérêt à y regarder de près.

La Magnon était une sorte d'élégante du crime. Elle faisait de la toilette. Elle partageait son logis, meublé d'une façon maniérée et misérable, avec une savante voleuse anglaise francisée. Cette anglaise naturalisée parisienne, recommandable par des relations fort riches, intimement liée avec les médailles de la bibliothèque et les diamants de Mlle Mars, fut plus tard célèbre dans les sommiers judiciaires. On l'appelait *Mamselle Miss*.

Les deux petits échus à la Magnon n'eurent pas à se plaindre. Recommandés par les quatrevingts francs, ils étaient ménagés, comme tout ce qui est exploité ; point mal vêtus, point mal nourris, traités presque comme « de petits messieurs », mieux avec la fausse mère qu'avec la vraie. La Magnon faisait la dame et ne parlait pas argot devant eux.

Ils passèrent ainsi quelques années. Le Thénardier en augurait bien. Il lui arriva un jour de dire à la Magnon qui lui remettait ses dix francs mensuels : — Il faudra que « le père » leur donne de l'éducation.

Tout à coup, ces deux pauvres enfants, jusque-là assez protégés, même par leur mauvais sort, furent brusquement jetés dans la vie, et forcés de la commencer.

Une arrestation en masse de malfaiteurs comme celle du galetas Jondrette, nécessairement compliquée de perquisitions et d'incarcérations ultérieures, est un véritable désastre pour cette hideuse contre-société occulte qui vit sous la société publique; une aventure de ce genre entraîne toutes sortes d'écroulements dans ce monde sombre. La catastrophe des Thénardier produisit la catastrophe de la Magnon.

Un jour, peu de temps après que la Magnon eut remis à Éponine le billet relatif à la rue Plumet, il se fit rue Clocheperce une subite descente de police; la Magnon fut saisie, ainsi que mamselle Miss, et toute la maisonnée, qui était suspecte, passa dans le coup de filet. Les deux petits garçons jouaient pendant ce temps-là dans une arrière-cour et ne virent rien de la razzia. Quand ils voulurent rentrer, ils trouvèrent la porte fermée et la maison vide. Un savetier d'une échoppe en face les appela et leur remit un papier que « leur mère » avait laissé pour eux. Sur le papier il y avait une adresse : M. Barge, receveur de rentes, rue du Roi-de-Sicile, n° 8. L'homme de l'échoppe leur dit : — Vous ne demeurez plus ici. Allez là ! C'est tout près. La première rue à gauche. Demandez votre chemin avec ce papier-ci.

Les deux enfants partirent, l'aîné menant le cadet, et tenant à la main le papier qui devait les guider. Il avait froid, et ses petits doigts engourdis serraient peu et tenaient mal ce papier. Au détour de la rue Clocheperce, un coup de vent le lui arracha, et, comme la nuit tombait, l'enfant ne put le retrouver.

Ils se mirent à errer au hasard dans les rues.

II

OÙ LE PETIT GAVROCHE TIRE PARTI
DE NAPOLÉON LE GRAND

Le printemps à Paris est assez souvent traversé par des bises aigres et dures dont on est, non pas précisément glacé, mais gelé; ces bises, qui attristent les plus belles journées, font exactement l'effet de ces souffles d'air froid qui entrent dans une chambre chaude par les fentes d'une fenêtre ou d'une porte mal fermée. Il semble que la sombre porte de l'hiver soit restée entre-bâillée et qu'il vienne du vent par là. Au printemps de 1832, époque où éclata la première grande épidémie de ce siècle en Europe, ces bises étaient plus âpres et plus poignantes que jamais. C'était une porte plus glaciale encore que celle de l'hiver qui était entr'ouverte. C'était la porte du sépulcre. On sentait dans ces bises le souffle du choléra.

Au point de vue météorologique, ces vents froids avaient cela de particulier qu'ils n'excluaient point une forte tension électrique. De fréquents orages, accompagnés d'éclairs et de tonnerres, éclatèrent à cette époque.

Un soir que ces bises soufflaient rudement, au point que janvier semblait revenu et que les bourgeois avaient repris les manteaux, le petit Gavroche, toujours grelottant gaîment sous ses loques, se tenait debout et comme en extase devant la boutique d'un perruquier des environs de l'Orme-Saint-Gervais. Il était orné d'un châle de femme en laine, cueilli on ne sait où, dont il s'était fait un cache-nez. Le petit Gavroche avait l'air d'admirer profondément une mariée en cire, décolletée et coiffée de fleurs d'oranger, qui tournait derrière la vitre, montrant, entre deux quinquets, son sourire aux passants; mais en réalité il observait la boutique afin de voir s'il ne pourrait pas « chiper » dans la devanture un pain de savon, qu'il irait ensuite revendre un sou à un « coiffeur » de la banlieue. Il lui arrivait souvent de déjeuner d'un de ces pains-là. Il appelait ce genre de travail, pour lequel il avait du talent, « faire la barbe aux barbiers ».

Tout en contemplant la mariée et tout en lorgnant le pain de savon, il grommelait entre ses dents ceci : — Mardi. — Ce n'est pas mardi. — Est-ce mardi ? — C'est peut-être mardi. — Oui, c'est mardi.

On n'a jamais su à quoi avait trait ce monologue.

Si, par hasard, ce monologue se rapportait à la dernière fois où il avait dîné, il y avait trois jours, car on était au vendredi.

Le barbier, dans sa boutique chauffée d'un bon poêle,

rasait une pratique et jetait de temps en temps un regard
de côté à cet ennemi, à ce gamin gelé et effronté qui
avait les deux mains dans ses poches, mais l'esprit évidemment hors du fourreau.

Pendant que Gavroche examinait la mariée, le vitrage
et les Windsor-soaps, deux enfants de taille inégale,
assez proprement vêtus, et encore plus petits que lui,
paraissant l'un sept ans, l'autre cinq, tournèrent timidement le bec de cane et entrèrent dans la boutique en
demandant on ne sait quoi, la charité peut-être, dans un
murmure plaintif et qui ressemblait plutôt à un gémisse-
ment qu'à une prière. Ils parlaient tous deux à la fois, et
leurs paroles étaient inintelligibles parce que les san-
glots coupaient la voix du plus jeune et que le froid faisait claquer les dents de l'aîné. Le barbier se tourna avec
un visage furieux, et sans quitter son rasoir, refoulant
l'aîné de la main gauche et le petit du genou, les poussa
tous deux dans la rue, et referma sa porte en disant :

— Venir refroidir le monde pour rien !

Les deux enfants se remirent en marche en pleurant.
Cependant une nuée était venue ; il commençait à pleu-
voir.

Le petit Gavroche courut après eux et les aborda :

— Qu'est-ce que vous avez donc, moutards ?

— Nous ne savons pas où coucher, répondit l'aîné.

— C'est ça ? dit Gavroche. Voilà grand'chose. Est-ce
qu'on pleure pour çà ? Sont-ils serins donc !

Et prenant, à travers sa supériorité un peu goguenarde, un accent d'autorité attendrie et de protection
douce :

— Momacques, venez avec moi.

— Oui, monsieur, fit l'aîné.

Et les deux enfants le suivirent comme ils auraient
suivi un archevêque. Ils avaient cessé de pleurer.

Gavroche leur fit monter la rue Saint-Antoine dans la
direction de la Bastille.

Gavroche, tout en cheminant, jeta un coup d'œil indigné et rétrospectif à la boutique du barbier.

— Ça n'a pas de cœur, ce merlan-là, grommela-t-il.
C'est un angliche.

Une fille, les voyant marcher à la file tous les trois,

Gavroche en tête, partit d'un rire bruyant. Ce rire manquait de respect au groupe.

— Bonjour, mamselle Omnibus, lui dit Gavroche.

Un instant après, le perruquier lui revenant, il ajouta :

— Je me trompe de bête ; ce n'est pas un merlan, c'est
un serpent. Perruquier, j'irai chercher un serrurier, et je
te ferai mettre une sonnette à la queue.

Ce perruquier l'avait rendu agressif. Il apostropha, en
enjambant un ruisseau, une portière barbue et digne de
rencontrer Faust sur le Brocken, laquelle avait son balai
à la main.

— Madame, lui dit-il, vous sortez donc avec votre cheval ?

Et sur ce, il éclaboussa les bottes vernies d'un passant.

— Drôle ! cria le passant furieux.

Gavroche leva le nez par-dessus son châle.

— Monsieur se plaint ?

— De toi ! fit le passant.

— Le bureau est fermé, dit Gavroche, je ne reçois plus
de plaintes.

Cependant, en continuant de monter la rue, il avisa,
toute glacée sous une porte cochère, une mendiante de
treize ou quatorze ans, si court-vêtue qu'on voyait ses
genoux. La petite commençait à être trop grande fille
pour cela. La croissance vous joue de ces tours. La jupe
devient courte au moment où la nudité devient indé-
cente.

— Pauvre fille ! dit Gavroche. Ça n'a même pas de
culotte. Tiens, prends toujours ça.

Et, défaisant toute cette bonne laine qu'il avait autour
du cou, il la jeta sur les épaules maigres et violettes de la
mendiante, où le cache-nez redevint châle.

La petite le considéra d'un air étonné et reçut le châle
en silence. À un certain degré de détresse, le pauvre,
dans sa stupeur, ne gémit plus du mal et ne remercie
plus du bien.

Cela fait :

— Brr ! dit Gavroche, plus frissonnant que saint-Martin, qui, lui du moins, avait gardé la moitié de son manteau.

Sur ce brrr ! l'averse, redoublant d'humeur, fit rage.
Ces mauvais ciels-là punissent les bonnes actions.

— Ah çà, s'écria Gavroche, qu'est-ce que cela signifie ?
Il repleut ! Bon Dieu, si cela continue, je me désabonne.

Et il se remit en marche.

— C'est égal, reprit-il en jetant un coup d'œil à la mendiante qui se pelotonnait sous le châle, en voilà une qui a
une fameuse pelure.

Et, regardant la nuée, il cria :

— Attrapé !

Les deux enfants emboîtaient le pas derrière lui.

Comme ils passaient devant un de ces épais treillis
grillés qui indiquent la boutique d'un boulanger, car on
met le pain comme l'or derrière des grillages de fer,
Gavroche se tourna :

— Ah çà, mômes, avons-nous dîné ?

— Monsieur, répondit l'aîné, nous n'avons pas mangé
depuis tantôt ce matin.

— Vous êtes donc sans père ni mère ? reprit majestueusement Gavroche.

— Faites excuse, monsieur, nous avons papa et
maman, mais nous ne savons pas où ils sont.

— Des fois, cela vaut mieux que de le savoir, dit
Gavroche qui était un penseur.

— Voilà, continua l'aîné, deux heures que nous mar-
chons, nous avons cherché des choses au coin des
bornes, mais nous ne trouvons rien.

— Je sais, fit Gavroche. C'est les chiens qui mangent
tout.

Il reprit après un silence :

— Ah ! nous avons perdu nos auteurs. Nous ne savons
plus ce que nous en avons fait. Ça ne se doit pas, gamins.
C'est bête d'égarer comme ça des gens d'âge. Ah çà ! il
faut licher pourtant.

Du reste il ne leur fit pas de questions. Être sans domicile, quoi de plus simple ?

L'aîné des deux mômes, presque entièrement revenu à
la prompte insouciance de l'enfant, fit cette exclamation :

— C'est drôle tout de même. Maman qui avait dit
qu'elle nous mènerait chercher du buis bénit le
dimanche des rameaux.

— Neurs, répondit Gavroche.

— Maman, reprit l'aîné, est une dame qui demeure avec mamselle Miss.

— Tanflûte, repartit Gavroche.

Cependant il s'était arrêté, et depuis quelques minutes il tâtait et fouillait toutes sortes de recoins qu'il avait dans ses haillons.

Enfin il releva la tête d'un air qui ne voulait qu'être satisfait, mais qui était en réalité triomphant.

— Calmons-nous, les momignards. Voici de quoi souper pour trois.

Et il tira d'une de ses poches un sou.

Sans laisser aux deux petits le temps de s'ébahir, il les poussa tous deux devant lui dans la boutique du boulanger, et mit son sou sur le comptoir en criant :

— Garçon ! cinque centimes de pain.

Le boulanger, qui était le maître en personne, prit un pain et un couteau.

— En trois morceaux, garçon ! reprit Gavroche, et il ajouta avec dignité :

— Nous sommes trois.

Et voyant que le boulanger, après avoir examiné les trois soupeurs, avait pris un pain bis, il plongea profondément son doigt dans son nez avec une aspiration aussi impérieuse que s'il eût eu au bout du pouce la prise de tabac du grand Frédéric, et jeta au boulanger en plein visage cette apostrophe indignée :

— Keksekça ?

Ceux de nos lecteurs qui seraient tentés de voir dans cette interpellation de Gavroche au boulanger un mot russe ou polonais, ou l'un de ces cris sauvages que les yoways et les botocudos se lancent du bord d'un fleuve à l'autre à travers les solitudes, sont prévenus que c'est un mot qu'ils disent tous les jours (eux nos lecteurs) et qui tient lieu de cette phrase : qu'est-ce que c'est que cela ? Le boulanger comprit parfaitement et répondit :

— Eh mais ! c'est du pain, du très bon pain de deuxième qualité.

— Vous voulez dire du larton brutal, reprit Gavroche, calme et froidement dédaigneux. Du pain blanc, garçon ! du larton savonné ! je régale.

Le boulanger ne put s'empêcher de sourire, et tout en

coupant le pain blanc, il les considérait d'une façon compatissante qui choqua Gavroche.

— Ah çà, mitron! dit-il, qu'est-ce que vous avez donc à nous toiser comme ça?

Mis tous trois bout à bout, ils auraient à peine fait une toise.

Quand le pain fut coupé, le boulanger encaissa le sou, et Gavroche dit aux deux enfants :

— Morfilez.

Les petits garçons le regardèrent interdits.

Gavroche se mit à rire :

— Ah! tiens, c'est vrai, ça ne sait pas encore, c'est si petit!

Et il reprit :

— Mangez.

En même temps, il leur tendait à chacun un morceau de pain.

Et, pensant que l'aîné, qui lui paraissait plus digne de sa conversation, méritait quelque encouragement spécial et devait être débarrassé de toute hésitation à satisfaire son appétit, il ajouta en lui donnant la plus grosse part :

— Colle-toi ça dans le fusil.

Il y avait un morceau plus petit que les deux autres; il le prit pour lui.

Les pauvres enfants étaient affamés, y compris Gavroche. Tout en arrachant leur pain à belles dents, ils encombraient la boutique du boulanger qui, maintenant qu'il était payé, les regardait avec humeur.

— Rentrons dans la rue, dit Gavroche.

Ils reprirent la direction de la Bastille.

De temps en temps, quand ils passaient devant les devantures de boutiques éclairées, le plus petit s'arrêtait pour regarder l'heure à une montre en plomb suspendue à son cou par une ficelle.

— Voilà décidément un fort serin, disait Gavroche.

Puis, pensif, il grommelait entre ses dents :

— C'est égal, si j'avais des mômes, je les serrerais mieux que ça.

Comme ils achevaient leur morceau de pain et atteignaient l'angle de cette morose rue des Ballets au fond

de laquelle on aperçoit le guichet bas et hostile de la
Force :

— Tiens, c'est toi, Gavroche ? dit quelqu'un.

— Tiens, c'est toi, Montparnasse ? dit Gavroche.

C'était un homme qui venait d'aborder le gamin, et cet
homme n'était autre que Montparnasse déguisé, avec
des besicles bleues, mais reconnaissable pour Gavroche.

— Mâtin ! poursuivit Gavroche, tu as une pelure couleur cataplasme de graine de lin et des lunettes bleues
comme un médecin. Tu as du style, parole de vieux !

— Chut, fit Montparnasse, pas si haut !

Et il entraîna vivement Gavroche hors de la lumière
des boutiques.

Les deux petits suivaient machinalement en se tenant
par la main.

Quand ils furent sous l'archivolte noire d'une porte
cochère, à l'abri des regards et de la pluie :

— Sais-tu où je vas ? demanda Montparnasse.

— À l'abbaye de Monte-à-Regret, dit Gavroche.

— Farceur !

Et Montparnasse reprit :

— Je vas retrouver Babet.

— Ah ! fit Gavroche, elle s'appelle Babet.

Montparnasse baissa la voix.

— Pas elle, lui.

— Ah, Babet !

— Oui, Babet.

— Je le croyais bouclé.

— Il a défait la boucle, répondit Montparnasse.

Et il conta rapidement au gamin que, le matin de ce
même jour où ils étaient, Babet, ayant été transféré à la
Conciergerie, s'était évadé en prenant à gauche au lieu
de prendre à droite dans « le corridor de l'instruction ».

Gavroche admira l'habileté.

— Quel dentiste ! dit-il.

Montparnasse ajouta quelques détails sur l'évasion de
Babet, et termina par :

— Oh ! ce n'est pas tout.

Gavroche, tout en écoutant, s'était saisi d'une canne
que Montparnasse tenait à la main ; il en avait machinalement tiré la partie supérieure, et la lame d'un poignard
avait apparu.

— Ah! fit-il en repoussant vivement le poignard, tu as emmené ton gendarme déguisé en bourgeois.

Montparnasse cligna de l'œil.

— Fichtre! reprit Gavroche, tu vas donc te colleter avec les cognes?

— On ne sait pas, répondit Montparnasse d'un air indifférent. Il est toujours bon d'avoir une épingle sur soi.

Gavroche insista :

— Qu'est-ce que tu vas donc faire cette nuit?

Montparnasse prit de nouveau la corde grave et dit en mangeant les syllabes :

— Des choses.

Et, changeant brusquement de conversation :

— À propos!

— Quoi?

— Une histoire de l'autre jour. Figure-toi. Je rencontre un bourgeois. Il me fait cadeau d'un sermon et de sa bourse. Je mets ça dans ma poche. Une minute après, je fouille dans ma poche. Il n'y avait plus rien.

— Que le sermon, fit Gavroche.

— Mais toi, reprit Montparnasse, où vas-tu donc maintenant?

Gavroche montra ses deux protégés et dit :

— Je vas coucher ces enfants-là.

— Où ça, coucher?

— Chez moi.

— Où ça chez toi?

— Chez moi.

— Tu loges donc?

— Oui, je loge.

— Et où loges-tu?

— Dans l'éléphant, dit Gavroche.

Montparnasse, quoique de sa nature peu étonné, ne put retenir une exclamation :

— Dans l'éléphant!

— Eh bien oui, dans l'éléphant! repartit Gavroche. Kekçaa?

Ceci est encore un mot de la langue que personne n'écrit et que tout le monde parle. Kekçaa signifie : qu'est-ce que cela a?

L'observation profonde du gamin ramena Montparnasse au calme et au bon sens. Il parut revenir à de meilleurs sentiments pour le logis de Gavroche.

— Au fait! dit-il, oui, l'éléphant... — y est-on bien?

— Très bien, fit Gavroche. Là, vrai, chenûment. Il n'y a pas de vents coulis comme sous les ponts.

— Comment y entres-tu?

— J'entre.

— Il y a donc un trou? demanda Montparnasse.

— Parbleu! Mais il ne faut pas le dire. C'est entre les jambes de devant. Les coqueurs ne l'ont pas vu.

— Et tu grimpes? Oui, je comprends.

— Un tour de main, cric, crac, c'est fait, plus personne.

Après un silence, Gavroche ajouta :

— Pour ces petits j'aurai une échelle.

Montparnasse se mit à rire.

— Où diable as-tu pris ces mômes-là?

Gavroche répondit avec simplicité :

— C'est des momichards dont un perruquier m'a fait cadeau.

Cependant Montparnasse était devenu pensif.

— Tu m'as reconnu bien aisément, murmura-t-il.

Il prit dans sa poche deux petits objets qui n'étaient autre chose que deux tuyaux de plume enveloppés de coton et s'en introduisit un dans chaque narine. Ceci lui faisait un autre nez.

— Ça te change, dit Gavroche, tu es moins laid, tu devrais garder toujours ça.

Montparnasse était joli garçon, mais Gavroche était railleur.

— Sans rire, demanda Montparnasse, comment me trouves-tu?

C'était aussi un autre son de voix. En un clin d'œil, Montparnasse était devenu méconnaissable.

— Oh! fais-nous Porrichinelle! s'écria Gavroche.

Les deux petits, qui n'avaient rien écouté jusque-là, occupés qu'ils étaient eux-mêmes à fourrer leurs doigts dans leur nez, s'approchèrent à ce nom et regardèrent Montparnasse avec un commencement de joie et d'admiration.

Malheureusement Montparnasse était soucieux.

Il posa sa main sur l'épaule de Gavroche et lui dit en
appuyant sur les mots :

— Écoute ce que je te dis, garçon, si j'étais sur la
place, avec mon dogue, ma dague et ma digue, et si vous
me prodiguiez dix gros sous, je ne refuserais pas d'y goupiner, mais nous ne sommes pas le mardi gras.

Cette phrase bizarre produisit sur le gamin un effet
singulier. Il se retourna vivement, promena avec une
attention profonde ses petits yeux brillants autour de lui,
et aperçut, à quelques pas, un sergent de ville qui leur
tournait le dos. Gavroche laissa échapper un : ah, bon!
qu'il réprima sur-le-champ, et, secouant la main de
Montparnasse :

— Eh bien, bonsoir, fit-il, je m'en vas à mon éléphant
avec mes mômes. Une supposition que tu aurais besoin
de moi une nuit, tu viendrais me trouver là. Je loge à
l'entre-sol. Il n'y a pas de portier. Tu demanderais monsieur Gavroche.

— C'est bon, dit Montparnasse.

Et ils se séparèrent, Montparnasse cheminant vers la
Grève et Gavroche vers la Bastille. Le petit de cinq ans,
traîné par son frère que traînait Gavroche, tourna plusieurs fois la tête en arrière pour voir s'en aller « Porrichinelle ».

La phrase amphigourique par laquelle Montparnasse
avait averti Gavroche de la présence du sergent de ville
ne contenait pas d'autre talisman que l'assonance *dig*
répétée cinq ou six fois sous des formes variées. Cette
syllabe *dig*, non prononcée isolément, mais artistement
mêlée aux mots d'une phrase, veut dire : — *Prenons
garde, on ne peut pas parler librement.*— Il y avait en
outre dans la phrase de Montparnasse une beauté littéraire qui échappa à Gavroche, c'est *mon dogue, ma dague
et ma digue*, locution de l'argot du Temple qui signifie,
mon chien, mon couteau et ma femme, fort usitée parmi
les pitres et les queues-rouges du grand siècle où Molière
écrivait et où Callot dessinait.

Il y a vingt ans, on voyait encore dans l'angle sud-est
de la place de la Bastille, près de la gare du canal creusée
dans l'ancien fossé de la prison-citadelle, un monument
bizarre qui s'est effacé déjà de la mémoire des parisiens,

et qui méritait d'y laisser quelque trace, car c'était une pensée du « membre de l'Institut, général en chef de l'armée d'Égypte ».

Nous disons monument, quoique ce ne fût qu'une maquette. Mais cette maquette elle-même, ébauche prodigieuse, cadavre grandiose d'une idée de Napoléon que deux ou trois coups de vent successifs avaient emportée et jetée à chaque fois plus loin de nous, était devenue historique, et avait pris je ne sais quoi de définitif qui contrastait avec son aspect provisoire. C'était un éléphant de quarante pieds de haut, construit en charpente et en maçonnerie, portant sur son dos sa tour qui ressemblait à une maison, jadis peint en vert par un badigeonneur quelconque, maintenant peint en noir par le ciel, la pluie et le temps. Dans cet angle désert et découvert de la place, le large front du colosse, sa trompe, ses défenses, sa tour, sa croupe énorme, ses quatre pieds pareils à des colonnes faisaient, la nuit, sur le ciel étoilé, une silhouette surprenante et terrible. On ne savait ce que cela voulait dire. C'était une sorte de symbole de la force populaire. C'était sombre, énigmatique et immense. C'était on ne sait quel fantôme puissant, visible et debout à côté du spectre invisible de la Bastille.

Peu d'étrangers visitaient cet édifice, aucun passant ne le regardait. Il tombait en ruine ; à chaque saison, des plâtras qui se détachaient de ses flancs lui faisaient des plaies hideuses. Les « édiles », comme on dit en patois élégant, l'avaient oublié depuis 1814. Il était là dans son coin, morne, malade, croulant, entouré d'une palissade pourrie souillée à chaque instant par des cochers ivres ; des crevasses lui lézardaient le ventre, une latte lui sortait de la queue, les hautes herbes lui poussaient entre les jambes ; et comme le niveau de la place s'élevait depuis trente ans tout autour par ce mouvement lent et continu qui exhausse insensiblement le sol des grandes villes, il était dans un creux et il semblait que la terre s'enfonçât sous lui. Il était immonde, méprisé, repoussant et superbe, laid aux yeux du bourgeois, mélancolique aux yeux du penseur. Il avait quelque chose d'une ordure qu'on va balayer et quelque chose d'une majesté qu'on va décapiter.

Comme nous l'avons dit, la nuit l'aspect changeait. La nuit est le véritable milieu de tout ce qui est ombre. Dès que tombait le crépuscule, le vieil éléphant se transfigurait ; il prenait une figure tranquille et redoutable dans la formidable sérénité des ténèbres. Étant du passé, il était de la nuit ; et cette obscurité allait à sa grandeur.

Ce monument, rude, trapu, pesant, âpre, austère, presque difforme, mais à coup sûr majestueux et empreint d'une sorte de gravité magnifique et sauvage, a disparu pour laisser régner en paix l'espèce de poêle gigantesque orné de son tuyau qui a remplacé la sombre forteresse à neuf tours, à peu près comme la bourgeoisie remplace la féodalité. Il est tout simple qu'un poêle soit le symbole d'une époque dont une marmite contient la puissance. Cette époque passera, elle passe déjà ; on commence à comprendre que, s'il peut y avoir de la force dans une chaudière, il ne peut y avoir de puissance que dans un cerveau ; en d'autres termes, que ce qui mène et entraîne le monde, ce ne sont pas les locomotives, ce sont les idées. Attelez les locomotives aux idées, c'est bien ; mais ne prenez pas le cheval pour le cavalier.

Quoi qu'il en soit, pour revenir à la place de la Bastille, l'architecte de l'éléphant avec du plâtre était parvenu à faire du grand ; l'architecte du tuyau de poêle a réussi à faire du petit avec du bronze.

Ce tuyau de poêle, qu'on a baptisé d'un nom sonore et nommé la colonne de Juillet, ce monument manqué d'une révolution avortée, était encore enveloppé en 1832 d'une immense chemise en charpente que nous regrettons pour notre part, et d'un vaste enclos en planches, qui achevait d'isoler l'éléphant.

Ce fut vers ce coin de la place, à peine éclairé du reflet d'un réverbère éloigné, que le gamin dirigea les deux « mômes ».

Qu'on nous permette de nous interrompre ici et de rappeler que nous sommes dans la simple réalité, et qu'il y a vingt ans les tribunaux correctionnels eurent à juger, sous prévention de vagabondage et de bris d'un monument public, un enfant qui avait été surpris couché dans l'intérieur même de l'éléphant de la Bastille.

Ce fait constaté, nous continuons.

En arrivant près du colosse, Gavroche comprit l'effet que l'infiniment grand peut produire sur l'infiniment petit, et dit :

— Moutards ! n'ayez pas peur.

Puis il entra par une lacune de la palissade dans l'enceinte de l'éléphant et aida les mômes à enjamber la brèche. Les deux enfants, un peu effrayés, suivaient sans dire mot Gavroche et se confiaient à cette petite providence en guenilles qui leur avait donné du pain et leur avait promis un gîte.

Il y avait là, couchée le long de la palissade, une échelle qui servait le jour aux ouvriers du chantier voisin. Gavroche la souleva avec une singulière vigueur, et l'appliqua contre une des jambes de devant de l'éléphant. Vers le point où l'échelle allait aboutir, on distinguait une espèce de trou noir dans le ventre du colosse.

Gavroche montra l'échelle et le trou à ses hôtes et leur dit :

— Montez et entrez.

Les deux petits garçons se regardèrent terrifiés.

— Vous avez peur, mômes ! s'écria Gavroche.

Et il ajouta :

— Vous allez voir.

Il étreignit le pied rugueux de l'éléphant, et en un clin d'œil, sans daigner se servir de l'échelle, il arriva à la crevasse. Il y entra comme une couleuvre qui se glisse dans une fente, il s'y enfonça, et un moment après les deux enfants virent vaguement apparaître, comme une forme blanchâtre et blafarde, sa tête pâle au bord du trou plein de ténèbres.

— Eh bien, cria-t-il, montez donc, les momignards ! vous allez voir comme on est bien ! — Monte, toi ! dit-il à l'aîné, je te tends la main.

Les petits se poussèrent de l'épaule ; le gamin leur faisait peur et les rassurait à la fois, et puis il pleuvait bien fort. L'aîné se risqua. Le plus jeune, en voyant monter son frère et lui resté tout seul entre les pattes de cette grosse bête, avait bien envie de pleurer, mais il n'osait.

L'aîné gravissait, tout en chancelant, les barreaux de l'échelle ; Gavroche, chemin faisant, l'encourageait par des exclamations de maître d'armes à ses écoliers ou de muletier à ses mules :

— Aye pas peur!
— C'est ça!
— Va toujours!
— Mets ton pied là!
— Ta main ici.
— Hardi!

Et quand il fut à sa portée, il l'empoigna brusquement et vigoureusement par le bras et le tira à lui.

— Gobé! dit-il.

Le môme avait franchi la crevasse.

— Maintenant, fit Gavroche, attends-moi. Monsieur, prenez la peine de vous asseoir.

Et, sortant de la crevasse comme il y était entré, il se laissa glisser avec l'agilité d'un ouistiti le long de la jambe de l'éléphant, il tomba debout sur ses pieds dans l'herbe, saisit le petit de cinq ans à bras-le-corps et le planta au beau milieu de l'échelle, puis il se mit à monter derrière lui en criant à l'aîné :

— Je vas le pousser, tu vas le tirer.

En un instant le petit fut monté, poussé, traîné, tiré, bourré, fourré dans le trou sans avoir eu le temps de se reconnaître, et Gavroche, entrant après lui, repoussant d'un coup de talon l'échelle qui tomba sur le gazon, se mit à battre des mains et cria :

— Nous y v'là! Vive le général Lafayette!

Cette explosion passée, il ajouta :

— Les mioches, vous êtes chez moi.

Gavroche était en effet chez lui.

Ô utilité inattendue de l'inutile! charité des grandes choses! bonté des géants! Ce monument démesuré qui avait contenu une pensée de l'empereur était devenu la boîte d'un gamin. Le môme avait été accepté et abrité par le colosse. Les bourgeois endimanchés qui passaient devant l'éléphant de la Bastille disaient volontiers en le toisant d'un air de mépris avec leurs yeux à fleur de tête :

— À quoi cela sert-il? — Cela servait à sauver du froid, du givre, de la grêle, de la pluie, à garantir du vent d'hiver, à préserver du sommeil dans la boue qui donne la fièvre et du sommeil dans la neige qui donne la mort, un petit être sans père ni mère, sans pain, sans vêtements, sans aile. Cela servait à recueillir l'innocent que

la société repoussait. Cela servait à diminuer la faute
publique. C'était une tanière ouverte à celui auquel
toutes les portes étaient fermées. Il semblait que le vieux
mastodonte misérable, envahi par la vermine et par
l'oubli, couvert de verrues, de moisissures et d'ulcères,
chancelant, vermoulu, abandonné, condamné, espèce de
mendiant colossal demandant en vain l'aumône d'un
regard bienveillant au milieu du carrefour, avait eu pitié,
lui, de cet autre mendiant, du pauvre pygmée qui s'en
allait sans souliers aux pieds, sans plafond sur la tête,
soufflant dans ses doigts, vêtu de chiffons, nourri de ce
qu'on jette. Voilà à quoi servait l'éléphant de la Bastille.
Cette idée de Napoléon, dédaignée par les hommes, avait
été reprise par Dieu. Ce qui n'eût été qu'illustre était
devenu auguste. Il eût fallu à l'empereur, pour réaliser ce
qu'il méditait, le porphyre, l'airain, le fer, l'or, le marbre ;
à Dieu le vieil assemblage de planches, de solives et de
plâtras suffisait. L'empereur avait eu un rêve de génie ;
dans cet éléphant titanique, armé, prodigieux, dressant
sa trompe, portant sa tour, et faisant jaillir de toutes
parts autour de lui des eaux joyeuses et vivifiantes, il
voulait incarner le peuple ; Dieu en avait fait une chose
plus grande, il y logeait un enfant.

Le trou par où Gavroche était entré était une brèche à
peine visible du dehors, cachée qu'elle était, nous l'avons
dit, sous le ventre de l'éléphant, et si étroite qu'il n'y
avait guère que des chats et des mômes qui pussent y
passer.

— Commençons, dit Gavroche, par dire au portier
que nous n'y sommes pas.

Et plongeant dans l'obscurité avec certitude comme
quelqu'un qui connaît son appartement, il prit une
planche et en boucha le trou.

Gavroche replongea dans l'obscurité. Les enfants
entendirent le reniflement de l'allumette enfoncée dans
la bouteille phosphorique. L'allumette chimique n'existait pas encore ; le briquet Fumade représentait à cette
époque le progrès.

Une clarté subite leur fit cligner les yeux ; Gavroche
venait d'allumer un de ces bouts de ficelle trempés dans
la résine qu'on appelle rats de cave. Le rat de cave, qui

fumait plus qu'il n'éclairait, rendait confusément visible le dedans de l'éléphant.

Les deux hôtes de Gavroche regardèrent autour d'eux et éprouvèrent quelque chose de pareil à ce qu'éprouverait quelqu'un qui serait enfermé dans la grosse tonne de Heidelberg, ou mieux encore, à ce que dut éprouver Jonas dans le ventre biblique de la baleine. Tout un squelette gigantesque leur apparaissait et les enveloppait. En haut, une longue poutre brune d'où partaient de distance en distance de massives membrures cintrées figurait la colonne vertébrale avec les côtes, des stalactites de plâtre y pendaient comme des viscères, et d'une côte à l'autre de vastes toiles d'araignée faisaient des diaphragmes poudreux. On voyait çà et là dans les coins de grosses taches noirâtres qui avaient l'air de vivre et qui se déplaçaient rapidement avec un mouvement brusque et effaré.

Les débris tombés du dos de l'éléphant sur son ventre en avaient comblé la concavité, de sorte qu'on pouvait y marcher comme sur un plancher.

Le plus petit se rencogna contre son frère et dit à demi-voix :

— C'est noir.

Ce mot fit exclamer Gavroche. L'air pétrifié des deux mômes rendait une secousse nécessaire.

— Qu'est-ce que vous me fichez ? s'écria-t-il. Blaguons-nous ? faisons-nous les dégoûtés ? vous faut-il pas les Tuileries ? Seriez-vous des brutes ? Dites-le. Je vous préviens que je ne suis pas du régiment des godiches. Ah çà, est-ce que vous êtes les moutards du moutardier du pape ?

Un peu de rudoiement est bon dans l'épouvante. Cela rassure. Les deux enfants se rapprochèrent de Gavroche.

Gavroche, paternellement attendri de cette confiance, passa « du grave au doux » et s'adressant au plus petit :

— Bêta, lui dit-il en accentuant l'injure d'une nuance caressante, c'est dehors que c'est noir. Dehors il pleut, ici il ne pleut pas ; dehors il fait froid, ici il n'y a pas une miette de vent ; dehors il y a des tas de monde, ici il n'y a personne ; dehors il n'y a pas même la lune, ici il y a ma chandelle, nom d'unch !

Les deux enfants commençaient à regarder l'appartement avec moins d'effroi ; mais Gavroche ne leur laissa pas plus longtemps le loisir de la contemplation.

— Vite, dit-il.

Et il les poussa vers ce que nous sommes très heureux de pouvoir appeler le fond de la chambre.

Là était son lit.

Le lit de Gavroche était complet. C'est-à-dire qu'il y avait un matelas, une couverture et une alcôve avec rideaux.

Le matelas était une natte de paille, la couverture un assez vaste pagne de grosse laine grise fort chaud et presque neuf. Voici ce que c'était que l'alcôve :

Trois échalas assez longs, enfoncés et consolidés dans les gravois du sol, c'est-à-dire du ventre de l'éléphant, deux en avant, un en arrière, et réunis par une corde à leur sommet, de manière à former un faisceau pyramidal. Ce faisceau supportait un treillage de fil de laiton qui était simplement posé dessus, mais artistement appliqué et maintenu par des attaches de fil de fer, de sorte qu'il enveloppait entièrement les trois échalas. Un cordon de grosses pierres fixait tout autour ce treillage n'était autre chose qu'un morceau de ces grillages de cuivre dont on revêt les volières dans les ménageries. Le lit de Gavroche était sous ce grillage comme dans une cage. L'ensemble ressemblait à une tente d'esquimau.

C'est ce grillage qui tenait lieu de rideaux.

Gavroche dérangea un peu les pierres qui assujettissaient le grillage par devant, les deux pans du teillage qui retombaient l'un sur l'autre s'écartèrent.

— Mômes, à quatre pattes ! dit Gavroche.

Il fit entrer avec précaution ses hôtes dans la cage, puis il y entra après eux en rampant, rapprocha les pierres et referma hermétiquement l'ouverture.

Ils s'étaient étendu tous trois sur la natte.

Si petits qu'ils fussent, aucun d'eux n'eût pu se tenir debout dans l'alcôve. Gavroche avait toujours le rat de cave à sa main.

— Maintenant, dit-il, pioncez ! Je vais supprimer le candélabre.

— Monsieur, demanda l'aîné des deux frères à

Gavroche en montrant le grillage, qu'est-ce que c'est
donc que ça ?

— Ça, dit Gavroche gravement, c'est pour les rats. —
Pioncez !

Cependant il se crut obligé d'ajouter quelques paroles
pour l'instruction de ces êtres en bas âge, et il continua :

— C'est des choses du Jardin des plantes. Ça sert aux
animaux féroces. Gniena (il y en a) plein un magasin.
Gnia (il n'y a) qu'à monter par-dessus un mur, qu'à grimper par une fenêtre et qu'à passer sous une porte. On en
a tant qu'on veut.

Tout en parlant, il enveloppait d'un pan de la couverture le tout petit qui murmura :

— Oh ! c'est bon ! c'est chaud !

Gavroche fixa un œil satisfait sur la couverture.

— C'est encore du Jardin des plantes, dit-il. J'ai pris ça
aux singes.

Et montrant à l'aîné la natte sur laquelle il était couché, natte fort épaisse et admirablement travaillée, il
ajouta :

— Ça, c'était à la girafe.

Après une pause, il poursuivit :

— Les bêtes avaient tout ça. Je le leur ai pris. Ça ne les
a pas fâchées. Je leur ai dit : C'est pour l'éléphant.

Il fit encore un silence et reprit :

— On passe par-dessus les murs et on se fiche du gouvernement. V'là.

Les deux enfants considéraient avec un respect craintif et stupéfait cet être intrépide et inventif, vagabond
comme eux, isolé comme eux, chétif comme eux, qui
avait quelque chose de misérable et de tout-puissant, qui
leur semblait surnaturel, et dont la physionomie se
composait de toutes les grimaces d'un vieux saltimbanque mêlées au plus naïf et au plus charmant sourire.

— Monsieur, fit timidement l'aîné, vous n'avez donc
pas peur des sergents de ville ?

Gavroche se borna à répondre :

— Môme ! on ne dit pas les sergents de ville, on dit les
cognes.

Le tout petit avait les yeux ouverts, mais il ne disait
rien. Comme il était au bord de la natte, l'aîné étant au

milieu, Gavroche lui borda la couverture comme eût fait
une mère et exhaussa la natte sous sa tête avec de vieux
chiffons de manière à faire au môme un oreiller. Puis il
se tourna vers l'aîné.

— Hein? on est joliment bien, ici!

— Ah oui! répondit l'aîné en regardant Gavroche avec
une expression d'ange sauvé.

Les deux pauvres petits enfants tout mouillés
commençaient à se réchauffer.

— Ah çà, continua Gavroche, pourquoi donc est-ce
que vous pleuriez?

Et montrant le petit à son frère:

— Un mioche comme ça, je ne dis pas; mais un grand
comme toi, pleurer, c'est crétin; on a l'air d'un veau.

— Dame, fit l'enfant, nous n'avions plus du tout de
logement où aller.

— Moutard! reprit Gavroche, on ne dit pas un logement, on dit une piolle.

— Et puis nous avions peur d'être tout seuls comme
ça la nuit.

— On ne dit pas la nuit, on dit la sorgue.

— Merci, monsieur, dit l'enfant.

— Écoute, repartit Gavroche, il ne faut plus geindre
jamais pour rien. J'aurai soin de vous. Tu verras comme
on s'amuse. L'été, nous irons à la Glacière avec Navet, un
camarade à moi, nous nous baignerons à la gare, nous
courrons tout nus sur les trains devant le pont d'Austerlitz, ça fait rager les blanchisseuses. Elles crient, elles
bisquent, si tu savais comme elles sont farces! Nous
irons voir l'homme squelette. Il est en vie. Aux Champs-
Élysées. Il est maigre comme tout, ce paroissien-là. Et
puis je vous conduirai au spectacle. Je vous mènerai à
Frédérick-Lemaître. J'ai des billets, je connais des
acteurs, j'ai même joué une fois dans une pièce. Nous
étions des mômes comme ça, on courait sous une toile,
ça faisait la mer. Je vous ferai engager à mon théâtre.
Nous irons voir les sauvages. Ce n'est pas vrai, ces sau-
vages-là. Ils ont des maillots roses qui font des plis, et on
leur voit aux coudes des reprises en fil blanc. Après ça,
nous irons à l'Opéra. Nous entrerons avec les claqueurs.
La claque à l'Opéra est très bien composée. Je n'irais pas

avec la claque sur les boulevards. À l'Opéra, figure-toi, il y en a qui payent vingt sous, mais c'est des bêtas. On les appelle des lavettes. — Et puis nous irons voir guillotiner. Je vous ferai voir le bourreau. Il demeure rue des Marais. Monsieur Sanson. Il y a une boîte aux lettres à la porte. Ah! on s'amuse fameusement!

En ce moment, une goutte de cire tomba sur le doigt de Gavroche et le rappela aux réalités de la vie.

— Bigre! dit-il, v'là la mèche qui s'use. Attention! je ne peux pas mettre plus d'un sou par mois à mon éclairage. Quand on se couche, il faut dormir. Nous n'avons pas le temps de lire des romans de monsieur Paul de Kock. Avec ça que la lumière pourrait passer par les fentes de la porte cochère, et les cognes n'auraient qu'à voir.

— Et puis, observa timidement l'aîné qui seul osait causer avec Gavroche et lui donner la réplique, un fumeron pourrait tomber dans la paille, il faut prendre garde de brûler la maison.

— On ne dit pas brûler la maison, fit Gavroche, on dit riffauder le bocard.

L'orage redoublait. On entendait, à travers des roulements de tonnerre, l'averse battre le dos du colosse.

— Enfoncé, la pluie! dit Gavroche. Ça m'amuse d'entendre couler la carafe le long des jambes de la maison. L'hiver est une bête; il perd sa marchandise, il perd sa peine, il ne peut pas nous mouiller, et ça le fait bougonner, ce vieux porteur d'eau là!

Cette allusion au tonnerre, dont Gavroche, en sa qualité de philosophe du dix-neuvième siècle, acceptait toutes les conséquences, fut suivie d'un large éclair, si éblouissant que quelque chose en entra par la crevasse dans le ventre de l'éléphant. Presque en même temps la foudre gronda, et très furieusement. Les deux petits poussèrent un cri, et se soulevèrent si vivement que le treillage en fut presque écarté; mais Gavroche tourna vers eux sa face hardie et profita du coup de tonnerre pour éclater de rire.

— Du calme, enfants. Ne bousculons pas l'édifice. Voilà du beau tonnerre, à la bonne heure! Ce n'est pas là de la gnognotte d'éclair. Bravo le bon Dieu! nom d'unch! c'est presque aussi bien qu'à l'Ambigu.

Cela dit, il refit l'ordre dans le treillage, poussa doucement les deux enfants sur le chevet du lit, pressa leurs genoux pour les bien étendre tout de leur long, et s'écria :

— Puisque le bon Dieu allume sa chandelle, je peux souffler la mienne. Les enfants, il faut dormir, mes jeunes humains. C'est très mauvais de ne pas dormir. Ça vous fait schlinguer du couloir, ou, comme on dit dans le grand monde, puer de la gueule. Entortillez-vous bien de la pelure ! je vas éteindre. Y êtes-vous ?

— Oui, murmura l'aîné, je suis bien. J'ai comme de la plume sous la tête.

— On ne dit pas la tête, cria Gavroche, on dit la tronche.

Les deux enfants se serrèrent l'un contre l'autre. Gavroche acheva de les arranger sur la natte et leur monta la couverture jusqu'aux oreilles, puis répéta pour la troisième fois l'injonction en langue hiératique :

— Pioncez !

Et il souffla le lumignon.

À peine la lumière était-elle éteinte qu'un tremblement singulier commença à ébranler le treillage sous lequel les trois enfants étaient couchés. C'était une multitude de frottements sourds qui rendaient un son métallique, comme si des griffes et des dents grinçaient sur le fil de cuivre. Cela était accompagné de toutes sortes de petits cris aigus.

Le petit garçon de cinq ans, entendant ce vacarme au-dessus de sa tête et glacé d'épouvante, poussa du coude son frère aîné, mais le frère aîné « pionçait » déjà, comme Gavroche le lui avait ordonné. Alors le petit, n'en pouvant plus de peur, osa interpeller Gavroche, mais tout bas, en retenant son haleine :

— Monsieur ?

— Hein ? fit Gavroche qui venait de fermer les paupières.

— Qu'est-ce que c'est donc que ça ?

— C'est les rats, répondit Gavroche.

Et il remit sa tête sur la natte.

Les rats en effet, qui pullulaient par milliers dans la carcasse de l'éléphant et qui étaient ces taches noires

vivantes dont nous avons parlé, avaient été tenus en respect par la flamme de la bougie tant qu'elle avait brillé,
mais dès que cette caverne, qui était comme leur cité,
avait été rendue à la nuit, sentant là ce que le bon
conteur Perrault appelle « de la chair fraîche », ils
s'étaient rués en foule sur la tente de Gavroche, avaient
grimpé jusqu'au sommet, et en mordaient les mailles
comme s'ils cherchaient à percer cette zinzelière d'un
nouveau genre.

Cependant le petit ne s'endormait pas :

— Monsieur ! reprit-il.

— Hein ? fit Gavroche.

— Qu'est-ce que c'est donc que les rats ?

— C'est des souris.

Cette explication rassura un peu l'enfant. Il avait vu
dans sa vie des souris blanches et il n'en avait pas eu
peur. Pourtant il éleva encore la voix :

— Monsieur ?

— Hein ? refit Gavroche.

— Pourquoi n'avez-vous pas un chat ?

— J'en ai eu un, répondit Gavroche, j'en ai apporté un,
mais ils me l'ont mangé.

Cette seconde explication défit l'œuvre de la première,
et le petit recommença à trembler. Le dialogue entre lui
et Gavroche reprit pour la quatrième fois.

— Monsieur !

— Hein ?

— Qui ça qui a été mangé ?

— Le chat.

— Qui ça qui a mangé le chat ?

— Les rats.

— Les souris ?

— Oui, les rats.

L'enfant, consterné de ces souris qui mangent les
chats, poursuivit :

— Monsieur, est-ce qu'elles nous mangeraient, ces
souris-là ?

— Pardi ! fit Gavroche.

La terreur de l'enfant était au comble. Mais Gavroche
ajouta :

— N'eille pas peur ! ils ne peuvent pas entrer. Et puis
je suis là ! Tiens, prends ma main. Tais-toi, et pionce !

Gavroche en même temps prit la main du petit par-dessus son frère. L'enfant serra cette main contre lui et se sentit rassuré. Le courage et la force ont de ces communications mystérieuses. Le silence s'était refait autour d'eux, le bruit des voix avait effrayé et éloigné les rats ; au bout de quelques minutes ils eurent beau revenir et faire rage, les trois mômes, plongés dans le sommeil, n'entendaient plus rien.

Les heures de la nuit s'écoulèrent. L'ombre couvrait l'immense place de la Bastille, un vent d'hiver qui se mêlait à la pluie soufflait par bouffées, les patrouilles furetaient les portes, les allées, les enclos, les coins obscurs, et, cherchant les vagabonds nocturnes, passaient silencieusement devant l'éléphant ; le monstre, debout, immobile, les yeux ouverts dans les ténèbres, avait l'air de rêver comme satisfait de sa bonne action, et abritait du ciel et des hommes les trois pauvres enfants endormis.

Pour comprendre ce qui va suivre, il faut se souvenir qu'à cette époque le corps de garde de la Bastille était situé à l'autre extrémité de la place, et que ce qui se passait près de l'éléphant ne pouvait être ni aperçu, ni entendu par la sentinelle.

Vers la fin de cette heure qui précède immédiatement le point du jour, un homme déboucha de la rue Saint-Antoine en courant, traversa la place, tourna le grand enclos de la colonne de Juillet, et se glissa entre les palissades jusque sous le ventre de l'éléphant. Si une lumière quelconque eût éclairé cet homme, à la manière profonde dont il était mouillé, on eût deviné qu'il avait passé la nuit sous la pluie. Arrivé sous l'éléphant, il fit entendre un cri bizarre qui n'appartient à aucune langue humaine et qu'une perruche seule pourrait reproduire. Il répéta deux fois ce cri dont l'orthographe que voici donne à peine quelque idée :

— Kirikikiou !

Au second cri, une voix claire, gaie et jeune, répondit du ventre de l'éléphant :

— Oui.

Presque immédiatement, la planche qui fermait le trou se dérangea et donna passage à un enfant qui descendit le long du pied de l'éléphant et vint lestement tomber près de l'homme. C'était Gavroche. L'homme était Montparnasse.

Quant à ce cri, *kirikikiou*, c'était là sans doute ce que l'enfant voulait dire par : *Tu demanderas monsieur Gavroche.*

En l'entendant, il s'était réveillé en sursaut, avait rampé hors de son « alcôve », en écartant un peu le grillage qu'il avait ensuite refermé soigneusement, puis il avait ouvert la trappe et était descendu.

L'homme et l'enfant se reconnurent silencieusement dans la nuit ; Montparnasse se borna à dire :

— Nous avons besoin de toi. Viens nous donner un coup de main.

Le gamin ne demanda pas d'autre éclaircissement.

— Me v'là, dit-il.

Et tous deux se dirigèrent vers la rue Saint-Antoine d'où sortait Montparnasse, serpentant rapidement à travers la longue file des charrettes de maraîchers qui descendent à cette heure-là vers la halle.

Les maraîchers, accroupis dans leurs voitures parmi les salades et les légumes, à demi assoupis, enfouis jusqu'aux yeux dans leurs roulières à cause de la pluie battante, ne regardaient même pas ces étranges passants.

III

LES PÉRIPÉTIES DE L'ÉVASION

Voici ce qui avait eu lieu cette même nuit à la Force :

Une évasion avait été concertée entre Babet, Brujon, Gueulemer et Thénardier, quoique Thénardier fût au secret. Babet avait fait l'affaire pour son compte, le jour même, comme on a vu d'après le récit de Montparnasse à Gavroche.

Montparnasse devait les aider du dehors.

Brujon, ayant passé un mois dans une chambre de

punition, avait eu le temps, premièrement, d'y tresser une corde, deuxièmement, d'y mûrir un plan. Autrefois ces lieux sévères où la discipline de la prison livre le condamné à lui-même se composaient de quatre murs de pierre, d'un plafond de pierre, d'un pavé de dalles, d'un lit de camp, d'une lucarne grillée, d'une porte doublée de fer, et s'appelaient *cachots*; mais le cachot a été jugé trop horrible; maintenant cela se compose d'une porte de fer, d'une lucarne grillée, d'un lit de camp, d'un pavé de dalles, d'un plafond de pierre, de quatre murs de pierre, et cela s'appelle *chambre de punition*. Il y fait un peu jour vers midi. L'inconvénient de ces chambres qui, comme on voit, ne sont pas des cachots, c'est de laisser songer des êtres qu'il faudrait faire travailler.

Brujon donc avait songé, et il était sorti de la chambre de punition avec une corde. Comme on le réputait fort dangereux dans la cour Charlemagne, on le mit dans le Bâtiment-Neuf. La première chose qu'il trouva dans le Bâtiment-Neuf, ce fut Gueulemer, la seconde, ce fut un clou; Gueulemer, c'est-à-dire le crime, un clou, c'est-à-dire la liberté.

Brujon, dont il est temps de se faire une idée complète, était, avec une apparence de complexion délicate et une langueur profondément préméditée, un gaillard poli, intelligent et voleur qui avait le regard caressant et le sourire atroce. Son regard résultait de sa volonté et son sourire résultait de sa nature. Ses premières études dans son art s'étaient dirigées vers les toits; il avait fait faire de grands progrès à l'industrie des arracheurs de plomb qui dépouillent les toitures et dépiautent les gouttières par le procédé dit *au gras-double*.

Ce qui achevait de rendre l'instant favorable pour une tentative d'évasion, c'est que les couvreurs remaniaient et rejointoyaient, en ce moment-là même, une partie des ardoises de la prison. La cour Saint-Bernard n'était plus absolument isolée de la cour Charlemagne et de la cour Saint-Louis. Il y avait par là-haut des échafaudages et des échelles; en d'autres termes, des ponts et des escaliers du côté de la délivrance.

Le Bâtiment-Neuf, qui était tout ce qu'on pouvait voir au monde de plus lézardé et de plus décrépit, était le point faible de la prison. Les murs en étaient à ce point rongés par le salpêtre qu'on avait été obligé de revêtir d'un parement de bois les voûtes des dortoirs, parce qu'il s'en détachait des pierres qui tombaient sur les prisonniers dans leurs lits. Malgré cette vétusté, on faisait la faute d'enfermer dans le Bâtiment-Neuf les accusés les plus inquiétants, d'y mettre « les fortes causes », comme on dit en langage de prison.

Le Bâtiment-Neuf contenait quatre dortoirs superposés et un comble qu'on appelait le Bel-Air. Un large tuyau de cheminée, probablement de quelque ancienne cuisine des ducs de La Force, partait du rez-de-chaussée, traversait les quatre étages, coupait en deux tous les dortoirs où il figurait une façon de pilier aplati, et allait trouer le toit.

Gueulemer et Brujon étaient dans le même dortoir. On les avait mis par précaution dans l'étage d'en bas. Le hasard faisait que la tête de leurs lits s'appuyait au tuyau de la cheminée.

Thénardier se trouvait précisément au-dessus de leur tête dans ce comble qualifié le Bel-Air.

Le passant qui s'arrête rue Culture-Sainte-Catherine, après la caserne des pompiers, devant la porte cochère de la maison des Bains, voit une cour pleine de fleurs et d'arbustes en caisses, au fond de laquelle se développe, avec deux ailes, une petite rotonde blanche égayée par des contrevents verts, le rêve bucolique de Jean-Jacques. Il n'y a pas plus de dix ans, au-dessus de cette rotonde s'élevait un mur noir, énorme, affreux, nu, auquel elle était adossée. C'était le mur du chemin de ronde de la Force.

Ce mur derrière cette rotonde, c'était Milton entrevu derrière Berquin.

Si haut qu'il fût, ce mur était dépassé par un toit plus noir encore qu'on apercevait au-delà. C'était le toit du Bâtiment-Neuf. On y remarquait quatre lucarnes-mansardes armées de barreaux; c'étaient les fenêtres du Bel-Air. Une cheminée perçait ce toit; c'était la cheminée qui traversait les dortoirs.

Le Bel-Air, ce comble du Bâtiment-Neuf, était une espèce de grande halle mansardée, fermée de triples grilles et de portes doublées de tôle que constellaient des clous démesurés. Quand on y entrait par l'extrémité nord, on avait à sa gauche les quatre lucarnes, et à sa droite, faisant face aux lucarnes, quatre cages carrées assez vastes, espacées, séparées par des couloirs étroits, construites jusqu'à hauteur d'appui en maçonnerie et le reste jusqu'au toit en barreaux de fer.

Thénardier était au secret dans une de ces cages, depuis la nuit du 3 février. On n'a jamais pu découvrir comment, et par quelle connivence, il avait réussi à s'y procurer et à y cacher une bouteille de ce vin inventé, dit-on, par Desrues, auquel se mêle un narcotique et que la bande des *Endormeurs* a rendu célèbre.

Il y a dans beaucoup de prisons des employés traîtres, mi-partis geôliers et voleurs, qui aident aux évasions, qui vendent à la police une domesticité infidèle, et qui font danser l'anse du panier à salade.

Dans cette même nuit donc, où le petit Gavroche avait recueilli les deux enfants errants, Brujon et Gueulemer, qui savaient que Babet, évadé le matin même, les attendait dans la rue ainsi que Montparnasse, se levèrent doucement et se mirent à percer avec le clou que Brujon avait trouvé le tuyau de cheminée auquel leurs lits touchaient. Les gravois tombaient sur le lit de Brujon, de sorte qu'on ne les entendait pas. Les giboulées mêlées de tonnerre ébranlaient les portes sur leurs gonds et faisaient dans la prison un vacarme affreux et utile. Ceux des prisonniers qui se réveillèrent firent semblant de se rendormir et laissèrent faire Gueulemer et Brujon. Brujon était adroit; Gueulemer était vigoureux. Avant qu'aucun bruit fût parvenu au surveillant couché dans la cellule grillée qui avait jour sur le dortoir, le mur était percé, la cheminée escaladée, le treillis de fer qui fermait l'orifice supérieur du tuyau forcé, et les deux redoutables bandits sur le toit. La pluie et le vent redoublaient, le toit glissait.

— Quelle bonne sorgue pour une crampe! dit Brujon.

Un abîme de six pieds de large et de quatrevingts pieds de profondeur les séparait du mur de ronde. Au fond de cet abîme ils voyaient reluire dans l'obscurité le fusil d'un factionnaire. Ils attachèrent par un bout aux tron-

çons des barreaux de la cheminée qu'ils venaient de
tordre la corde que Brujon avait filée dans son cachot,
lancèrent l'autre bout par-dessus le mur de ronde, franchirent d'un bond l'abîme, se cramponnèrent au chevron
du mur, l'enjambèrent, se laissèrent glisser l'un après
l'autre le long de la corde sur un petit toit qui touche à la
maison des Bains, ramenèrent leur corde à eux, sau-
tèrent dans la cour des Bains, la traversèrent, poussèrent
le vasistas du portier, auprès duquel pendait son cordon,
tirèrent le cordon, ouvrirent la porte cochère, et se trouvèrent dans la rue.

Il n'y avait pas trois quarts d'heure qu'ils s'étaient levés
debout sur leurs lits dans les ténèbres, leur clou à la
main, leur projet dans la tête.

Quelques instants après, ils avaient rejoint Babet et
Montparnasse qui rôdaient dans les environs.

En tirant leur corde à eux, ils l'avaient cassée, et il en
était resté un morceau attaché à la cheminée sur le toit.
Ils n'avaient du reste d'autre avarie que de s'être à peu
près entièrement enlevé la peau des mains.

Cette nuit-là, Thénardier était prévenu, sans qu'on ait
pu éclaircir de quelle façon, et ne dormait pas.

Vers une heure du matin, la nuit étant très noire, il vit
passer sur le toit, dans la pluie et dans la bourrasque,
devant la lucarne qui était vis-à-vis de sa cage, deux
ombres. L'une s'arrêta à la lucarne le temps d'un regard.
C'était Brujon. Thénardier le reconnut, et comprit. Cela
lui suffit.

Thénardier, signalé comme escarpe et détenu sous
prévention de guet-apens nocturne à main armée, était
gardé à vue. Un factionnaire, qu'on relevait de deux
heures en deux heures, se promenait le fusil chargé
devant sa cage. Le Bel-Air était éclairé par une applique.
Le prisonnier avait aux pieds une paire de fers du poids
de cinquante livres. Tous les jours à quatre heures de
l'après-midi, un gardien escorté de deux dogues, — cela
se faisait encore ainsi à cette époque, — entrait dans sa
cage, déposait près de son lit un pain noir de deux livres,
une cruche d'eau et une écuelle pleine d'un bouillon
assez maigre où nageaient quelques gourganes, visitait
ses fers et frappait sur les barreaux. Cet homme avec ses
dogues revenait deux fois dans la nuit.

Thénardier avait obtenu la permission de conserver une espèce de cheville en fer dont il se servait pour clouer son pain dans une fente de la muraille, « afin, disait-il, de le préserver des rats ». Comme on gardait Thénardier à vue, on n'avait point trouvé d'inconvénient à cette cheville. Cependant on se souvint plus tard qu'un gardien avait dit : — Il vaudrait mieux ne lui laisser qu'une cheville en bois.

À deux heures du matin on vint changer le factionnaire qui était un vieux soldat, et on le remplaça par un conscrit. Quelques instants après, l'homme aux chiens fit sa visite, et s'en alla sans avoir rien remarqué, si ce n'est la trop grande jeunesse et « l'air paysan » du « tourlourou ». Deux heures après, à quatre heures, quand on vint relever le conscrit, on le trouva endormi et tombé à terre comme un bloc près de la cage de Thénardier. Quant à Thénardier, il n'y était plus. Ses fers brisés étaient sur le carreau. Il y avait un trou au plafond de sa cage, et, au-dessus, un autre trou dans le toit. Une planche de son lit avait été arrachée et sans doute emportée, car on ne la retrouva point. On saisit aussi dans la cellule une bouteille à moitié vidée qui contenait le reste du vin stupéfiant avec lequel le soldat avait été endormi. La bayonnette du soldat avait disparu.

Au moment où ceci fut découvert, on crut Thénardier hors de toute atteinte. La réalité est qu'il n'était plus dans le Bâtiment-Neuf, mais qu'il était encore fort en danger. Son évasion n'était point consommée.

Thénardier, en arrivant sur le toit du Bâtiment-Neuf, avait trouvé le reste de la corde de Brujon qui pendait aux barreaux de la trappe supérieure de la cheminée, mais ce bout cassé étant beaucoup trop court, il n'avait pu s'évader par-dessus le chemin de ronde comme avaient fait Brujon et Gueulemer.

Quand on détourne la rue des Ballets dans la rue du Roi-de-Sicile, on rencontre presque tout de suite à droite un enfoncement sordide. Il y avait là au siècle dernier une maison dont il ne reste plus que le mur de fond, véritable mur de masure qui s'élève à la hauteur d'un troisième étage entre les bâtiments voisins. Cette ruine est reconnaissable à deux grandes fenêtres carrées qu'on y voit encore; celle du milieu, la plus proche du pignon de droite, est barrée d'une solive vermoulue ajustée en chevron d'étai. À travers ces fenêtres on distinguait autrefois une haute muraille lugubre qui était un morceau de l'enceinte du chemin de ronde de la Force.

Le vide que la maison démolie a laissé sur la rue est à moitié rempli par une palissade en planches pourries contre-butée de cinq bornes de pierre. Dans cette clôture se cache une petite baraque appuyée à la ruine restée debout. La palissade a une porte qui, il y a quelques années, n'était fermée que d'un loquet.

C'est sur la crête de cette ruine que Thénardier était parvenu un peu après trois heures du matin.

Comment était-il arrivé là? C'est ce qu'on n'a jamais pu expliquer ni comprendre. Les éclairs avaient dû tout ensemble le gêner et l'aider. S'était-il servi des échelles et des échafaudages des couvreurs pour gagner de toit en toit, de clôture en clôture, de compartiment en compartiment, les bâtiments de la cour Charlemagne, puis les bâtiments de la cour Saint-Louis, le mur de ronde, et de là la masure sur la rue du Roi-de-Sicile? Mais il y avait dans ce trajet des solutions de continuité qui semblaient le rendre impossible. Avait-il posé la planche de son lit comme un pont du toit du Bel-Air au mur du chemin de ronde, et s'était-il mis à ramper à plat ventre sur le chevron du mur de ronde tout autour de la prison jusqu'à la masure? Mais le mur du chemin de ronde de la Force dessinait une ligne crénelée et inégale, il montait et descendait, il s'abaissait à la caserne des pompiers, il se relevait à la maison des Bains, il était coupé par des constructions, il n'avait pas la même hauteur sur l'hôtel Lamoignon que sur la rue Pavée, il avait partout des chutes et des angles droits; et puis les sentinelles auraient dû voir la sombre silhouette du fugitif; de cette façon encore le chemin fait par Thénardier reste à peu près inexplicable. Des deux manières, fuite impossible. Thénardier, illuminé par cette effrayante soif de la liberté qui change les précipices en fossés, les grilles de fer en claies d'osier, un cul-de-jatte en athlète, un podagre en oiseau, la stupidité en instinct, l'instinct en intelligence et l'intelligence en génie, Thénardier avait-il inventé et improvisé une troisième manière? On ne l'a jamais su.

On ne peut pas toujours se rendre compte des merveilles de l'évasion. L'homme qui s'échappe, répétons-le, est un inspiré; il y a de l'étoile et de l'éclair dans la mystérieuse lueur de la fuite! l'effort vers la délivrance n'est pas moins surprenant que le coup d'aile vers le sublime; et l'on dit d'un voleur évadé: Comment a-t-il fait pour escalader ce toit? de même qu'on dit de Corneille: Où a-t-il trouvé *Qu'il mourût*?

Quoi qu'il en soit, ruisselant de sueur, trempé par la pluie, les vêtements en lambeaux, les mains écorchées, les coudes en sang, les genoux déchirés, Thénardier était arrivé sur ce que les enfants, dans leur langue figurée, appellent *le coupant* du mur de la ruine, il s'y était couché tout de son long, et là, la force lui avait manqué. Un escarpement à pic de la hauteur d'un troisième étage le séparait du pavé de la rue.

La corde qu'il avait était trop courte.

Il attendait là, pâle, épuisé, désespéré de tout l'espoir qu'il avait eu, encore couvert par la nuit, mais se disant que le jour allait venir, épouvanté de l'idée d'entendre avant quelques instants sonner à l'horloge voisine de Saint-Paul quatre heures, heure où l'on viendrait relever la sentinelle et où on la trouverait endormie sous le toit percé, regardant avec stupeur, à une profondeur terrible, à la lueur des réverbères, le pavé mouillé et noir, ce pavé désiré et effroyable qui était la mort et qui était la liberté.

Il se demandait si ses trois complices d'évasion avaient réussi, s'ils l'avaient attendu, et s'ils viendraient à son aide. Il écoutait. Excepté une patrouille, personne n'avait passé dans la rue depuis qu'il était là. Presque toute la descente des maraîchers de Montreuil, de Charonne, de Vincennes et de Bercy à la halle se fait par la rue Saint-Antoine.

Quatre heures sonnèrent. Thénardier tressaillit. Peu d'instants après, cette rumeur effarée et confuse qui suit une évasion découverte éclata dans la prison. Le bruit des portes qu'on ouvre et qu'on ferme, le grincement des grilles sur leurs gonds, le tumulte du corps de garde, les appels rauques des guichetiers, le choc des crosses de fusil sur le pavé des cours, arrivaient jusqu'à lui. Des lumières montaient et descendaient aux fenêtres grillées des dortoirs, une torche courait sur le comble du Bâtiment-Neuf, les pompiers de la caserne d'à côté avaient été appelés. Leurs casques, que la torche éclairait dans la pluie, allaient et venaient le long des toits. En même temps Thénardier voyait du côté de la Bastille une nuance blafarde blanchir lugubrement le bas du ciel.

Lui était sur le haut d'un mur de dix pouces de large, étendu sous l'averse, avec deux gouffres à droite et à gauche, ne pouvant bouger, en proie au vertige d'une chute possible et à l'horreur d'une arrestation certaine, et sa pensée, comme le battant d'une cloche, allait de l'une de ces idées à l'autre : — Mort si je tombe, pris si je reste.

Dans cette angoisse, il vit tout à coup, la rue étant encore tout à fait obscure, un homme qui se glissait le long des murailles et qui venait du côté de la rue Pavée s'arrêter dans le renfoncement au-dessus duquel Thénardier était comme suspendu. Cet homme fut rejoint par un second qui marchait avec la même précaution, puis par un troisième, puis par un quatrième. Quand ces hommes furent réunis, l'un d'eux souleva le loquet de la porte de la palissade, et ils entrèrent tous quatre dans l'enceinte où est la baraque. Ils se trouvaient précisément au-dessous de Thénardier. Ces hommes avaient évidemment choisi ce renfoncement pour pouvoir causer sans être vus des passants ni de la sentinelle qui garde le guichet de la Force à quelques pas de là. Il faut dire aussi que la pluie tenait cette sentinelle bloquée dans sa guérite. Thénardier, ne pouvant distinguer leurs visages, prêta l'oreille à leurs paroles avec l'attention désespérée d'un misérable qui se sent perdu.

Thénardier vit passer devant ses yeux quelque chose qui ressemblait à l'espérance, ces hommes parlaient argot.

Le premier disait, bas, mais distinctement :

— Décarrons. Qu'est-ce que nous maquillons icigo ?

Le second répondit :

— Il lansquine à éteindre le riffe du rabouin. Et puis

les coqueurs vont passer, il y a là un grivier qui porte gaffe, nous allons nous faire emballer icicaille.

Ces deux mots, *icigo* et *icicaille*, qui tous deux veulent dire *ici*, et qui appartiennent, le premier à l'argot des barrières, le second à l'argot du Temple, furent des traits de lumière pour Thénardier. À *icigo* il reconnut Brujon, qui était rôdeur de barrières, et à *icicaille* Babet, qui, parmi tous ses métiers, avait été revendeur au Temple.

L'antique argot du grand siècle ne se parle plus qu'au Temple, et Babet était le seul même qui le parlât bien purement. Sans *icicaille*, Thénardier ne l'aurait point reconnu, car il avait tout à fait dénaturé sa voix.

Cependant le troisième était intervenu :

— Rien ne presse encore, attendons un peu. Qu'est-ce qui nous dit qu'il n'a pas besoin de nous ?

À ceci, qui n'était que du français, Thénardier reconnut Montparnasse, lequel mettait son élégance à entendre tous les argots et à n'en parler aucun.

Quant au quatrième, il se taisait, mais ses vastes épaules le dénonçaient. Thénardier n'hésita pas. C'était Gueulemer.

Brujon répliqua presque impétueusement, mais toujours à voix basse :

— Qu'est-ce que tu nous bonis là ? Le tapissier n'aura pas pu tirer sa crampe. Il ne sait pas le truc, quoi ! Bouliner sa limace et faucher ses empaffes pour maquiller une tortouse, caler des boulins aux lourdes, braser des faffes, maquiller des caroubles, faucher les durs, balancer sa tortouse dehors, se planquer, se camoufler, il faut être mariol ! Le vieux n'aura pas pu, il ne sait pas goupiner !

Babet ajouta, toujours dans ce sage argot classique que parlaient Poulailler et Cartouche, et qui est à l'argot hardi, nouveau, coloré et risqué dont usait Brujon ce que la langue de Racine est à la langue d'André Chénier :

— Tonorgue tapissier aura été fait marron dans l'escalier. Il faut être arcasien. C'est un galifard. Il se sera laissé jouer l'harnache par un roussin, peut-être même par un roussi, qui lui aura battu comtois. Prête l'oche, Montparnasse, entends-tu ces criblements dans le collège ? Tu as vu toutes ces camoufles. Il est tombé, va ! Il

en sera quitte pour tirer ses vingt longes. Je n'ai pas taf,
je ne suis pas un taffeur, c'est colombé, mais il n'y a plus
qu'à faire les lézards, ou autrement on nous la fera gam-
biller. Ne renaude pas, viens avec nousiergue, allons pic-
ter une rouillarde encible.

— On ne laisse pas les amis dans l'embarras, grommela Montparnasse.

— Je te bonis qu'il est malade! reprit Brujon. À l'heure
qui toque, le tapissier ne vaut pas une broque! Nous n'y
pouvons rien. Décarrons. Je crois à tout moment qu'un
cogne me ceintre en pogne!

Montparnasse ne résistait plus que faiblement; le fait
est que ces quatre hommes, avec cette fidélité qu'ont les
bandits de ne jamais s'abandonner entre eux, avaient
rôdé toute la nuit autour de la Force, quel que fût le
péril, dans l'espérance de voir surgir au haut de quelque
muraille Thénardier. Mais la nuit qui devenait vraiment
trop belle, c'était une averse à rendre toutes les rues
désertes, le froid qui les gagnait, leurs vêtements trempés, leurs chaussures percées, le bruit inquiétant qui
venait d'éclater dans la prison, les heures écoulées, les
patrouilles rencontrées, l'espoir qui s'en allait, la peur
qui revenait, tout cela les poussait à la retraite. Montparnasse lui-même, qui était peut-être un peu le gendre
de Thénardier, cédait. Un moment de plus, ils étaient
partis. Thénardier haletait sur son mur comme les nau-
fragés de la *Méduse* sur leur radeau en voyant le navire
apparu s'évanouir à l'horizon.

Il n'osait les appeler, un cri entendu pouvait tout
perdre, il eut une idée, une dernière, une lueur; il prit
dans sa poche le bout de la corde de Brujon qu'il avait
détaché de la cheminée du Bâtiment-Neuf, et le jeta dans
l'enceinte de la palissade.

Cette corde tomba à leurs pieds.

— Une veuve, dit Babet.

— Ma tortouse! dit Brujon.

— L'aubergiste est là, dit Montparnasse.

Ils levèrent les yeux. Thénardier avança un peu la tête.

— Vite! dit Montparnasse, as-tu l'autre bout de la
corde, Brujon?

— Oui.

— Noue les deux bouts ensemble, nous lui jetterons la corde, il la fixera au mur, il en aura assez pour descendre.

Thénardier se risqua à élever la voix.

— Je suis transi.

— On te réchauffera.

— Je ne puis plus bouger.

— Tu te laisseras glisser, nous te recevrons.

— J'ai les mains gourdes.

— Noue seulement la corde au mur.

— Je ne pourrai pas.

— Il faut que l'un de nous monte, dit Montparnasse.

— Trois étages! fit Brujon.

Un ancien conduit en plâtre, lequel avait servi à un poêle qu'on allumait jadis dans la baraque, rampait le long du mur et montait presque jusqu'à l'endroit où l'on apercevait Thénardier. Ce tuyau, alors fort lézardé et tout crevassé, est tombé depuis, mais on en voit encore les traces. Il était fort étroit.

— On pourrait monter par là, fit Montparnasse.

— Par ce tuyau? s'écria Babet, un orgue! jamais! il faudrait un mion.

— Il faudrait un môme, reprit Brujon.

— Où trouver un moucheron? dit Gueulemer.

— Attendez, dit Montparnasse. J'ai l'affaire.

Il entr'ouvrit doucement la porte de la palissade, s'assura qu'aucun passant ne traversait la rue, sortit avec précaution, referma la porte derrière lui, et partit en courant dans la direction de la Bastille.

Sept ou huit minutes s'écoulèrent, huit mille siècles pour Thénardier; Babet, Brujon et Gueulemer ne desserraient pas les dents; la porte se rouvrit enfin, et Montparnasse parut, essoufflé, et amenant Gavroche. La pluie continuait de faire la rue complètement déserte.

Le petit Gavroche entra dans l'enceinte et regarda ces figures de bandits d'un air tranquille. L'eau lui dégouttait des cheveux. Gueulemer lui adressa la parole :

— Mioche, es-tu un homme?

Gavroche haussa les épaules et répondit :

— Un môme comme mézig est un orgue, et des orgues comme vousailles sont des mômes.

— Comme le mion joue du crachoir! s'écria Babet.

— Le môme pantinois n'est pas maquillé de fertille lansquinée, ajouta Brujon.

— Qu'est-ce qu'il vous faut? dit Gavroche.

Montparnasse répondit :

— Grimper par ce tuyau.

— Avec cette veuve, fit Babet.

— Et ligoter la tortouse, continua Brujon.

— Au monté du montant, reprit Babet.

— Au pieu de la vanterne, ajouta Brujon.

— Et puis? dit Gavroche.

— Voilà! dit Gueulemer.

Le gamin examina la corde, le tuyau, le mur, les fenêtres, et fit cet inexprimable et dédaigneux bruit des lèvres qui signifie :

— Que ça!

— Il y a un homme là-haut que tu sauveras, reprit Montparnasse.

— Veux-tu? reprit Brujon.

— Serin! répondit l'enfant comme si la question lui paraissait inouïe; et il ôta ses souliers.

Gueulemer saisit Gavroche d'un bras, le posa sur le toit de la baraque, dont les planches vermoulues pliaient sous le poids de l'enfant, et lui remit la corde que Brujon avait renouée pendant l'absence de Montparnasse. Le gamin se dirigea vers le tuyau où il était facile d'entrer grâce à une large crevasse qui touchait au toit. Au moment où il allait monter, Thénardier, qui voyait le salut et la vie s'approcher, se pencha au bord du mur; la première lueur du jour blanchissait son front inondé de sueur, ses pommettes livides, son nez effilé et sauvage, sa barbe grise toute hérissée, et Gavroche le reconnut.

— Tiens! dit-il, c'est mon père!... Oh! cela n'empêche pas.

Et prenant la corde dans ses dents, il commença résolument l'escalade.

Il parvint au haut de la masure, enfourcha le vieux mur comme un cheval, et noua solidement la corde à la traverse supérieure de la fenêtre.

Un moment après, Thénardier était dans la rue.

Dès qu'il eut touché le pavé, dès qu'il se sentit hors de

danger, il ne fut plus ni fatigué, ni transi, ni tremblant; les choses terribles dont il sortait s'évanouirent comme une fumée, toute cette étrange et féroce intelligence se réveilla, et se trouva debout et libre, prête à marcher devant elle. Voici quel fut le premier mot de cet homme :

— Maintenant, qui allons-nous manger ?

Il est inutile d'expliquer le sens de ce mot affreusement transparent qui signifie tout à la fois tuer, assassiner et dévaliser. *Manger*, sens vrai : *dévorer*.

— Rencognons-nous bien, dit Brujon. Finissons en trois mots, et nous nous séparerons tout de suite. Il y avait une affaire qui avait l'air bonne rue Plumet, une rue déserte, une maison isolée, une vieille grille pourrie sur un jardin, des femmes seules.

— Eh bien! pourquoi pas? demanda Thénardier.

— Ta fée, Épopine, a été voir la chose, répondit Babet.

— Et elle a apporté un biscuit à Magnon, ajouta Gueulemer. Rien à maquiller là.

— La fée n'est pas loffe, fit Thénardier. Pourtant il faudra voir.

— Oui, oui, dit Brujon, il faudra voir.

Cependant aucun de ces hommes n'avait plus l'air de voir Gavroche qui, pendant ce colloque, s'était assis sur une des bornes de la palissade; il attendit quelques instants, peut-être que son père se tournât vers lui, puis il remit ses souliers, et dit :

— C'est fini? vous n'avez plus besoin de moi, les hommes? vous voilà tirés d'affaire. Je m'en vas. Il faut que j'aille lever mes mômes.

Et il s'en alla.

Les cinq hommes sortirent l'un après l'autre de la palissade.

Quand Gavroche eut disparu au tournant de la rue des Ballets, Babet prit Thénardier à part :

— As-tu regardé ce mion? lui demanda-t-il.

— Quel mion?

— Le mion qui a grimpé au mur et t'a porté la corde.

— Pas trop.

— Eh bien, je ne sais pas, mais il me semble que c'est ton fils.

— Bah! dit Thénardier, crois-tu?

Et il s'en alla.

TABLE

LIVRE HUITIÈME

LES CIMETIÈRES PRENNENT CE QU'ON LEUR DONNE

TROISIÈME PARTIE

MARIUS

LIVRE PREMIER

PARIS ÉTUDIÉ DANS SON ATOME

Table 569

LIVRE DEUXIÈME

LE GRAND BOURGEOIS

LIVRE TROISIÈME

LE GRAND-PÈRE ET LE PETIT-FILS

Table 571

QUATRIÈME PARTIE

L'IDYLLE RUE PLUMET
ET L'ÉPOPÉE RUE SAINT-DENIS

LIVRE PREMIER

QUELQUES PAGES D'HISTOIRE

LIVRE DEUXIÈME

ÉPONINE

LIVRE TROISIÈME

LA MAISON DE LA RUE PLUMET

Table 573

LIVRE QUATRIÈME

SECOURS D'EN BAS PEUT ÊTRE SECOURS D'EN HAUT

LIVRE CINQUIÈME

DONT LA FIN NE RESSEMBLE PAS AU COMMENCEMENT

LIVRE SIXIÈME

LE PETIT GAVROCHE